# 天地

赵辉 著

中国文联出版社

赵　辉

生于八零年代

曾执教高校、执掌书院及美术馆

三十六岁归隐，斋号「见月山房」

潜心学问，游于诸艺

无题

缁衣落魄不胜寒

碎雨残风独倚栏

陌上黄花犹寂寞

楼头灯火已阑珊

荒山遗石翻成梦

沧海浮槎难觅缘

迷鸟千山啼恨血

风花落尽泪阑干

二零零四年 赵辉

一

二十年前，前朝天健十八年，草莽蜂起，群雄逐鹿。两年后，草莽英雄庄炎凉一统天下，建号"太平"，定都于无忧河南岸之长安，盛极一时。然炎凉性情乖僻，喜怒无常，幸有大将军玄冥北筑胭脂关，以拒胡人；南平滇蜀，开疆拓土，才保全天下太平。如今已是太平十八年，国力日渐不济，天灾连年，哀鸿遍野，民不聊生。胭脂关外胡人虎视眈眈。

二

太平元年，东海无忧河入海口为一女子所据，建起海宫，经营海市蜃楼，方圆数百里皆为海宫范围，常人擅入者皆为格杀，无人幸免。

当年共工头触不周之山，天裂，倾一角。女娲氏炼石补苍天，断鳌足以立四极。巨鳌失足卧于东海，成蓬莱、方丈、瀛洲三仙山。而那擎天的鳌足历经千万载，经风侵水润化成夜光珠一颗，观之可洞悉前尘后世。天地在东极处合而为一，世人称之为天涯海角。从岸上望去，水天相接浑然一色。据说若有人能飘洋过海到天涯海角，便能看到天外的世界。历代多有朝圣者赴之，不惧千辛万苦，然而从未有人回返。只有东海的潮水日复一日地拍打着礁石，飞浪如雪……

第一回　春江潮水连海平，海上明月共潮生

〇三三

　　无忧河近入海口之九十里，两岸峰青峦翠，烟紫云白，多怪滩奇石，云崖飞瀑，风景绝佳。但由于属于海宫范围，擅入者皆为格杀，因此十八年来人迹罕至。不过今天却是例外，一叶扁舟悠悠荡荡从无忧河上游顺水漂来，不知是经意还是无心，直漂入海宫范围。那舟不大，舟上一少年面目清秀，披发青衫，斜卧舟中，正专心致志地用水墨在一卷蜀素上挥洒沿途风景，笔墨淋漓，逸兴横飞，画到得意处，轻啸连连，也不知他是如何闯入海宫地界而未伤毫发的。

　　已是季秋，凉风瑟瑟，北雁南飞。少年举目看秋雁穿云，鸣声在耳，不由兴起，从船尾提起用绳牵在水中的酒壶，饱饮一口，提笔如有神助。

　　又一阵秋风起，两岸木叶萧萧而下，乱雨一般向少年飞来，落在船舷上居然像利刃一般切入寸许。原来经高手一用，寻常的落叶竟变成极厉害的暗器。那少年却像毫无知觉，只管挥毫泼墨，待那叶子近身时他只管将身一抖，那些刀片一般锋利的叶子顿时颓然零落。他望着两岸林中那些跃动如飞的影子笑道："原来这海宫是个女儿国，林中的姐妹们舞得煞是好看。可惜我此次只为山水而来，否则真要为姐妹们写真了。"他话音未落，只听遍山林木忽飒然作响，一个女子幽冷的声音铺天盖地涌来："狂妄后生，你已闯入我海宫范围，若不是爱惜你的画，我才不会留你性命到离恨渡。"声音回荡空中，余响久久不绝。

　　少年心头一惊，这位高手修为已出神入化，千里传音之术已是非凡，何况又用内力震动山林，显然是为了威慑自己。他抬头观望，前方已到入海口，岸边高崖绝壁，绝壁之上隐隐有青紫色的飞檐，在密林的掩映之下从山顶一直延伸到河边。河边果然有渡，渡边立碣石，上书两个大字："离恨"。再往入海口看，眼界胸襟为之开阔，无忧河水浩浩荡荡注入东海。东海烟波浩淼，无际无涯，飞浪击石，散似雪尘。

　　少年将最后一笔画完，仰面倒在船上，道："前辈休要叫喊了，晚辈倒想起李太白那句'两岸猿声啼不住，轻舟已过万重山。'得罪处还请海涵。"

只听那女子冷笑道："太白这两句诗自有深意，你这小辈却只会拿它来卖弄取笑，你的画画完了，题款留名后便可以去死了。"

少年笑而不答，伸手去拿船尾的绳子，拿时却吃了一惊——本来他将酒壶用绳索系在船尾漂在水中，即取即饮，可这次却只摸到了半截绳子。不过他心中虽惊却面不改色，反而仰面笑道："前辈难道真的不懂吗？晚辈没有酒怎么有精神题得字啊！"

那女子也笑道："好个聪明的小子，你不是怕死吧？你有胆量到我恨古崖海音阁领死的话，我倒有些美酒。"那少年自幼学画，也从师父处得了个嗜酒的毛病，无论多少，只求顺兴怡情，听她说有美酒，虽是满心戒备却也蠢蠢欲动，何况他有师命在身要见宫主一面，于是抚了一下散发，道："那定是要尝一尝了。"于是将船靠岸。

离恨渡处飞出一条绳索，系住少年的小舟，泊在渡口。早有海宫宫人取了少年的画与笔墨。少年也不阻拦，跃上石矶，看着这些女孩子们来去，见她们形容标致，动作如流水行云，少年不由摇头暗叹："都说仙居东海，果然是神仙般的人物。"那些女孩子听了都掩面窃笑，一个见他东张西望，便扯了扯他的袖子，示意他不要说话，跟着走。

海宫依山势而建，一条石级蜿蜒而上，沿途林木葱郁，隐约露出青紫宫室的一边半角。山势愈高愈陡，将近极处几乎是一条石梯笔直而上，然而那些女子却如履平地。少年看着她们飞扬的身姿又是赞叹起来，脚下也不示弱。又上了几百级，过了数道关隘，眼前豁然开朗，只见恨古崖绝海而立，崖外东海浩淼无垠，直望到水天极处。宫室楼阁建于崖上，雄中寓奇，重檐高屋，灵动如飞，青壁紫瓦，云萦雾绕，不辨天上人间。

少年一时对宫主充满了好奇，但由于初入江湖，加之这海宫神秘威严，心中又不免惴惴不安。

早有侍女揭开宫室海青色的珠帘，只见宫内帐幔如云，珠光如星，几重珠帘后隐约是一张珠榻，榻上斜卧着一青衣女子，亦真亦幻。少年不敢贸然上前，便站住就地行了个礼，道："拜见姐姐。"那女子却不理他，依然面海沉思。许久，她叹息道："离恨渡许久没船停泊了……"蓦地，又回头仰面冷笑道："刚才还叫前辈，现在就叫姐姐了？"

少年听声音果然便是刚才千里传音之人，不由惊诧——他本以为那是一位嗓音清亮的前辈，不想却是眼前重帘之后身形婀娜的少女，他百思不得其解，又慑于她的威严，心跳如鼓。只听那女子又道："你在舟中还激扬文字，如今见到本宫却为何变成了哑巴？前辈便是前辈，油嘴滑舌我便割了你的舌头。"

少年低头吐了一下舌头，再向帘内看去时又多了一位女子，身量与宫主相似，年纪似比宫主略小，身着紫衣，对那宫主毕恭毕敬，估计便是宫主的妹子了。他困惑地看着她们，又见侍女们把他的画卷展开放到一方珍珠几上，宫主姊妹戴了面纱吩咐侍女打开帘幛。珠帘褪去，两人身形已然在眼，少年不敢多看，目光闪烁，避开宫主凌厉的眼神定格在自己的画上，思量着如何题款。

宫主在画前凝立良久，若有所思，从画卷开始踱到画卷结尾，忽又冷笑道："又是这般鬼把戏，莫愁儿，带这小子过来题款。"紫衣女子应声过来将少年带到画前。少年行礼道："多谢莫愁前辈。"此话未完，忽见莫愁眼中透出一丝不易发觉的狡黠的笑，但又转瞬即逝，变得冰冷。

少年手执彤管在画前默立许久，回想起自小便被师父收养，由师父教以绘画、武功，十几年来未尝分离。三日前他照例随师父坐于千丈瀑下观水，水影变幻，光怪陆离，巨瀑的水势也异常凶猛。师父带他静坐瀑下，与他说起一个愿望。他说听闻东极处鳌足化珠，天地相交，无忧河入海可至东极，入海口沿途九十里风景绝佳。他一直想把沿途景致描绘下来献给一位故人，然而无奈大限已至，这个愿望只有让徒儿代为完成，并将亲制的一方印一同送与那故人——便是那海宫宫主，并且答应为她做一件事，师父说罢含笑而逝。他大吃一惊，慌得六神无主，将师父葬了，哀痛欲绝，本想在坟前大哭一场，但想到师父性好庄、老，喜谈禅论道，常说命本无常，大化之中人本是微尘，来与归去皆是永恒变化中的一瞬，若是戚戚哀哀必然不是师父所愿，于是当晚在坟前跪了一夜，第二日便轻舟载酒浮于无忧河上，向海宫而来。不过出乎预料的是这海宫宫主竟如此年轻，不过二十几岁的年纪何以和十几年未出山的师父相交好？更不曾想她一见自己便要取自己性命，真个是命运无常。他心里不免暗暗感叹人生苦短，何妨放浪形骸，金樽清酒大醉一场。想到这里他将笔一搁，笑道："前辈勿急，晚辈还没尝到前辈的美酒。前辈只管勾起了晚辈肚里的酒虫，它作起怪来，晚辈手筋直抖，题不得字。"说罢也不怕宫主冷傲的目光，仔细打量起她来，只见她一身青衣，一双眸子便如万丈深渊，不可捉摸。宫主见他打量自己，目光马上凌厉如刀。他吃了一惊，目光马上游移到莫愁身上，见她一身紫衣，身形仪态都与宫主相似，但那表面冷傲的目光之下却是掩饰不住的青涩单纯。少年心中大叫不好，这莫愁多半是宫主的女儿，那宫主定是练了什么驻颜的奇功，他刚刚贸然称莫愁为前辈，难怪她眼中满是狡黠了。宫主练的什么驻颜奇功呢？他忽然想起师父曾提起少林寺的《无相经》，此经本是达摩所创，本为解《金刚经》"无人相，无我相，无众生相"所作，凡人练之则能驻颜益寿，化为奇功。据说此经于十八年前为情妖盗得，从那时便失落于江湖，难道这海宫宫主便是当年大荒山无稽崖论剑的四圣之一的情妖？

海宫侍女们已然布好酒具，几十种各色美酒依次排开。那些夜光杯、犀角杯、古藤杯之类倒也听过见过，只是那最后一种酒具居然是一只巨大的银光闪闪的海蚌。少年不解，问道：

"这前几种酒和酒具晚辈倒也听过见过，只是这最后一种，晚辈未曾见过，还请前辈指教。"宫主道："亏你自恃饱读诗书，难道不曾听过李义山的句子'沧海月明珠有泪'吗？这蚌中便生着一颗绝世珍珠，每每月明之夜，珠泪盈盈，我让人将这海蚌置于清酒之中，六十四夜月圆才得一只，非有缘者不能得见，即便有缘得见也未必有本事尝得到。"

少年仔细观察，发现这蚌双壳弥合得一丝不透，要打开它饮得琼浆的确不是易事。他自小受师父教诲，知道武功与作画的至理便是外师造化，中得心源，讲究观、听、受、想，去看、去听、去感受、去领悟，讲究迎、遇、避、化，弱者迎之，强者遇之避之化之，从而立于不败。除此之外并无固定招式，讲究个人修为，随遇而安。他从小随师父在千丈瀑下修炼，千丈瀑飞流直下便如银河倒悬，瀑底的巨石经千万年已被冲刷成凹槽，可见水力。师父带他在瀑下观水听水受水，日复一日，受这比任何绝顶高手都强大的造化之力的冲击，练就了一身遇强则强的内功，所以河上那萧萧而下的叶刀对他只是枯叶而已。可如今他对着大蚌却是无计可施了，击碎自然容易，但如击碎便饮不到珠泪；钻孔也不难，但钻伤了蚌身珠泪难免变酸，只有完整地打开蚌壳才能饮到琼浆。他环顾周围，那些宫女们有心看他出丑，都得意地看着他。

他闭目凝神想了一会儿，伸手把蚌平托于左手，右手蘸水将蚌缘涂湿一圈，然后右手用力压住蚌壳。那巨蚌出水已久，且被长期置于酒中，早已渴水，察觉到水气便急忙要张壳。可是由于它被一股力量压着无法张开，于是便更加努力开张，此时少年早把右手撤开，巨蚌还未反应过来，蚌壳一下子完全打开，它早已被清酒浸透，珠光四溢，一汪银白如月光的珠泪异香袭人。少年举蚌一饮而尽，意气风发，提笔题下"无忧乐境"四字，又在卷尾署上"晚生何裳敬写"，从怀中取出师父那方印钤于款下，只见是"前尘如梦"四个篆字。他看到这四个字，想起十几年来与师父朝夕相处，旧事历历在目便如昨日，然而却永不可追了，不由心动。

宫主看到这篆文似乎也按捺不住心中的激动，眼中隐隐含着泪光，凝然而立。一时间海阁内鸦雀无声，只有海风撩响海钟，崖下的海水沙……沙……一次次潮来潮去，冲刷着山石。

宫主默立良久，面无表情地淡淡说道："他为什么自己不来？还弄出这四个字嘲弄我！"一句话到结尾竟成了厉声质问。何裳被骂得摸不到头绪，想起师父又激动起来，喃喃道："师父……师父已经仙逝了……"

宫主一听之下几乎不能自持，挥袖将何裳拉到面前，阴森森说道："什么？谁害了他？"

"在千丈瀑下，与他人无干……"

宫主放下他，转身面向大海，冷幽幽地说："他留下什么话吗？"

"他让我替前辈做一件事。"

宫主凄然一笑道："你能做得到吗？"

"尽力而为。"

"我让你替我杀了太平皇帝！杀尽天下人！"

"……"

"我要向他们讨个公道！"

何裳又是一惊，不知怎么回答，只觉师父与这女子以及那皇帝有很深渊源，便问道："不知当今皇上如何该死？"

"他是个骗子，骗了天下人！他是个昏君，善恶不分！误尽苍生，他不该死谁该死？"

她的声音冷峻而严厉，但何裳觉得这些都不是那个真正的理由，也许找到那个真正的原因，师父、宫主、皇帝三人的谜都会解开。自从懂事起，他就觉得师父的过去和自己的身世都是谜，可是师父却很少提及，甚至像已忘记。他一直在心头追问我是谁？我从哪里来？师父的去世让他有一种破解这个谜的渴望，此次独闯海宫不仅是为了却师父遗愿，更是他所能寻到的唯一线索。但如今，宫主显然对旧事讳莫如深，至于杀皇帝更是难事，真是棘手至极。

忽然，宫外一声冲霄箭响，他知道一定是有强敌入侵了。紧接着又是第二声，这敌人来得竟如此之快。宫主使了个眼色，莫愁便率一群女孩子下去接应。何裳看着这群女孩子一个个洒脱地飞出宫门，听宫主灌注内力千里传音道："何方高人？本宫失迎了！"声音便如水银，激昂荡漾入地三尺。不久，山腰传来回应道："少林寺空悟、空行率弟子迎经！"声如洪钟，直震得阁楼上的海钟嗡嗡作响。话音未落，莫愁接应了山下的宫女们回来，退入大厅内，珠帘被拨得乱舞如雨。帘外闪出两位高僧，他们身后又上来十几个执棍僧，有的手中木棍已断，有的人已受伤，可见是一关一关硬冲上来的。厅内的女孩子们也多有伤者，宫女们都静静地为姐妹们疗伤，伤者咬牙忍痛，连哭声也不曾发出。何裳看了只觉不忍，心想师父说过少林是武林中的泰山北斗，如今却对这些女孩子大打出手，实在是不合适。

帘外一位白须白眉的老僧合南道："海宫诸位施主别来无恙，老衲师兄弟破例上山叨扰实在是事出有因，若是在上山途中冒犯了诸位还请见谅。"

宫主见是少林方丈空悟，便道："少林三空来了两空，纠纠缠缠还是为那旧事吗？"

空悟道："阿弥陀佛，宫主见笑了，少林三空只剩下两位，这是江湖皆知之事。我师兄弟前来只是取回本门之物而已，也绝非纠纠缠缠。"他身边的师弟空行早气急道："方丈师兄休要和她讲理。她明知空空那叛逆由僧入道，故意提及羞辱我派。《无相经》乃达摩祖师传下，是本门至宝，她拒而不还便是孽障，我少林此番便来清理门户！"

宫主瞥了他一眼，冷笑道："空行大师的脾气还是这般暴烈，可知这些年来的修行又白费了。空悟大师却已是一派大家风范，狮吼功也是造诣非凡，本宫佩服之至。至于空空大师——现在大概应称空空道人了——叛逆之事本宫实在不知，何况人各有志，由僧入道也并非叛逆，空行大师恐怕言重了。《无相经》确为少林之经典，不过当年是由本宫光明正大从少林取得，少林十八年来每年都派弟子来讨要，我也早将经书璧还，两位不依不饶难道要逼本宫跳海自尽？！"

空行恼羞成怒道："放肆！你虽归还原本，可经文你已然牢记，若你恣意传播便会为祸武林。少林只要你承诺不将经文传与他人，你却始终冥顽。方丈师兄和我此来便亲自收你回少林，你一日不应，便关你一日！十八年前你与画仙盗经少林寺，画仙牺牲双腿才得以助你逃脱，盗经便是盗经，你还有什么话好说！"

言者无意，听者有心，何裳听得盗经一事，便知这海宫宫主就是二十年前的情妖，而那画仙腿有残疾，不正是自己的师父吗？

只听空悟道："师弟休要动嗔，老衲此来为请宫主去莲花洞中一坐。《无相经》虽能保青春常驻，但诸相变幻远非人力所能抗拒，总有一日施主红颜白发。施主幽怨太重，到时恐怕会妄动凶业，何况十八年来据守此地，不知情而入海宫地界者皆为格杀，这已是业障了。此次除请施主上少林外，老衲还将废去在座女施主的武功，回家勤务耕织以减恶业。"

情妖道："方丈大师果然会说话，本宫可坐不来这百年枯禅。本宫凭海建宫是为人间造一净土，那些龌龊俗人本已是枯骨行尸，我孩儿们只不过是还他们本来面目。如今太平皇帝昏暴无常，民不聊生，耕织岂能谋生？何况盗贼蜂起，弱质女流何以自保全生？"

"放下屠刀，立地成佛，诸位女施主只要弃武归乡，勤事耕织便自有福祉。"

"方丈真是迂腐，时事纷纭，苛政恶盗使良民无以为生，你难道非要她们成待宰羔羊？"

空悟却不理睬，自顾自运起功来，肃然道："世间久不闻雷音，老衲为诸施主散功了。"说罢便即运气，显然是要用狮吼功散去厅内女子的武功。正待他吼出时，厅中忽然闪出一个散发覆面的少年挡在众人面前。空悟恐伤及无辜，忙收功问道："施主，若不是海宫人便请回避，以免老衲误伤良人。"何裳看着厅中那些女孩子只觉不忍，心想师父与这宫主渊源颇深，当年竟为救她失腿少林，自己深受师父之恩无以为报，何妨代海宫受此一吼呢。他自幼便随师父在千丈瀑下修炼，他对那千丈瀑轰然而下的巨响早习以为常，自信受得了这一吼，于是对空悟行礼道："方丈大师，晚辈有礼了，晚辈与海宫渊源深远，曾蒙宫主赐酒，也算是个海宫宫人，愿代海宫人受大师一吼。海宫中姐妹们均天真纯良，并非恶人，还请大师慈悲。"此言一出，海宫内外皆是一惊。海宫女子们不禁面面相觑，惊他竟如此仗义，感激他舍身而出，又怕他受不了这一吼，连莫愁也紧张地看着宫主。

宫主一笑，道："这小子只是个画画的书生，替一位故人来送画而已，与海宫确有些渊源，但绝非海宫宫人，而且年纪轻轻少经世事，想来也未曾做过所谓伤天害理之事，由他代受一吼实在不合适。本宫当年与三位朋友论剑大荒山无稽崖，也曾混得名列'四圣'的虚名，少林一战后十八年来未曾与绝顶高手较量，如今天赐良机，本宫倒要再领教少林高招了。"说罢青袖一挥，珠帘应声而碎，珍珠被她袖上的内力激起飞扬四射，袭向少林僧众。空悟和空行忙挥动袈裟抵挡，但仍有僧众受伤。

情妖冷笑道："公平对战，三局定胜负。我与你二人两局，你们亦可两局作一局上。我莫愁儿和你们一个弟子过招，若是我们输了，任由你们处置。"空行听罢又要动怒。空悟忙挥袖拦住他道："四圣盛名在外，老衲师兄弟自不能等闲视之。何况此来便是为请宫主下山，非常之时行非常之事，既然施主认为我师兄弟联手也行得，老衲便应了。"

海宫的女孩子们听了均是不平，七嘴八舌地骂起"贼秃"之类。宫主回头一瞥，宫人们立刻鸦雀无声，她给莫愁使了个眼色，对空悟道："第一局由小女莫愁领教少林高招。"莫愁将身后披风解了交与宫人，走到门口时，看了一眼门口的何裳，向他点了一下头，目光也温和了许多。何裳被她一看只觉五脏六腑都舒畅无比，脸也情不自禁红润起来。莫愁见他如此，目光马上变冷，轻蔑地转过脸去。何裳便如被霜打，后悔自己轻狂，只见莫愁向空悟行礼道："晚辈不自量先试第一场，不知哪位高僧出场比试？"

空悟已决意要赢定三局，将情妖收服，于是回头唤道："智净，还不出来领教海宫绝技！"这智净是空悟的大弟子，本是称霸中州的草莽，后被空悟降伏皈依佛门，出家前便是一流好手，入少林后更是顶尖的人物，空悟让他出场是要赢定这场比试。只见一个壮大和尚应声跃出，向空悟行礼，又向海宫诸人行礼，道："小僧来和施主比这第一局。"莫愁见这智净四十出头，身高八尺，头顶水光，手臂筋骨劲健，行动间呼吸平和，显然是个内外双修的高手，知道不可轻视。她是第一次与高手过招，有些跃跃欲试但又不免担忧，回头望母亲一眼，见她对自己点头，心中平静了许多。她将手中海月剑平指，道："失礼了。"话犹未完一剑削出。智净有意震慑对手，施展金刚手格挡。剑手相交，当的一声，莫愁只觉一股强大的内力从剑锋传来，几乎将剑夺走，她马上顺着那内劲的方向将剑内转，变正手为反手直切对方颈间，变化之快出乎意料。旁边的何裳本为她担心，见她应对得漂亮，不禁叫好。

原来这智净和尚强在内力，想以内力制胜。而莫愁内力虽不及智净但招数却是轻灵奇幻。智净一击失手，大吃一惊，暗道厉害，便是寻常宝剑在自己苦练二十年的金刚手之下也非残即缺，这柄剑不仅完好无缺且割破了自己的手指，更重要的是这女子变招奇快，自己本想以内力夺剑却被她就势换形反手削来，幸亏他江湖经验丰富，大惊之下忙低头后跃，剑锋擦耳而过。空悟和空行看了也暗道了得，心想这海宫确实高深莫测，对付情妖是必须要全力以赴了。只见莫愁又反手剑刺向智净，智净这次吸取教训，不以手直触剑锋而是探手去捏剑身。海月剑澄明轻灵，莫愁见他捏来迅速变招，剑划一弧变为正手向智净探出的右手而去。智净见她又变忙缩右手探左手接剑，却又被莫愁变招躲过。一来一去几十个回合，智净伤不得莫愁，莫愁也伤不得智净，只见二人身形飘忽。智净身形巨大，一举一动便如长身罗汉；莫愁紫衣灵动，海月剑青光熠熠，剑身的错金鸟篆诗文电光飞扬萦绕，便如飞天。何裳正沉醉着，忽然想到不好——若是再这样打上几百回合，莫愁内力不支便败了。

莫愁也深知自己不能这样打下去，况且这比试关乎母亲的去留，绝对输不得，但取胜又是极难，索性狠下心拼个鱼死网破，于是她反手一剑变为正手。智净也是打得性急，见她剑锋突变，大喜若狂，无心与她纠缠，一掌便打过去。莫愁见他中计，马上挺剑直刺。这是两败俱伤的打法，双方都急于结束战斗不肯撤招，结果必然是智净掌力击中莫愁的同时海月剑刺中智净，众人无不为二人性命担忧。只见剑锋已抵入智净胸膛，莫愁也被掌风逼得闭气。何裳不及多想，一步跨出，伸掌抵住智净的手掌奋力推出。两掌相交，只听"砰"的一声，智净向后弹出丈许，也乘机躲过了那一剑。何裳连忙将莫愁扶住送到情妖身边。智净向何裳行礼道："多谢施主施救。"庆幸之余又纳罕这少年一掌之力竟如此厉害。空悟和空行也是松了一口气，但又十分担忧，均想这少年修为不浅，不知是敌是友，若是敌人，此行恐怕又是无果而终。

只听空悟缓声道："多亏这位施主出手，不然便两败俱伤了，此局便算和局。第二局便由老衲领教海宫绝学。只是有一事老衲不明了，施主何以不肯承诺不将经文传与别人呢？"

情妖十分轻蔑地一笑，道："《无相经》本为普度众生所作，众生皆有佛性，天下人皆可修习，少林寺据为己有难道有理吗？本宫从未想过将经文传与他人，但你等偏要我做出承诺，我生平不信承诺，也从不会承诺！你等也是数十年如一日在寺中坐井观天的人，本宫倒要和你们好好计较计较。"

"阿弥陀佛，可见苦皆由心起，种因得果，因缘往还，宫主注定有此劫数了。"

空悟说罢凝神运气，白须白眉尽皆飘起，内力贯注处僧袍袈裟鼓胀如风帆。情妖见他如此气势，冷笑一声，在他将发未发之际将青袖一挥，看似轻描淡写实则含千钧之力。空悟只觉一股大力袭来，忙把将发之招变为守式，双手拆解了情妖的攻势。情妖一笑，右手直探空悟眉心。海宫人皆看出这是情妖自创并传与她们的入门套路探花手，海宫人人均会，如今却没想到宫主竟以此招数与少林高僧对战，只见她举重若轻，翩若惊鸿，指掌之间风声猎猎，不由都暗暗佩服，暗道自己愚钝，不知这功夫中的诸多奥妙。空悟用少林正宗大悲手应战，这大悲手乃是少林绝学之一，空悟在此功夫上钻研颇深，造诣匪浅。这次他决意要制服情妖，是以一开始就全力以赴，使出了看家本领。空行在一旁也暗自佩服师兄武功精湛。

情妖醉里探花，掌掌出奇，艳异绝伦，便如九天玄女；空悟全力施展，指掌飘飞好似千手如来。掌风相接处有惊雷裂帛之声。何裳凝神观战，心道此来真是大开眼界，以前在山中和师父学习的心得在高手对战间多有印证，自己获益良多。再看情妖和空悟二人，虽然表面上难分上下，但情妖显然未尽全力，而空悟却早全力以赴了，看来当年大荒山论剑的四圣绝非浪得虚名。何裳不禁又想起师父，如果情妖不是对旧事讳莫如深，将前尘旧事讲清楚了多好。正想时，只听情妖道："空悟大师果然名不虚传，若是二十年前能到大荒山一聚，倒能评个前十名，不过此番要捉本宫回山却是猴子捞月了。不如空行大师一起上，让本宫痛快打一场。"空悟凝神对战，也知自己难以制服情妖，但终碍于颜面不好以二对一。空行却早已忍不住，大叫："妖孽休得猖狂！"挥掌加入战团。情妖振奋精神，以一敌二毫不示弱，将《无相经》的修炼成果贯注到一招一式，身法愈快，挥洒自如，恰如一片青云飞舞神异，又如一团魅影变幻离奇。海宫人见她以一敌二，自豪之余见二僧愈战愈勇也不禁心忧。莫愁紧握海月剑，全神贯注地看着三人对战，似乎想一见母亲失势便即出手。何裳深知以她的内力若加入战团定然非伤即残甚至危及生命，他暗想：一旦情妖落下风自己便先出手相救。

　　三人一战可谓惊世，二僧头顶均已升起缕缕白气，显然是内力正升至巅峰。情妖也已全力以赴，精神却见恍惚，似乎忆起旧事。一阵海风激荡，海钟当当作响，潮声此伏彼起。情妖若有所思，道："海月澄无影，潮音犹自鸣……小子，你师父可曾传你潮音剑？"何裳未曾想到生死之战的紧要关头她居然一心二用，忙道："晚辈已受潮音剑。"心想这海月潮音原来是从诗句中化来，莫非也有因缘？回头向莫愁看去，哪知却正和她目光相交，她的目光马上变冷，转过头去看情妖三人时却是大吃一惊。

　　原来二僧乘情妖分神，有意与她比拼内力，二人的修为加起来已过百年，自然要胜过情妖。三人掌力相抵，形势大变。情妖的内力已达巅峰，却也感觉到二僧的内力正在慢慢占据上风，她马上运用《无相经》抵御。众人只见她的长发被内力激得飞扬，乌发渐青，便如烟云，青发又渐白，不久便纷纷如雪。众人皆大骇，莫愁早已忍耐不住，拔剑跃出便要出手，却被何裳抢在前头，将手搭在情妖肩上。情妖只觉一股若有若无的内力像水一样从肩上流过来，浸入全身，她忙运功灌注于两掌，抵挡住了本已占上风的二僧的内力。可惜何裳毕竟经验太少，虽在千丈瀑下练得精深内力，却因无经验，不能运用自如，只能遇强则强，立于不败，却不能进一步克敌制胜。情妖知道何裳出手，笑道："你这小子倒是多事，要学什么侠义道应该去帮两个和尚，本宫出手从不用人相帮，撤掌吧！"何裳被她骂得糊涂，却深知此时万万不能撤掌。四人实力已然均衡，若是一人撤手另一人便要受重伤。但如果这样僵持下去四人都会耗尽内力虚脱而死，必须有第五人能舍身将四人分开，而且力道必须恰到好处，但此人必然会在与四人接触的刹那身受四人之力。人人均知此理，是以均不敢贸然出手。

莫愁看着母亲白发如雪，不禁心潮激荡泪如泉涌，幸亏面覆轻纱无人看见。她闭目定了定心神，突然拔剑便向四掌相接处削去。只听一声霹雳轰然炸响，四人内力团被剑气割开，飞出数步。再看莫愁时，她已被剑身传过的内力激出丈许，不省人事。情妖狠狠瞪了一眼何裳，忙去给莫愁疗伤，见她面色惨白，气若游丝，给她灌注内力之余不禁心伤。空悟也走了过来，道："善哉，施主舍己救人慷慨捐生，佩服！此伤非同小可，请服下本门三生丹。"空悟取出三粒三生丹递与情妖，情妖将一粒送入莫愁口中，给她推宫过穴。空悟又道："三生丹可保她六十四日之命，这六十四日间武功尽失，但行动与常人无二。若是在此期间不能找到救治之法，六十四日后便无法可救了。此伤是阴阳合力所致，治法也必须依据阴阳之法，世上只有蜀山鬼谷子可治此伤。九月初九重阳节武林召开嵩山大会，商议赴鬼城夺取杏黄旗，正与鬼谷有关。"情妖专心为莫愁疗伤，只是点了点头。何裳却暗下决心无论如何也要将莫愁带到鬼谷子处。三生丹药力发作，莫愁脸色又复鲜活，情妖的内力已把她闭塞的经脉打通，她轻轻睁开了双眼，栽倒在了情妖怀中，看着她满头的白发又流下了眼泪。情妖在她耳边道："傻孩子，人哪有不老的，我修炼这么多年，其实都想开了。美人自古如名将，不许人间见白头，可年华暗换是谁也阻不住的。母亲真是老了，输了比武，要到少林一游了，我也有很多事要找个清静地方好好去想一想。你六十四日内行动如常，但万万不能运功，否则冲及血脉。母亲不能陪你去蜀山治病，叫这小子陪你去。他是我故人的徒弟，不会是坏人，但可能是骗子，你要小心，万不可轻信于他。世人虚伪势利，真心人最容易受伤。"说罢，她扶莫愁站起，回头对何裳道："本宫让你做的第一件事你不能做到，那便换这第二件，护我莫愁儿去蜀山求医。你若让我莫愁儿受半点委屈，我便要你性命。"又对宫女们道："本宫移驾少林，你们便没有了乘凉的大树，小心经营，海市照常，蜃楼的海灯也要长明，朝拜进贡的人们要照常接待，便如我在。我去去就回。"

空悟道："阿弥陀佛，宫主与佛本有宿缘，前尘后世皆缘之所在，此番入少林正和当年出少林相应，皆是因同一人而起。潮音梵呗本同声，何况前次施主留恋我寺夜光珠，此珠为佛家至宝，观之可洞悉前尘后事，天下人欲求之者不可胜数，大概人都留恋于前尘，迷惘于未来。然而有缘见到夜光珠的也是凤毛麟角，施主去少林与夜光珠也不无关系吧？"

"不错，正要去见识！这便动身。"情妖便真要走。

"且慢，待老衲为诸位女施主散功。"

情妖厉声道："难道非要赶尽杀绝不成？"

空悟不答，只是运气，待他要吼时，何裳又凑到他面前，道："大师且慢，晚辈刚刚有言在先，要替海宫领受这一吼。"空悟见他执拗，道："既然如此，只要海宫的女施主们答应不再滥伤人命，我便让你代她们受这一吼。"何裳忙替她们答应了，他刚刚目睹这几场大战受益良多，而这狮吼功又恰好可以和师父的清啸相互启发。师父常说起魏晋名士善以清啸抒怀，声如天籁。魏晋玄门与佛家的狮吼功自然门路不同，但功到极致却是殊途同归，因此何裳对这狮吼功竟十分神往。他仔细观察空悟运气发功的每个细节，直到雷音轰鸣，他只觉浑身经脉剧烈震动起来，血液在其中便如沸腾一般。他马上运功调息，血脉渐平，但体内潜能被这一激也迸发出来，只觉一股清气被空悟的吼声激荡，左冲右突，奔腾至喉不自觉就呼啸起来。一吼一啸便如山呼海鸣，顿时山风凛凛，草木萧萧，满山松针乱舞，禽兽皆鸣，虎啸猿啼之声不绝于耳，许久方歇。

空悟吼罢收功，诧异这少年进步竟如此神速，道："如今老衲方知世上果然是英雄辈出，老衲真是井底之蛙了，不知如何称呼？尊师可是腿有残疾？"

"家师确实有些残疾，至于晚辈……晚辈何裳。"少林僧人都是一愣，何裳马上道："'制芰荷以为衣兮，集芙蓉以为裳。'只是世人已将'裳'读作'商'了。"何裳说罢得意地看了看情妖，被她的眼光轻蔑地一扫，忙又转过去看莫愁，见她不无诧异的神情，自己便情不自禁地笑了出来，笑了笑又想到师父，又低头沉默了。只听空悟道："尊师近来可好？"何裳喃喃道："师父已然仙去了。"空悟低头道："阿弥陀佛，难怪宫主对战时心有旁骛，老衲此番赢得不光彩。不过事关重大，我等就此回归吧。沿途多是海宫治下，为免多生事端，宫主不宜露面，有我们专程护送。"情妖点了点头，对莫愁道："你们便下山快马奔赴蜀山。我随这些僧人途中恐有耽搁，若遇麻烦便说是海宫少主。"又瞥了何裳一眼道："何裳？亏你想得出，可惜俗得很，小心把我海宫的马骑脏了。"何裳吐了吐舌头，护着莫愁下山了。

海风呼啸，情妖独自站在海崖上，衣袂飘飞，白发如雪，她喃喃低吟："海月澄无影，潮音犹自鸣。"无限往事便如潮水，一浪又一浪……

第二回 人生得意须尽欢，莫使金樽空对月 018

何裳与莫愁改换装束，扮作两个书生。莫愁不情愿地取下面纱，那容颜如明月般纯净，不染一丝的俗尘，也让人高处不胜寒。何裳一见不由怔住，莫愁瞥了他一眼跃马而去。何裳如梦初醒，忙跟上去。两人一路未遇什么麻烦，只是何裳为照顾莫愁，主动提出休息了几次。第七日到了嵩山地界，嵩山乃天下之正中，八方交汇之地，市井繁华，店铺林立。两人思量对鬼谷的情况所知甚少，便打算在嵩山驻留些时日，趁嵩山大会之机打听鬼谷的消息。

一路上何裳对莫愁毕恭毕敬，惟命是听。当日寻店铺住宿，从街口到街尾所有店铺都住满了各门各派的江湖豪客，大江南北口音各异却句句不离鬼城、杏黄旗、嵩山大会之类。何裳见莫愁去了面纱扮成书生后形容越发俊俏，不由又说些俏皮话。莫愁却依然是副冷面孔。

两人寻到街尾依然没有店铺可以住宿，只好到城外寻了个破庙。庙宇说破倒不是很破，只是无人照管而已，供的是武圣关公，那泥塑的关公形神兼备，威风凛凛，却又因满面的尘灰和蛛网显得疲惫颓唐。何裳收拾了一下，又去街上买了被褥和点心吃食。他照顾莫愁在屋角睡了，自己守在旁边靠着塑像，透过窗子看着秋月。他算计着今天是九月初七，离重阳还有一天，正可以乘机查出鬼谷的线索，不过少林僧众步行恐怕是赶不到了，只盼情妖催他们加快脚程，却又怕他们来了自己不能再和莫愁单独相处。他看着月光如水，润湿了莫愁的脸庞，心道：自己全意付出却被她冷漠相待，总以为是有所企图，自己却又不知如何才能消除她的疑虑。不过就这样守着她就很幸福了，他也不敢再有奢求，只想尽快找到鬼谷子治好她的伤。

正想时，忽听庙外传来脚步声，一个粗重似是老人，一个轻灵则是孩童。不久，果然只听一个老人的声音道："妙儿，今晚便在这庙中住了吧，我等贫民住那旅店是住不起的，你要懂事，不要捣乱了。"只听那孩童道："爹爹，我知道。这庙真是好玩呢，便是有店住我都不去。""你别淘气就好了，先点一堆火，吃些干粮。"两人便捡了柴草，燃了一堆火。火光及处两人看到睡着的莫愁，老人忙道："哎呀，原来已经有位相公住下了，可不知吵到相公睡觉没有？"说罢便到莫愁面前行礼。何裳早从莫愁身边闪出拦住了他，道："在下这兄弟已然睡了，老丈不必多礼。庙堂地方甚大，老丈请自便。"老汉点头道："公子说得是！妙儿，咱在这边。"何裳见那小男孩儿正望着他，便道："小兄弟多大了？"那小孩儿从包袱里取出干面饼之类，递与老汉，又分与何裳一块，道："十六，我叫妙儿。"何裳接过他的饼，道："我叫何裳，不是和尚的和尚，是何裳。"妙儿笑道："又是和尚又不是和尚，敢情你算计着娶不到媳妇便去做和尚吧？我倒知道有个少林寺，里面的和尚打架也厉害得很呢，你要做和尚到那里去就好。不过你模样挺俊，倒不至于连媳妇都找不到。"何裳见火光中他的大眼睛一闪一闪甚是活泼，不由喜欢，便从包袱里拿出白天买的点心吃食，送给老汉与妙儿，两人连忙谢了。何裳道："我的名字不是那个意思，屈原有诗说'制芰荷以为衣兮，集芙蓉以为裳。'我的名字便是由此而来，只不过恶作剧将'裳'读作'商'，故意戏弄那些和尚。"这边莫愁也醒了，何裳又递给她点心。莫愁打量老汉与妙儿，问道："什么人？"老汉听她询问，忙道："烦扰相公了，我父子俩从乡下来投奔亲戚，不想亲戚已搬走了。我父子俩看这街里热闹，便打算停留几日，看看热闹长长见识。"莫愁将信将疑，侧过身仔细打量二人。老汉进庙见到她时只是个影子，现在她侧身过来，面目被火光照得清楚。老汉看到她的容貌不由神色一变，转瞬又恢复如常，妙儿却是掩饰不住惊异的神色盯着她。莫愁见两人神色失常，冷冷道："你二人为何神色有异？"老汉忙道："老奴看公子面目好像我长安老家的大小姐，只是公子是男子，我那大小姐是姑娘。我爷俩是以纳罕竟如此相像。"莫愁挥手让妙儿过来，妙儿看了看老汉，不情愿地走到莫愁面前。莫愁一把捉住他的手。他大惊之下连忙回缩，缩到半路却又停住了。莫愁冷眼看他，见他目光闪烁流转，莫愁冷笑一声松了手，妙儿马上趁机逃走了。莫愁拉着何裳到僻静处，道："这对父子有诈，老父少子，那妙儿还是个女孩子。"何裳一惊，回头向妙儿看去，只见他无辜地看着自己，眼里却溢满了笑，便道："不过他二人好像并无恶意，还是不要多生枝节。"莫愁也不说话，自己躺下。何裳也靠着关帝困着了。

夜半时分，庙外忽然又有人声。一个饱蘸了油水的粗嗓音道："不得了，你慢些跑，咱先想好了门派的名号，再把那幌子弄好才能参加大会呢。"一个尖如麦芒的声音道："到这关帝庙来，成立门派要拜关帝爷。你快跑，不然被抓到。"说罢脚步急如拨浪鼓般跑过来，另一个则咕咚咕咚地在后面追着。何裳半睁着眼看去，只见两个怪人，一个又细又高，便似一根筷子，声音就像剃头的小片刀刮人耳鼓；另一个奇矮又奇胖好似水桶，嗓子里哼哼唧唧满是油水。只听筷子对水桶道："了不得，我说有人吧，正好叫他们也加入咱们门派，那咱们声势就大了，有一、二、三、四……五个人。"何裳闭眼装睡，听着他们叽叽咕咕。只听水桶道："不对，六个人，你没算你自己。"筷子不屑道："我是掌门，那个当然不算我，我们就叫不得了派。""我是掌门，了不得派！""不得了！"两人争执起来，筷子不耐烦，对着水桶的耳朵尖着嗓子喊叫，便如半夜鬼叫，庙顶的灰土夹着杂草纷纷直落。莫愁早被吵醒，看到两个怪物不免诧异，向何裳看了一眼，何裳摇了摇头表示不知道。只见那水桶被筷子狠命一喊竟然哭了起来，抹着鼻涕道："不得了，叫不得了还不行吗！你对着我耳朵喊，都被你喊坏了！"筷子唏嘘不已，尖声道："你这个废物，每日只知道捞油水，块头不小不想却是个废物。别在那儿流尿泡了，快和我拜关帝爷。"

两人毕恭毕敬地跪到关帝爷面前道："关帝爷爷在上，从今日起，不得了派正式成立。掌门不得了，副掌门了不得在此拜关帝爷。关帝爷保佑我派在武林大会上大展神威夺得盟主之位，进军蜀山抢得杏黄旗，号令天下。不得了当盟主，了不得当副盟主，最好还能捡个皇帝当当。不得了当正皇帝，了不得当副皇帝，也找几个人，对，就这两个书生这样的给咱们吹吹牛写个什么文说我们是有道明君，什么德之类的。咱们再娶她几千个皇后副皇后，生满地的娃娃，都让他们当官，不是咱们的娃娃咱们就不给他官当。再让他们把那个夜光珠献上来，吃了就长生不老……我吃，你就别吃了。"水桶一听急了，一把抓住筷子的头发道："掌门都让你当了，夜光珠便应该我吃，你不同意我便不入你的不得了派建立了不得派！"两人又七嘴八舌地吵在一处。

老汉被他们吵醒，用脚顿地道："夜半里招来这两个无常鬼，哪里来的鬼东西？再吵老汉一杖打死两个！"举杖便打，可惜力道不够，拐杖举到半路便落在脚边，砸出一个土坑。两个怪人见状马上凑上去看他的拐杖，筷子道："原来这里有武林高手，不得了派掌门不得了有礼了。请问大侠何门何派？"

老汉轻蔑地看着两人道："原来是两个呆子，老汉是长安人士，到嵩山来投奔亲戚，亲戚却跑了。我父子俩又想看那个什么大会的热闹，只好在这落个脚，没想那个大会没到，倒先看了两个呆子的热闹。"说罢大笑。

那两个怪人老大不高兴，那瘦子道："你这老儿真不识货，我两人便是二十年前大荒山论剑的四圣：神仙妖魔。我不得了便是那武神，善使那百二十斤巨阙剑，辟地开天无险不克。他不得了便是那画仙，沧海潮音剑，人间逍遥仙……"

老汉父子哈哈大笑，那妙儿笑得栽到老汉怀里喘不上气来，嘴里啐道："呸！呸呸！就你们，呵呵……你们还神仙？小鬼，还差不多。嘿嘿，那个、那个武神若是你这般模样，我便叫你做爹爹！"老汉拍了一下她的头，道："又胡说，管他们是神仙还是鬼怪，你爹爹可只有我一个！他便真是那个什么神，你还是得管我叫爹爹。"妙儿撇着嘴冲着两个怪物做了个鬼脸，又对着何裳活泼地晃着头。何裳笑着看着她，想起莫愁的话，不由喜欢。莫愁也兴致勃勃地听着两个怪物讲起二十年前的旧事，听他们讲到"神仙妖魔"时，她与何裳目光相遇，避之不及，两人慌忙不约而同地把目光转向妙儿。何裳经莫愁提醒后便特别关注妙儿，果然发现她一举一动虽是小顽童模样，却掩饰不住女孩子的纯真柔美，那如水光闪烁般的明眸更是透露了她的秘密。妙儿本来笑眯眯地看着莫愁二人，忽见他俩人忽然都盯着自己，莫愁目光锐利，何裳却是笑眯眯，眼中满是诡异，仿佛提示她你已被我识破了。妙儿羞涩地低下了头，手中拈起一小块何裳送的点心，轻轻地放到嘴里含着。

老汉烦透了两个怪人，想尽办法想把他们赶走，他们却像胶皮糖粘在了关帝庙里，他厉声道："你们两个鬼东西，胡吹滥编，敢情是那走江湖演双簧的乞丐，我们村里多得是，老汉我没有钱施舍你俩，快些滚吧，省得扰老汉我睡觉！你们看看，那里还有两位相公，进京赶考的，你二人纠缠个啥！"

两个怪物被他一骂竟大惊失色，扑通扑通双双跪在老汉面前，道："高人爷爷火眼金睛，小的二人真是跑江湖卖嘴脸的，饶命饶命。可是您有所不知……"两人站起来，神秘地说道："这次英雄大会可是一个机会。我们趁这个机会成立个门派，到时候一举夺魁，嘿嘿，就是武林盟主。"两人一唱一和，显然又走进了盟主的大梦里，十分陶醉。

老汉轻蔑地笑道："你两个呆子，天下英雄会岂能让你两个疯疯癫癫的憨货做了盟主？笑话！白日做梦，真是荒唐的事！"水桶抢言道："老汉真是不识时务，哪个英雄不是人捧出来的？自己能吹，又有人捧，当皇帝老儿都没问题。到时候做盟主，夺得杏黄旗，号令天下义军直捣长安城，那昏君便是有十个玄武大将军也抵不了天命所归！"

何裳一惊，不曾想他竟说出这样的话，只听老汉高声喝道："呸！快别说出这等大逆不道的话来，被别人听到便人头落地！"两个怪人也吓得要命，筷子把水桶踢得咚咚响，水桶哭道："前一半……是我想的，后一半是我听来的，我听那人……说得气派就学来了。"那瘦子又道："那些人发现我俩便要杀了我们，幸亏我两个有跑江湖的好腿脚，不与他们计较，来这里成立不得了派。"老汉笑骂道："原来是躲在这里避冤家……不好，那些人万一找到这里，我们岂不一起倒霉？你们还听他们说了什么？"两人听他说会被冤家追来，吓得一起躲到门后，支吾道："那两人一个是白面英俊后生，一个是浓眉大眼的汉子，好像白面的是什么轩辕王子，浓眉的是夸父神军。浓眉的汉子对那后生道：'那杏黄旗恐怕只是江湖传言，此番大会恐怕是朝廷的阴谋。'那白面后生说：'官府那边已经办妥，大会上我出场，你接应，即便有变也能全身而退。这是江湖上树立威信的好机会，让他们为我所用，共举义旗。'说到这儿就发现我俩在草丛里拉屎，便要来杀。幸亏那浓眉汉子拦阻，我俩才乘机飞奔，连屁股都没抹呢，不信你看看，你闻闻。"说着便脱裤子给老汉看，老汉骂道："该死了，还不穿上！"莫愁和妙儿见他们脱裤子忙背过身去，妙儿口中直骂："真该死，不害臊！"

何裳看着几个人觉得有意思，不禁笑起来。刚笑一声，莫愁的剑早抵到了他背上，他马上缄口。外面远远传来脚步声，他凝神听去，是两个人，脚步轻健，显然都是高手，但前面一人步子有些轻浮，修为显然没有后面的人深厚，后面那人直追上来。

门外月光如水，大地清明。两个影子一前一后奔来，越来越近，为首者形象俊朗，身背长弓硬箭；落后者浓眉大眼，形象威武。为首者不管他，径闯入关帝庙，他环视庙内，只有老汉父子和何裳莫愁四人，却不见两个怪人，他似乎很沮丧，低头向门外走去，却冷不防拔刀便向两个怪人躲着的门后猛刺。庙内四人皆是大吃一惊，出手相救都来不及。眼看那刀便刺入门内，后来的汉子忽然健步一跃，凌空出手格住了俊朗汉子的刀，道："何必非要杀此二人？"何裳暗道这俊朗汉子肯定是那两个怪人所说的轩辕王子了，而那出手相救的就是夸父神军。只听那轩辕王子道："他二人窃听我军机密，便该万死，你休要再纠缠！"夸父神军道："我轩辕军以拯救苍生为己任，光明正大，本就不需许多诡计，岂能因此妄杀无辜！"轩辕王子一把推开夸父神军，道："萧然兄太过迂腐，为什么我做什么你都有异议？你既知我军以天下为任，便不应拦我，我军不能因为两个小人坏了天下大计。如今这四个已然听到我们的话，何况这两人定然已把我军机泄漏与这四人，一将功成万骨枯，成大事者何惜几条人命。他们一个也活不得！"说罢挥刀向身边的妙儿砍去。萧然又出手格过刀锋，道："得人心者得天下，何况本军严戒滥杀无辜，王子不可妄开杀戒！"王子抽刀瞪了他一眼，叹了口气道："不杀便不杀，我听萧然兄一劝。我们便各自回营吧。"说罢便向外走，萧然襟怀坦荡，信以为真，也走了出去。轩辕王子等他出了门，冷笑一声，挥刀又向妙儿砍去。萧然听到风声回身要救时已来不及。眼见刀要砍到妙儿，只听当的一声，轩辕王子只觉虎口发麻，钢刀脱手。他大惊失色，但惊恐之色只一闪便换成笑容，高声道："轩辕军轩辕王子萧萧拜见前辈高手！"说罢环视庙内，一边看一边小心地退向门口。屋内平静如常，他冷笑了一声，对门口的萧然道："萧然兄，看来我军内人心有异，这似乎比几个刁民的影响更坏，待我们办完杏黄旗一事，回师我便请示父王处置此事。"萧然也是冷笑，他进来时看见何裳弹石击刀，听萧萧话中有话也不在意，向何裳点了点头就走了。萧萧见他走了，又不知刚才是何人出手，心中不免恐惧，忙回头跟了上去。

两个怪人从门后钻出来，不得了一屁股坐在地上，得意道："还是本掌门英明神武，躲的地方好，两个坏蛋都没有发现。"妙儿刚刚死里逃生，目送着萧然远去的身影，又回头感激地看着何裳，听了不得了又在吹牛，不禁讥嘲道："厚脸皮不得了，要不是有英雄相救你两个早被串一串了。"老汉把她拉到何裳面前，作揖道："多谢二位公子相救，不曾想两位公子原来是侠客。"何裳连忙还礼，莫愁似笑非笑地打量着妙儿。妙儿吐了一下舌头，扭头跑了。

何裳想到那萧萧狡诈阴险的行径，不由感叹世上竟有此类人，又想那萧然也是个好汉，只可惜位在人下，不得其志，刚想及此，便听不得了又是一声尖叫，却是在笑。原来刚刚由于惊恐，了不得尿了裤子，裤子上湿乎乎一大片。了不得也不顾羞耻，脱下来便到火边烤。莫愁和妙儿又忙背过脸去，暗暗地骂。不得了兴高采烈道："了不得，你屁股太丑了，那位相公都不要看呢。你还是把我的裤子穿上吧，我的屁股比你的屁股好看，好歹我也是掌门，掌门的屁股都是好看的，那相公肯定爱看。"了不得生了气，骂道："谁说我屁股难看？要不我们比试比试？"

何裳见他两个越来越不像话，便道："你们两个都好看，只是天冷，小心冻坏了命根子将来生不得儿子，还不快快脱下褂子系在腰间，这样别人就看不到你的屁股也冻不坏你了。"了不得一听会有这么严重的后果，大叫不好，忙脱下褂子系在腰间，自己瞧了瞧道："原来把褂子当裤子比裤子当裤子还要好看。"不得了道："那你的裤子就归我了。"说罢便抢了了不得烤着的裤子。了不得道："你要我的裤子做什么？我还要当褂子穿呢。"不得了道："我们不得了派成立便要立个幌子，试看天下哪个门牌不立幌子？现在出来混，谁也不知谁几斤几两，关键便是靠幌子，名头吹得响，阎王都怕得尿裤子呢！嘿嘿，我们叫这位相公在上面题上'不得了'三字，大会那天挑出去便风光得紧了。"说罢便将了不得的裤子拿到何裳面前。莫愁见那裤子又脏又臭，心头作恶，远远避开。何裳也不推辞，当下从包袱里取笔研墨写下"不得了"三个大字。不得了如获至宝，将裤子郑重地交给了不得，自己跑出去找旗杆了，只剩了不得哭丧着脸守着自己的裤子。

何裳写完收拾笔墨，刚要将笔放回，却被莫愁一把夺过，远远地丢到门外。何裳一笑，见那老汉笑眯眯地看着他们，不由向他无奈地摇了摇头。妙儿恶作剧似的笑着。莫愁不理何裳，闷闷地睡了。何裳厚着脸皮给她盖上被子，自己也靠着泥像困着，看着莫愁，只见一颗亮晶晶的泪珠从她脸上滑落。何裳不解，凑上去问："没事吧？你不高兴我就再也不敢……"话还没完，莫愁的剑已然抵了上来。何裳马上侧身避过，惊恐万状。莫愁回过身不再理他。何裳大惑不解，不知自己应如何去做。正郁闷时，忽听身后有老鼠嗤嗤的叫声，何裳回头看去，原来是妙儿在学老鼠叫，见他回了头，又用唇语对他说："生气啦，你要老实点！"何裳点点头，感激不尽，又替莫愁盖好被子，不敢乱动，倚着关公睡了。

第二天一早，何裳给了老汉父子些银子，请他们看着拴在庙后的马匹，他和莫愁两人到街上打听消息。不得了和了不得二人由于害怕被人追杀，便借口做幌子留在庙内，任凭老汉如何骂也不肯出门。

嵩山城热闹非凡，这嵩山大会乃是二十年一届，这二十年往往是各门派新陈代谢的一个轮回——很多耆宿去世，很多旧门派被淘汰，同时很多新秀横空出世，很多新门派崛起——一切沧桑尽在这二十年中。上届大会中当今天子庄炎凉收罗天下英雄，大起义兵，不到两年便灭了前朝，定都长安，建号太平。如今又是二十个春秋，天下大势与当年一般无二。太平皇帝为避免草莽乘机起事，下旨此次大会以杏黄旗为主题，大会选出盟主，率领各路英雄进军蜀山，夺取鬼城的杏黄旗。据说这杏黄旗是当年姜太公为号令天下而制，执掌百代之兴衰。因为这旗落入鬼城之手，是以数百年来群雄并起，未尝有安定之时，历代皇帝也都曾为夺旗大起兵戈征伐鬼城，却都以失败告终，由此人们更相信谁有杏黄旗谁就常胜不败。其实这其中还有另一个原因：当年刘备据蜀称帝，孔明曾在蜀地因势就形布阵无数，加之蜀道奇险，大军深入自然不利。庄炎凉乃草莽出身，深知此点，是以想借大会之机利用江湖人士夺取杏黄旗。因为以杏黄旗为题，所以从嵩山城内直到嵩顶封禅台都破例以黄绸围道，黄绸上是出资赞助大会的商家标语，无非是"兴隆宝号预祝英雄大会成功"之类。

何裳看着那些龙飞凤舞的大字觉得甚是恶心。他和莫愁由海宫南来一路上到处是天灾人祸，哀鸿遍野，便是这嵩山城外人们也是衣衫褴褛，饥肠辘辘。这城内却是一片太平气象，何裳对莫愁道："我本当这太平皇帝是个草莽英雄，哪知却是一片粉饰太平。"莫愁冷笑道："可见母亲让你杀他并非冤枉。"何裳经她一提起，又想起师父与情妖的旧事，道："我觉得我师父与你母亲以及这皇帝的关系甚是不寻常，你可曾听她提起过什么？"莫愁道："不知，与你何干？"何裳被她顶撞惯了，也不生气，见前面热闹，便拉莫愁过去。莫愁不喜喧闹，在人群外不肯往里挤，何裳道："是好玩的，一个老头在耍猴戏。"凡女子大都对小动物有一种好奇心，莫愁一听有小猴子也有了兴趣，只是刚刚还说不去，现在便不好意思反悔，只好站在那里不说话。何裳道："你不愿在人群中挤，我们便上那大树，那老头便在树下耍。"说着拉着莫愁纵身跃上大树。这株无名大树正在街心，由于年代甚久，被嵩山人奉为神明，如今叶已半落，但枝干参天，自有一番威严。何裳拉着莫愁坐在树干上道："以前只知有五大夫松，原来这嵩山城内还有个树隐士呢。"

那耍猴的是个老道模样，一身道袍又脏又破，那小猴子抓耳挠腮，在他背上爬来爬去。他伸手去抓它，它却总能灵巧地逃脱，引得人们阵阵哄笑。何裳口渴，从腰间解下酒葫芦喝了一口。谁知那小猴子鼻子灵得厉害，在树下瞪着小眼向上看，鼻子皱起来嗅得嘘嘘有声。老道闻到了酒味，也向树上看来，那模样和那猴子便像兄弟。何裳见莫愁看得有趣，便故意去逗那猴子，将酒葫芦塞子打开，灌了一大口，美美地咂着嘴。猴子和老道拼命地嗅着，十分神往。终于，小猴子受不了诱惑，从老道背上蹿上大树，爬到何裳肩上抢酒喝。何裳取了一只叶子卷成杯状，猴子也学着卷。何裳给它的杯中倒酒，它心急，全撒在身上，忙在自己身上舔来舔去，口中啧啧有声。下面的老道急了，大叫："还我大圣，大圣快下来……哎呀呀，这么好的酒，糟蹋了！"说着便到了树上。何裳道："道长，你这猴儿可爱得很，卖给我们如何？"老道道："卖不得卖不得，老道我虽然心中空空，眼中空空，腹中空空，囊中也空空，但确实不卖。"何裳大笑，道："何裳请你喝酒。"老道接过葫芦就喝，一口气喝了大半。何裳道："你这老道真不厚道，用气功占我便宜。"老道道："你叫何裳？是和尚还是何裳？空即是色色即是空……嘘嘘嘘，这里怎么有一股女子的味道，看来你做不得和尚了。"说着哈哈大笑，带猴子蹦蹦跳跳而去。小猴子还是恋恋不舍地回头看着何裳。

何裳看着老道没入人群，道："这定是一位高人了。"莫愁却推了他一下，向路中央指了指。只见一个马帮从对面行来，队伍甚是庞大，人人英悍异常，二百多马匹都是高额隆目的陇西良驹，马背上驮着木箱之类，马铃声声，汉子们吆喝着马号前行。何裳觉得这马帮不寻常，他注意到为首的汉子眉宇轩昂，雄姿英发，似曾相识。那汉子远远见到树上的何裳点了一下头，回身对身后的汉子说了些什么，随即便下了马向何裳走来，让另一个汉子领马队继续前行。何裳看到他下马行走的身形才想起他便是昨夜几番施救的萧然，因当时火光昏暗是以未能看清面目，现在秋阳之下只见他英姿勃发，不禁心生好感，便和莫愁下树行礼道："昨夜兄台几番仗义施救，小弟甚是感激，希望没给兄台带来麻烦。"萧然也行礼道："小事一桩。在下与二位两番相遇甚是投缘，此处不便讲话，在下做东去晚晴楼喝一杯如何？"何裳自然愿意，但不知莫愁意下如何，心想她必然不喜，回头见她果然沉默，便道："我这兄弟不善饮酒，我们且去自顾自饮，她看风景便好。"

三人一同到了嵩山城南的晚晴楼。这晚晴楼乃是中州最负盛名的酒楼，也是观看嵩岳夕照的所在。楼高五层，层层皆有名家所题匾额，楼层越高，价钱越贵，因此虽然生意颇为兴旺，但第五层却很安静。萧然道："这位兄台既然看风景，我们不妨到五层，安静又开阔。"于是三人上了第五层。店家见有贵客，忙赶上来招呼。萧然道："我和这位兄弟一桌，只管好菜上来，酒更要夕阳红，若不正宗我可要砸的！给那位公子安排一桌精致的，如果照顾不周全，我还要砸！"小二笑道："萧爷，我小二啥时候欺骗过您哪！不瞒您说，便是当年皇帝老儿来我也给他的酒里掺了三两水。小的我谁也不服，就服您！"萧然伸手拍着他肩道："果然是见过皇帝的人物，马屁都拍得响当当的！别废话，去弄酒菜。"

何裳趁萧然和小二说话，踱到窗前向外看去。嵩山城地势本高，这里又是至高之楼层，南可观嵩岳巍峨，北可见黄河蜿蜒，大千世界气象万千尽收眼底。莫愁独坐一桌，自斟自饮观赏景色。何裳与萧然二人开怀畅饮，萧然笑道："本来以为兄弟是弱质书生，后来却发现是身怀绝技，现在又知道你也是性情中人，痛快得很！"何裳也笑道："兄台选的地方真是不错，好景致，好酒浆，醉死也无妨！"萧然道："这晚晴楼的夕阳红纯以红高粱酿成，色如鲜血，烈如残阳，劲力绵长，为兄我最喜欢，不知贤弟以为如何？"何裳饱饮一口，笑道："有些酒奇，有些酒妙，有些酒柔，有些酒烈，各有各的长处，各有各的饮法，性格不同喜好便不同，我却是凡好酒都饮得来，兄台是豪迈之人，我便以豪迈相陪了。"萧然大笑，道："果然是条好汉，其实昨日我便有心相交……只是劝贤弟要小心，特别是明日武林大会，若是无事便不去为好。"何裳道："难道真有大事不成？"

萧然道："你可知陇西轩辕城？城主轩辕王当年与四圣齐名，是江湖中数一数二的英雄人物，便是为兄的恩师。为兄自小孤苦，被恩师收养，教以武功。昨日那位萧萧兄弟是他老人家的独子。十几年前天灾横行，胡人乘机北犯胭脂关，皇帝从陇西大量征兵，又征民夫出玉门关采玉，陇西人民妻离子散，怨声载道，最终激起民变。恩师见朝廷无道，民生维艰，便暗中支持民众的义军，后来干脆招兵买马，如今已建刑天、夸父、后羿三军。为兄便是夸父神军，执掌骑兵，此番入城的是乔装的精锐。萧萧兄弟的后羿神军则是弓弩兵，他们已经以轩辕城的名义参加大会，我则带精骑一百在外围接应。此番行动早已和地方上交通好，好些门派也都已归顺。大会上萧萧将争夺盟主之位，然后率各路英雄远征蜀山，夺取杏黄旗。因此，大会上厮杀在所难免。贤弟武功虽高，但另外几位朋友难以自保，到时恐怕会有麻烦，所以要多多小心！"何裳没想到他竟将军机大事倾心相告，心下感激，道："兄长果然是赤诚相见的好汉子，小弟一定小心，只是这等大事官府岂不干预？"萧然望着殷红如血的夕阳红道："贤弟有所不知，如今太平江山一片浮华之下，内里已然腐朽，胭脂关外胡人虎视眈眈，又是天灾人祸，江山已风雨飘摇。大乱将至，无人能自保，地方上的官吏更是不敢得罪任何人，鹿死谁手尚且不知，万一对头得了江山他们岂不倒霉？所以，只好装作混沌无知状，随波逐流。"说罢叹了口气，将一碗酒一饮而尽。何裳见他双眉紧锁，问道："明日便有大事，兄台却陪小弟在此剧饮，难道是胸中郁闷？"萧然笑道："贤弟真是善解人意，我这粗人就是喜怒形于色，见不得一些伎俩手段。且不说收买各帮派的手段不可告人，便是这利用群雄的计谋，我也觉得不够光明。但师父待我恩重如山，我岂能不尽力而为？何况救天下苍生于水火也是为兄志向所在，所以常因此而彷徨。"

何裳听罢沉默不语，心道萧然胸怀大志，豪气干云，自己实在不能相比，那么自己又是为何而生呢？他不止一次想过这个问题，然而经历这许多事后再次想起却更复杂了许多。一时间两人都沉默，抬头望向窗外。日已西斜，南望嵩岳莽莽苍苍，雄浑壮伟，殷红的夕阳照着峥嵘的群山，仿佛怒涛汹涌，巨浪翻腾，使人胸怀为之激荡。北望却是一马平川，黄河远远地蜿蜒而过，夕照下好似大地上跃动欲升的巨龙。三人一直望着夕阳一点点下山，最后天空变得灰白，一片苍茫，只剩归鸿杳杳，暮烟凄凄。城内华灯初上，人声喧闹起来。何裳低下头看了看楼下川流不息的人群，道："世人皆醉我独醒，不论看得多远，到头来还是要回到人群中混世。小弟日后还真不知以何为生，也许便是卖字画糊口，或去东海之滨，扬帆打鱼，苦虽苦，却是清贫乐事……算了算了，人世无常，前程莫问，今朝有酒今朝醉。"两人相视而笑，饮尽碗中酒。何裳兴起，站起身举碗对着苍茫的天际，唱起《将进酒》："君不见黄河之水天上来，奔流到海不复回！君不见高堂明镜悲白发，朝如青丝暮成雪！人生得意须尽欢，莫使金樽空对月。天生我才必有用，千金散尽还复来……"莫愁听到"高堂明镜悲白发，朝如青丝暮成雪"心中感伤，也将杯中酒一饮而尽。

三人兴尽而别，何裳与莫愁远远看见不得了兄弟一高一矮在门口大模大样地撑着幌子，那幌子自然是昨夜了不得的那条裤子，被一支几丈长的竹竿挑在风中猎猎作响。何裳只觉好玩，偷眼看莫愁也有笑意，他心中无比喜悦，恨不得自己也照着做一支幌子。不过他也知道，如果他真做了的话，估计会被海月剑当场刺死。他边想边笑，直到进了庙中，发现妙儿笑眯眯地看着自己，好像看透了自己所有的心事，不禁脸红起来，忙将买的吃食分与众人，又把酒葫芦递与老汉，道："地道的夕阳红，老人家尝尝吧。"陪老汉又喝了一会儿，白天的酒劲慢慢涌上来，迷迷糊糊地睡着了。莫愁把他拉到自己旁边，给他盖好被子，隐约觉得妙儿笑嘻嘻地看着她，心头一急，脸就红了起来。

第三回　时无英雄，使竖子成名　【034】

九九重阳，各地习俗大同小异，均是饮菊酒、赏菊花、插茱萸之类，而最为著名的便是登高望远了，王维的"遥知兄弟登高处，遍插茱萸少一人"更是脍炙人口。登高望远，忆旧怀乡，不论是否为参加武林大会，人们都纷纷来登嵩山览胜。幸好何裳六人起得早，日出时已经爬到山腰，向下望时，只见山路上全是拥挤的人群。不时有江湖豪客被挤得不耐烦，在山路上动起手来，人群中一阵巨响，几个人便飞下山去，也不知是被打下山的还是无辜被挤的。妙儿为掉下山的人叹息着。不得了兄弟却拍手叫起好来。何裳见莫愁不屑地冷冷看着，忙回身道："你两个高兴便把你们也踢下去。"老汉也抬脚做出踢的动作。不得了忙晃着手中的旗号道："我是盟主谁敢踢我！"老汉看了看那旗杆顶上飞扬的臭裤子道："我倒要看你这家伙如何做得盟主。"

山顶十分空阔，封禅台早修缮一新。十八年前太平皇帝定鼎中原，将收集的各朝青铜器熔铸成九龙巨鼎一只，集三千巧匠十万民夫之力五年始成，又动用五万人将鼎运至嵩山绝顶，一路上民夫尸横遍地，骨没蓬蒿，被称为太平皇帝的暴政之一。当人们向山顶攀登，一点点看到这只巨鼎时，却都被空前地震撼了。朝阳如金如火，照在几丈高的鼎身上，鼎被朝阳点燃，红光流溢，鼎身上九龙饕餮纹鬼斧神工，八条龙分踞四角，一条蟠龙在底，四面皆是狞厉庄严的饕餮，郑重威严，不可动摇，而八龙飞扬向上，又让人觉得即将腾空而去——这是一个精灵，一个神明，它产于天地造化而非人工，它这样伟大而雄浑，让人坚定地相信即使它是挺立在千万人的尸骨之上也并非罪过而是荣耀。何裳被鼎打动了，回头望去，他们也激动地望着它，他看到老汉眼里竟噙着泪水。山上所有的人都在静静地朝拜，这种朝拜是对人力极致的敬仰，与权力、地位、利益、种族以及门派无关。

宣令台周围设江湖上最著名的少林、武当、峨眉、青城、轩辕五派的交椅，其余各门派各立旗号分列台下。何裳、莫愁和老汉父子都在不得了的旗号下，一齐混在无门无派的江湖豪客中。

令官看了看日晷，转动令旗，敲响了天钟。主持人金笔神判梅良信向众人拱手道："诸位英雄豪杰，在这秋高气爽的时节里，五谷丰登，六畜兴旺，太平安康，百姓乐业。二十年一度的武林大会如期召开了，这次大会汇集了各地各门派的精英们，大家欢聚嵩山，盛事空前。坐在宣令台上的是当今武林最德高望重的门派的掌门或领导。首先，是少林方丈空悟大师。"何裳早看到空悟走上去，向人们合掌行礼，心中暗道：原来他们也赶到了，不知情妖会不会来凑热闹。只听梅良信道："空悟大师乃是我当今武林最为德高望重的人物，佛法精深，武功盖世，天下无敌，特别是任掌门二十年来，敢于创新，锐意进取，在佛教经典的整理上成绩卓著，而且还培养出以智净大师为首的第二代弟子……"空悟大师连连行礼，台下报以雷鸣般的掌声。

何裳心下好笑，侧头看莫愁。她正轻蔑地看着台上，道："还不如猴戏好看。"何裳笑道："那我们便下去看猴儿戏。"便拉着她要下山，可四周已是人山人海，各色旗号让人眼花缭乱，何裳叹了口气，只好作罢。不得了两兄弟倒是兴奋得很，连吼带叫，旗杆上的裤子被甩得在人群上乱飞，臊臭味弥漫了大会，挥之不去。梅良信又道："下面有请武当掌门空空道人。"何裳一听又是一惊，这空空不就是所谓的少林三空之一吗？难道由僧入道后竟当上了武当掌门？他和莫愁对视了一眼，她的眼神也是充满了诧异，两人第一次对一件事产生了强烈的共鸣，而当空空出场后，两人的共鸣达到了前所未有的高潮。只见一个披发跛足的矮道人被一只小猴子牵着走上台，台下一片哗然。何裳笑道："老熟人来了，看来还是有猴戏可看的。"梅良信道："安静，请安静！空空真人修行已入化境，所谓大象无形、大音希声、大智若愚是也。前掌门虚谷真人慧眼独具，空空真人出任掌门以来认真贯彻上一届精神，励精图治，这……"

"这只猴子便是五百年前大闹天宫……"了不得终于得到机会接过梅良信的话，却被梅良信狠狠瞪了一眼，吐着舌头不敢作声。谁知不得了又叫起来："孙猴子是被如来佛捉去了，哪里是老道！"梅良信咬牙切齿忍住怒气，狠狠瞪着两人，脸色青黄。空空嘿嘿一笑，醉眼蒙眬地嗯了一声，小猴子马上爬到他背上取下酒葫芦捧给他，他接过酒葫芦道："多谢……谢。"也不知是谢猴子还是谢群雄。他回头抹了抹交椅要坐，那小猴子却抢先跳了上去，大模大样地坐着。空空叹了口气，盘膝坐在了地上，又惹得台下哄然大笑。了不得早得意地大叫起来："我说是孙大圣吧，连掌门都让它三分。"梅良信指了指了不得示意不要喧哗，换了笑脸道："下面有请峨眉派掌门如常师太。"只见一位四五十岁的比丘尼昂然上台，向众人合十行礼。梅良信要接着吹捧时，如常一挥手，道："少啰唆！"梅良信尴尬地笑了笑，道："师太过谦了，连说话都这么精练……下一位隆重登场的是与峨眉同在蜀山的青城派掌门风波子。"风波子摇摇晃晃上台，满面笑容向众人行礼，道："区区小派，不足挂齿，见笑见笑。"梅良信连忙道："哪里哪里，道长过谦了，谁不知青城乃武林德高望重的大派，道长也是武林中德艺双馨的大家，近年来贵派在道长领导下更是老树开新花，意气风发，大步走向又一个二十年……"风波子不住向人们行礼，不得了兄弟的裤子挥得更欢了。梅良信道："下一位乃是横空出世的少年英雄，陇西轩辕城少城主萧萧。老城主当年叱咤风云，和大荒山四圣齐名于世，轩辕派经萧老英雄创建以来，已跃升为武林第一大派。此次城主身有要事未能出席，由少城主萧萧代父参加大会。少城主继承并发扬了轩辕城的精神，风华正茂，雄才大略……"萧萧折扇轻摇，款款走上台，向台上台下潇洒地行礼，翩然落座。不得了兄弟早吓得魂飞魄散，若不是人墙牢固恐怕早已跑得不知去向，两人只好缩头矮身藏于人群中瑟瑟发抖。老汉一把将两人提了起来，骂道："两个废物，还要什么不得了派，派回家拉尿去算了！"两人还是抖个不住。何裳道："今日人山人海，我们混在这里他未必发现，即使发现了我们，在各路英雄众目睽睽之下他也不能如何。"两人听了觉得有理，又把大旗撑了起来。台上梅良信吹捧完萧萧后，他们身边的豪客们都大声欢呼起来。

何裳心道：这些人恐怕已经都被萧萧收买了，要小心才是。

台上嘉宾都已落座，梅良信道："此次大会主题是杏黄旗，由大会选出盟主，统领天下英雄远征蜀山，讨伐鬼城，夺取杏黄旗，伸张正义。因此，盟主不仅应武艺高强，更要有统帅之才，最合适的人选自然是台上五位英雄，由大家公平推举。台下英雄有不服者也可毛遂自荐，比试之后由在场英雄共同决断。老夫窃以为盟主人选非少林空悟大师莫属。"莫愁冷笑道："原来这空悟大师向来善于以众欺寡，只可惜作了和尚，真是埋没了英才。"只听梅良信接着道："空悟大师不仅身怀绝技，而且胸怀苍生，以降妖除魔为己任，诸位英雄以为如何？"空悟行礼道："梅先生谬赞了，老衲乃出家之人，这盟主之位本与老衲无缘，更何况老衲修行浅薄，提及降妖除魔更是让老衲汗颜。老衲只愿佛光普照天下，苍生能脱苦海，出征之时老衲必率弟子高呼佛号，诵经一路。至于盟主人选，老衲倒有个意见，如今乃是远征蜀山，蜀道之难难于上青天，盟主不仅要武功高强，有统帅之才，更要熟悉蜀山地形才能运筹帷幄。在座几位中，峨眉、青城两派在蜀山之中，两位掌门不仅武学造诣颇深，智慧高妙，且熟悉蜀山地形，指挥起来必是得心应手，也免得因不识地形而使各路英雄无谓牺牲，诸位以为如何？"梅良信不住点头叫好。峨眉如常师太长袖一甩，道："空悟大师说得有理，贫尼也是出家人，这盟主之位便由风波子来当最合适了。"青城风波子忙站起来行礼，道："不敢当不敢当。"梅良信见台上五位贵宾中两位已明确表态，便又走到空空道人面前行了个礼，把整个事情经过叙述了一遍，等了一会儿空空并无反应，原来他早已睡着，小猴儿则跑到台下和何裳玩得正欢。梅良信尴尬地笑了笑，摇摇头走了。台下满是唏嘘不屑之声，武当弟子们都觉得掌门实在是丢了武当的面子，一个个恨不得学会遁地术，远远逃掉永不复出。梅良信又看了一眼萧萧，萧萧早给他使了眼色，于是梅良信道："台上诸位嘉宾对青城掌门风波子先生出任本届盟主皆无异议，不知台下各路英雄可有疑问？"台下群雄皆知青城派数百年来虽不及少林武当泰山北斗的地位，却也是武林屈指可数的大派，而且风波子不过四十几岁就能坐得掌门之位，定有一番不凡的艺业，因此大多数都表示赞同，只有何裳他们所在的杂牌门派中有人高叫不服。不得了兄弟回头看那喊不服的人时，那两人已跃到了台上。

何裳护着莫愁，向台上望去，只见这两人身高均是一丈有余，巨目阔腮，横肉丛生，手中各持一柄大号洛阳铲，站在台上便如两座山一般。何裳心道这便是江湖上恶名远播的太行双煞古氏兄弟了，因为只有他兄弟二人才以洛阳铲为兵器。这洛阳铲本是盗墓人勘测土层的专用器具，古氏兄弟虽身形巨大却都是盗墓能手，在这洛阳铲上功夫了得，而且两人在古墓中也掘出了一些秘籍宝典之类，颇练得一些恶毒功夫。由于两人心狠手辣，且出手常出人意料，不少好手都折在他二人手中。此次大概是听说杏黄旗为天下至宝，所以来凑一凑热闹。何裳怀疑他二人早被萧萧收买，替他铲除异己之用。他二人一上台，台下一阵骚乱，有人道："这两个恶鬼也算得英雄吗？"有人道："这回有好戏看了。"还有人高喊："给那自以为是的牛鼻子点颜色看看，大卸八块。"何裳心道此人说得有理。这双煞以盗墓为生，经常看到棺中的骨架，甚至剖尸取宝，时间一长自然对人体结构了如指掌，大卸八块也许正是他们的得意之作。何裳正想着如何对付，听莫愁冷冷地说道："这两个人该死。"何裳知道她早对这二人不满：上山的路上他们就听说前几日古氏兄弟盗了一位富家小姐的墓，不仅将宝物盗尽，而且对尸体肆意凌辱，剖尸取出腹中防腐驻颜的定颜珠，其行为无异于禽兽。如今这两个禽兽便在当场，却无人上去伸张正义，莫愁自然是不平。何裳点头道："我早晚替你收拾他们。"

风波子正在得意，不料却被太行双煞横插一刀，他冷笑道："这两位算哪路的英雄？反对在下恐怕轮不到你二位吧？"古大哼哼一笑，道："老道，我两兄弟不论资格，只论功夫。不过要论资格，当日掘你家祖坟的时候，你家老母的滋味我兄弟也尝过了，这样算来，只怕你老牛鼻子还吃亏呢。"

饶是风波子城府极深，平时喜怒不形于色，此时他再也忍不住，拔剑在手跃到台中，高声喝道："恶贼，你若嘴上积德，贫道的剑本可留情，如今贫道要为武林除害了！"说罢提剑直取古大。古大挺铲架住，剑铲相碰，两人手中均是一麻。风波子暗道这恶贼果然了得。古大也道："好儿子，真有些手段！"风波子大怒，挥剑抢攻。古二在一旁笑道："大哥，当日你我两个谁先谁后都忘了，也不知他是谁的种……"风波子不待他说完，挺剑便刺。古二翻铲挡格，三人战在一处。青城武功本属道家一脉，和气凝神乃是基本。如今风波子却已被古氏兄弟激得心浮气躁，热血沸腾，用剑也毫无章法，连七成威力都未能发挥。古氏兄弟屡出怪招，风波子左支右绌勉强自保。古氏兄弟一口一个儿子叫着，手上却加紧了攻势。风波子从未如此狼狈，连气带羞被逼得近乎崩溃，胸中一热，喷出一口鲜血，几乎晕厥。古大高呼："看铲！"风波子勉强挥剑去挡格却挡了个空，背后却已被古二一铲刺中，深入寸许，又撕带出大块皮肉。风波子大叫一声痛昏过去。古大举铲便要取他性命，只听台上有人高喊："住手！"一条白影已然跃到台上，手中折扇格住古大的铲。何裳定睛看去，原来是轩辕王子萧萧。只见萧萧一柄折扇已与古氏兄弟战在一处，何裳不禁纳闷，萧萧武功虽也不弱，但若是要胜古氏兄弟却是不可能。可眼见台上萧萧以一敌二已占了上风，这古氏兄弟是故意落败无疑了。莫愁道："有诈，你要对付三个人了。"何裳笑道："何止三人，一会你自己保重。"两人四目相对之际，莫愁眼中终于有了一丝温存。

台上萧萧意气风发斗志昂扬，古氏兄弟颓然落败，台下人们发出阵阵喝彩。何裳转头对莫愁道："好多的人。"忽听"哎哟哟！"两声，古氏兄弟双双被萧萧飞脚踢翻在地，跪起来作揖求饶道："英雄饶命！"萧萧把折扇一横，道："你两个罪大恶极，可今日天下英雄齐聚嵩山，为示我武林正道的宽容，只要你两个承诺改过自新，我便代天下英雄饶了你们。"二人忙道："不敢了不敢了！"萧萧道："滚！"台下欢呼如山，他频频挥手致意。

如常师太对古氏兄弟的劣迹早有耳闻，见他二人要逃，喝道："慢着！"萧萧听她发话，忙回身行礼。如常挥手以示不必行礼，道："萧施主少年英雄，不与你两人一般见识，我老尼却要与你两个十恶不赦的贼人纠缠到底。"

古氏兄弟本要下台逃走，听如常拦阻也不说话，挥铲便刺，如常抖长剑与二人交起手来。这古氏兄弟以盗墓为生，体力惊人，常人久战则疲，二人却是愈战愈狂。峨眉剑法轻灵明快，如常师太得剑法精髓，全力而战，只听剑铲相交声不绝于耳。古氏兄弟斗得疯狂，怪叫连连，古大道："好个尼姑！我兄弟第一次见过如此厉害的女流，不过你不要死，死了就难说了。"如常听他说得无礼，剑法愈快，可古氏兄弟却仍不见败象。莫愁道："这些人的功夫不过如此，为何都敢自称英雄豪杰？"何裳冷笑一声，仰天叹道："时无英雄，使竖子成名！"旁边的不得了二人看了几场热闹，嗓子都喊哑了。只见二煞愈战愈勇，如常全神贯注，冷不防古大回身施放暗器，一对铜钱呼啸而出。如常挥剑将铜钱劈为四半，剑还未回，古二的铜钱又到，她不及用剑，便伸左手接住。原来二煞所盗墓中多有铜钱，二人便将边缘开刃喂毒作为暗器，古墓中往往有毒物繁衍，因此这毒也是很不寻常。如常师太以手接钱，已着了二煞的道，毒性发作，她只觉眼前恍惚。古大一铲向她喉咙刺出。她举剑无力，便要倒下。何裳早看在眼里，飞身上台，将如常师太向后一推，躲过了一铲，回身把她交与空悟大师治伤。二煞杀得兴起，双双逼来。台下莫愁和妙儿齐声道："小心！"何裳听了心中大畅，施展身法避过二铲，向妙儿吐了一下舌头，又看看莫愁，向她点了一下头。何裳身形飘忽如风中之叶，任凭二煞如何进攻都伤不得他毫发，但仅立于不败是不行的，双煞不知还有何恶毒的旁门功夫。他暗暗告诫自己千万小心，要全力以赴，想及此处他向腰间一探，只见青光一闪，湛蓝如海，接着便是沙沙的潮水声。群雄中三十岁以上者都是大吃一惊——他们知道，这便是传说中的潮音剑！

当年画仙亲铸此剑，因他喜游山玩水，又喜书画，手中持剑总是有妨游兴，于是铸成软剑藏于腰带之中。由于剑体柔软，运用时内力传至剑身便会沙沙作响犹如潮音。此剑十八年前在少林一战成名，之后便销声匿迹，如今却又在一个少年手中重出江湖，人们怎能不震惊！台上台下的呼喝几乎一齐停下，人们屏住声息大气也不敢再出。听着沧海潮音，台上几位长者的眼中也闪出了光芒，连空空也睁开了一只眼，看着他的小朋友挥洒。台下的不得了兄弟更是兴奋，将裤子挥得上天入地，沙哑的嗓子刚像乌鸦般叫出声便被淹没了。一时间，嵩山绝顶仿佛被海潮淹没，潮水拍打着绝顶，风起云涌，久久不绝。何裳自从海宫观战之后对武学道理领悟颇多，如今运用得痛快，便如无忧河舟中作画一般，逸兴横飞。二煞完全被潮音淹没，屡次发暗器都如石沉大海。何裳以真气催剑，剑气到处洛阳铲截截断折，二煞手中的铲变棍，棍变棒，最后连棒也无。两人惊恐万状，高大的身躯左躲右闪地避着剑气，可衣服却被剑气割得四散零落，两人怕裤子也被割碎，都拼命跳跃翻腾。台下看来便像何裳在指挥两个怪物跳舞。随着何裳越来越快，双煞身体蠢重，终于再也支持不下去，双双瘫倒在地，气喘吁吁，脊背上的汗水打湿了大半截衬裤。了不得见了十分高兴，大喝道："他们也尿裤子了！"众人一听都去看他，心道：这双煞尿裤子纯属无稽，但这胖水桶却是尿过裤子无疑。于是一阵哄然大笑。

何裳把浑身只剩衬裤的古氏兄弟逼到了台角，笑了笑道："你们给我站起来。"古氏兄弟不敢违抗，双双站了起来。何裳将潮音剑向古大腰间一抖。台上台下齐声惊叫起来，女子们都捂住了双眼。古大以为自己的衬裤定被剥落无疑，忙伸手捂住胯下。然而何裳却并未剥他衬裤，而是将他胯间的药囊收到了手中，回身递给空悟。空悟忙让峨眉弟子为如常敷药，自己运功给如常治伤。何裳本来要取了双煞性命，可如今见他二人被自己弄得如此狼狈，心想他二人丢了一回大丑，也算是个不小的教训了，至于杀人，自己心里也没底，所以就罢了。于是他道："你二人就此改过了吧，走吧！"古氏兄弟如逢大赦，狼狈地逃回人群中。不得了和了不得二人在妙儿的带领下叫起好来。莫愁却觉得何裳罚得太轻，还是闷闷不乐。老汉则看着台上若有所思。何裳向妙儿及不得了兄弟挥手致意，却发现台下的其他人都中了邪一样望着他，更准确地说是他手中青湛如海的潮音剑。他回头望了望台上诸人。风波子和如常师太都在疗伤。空空道人半醉半醒地笑眯眯地看着他。空悟一脸凝重，他本已知何裳的来历，但此时还是不免忧心忡忡。何裳又看了一眼萧萧，只见他手里不知何时取来一张雕弓，腰挎箭囊，里面是几十支金丝雕翎箭。他见何裳望他，便纵身跃到台上，冷笑道："敢问兄台，手中的可是潮音剑？"何裳道："正是。"萧萧又道："不才还是小儿之时便听说过潮音剑的威名，对画仙与其身为皇后的嫂嫂私奔的'英雄事迹'也略知一二。当年皇上为此事大兴风波，宣布禁武令残害武林人士，江湖上浩劫一场。后来由于大将军玄冥血谏才得以平息了风波。两个丧尽人伦的罪魁祸首隐姓埋名也罢了，为何又到武林再起风波，意欲何为？"何裳听他说起师父与其嫂私奔却不知道是真是假，若是真的，岂不真是不顾人伦？不会的，萧萧阴险狡诈，他的话岂能尽信！他大喝道："萧萧，你不要污人清白，画仙乃是家师，我随家师十几年，家师虽放浪形骸，却从未见做过有损道义的事！"萧萧轻蔑地笑了笑，回身向空悟道："空悟大师德高望重，且是当世高僧，他说的话可为世鉴。空悟大师，当年画仙和情妖是否有私情？"情妖二字一出口，何裳和莫愁又是一惊，何裳盯着空悟大师，莫愁也拔出了海月剑。空悟无奈地摇了摇头道："前尘往事已随风飘散，何必重提呢？况且画仙已死，一切因缘已了。萧施主所说虽非捕风捉影，然而多说何益？"何裳一时心如寒冰，他所仰慕的师父，竟然是一个与嫂嫂有私情的无耻之徒，他死也不愿相信。然而这就是事实，空悟绝对不会说谎，他脑袋里轰然作响，眼泪几乎涌出眼眶，只听妙儿在台下喊道："快来，她晕倒了！"何裳如梦方醒，看到莫愁昏倒在妙儿怀中，忙冲下台，只见莫愁脸色青白，气若游丝，定然是听到萧萧的话动了气。他忙将当时空悟留下的三生丹又给她服了一粒，运功给她疗伤。

此时，梅良信又趁机站了出来，向台上台下行了一遍礼道："如今青城、峨眉两位掌门已然受伤，空悟大师和空空道长又不肯屈尊就任盟主之位，萧萧公子可谓众望所归。"何裳听到这里才发现萧萧的预谋已然成功了。他扶起莫愁，苦笑道："到底没有斗过他。"莫愁刚刚苏醒过来，恍惚中隐约听到梅良信的话，口中喃喃道："真是……时无英雄……使竖子成名……你上去！"何裳听了她的话便如圣旨，将她交由妙儿扶着，自己纵身上了宣令台。梅良信道："这位公子可是不服？论身份阁下实在是不能与萧萧公子交手……"萧萧挥手止住了梅良信的话，道："梅先生，我轩辕城向来以德服人，这位兄台虽出身卑微，萧萧也一视同仁。不知兄台要怎样比法？"何裳道："你要怎样比就怎样比。"萧萧一笑道："真是艺高人胆大。萧萧自幼从父学习骑射，若是兄台能接得住我三箭，这盟主便由兄台来做！"何裳曾听萧然说过，萧萧是三军中执掌弓弩兵的后羿神军，心想这萧萧的射箭功夫恐怕真是了得，要小心才是。只听萧萧道："兄台可准备好了？"何裳道："射吧。"萧萧从箭囊中取出一支金丝雕翎箭，挽弓如月。只听哧的一声，金丝箭一道金光流星一般飞向何裳。在场群雄见萧萧射箭一气呵成，都喝起彩来。何裳见箭来势凶猛，不敢硬接，待箭至面前他闪身一避，伸手捉住箭尾，在空中划个弧化去了箭势，将箭接在手中。人们见他接得漂亮也都高呼起来。萧萧也是拍手喝彩："接得好，再来一箭！"话音未落，一道流星又从他手底蹿出，势头比上一箭更为凶猛。何裳正待凝神去接，却见萧萧发完此箭又身后开弓向人群中的莫愁发了一箭。那箭镞割风，箭翎带响飞向莫愁。妙儿止扶着莫愁站着，这箭若射中，两人必是双双穿心。原来萧萧见何裳接得轻松，心知若是正常地射三箭必然会被他一一接住，只有用声东击西之法才能让何裳不能兼顾。何裳不曾想萧萧居然用这等阴损的方式取胜，迎面而来的这一箭若是接了，射向莫愁的箭肯定接不到了，何况那箭后发先至，说不定此箭未到，那支箭已射入莫愁与妙儿的胸膛了。何裳飞身去追飞向莫愁的箭。萧萧最后一箭是受了轩辕城主萧雄真传的追风箭，萧雄说这一射只有当年的四圣能受得住。何裳尚不及四圣，更何况他是要追箭呢。何裳施尽全力还是被那支箭远远落到了后面，眼看那箭就到了莫愁面前，莫愁推开身后的妙儿，再回头时自己已不及闪躲，只好闭眼等死。全场人都禁不住惊叫了出来。

只听当的一声，金丝箭被什么东西一击，星光耀眼。人们再看时，箭已到了一个老汉的手中。莫愁惊异地看着身边的老汉，又回头看了看妙儿，妙儿正得意地看着她。何裳也呆呆地站在那里看着老汉手中的箭，长吁了一口气。最吃惊的要数萧萧，因为父亲曾说他这一箭便是四圣也要费极大心血才能接得住，而老汉居然如探囊取物般轻易地将箭取在手中。只见那老汉微微一笑，道："妹子，多谢你相助。"声音浑厚苍洪，回音久久不绝。众人大惊失色，心道：这等浑厚的内力，怕是空悟大师也不能企及，难道是……只听天地中不知何处传来一个女子的声音："老兄不必谢我，你出手救我孩儿，我当谢你才是，何况便是我不出手，这箭你也接得住。"老汉笑道："也是，只不过刚刚你孩儿和我孩儿连成了一条心，咱们不分彼此了。我们好久没见，你现身出来让为兄看看你。"只听那女声又道："众生扰攘，俗世肮脏，我对天下已了无兴趣，不愿见那些恶俗的面孔。只是这山下有骑兵将山路封锁，恐怕有人使诡计。"老汉道："我已明了，你不愿现身也罢，有空我们再叙旧事。"何裳和莫愁听得出正是情妖的声音。莫愁张口呼唤，却因内力全失而不成声，半途便被风吹化了。何裳忙替她喊："前辈，莫愁有话说。"情妖笑道："小子，这一路你还算尽力，前路漫漫，有武神在此相助可保你们无虞。"何裳听罢吃惊地看着老汉，那老汉笑了笑，将假面皮一摘，面具之下是一位面如重枣、目若朗星的中年人。何裳和莫愁忙行礼，武神微微一笑道："你们一路上待我父女甚是周到，我们该谢你们才是。何裳，你师父已经去世？世间又少了个英雄。莫愁侄女，你母亲可把你托付给我，以后可要听我的话，不要总对何裳生气。"莫愁的脸涨得通红，低头不语。何裳正因提起师父旧事而苦恼，听到武神说师父是英雄，心下也平和了许多。

武神与情妖的对话无异惊雷，震得满场骇然。人们竟不知武功可以练至此境，不禁低头自惭。萧萧见事情有变，事先的计划已然破灭，心中怨恨何裳和武神等人坏了自己的大计，但他深知利害，不敢在武神面前妄动，当下满面笑容，下台向武神行礼道："原来是世伯，家父常提起世伯当年的英雄事迹，今日得以相会，真是三生有幸。"武神微笑道："好……你给山下围山的军人发个讯号，免得情妖一时兴起，丢了百十个人头上来。"萧萧只觉背后一凉，浑身冷汗直冒，忙赔笑道："侄儿这便传讯。"当下，从怀中取出九龙风火信点燃，九龙风火信喷入云霄，在空中绽放。不久，山下面放出一颗火丹回信。萧萧向武神行礼道："侄儿已将他们驱散。"武神拈须闭目点了点头，道："恭喜轩辕城取得盟主之位。"萧萧忙行礼道："侄儿不知天高地厚，戏言而已，在场这么多英雄豪杰，侄儿能力微弱哪能胜任……侄儿窃以为这盟主之位非世伯莫属，侄儿还有要事，只怕要即日下山，不能随世伯征战，真是可惜啊。"武神无奈地点了点头，道："可惜我也入了别的门派，只是个普通的帮众，这盟主之位恐怕当不得啊。"在场的人们都大吃一惊，心道：这是什么厉害门派，武林至尊的武神居然才是个普通的帮众！萧萧也问道："不知世伯身在何派？贵派掌门若肯屈尊就任盟主之位，那可是天下之福啊！"武神哈哈大笑，道："便是这不得了派，掌门便是这位不得了兄。"众人只见一个瘦长个子挥着一条破裤子对周围人挤眉弄眼致意，他身边的胖子了不得喜得屁滚尿流。

武神纵身上宣令台，空悟大师、如常师太、风波子等连忙向他行礼，武神一一还礼。到空空道人面前，武神却先行了个礼，道："别来无恙？"空空终于睁开了双眼，却依然坐在地上，道："无恙、无恙，大荒山一别已二十年了，当年我拾得天书交与画仙参详，哪知他因书伤怀英年早逝……无妨无妨，万事终归尘灰，何况他又拾得了传人，这小子倒有点意思。"武神也笑道："何裳那小兄弟确是有意思。"空空又叹息起来，道："他把我的猴儿骗去了。"说话间眼圈都红了，竟似个被抢走了玩具的顽童。武神道："我替你讨要便是。"说罢转身向何裳道："何裳，你把空空的猴儿还给他。"何裳还未来得及答话，就听一边跟猴儿玩得起劲的妙儿细声道："偏不给！"武神无奈地对着空空摇了摇头，空空便要哭出来。何裳道："我们玩一会儿便还你，我再赔你一壶酒。"空空听罢一扫愁颜，兴高采烈起来，道："支持不得了派当盟主！"台上台下一片哗然。一旁愁眉苦脸的梅良信强作笑脸，上台道："空空道长同意由武神所在的不得了派不得了先生当盟主，大家意下如何？"萧萧被何裳横插一手破了计划，心想这不得了疯癫痴傻，要他当盟主定然会胡作非为，也免得他们夺了杏黄旗。只要杏黄旗不落入他人之手，轩辕城便有希望，于是道："轩辕城支持。"台下他的人见他表态，也都表示支持。台上空悟知道武神为人正直深沉，料想他必有自己的一番计较，于是也表赞同。如常和风波子也都同意。于是，不得了在压倒性多数的支持下夺取了盟主之位。

翌日，武林大会闭幕式在梅良信的主持下召开。主席台中央是不得了，身边是了不得手持幌子神气地站着，武神和五大门派分列两侧，何裳、莫愁和妙儿站在后面，同时台上列席了赞助大会的富商和地方官吏。礼炮响过，梅良信激动地走上主席台，昂然道："金秋时节，凉风送爽，我们满怀激动，我们的大会在各路英雄好汉的鼎力支持下取得了圆满的成功……"众人正要鼓掌，只听吱的一声叫，不由哈哈大笑。原来妙儿与何裳无聊，手在背后和猴儿玩得起劲，两人听梅公讲得有趣都要伸手鼓掌，小猴儿冷不防两人同时撒手，几乎摔在地上，惊得叫了起来。梅良信不时向台下点头致意，继续念道："本次大会选出了公认的德才兼备的盟主——不得了大侠。"不得了按梅良信提前吩咐好的起来向群雄致意，得意地手舞足蹈。了不得见他如此威风便从后面来抢他的位子。风波子拉住他小声道："了不得大侠，现在可不能乱动，小心挨骂！"了不得偷看了武神一眼，嘟囔着不动了。妙儿强忍着笑，脸上忍住了，身子却笑得乱颤。何裳从后面捅了她一下，她以为是莫愁，便伸手向莫愁肋下挠痒。莫愁触痒，忍着不笑，狠狠地在妙儿屁股上拧了一下，拧完了觉得心疼，又给她抚着。何裳见妙儿嘴噘得老高，便伸手去拍她，却正拍在莫愁的手上。莫愁的脸倏地红了，用剑柄狠狠地戳了何裳一下。何裳吃痛，又不能乱动，痛苦地扭着身体，鬼脸百出。武神回头狠狠瞪了他们一眼，三人再不敢动。何裳被这一瞪，对武神的崇敬减少了三成——如此无聊与虚伪的时刻，童心的乐趣简直是救命甘霖，然而他为什么连这都不许呢？无非是为了人情世故，维护一些并不存在也不值得存在的威严，可见他还是要迁就世俗。何裳一时十分沮丧，低头不语。

只听梅良信接着道："这次大会的圆满成功，要感谢各门派尤其是五大门派的支持，特别感谢武神屈尊驾临，大家都有道德风尚奖。同时，衷心感谢以下赞助商行：中州仁义商行、江东德信商行、江南月满楼，金陵迷楼……"噗呜呜……主席台上一声极响的屁打断了他的话，正是空空所放。此屁极臭，台上众人都屏气不出。梅良信却还要接着讲话，他下意识地摇着头企图避开臭气，无奈失败，而且那屁越来越臭，他几乎窒息，只好向众人挥挥手匆匆下台。台下未被念完名号的商行老板纷纷追上去纠缠。梅良信欲哭无泪，答应在晚宴时重新宣读。

第四回　江间波浪兼天涌，塞上风云接地阴【065】

当晚，嵩山城灯火辉煌，豪绅富贾出资赞助大摆筵席，宴请群雄。不得了得意扬扬地坐在盟主席位上撕咬着羊腿。了不得则叼着半个乳猪依旧将幌子舞得上下翻飞。

武神与各大门派首脑在晚晴楼计议明日的行程。空空照例半醉半醒，风波子和如常师太都带伤出席，风波子有些颓丧，如常师太却是风骨依旧。萧萧失却了盟主之位，小心地观察着众人，不时应和着众人的讲话，心中却另有计较。其余还有昆仑派的掌门乘云道人和崆峒山捕风、捉影先生等江湖上的耆宿出席。众人对着几案上的地形图研究筹划着。

妙儿换了一身轻俏的女装，虽然古灵精怪依旧，但神气却颇是英姿飒爽。她随武神到了晚晴楼，却不见了何裳和莫愁两人，觉得无趣，只好在一边跟小猴儿玩儿。空空也睁开眼偷偷凑过去，对着妙儿做鬼脸。忽然，空空闻到一丝缥缈的酒气，正要寻来处，猴儿却当先爬上了楼顶，空空马上飞身也上了屋顶。妙儿听空空在上面嘻嘻笑道："原来跑到这里，我要酒喝！"又听见何裳的声音道："你真是块胶皮糖，来来来，请你和小猴儿喝酒。"妙儿听到何裳说话，不由大喜，忙跨雕栏飞上了楼顶。只见何裳和莫愁并排躺在上面赏月，她指着两人道："你们不和我玩，原来躲在这里。"二人被她的装束吓了一跳，何裳笑眯眯地上下打量着她。妙儿觉得自己并无不妥，莫名其妙地看着何裳。莫愁在一旁笑道："蛮俊的，不过上蹿下跳的像你那猴儿兄弟一样，却身着女装，让我疑心是不是穿错了谁家女儿的衣服。"妙儿小嘴一撇，道："呵呵，却不知有些人明明被人识破却还不穿女装呢，我倒是恢复本相。"何裳听了偷眼看着莫愁，独自窃笑。莫愁叹息道："刚落得个清静，你这小猴儿又来捣乱。"

何裳忍住笑，问道："妙儿，你父亲可是为朝廷来夺杏黄旗？"妙儿道："父亲是朝廷的大将军，自然是为朝廷做事了。"何裳道："早就听说当年武神加入义军，前朝灭亡后任本朝大将军，原来都是真的。那么据说当年朝廷曾发布文禁、武禁，武神曾断臂血谏？"妙儿道："那时丞相说儒以文乱法、侠以武犯禁，都是祸乱的根源。皇上也怕有人向他当年一样夺了他的天下，便发布文禁，禁止文士议论朝政；发布武禁，严禁军队以外的人习武。爹爹认为不妥，数次进谏，皇上却不听。后来爹爹斩断右臂血谏，皇上才勉强取消了两项禁令。从那以后皇上对爹爹冷淡了许多，而且还是抓了好多江南的文士。爹爹说皇上越来越像个昏君了……"何裳莫愁都是大吃一惊，问道："那他的手臂……"妙儿道："咱们小声说——爹爹不让把这些事告诉别人的——当时皇上规定谁也不许说这事，却还是有人传出去了，当时天下震动。后来，就是那个方外奇士鬼谷子偷偷来看他，将爹爹的手臂接了回去。"

何裳和莫愁听了对视一眼，何裳道："这鬼谷子与武神是否相识呢？他的医术真的如此神奇？"妙儿道："他两人似乎早已认识，却没什么话说，我只听那鬼谷子说'神鬼不同道，我为你治伤是为天下所有学文习武之人报答你的'……反正两个人都是很怪，那鬼谷子医术真是能起死回生，但为人又是那样不通情理。""如何不通情理？""明明是个男子，言语却阴阳怪气，若光看行为，都不敢相信他是个男子，倒像宫里的太监。""武神不惜牺牲己身为天下请命，天下学文习武之人的确都应感恩戴德才是，今天人们却怎么一点反应都没有？"妙儿笑嘻嘻地躺到何裳与莫愁中间，道："管他呢，人们啊，向来只会记仇，至于恩情却忘得最快，何况今天我们把他们吓得不轻啊。"何裳道："不知他们会做出什么决策，不过既然武神与鬼谷子相识，那么我们随他们同去应该方便些。"说罢他扭头看莫愁。莫愁却不理他，望着云中出没的月光，许久，对妙儿道："你父亲可曾说过假话？"妙儿道："当然不曾说过。"莫愁道："那便好。"说罢便耍卜去。何裳忙扶她下到楼中。空空只管和小猴儿喝酒，也不管他们做什么。

武神正在和空悟、如常诸人议论，见四人进来，武神道："正好，何裳兄弟，我们计议蜀山奇险、蜀道难行，且有诸葛八阵神鬼莫测，走此路必然损失惨重，不如走水路。由此从运河南下入长江，然后逆江水而上，照如常师太与风波子道长所言，此路比陆路方便许多，且莫愁体虚不便行动，坐船是最好的办法。你以为如何？"何裳看了莫愁一眼道："听前辈安排便是。"莫愁突然指着萧萧问道："他今日在台上所说旧事可属实？"众人大吃一惊，没想到她竟突然问起这个问题。武神缓缓道："画仙情妖互相引以为知己，这是我所知道的，至于其他，恐怕要问个中之人了，老夫不曾亲历亲见，不敢妄言。不过老夫可以肯定的是：他二人都是光明磊落的英雄。"莫愁行礼，说了声多谢，又狠狠瞪了萧萧一眼，回身又与何裳、妙儿上了楼顶。殊不知萧萧一直以为她是男子，刚刚她开口却泄漏了女儿之身，她眼波如月射寒江，纵然是狠狠一瞪，肃杀冷峻却更有无限风流，她是为警告，萧萧却早已痴了。

楼顶上莫愁沉默不语。妙儿道："你们可曾看见那萧萧的样子，他肯定在想什么坏主意。早就知道他们轩辕城要造反，爹爹却对他还是那么客气。"何裳道："听说那轩辕城主也是和四圣齐名的英雄人物，怎得纵容他在外面胡作非为？"妙儿道："人的权力大了，管的事就多了，心也硬了，才管不到这些小事呢。这又算什么，你还没见过打仗呢。太平二年爹爹北征胡人，打得胡人尸横遍野，战场上血水冻了半尺厚，胡人的可汗不得不割地三百里，把世子送到长安做奴隶，我们皇帝才同意停战呢。爹爹在北方筑了关，胡人十六年都不敢进犯！"莫愁笑道："你这怕也是听人说的吧，太平二年你才几岁？"妙儿不服气道："那年我正好出生，可惜……可惜爹爹在北方打仗，娘亲生我的时候难产去世了，爹爹连她最后一面都没看到……"说着，眼泪就流下来了。莫愁不再言语，伸手抚着妙儿的肩。何裳也不再说话，三个人静静望着遥远的夜空。

九月的天空深邃清明，云在暗青色的天空中流过，就像遥远的海浪。下面人世喧嚣，烟尘冲天，天空却沉静依然。三人躺在屋顶上沉醉着，月光在云浪中漂浮，有时被云淹没，有时露出一边半角，像若有若无的情，半羞半掩的笑。

第二日，萧萧借故告辞，率手下回了轩辕城。武神则带领四大门派与江湖豪客们到了嵩山的松风渡。这松风渡是运河的第一渡口。太平十二年，当今皇帝因所生只有一女，却无子嗣，因此请方士相看，方士说此乃长安城历经千年兴衰积怨无数，以致阴气太重之过，当造山岳以振阳势。皇帝遂发徒众在长安郊区造"灵山"，开掘运河以通长江与黄河，从太湖运太湖石造山，是为太平三役之一。另两次徭役一是铸九龙鼎，一是玉门关采玉之役，由此引发民变，轩辕城便是因此发难的。武神率众门派到了河边，早有漕帮整船待命，将众人送至长江。

何裳远远见水气浩荡，知道便是长江。他正要拉莫愁看时，见她出神，猜她是想起了无忧河。他也想起师父、千丈瀑，还有自小便居住的竹屋……两人一时都陷入了漂泊无依的惆怅与无尽的乡愁中。

漕帮的船只都是河船，溯江而上水流急湍，且水路复杂，因此众人要换乘江船，而且要雇请纤夫。此处已是两湖地界，船家都操一口川鄂方言。风波子伤已痊愈，便由他去和船家联系船只与纤夫。风波子最擅长这套，到了自己家门口更是舌如飞簧，如鱼得水。

妙儿与不得了兄弟听船家的口音有趣，都絮絮叨叨学起来。何裳却注意到这些水手与纤夫都身怀武功，不由心下起疑，随即又想到船家常年在外行船，学些功夫防身自救也是正常，小心防范便是，何况武神与众掌门江湖经验老到得多，自己恐怕杞人忧天了。武神请各大门派的掌门上了令船，何裳扶莫愁随着妙儿也上了令船，其余各大门派以及群雄又乘满了十几只船。不得了兄弟几日来拼命吃喝玩乐，受群雄的恭维惯了，本来当先蹦蹦跳跳到了令船上，见令船上人少，没人恭维他们，觉得无趣，便要下去和群雄一起，却被武神拦住，只好凑到船帮上，听水手们"老爷老爷"地叫着，两人顿时心花怒放，兴致大发，船头船尾跳个遍，又好奇地研究起水手的汗衫，一会摸摸这个，一会揪揪那个，水手们触痒，两人便得意无比，笑得满船乱滚。

武神将令船安排好，转身又下船安排群雄。空空趁机拉了拉何裳，小声道："我们去玩儿吧。"何裳看了一下莫愁，摇了摇头。空空沮丧道："这船要乘十几天，闷都闷死了，我们到山上赛跑，看谁能追得上风起云落。"何裳虽也想游山玩水，但顾及莫愁的身体，便道："我的酒给你喝，这次你先去，下次陪你，每当我看到风起云涌，就知道你在跑了。"说着便把酒壶递过去。小猴儿见酒壶便伸手来抢，空空忙将酒护在怀里，将小猴儿丢给妙儿，自己一阵风不见踪影。

不得了两人让水手把了不得的裤子升到了桅杆顶，玩够了便坐在桅杆下欣赏裤子在风中招摇的样子。

武神将群雄安排好，发现令船上不见了空空，知他逃跑了，便吩咐梅良信到武当派的船上请来空空的师兄凌虚道人暂代掌门。凌虚本是武当前掌门虚谷道人的大弟子，平时立身处世一丝不苟，在江湖上也声名卓著，无论从武功还是为人处事都是江湖上普遍看好的掌门人选。谁知空空由僧入道，投在虚谷门下，虚谷竟把掌门传与了空空，这是武当上下不能理解的，更让人不能理解的是空空竟然懵懂无知，丝毫没有掌门的概念。凌虚觉得这是很没有颜面的事，不但自己没有颜面，武当派也受江湖人士的耻笑。可是掌门为师父所立，自己没有发言权，所以一直很是有一种英雄失路之慨。这次空空又在天下英雄面前给武当丢尽了丑，凌虚又羞又气，现在空空无故失踪，倒是让他有机会做个临时掌门，施展自己的凌云壮志，因此欣然应邀。

一切就绪，武神又纵身上了令船。他脚一着船，船身便一沉。船家和水手们一起叫道："主人家真是好分量，不知手上是啥？竟是黄金不成？"不得了听了得意道："那算什么，他们都归我管，我便是盟主。"只听船尾一个脆响的女声道："嘿嘿，当家的，'猛猪'是个啥子人物？"了不得被这声音一吓，几乎从舱上掉下来，骂道："哪里的泼辣婆娘？好大嗓门！"武神循声望去，只见是个彩绳盘发、青布短衫的船娘，正领着水手准备起锚。武神赞道："好个利落的女子，这可是老板娘？"船家赔笑道："小人的婆娘，没的大见识，老爷恕罪。"回头冲那船娘喊道："你个戆婆娘嚷个啥！猛猪便是官家，有头面的人物！还不准备上帆。"武神笑了笑，进舱和众掌门计议前程。

苍天浩波之间群峦拔地而起，渡口傍山，渡头大旗上书"千山渡"三个大字，迎风招展，正是东风。只听船家高声喊："上帆喽！……"二十条江船的大帆呼啦啦一齐升起，霎时被风鼓满，但由于逆水，纤夫们也都就位。船老大高喊"起锚！"船身一动，江水还是胜风一筹，将纤夫们的纤绳渐渐拉紧。纤夫们一齐低吼，浑身的筋肉霎时迸出来，黑黝黝地在阳光下闪着，江山间响起他们浑厚低沉的纤夫号子。水手们也呼叫着奋力撑起篙子。船终于缓缓前进了，何裳被一种近似无由的热情感动，这个逆水行舟的开始慷慨激昂，满眼江山竟让人不由自主有一种豪情，他纵声长吟："大江东去，浪淘尽，千古风流人物。故垒西边，人道是，三国周郎赤壁。乱石穿空，惊涛拍岸，卷起千堆雪。江山如画，一时多少豪杰！遥想公瑾当年，小乔初嫁了，雄姿英发，羽扇纶巾，谈笑间，樯橹灰飞烟灭。故国神游，多情应笑我，早生华发。人生如梦，一樽还酹江月……"何裳神入辞章，全不知莫愁因"小乔初嫁了"满脸通红。莫愁出了一身汗，神思缠绵，被江风吹醒，忙掩面对江，道："轻狂浪子，不知愁滋味，你可知'只恐双溪舴艋舟，载不动许多愁'？"何裳不知她竟晓风雅，惊喜道："你竟也有文采？"莫愁道："谁说女子便无文采，只是没必要张扬罢了。当年偌大天下哪个又比得了李易安！"何裳欢喜不禁，伸手拿酒却抓了个空，才想起送给了空空，便从包袱里拿出一支大笔，将笔头拧下，原来这笔杆竟是一支洞箫，他凑到嘴边试了试音色，道："好久不曾吹箫了，你有愁，我何尝没有我的愁，不妨学学东坡公……"箫声在江声中渐起，吹起漫天暮色，暮云在江帆与崇山中翻卷萦回。

江面开阔，水流较缓，加之顺风，船队十日已过了巴东。江上人唱起"巴东三峡巫峡长，猿鸣三声泪沾裳……"，前面便是巫峡了。朝雨初歇，朝雾未散，巫山云雨凄迷，两岸峭壁冲天，不见其巅，偶有峰顶百谷汇成飞瀑绝岩而下，便如长剑倚天，直挂千丈，长风扬瀑，洋洋洒洒，裂石崩云，飘零如雪。飞猿惊号穿梭其间，惹得妙儿怀中的猴儿也跃跃欲试，却听得飞瀑落入江中，声若奔雷，又吓得猴儿缩进妙儿怀中不敢出来。飞瀑如水龙入江，激起飞浪千尺，将江上众人浇了个透。幸亏何裳眼疾，江水飞来时他将身挡在莫愁前面保住了她。妙儿笑道："何裳哥哥，我是小妹妹，怎么不给我挡水呀？"何裳吐着舌头笑。莫愁将他向妙儿处推去，边推边道："去给她挡水。"妙儿拍手笑道："落花流水了……"何裳挺起身站到船头，道："痛快淋漓，这样的山水尽数入我画中了。"妙儿道："都没见你动笔，哪里到你画中了。"何裳得意地偷窥莫愁，见她抿嘴微笑，知道她明白，道："大千世界一入我眼便存乎我心，心中有大千，笔下便有世界，这就是大千在握。"说着，他到莫愁面前，道："如果我有朝一日作了和尚，法号便叫大千如何？"妙儿笑道："你本来就是何裳。"莫愁瞥了他一眼道："大千岂是随便人都可叫的！已有前辈叫了，你无此机缘。"何裳叹了口气，走到船中央，看着两岸风景，又不断变换角度偷偷看船头的莫愁，她的身影在他眼中和江水云山一样缥缈，构成最美的风景。

这场雨把山顶都注满了，峡间处处飞瀑，江水骤涨，江上一片轰鸣，将漫山虎啸猿啼尽皆盖住。江风萧瑟，两岸红叶纷纷而下，满江红透。何裳看着不禁热泪盈眶，诵道："无边落木萧萧下，不尽长江滚滚来……"莫愁看着江中被江水冲得飘零四散的枫叶，不由感伤，沉默不语。武神听何裳声音慷慨，也唤起了他的心事，蓦地，听见远空中一声长啸，他脸上露出隐约的笑容。何裳听到那声音也仰望长空，只见楚天无极，一只黄叶大小的东西从极高的云端盘旋而下，愈近愈大，何裳这才看清原来是一只金色的巨雕。巨雕到令船上空突然俯冲直下，吓得猴儿将头紧紧钻进妙儿怀里浑身打着战。妙儿抚着它道："猴儿别怕，那是爹爹的雕儿。"

那雕径直落到武神肩头，双翅扇得船上一阵疾风。只见它通体金黄，单是那双翅便有丈许，喙与爪铜铸鎏金一般，站在武神肩上神采奕奕。满船人皆赞叹唯有这雕才配得上这人，也只有这人才配得上这威猛的雕。武神从雕腿上取下一只竹筒，竹筒中是一封信，写道："胡人北犯，上欲杀胡子。"原来，十八年前武神助当朝皇帝夺取江山后，胡人趁中原混乱数度进犯。武神率兵北征，大破胡人，尤其是十六年前胭脂关一战，长驱直入，迫使可汗以十五岁的世子作为人质求和。从那时起，太平皇帝就将胡世子囚于骊山，胡人也因世子在中原做人质而不敢进犯，到如今已十六年。十六年来可汗励精图治，实力空前强大，便开始试探性地进攻中原。太平皇帝也因此想以杀掉胡世子威慑胡人。武神明白，从国力来说太平王朝已不是胡人的对手，何况胡人骁勇善战，杀掉胡世子只能让胡人试探性的进犯变成复仇的真正战争，自己又远在蜀山，国家便真的危险了。于是，他取笔写道："胡人小兵，北镇可拒，胡子暂不可杀。西镇小心轩辕。"装进竹筒，缚于雕腿，将雕亲密地抚摸着，在雕耳边低语了几句。金雕一声长啸，振翅腾空而起，在武神头顶依依不舍地盘旋着。武神看着它，道："我也舍不得你，走吧。"金雕双翅击风，直冲云际。武神恋恋地看着，自语道："人却偏偏不生双翅……"想起那场大战，自己的妻子分娩在即，自己却无奈远在天涯，待自己大败胡人飞骑回到家门时，却只有满堂的孝带在孩子凄凉的哭声中飘零……

江风在峡间翻滚，陡然转为逆向，纤夫们都牢牢扒住岩石以免被船后拖，水手们忙将帆放下，纤夫们才得以缓缓拖船前行。两岸石壁排江而来，连纤道也没有了，纤夫们都脱衣赤身在江中前行，船上的水手们也用竹篙头的铁爪抓着岩壁，纤夫和水手的喉中都有了低沉的吼声。忽然一阵恶风，飞瀑在半空被甩向峭壁，水花带着崖间草木便如雨下。船老大一声吼，唱起号子，船娘在船尾也帮起腔，水手的合唱激昂，纤夫的吼声沉重，与风声、江声、激浪声、飞瀑声汇成激情澎湃的大合唱，船就在这近乎惨烈而又无比昂扬的合唱中逆风而行。虽然风高浪急，那合唱却在天地间纵横激荡。船上的乘客们被震惊了，他们从没见到过如此绝境，更没想过人竟能在如此绝境中如此前行……

峰回路转，江面渐阔，峡风渐歇，号子也渐舒缓，船娘唱起了舒缓的船歌："船到巫峡云满山，江上神女望不见。哥哥一去不回还，妹等哥哥一万年。"歌声凄婉甚是动人，何裳心念一动："这便要到神女峰了吧？"他极目前望，只见前方重重山峦后渺茫的云际，一块奇石若隐若现。他指给莫愁看，道："那便是神女峰，当年巫山神女与楚王相恋，楚王死后，神女便在这山中等待千年，旦为朝云，暮为行雨……"莫愁向神女峰望去，云雾凄迷，风中隐约是凄清的泪，她凝望不语。妙儿早在一旁道："那她变成了石头？那人死了她又等什么呢？要是我可不会这么苦苦等。"莫愁笑道："等什么只有她自己知道。不过你现在说得轻松，世事难料，若是你到了这个时候，恐怕比这神女陷得还深呢。"等待，当那些人物和年代都已远去，等待能超越时间吗？何裳和莫愁同时想到了一个人。何裳仰望天际，低吟道："曾经沧海难为水，除却巫山不是云……"他回头看着莫愁，两人的目光不期而遇。

巫峡过后便是瞿塘，所谓瞿塘天下雄，历代大文豪都有描写瞿塘的句子，李白云："十六君远行，瞿塘滟滪堆。五月不可触，猿声天上哀。"杜甫曰："瞿塘峡口曲江头，万里风烟接素秋。"刘禹锡曰："瞿塘嘈嘈十二滩，此中道路古来难。长恨人心不如水，等闲平地起波澜。"在天下至险的夔门，峡口更有滟滪堆。船刚至夔门，船老大早发一声喊，船夫们都打起了十二分的精神。众人看着峡江，两岸夹壁峥嵘，百丈宽的江面水流纵横，可见水面之下水道的复杂，更兼巨礁如阵，船老大大呼着号子指挥着水手们操控船只，船身在巨礁间左冲右突，纤夫们手挽手在船前踩礁，水深处几乎全身没入江中。一时人与自然的大合唱又达到一个新的高潮，在万山中奔流跌宕，引得林木瑟瑟、鸟兽骇鸣……

又一个黎明，晨光熹微，船队起锚上路。才行数里，忽见前方江面上阴云四合，青雾冥冥，伏波汹涌，沙渚横陈，礁石奇峭，似有意而为之。船老大高声道："水八阵了，兄弟们上阵喽……"二十条大船皆相应和，江船陡然变向，也不知是失控还是船老大有意为之，船头直向江心一块青黛色的巨礁撞去。船老大发了一声喊，船家和水手们扑通扑通跳下水。

船上众人大惊失色，武神飞身去掌舵却为时已晚。江船被撞得四分五裂，楫飞木散，一船人跌入江中。江水急湍，幸亏大多数人通些水性，且武功很高，都各显其能以自救。武神在落水一刻凌空展臂，妙儿脚尖一点借他臂力腾空带莫愁跳到江边峡上。武神回头找何裳时却寻不见他了，回头见那十九艘船也几乎同时遇难，落水者不计其数，更有修为较浅者不能自救，被江流卷走，哀号凄厉。那船老大招呼着水手们挥舞夜叉翻江倒海地砍杀，这群人虽武功平平但水性极好，群雄左支右绌任人宰割。江风凄烈，江上喊杀声、求救声、哭嚎声、呼叫声、兵器碰撞声、利刃剖身声和着风吼声、江流澎湃声汇成一片阴惨的鬼哭。武神等人待要救人，却见江上乱作一团，无从下手。他催内力道："各门派向掌门集中，互相援手，自救救人。各掌门向我集中，沉着应战。"接着气沉丹田吼道："何路英雄？！"他悲愤已极，这吼声一出便像惊雷一样冲荡江峡，大半水手被惊得夜叉脱手。空悟率少林弟子在江中救人，如常则努力将峨眉女弟子们集合到岸边，又防备她们被人乘乱占了便宜，拦路者不论是敌是友都被她打得鼻青脸肿；凌虚道人有意让武当争回面子，又让自己扬名，争着带水性好的弟子杀敌；风波子水性不好，又想保存实力，只是率门人向岸边撤，群雄也都趁机集中起来，各自救援，向江岸靠拢。

何裳虽自小在千丈瀑练功，却不识水性。船沉的刹那他见武神施手救莫愁，便将莫愁向那边推去，哪知脚下碎木被水打翻，他站立不住落入水中。幸好他练得闭气功，又有在千丈瀑修行的经历，能够化去湍急的水力，所以才不致于被水冲走。他沉到水底向水上看去，透过血水与枫叶乱红纵横的江水，只见江边峡壁上武神护着莫愁和妙儿指挥众人集中，妙儿哭喊着自己的名字，莫愁则失魂落魄地寻找自己。何裳看着莫愁绝望的表情，担心她受不了，自己却又十分欣慰——原来她竟也在意自己。他痴迷地看着，几乎忘了上岸，猛想到上岸，他双腿发力便要跃上水面，刚要跃起却被人一脚踩在头上。他抬头望去，只见是那船娘正和两个昆仑弟子打斗，两人不敌船娘，身上被砍得血肉模糊，拼命向岸上逃。船娘踏水追去，正踩在何裳头上。何裳不及思索，大叫着："母夜叉！"也不顾江水灌入口中，双腿发力向上冲去。

江面上一片沸腾，突然江水中一团白浪飞起，两人从水中蹿到空中一丈多高，落在一块青紫相间的礁石之上。所有人都吃了一惊，定睛看去，正是何裳拉着那船娘。何裳从不曾真正擒拿过人，不知将手中的船娘如何处置，情急之下把她高举过头，以为她一定会害怕。他运气仰天大呼道："都住手！"声音在江风激扬下在江上飒飒作响。船娘一开始以为何裳要摔死她，怕得要命，后来发现他并无此意。相反，抓着她腰带的手却十分温柔。她心头一热，心想自己男人从不曾对自己这样温柔，索性身体一软，手脚都垂到何裳面前，脚背垫着他下巴，手抚着他的脸道："好俊的兄弟，叫啥名？"何裳只觉手中柔若无物，却又无比温暖，一只白净的脚丫伸到颔下。他窘得满脸通红，细声道："何……何裳。"那船娘扑哧一声笑出来，道："呦，你没剃得光头也是和尚啊？唉，你要不是和尚，姐宁愿让你举一辈子。"何裳不知所措，忙向莫愁看去。莫愁见他无恙本来十分高兴，谁知船娘竟和他调起情来，索性扭头望着远处的云山，再不回头。何裳十分沮丧，便要将船娘放下。群雄趁水手们住了手忙向岸边撤去。水手们见何裳手中有人质，也不再追。船老大早急了，大声喊道："你、你这个浪婆娘……你、你摔死她吧！老子、老子……"船娘大骂道："你个龟孙，你那巴掌啥时候有我兄弟这么软？！"船老大又要骂，何裳装作发力要将她摔到礁石上。船老大急得大吼道："住手！你有种杀老子，跟个婆娘有什么斗的！"船娘被何裳吓了一身冷汗，听船老大说出这句话不由热泪盈眶。群雄恨恨道："摔死她，摔死她！"何裳笑了笑，正要将船娘放下来，突然听到身后风声紧恶，忙侧头向身后山崖上看去。

飞矢如蝗，从断崖山头的丛林中席卷而来。船娘面向天空，先看见了遮天蔽日的飞箭，惊得大叫起来。何裳左手将船娘揽到身后，右手抽潮音剑一招自在飞花将头上来箭纷纷削落。岸上和江中群雄也都挥舞兵器挡剑。群雄心神未定又被乱箭偷袭，伤亡大增。江上水手们武功低微，死伤更重。船老大边挥兵器边喊："山上英雄，万里长江灌江龙过千帆和锦罗刹罗三妹与众好汉在此杀朝廷走狗，是敌是友露个相！"崖上并不回答，箭势更猛。过千帆腿上中箭，带受伤的水手们破口大骂："日你十八代鸟祖宗！"锦罗刹见他受伤，忙挥兵器从何裳身后到过千帆身边，一边给他挡箭一边骂道："射不死的龟孙！"过千帆一把推开她，犟嘴道："老子就是不死！"锦罗刹被他一推，臂上中箭，咬着唇坚持挥动兵器。过千帆大骂着偷袭者，两人还是靠到了一起。

何裳一笑，飞身到莫愁身边，莫愁却依旧不理他。武神向对岸崖上道："武神玄冥替天行道，何路英雄现身一见！"对岸树木被震得簌簌作响，却无人应答，但见金光一闪，一支雕翎箭挟风向何裳后心射去，闪电一般转瞬即至。何裳在一片混乱中听出箭声时已不及躲闪，不由毛发倒竖，望着莫愁热泪盈眶。武神见得分明，忙挥杖挡去。这一箭十分不寻常，只听当的一声，金箭射入木杖寸许，木杖木皮飞溅，里面青光摄眼。人们还未来得及看清青光是何物，便见武神飞身跃起，手中青光跃宕，江上剑气纵横，一声龙吟，风雷激荡，石破云开。对面山崖从中断裂，轰然崩落，惊起巨浪数丈，江水横流，山上众人多半不及逃走，纷纷落水，鬼哭狼嚎不绝于耳。所有人都目瞪口呆，去看武神手中的青光时，已经入鞘背在身后了。武神看着对面那一片残缺狰狞的崖壁，下面激流盘旋，偷袭者的尸骸在漩涡中顺水而去。他叹了一口气，道："又开杀戒了……"

巨阙剑，一把死在历史里又活在传说里的剑。春秋神冶干将、莫邪与欧冶子因剑引为知己，三人合力用昆吾所产精矿为吴王阖闾铸此剑。阖闾纵横天下，成为一代霸主，后来为越王勾践所败，死后葬于姑苏虎丘，以此剑与其他宝剑三千殉葬，称剑池。秦始皇一统天下后，为求此剑数次欲盗吴王墓，然而剑池深不可测，机关无数，始皇帝终其一生也未能得到。巨阙剑就这样死在了历史中。然而，民间传说又有另一种说法：巨阙并未随阖闾深埋虎丘，而是到了立志报越国杀父之仇的新吴王夫差手中，夫差三年后败越于夫椒，后来便是勾践献西施于夫差，卧薪尝胆，十年生聚，十年教训，终灭吴国。越国大夫范蠡携西施泛舟五湖不知所踪，留下一个沉重而又美丽的关于兴亡与爱情扑朔迷离的故事。巨阙剑便在范大夫的舟中，随着陶朱公的故事在水云间飘散。

二十年前，四圣论剑大荒山，武神玄冥夺魁，从无稽崖下拔出这千年神兵，把它带到了世上。人们都听过巨阙随武神征战的故事，却无人见过它真正面目。如今巨阙横空出世，竟是如此地壮伟瑰丽，人们激动着，颤抖着——每一个武者都梦寐以求的有生命的神器啊！

过千帆冲上岸一跤拜倒，用颤抖的声音道："阁下便是武神？小人是长江船夫过千帆，平生天不怕地不怕，只佩服武神的英雄气概，你为我天下练武的好汉请命，又在此救我夫妇及兄弟们，请受我与众兄弟三拜！"说着就招呼水手纤夫们跪倒叩头。群雄见他武功浅陋却称练武之人，不免鄙视，但见他说得庄重，跪得真诚，不由想起自己也深受武神的大恩却不知回报，脸都红了，不过幸亏在世上混得久了脸皮甚厚，所以表面上都不露声色，又恨过千帆众人施诡计行凶，都上前欲诛之而后快。风波子带头挥剑便上。武神挥手止住，质问过千帆道："你等为何施计沉船，行凶害我武林英雄？"

过千帆道："小的们本都是正经的船家，奈何朝廷压榨官吏盘剥，让我等无法养活妻儿老小，干脆在江上反了，不劫民专劫官，劫了便接济乡里。前些时日听说朝廷办武林大会，要到我蜀山夺杏黄旗。我等最恨朝廷的走狗，巴不得这朝廷早完蛋，便决心大干一场，却不想是自己人。"风波子早气得爆炸，骂道："谁和你是自己人？"过千帆道："我说佩服武神，别人我当你是狗粪！我们兄弟不信朝廷，只信武神。今日落入你们手中，随武神处置。我们水上好汉恩怨分明，先谢过武神救命之恩，也多谢那小兄弟救我那不争气的婆娘一命。要杀便杀，皱个眉头不算好汉！"说着，拉着锦罗刹的手，和水手们聚到一起。各门派都有伤亡，听他说话不由火冒三丈，上前便要砍杀。何裳拔剑纵身挡在锦罗刹和过千帆前面，道："此事阴差阳错，赶尽杀绝于心何忍？"锦罗刹从后面推开他，道："兄弟你去，没你的事。"

武神看着这帮水手和纤夫，启程前也是一条条生龙活虎的汉子，栉风沐雨，在惊涛骇浪中弄潮，如今死去的大半随江水而去，幸存的也是伤痕累累，更何况此事难说孰是孰非，自己的责任实在是比任何人都大。他向群雄行了个礼，道："何裳说得有礼，此事难辨是非，也怪不得他们，是老夫考虑不周。他们也伤亡大半，诸位给老夫个薄面，饶了他们如何？"空悟点头合十道："阿弥陀佛，武神所言有理，种因得果，船家无错，群雄亦无辜，都了了吧。"如常师太点头道："阿弥陀佛，方丈说得有理。"凌虚道人心中虽恨恨，却也点头道："上天有好生之德，恶人有向善之心，便饶了他们吧。"其他人只好作罢，只有不得了二人刚被人把肚里的水挤干，跳起来抢过把刀就大叫着向过千帆头上砍去。武神回头瞪了他们一眼，二人赶忙缩起头逃走了。过千帆见武神竟饶了他们，更是感激，道："小人愿意带路，请恩公告知那射箭人的来历，小人要为众兄弟报仇！"武神叹道："这也是老夫之过，那轩辕王也是个英雄，却纵容手下做出如此卑鄙的勾当。"空悟道："以光明之心难窥卑鄙之意，何况此事纷繁，不是一时所能理清。"武神道："说到底，是老夫的错。老夫辅佐皇上灭前朝，便是为救百姓苍生于水火，如今皇上被奸臣所惑，老夫不能惩奸除恶，百姓身处水深火热……老夫又为一己之私把天下英雄带入死地……众位掌门，玄冥实是罪魁祸首，今负荆请罪，请天下英雄责罚。"他回身单膝跪倒，群雄见状忙跪倒一片。空悟道："贫僧向来只跪佛祖，今武神一席话不啻佛音，请受空悟及众英雄一拜。"说罢也要拜倒。武神忙扶他一起起来。空悟道："世间是非皆有因果，一切因果，皆如梦幻，是非岂在一人！武神为武林造的福祉有目共睹，更不必自责。"武神道："方丈大师言重了，武神多谢众英雄宽容。杏黄旗关系天下安危，老夫不出手恐怕天下又将大乱，所以老夫将把这条路走完。前路茫茫，定有更大的艰险，老夫请诸位就此各自回山吧。"众人听了都议论纷纷，怕前面再有危难，又觉得不能就此离去。凌虚道："天下兴亡，匹夫有责，岂因祸福避趋之，武神慷慨大义，贫道佩服，前路艰险，武当弟子虽学艺不精，但愿做马前卒。"空悟和如常也道："阿弥陀佛，降妖伏魔，出家人分内事。"风波子当盟主的计划落空，本来想趁机回山等待时机重整旗鼓，不想其他三派竟都要跟随武神，自己门派若是退出，肯定被认为是自私怕死。江湖人都讲脸皮，风波子硬着头皮咬牙跺脚，笑着上前道："青城愿随左右！"各门派也都要跟随。

考虑到鬼城之路定是艰难险恶，最后，武神与各掌门商定由少林、武当、峨眉及青城四派掌门随武神赴鬼城，其他护送受伤者各自回山。武神问过千帆道："归途与前路你可都熟悉？"过千帆道："小人上山便是猴子，入江便是鱼。这山上有蛮人聚居，有个见多识广的老爹是他们的长老，知道鬼城的情况。小人的婆娘和这些水手、纤夫兄弟就是那寨子的，到时可以带他们乘我们下江的船回去。"武神看了看几位掌门，见他们都无异议，便道："走吧。"过千帆吆喝一声，当先带兄弟们背上伤员爬上山去，山路崎岖，他们生长于斯，爬山技术堪称一流。群雄也施展轻功紧随在后。不得了二人哇哇大叫不会爬山，被武神一手一个提着上去。何裳看着莫愁道："我背你。"莫愁不愿理他，妙儿指着山崖道："这么高，嘻嘻……"做个鬼脸像小鸟一样飞上山了。莫愁看了看山头，云雾缭绕难见其端，勉强点了点头。何裳大喜过望，俯身背起她，只觉她吹气如兰，香泽微闻，那秀发滑到自己耳际，两只羊脂玉般嫩白的手臂绕着自己的肩，美不胜言，遂心花怒放，脚下生风，一口气追了上去。莫愁在何裳湿漉漉的脊背上伏着，感觉他的身体随着步伐微微颤动，温热的气息传递过来，她心念一动，脸红得便像那红叶一样了。何裳追上妙儿和她并行，她一眼看到莫愁桃子一样的红脸，又嬉笑着做起鬼脸来。莫愁虽然又晃着海月剑却无计可施，几次欲从何裳背上下来，差点弄得二人失足落崖，吓得旁边武神手中的不得了二人屡屡尖叫，惹得林崖间的山猿们也纷纷出动观看这一大盛况。小猴儿也得意地施展功夫，在众人头上飞来飞去，又到不得了二人头上撒欢。不得了大骂空空，了不得却哭叫起来，吓得小猴儿又钻到妙儿怀里。不得了得意道："盟主的待遇就是高！"了不得应和道："对，山都不用爬！"妙儿讥笑道："那是你们笨，不会爬！"何裳和莫愁看着不得了二人被提在手里不时又被山石树木蹭得龇牙咧嘴，都不禁失笑。了不得二人被妙儿说破，嘴里嘟囔着不服气，却听不清说的是什么了。

群山茫茫，江水荡荡，云雾又起，在山涧缥缈迷蒙，变幻无形……

第五回　三寸气在千般用，一日无常万事休【二八三】

何裳背莫愁随众人到了山顶，只觉身在云端，向下望去，只见云气苍茫，偶尔云薄处露出青山一角，大江便如一缕丝带，在脚下缥缈，向前望也是重山无数，云在山间飘移翻涌，不知前路如何。只听群雄中有人骂道："信了这贼的话，带我们到这种地方，到时他们溜走，我们岂不困死。"众人正担心如此，听有人这样说，也都踌躇起来。过千帆等人背着伤员已走出去很远，听到这话，又见众人不肯走，转身喊道："老子就是要困死你！哪个不怕死的跟老子走，反正武神老人家不会被困死，困死你们这群龟孙！"群雄一听，都要冲上来恨不得将他踹下山去，又怕他死了没人带路真要困死，只好骂骂咧咧。何裳见过千帆的绑腿已被箭伤流的血染红了，用手向他的腿指了指。过千帆咧嘴一笑，道："难为你还关照我的伤，我可不像你们中原人，破个皮就鬼哭狼嚎，平时还号称什么英雄好汉。前面便是奈河，过奈河便是鬼蛮村落，这里的纤夫兄弟多半是那里的，我们便要到那里去，敢不敢去？"何裳笑笑，见锦罗刹胳膊上的伤口渗着血，忙从背上的包袱中拿药给她。他落水浑身湿透，背着的包袱中他和莫愁的衣服也都已浸湿，瓷瓶中的伤药却依然能用。锦罗刹接过瓷瓶，倒出些药敷在伤口重新包好，对何裳道："好兄弟，三姐不会害你的，跟我走就没事，妹子治伤耽误不得。"说罢，拉着何裳就向前走，边走边道："看着脚下，有时看着有云彩，其实是万丈深渊，脚先探实了再走。"群雄恨不得将耳朵拉长去听他们在说什么秘密，见锦罗刹带何裳走在前面，心想既然他们可以走，说明无大碍，便都跟着。过千帆哈哈大笑，道："中计啦！"群雄大惊失色，几乎坐倒在地，环顾四周发现并无状况，才知受骗，想到刚才自己的丑态，恨不得把过千帆剁成肉酱。眼见何裳已跟着锦罗刹走进云海，忙跟上去。

何裳背着莫愁跟着锦罗刹，只觉身边山风扬着云雾浮动。妙儿在后面跳着，道："我都感觉自己飞起来了。"莫愁也沉醉于周围的风景，但这苍茫的云雾又让她对前路莫名地迷茫与怅惘。隐约间，她听到似乎遥远却又近在咫尺的水声，循声望去，前方迷离的云雾后是一个宽上百丈的大峡谷，谷底虽看不见，但从向上翻涌的水汽和巨大的水声看应该是一条大河，估计便是过千帆所谓的奈河了。

锦罗刹放慢脚步，道："兄弟要小心了，前面便是奈河，等他们过来才能过去。"何裳见这大山在此处便像被巨神横擘而裂，形成万丈峡谷，向下望去皆为云雾，不见其底。风将雾气稍稍吹散，他依稀看见一条血红的河流直贯峡底，猛浪奔腾声传到山顶依然惊心动魄。何裳不解，问道："这河水为何是红色？"锦罗刹见后面群雄都赶到，故意说道："你不知佛经里说人到冥界都要经过奈河吗？那奈河是一条血河，河水中都是怨魂饿鬼，河上只有一条奈河桥，人过桥时，这些鬼怪就拼命要把人拉下去撕碎，这些人就也变成了血河中的饿鬼。"她说得声色俱厉，令人心惊胆寒。群雄心里没底，纷纷问空悟大师可有此说法，空悟双手合十道："阿弥陀佛，说的倒也无太大不妥。诸位只要心地明净，问心无愧，自有祥云护体。"空悟迂腐善良，以为这话可以安慰群雄，却不知群雄虽号称英雄，却都有一些不为人知的丑事亏心事，所以更加害怕起来。梅良信嘟囔道："我说吧，在这鬼地方要将人一网打尽。"身边人不由汗毛倒竖。风波子道："他们枉杀我们多少英雄，他们也难过这一关！"自己心里却也没有底。

锦罗刹见群雄被吓得不轻，很是好笑，却装得一脸严肃，凑到何裳身边小声道："这河上游是红土地，河水带着红土，所以红色，不过那传说倒是不假。"何裳本来就不在乎，听了更觉好笑，问道："我们如何渡河呢？"过千帆走到悬崖边，拨开草丛，只见一条胳膊粗细的绳索一头固定在石壁上，另一头蜿蜒进云雾，直通对面的山头，在风中就像一条断续的发丝飘飘摇摇。过千帆道："这便是奈河桥，要用山上千秋藤作溜索溜过去。"他一说，群雄不禁胆寒：溜索渡峡是西南常见的，但这么长的距离，这么高的峡谷，却是谁也没试过。何裳更是没见过，心里没底，身体也抖起来，自己觉得不争气，身体却不听使唤，只好红着脸等着莫愁笑话他，殊不知莫愁此时也在发抖。妙儿躲在何裳身后，猴儿躲在妙儿怀里。武神提着不得了二人到崖边，二人拼命挣扎，怪叫连连做垂死状。武神道："不知这桥同时可渡几人？"过千帆道："只能承受两人，千秋藤和这桥索承受力有限。"说着，分配水手纤夫们各自去摘千秋藤，自己在地上捡了两块响石对敲起来，声音在峡谷间冲冲撞撞传到对面。不久，对面也有人用响石回应，两边各有各的节奏和声调，原来这是一种问答的信号。何裳见这石头有趣，也捡了两块。锦罗刹笑道："傻兄弟，你捡的不对，你要啥样的？三姐给你拣。"何裳道："要两块小的，以后留着玩。"锦罗刹给他捡了两块小的，道："他在告诉对面鬼蛮的族人说有一千多人要过桥去，要寨子里接应一下。呵呵，我们寨子都没一千人呢。""你们都是这寨子的？""是啊，姐给你唱支山歌，看看对面是哪家的小伙接咱们。"说着，她抚了一下头发，唱道："江水长兮瞿塘高，白云尽头乌云飘，乌云是姐罗三妹，白云是哪家出水蛟？"歌声仿佛新采摘的鲜笋，清脆纯净，令人情灵摇荡，对面人却无回音。锦罗刹哈哈大笑，道："是我们邻家的乌有兄弟，憨得紧，砍他一百刀都不吭一声的，看这边人多就不好意思唱了，难为他也曾为我家五妹唱了三天三夜。"说着，双手凑到嘴边喊道："乌有，给姐唱一个，不唱我可在五妹面前说你坏话喽。"这招果然管用，对面人也唱起了山歌，不过还是害羞，全是土话，何裳一句也听不懂。

过千帆已经带水手们采好了藤条，让一个水手做示范。这水手背着一个伤员，用藤条将伤员紧紧绑在自己身上，再用两根藤条在桥索滑轮上打结，手握藤条，将身一耸，便箭一样滑向对面。他背上的伤者是中原人，悬空那一刻便尖叫起来，一直到了在对面安全着陆，叫声才慢慢停止，已是吓晕了。这边群雄都骂他给武林人士丢了人，却没人敢过桥。锦罗刹对何裳道："姐先过去见见亲人，也好接应你们。"一笑，便像一只鸟一样顺着溜索飞到了对面，在对面敲着响石招呼何裳。何裳背起莫愁，让过千帆用藤条绑好，学着锦罗刹的样子溜了下去，他只觉身体猛地悬在空中，耳边山风一下子呼啸起来，周围的群山猛兽一样在身边奔逐，轰轰作响。他无比恐惧，身体蜷缩，觉得自己的体态比锦罗刹丑陋千万倍，却又一动也不敢动，只感觉周围的一切都连成一片，呼呼地笑着自己。心惊肉跳地到了三分之一处，他感觉莫愁的手紧紧扣着他，头贴在他背上，他感到一阵温暖，自己想想怕什么呢？生死随缘不在话下，与莫愁同葬于天地之间更是一种幸福，他反倒觉得甜蜜了。风声飘逸，那是天籁，扑面而来的云雾带来清凉的水珠，他的头发和莫愁的头发飘在一起，他觉得莫愁也不再害怕，在身后看着他……这是仙境，他们脚下是白云，他们在御风而行，到了山头，两人意犹未尽。锦罗刹把藤条解开，笑着竖了竖大拇指，对身边的小伙子道："这是我小兄弟，叫何裳。"又对何裳道："这是我邻家的兄弟，你叫他乌有哥就行。"何裳见乌有纯朴热情，忙行礼，又对莫愁得意道："飘然自适，这可称得上御风而行了吧？"莫愁不屑道："那你应该松手才是，那时就'无所待而游于无穷了'。"何裳点头笑道："那我下次就松手。"莫愁转身不再理会，望着远方，刚才的命悬一线不由让她想及自己的身世，命若悬丝的自己不过是这崇山间一片落叶，云山依旧，又岂知自己刚才的惊险，又岂会为自己的去留经意？世间人呢？她不愿去看对面喧嚣的人群，也不愿听何裳唠叨，望着远山目光凄迷。

日已西斜，峡间的云雾更浓了，对面武神本来要抱着妙儿和猴儿过来，也好照应，却被不得了二人抢在前面。不得了二人本来怕得要死，后来见何裳安全通过，又觉得好玩无比，也跃跃欲试。武神只好让过千帆把两人紧紧绑在一起，两人大呼·"紧了紧了！救命！"然后学着何裳的样子溜下去，了不得身体肥胖，猛觉身体下坠，吓得六神无主，屎尿皆流，两人的尖叫响彻峡谷。到了桥中间，正是在奈河之上，两人已吓得手舞足蹈了，只听一声钝响，藤条崩裂，两人一起直落下去，两边人大惊失色，群雄大呼"盟主"。妙儿叫着两人的名字，背过脸不忍看两人向谷中坠落，扑在武神怀里哭着。两人挥舞着手足，拼命想抓到一点救命的东西，可周围除了云雾之外一无所有，他们瞬息间消失在云雾中，惨叫声还在峡谷间凄厉地飘荡。何裳默默地看着，两人消失那一刹那，他向谷底大声呼唤，回声在峡谷间激荡，久久不平。他想这两个人，他们虽然活得懵懂，行事颠倒，却一点也不可恶，总是那么快乐，却怎么是如此结果？运命无常，人竟如此无力吗？他凝视着连绵起伏的云，夕阳把群山和云海染成殷红，在他眼中渐渐模糊……

天色已晚，双方决定先把伤员运过来，群雄则在崖边过夜，第二天再过桥。过千帆和水手纤夫们把伤员都运过桥来，锦罗刹让何裳跟着，一行人向鬼蛮村落行进。暮色苍茫，落日渐渐由殷红变成绛紫，成群的归鸟在空中掠过，消失在暮色中。何裳远远见到山谷中袅袅的炊烟，篝火在云雾间闪烁。

村落里早有人在山脚迎接，那是一些老人和女子，他们在等待他们的孩子、丈夫或兄弟。鬼蛮的水手和纤夫们见到自己的亲人都先奔下去，相会的亲人们拥抱着，而没有等到亲人的则在焦急地寻找着，最后一缕残阳在他们脸上若明若暗，仿佛那最后一丝希望。何裳知道，他们大概是那些遇难水手和纤夫们的家人了，暮色中他们一无所获，呆呆地站着，影子孤独而凄凉。锦罗刹已经掉下泪来，她和过千帆对视一眼，彼此点了点头，扑通扑通跪倒在那些人面前，道："我夫妇带咱寨的娃子出门，没照顾好他们，被贼人害了，我夫妇的命给寨子处置。"一个年长的女人把两人扶起，说着什么。锦罗刹已经哭倒，哽咽着回答着。看着人们哭成一片，何裳也觉得心酸，忍不住落泪，看锦罗刹痛不欲生，想去扶起她安慰，却又不敢贸然行事，只好和莫愁在一旁静静地站着。

锦罗刹哭了许久，被众人扶起来，擦干了眼泪招手让何裳过来，在他耳边道："三姐和乡亲们有事，我让我家五妹带你们去家里。姐知你有本事，但一会儿我们发生什么你们都不要管。"何裳正要问，锦罗刹已经和族人们走了。一个十四五岁的小姑娘含着眼泪领着他们跟在后面。何裳不知她会不会说汉话，问道："五妹，你会说汉话吗？还是只会土话？"小姑娘似乎没听懂，回头看了看他，然后继续向前走。何裳叹了口气，为锦罗刹和过千帆担心，回头看看莫愁，她从到这里就一直沉默。

突然，何裳只觉小腿一麻，接着便火辣辣地疼，他以为是被什么扎了，没有声张，可却越走越疼，膝盖以下几乎丧失知觉，他腿一软，扑通一声摔倒在地。莫愁见他脸色紫黑，大吃一惊，忙去扶他，问他怎么了。何裳嗓子干涩，声音细微，道："左腿……疼……"五妹撕开他破烂的裤脚，哭笑不得，道："你这呆子真倒霉，刚来就被五步蛇咬一口，又不是唐僧肉。"何裳听了"五步蛇"三字，如晴天霹雳：自己平日走路连蚂蚁都不踩一只，今日却要命丧蛇口，虽不怕死，但本来是要去鬼谷给莫愁治伤的，如今自己却要先走一步，岂不是伤感至极。他一把抓住莫愁的手，生怕来不及，道："……以后……你要小心……我的东西……你留下，作纪念……我不知从何处来……但要去了……我……"莫愁一时情急，泪流满面，忙用手捂住他的嘴，却不知说什么。她生性孤高，藐视俗尘，自小在海宫长大，除了严厉的母亲便是敬她如神的宫人，何裳实在是第一个跟他有同样品味和共同语言的同龄人。两人一路行来，有谈笑打闹，有猜疑任性，何裳总是傻乎乎来劝她，无微不至地照顾她，如今却没想到，来鬼谷求救之旅竟是黄泉路。她有许多话想说，却一句也说不出，只是流泪。何裳也流着泪，艰难地伸手给莫愁擦泪。五妹在一旁流着泪看着，脸上却有笑意，叹了口气道："你死不了，五步蛇在山里多得是，我们鬼蛮人拿它当饭吃的。"说罢，把何裳嘴一撑，塞了几片野草进去，又取出小匕首将他伤处挖掉，顺手摘了片大叶子蒙在嘴上去吸毒血，吸完将叶子一扔，摘了另一种叶子嚼碎敷在伤口用布条包扎，道："好了，自己数到五就可以站起来走路了。"何裳和莫愁又惊又喜，想到刚才说的话，脸变得通红，原以为五妹不懂汉话，没想到她竟都听得懂，更是连耳朵都红了，幸亏日落西山，谁也见不到谁的窘态。

何裳站起来，边走边故意制造话题道："五妹，原来你会说汉话……医术还这么好……"五妹道："姐说你们汉人最爱骗人，要我懂汉话是为了不被你们骗，谁知你这人却傻得要命。"何裳道："是……我就是很傻……三姐跟他们去哪里啊？""这是我们族里的事，不过刚才既然听了你们的悄悄话，就算交换告诉你们。这次死的一半是我们鬼蛮人，和我定亲的鬼娃也死了……本来我们鬼蛮死人也不是太大的忌讳，但我们是小族，这次死的人多，何况是被贼人害了。他们不用偿命，但要割血招魂，死了一个人便一盏血，如今死了几十人，所以他们恐怕……"何裳道："那他们怎么办啊？今晚便割吗？……你的鬼娃……你不要怪他们……"

"今晚和爷爷说清楚就割，爷爷是族里的长老，希望他们不要死吧……到时你们老实在家……"

"你喜欢鬼娃吗？刚才一直伤心是为了他吗？"

"我？不喜欢他，我喜欢邻家的乌有哥。是爷爷给我和鬼娃定的亲。我就是不喜欢他，他死了我也是难过的。好好的人，就那么一下就死了……三姐也不知会怎样。"

"本以为你们这儿是世外桃源，男女可以自由婚配，谁知也是这样不自由。"

"别人家的都是唱山歌选情人，我家爷爷是长老，他说鬼娃家人和族里其他人不太和睦，结了亲表示亲切。到家你可不许问这些。"

"那你就同意了？"

"我也没有办法，我们的父母死得早，我们一直都很听爷爷的话。"

"我们要去鬼谷找鬼谷子治伤，你可知道鬼谷的事？"

"我们小孩儿家不知道，寨子里只有爷爷知道。不过前些时日，我听他们商量说中原朝廷要有走狗去攻打鬼城，他们便决定在中途拦截。有人说好像是武神率领的，姐夫自小跑船，常说武神的英雄，所以大家都很担心。后来打听的人说不是武神率领，是一个叫不得了的，大家才放心。谁知，还是被一群坏人害了这么多人。"

三人边说边进了寨子，何裳见这寨子都是沿着山势用毛竹搭成的竹屋，虽然简陋，却很有情趣，可惜天色已晚看不清楚。两人随着五妹进了一间竹屋，一股油烟和草药混合的味道扑面而来。一位老人坐在一个面目狰狞的兽头枯骨前炼制药草，身边的油灯在三人进门时被风冲得摇摇曳曳。五妹向老人恭敬地叫"爷爷"，何裳和莫愁也跟着行礼。老人仿佛石像一般动也不动，缓缓道："三妹说你救过他们的命，多谢。鬼蛮人喜欢朋友，但不喜欢欠人东西，两位想要什么作为报答？"老人的面目隐在黑暗里，火光明灭，老人古铜色的脸也跟着或明或暗，只有那如山的褶皱一般的皱纹一动不动。何裳想到太阳落山那一刹的群山，惨淡的白光照在青黑色的山脊，说不出的沉重与压抑。老人口气还算和蔼，但何裳心中还是十分紧张，他小声道："我二人要去鬼谷找鬼谷子先生治伤，希望长老爷爷能够指点。"老人道："我们巴山蜀水间的人们活得辛苦，地形险恶，又有毒虫、猛兽、瘴气、恶花毒草，每年我们各寨子的长老都要亲自去鬼城找鬼谷先生求灵药，除了我们这几个长老，你们外人进去比上天都难，何况你们两个孩子。听三妹说，你们还有长辈明天过来，那位武神杀了我们的仇敌，救了我的族人，到时候我画出图给他，你们一起去……"说完，他又回归沉寂。五妹悄悄摆手，示意何裳二人跟着出来。

何裳和莫愁跟着五妹出了这间竹屋，到了旁边三间连在一起的竹屋里，那正是三妹的家。屋里已经点了油灯，锦罗刹把三人迎进屋里，拿出烧好的野味给何裳和莫愁，笑道："这可是姐亲自打的野猪肉，你们放开肚子吃，还有玉米酒，你们吃饱喝足大睡一觉，过了今天就好了。"今晚也许便是生离死别，她却不动声色，依然谈笑风生。何裳心里一酸，道："今天晚上，你们……"锦罗刹笑了笑，道："吃你的吧。"何裳一天没吃东西，真的饿得厉害，他抓起一块肉给莫愁，莫愁摇了摇头。何裳见她不要，自己大嚼起来，看着锦罗刹两人，忍不住眼泪滴在肉上。他抹了抹泪水，倒了三碗玉米酒，举到锦罗刹夫妇面前。三人相视无语，一饮而尽。过千帆抱了抱拳，锦罗刹一笑，两个人出门而去。何裳心中五味倒翻。五妹在身边掉着眼泪。莫愁静静地打开包袱检视自己的东西，把里面的湿衣服放到火边烤。屋里的人静默着，只有火在毕毕剥剥地响。长老吹响骨笛，外面人声开始渐渐嘈杂。

长老的声音响起，五妹小声翻译着他的土话：过千帆和罗三妹带族里兄弟去杀贼，战士在战场上死去本是正常，他们的亲人却悲痛欲绝。过千帆和罗三妹必须接受族规，割血为死者招魂。喧闹的人们安静了，何裳三人从竹门的缝隙看着。他们只能看见人们围成一个圈子，火光闪烁。许久，密不透风的人墙忽然动了动，有死者的亲人捧着盛血的陶盏冲出人群向家里飞奔，径直上了房顶将血倾在招魂幡上舞蹈歌唱起来，人群也跟着第一个歌者的歌声载歌载舞，歌声就像热烈而神秘的咒语。所有的死者家里都响起歌声后，罗家大哥、二姐、四姐和乌有抬着不省人事的锦罗刹和过千帆冲进来。五妹忙将补血的草药灌进两人口中，扑在乌有怀里哭起来。乌有道："爷爷及时止了血……"莫愁拉了拉何裳的衣角，把那粒三生丹放到他手里，道："给他们一人一半，应该能救过命来。""那你怎么办？""我没事。"何裳把三生丹分成两半，送入两人口中。乌有和罗家姐妹们不敢久留，匆匆地各自回家。三人守着守着不知不觉睡着了。爷爷从屋后悄悄进来，探了探两人的脉搏，又轻轻地走了。

外面人声喧闹，何裳迷迷糊糊觉得脸上毛茸茸的发痒，打了个大喷嚏，完全醒了，随即听见一串银铃般的笑声。只见妙儿拿着猴儿的尾巴笑得前仰后合。五妹在一旁也捂着嘴笑。何裳马上去看锦罗刹二人，只见他们脸上微微有了血色，也十分高兴。妙儿笑道："你可真懒！太阳都又要落山了，我们早过来了，爹爹和长老爷爷都说好了。"原来何裳又累又困，一觉睡到了第二天下午，群雄都已过桥了。武神已和长老谈妥，取得了去鬼城的地图。何裳笑了笑，问五妹道："三姐他们没事了吧？"五妹点了点头，道："爷爷刚刚来过，说过几天就能醒来了。你们去准备明天的事吧，听说很艰难，要小心。"

"可惜看不到他们醒来了。"

"我到时候跟他们说。"

当天，群雄护送受伤者各自下山。武神、空悟、凌虚道人、如常师太、风波子一起参详鬼城地图，商量对策。第二天，八人一大早便起来准备。鬼蛮长老早让人准备了腊肉和干粮，又叫人捧出八碗草药，道："鬼谷一路多瘴气，这草药是防瘴气的。"何裳冲五妹呵呵笑了笑，一饮而尽。莫愁和妙儿也喝了，苦得妙儿皱着眉头吐舌头。武神、空悟和如常向长老行礼道声"多谢"也喝了。凌虚行事谨小慎微，不想贸然喝下这种东西，但武神等人都喝了，自己不喝面子上过不去，只好也笑了笑，拱手行了个礼，一口一口地喝下，一边运功将喝下的化掉。风波子一心认定鬼蛮被群雄杀了那么多人不会善罢甘休，这药定然有毒，但见凌虚也咕咚咕咚地喝，自己没有后台支持，只好硬着头皮喝下，存在胃里运功护住，只等一会儿走远偷偷吐出来。八人喝完向长老告别。五妹和乌有一直送到山腰才依依不舍地和何裳挥别。

何裳问武神道："前辈，我和莫愁要找鬼谷子先生治伤，前辈可认识鬼谷子先生？"武神道："你们的事，空悟大师已然告诉我了。鬼谷子的确是我的一位故人，也是你师父和莫愁母亲的故人，二十年前他改变名号，从江湖上消失。后来，蜀山出了个名医鬼谷子。我原本也不知鬼谷子便是他，那年我自断右臂，他来为我医治，我才知道。本来他让我保密，说'不可为俗人道'，只是你们情况特殊，又不是那些捕风捉影的俗人，他知道也不会骂我失信吧。"何裳听到这里，已经猜到鬼谷子便是当年四圣中的"棋魔"，心想这妖和魔应该有些交情吧，便道："这位前辈可是当年四圣中的'棋魔'？不知他与情妖前辈交情如何？鬼蛮的长老说已经把鬼谷的路画了出来，请前辈指点迷津。"武神道："不错，不过他生性孤僻，便是投缘的人，他也是一幅冷面，易名隐居也是为了躲避世人。长老的图画得清楚，昨日我与几位掌门已参详过了，有些疑问，你们也来看看。"说着，从怀中拿出图来。何裳接过图和莫愁一起看，只见泛黄的兽皮上用木炭画着崇山，一条红线在崇山中蜿蜒直到一片黑色的区域，红线到此终止。他不禁发问："难道鬼城和鬼谷都在这黑色中？那么鬼城的城主和鬼谷子又是什么关系？"武神摇了摇头，道："大概那长老也不熟悉鬼城具体的情况吧。不入虎穴，焉得虎子，我会想办法的。鬼谷子当年以阴阳手称雄，归隐后一心用功为人治病。如果他不是城主倒好说，如果他就是为了做城主守护杏黄旗而退隐江湖，那我们去取他的杏黄旗就难了。到时我先跟他叙旧，你们先谈治病的事，莫愁治好病再说。"众人商量好，当下沿图上指出的道路施展轻功飞奔。

　　崇山峻岭仿佛没有尽头，本以为眼前的山峰已是最高，等攀到顶峰才发现前面的比自己不知又高多少倍，就像大海的狂涛，一浪接一浪。八人都是高手，脚下如飞，武神当先，接着是空悟和如常。凌虚有意在众人面前卖弄，拼命想往前赶，紧随空悟。何裳背着莫愁不紧不慢跟着，妙儿和小猴儿蹦跳边玩边随着众人。风波子故意掉队大吐了一场，跟在最后，又怕众人以为自己武功不济，拼命赶上凌虚，累得几乎吐血。何裳见他们跑来跑去不由好笑，道："世人可真是自讨苦吃。"

　　日中时分，八人从云海中登上一座笼罩着青黛色烟雾的山头，山中林木遮天蔽日，虽是日中，却无一点阳光，阴冷幽暗。树上的鸟群被惊起，号叫着冲向天空，鸟翅和木叶碰撞声惊心动魄，地上的动物也被人声所惊，臂膀粗的紫色毒蛇不时从草丛中蹿出，尾巴扫出地上累累的白骨。众人不敢久留，脚不踏地穿过这山头，刚要庆幸没被毒物咬伤，又发现这山后是一片被天火烧焦的树林，残存的树木面目狰狞，惨白的树皮和树筋触目惊心，就像人死前凄惨的挣扎，周围没有一点活物，如死一般的寂静。众人小心着下到山谷，只见前面是一片紫竹林，远望就像一片紫烟，不见边际，武神看了看那张图，道："快到了，小心！"竹林无边无际，开始人们还能分清方向，到了竹林深处，只见四面都是竹子，方向却一点也没有了。武神停住脚，从怀中拿出罗盘，罗盘指针飞转不停。武神道："这里被埋了无数磁石，扰乱了磁针的方向。看来只有伐出一片竹林露出太阳才可以知道方向……怪不得历代大军都不能奈鬼城何。"说罢正要拔剑伐竹，只听扑通扑通两声，凌虚和风波子双双倒地。众人看时，两人面目无光，四肢肿胀，人事不省。武神道："据长老说这是中了山中雾瘴的症状，难道……"如常道："当时风波子曾故意落后，他生性多疑，怕是偷偷运功把草药又吐了。"众人马上运功救治两人。

竹林一片寂静，偶尔有风吹过，竹叶沙沙作响，像缥缈的海浪，何裳和莫愁躺在地上陶醉着。妙儿道："这两个家伙，平时很厉害的样子，原来是纸老虎。"何裳伸指头凑到嘴边"嘘"了一声，轻声道："听，水声……流水声、琴声、笑语声……"众人倾耳听去，果然那水声隐约掺杂在风竹声中，就像细语，那笑声却有些诡异，想辨认方向时，却被风吹散了。忽然，一阵阴风扑面而来，竹林乱舞，一个诡异的声音在空中道："你老了，你不该来！你的朝廷千方百计地算计你，你却为他们身陷死地。我躲着世人，图个安宁，世人却不死心。我不是不能收了你们的命，而是我不是杀人者，杀人的是人，鬼才是受害者，做人要明白。"声音带下无数竹叶，飒飒地落下。武神一笑，道："果然是你，别来无恙？本来要借旗，现在要先叙旧了。我做事为苍生，朝廷待我如何我不敢苛求。无论你躲多远，无论你怎样残害自己，你都还是个人。这还是人的世界，做人无处可逃，我们都一样，除非真做了鬼。"那人哈哈大笑，道："黑白无常，迎接贵客。你们留得住无常的时候，鬼城就到了。"何裳知道这定是鬼谷子无疑了，忙运功道："前辈可是鬼谷先生？晚辈何裳有礼了，晚辈朋友身负重伤，恳请前辈出手相救。"那人似乎有点吃惊，道："年轻人有如此修行，难得！不愧是仙兄的传人，可惜仙兄……知音去，弦断无人听。老夫便是非人非鬼的鬼谷子……莫愁的伤我是可以治的，不过为莫愁治伤需要我百日之功，如果武神带人夺我杏黄旗，我与他打个两败俱伤，就治不了莫愁了。你说怎么办？"他这一席话，让何裳莫愁以及武神都大为惊诧——鬼谷子身在蜀山竟如何得知这许多事？莫非真是料事如神？还有他提出的这个问题，众人已经想了一路也没有答案。武神道："我可以等你治好莫愁，百日后我再上蜀山便是。"鬼谷子大笑，道："鬼城非比他处，我让人一路处处照应你们，你们才得以平安，我岂怕你来闯？我不忍心杀一个英雄，人间的英雄太少了，人们又不知珍惜，你我不必拼个你死我活。下下棋，听听曲，只是最后一道关要你自己过。不过现在我要看看何裳的诚心——我只为有心人出手。"何裳不知如何让他满意，但有一点是肯定的，那就是谁也不喜欢胆小鬼，于是道："前辈考验便是！"鬼谷子道："无常，现身引路！"

　　只听两声冲彻云霄的长啸，两团光从茂密的竹林上落下，一黑一白。这两个身影飘忽无常，根本看不清样貌，手上的兵器速度更快，狂风一样卷向何裳。何裳只见电光烨烨不敢怠慢，抽潮音剑迎战。一交手，何裳大呼不妙，这两人武功绝非当日古氏兄弟可比，不仅功力深厚而且招式异常诡异，眨眼便变招，举手投足间已过十几招，更兼两人上下翻飞，配合天衣无缝，自己全身要害都在他们攻击范围，应接不暇。莫愁见何裳被裹在无常的剑气中，竹林的青烟被三人搅得像波澜起伏，心下焦急万分，手中紧握海月剑道："小心！"忙回头看武神。武神知道莫愁想让他出手，只见身边妙儿也瞅着他，他胸有成竹地向两人笑了笑，示意没事。何裳正与两人战成一团，耳中满是急雨般的兵器相交声，莫愁的声音就像醍醐灌顶，让他从自己混乱的状态中清醒。竹林的沙沙声像海浪、像千丈瀑——在千丈瀑下，你不知哪个水滴击中你，也不知自己何时被击中，与现在不是一样吗？无常，是大千世界的共性吧，万象归空，心无羁累眼前便清明。他长啸一声，摆脱了开始的恐惧和疲于应付，潮音剑湛蓝的剑气开始摆脱两人的强攻，海潮声也响起来了。黑白无常开始且战且退，武神提着凌虚和风波子让众人跟上。鬼谷子笑道："三寸气在千般用，一日无常万事休……"一阵琴声从竹林外传来，不绝如缕。两个无常突然一变，黑白衣服变得五彩斑斓，脸上也是千变万化，竟是何裳一路走来所见过的各种人的样子，却又转瞬即逝。何裳眼花缭乱，心神被琴音吸引，又被无常抢攻几招。空悟道："万象归空，无人相，无我相，无众生相。"何裳大悟，一切都是虚幻，不变的只是无常而已，他大笑道："我让他万象归空。莫愁，借剑一用！"莫愁应声将海月剑掷向何裳。何裳用剑一挑收在左手，他画画时常右手落墨左手渲染，此时笔法使剑，左海月右潮音，得心应手，皴擦勾点，如鱼得水，仿佛眼前便是一幅大画，画的正是大千世界。妙儿拍手叫好，猴儿也从她背后出来加油助威，莫愁脸上也有了笑意。何裳一路从曹衣出水到吴带当风，从工笔白描到沥彩泼墨，渐入佳境。黑白无常则不知所云，忙得不亦乐乎。海潮声在竹海中此起彼伏，无常那五彩斑斓的外衣真个当风飘散还原成一黑一白，也来不及换脸皮了，一个是不得了的样子，一个是了不得的样子，哇哇大叫着边战边跑，把众人带出竹林。鬼谷子道："万象归空，谈何容易。欲了不得了，欲了了不得，诸位已过阴阳界，死去的厉鬼冤魂也出世了。无常，接引贵客！"不得了和了不得向众人行礼，嘻嘻一笑，带众人走上魔道。魔道黑石铺地，两旁排列着远古的石像，面目狰狞，姿态诡异。众人穿过鬼门关，远远望见鬼城十殿，只见黑墙玄瓦，高屋建瓴，林立的宫殿间隐约露出被晚霞映红的金顶。何裳知道，所谓进了阴间是假的，这不得了和了不得却是真的，原来他们是鬼城的人，怪不得鬼谷子对所有人的情况了如指掌，心下佩服他的神机妙算，又见这鬼城如此巍峨壮丽，不亚于世间的皇宫，不由感叹：人们总是怕死的，所以造出虚假的偶像顶礼膜拜，从武神与鬼谷子的对话中，他知道这鬼城的主人曾历经磨难，他躲在庄严恐怖的鬼面之后的是怎样的灵魂呢？

　　还没想通，鬼城的大门已缓缓打开，一阵阴寒之气扑面而来。武神见手中的凌虚和风波子二人还是昏迷不醒，怕进鬼城后有厮杀伤及他俩，便将他们放在门外，道："这两人受瘴气昏迷不醒，鬼城无冤死之人，攻城夺旗与他们无关，劳烦救他们一救。"只听鬼谷子冷笑道："你还是这么呆，这两人若无辜也不会是现在这样子。也罢，既然是你吩咐，我且救他们一次……攻城夺旗？笑话一样，我若要和你打，就不会让两个傻孩儿一路助你了，就连现在这鬼宫的无数机关我都已关闭。还是那句话，世间英雄太少，世人不珍惜你，你不能不珍惜自己吧？陪我喝喝茶，听我弹弹曲，跟我下下棋，一切都是定数，旗归不归你，不是你我所能决定的。"武神道："说得好！可惜不能领教你的阴阳手了。当年你头戴鬼面技压群雄，才一十九岁，天妒英才，让你受尽折磨……""哈哈，年少轻狂不提也罢，至于到现在这般模样也是咎由自取，只欢喜当年论剑不分胜负时遇见了个空空，定下了这四圣的名号，否则恐怕打到现在也没有个胜负。"只听空空的沮丧的声音道："当年在大荒山偷看情书却被你们打扰了兴致，可惜可惜。这老儿闲得无聊要我陪他下棋，这种胜负游戏我可没兴趣，他便用机关把我定在这里。你们快来陪他下棋，他就不会抓着我不放了。快来呀！"武神笑了笑，道："谁叫你自己乱跑，你忍一会，我这便来了。"说罢，随不得了二人向鬼宫里走去。

何裳护着莫愁随众人往里走，大殿巍然耸立，殿前排列着青铜重器，大殿正面是一张狰厉可怖的鬼面，鬼面的血盆大口便是正殿的大门。众人的脚步声在铸铁一样的黑石板上清晰地响着，仿佛另一个世界的声音。正殿的长明灯闪烁不定，青绿的荧火被风卷起，像有生命一样聚聚散散，时时照出一张张狰狞的脸。何裳有些怕，拉住莫愁和妙儿，三人和小猴儿几乎抱成一团。只见火石一闪，了不得呼呼地吹着被火石灼痛的手，不得了手中点着了一支火把。何裳这才看清那些鬼怪只不过是做得极精密的偶人，满身都是机关，想必都是行动自如的，又见大殿正中阎罗巍然端坐，身高数丈，青面獠牙，口中吼吼有声，直吓得人心中的小鬼噗噗乱撞。不得了与了不得在阎罗的大趾上摩挲了两下，鬼肚大开，众人入内，只见石道蜿蜒，极远处隐约地闪着光。何裳抹了一把冷汗，笑了笑，心道这鬼谷的机关寓意深刻，刚要和莫愁说，只听外面哎呀一声，那声音显然是风波子的。

原来不得了在众人进殿时已治好了二人，现在二人醒转，不知身在何处，却被诡异的鬼面吓得不轻。武神待要叫他俩进来，不得了却摇了摇头，与了不得互相在对方脸上狠命砸了一拳，两人都青着左眼嗖的一声不知从何处跳了出去。了不得忍不住痛，呜呜地哭起来。风波子听见哭声不由惊异，便要进去抓住此人问清楚这到底是何处，但又怕是圈套，所以看了看身边的凌虚。凌虚早知他会看自己拿主意，对他点了下头，示意一起进去，于是两人各摆架势冲进大殿。殿内阴风扑面，浮游的鬼火被两人冲得纷飞，影影绰绰的鬼影中，不得了与了不得坐在地上，了不得捂着左眼哭个不停。风波子见到熟人大喜，正要问这是何处，却猛地想起这两人已不在人世，难道是鬼？他惊出一身冷汗，回头看着凌虚。凌虚也是一样地怕，拔剑在手道："风道兄不用怕，邪不胜正！""对，魔高一尺，道高一丈！"只听狂风呼啸，鬼火卷集，狰狞鬼面一一闪现，向阎罗朝拜，阎罗目光如炬，灼得凌虚二人头皮发麻，索性挺剑向阎罗刺去，剑刚挥起只觉被人捏住脉门瘫软在地，接着被那些小鬼剥去衣衫绑在铜柱上。两人对自己的功夫自视甚高，却不想受此奇耻大辱，心下更不知如何是好，几乎崩溃。凌虚仰头道："士可杀不可辱！"风波子再也忍不住，问不得了二人道："这是何……何处？两位何以……来此？"

不得了道："这是阴间，我俩来此之时两位不都在场吗？可怪两位何以来此？"风波子道："只怪我把那长老的药吐了……凌虚道兄莫非也是因此？"凌虚叹道："贫道用内力化去了药力……"风波子道："我本一直以为道兄比我高明许多，到头却是一样的结果。"凌虚听了恨不得把他一脚踢飞，忽见周围小鬼们忙着搬运鼎镬木柴，不由惊奇。了不得忍哭道："要煮你们了……"不得了忙道："胡说八道，两位掌门都是正人君子，怎会受这种刑罚！"又对凌虚二人道："只有恶人才在第一关受水煮油炸之刑，前日有个枉杀无辜者被煮了一天一夜，肉被小鬼们捞吃了，只剩骨头跪在地上大呼认罪，可乖乖得了不得。还有个说假话的，被罚饭和水入口就成火，只瘦成了一幅骨架咯咯地走来走去。幸好我兄弟二人未曾做过伤天害理之事，老老实实地把在谁家窗前拉过屎，在谁家门前撒过尿交代清楚也便没事了，只一人挨一拳以示惩罚。"凌虚二人果见两人左眼都乌青乌青，只觉形象滑稽却笑不出来，满面严肃道："贫道一生未做亏心事，鬼怪能奈我何……"只见一鬼从刚生的炭火中拔出通红的烙铁，马上住口了。风波子见烙铁吱吱地响着向他而来，汗毛倒竖，大叫道："慢……我师父……当年被人所伤，我……跟他说时日不多，快立我为掌门……师父不是被我气死的！……不要让我师妹知道……没有了，没有了……"烙铁在他面前停住，须发焦烂的味道扑鼻而来。风波子惊惧地瞪大眼睛"没有了，我知错我知错……"烙铁又回到了炭火中。风波子长呼出一口气，汗流满面，浑身犹自颤抖不住。凌虚在一旁也吓出一身冷汗，知道下一个便是自己，不禁也浑身发抖，脑中搜索着应付的话。烙铁从炭火中径直刺来，凌虚大叫："无罪可招……"烙铁没有停，"我不服气空空师弟作掌门人……"烙铁微微一停，"他混沌不通世故，朝秦暮楚，不僧不道……"烙铁越来越近了，焦煳味又起时他大叫一声："停！我……为了不影响声誉，把怀了我孩子的……青青推……推下河……是她缠着我的……我是爱她的，只爱她……是她先失足落水……"他声音哽咽，不知是汗水还是泪水在眼中闪烁。风波子诧异地看着他，不知他竟做过这种事，又想到自己所作所为，深感愧疚，大声道："知错了，知错了！"凌虚沮丧地跟着点了点头。不得了和了不得早笑倒在地，道："认错便随我们还阳吧。"

第六回　来何汹涌须挥剑，去尚缠绵可付箫　【088】

轰隆一声，阎罗肚皮大开，只见空悟合十高呼佛号，如常师太却是怒目而视，莫愁轻蔑地冷笑，妙儿则吃惊地睁大了眼睛。凌虚二人面红耳赤几乎晕厥，风波子回身恼羞成怒地拔剑刺向不得了，不得了二人嘻嘻哈哈地迎战。凌虚看到众人如此表情，已知无法隐瞒，见武神和气如初，暗自松了口气，向众人行礼道："诸位别来无恙，贫道蠢笨怯懦，被恶人戏弄，碍诸位英雄面上无光，凌虚领罪了。"说罢单膝跪倒在武神面前，递上宝剑。武神扶住他，道："人非圣贤，孰能无过？好生恶死也并非罪过，知过能改方显英雄本色，道长不必太过自责。"空悟道："阿弥陀佛，善哉善哉，过而能改，也便功德无量！"

何裳有些沮丧地垂着头，他有些伤心——出山入世之初，他对人世虽没有完美的想象，但起码没有厌恶。从空悟夺经到萧萧的阴谋再到走进这个门之前，他容忍着那些丑陋和不公。师父说作为人，完美是很难的，但刚才发生的事让何裳对人有了更深的认识：平日正大光明的形象背后居然是如此卑劣的灵魂，正义在哪里呢？只在武神手里那柄巨阙剑中？鬼城啊，你是一个什么样的地方？轻易就能剥落人的面具……以后呢？在遇见萧然之前，他只想着治好莫愁，萧然却让他看到了另一种生活，为了自己和别人的自由不断斗争的生活，他不止一次想象骑马在陇西大漠纵横驰骋的场面。在此时，武神又把一个传说演绎得活灵活现，要像他们一样生活吗？武神和萧然，自己仰慕的两个英雄居然是针锋相对的敌手。何裳更加茫然了，一路上死去的那些人，是在思考还是有了答案？就那样死了，江水依然东去，落日中的群山依然那么壮美，自己也是那么微不足道吧？就在船破落水时或是被蛇咬后，如果没有五妹，自己不也是死了吗？莫愁呢？她会伤心吧？正想着，莫愁把酒壶递到他手里，何裳感激地看着她，灌下一大口。

不得了二人耍猴子一样把风波子累得瘫倒在地，风波子当着如此多人受这样的奇耻大辱，羞愤难当，胸中一热，喷出一口鲜血。了不得一把撑开他的嘴，不得了将一粒药丸扔进他嘴里，了不得在他咽喉轻轻一抚，他不由自主咽了下去。风波子不知是什么药，运功拼命想吐出来。不得了道："入口已化，这是治伤的良药。"风波子大怒道："要杀便杀！若不杀我，我与你不共戴天！"不得了笑嘻嘻道："阿弥陀佛，知过能改善莫大焉，放下屠刀立地成佛。诸位贵客请随我兄弟来。"说罢带众人向远处那一点光明走去。风波子不敢久留，也跟跟跄跄地跟着。

缥缈的琴音和流水声从远处悠悠地传来，这条阴暗的路仿佛没有尽头，而同时，身边总有阴森的寒气袭来，让你知道周围有无数个阴暗的岔路。猛然间，前面的某个岔路口传来轰隆隆的响声，那是一个人雷鸣般愤怒的脚步，众人连忙停住了。

只听鬼谷子道："三千铁骑被埋进鬼谷天坑，带兵的将军悲愤难当，从另一条路来找我报仇，老兄替我挡他一挡。此人也为杏黄旗而来，功夫不减老兄当年，可谓棋逢敌手。"鬼谷子话音未落，前面已蹿出一条黑影，速度之快让武神也是一惊。武神忙让众人退后，问道："来者何人？"黑影厉声道："还我三千兄弟命来！"双方都觉得对方声音似曾相识，急切间却了无头绪。只听外面的琴音短促刚烈，杀气纵横，黑影胸中悲愤被琴声激到顶点，大吼一声向武神扑来。哀兵最勇，武神不敢怠慢，挥掌迎敌，两人掌风相交便如电闪雷鸣，轰鸣之声不绝于耳。黑暗中不见招数只见二人身影切割着远处一点点光，洞壁的石屑纷如雨下。混战中黑影的心神渐渐安定下来，道："好功夫，你背着剑，为什么不用剑？"武神听他声音已认出他便是当日破庙中出手相救的萧然，道："少年英雄，佩服！老夫陪你出出气而已，剑是不祥之物，岂可轻出。""你不是凶手，我见过你。""想起来了？老夫多谢当日救命之恩。"两人收招，何裳喊着"萧兄"从暗处跑出来，萧然拍了拍他，不解地看着武神道："这位究竟是？""武神，我爹爹便是武神。妙儿多谢萧大哥当日救命之恩！"何裳不及回答，妙儿早飞上来抢答一句。萧然听罢大惊，忙翻身下拜道："萧然无理，冒犯前辈。"武神将他扶起，道："你的心情，我理解。"萧然道："传闻武神出世，率各路英雄为朝廷夺杏黄旗？"武神道："不错。"萧然道："如今朝廷无道，民不聊生，前辈为何还为朝廷夺旗？"武神道："朝廷的确有错，但如果任由草莽揭竿而起，到时众生涂炭，百姓的苦难岂不又加一重！何况胭脂关外胡人虎视眈眈，中原一乱，岂不给人可乘之机？你我是非暂且不论，先出生死路再说。"萧然道："帝王无德，人人可杀，胡人一战不可避免！"回身喝道："鬼谷子，还我兄弟命来！"萧然怒吼着，他的兄弟深埋于此地，这里都是他的敌人，孤绝与悲愤让他无所畏惧。妙儿焦急地看着父亲和萧然，事情的变故竟如此之快，她忙推了推何裳。何裳拍了拍萧然，轻声道："小心。"萧然没有回头，奋然向远处那点光奔去。

远处传来鬼谷子的声音："萧然，你的兄弟不是我杀的。我在这里与世无争，是你们自己来的。我这天坑本来轻易不会塌陷，除非有入侵者的铁蹄，才会踩陷落入地下的暗河。这是种因得果，老夫没有这翻天覆地的本事。你说为百姓自由而战，如果是真的，那么这些人是死得其所；若是假的，那便是罪有应得。于情于理，你都应该谢我才对。你此时一定觉得整个世界都成了你的敌人，你孤军作战。不错，历来大英雄都要承受大孤独，前不见古人，后不见来者……"萧然一怔，正是被说中了心事，眼见到了洞口，他大吼一声："我不会让我兄弟白白牺牲，拿旗来！"纵身跃出。

萧然脚未着地只听得轰隆隆一声巨响，身下阴风四起，他心中一惊，知道下面是陷阱，一招翻云覆雨，提气一纵落到地上，那陷阱合拢又恢复了原状。萧然打量周围，发现这屋子很大，顶圆地方，顶中央是一块正方形的水晶棋盘，寥若晨星地落着几个子，黑白也看得分明，被外面的光一照，棋盘和黑白子的影子投在地上，恰好成了一幅更大的棋盘，水晶的白子淡淡的影子和自己站的地方重合得一点不差。琴声从四面八方传来，孤独而哀怨，仿佛潮水将萧然和整个屋子浸没。

"你的运命多舛，进了这间屋子，就必然落在一颗子上，就像你一出生就到了人世间，没人能逃脱。你站的子就是你的命运，想知道吗？"

"我不信命，我只信自己！废话少说，出来决个胜负！"

"我说过，人一出生便在天地之间，便是大英雄，也不过是顶天立地，你的命就像你的封号'夸父'，一个悲剧的符号。你以为一决胜负问题就解决了吗？胜负与你的目的无关。"

武神与众人也出了洞，棋盘上的棋子又多了十个。鬼谷子道："终于出来了，有人陪我下棋了。空空老兄，还你自由吧……只怕不是我困你，却是你想在这里歇歇脚吧？"空空笑嘻嘻地从屋顶往下看，却被鬼谷子推到一边。鬼谷子道："神兄，可有兴致与我在此手谈？"武神看着棋盘的布局，道："我的白子虽多，却过于集中，只占一角。鬼兄黑子虽只两枚，却已得大势。四极之内，鬼兄得其二，愚兄只得其一，胜负已明了。"鬼谷子道："你虽只占其一，但另一极也是与我为敌，神兄大可以与他联合，那时恐怕神兄要占上风了。"武神一笑，道："萧兄弟，如今我们被困于此，只有联合破敌才有出路，至于我们的是非暂且放下如何？"萧然一抱拳："敬听遵命！"武神道："好，大势已定，黑子先行，请。"鬼谷子大笑两声，一子直占中天。鬼谷子二十年前大荒山论剑成名，又在大观湖浩棋亭醉胜以卧佛丁玄和木道人虞白为首的十大棋家，当时推为天下第一，后来又有无数高手向他挑战，他却忽然消失得无影无踪，人们甚至还没来得及知道他的名字。武神虽棋力不弱，比鬼谷子却是差得远。武神深知此点，他见鬼谷子开局反常，便在黑子自己一侧加一子，欲利用己方初始子多的优势和萧然合围。鬼谷子笑笑，在不得了两人间随意放了一子。武神已下了一子，第二子他示意萧然下。萧然知道武神的用意，在己方又加一子。鬼谷子还是只管在不得了两人间加子。空悟觉得两方各自为战不保险，在不得了二人间落了一子。鬼谷子也出手在武神众人和萧然间落了一子。如常师太见鬼谷子几乎就是照搬己方棋路，不由骂他无赖，去围不得了。鬼谷子依然照搬，去围萧然。凌虚被鬼城捉弄的仇恨刻骨铭心，他冷笑一声，狠围不得了，恨不得立即除去。鬼谷子大笑，还是去围萧然。武神暗示风波子去救萧然，风波子低头盯着棋盘，假装没看见，萧然的生死与他无关，而找不得了报仇却是他做梦都想的，他第三个去围不得了。鬼谷子笑个不停，也去三围萧然。何裳对棋一窍不通，不知怎样才能救萧然，生怕自己失手害了他，于是弃权。莫愁见这局中人们丑态百出，不屑出手，也便弃权。妙儿本来也想弃权，见萧然被围得紧，不及思索，落子去救。萧然正在十面埋伏中沉没，他深陷局中——这正是他的一生，自小孤苦，被师父收养教以武功，怀抱着一腔替天行道的热血，随时准备为万民洒血断头。可事实从未如愿，萧萧一意孤行，师父闭关不管，替天行道的梦想越来越沉重，将他压得喘不过气。而此时，所有人把他重重围困，没有出路，苦闷、孤绝，这样的一生啊……他汗如雨下，握紧了双拳。忽然，叮的一声响，就像灌进沙漠中苦行的人嘴里的一滴清泉，他被惊醒了，吃惊地看着落子之人。妙儿脸一红，笑着吐了吐舌头。萧然被她一笑惊动了，有些不知所措。他三十多年的生涯中，还不曾有一个女子向他微笑，或者有，他没有注意过罢了，他有些羞涩地也笑了笑。鬼谷子笑道："这一招是好棋。"也去救不得了。武神已知这局里人各怀己志，想精诚合作赢鬼谷子是不可能了，不过可以趁机让萧然向己方再靠拢些，便在萧然处又加一子。鬼谷子又乱下一颗。萧然看清武神的意思，他敬佩他，感激他出手相助，但他们的路是不同的，他要坚定地走下去，尽管孑然一身。他没有去和武神拉手，而是去围了不得。武神表情严肃地看着，己方的貌合神离，他视为知己的年轻人的背叛，让他想到自己的生平：一生的戎马，早逝的爱情，为之奋斗一生的皇朝的日渐沉沦，人们的堕落，这几乎让他绝望，他需要一个人，有足够力量和共同理想的人，他伸出了手，但他做了相反的回答。一种英雄失路的悲凉让他有些颓唐，以后的棋几乎是心不在焉。鬼谷子依然像镜子一样学着他们的棋路。空悟迂腐，下棋只知下棋，没有察觉人们的颜色，只是觉得不可赶尽杀绝，便随意落了一子。鬼谷子又照搬。如常忍耐许久的怒气隐隐欲发，作为五大门派里唯一的女掌门，她一心想在江湖上为自己的门派立个好口碑，这当然需要和武林各界密切交流合作，但仅仅这十几天让她对武林十分不满，小人得志，公道难存，仅仅一盘棋就被人弄得狼狈不堪，更可恶这鬼谷子，老是学人棋路。她有意立威，拂尘一抖，了不得身旁一块石板应声而裂。鬼谷子笑道："好棋。"依然照搬。凌虚不知如常对谁发怒，他已成惊弓之鸟，恐怕她是听到自己那见不得人的事。可那是多么无奈啊，他家境贫苦，父母喂养不起，便将他送到武当山做道士，一做十几年，自己忍辱负重，努力练功，苦心经营，让自己在师兄弟中有了威信，在江湖上也树立起了名号，那是多么重要的时候啊，他不能因为她的怀孕让这一切付诸流水……结果，即将到手的掌门之位却被师父传给了从少林刚上武当的空空，他恨空空、恨自己、恨那带走她的匆匆流水，似乎他一生只有恨，他永远也走不出。来来往往几十回，人们都在这盘棋中魂不守舍，仿佛这盘棋就是自己的那个世界，自己左冲右突却没有出路。风波子看着人们的影子，仿佛又回到那鬼的世界，他做梦一样颤颤巍巍地拔出剑……

只听"啊切"一声，顶上的空空打了个喷嚏，棋子全都从棋盘上飞起，落在棋盘外，人们身上的影子无影无踪，阳光透过棋盘射进来。人们仿佛从梦中惊醒，风波子的宝剑当啷一声落在地上。鬼谷子大笑道："一盘棋，我只不过做了你们的影子，你们连自己的影子都走不出……空空，你也太过慈悲，我本想多看会儿好戏呢。活佛不是那些整天念着阿弥陀佛的，救人于无形的才是真佛。空悟大和尚，你们只知空空由僧入道，却不知这是因为他不愿受师命做少林住持。凌虚，你只知埋怨空空尸位素餐，却不知这掌门是你师父非要传给空空的。你做人功利心太重，难免损人利己，这次给了你个小教训。你既知错，空空便想把这掌门还你来做，他可不想拖着这臭尸绳。"话音未落，空空不知如何从屋顶到了室内，将掌门短剑向凌虚一丢。凌虚刚要说些表决心的话，空空却又无影无踪。

武神道："惭愧，愚兄认输了。"鬼谷子笑道："为胜负下棋，机关算尽要赢棋者都是棋奴而已。我这棋自从当年大观湖一战后封了许久了。看着那些名家为胜我呕心沥血，实在不忍。玩笑而已，何必当真。此局没有胜负，但有些事已经变了，这比棋本身重要吧？"武神点头道："有道理。"

鬼谷子道："罢了，不为难你了。杏黄旗是鬼城历代守卫的宝物，关乎天下兴亡，不可轻易与人，守旗便是我历代鬼城人的使命，为旗找个真正的主人也是鬼城人的愿望。但无数个世代，杏黄旗找不到自己的英雄。神兄，你懂吗？杀一个英雄很容易，但英雄不是用来杀的，世人不懂。如果今日你真能成为旗的主人，请珍重。萧然兄弟也是如此，到时你们难免一争，好自为之。"他顿了顿又道："杏黄旗在十殿之后的修罗台，谁要取旗我都不会阻拦。但灵旗饮血，要旗出洞却要一个人肯流血，而且如果不是英雄血，便是血海杏黄旗也是不会出来的。人血有数，唯有牺牲才会赢得灵旗眷顾。无常，引路修罗台。"不得了二人往石壁上一抚，石壁戛然而裂，一条大路直通远处，众人随二人一起前往修罗台。

修罗台也是凿山而成，四周是连绵的群山，台中央一只巨型的阿修罗石像，男女相抱，男的面目狰狞，女的美艳异常。石像前是一只石天平，一头是血盆，一头空空如也。一个披头散发看不清面貌的人拨弄着天平，山风把他的斗篷扬得像风帆，他仿佛时刻都会被吹走，就像一片影子或水迹，这一定是鬼谷子了。何裳想趁风吹起他的头发看清他的样子，却发现散发下还有一张半面是笑半面是哭的假面。鬼谷子回身道："两位请想好，如果旗不认你，便是流干身上的血，也见不到旗的真面目。如果想好了，随时可以开始。"话音未落，萧然健步上前运功便想震破大脉，武神伸手拿住他的手，摇头道："便是你换得旗来，到时你奄奄一息，又怎么带得走呢？"萧然看看周围，想起深埋地下的弟兄，不知如何是好。他稍一迟疑，再看武神时，他已震破大脉，血流如注倾向血盆。妙儿紧紧拉着武神的手，紧锁眉头看着血在天平里盘旋，最后被黑色的石头吸得无影无踪。武神笑道："鬼兄，我倒想起当年你为我接臂的情景。那时你说在谱一段曲子，应该完成了吧？听听如何？"
鬼谷子笑道："我的曲子可是摄人心魄，你说的那曲更是失魂落魄之作，只怕他们受不了。我且弹一曲清新平和之作，让你颐养心神，弹完你可要猜我弹的是什么。"武神道："你对牛弹琴，我洗耳恭听。"鬼谷子接过不得了捧来的琴，弹奏起来。武神听那琴声泠然，沁人心脾，与那血流到天平里的汩汩声相应相和，他闭目陶醉在琴音中。妙儿见他的脸渐渐苍白，紧紧抱着他的臂膀，拼命忍着眼泪。一曲结束，余响未绝，只听天平吱扭扭作响，机关转动，下面的石函慢慢打开，里面金光耀眼，一面黄金作杆金丝织成的小旗呈现在众人面前，血滴在上面便即消失，毫无痕迹。鬼谷子向不得了二人点了点头，两人飞身到武神面前点穴止血，拿出药敷在伤口，又让他服下定心丸。武神笑道："时而涓涓时而浩浩，鬼兄弹的《流水》。"
鬼谷子道："好耳力……杏黄旗，我守了二十年，今日才见到它的真面目，鬼城等了五百年了……"武神用颤抖的手拿起旗，喃喃道："天下兴亡竟只在这一旗？"

　　萧然见他伤重，不忍再争夺，长叹一声回身便走。武神叫住他："萧兄弟，对这旗，我们的机会是公平的，我们都是准备献血殉旗的人，你也有权作杏黄旗的主人，我随时等你来夺。"萧然道："我输了，我是带三千铁骑来的，如今只剩我一个，一开始就输了。""你想回去？你师父会原谅你？萧萧会放过你？""你流了那么多血，现在就像一个重伤之人，萧然不会夺重伤之人用性命换来的东西。""何不再战一场？你自信赢得了我？""前辈为苍生甘愿洒血断头，萧然佩服，不会乘人之危。但萧然与前辈路不同，前辈无须挽留。"说着一掌击在自己右胸，喷出一口热血，身子晃了晃几乎要摔倒。妙儿心急如焚却又不能出手。何裳忙上去扶，萧然挥手止住何裳，微微一笑示意无碍，站稳笑了笑道："这血告慰英灵，这伤足以交差，诸位放心，就此别过。"何裳正要阻拦，鬼谷子摇了摇头。众人看着萧然踽踽蹒跚地走下修罗台，还没进山洞，就扑倒在地。何裳跑上去扶他，妙儿也想去，偷偷看了看武神又停住脚步。不得了二人早上去喂药治伤。鬼谷子笑道："这年轻人太实在，掌力太猛，我以为他走不出十步，哪知走了十二步，后生可畏……"

鬼谷子未说完，忽然敛声屏息，似乎听到了什么。何裳凝神听去，似乎是琵琶弦响，却是极其微弱，只因鬼谷子对乐音极敏感才事先听到。鬼谷子似乎有些激动，道："无常，带伤者去后面疗伤。诸位请稍等，在下一位故人来访。"武神带众人退至修罗台下，心中也诧异，不知是何人能让鬼谷子色变。

此人行动极快，而且似乎熟识地形，刚刚琵琶声只如细雨，现在却似狂风暴雨洪水决堤。众人只觉一阵狂风袭来，只见石洞口已多了一个人，一身玄色，远看便如一个影子，也是戴着一只假面，假面上一张空白的脸，让人不寒而栗。他收了琵琶声，伸手从披风里掏出一个吓得哆嗦成一团的人来，环顾众人，阴森地笑道："果然不出我所料，鹬蚌相争，渔翁得利。师弟，我来做渔翁了。"众人大惊，原来此人竟是鬼谷子的师兄，怪不得声音也和女人相似。此人见众人吃惊，行了个礼，道："在下紧那罗。武神兄，在下对你仰慕已久，只是缘悭一面，未曾得见。今日阁下血祭杏黄旗，在下实在佩服。不过杏黄旗本是我鬼城之物，我师弟不懂事，叫人把宝贝夺了，一会儿在下和他算完账，便请阁下物归原主。"武神道："老夫有礼了，不知阁下与鬼兄有何是非？又何以自称原主？"紧那罗笑道："阁下有所不知，我鬼城历来每代只收两个徒弟，为让这两个徒弟一心学武守卫杏黄旗，十八岁便把他们阉割去势，因此，我们两个都是阉人……也正是如此，才没成为禽兽不如的男人！后来我走了，他便成了鬼城的主人。现在我回来了，我才是鬼城的主人，不过鬼城我可以不要，我只要杏黄旗。"他回头对鬼谷子道："你听懂了吗？"鬼谷子道："你走了这么多年，终于回来了，我等了二十年，鬼城我也可以给你。可是杏黄旗已经找到它的主人，这是天意，我也没办法。""你不是喜欢下棋吗？我请了这位神手杜清跟你下一局，然后咱们再听听曲，我也可以割血祭旗，我和武神公平竞争，如何？"

说着，把身后那吓成一团的老头儿提到面前，道："他是当年力挫十绝的棋魔，你赢了他，我就放你回家。"那老者本来吓得面如土色，一见棋盘顿时眼冒精光，向鬼谷子一笑，取出棋子。鬼谷子道："我早不为胜负下棋了，你何苦为难他，把他给我，我算你胜了。"不等紧那罗说话，那杜清抢道："那使不得，子曰见贤思齐，一定要请指教……"话音未落已被紧那罗一掌毙命。众人虽屡经艰险，此刻也是一惊：这人视人命若无物，下手如此狠辣。

鬼谷子不知是激动还是兴奋，用颤抖的声音道："你是为杏黄旗回来的？你以前不在乎这个的。当年你就那么走了，二十年……我偷偷下山去找你，为了让你知道，我去比武论剑，去下棋赌胜，可你就像消失了……你何必这样杀人！"紧那罗仰天大笑，道："我不负世人，世人多负我。还记得二十二年前我们到深山采药遇到的鬼蛮小姑娘吗？和我们一般年纪。从那以后我总是一个人去采药，去见她。我帮她采药，自己的竹筐却总是采不满，回来被师父责罚，在月亮下跪一夜。你要陪我被我拒绝了，因为我被罚却是快活的，我看着月亮，知道她也在看着。山风来时，我觉得那风刚从她身边吹过，带着她的香气。第二天我还是会去见她……后来师父知道了，他什么都没说，把那宫刑提前施在我们身上。我们躲在蚕室里，你照顾着我，我却想着大山里的她。她会在那里等我……后来，我们刚长出的胡子一点点脱落，刚变粗的声音一点点变尖。我知道，我永远不应该去见她了。可是她在等我，我决定走，永远也不回来。我知道你肯定不许我走，所以我没有告诉你。她果然每天还到那里等我，可我不敢出去见她。我一直向北走，那时我的伤还没有好，在肮脏的人世，我就像一条狗，谁都可以欺侮我！我浑身伤口腐烂，几乎会随时死掉，但我还是一直向北走，我要走到没有人烟的地方。终于，我看到一片草原，美丽的草原，我被胡人救了，他们给我治伤，教我拉胡琴弹琵琶……我就快把那些伤心事忘了。可那年，汉人的大军在武神的带领下一直打到草原，多少妻子没有了丈夫，多少孩子没有了父亲！

草原成了血海……我受胡人的恩情，但我从不欠人东西。我答应为他们办三件事，第一件便是夺这杏黄旗！我就这样回来了。我想去看看她，但她的寨子已被其他寨子赶到了别处。我把那侵略他们的寨子灭了，但却还是没有找到她……"他仰天若有所思："弱肉强食，从来如此，死与活只是命而已。我等到你们争得两败俱伤，你们之中已经没有我的对手，交旗还是死，自己选。"鬼谷子呆呆地听着，凝固在那里一动不动。何裳听他讲那遥远的故事，说不清是感动还是悲伤，只是惊叹于人在命运面前的无助。武神沉默着，他在想他带给草原的那场灾难。人们总是互相制造灾难，那场战争回来，他再也没见到自己的妻子。他起身道："夺旗之事只在我一人，与他人无干，阁下要旗在下随时奉陪。"紧那罗笑道："好，我说过，先下棋，再听曲，然后再要旗。我毕生精力都在这一把胡琴和一把琵琶，人生如此，不复多言，且听我一曲。"说罢跳上一块巨石，从背后取出琵琶和胡琴。鬼谷子沉默着回到琴前坐下。

虽同是弹拨乐器，琵琶与琴却是大不同，琵琶声高，动情处往往弦急如雨；琴却贵空灵简淡，至柔处如回风流雪。紧那罗先轻捻一声，然后轮指如飞，琵琶声顿时便如滔滔江水飞流直下，低洄潆缓越过崇山，陡然坠入无边无底的悬崖，江水破碎成无数的粉末，就像苦雨，就像严风中四散飘零的落花，就像烈士刀刃上飞舞的鲜血，像凄厉的战马呼啸，像死者惨烈的哀号。夕阳的血光在琵琶弦上泛滥，奏出无边无际的绝望，无边无际的忧伤，命运的铁手在琵琶弦上扑向每个人，扼住每个人的咽喉，揪住每个人的心脏。风波子的旧伤首先发作，鲜血从嘴角流出来。莫愁紧扣着海月剑忍着，但那凄凉的旋律还是让她情不自禁地绝望，浑身颤抖起来。就连武神，也动了情，伤口的血一滴滴渗出来。恰此时，鬼谷子的琴响了，前两声让人听出他内心的颤抖，渐渐地，他把心神凝到了琴中，琴声开始穿透琵琶，在人心深处缓缓地流着。沙岸平远，鸥鹭轻翔，水清沙白，月明风清，那琴音仿佛就是那舞动的鹭爪拨动。日落西山，月色更明，鸥鹭归巢，只剩沙间残留的爪印在月下斑驳，一阵潮起，又杳无痕迹……人们的神色渐渐缓和下来，何裳轻抚莫愁的脉，帮她调和呼吸。紧那罗冷笑一声，琵琶骤停，胡琴声起，山间泉水被他变得九曲回肠，没有激流，没有险滩，只有苍白的流水在凄凉的月光下徘徊，无边的绝望代替了莫名的悲伤，就像漫漶的潮水，浸没着每一个人，月光只成了一个影子，凄惨地摇曳、破碎。鬼谷子被胡琴声击中心事，琴声渐渐悲凉，沙岸上只剩下孤独的月光，破碎粉末在空气中冷得像冰。琴弦断了，面具哭泣的一半应声而裂，露出他泪流满面的脸。琴声一停，胡琴的悲凉一下把所有人淹没，莫愁的手变得冰凉，眼泪滴在何裳手上。何裳吃了一惊，忙取出洞箫，想着无边的海浪。

箫声起了，紧那罗也很惊奇，胡琴更加呜咽。箫声把那泛滥的百川引入无垠的大海，海浪声涤清一切尘虑，荣辱悲喜，爱恨痴迷，在天风海月中散入无穷。沧海一粟的慨叹，沧海桑田的变迁，随着扶摇而上的天风飞到月中，海月澄无影，潮音犹自鸣，苍茫无际的海上，是谁在独自歌唱？何裳心中的悲伤被自己无意间奏出，他对未来的迷茫，对爱情的迷惘在那歌声中徘徊，所有人被他引入那年轻时代，那条若有若无的情思在每个人心中缠绵不绝。莫愁看着他，又回头去看远方。月出东山，山风带着晚雾把月亮笼住，一片凄迷。

鬼谷子和紧那罗对视良久，人们这才注意到他面具下的脸竟然那样美，带着忧伤的美。紧那罗道："吹得好！我不杀女人，现在也不忍心杀你，你和那两个女子走吧，不要回头。老尼姑，你也走吧。"如常厉声道："无知妖物竟敢出此狂言！"一跃而起，半空拔剑直刺紧那罗咽喉。紧那罗动也不动，手中琴弦弹出，一条白光正撞上如常的长剑。当的一声，如常还没落地，长剑已脱手。武神飞身拦在如常前，空悟和凌虚忙将如常救起。如常未曾受过如此奇耻大辱，气得浑身直颤，接剑便要去拼个鱼死网破。武神道："少安毋躁，此人诡异，不可硬拼。"空悟道："阿弥陀佛，施主自称紧那罗，应知紧那罗是八部天龙之一，后乃皈依我佛，要知前尘后事如梦幻泡影，何必自苦心肠，甘心堕落，与天下人为敌？"紧那罗仰天大笑，指着空悟道："你这枯木头懂什么，世人皆浊我独清，我与谁为敌干你何事？"话音未落手中电光一闪，直奔空悟。空悟不及闪躲，用锡杖格挡，只听铮的一声，锡杖被削为两段。武神正要拔剑出鞘，只见空空嘿嘿一笑跳到紧那罗身前，一手捏住紧那罗的琴弦，一手揭开了那张没有表情的面具，两下一气呵成，便如寻常玩笑一般。所有人都惊呆了，不知他何以能有如此神通。可就在人们惊异之时，空空却哭了起来——那张面具下，是一张破碎的脸。鬼谷子失声惊叫出来："你不是这样的……你怎么会变成这样？"紧那罗破碎的脸上充满了愤怒与羞耻，他忙用披风遮住脸，恨恨道："我在人世的苦，你不懂……"说罢消失在暮色中。鬼谷子望着他远去的方向，眼里苍茫一片。他捡起失落的面具，缓缓戴上，他美艳绝伦的面庞重新隐于面具之下。

鬼谷子缓缓道："他心高气傲，在这里伤了心是不会回来了，只怕会在路上等你们。神兄，你失血过多，不妨先调养几日，待于生命无碍时再下山不迟。"武神也觉得自己实在太累了，力不从心，他看了看身后众人也都多少有伤，便道："多谢。"鬼谷子道："无常，带客人去后山歇息。"不得了二人跳出来带着武神众人向后山而去。鬼谷子对何裳和莫愁道："何裳，曲子吹得妙，茫茫人海，知音难求，你们随我来。"说罢牵着两人的手上了后山。

后山与鬼城竟似天壤，流泉飞瀑，垂虹卧波，舞榭歌台隐约于青翠的竹海，鬼谷子带着两人穿过竹海向山上去。莫愁被他牵着，觉得他的手无比温暖，仿佛能融化一切寒冷，竟像何裳牵着她。何裳被他牵着，那只手冰凉柔软，无比高贵与圣洁，仿佛就是他心中的莫愁的手。鬼谷子带两人到山腰的小竹楼前，拂袖开门进去。一阵异香扑鼻，两人仿佛飘在云端。鬼谷子转身到屏风后，再出来时，他已脱下外面的黑袍，露出里面薄如蝉翼的蜀锦霓裳，他对两人道："这些天何裳和萧然住一个屋子，你心思细腻，照顾他。莫愁和妙儿住一个屋子，那个小丫头伶俐，可以照顾你。我这深山老林自不如你母亲的海宫快活，不过也自有它的乐趣。何裳，我们到山上合奏一曲如何？"何裳欣然答应。鬼谷子又携两人的手向山顶而去。

山顶云雾缭绕，几株古松参天而立，松下小亭翼然。鬼谷子引两人到小亭里坐下，石案上早备好茶点。何裳见了点心肚子便咕咕叫起来。莫愁瞥了他一眼，笑他没出息。鬼谷子笑道："不要怪他，饿了一天了，吃吧。"说罢出了小亭走上琴台。琴台下临无地，对面一条瀑布遥挂山间，水雾霖霖，松风阵阵，把他的衣袂扬起，恍如仙人。他对着明月摘下面具，何裳看到他的脸，月光下那是一张怎样完美的脸啊？多少女子梦寐以求的美艳绝伦。只听鬼谷子道："莫愁的伤有五十多天了吧？你母亲还好吗？"莫愁道："当日空悟与空行带少林弟子闯入海宫，以二敌一胜了我母亲，我母亲现在少林寺，不知过得如何。"鬼谷子道："不必担心，门派越大越好面子，我保你母亲无事。只是那空悟二人便是联手也不是她的对手，怎得却胜了？那时她已知仙兄不在人世？"何裳道："正是，晚辈那天奉师父遗命送画到海宫，宫主似乎与家师有颇多渊源，比武时分神，才让空悟两人有机可乘，以致莫愁为救人受重伤。"鬼谷子道："刚才上山时我搭过她的脉，空悟二人的阳刚之力和你们二人的阴柔之力相克相生，就像那太鸿蒙太极，一时阴盛阳虚，浑身冰冷仿佛高处不胜寒，一时阳盛阴虚，那时她恐怕会火气攻心、性情大变。"莫愁想起一路上自己对何裳发火的情形，不由偷眼去看何裳，却正与他目光相遇，两人相视而笑。

鬼谷子又道："当年我为找师兄偷偷下山，毫无头绪，正逢群雄论剑，便去比试，想赢个名头让他知道我在找他，那时我们四人引为知己，论武讲乐谈天下大事。当时情妖和炎凉初婚，后来炎凉和武神仗剑起义，两年后赢得天下，那炎凉却被胜利冲昏了头，大兴土木，又下禁令残害天下英雄，宠信奸臣……情妖与他决断，欲和仙兄携手江湖，却因仙兄是炎凉的兄弟而备受世人阻挠……那时我论剑赌棋都找不到师兄，心灰意冷，回到鬼城受罚，谁知我回到鬼城时，师父已经死了，只剩下他们仓促之中找的两个接班的孩子……"他举头望月，月光如流霰，在他眼中凝结。何裳和莫愁第一次听到关于自己前辈的完整故事，他们猜测的和他们恐惧的都被证实，他们只有无奈和感怀。鬼谷子道："你们不必为前辈的事感到愧疚，世人所谓伦理道德不过是缚人的枷锁罢了，他们不知世上还有纯洁的情，为了维护那充满尸气的道德幌子，他们视人命若草芥，人世才是真正的阴曹地府。当年他们两人本来想隐居深山，可走到哪里都有人穷追不舍——那些江湖中人都想找到他们，因为如果能打败他们，就能一夜成名，还得个惩恶扬善的好名声。那时莫愁被从宫里带出来，还不满一岁，他们不忍让你受苦，便决定在海边划定范围，自立门户。情妖想把失去的青春重新找回，两人便去少林寺借阅《无相经》。那少林寺最好面子，抱着门户之见，更因为世俗的成见，坚决不借，口口声声说普度众生，却不过是装点门面。当晚他们便去藏经阁盗经。那时少林和尚还没现在窝囊，三空的老一辈都是成名已久的人物，那场大战虽然是仙兄牺牲了双腿，但经书毕竟被夺得，少林寺丢了个大人。仙兄心高气傲，凡事必求完美，此时坏了双腿，心中的痛苦可想而知。我得知此事后马上找到他为他接腿，少林功夫果然了得，住持手下留情没有伤及仙兄性命，但腿伤却是不可能痊愈了。他不想让心爱的人看到他这样子，便决心从此隐居深山。情妖后来一直找他，却没有找到，她就一直在海宫等，谁知……唉，天若有情天亦老，月如无恨月常圆……"他拨响了琴弦，琴声穿过松涛翻涌飞向天际，一直到那遥远的弯月。何裳望着那残月，吹起箫。莫愁听着，仿佛乘着风，驾着云，扶摇而上，飞向月，月缺月圆弹指一挥间，人世变幻便如流水远去。

一曲终了，鬼谷子道："何裳，你下去吧，我为莫愁治伤。"何裳下了后山。月色凉如秋水，鬼谷子将身上的锦衣披到莫愁身上，道："你母亲生了个好姑娘，不食人间烟火，你真美……鬼城历代都是没有性别的人，有人会以为自己是男人，我却希望自己是女人。我们太容易受伤害，所以远离人世，用尽一切办法让自己不像是人，让别人怕自己。因为这个世界太虚伪，太肮脏。从进入这个世界，人就要学说谎，学得残忍，一点点沉沦进人们早已预设好的罗网。美丽的女人只是人们的玩物，美好的情感会被世事消磨，你不愿走进这个世界，不愿像你母亲那样痛苦，所以你一直沉默，你把自己的情感埋藏在心底，对不对？"莫愁本来不太喜欢这个神秘人，但此时听到她这番话竟说中自己的心事，竟像一位忘年的知己，她看着他，点了点头。

鬼谷子又道："你还年轻……我虽不曾有过男女之爱，但却懂情。当整个世界从你眼前消失时，你第一个想起谁？"莫愁眨了一下眼，没有说话。她本以为自己会第一个想到母亲，谁想却是何裳在远处守望，她不由惊得瞪大了眼。

鬼谷子一笑，道："我知道，你很难做出决定。你体内有阴阳二气，我用阴阳手将阳气化为阴气，这个过程每一刻都在变化，每一刻都是新生。至于何时痊愈，也要看你悟道的过程，少则八十一日，多则一年半载。过两天他们伤好些就都下山了，武神要复原恐怕要一两个月，路上再遇到厉害的角色不能应付，因此何裳要陪他们下山，也能帮忙。他们走了我们便闭关，以后的事没人能确定，也许当你再到世上时，一切都变了，你要有所准备。"莫愁点了点头。鬼谷子又说："鬼城历来有一个传说，当杏黄旗被人用生命取走，鬼城会迎来它的圣女，就像女娲，在天崩地裂之时能救苍生于水火。她是神人，吸风饮露，绝世独立，她与万物一体，是天地灵气之所钟。治疗你的伤其实不在我的医术，更在你的修行。世间武功都讲逐穴运气，打通任督二脉，殊不知这只是为常人预备的笨法。武之最高境界乃在超越有形，心与道冥。只不过世人多愚，只知汲汲于有形世界的贪嗔爱欲，所以只能把无形的大道讲成有形的法门他们才可以把握，殊不知这样只是个皮毛。人本是天地间最平凡的一物，却总是自以为是，要超越人的境界，首先要认识自己，天地之间人如沧海一粟，一生弹指一挥间，一切变动不居，日月盈昃，风生水起，生与死也不过是这变化中的一部分。天地与人本是一体，忘却心中渺小的自己，不为物我所累，不为情欲所苦，才能齐物我，同死生，大道无形，静守此心。这逍遥游是鬼城最高明的功夫，也是治愈你伤痛的奇功。也许你会疑虑，我说的是绝世独立的功夫，却要你入世救人，其实神人绝世独立，是因为已和天地万物一体，所以，她真诚地爱着天地万物。当世间没有人可以打败你时，出世与入世便没有区别了。那时，你就要把一个人的情感变成对普天之下万般生灵的情感。如此你的伤才能痊愈，你也将成为绝世独立的高手……但那时你不能再动私情，因为一旦动情便会打破生命的和谐，旧伤便会复发，浑身便有切肤之痛……但如果不练逍遥游，你的生命便会终结……这一切在你的选择，我等你，不管到什么时候。"说完，他转身翩然而逝。

莫愁独坐在小亭中，想着鬼谷子的话，她咀嚼着自己心中朦胧的情感。她与何裳两人互相试探，却都不敢说个明白，也许这样才好，她也没有答案，更不用说那圣女的传说了。她一直觉得只有人自己才能救自己，靠一切的英雄或者偶像都是没用的，因为再大的英雄不过也是个人而已，所有的问题最后还是落到每个人自己的身上。一个人再强而众生不觉悟，也是没有用的，她从武神身上悟出这一点，却不想说明白。几乎在所有问题上她的想法都与众人殊途，这也是她一直沉默的原因，在这个问题上何裳与她比较像，所以也就和何裳她才有话可说。爱世间万物和爱一个人矛盾吗？她不是爱世间所有的东西，比如那些丑陋的，像凌虚风波子之类，就连如常和空悟她也没什么好感，她只有怜悯。她发现这世间值得爱的东西太少了，属于自己内心的东西太少了。用几天的爱与自由的生命交换，孰轻孰重？她一片迷惘……看着落在白玉杯中的残月在微风中颤动，她把杯子拿在手中对着月亮。月亮的影子在杯中孤单地舞蹈，她饮尽杯中茶，望着天上月。孤月在云烟中冷不自胜，高处不胜寒。她缓缓扬袖起舞，长袖如云，在月下画出缥缈的影子，天风时起，便欲乘风归去。

第二日一大早，莫愁觉得身边的妙儿在偷偷起床，便一把抓住她的胳膊。妙儿本以为她没有醒，被她抓住吓了一跳，只好笑眯眯地叫好姐姐，扭股儿糖似的央求放了她。莫愁一笑，放了手问道："这么早，是去练功？"妙儿嘻嘻一笑，做个鬼脸跑了。莫愁好奇，便偷偷跟着，只见妙儿一直跑到后山山洞，猛捶像蝙蝠一样倒吊着睡觉的不得了和了不得。两人被她捶醒，咕咚咕咚双双摔在地上。了不得正要龇牙咧嘴地哭，妙儿马上捂住他的嘴，小声道："这件事不要让别人知道，都要保密。"莫愁闪到洞口偷听，只听妙儿道："你们教我给那个萧然熬药……你们知道，他救过我对吧……千万不要让别人知道，就一次。完了我会给你们好处。"了不得马上停哭道："好好我教你，什么好处？""教完了再说。"不得了两人马上把萧然的药配齐，三个人便烟熏火燎地熬药，妙儿不曾做过这种事，把山洞烧得烟雾缭绕，不得了和了不得被熏到了外面。莫愁也忍不住咳嗽，心想这可糟了，会被妙儿发现！偏是不得了二人调皮，马上学着她的声音咳嗽起来。妙儿诧异地看看两人，不知所云。

许久，妙儿按不得了的指导把药熬好，端着滚烫的药，一路小心翼翼，向萧然和何裳的屋子走去。莫愁趁机先跑去把何裳叫了起来，只说是有好事，让何裳带她到了屋顶，这才把妙儿的事说了一遍。何裳也觉得好玩，便要重回屋中装睡。莫愁阻止道："这要保密，你要在屋里她说话都不敢说了……"只听门声一响，妙儿进了屋子，把药放到桌上，见萧然躺着不动，也不知他是睡是醒，小声道："你救过我，我给你……熬了药……你趁热喝了。那个……我走了。"说罢嗖一声跑掉了。萧然等她走了，慢慢坐起身来，将药一饮而尽。

莫愁回到屋子，妙儿蒙在被子里装睡。莫愁道："我的伤发作了，我要吃药。"妙儿通红的脸从被子下面露出来，眼睛睁得大大的，突然好像明白了什么，拉着莫愁"好姐姐、好姐姐"地叫着，央求她不要说出去。莫愁道："已经说给别人听了。"妙儿大急，忙问是不是何裳，还说给谁了？莫愁道："就告诉了一个，逗你玩呢，他不会说出去的。"妙儿这才放心躺下，自语道："不知我跟他说的话他都听到没有？又希望他知道我去看他，又害怕他知道……"莫愁故意问："你说什么？"妙儿笑道："何裳自然不会说出去，他那么不喜欢说话，就像你一样，可真是一对。"莫愁的脸骤红，严肃道："什么话，以后不许说这个！"妙儿吓傻了，吐了吐舌头缩头道："不会了……"

用罢早饭，妙儿拉着莫愁道："咱们去找何裳哥哥玩。"莫愁知她醉翁之意不在酒，又好奇她究竟想去干什么，笑道："你带路。"妙儿把她拉到何裳的屋子。何裳和萧然正往外走，见莫愁和妙儿过来，何裳道："萧兄要走了，他要马上赶回去。"妙儿急道："那伤呢？"她看着萧然，眼里满是委屈和质问。萧然避开她的目光，道："不能等伤好了走……保重。"说罢向武神的屋子走去。武神正和空悟等人议事，见萧然进来，他关切道："伤可好些？"萧然行礼道："好多了，多谢关照，晚辈这就下山。"武神道："也是，等伤好了，恐怕没法向他们交代。一路保重。"萧然道："前辈保重，后会有期。诸位，告辞！"说罢向众人一拱手，转身走了。萧然走到鬼谷子的门前，行礼道："兄弟之仇不可不报，救命之恩不可不偿，萧然就此别过，他日再向前辈讨教。"鬼谷子在屋中道："好，随时恭候！无常，送客人下山。"不得了二人跳出来在前面开路。萧然回头看了何裳三人一眼，道："留步，后会有期。"说罢头也不回地走了。妙儿的大眼睛盈满泪水，一直望着他的背影消失在云雾中。

莫愁牵了牵何裳的袖子，何裳会意，把妙儿带到山上。妙儿寻找着萧然的身影，却一无所获。她也不敢去追，只能黯然神伤，任泪水在眶里打转，喃喃道："走了……居然都不跟我说一句话……"何裳安慰她："他一个人太辛苦，太危险，不喜欢交朋友。但他其实早把你当朋友了。"妙儿惊诧："真的？"莫愁给她擦着眼泪，道："真的，可不许哭了，都是大姑娘了，让别人看见就坏了。"妙儿噗的一声笑道："原来你哭的时候怕让别人看见。"莫愁装作生气不理她，对何裳道："你回去的途中去少林寺向我母亲报个平安，告诉她，我治伤要闭关约百日，百日后我会去救她。现在去向空悟问清楚我母亲在何处，只说你要向她复命。"何裳知她不愿和空悟说话，便下山去问。

莫愁对妙儿道："你喜欢萧然？现在他和你爹很客气，但哪天他率军起义的时候就和你爹是死敌了。你会选谁？"妙儿想了许久，道："我也不知道。"不久，何裳跑上来道："空悟说少林寺内是不纳女客的，所以宫主在少林寺后的莲花洞修行，还说当年达摩面壁九年始成禅宗初祖，宫主与佛有缘，安然自得。"莫愁点头道："有缘无缘我都会去，只为一个公道。"何裳想说什么，却又有些犹豫，许久，他鼓起勇气道："闭关百日……到时我也会去。"两人都不说话了，只剩妙儿嘻嘻地笑。

过了一会儿，何裳道："武神说一会儿去他那儿议事……"莫愁道："恐怕也是……要走了吧？"何裳低下了头。莫愁笑道："不是恋上这鬼城的逍遥舍不得走吧？"何裳苦笑道："当然……"莫愁道："走吧。"说罢拉着妙儿向山下走去，何裳恋恋不舍地跟在后面。

人都到齐，鬼谷子也被请来。武神向鬼谷子行礼道："鬼兄为天下大义，将用生命守护的杏黄旗给我，又救我性命，受我一拜。"鬼谷子一笑，扶住他道："那是你自己得到的，不用谢我，我只愿咱们的恩怨扯平。不过，有人肯定不愿意。"凌虚马上行礼道："哪里，前辈的教诲凌虚感激不尽，刻骨铭心。"风波子斜了他一眼，没办法，只好也行了个礼，道："感激不尽。"鬼谷子哈哈大笑，道："好，真好！神兄，此番叫我来，恐怕是要告别吧？"武神道："鬼兄高明，愚兄伤势已稳定，明日便可下山。莫愁受伤时日已久，我们下山，你们才能闭关专心医治。"鬼谷子道："也是，你们一下山，武神负重伤夺得杏黄旗恐怕就是天下皆知的事，你若迟迟不回，恐怕那狗皇帝会起疑。况且天下不知有多少人在路上等着分一杯羹，有何裳在可助你一臂之力。"武神道："鬼兄想得周到，愚兄这样打算：从江上乘舟顺流东下，一日千里，应无大事，到千山渡便上官道，朝廷已预先安排好，一路都是重镇，有重兵护卫，可保万无一失。"鬼谷子道："那就保重了，下山一路小心我师兄。何裳，他对你倒无恶意，到时和他论曲便是。神兄，若是大军擒到我师兄，请手下留情，不要伤他。除此之外，别无他求。"武神道："放心。"

莫愁对武神道："前辈，到嵩山脚下时请放何裳去少林向我娘复命。"武神道："一定，我也想去看看情妖妹子。"莫愁行了个礼，道声多谢，回身便走了。何裳看着她出门匆匆上了山，心下不安，向众人行了个礼，转身追了上去。

莫愁坐在琴台上对着流水，听到何裳走向她身边，她拔出海月剑。何裳只好站住。莫愁的眼泪从上山就没有停，她不敢说话，怕人听出她的呜咽，泪水滴在琴弦上，琴弦轻轻地响了，就像有风吹过，扬起人心中缥缈的情思。她是会弹琴的，在海宫，从小母亲就教她弹琴，凭海临风，她领略着曲中的意境。此时，她有千言万语萦绕在心头，她理解了母亲的琴音，鬼谷子的琴音，如今，她也有了她自己的琴音。琴音响了，让何裳有些吃惊，那完全不同于平日的莫愁，那里有清高掩不住的低回缠绵，有淡泊融不化的哀怨悲愁，有冷艳冻不结的相思情怀，就像月亮在凄迷的晨雾中渐行渐远。何裳听懂了莫愁，箫声和着琴音响了，就像晨光熹微沙岸上的鸥鹭问答，振羽起舞，展翅而飞，追上羲和的六龙轻车，追上常羲手中迷离的孤月，上天入地，游于无穷……何裳平生从未如此快活，莫愁的脸上充满了笑意，生命中最美的时刻在毫无准备的情况下在乐音中绽放，遥远的鬼谷子都在面具下笑着流下泪。

一曲尽兴，何裳对莫愁说了一句"等我……"起身奔到鬼谷子门前。正要敲门，鬼谷子道："进来吧。"何裳推门进去，道："前辈可有素绢？"鬼谷子道："怕是要为人写真吧？我这倒有装裱待画的上好蜀素，当年你师父最爱用的，无常带你去拿便是。若是有空，也在鬼城留下点墨迹，让这阴森恐怖之地也沾点风雅。"何裳道："雕虫小技，什么时候要写叫我便是，不过可要前辈准备好酒先解我的酒虫。"鬼谷子笑道："好个酒鬼，写字还要先喝个够，答应你便是。"

何裳取了蜀素拿了笔墨到了后山上，见莫愁正对着流水发呆，便偷偷在小亭的石案上铺展蜀素描画起来。莫愁想得入神，时而眉间微蹙，时而低首轻叹。何裳兼工带写，时而刻画入微，时而运笔如飞，莫愁发现他时，他笔下的莫愁已经伫立在风中了。莫愁不由惊喜，却板起脸道："你做什么？"何裳像做错了事的孩子，嘿嘿笑了两声，把画像卷起塞进怀里。莫愁丢给他一只手帕，道："那么想动笔，就在上面也写上吧。"何裳大喜，问道："写什么？"莫愁道："玉溪生无题，哪一首你自己选。"何裳想了想，写道："相见时难别亦难，东风无力百花残。春蚕到死丝方尽，蜡炬成灰泪始干。晓镜但愁云鬓改，夜吟应觉月光寒。蓬山此去无多路，青鸟殷勤为探看。"这正是莫愁想的那首。莫愁把帕子小心地收起来放到胸口，道："我请你喝酒！"

鬼谷子的好酒摆满了小亭，十丈的蜀素被不得了二人张挂起来，在风中如云雾清扬。何裳望着无边暮色道："浮生若梦，为欢几何？人生在世，去日苦多。一生只记今朝醉，醉死花下，无怨无悔。"说罢举杯痛饮。不得了二人抬上巨砚大笔，何裳挽袖挥笔，笔挟风雷，写下李太白《蜀道难》："噫吁嚱，危乎高哉！蜀道之难，难于上青天！蚕丛及鱼凫，开国何茫然！尔来四万八千岁，不与秦塞通人烟。西当太白有鸟道，可以横绝峨眉巅。地崩山摧壮士死，然后天梯石栈相勾连。上有六龙回日之高标，下有冲波逆折之回川。黄鹤之飞尚不得过，猿猱欲度愁攀援。青泥何盘盘，百步九折萦岩峦。扪参历井仰胁息，以手抚膺坐长叹。问君西游何时还？畏途巉岩不可攀。但见悲鸟号古木，雄飞雌从绕林间。又闻子规啼夜月，愁空山。蜀道之难，难于上青天，使人听此凋朱颜。连峰去天不盈尺，枯松倒挂倚绝壁。飞湍瀑流争喧豗，砯崖转石万壑雷。其险也如此，嗟尔远道之人胡为乎来哉！剑阁峥嵘而崔嵬，一夫当关，万夫莫开。所守或匪亲，化为狼与豺。朝避猛虎，夕避长蛇，磨牙吮血，杀人如麻。锦城虽云乐，不如早还家。蜀道之难，难于上青天，侧身西望长咨嗟。"他运笔时急时缓，笔意若断若连，笔势如山奔海立、洪水漫卷，笔力如惊砂坐飞、奔雷走电，或瑰伟奇丽，或惊天泣鬼，仿佛风荡空谷、万籁交鸣，戛然收笔，万籁无声，只见身后苍山如海、云涛翻涌。鬼谷子道："好！李白的诗好，何裳的字好！'磨牙吮血，杀人如麻'。哈哈，写得切！"说罢，仰天大笑，带着不得了二人下去了。

何裳和莫愁还沉浸在诗中，这首诗把这一路上的磨难一一再现在他们眼前。两人谁也没有说怀念，也没有说留恋，但对苦难的回忆也如此幸福，两人一醉到天明。

一大早，莫愁在满山的鸟啼中醒来，发现身上盖了件衣服，妙儿抱着小猴儿在身旁笑眯眯地看着，对面何裳还趴在石案上大睡。妙儿本来在笑，看着莫愁醒来，不免伤心，黯然道："又该走了，见不到你了。"说着伤心起来，眼泪噗噗地落下。莫愁笑道："会再见的，叫他走吧。你爹爹他们都准备好了吧？"妙儿点了点头："一会儿小猴儿也就走了……"话音未落，空空就跳了过来，小猴儿跳到空空肩上，依依不舍地看着妙儿。空空在何裳额头弹了一下，道："悲莫悲兮生别离，乐莫乐兮新相知！"说罢跑了。何裳醉得不轻，被他一弹才醒，只听旁边妙儿道："空空跟你告别了。"何裳伸了个懒腰，笑道："肯定人都没影了。"妙儿道："一会儿就要走，我帮你把东西收拾好了。"何裳道："多谢。"他终于知道，有些东西，比如别离，是在相聚的一刻起就注定了的，怎么醉，怎么睡，到底还是要回到现实的世界，面对一切伤心与失落，他一时想不出对莫愁说什么。莫愁淡淡道："该走了，保重。"把包袱递给何裳，何裳起身要走的一刻，摸到了怀里的画，眼泪便要涌出来。他定了定神，道："百日之后，少林寺……保重！"说罢和妙儿下山去，妙儿流着泪依依不舍地回头，何裳却一直低头走，眼泪滴在石级上，周围一片模糊。莫愁看着他们远去，消失在晨雾中。鬼谷子的琴声响起，送别的乐声在群山间萦回。

不得了二人把众人送上来时路，道了声别便回山了。武神带着众人飞奔在回鬼蛮寨子的路上。不到半日，就快到鬼蛮聚居的山谷了，众人正侥幸途中无事，忽听四面山中响起琵琶声。众人心中一惊——紧那罗来了！举目四望却又不知这琵琶来自何方。山中阴风四起，落叶纷纷，飞鸟哀鸣着扑簌簌四散而飞，十面埋伏的琵琶让人们胆战心惊，毛发倒竖。空悟没有了锡杖的手开始发抖，如常握紧了剑，凌虚冷汗如雨，风波子左顾右盼。何裳定了定心神，拿出箫轻轻吹起，舒缓的箫声冲淡了琵琶惊人的杀气。紧那罗的弦声更猛，弦中带着金铁之声，烨烨铮铮便如刀兵四起。何裳几乎要被琵琶声带走，他调匀呼吸，箫声越发舒缓清朗。紧那罗长啸一声跃出，一道电光飞向何裳，何裳箫交左手，右手抽出潮音剑，叮的一声，金花四散，紧那罗的弦被挡了回去，何裳手中的剑犹自瑟瑟作响。紧那罗笑道："狭路相逢，也是缘分。我还是舍不得杀你，不过如果交旗，我可以饶你们不死。"话音未落，忽听远处传来响石声，紧那罗脸色大变。何裳听那声音是鬼蛮寨子的信号，便拿出锦罗刹给他的那两块响石敲起来回答。紧那罗见何裳也拿出响石更是吃惊，颤抖地问道："你，你从何得来？"何裳有些奇怪，道："姐姐给我的。你要，我让她给你找两块便是。"说着又敲。紧那罗见他这样说更是惊异，道："我是你敌人，我，刚刚要杀你……"他未及说完，锦罗刹喊着何裳的名字已经过来了。紧那罗忙向山下一跃，不知去向。

锦罗刹跑上来向众人拱了拱手，拍拍何裳笑道："没受苦啊？三姐可担心死了。"何裳道："你们康复了？"锦罗刹道："命硬得很，早好了！我们好了就轮着在这儿等你们呢，好几天了，昨天五妹还说怕出事，我回去掐这个乌鸦嘴。对了，刚才我远远听这边杀气腾腾的声音都心惊肉跳的。幸亏咱们有响石，要不我还不敢过来。"何裳道："一个厉害角色，后来便跑了。"锦罗刹笑道："武神和这么多英雄都在，亏他跑得快。"风波子知她是奚落，又不能发作，只好瞪了她一眼。何裳道："不是啊，他是听见响石响才跑的。"锦罗刹奇怪道："那可是新鲜事，莫不是个麻雀精？胆子这么小。不管他，来来来，他们都等着呢。"说着带众人向山下去，未到寨子便用土话唱了起来。不久，就看见五妹拉着乌有从寨中跑来。过千帆来向武神行礼道："恭喜武神，小人和弟兄们把那些江湖朋友渡到巴陵，他们说在那里停留，等待武神捷报。小人这就让下江的兄弟给他们报个喜，说武神得胜归来。"武神抱拳道："多谢。"又带众人去向长老行礼道谢，接着便和过千帆商议乘舟东下的计划。

五妹拉着妙儿和何裳到一边，道："莫愁姐姐在鬼谷子那里治伤吗？几时治好？你们老不回我以为你们被鬼吃掉了呢。嘿嘿……"还没说完，锦罗刹就从后面捏住她的嘴道："揪你乌鸦嘴，快让何裳讲讲那新鲜事。"五妹从锦罗刹手中逃脱，好奇道："新鲜事？莫不是又被毒蛇咬了？"妙儿不知何裳被毒蛇咬过，好奇地瞪大了眼，五妹跟她耳语了一通。何裳红着脸道："不是不是……是一个非常厉害的角色竟被响石吓跑了。"五妹大笑道："好啊，那以后我拿颗响石，就连老虎都怕我三分了！"又央着何裳二人把鬼城的事讲一遍，锦罗刹叫她去做饭也舍不得去。

用罢午餐，稍做休整，武神便带众人向长老辞行。过千帆让水手们备好了江船，带锦罗刹亲自操船渡众人下江。北魏郦道元《水经注》中写道："自三峡七百里中，两岸连山，略无阙处，重岩叠嶂，隐天蔽日，自非亭午夜分，不见曦月。至于夏水襄陵，沿溯阻绝，或王命急宣，有时朝发白帝，暮到江陵，其间千二百里，虽乘奔御风，不以疾也。"过千帆舟行如飞，何裳如在云中，暗叹真个是"两岸猿声啼不住，轻舟已过万重山"，和莫愁逆水而上的情景历历在目，他心中无比惆怅，又想到无忧河上轻舟载酒与情妖说到这两句诗的情景，问武神道："前辈，我师父当年的事可否告知一二？"武神负手站在船头，看着飞逝的水云，道："仙兄虽和当今皇帝是兄弟，但两人秉性完全不同。仙兄超尘脱俗卓荦不群，早早便离家遍游天下；皇上当年则一心想推翻腐朽的前朝，建个大同世界。我见他一腔热血便决心帮他，他也因此赢得了情妖的芳心。二十年前，我们大荒山论剑，四人难分胜负，却惊动了在无稽崖偷看情书的空空，便要他分个清楚，他便随意起了这四个名号。我拔出石中的巨阙剑，下山帮皇上参加武林大会，仙兄告诫我皇上为人自私多疑，有兼济天下的大志却无包容天下的胸怀，要我小心。当时年轻，形势紧迫，也来不及想许多，便没放在心上。如今看来，仙兄确实有先见之明。那年我们号召天下草莽一齐举事，两年后便破金陵灭前朝。然而，皇上却在慢慢变化，四方征伐，大兴土木，又遍请方士寻仙求道以求长生。情妖愤而与他决裂，带莫愁出走。她与仙兄情投意合，弹琴论剑引为知己，此事被皇上大做文章，江湖上人尽皆知，他们便成了千夫所指的悖伦丧义之徒，明枪暗箭防不胜防。情妖痛心自己的青春在无休的斗争中逝去，决定去少林寺夺《无相经》，让自己找回失去的青春，准备事成便和仙兄远离尘世，扁舟浮海到天涯海角。当时少林寺空悟大师的前辈四位觉字辈禅师都健在，双方一场恶战，少林高僧悲天悯人，不想伤及他二人性命，否则鱼死网破后果不堪设想。仙兄不幸被四僧的内力震断双腿，他生平凡事都求完美，腿伤让他觉得自己已然残缺，所以不告而别，从此在江湖上销声匿迹。情妖在无忧河边筑海宫，一直等了十八年，没想到，往事却永不可追了。"空悟叹道："当时尊师让情妖携经书带莫愁先走，以一敌四，四位师尊说他们与佛有宿缘，不能伤他们性命，尊师为让情妖远走，牺牲了双腿，空空师弟救走他找人治伤。不久，便离寺出走，上了武当。因缘无尽，人世苦多，一切只是水月镜花。"

何裳终于把整个因果弄得清清楚楚，那么这件事最重要的当事人——皇帝，要不要见呢？师父让自己帮情妖做一件事，情妖说的是杀皇帝，虽然后来变成带莫愁求医，但那毕竟不是情妖本意。何裳决定见皇帝一面，不仅是为前辈寻个公道，更是为天下人，像过千帆夫妇这样被苛捐杂税压迫造反的船家和水手，还有一路上的流民和饿殍。何裳忽然觉得自己身肩重任，这担子是他自己不知不觉挑上的，是他自己的选择。

第八回　昨夜西风凋碧树，独上高楼，望尽天涯路　〔又〕

傍晚至巴陵，船入洞庭湖。日已西沉，只剩一片青紫色的霞光，黛色的天空一弯银钩般的弦月。晚雾中渔船向四方散去，舷上的鸬鹚站成一排，在渔人的歌声中悠悠荡荡，渔船在欸乃声中渐行渐远，荡入迷离的云水。湖面渐平，映着长天月影，晚归的鸥鹭偶尔如白色的精灵一般掠过水面，水面一阵涟漪，泛起银色的波光，天空仿佛被这翅膀摇动，云和月聚聚散散。锦罗刹先唱起船歌，过千帆和水手们与她和着。不久，湖对岸远远飘来歌声，似乎在和这里一问一答。过千帆道："武神大人，对岸岳阳楼上各路英雄已摆好庆功宴，为您接风。"武神点了点头，只见对岸一片灯火辉煌，叹道："哪里用这么张扬，言过其实了。"过千帆道："若是这杏黄旗真的能救天下，哪里会言过其实。"武神笑道："也是，若是此行能让天下百姓的生活都像江上渔夫一样宁静和乐，那便值得了。"过千帆道："平日渔夫们可没如今这样无忧无虑，这是沿江地方官听到大将军下江放松了管制。"武神道："平日又如何？难道自古最自由的渔樵之人也不得自由？"过千帆道："下水上山都要交半税，一担柴、一条鱼，只有一半是自己的，一半要交给官府做税，累个半死才勉强温饱。每当大人或豪门在湖边大摆宴席，都要派有司巡湖，以破坏水景的名义驱散渔人，违反者不但会被没收船只，还会加罚银钱，往往有因此家破人亡。只是今日武神来此，他们知道您厌恶官吏以权欺民，所以不敢妄为。"武神拍舷怒道："岂有此理。"过千帆道："上面爱钱，下面也爱钱，便都从百姓身上刮。这种事，便是那些大官知道也不会管吧。"

武神望着江水，目光迷离。他从开始的愤怒变成失落，甚至有些悲凉，从开国时的均贫富平分田到如今苛捐杂税民不聊生，这十几年竟是如何过来的？人老了，江山难道也老了？何裳听了这番话眼里满是迷茫，看到武神忧郁，不由道："昔年范希文在此写下'先天下之忧而忧，后天下之乐而乐……微斯人，吾谁与归？'……"武神欣慰他知道自己的心事，又恨无力回天，无尽沧桑涌入心头，沉吟道："昔闻洞庭水，今上岳阳楼。吴楚东南坼，乾坤日夜浮。亲朋无一字，老病有孤舟。戎马关山北，凭轩涕泗流。"何裳道："前辈不必如此沉痛。世事如此，尽人事，听天命，该笑时便大笑，该痛哭时便痛哭，随缘顺性，无怨无悔。"说罢，俯身掬起一捧湖水，湖水从指间洒落，在月光下仿佛冰雪。何裳以手击弦唱道："洞庭青草，近中秋，更无一点风色。玉鉴琼田三万顷，着我扁舟一叶。素月分辉，明河共影，表里俱澄澈。悠然心会，妙处难与君说。应念岭表经年，孤光自照，肝胆皆冰雪。短发萧骚襟袖冷，稳泛沧溟空阔。尽挹西江，细斟北斗，万象为宾客。扣舷独啸，不知今夕何夕！"武神道："好词！"何裳道："张于湖性情中人，他的《六州歌头》壮怀激烈，此阕《念奴娇》却如此风流。"武神道："我知道你的意思，人和人是不同的。"水面秋风甚凉，他血气不足，竟觉一阵凉意。

船行近岸，梅良信、昆仑乘云道人与崆峒捕风、捉影两先生以及其他掌门率众英雄在岸上等候，各派弟子们见自己的师父安然归来也都欣喜万状。凌虚若不经意地向武当弟子们晃了晃手中的掌门宝剑，武当弟子们知道凌虚做了掌门，便一齐欢呼起来。

过千帆将船靠岸，对武神道："送到此地，有官家交接。我兄弟们该和前辈告辞了。"武神知他们不愿见群雄，不过他还想为这些水手做件事，便道："且随老夫上岸，老夫要敬各位兄弟一杯以表谢意。"过千帆看看岸上群雄，笑道："好，兄弟们，上岸喝酒。"说着请武神先上了岸，锦罗刹拉着何裳和妙儿跟着。见空悟和凌虚等四人被水手们抢在前面，岸上群雄有的不禁叫骂："乌合之众，不懂礼数！"风波子最气不过，飞身跃到前面故意将两个水手挤下湖去。过千帆回头道："谁敢不老实？"抽出挂在腰间的草鞋举着做抽人的样子，水手们大笑起来。

岳阳楼坐落在巴陵西北高丘上，西面洞庭，左顾君山，与黄鹤楼、滕王阁并称为南方三大名楼。楼高三层，檐如飞鸟展翼，楼内灯火通明。何裳到此等名胜总是迫不及待先看古人题记，便拉妙儿跑到楼前。《岳阳楼记》自不必说，正要走进去看其他妙处，不想被官差拔刀拦住，推到一边，接着从楼里匆匆走出三个大官来。何裳不知那花花绿绿的官服是个什么品，见那拦他的官差跟着走了，便接着往里走，却又被后面簇拥的人挤到一边。后面的官差回头见他又要进，飞腿便踹。何裳早气不过，还没等那腿飞起来，便一把将那官差扔到水里。那官差不知自己飞腿何以飞到水里，飞得鼻青脸肿，牙齿也飞掉了五六颗，捂着嘴爬上岸指着何裳吼叫，招呼几个官差马上把何裳围起来。妙儿见好玩，也钻到包围圈中。

　　三个官跑到武神面前下跪道："下官荆州刺史伍驰，益州刺史夏骠，巴陵郡守梅劲拜见大将军。"武神还礼，扶他们起来，道："诸位多礼，辛苦了。"何裳听着三人自报姓名不由大笑，对妙儿道："又无耻又下流又没劲，真好玩。"妙儿笑得前仰后合。官差们大怒，不敢抓何裳，先来抓妙儿，还没近她身，便都被打飞了起来。妙儿拍手道："你扔了一个，我扔了五个。"何裳看着这五个人道："我扔得比你远，而且到了水里，还掉了五颗牙。"妙儿噘嘴不服气，道："再扔。"旁边的官差们听了吓得屁滚尿流，跑到大官面前告状。伍驰向武神作揖道："将军稍等。"回头与夏骠到何裳二人面前恶狠狠道："何处匪人在此造次？见了本官还不下跪！"妙儿仰脖笑道："嘿嘿，我的官倒比你们大，你们最大不过三品，我倒是两品将军。"武神瞪了一眼妙儿道："不许捣乱。"对伍驰道："小女不懂事，那位是在下的一位小兄弟，年纪小，不通世故。诸位大人见谅。"伍驰三人大惊，忙赔笑道："下官乃朝廷命官，怎会和小孩子计较，开个玩笑罢了。下官三人特在此为将军洗尘，恭贺将军又为太平王朝建立奇勋。地卑屋陋，还望将军海涵。"说着将武神迎入楼中，又满面堆笑地迎何裳和妙儿。官差见过千帆和锦罗刹带着水手们敞怀赤足也跟着，便又要拦。妙儿道："那都是我爹爹的朋友。"官差如惊弓之鸟，再不敢拦人。群雄们也不喜这些做官的唯唯诺诺，故意把楼板踩得山响。

伍驰三人把群雄安排在一二楼，把武神等人引至三楼。过千帆带着水手们坐在地上。何裳不愿和这些官坐一起，也到锦罗刹身边席地而坐。妙儿也要和何裳坐地上，武神瞪了她一眼，让她紧随自己。众人奉武神上座，武神谦让了一下，坐了。伍驰要妙儿坐次座，武神辞道："小女无知，不可惯她，给她下座便好。"于是，伍驰、夏骢、梅劲依次坐下，空悟、凌虚、如常、风波子也入座。座上珍馐佳酿水陆八珍俱全，伍驰起身行礼道："南镇吴将军正入京述职，吩咐下官们好好招待大将军。下官特意为几位出家修行的高人置办了素斋。"说罢，梅劲催人端上素斋。

武神看着桌上的珍馐，颜色沉重，缓缓道："多谢几位大人热情款待，老夫感激不尽……"他的声音沉雄，三层楼的每个人都听得清清楚楚。他接着道："我们在这里庆功，可曾想到一路上那些牺牲的人？凌虚道长，老夫拜托你将死伤的名单统计出来，老夫会让朝廷妥善安置他们的家人。老夫敬他们一杯。"说着举酒沥地。然后，他又倒满酒，道："还有这些船家和水手们，他们随我出生入死，不求回报，我敬你们。"伍驰马上叫人给每个水手发碗倒酒。过千帆带众人站起来，一饮而尽。武神又道："这些船家、水手上峡下江，出生入死。诸位大人平日吃山珍海味，他们每日却难得温饱，希望各位大人施恩，将他们身上的税减轻些。"伍驰三人只觉武神不好应对，不知该如何回答，只好道："唯大人之命是听。"武神道："好，三年免税，三年后三十税一。不光是这些水手，所有百姓，一律按此标准，诸位以为如何？"伍驰三人瞠目结舌。许久，伍驰小声道："大人，下官们吃什么啊？"武神指着桌子笑道："山珍海味……江南土地肥沃，人口众多，交通发达，只要诸位治理得方，奉民如亲，既是免税一百年诸位都有山珍海味来吃。"伍驰三人无法，只好硬着头皮道："谨遵大人教诲。"三人怕武神还有什么要求，如坐针毡。夏骢和梅劲不住向伍驰使眼色，伍驰瞪了他们一眼，对武神道："大人明日北上神京一路艰险，下官已派人千里加急日夜兼程禀报，今晚便去连夜安排行程。大人和诸位下榻的驿站下官已安排妥当，用罢晚宴请早些歇息，下官告辞。"武神道："多谢几位大人，请自便。"三人向后缩着退下了。过千帆和锦罗刹大喜，带众水手行礼道："南国人民多谢武神大恩！就此告辞，后会有期。"武神拱手道："保重。"

过千帆和锦罗刹带水手们正要出门，萧萧带人匆匆走进来，互相看了一眼又各走各的。萧萧向武神行礼，笑道："世伯神威盖世，萧萧特代家父前来致贺。"说罢，挥手道："上礼。"手下抬来几只红木箱。武神道："贤侄多礼了，代老夫向城主致谢。"萧萧道："一定，一定……小侄有一小小心愿，不知世伯可否满足？"武神道："请讲。"萧萧道："久闻杏黄旗乃天下至宝，小侄不知有没有福气开开眼界。"武神早知他来者不善，江湖群雄都与他结仇，此番他敢再来，肯定有准备。果然，只听过千帆在楼下大喊："武神，有埋伏，火药！"接着便听见厮杀声。原来过千帆带水手们下了楼发现楼外围满了人，楼边围了一圈大木箱，一条巨大的引信连着这些箱子，里面显然是火药。过千帆起疑，锦罗刹指了指这些人的箭囊，过千帆大惊——这些人便是江上行凶的那伙，他二话不说带水手们拔刀和外面人战在一处。

武神听过千帆大喊，知道萧萧此番想同归于尽。他笑了笑，对何裳和妙儿道："楼下热闹，去看看。"何裳和妙儿飞身下楼，见水手们被包围，过千帆和锦罗刹都已负伤，眼看便不支。何裳两人冲进包围和萧萧的人打斗起来。萧萧知道下面人不是他俩的对手，便拿起手边的红烛，凑在眼前看道："好漂亮的烛火。"凌虚等人都是大惊，知他随时可以引爆箱内的火药。武神笑道："蜡炬成灰泪始干，多美的蜡烛总有燃尽的时候。"又对空悟四人道："诸位，杏黄旗乃天下至宝，诸位在此我不便出示，请下楼回避。"空悟等人只好下楼，率领群雄便要强行往楼外冲。楼外人被何裳和妙儿打得七零八落，远处却有二十个红衣死士手执强弓，弦上搭着点燃的火箭随时准备射向楼外的火药，群雄看到这二十团火光只好停住了。楼内楼外一片寂静，一阵风起，火焰呼呼地闪动着，火药味在楼周围弥漫，一二楼的烛火早被群雄熄灭，灯火通明的岳阳楼突然变得诡异，水光映着残缺的灯火，仿佛也要沸腾、爆炸。萧萧脸上的汗滴在桌上，他的手微微颤抖。武神一动不动地看着他。萧萧被这种凝视定住，他脸上的肌肉开始抽动，他几乎忘了自己的目的，似乎只是为了举着一支蜡烛。

人们隐约听见幽咽的胡琴声，牵肠挂肚，搅起满天的乱云。一会，又变成惊心动魄的琵琶，仿佛弹动着水波，仿佛狂风暴雨，要将所有火焰一起浇灭。举着火箭的红衣死士们面面相觑。突然一阵狂风，二十支着火的箭头一齐被斩落在地，和箭头一起落地的还有二十颗还在呼吸的人头。弦上的断箭飞出去，打在楼上，像雨。

萧萧听见外面有变，大惊，忽见屋内电光一闪，自己手中的红烛已是半根，另一半在武神手里。武神拿着那半截红烛，低头轻轻吹灭。萧萧这是第二次被那电光慑住，江上天崩地裂的那一剑依然让他在每次见到闪电时惊心动魄，山崩水啸，鬼哭狼嚎，他被挂在大树上侥幸逃脱。他浑身战栗，一动也不敢再动。武神一掌震灭了所有的蜡烛，用低沉的声音缓缓道："回去转告令尊，我们年纪都不小了，不要玩火。"风声四起，雷声殷殷，山雨欲来风满楼。

一个黑影闪过，萧萧身边的随从一起倒在地上，萧萧眼见十几个人头敲击着楼梯，一直滚到楼下。他已吓得惊心动魄，霎时觉得周围都是鬼，阴森可怖，他几乎窒息，跌跌撞撞地向楼下跑去。群雄把他扑倒在地，要撕碎他。黑影在萧萧身边停住，扑上去的几个人瞬间倒在地上，一条闪电划过夜空，这些人身首异处。黑影北风一样的声音对萧萧道："阴谋诡计，害人害己。你可以夺杏黄旗，但你不能毁它。我曾受令尊一饭之惠，今日保你不死，走吧。"萧萧向外飞奔。人们要追，武神止住了。黑影指着地上的尸首冷冷道："狗仗人势，以后谁再敢骂人，就学他们。"他是指这几人都骂过鬼蛮……

一阵大雨倾盆而下，雨瀑把一切模糊，人们隐约看见远处萧萧在雨中挥剑和一片草丛搏斗。漫天的琵琶声雨一般落下，紧那罗已无踪影。

次日，武神等七人辞别群雄，送群雄各自归山。伍驰、夏骝三人早等在江边，敲锣打鼓，彩旗飘扬，见武神众人马上过来行礼，道："下官拜见大将军和各位英雄。"武神道："不必多礼。宴席上说好的事要记得，到神京老夫会为你们美言几句。"三人大喜，忙叩谢道："多谢大将军栽培！下官们已通知沿河各地官司，一路都有重兵，可保平安。"武神道："好，就此别过，诸位保重。"三人道："大将军保重……此去神京一路辛苦，下官们为大将军和众英雄准备了些盘缠，请笑纳。"说着便命人向船上抬箱子。武神挥手止住，笑道："诸位这番心意老夫领了，此后三年江南免税，这些钱留着上缴国库吧。"三人忙道："是、是，多谢大将军。"武神七人上了船，向北而去。

数日后，船至嵩山松风渡，众人下船行旱路。早有地方官出城来迎，一个肥胖的武将匆匆上前下拜："南镇伏南将军吴梁拜见大将军。"武神仔细看着他，惊讶道："吴梁？一年未见居然几乎认不出。"吴梁有些不好意思，道："大将军见笑了，末将……""你我是一起征战的兄弟，以兄弟相称便是，不必多礼，当日在荆州不见你，便知你又入京了，却为何不多留几日？""那怎么可以，末将虽然读书不多，但这官场的礼节却也知道……"

何裳讨厌这些无聊的官僚，便和武神说去少林寺，妙儿也要去。吴梁问道："这位是？"武神道："这是我的一位小兄弟。"吴梁马上行礼道："一表人才，后生可畏后生可畏。"何裳笑道："前辈也可畏。"武神知他不喜应酬，道："一路小心，对少林高僧要知礼数。何裳，代我问好。"两人应了。空悟也道："武神，此去有官府大军护卫，老衲也放心了，便就此回寺，也好为两位施主带路。"武神道："既然如此，大师请便。"吴梁道："将军，皇上让末将在此迎候将军，并传旨要随大将军入鬼城的诸位英雄也一起进京面圣。请空悟大师快去快回。"空悟无奈答应，带何裳和妙儿向少林寺去了。

吴梁凑到武神耳边道："前些日子胡人进犯，皇上召四镇集会。大将军不在朝中这些日子，皇上颇为亲近北镇，准备招他为驸马。到时，皇上联合驸马和丞相，恐怕对将军不利……末将是因为将军把末将当自己人才说这番话，将军小心。"武神道："放心，老夫视你为兄弟。我本无意与人争权，他们对我不满是他们的事，我问心无愧。""大将军光明磊落，岂知小人的肚肠？……恕末将多嘴……"武神拍着他的肩大笑道："当年一条顶天立地的汉子，当官怎么当成这样。"吴梁讪讪道："官场消磨人，没办法，没办法。"

少林寺内不留女客，空悟直接带两人到后山的莲花洞。空悟道："莲花乃至纯至洁之花，却是生长于秽污烂泥之中，修行之人，在于觅清静心，于尘俗中觅得大光明，此处恰是情妖施主因缘所在。老衲就此回寺，下山再见。"何裳行礼道："多谢大师，请自便。"回头在洞口道："晚辈何裳来向前辈复命。"只听情妖的声音道："这便功德圆满了？进来说话。"何裳和妙儿轻轻地向洞里走去，开始洞中漆黑一片，只能摸黑向前，不知走了多长，蓦地一转，一片光明。只见情妖盘膝坐在莲座之上，头顶恰有阳光射入，便如金身菩萨。她面壁而坐，左右手边石壁上各有一行字，一边是"死生涅槃，犹如昨梦。"一边是"菩提烦恼，等似空花。"洞中一片寂静，只有洞口偶尔传来林间的鸟鸣。

何裳和妙儿小心翼翼，屏气凝神，生怕破坏了这里的清静。情妖道："莫愁在治伤？你为何却提前回来？"何裳道："鬼谷子前辈要闭关百日为莫愁治伤，他原来是前辈的故人，当年名列四圣的棋魔。武神前辈在鬼城血祭杏黄旗，失血大半，晚辈便一路上照顾武神前辈下山，也顺便来向前辈复命。"情妖道："原来是他，莫愁可好？"何裳道："鬼谷子医术通神，莫愁定会痊愈。她说百日后出山来救前辈。"情妖笑道："我真要出洞，少林寺恐怕拦不住。"何裳奇道："难道前辈不愿出洞？"情妖道："人一生的事太多，总要静下来想一想。你进洞的时候难道没有感悟？人的一生多半是摸黑走路，峰回路转才见得到光明。"何裳若有所悟："晚辈知道了……此番我想去见见那个皇上……"他说得小心，生怕情妖生气。哪知情妖只是淡淡一笑，道："找他又有何用，我不用你去找他了。"何裳道："不为前辈，为天下受苦的人。"情妖道："你的眼界倒是大了，去便去吧，好自为之。"何裳道："晚辈知道了，前辈保重。"说着和妙儿轻轻地走了。

傍晚，吴梁在晚晴楼设宴，由于了解武神脾性，加之江南伍驰的前车之鉴，是以不敢铺张。何裳离开筵席，提着一坛夕阳红上了楼顶。日已西没，天边只剩一片黛紫色的霞光，暮霭纷纷，月出东山。何裳的心事被月勾起：一个月之前，月也是这样美，但那时有云、有雾、有风，一切那么朦胧，就像莫愁身边淡远的香气，就像明月夜空中落下无边无际的飞花。鬼谷子是性情中人，他视为知己，会全心全意照顾莫愁吧？他突然觉得在山上，鬼谷子对待莫愁就像姊妹。他们闭关之余，能看见这月，想起他，弹起旧日的曲子吗？他面向西南站着，放眼远望，不见巴山蜀水，但见乱山无数，心中陡然生出物是人非的悲凉，他眼睛模糊，半醉半醒，仿佛一切都是梦。月光熹微，仿佛情人泪。何裳望着月，沉醉迷离，苦笑一声，含混吟道："明月多情应笑我，笑我如今，辜负春心，独自闲行独自吟……"大醉，不知今夕何夕。

次日，吴梁带兵护送七人至洛阳。洛阳是镇东将军傅青的驻地，当年太平建国，除武神封为大将军总领武备外，还在长安四方设四镇，分领四方，四镇将军都是当年武神一手栽培的猛将，开国的元勋。镇东将军傅青是四镇将军中年纪最长的一个，五十多岁，面如古铜，长眉下两眼眯成一线却精光四射，自有一番威严，仿佛古书中天生异相的武士。他出迎十里，见到武神，远远下马跑上来行军礼，道："末将傅青拜见将军。"武神忙下马扶起他道："老傅别来无恙？你我情同手足，不必多礼，还以兄弟相称。"傅青十分高兴，携着武神的手仔细看了一番，叹道："一路艰险，兄长瘦了很多。"又回头对吴梁道："吴梁兄也来了？跟我们回营吧。"吴梁行礼道："有礼有礼，这个，朝廷规定四镇不得带兵出辖区，我虽节制江南大片土地，这洛阳却是你我的分界了，如今只能送至此地，你我都公务在身，他日再来拜访。"傅青笑道："也罢，你老弟当官当成一条肉虫了，后会有期。"吴梁笑着向众人行了个礼，带兵走了，留下几匹好马。傅青对着他的身影喊道："喂，你的这几匹马不要了？"吴梁在马上回头笑道："便算送几位的礼吧，想不收也不行了。"

傅青笑道："他真是个当官的料，我便不行，脾气还是那么大。"武神向他引见了空悟等人。傅青行礼道："傅青拜见各位英雄，多谢各位鼎力相助。"凌虚等人客套了一番。傅青笑眯眯地看着妙儿道："都长成大姑娘了，差点认不出来。怎么样，找着婆家没有？"妙儿红着脸道："谁要找啊？"左顾右盼看起周围的风景。傅青大笑，再要逗她时，她大声对何裳道："何裳哥哥，你不是喜欢写字吗？龙门山上刻了好多字呢，还有佛爷，我带你去玩。"傅青叹道："唉，说一句便不理睬我了。"武神笑道："孩子自有孩子的兴趣所在，你就别逗她了。"说着，众人上马向洛阳城而去。

武神见路上有不少流民也向洛阳城中去，问道："老傅，为何这么多流民去向洛阳？"傅青道："中原连年大旱，我带兵引黄河水灌田，百姓才得以保收，其他地方的灾民听说洛阳无灾，都来投奔。我用朝廷发的赈灾银安置他们，让他们在城外垦地安家。"武神喜道："老傅，原以为你大字不识不会当官，原来竟是难得的好官啊。"傅青道："我不过是凭良心做事，带兵开渠引河，一来练兵，二来灌溉，三来等黄河洪水来时还可以分水。别人不是想不到，而是不去想。我就想不通，咱们上到皇上下到县官都是草莽出身，百姓是咱父母，只因那狼心狗肺的朝廷压迫得紧才造反夺了江山。可才不过二十年，竟像前朝一般了。"武神道："打江山易，守江山难，否则还要我们做什么？"傅青道："唉，你不知道，你出去这些日子，皇上又请了方士。前一次因为无子嗣开河造山，不起作用。此番皇上干脆想长生不老，请方士炼丹服药。"武神道："丞相还是不管？"傅青冷笑道："那个太平丞相你又不是不知道，仗着是国舅勾上了总管太监丁卯，皇上里外都在他眼皮下。除了怕那几个方士夺了他的宠，巴不得皇上和他们混在一起。""北边呢？长安曾飞雕传书说胡人进犯。""可能是胡人听说你不在朝中，所以试探进攻。他们的皇子还被囚在骊山，不敢真的打仗。霍云那小子太年轻，做了靖北将军总想立大功勋，当时就想杀了胡人世子提头去打仗。胡人这十几年养精蓄锐，你又不在朝中，哪能这样打，我们兄弟都劝，皇上却向着他。我便说，大将军掌管天下武备，需要听大将军的意见。他们无奈，才飞雕传书。皇上从那时便偏向靖北，说他姓霍，可比当年汉将霍去病，准备招他为驸马。丞相正事不管，倒也竭力撺掇这个，说要霍云先立个大功，然后便赐婚。我看皇上是要和丞相、霍云结伙，反正我们兄弟永远和你一个阵营。"武神笑道："管他们，韩骏在西边有什么消息？""陇西还是没有动静，他们主要力量还是夺杏黄旗，没和我们撕破脸前不会动手。"武神点头道："老傅，你可真是智勇双全，说起天下大势头头是道，我若是战死沙场，定要你来接班。"傅青道："你若战死沙场，我老傅便陪你战死，不做这窝囊官！"武神大笑，和他策马并辔而奔。

何裳早就听说过洛阳龙门二十品是魏碑之精华，听妙儿提起也有些心动，但他这些日子他的激情全在为天下人寻个公道：怎样见那皇帝？应该怎样和他说话？说什么？用什么身份？如果他给自己官做，做不做？一想到自己将在朝堂上指点江山，激扬文字，他便想到济危扶困、功成身退的鲁仲连，笑傲王侯的李白……似乎他已经站在朝堂之上，那些行尸走肉般的官员们在他的雄辩下无地自容，他就像汹涌的钱塘潮水，将一切污秽涤荡一清。然而，会有用吗？那个皇帝会不会无动于衷？他不知道，如果他无动于衷，他会把剑架在他脖子上，他总会怕吧？他想象着自己把剑架在皇帝脖子上的情景，就像曹沫劫齐桓公或荆轲刺秦王。然后，他会离开这些人，不会连累他们。反正离和莫愁的约定还有几十天，可以周游天下，到时再来龙门也不迟。他想得入神，脸上的表情也随思路变换，身子在马上随着马颠簸摇晃。妙儿在一旁好奇地看着他，直到到了洛阳城，妙儿推推他，道："到了，走神了。"何裳差点被推下马，回过神来，只是冲着妙儿傻笑。

众人到镇东将军幕府已是黄昏，只见一顶八抬金丝轿停在门口，十来个人围着。武神和傅青对视一眼，道："这轿镶金丝，定是内臣无疑了。"果然，一个军校跑上来行礼，道："报将军，大内总管丁卯奉皇命来迎接大将军。太监丁甲前来送信。"他未说完，金丝轿内钻出一个肥得让人一看就不想吃饭的太监，本来被肉挤得只剩一条线的眼睛满是堆笑，腿脚倒利索，一下便撞到武神面前，跪倒磕头道："大内总管手下办事内臣丁甲拜见大将军。"武神道："辛苦公公了，不必多礼。"傅青道："你们公公是越来越气派了，我还以为是丁卯，原来才是一个手下。"丁甲有些不乐意，但表面上还是笑容满面，道："呦，镇东将军说得可不在理。我们内臣是皇上的奴才，我们体面不体面关系到皇上的威严。"又向武神行礼道："大将军看笑话了，奴才是替总管来送话的，我们总管说本当亲自迎接大将军，无奈皇上早就规定内臣与文武官员不得交通，所以未曾亲自来镇东将军府上。总管奉皇命在金谷园设宴为大将军接风。"武神笑道："请公公回报，老夫一行这便和傅将军前去。"丁甲又磕了个头，跺了个脚，上轿走了。傅青奇道："他怎么跺脚啊？"武神笑道："他是嫌你小气，他这么胖跑来送个信你却连一锭银子都不给。"傅青骂道："这些奴才越来越嚣张了！口口声声说不与文武官员交通，怎得又请吃饭！那金谷园岂是寻常地方，要多少银子啊。"武神笑道："你带路，咱们这便去。"

金谷园在洛阳西北，是西晋富豪石崇的别墅，繁华极一时之盛。唐时园已荒废，成为供人凭吊的古迹，后为富商所购，重建作为酒楼。唐杜牧有《金谷园》诗云："繁华事散逐香尘，流水无情草自春。日暮东风怨啼鸟，落花犹似坠楼人。"金谷园的繁华，石崇的豪奢，绿珠的玉殒香消，便如香尘飘逝，云烟过眼，正是"事如春梦了无痕"。历经人世的变迁，园内金水却依旧潺潺，春草年年重生，命薄如落花的绿珠让这暮色啼鸟无尽苍凉，在自然的永恒面前人世的一切似乎都是有限的，只有无穷无尽的情思延续千年。

何裳一听说金谷园便想起这首诗，心道：杜牧这首诗写在安史之乱后，那时长安凋敝便如这败落的金谷园，杨妃的薄命恰似那无可奈何自投楼下的绿珠，人世的悲欢竟不止一次地重演。何裳困惑于人生的无奈，心中满是悲凉。妙儿见他面有忧色，道："前面便是天津桥了，再往北就到金谷园，你怎么不高兴？"何裳道："给你讲个故事：这金谷园本来的主人叫石崇，他富可敌国，他最爱一个叫绿珠的姬妾。有另一个大官看中了绿珠，便来索要，索要不得便陷害了石崇。最后，绿珠无奈，自投于楼下而死。"妙儿道："这故事是真的吗？现在人们经过那里，恐怕很少有人知道这件事吧。只是可怜那女孩子，若是我，便会去找坏人报仇，然后再死也不迟。"何裳苦笑道："她一个手无缚鸡之力的女子，又能如何呢……"

何裳看着渐近的金谷园的楼台，脑海里"日暮东风怨啼鸟，落花犹似坠楼人"两句在夕阳中不断翻滚，他望着夕照中的金谷园几乎落下泪来。他太投入，以致众人都停了马，他还骑马前行。只听一声锣响，马几乎把他掀翻在地。他看了一眼那敲锣的人，那人也是个太监，旁边是那送信的丁甲带着一群太监仪仗，都狠狠地瞪着他。何裳性子起了，偏要再上马，妙儿忙从身后扯住了他。只听那丁甲尖着嗓子喊道："太平总管恭迎大将军驾临。"乐队奏乐，仪仗森列，一个冠带齐整长须白发的肥胖老人在众人簇拥下缓步走出。何裳见到他的胡须大惊，只听妙儿在旁边笑道："假的。"那太监见到武神马上推开身边人，小步快跑道武神面前，下拜道："奴才丁卯拜见大将军！大将军舍身为国又立奇功，丁卯奉皇命在此迎候大将军。"武神扶起他道："公公多礼了。"便向丁卯引见众人。丁卯一一行礼，见到妙儿，他笑道："小将军这么大了？真漂亮。好久不见都生疏了，以后常到宫里玩，公主殿下前几日还提起你呢。"妙儿笑着行了个礼，道："公公好，这番回来我就要和爹爹学带兵了。"丁卯点头道："好，有出息，比公公强！"说着又到何裳面前行了个礼，故意皱了皱鼻子。何裳从鬼蛮处洗了个澡后再没洗澡，原来的衣服早已磨坏，他身上的是锦罗刹给他赶做的麻衣，浑身满是汗臭味。丁卯见到他闯了自己的仪仗，又衣衫褴褛，便以此表示不满。何裳昂首挺胸，不以为意。丁卯微微一笑，说声请，带众人进了园。

已是深秋，木叶都已落尽，只有枫树在夕照中红得像血，牡丹早已凋谢，数丛菊花在血色中淡淡地开着。金谷园在何裳的眼中只是凄凉，那菊花在血色的枫叶中颤动，就像绿珠美丽而无助的面庞。何裳对身边的人们无比怨恨，他们对着悲剧无动于衷，从某种意义上说，如果今天有这样的悲剧，那么这些人只能是肇事者。何裳本来不情愿地跟着人们，但想到那些太监对自己的反感，他倒偏想去凑凑热闹了。

①
③
⑤

第九回　西池宴罢龙娇语，东海潮来月怒明

133

丁卯请武神上座，他人次第入座，丁甲带一群太监在一旁招呼。丁卯咳嗽了一声，太监们鸦雀无声地站成了一圈。他闭目点了点头道："圣旨。"众太监唰地一声全部跪倒，武神、妙儿、傅青也都跪下，空悟、凌虚等人则行礼恭听。唯独何裳不想跪倒，学着空悟行了个合十礼。丁卯笑眯眯看着他道："这位小兄弟，你可是出家人？若不是，你不跪下可是欺君之罪。"何裳道："我本来没有家，何来在家出家，就算出家吧。"丁卯瞥了他一眼，展开一卷黄绫，昂首闭目大声道："奉天承运皇帝，诏曰：大将军舍身为国，历尽艰险，冲破万难，赴鬼城夺得杏黄旗，再立新功，加爵一级，为宣国公。女玄妙随父征战，屡立奇功，加封一品将军。钦此。"众人山呼万岁。丁卯将圣旨交与武神，笑道："大将军功盖千秋，都快顶着天了。"武神笑道："岂敢岂敢，一介武夫，尽责而已。"丁卯点头笑道："大将军过谦……"他一努嘴，太监们马上匆匆招呼起菜来，钟陈鼎列，金盘玉箸，菜品也都是何裳未曾见过的，但一看便知远比在岳阳楼的还要奢侈。

厅堂中央隔着一层珠帘，珠帘这边是筵席，另一边则是歌台。一队歌伎鱼贯而入，深秋天气，虽然都着了两重罗衣，也让何裳觉得不胜清寒。她们隔帘向席上众人行礼落座，笙箫玉笛和琵琶一一在手，檀板一响，弦管便依依奏来。

筵席上太监们不停地更换着菜，有的几乎没有动箸就被换下。丁卯尝了一箸身边小太监正要撤走的燕窝，摇了摇头让小太监把这厨子叫来。厨子不知什么事，跪在地上不敢起来。丁卯勾钩钩手指示意他抬起头，道："金陵谢天香的高徒？"厨子大惊，没想到大内总管竟知道自己的出处，忙说："是、是……这小园乃是谢娘娘的分号。"丁卯一笑，道："不用紧张，说说你的菜。燕窝，难得之物，每碗必取二两，用天泉滚水泡过，将银针挑去黑丝，这都做得不差，色泽如玉，火候也精准。但燕窝至清至文，不可配油腻荤物。你三样汤中鸡汁过重，如今又配以鸡丝，冲了燕窝本色。"厨子听他如此头头是道更是惊奇，跪倒叩首道："公公神人，小的多谢公公教海。"丁卯扶起他道："老夫也是金陵人，你走南闯北，菜里还有金陵味，难得啊……赏。"丁甲取出一大锭银给厨子，厨子谢恩而去。丁卯起身向众人道："菜肴一般，诸位海涵。慢用。"说着坐下闭目听着歌伎的曲子。

序曲渐尽，声息悄然，就像天上的云轻轻散去。忽然，云破月来，天外响起几声琵琶。何裳和丁卯的眼睛同时一亮，何裳只听过紧那罗北风一般凛冽的琵琶，而今的琵琶声却像水，像人的体温一般的泉水，慢慢浸润每个人。窗外的月从云影中露出，照着弹奏者的身影。她低头拨弄着琵琶，脚步轻巧，让人觉得她每一步踩在雪上也无声无痕，溅不起一点尘埃，即便有，也是粉色云霞一般地香甜。她轻轻坐下，朱唇曼启，唱起晏小山的《临江仙》："斗草阶前初见，穿针楼上曾逢。罗裙香露玉钗风。靓妆眉沁绿，羞脸粉生红。流水便随春远，行云终与谁同。酒醒长恨锦屏空。相寻梦里路，飞雨落花中。"她一直低着头，完全陶醉在歌中，仿佛那就是自己的心事。何裳对莫愁的思念被这首词唤起，他凝视着珠帘外的身影，和她一起陶醉着。

一曲唱罢，两人还都陶醉在曲中，丁卯的掌声忽地把他们都惊醒了。丁卯鼓掌道："这曲《临江仙》唱得好，赏！"歌伎们在帘那边行礼谢恩。丁卯道："姑娘歌唱用的是吴语，琵琶也是南派虞美人的风格，是从南来的吧？叫什么？"歌者行礼，答道："小女子霓裳，江南姑苏人，落魄江湖卖唱聊以为生。"丁卯道："刚才那曲有些伤感，可有别的曲子？"歌者行礼道："小女子只唱晏小山，公公见谅。"丁卯不快，道："那便不用唱了，你既叫霓裳，那《霓裳羽衣曲》可会？"霓裳道："遵命。"说着和众人落座，奏起《霓裳羽衣曲》。一个长袖舞伎飘然而至，隔帘举袂起舞。月光如流霰，洒在她轻雾一般的罗衣上，霓裳漫卷，她像缥缈的云，在乐声中飘忽、飞舞。丁卯的不快渐渐变成了惬意。曲罢舞停，他问舞者道："什么名字？"舞者行礼道："奴婢玲珑，江南姑苏人。"丁卯道："那弹琵琶的歌女是你一起的？"玲珑道："那是奴婢的家姐，我们这些姊妹都是一起的。"丁卯点点头，道："你们两个愿不愿意进宫为皇上表演？"两人几乎同时回答，玲珑说的愿意，霓裳说的却是不愿。玲珑偷偷拉着霓裳的袖子，笑着对丁卯道："她嘴里说不愿，其实心里是愿意的，公公莫要怪她。"丁卯笑道："你可真伶俐，真是玲珑剔透，都出来让公公看看。"太监们打起珠帘。玲珑拉着霓裳从珠帘后走出，向丁卯行礼。丁卯叫人多点了二十支大烛，照得厅内有如白昼，示意让两人抬起头来。玲珑笑着抬起头，那是一双永远充满笑意的眼睛，那种美丽像春天一样亲近，众人异口同声地发出"哦……"的感叹。霓裳一直低着头，丁卯叫她们抬头，她才缓缓把头抬起来，人们呆住了，甚至忘记了惊叹，直到一个小太监手里的盘子打碎在地，人们才清醒过来。何裳在人群中凝视着她，她有和莫愁一样的高傲，却不像莫愁那样高不可攀。莫愁眼中了无尘俗，她却饱经风尘，倔强、无奈、悲哀。莫愁是属于理想的，她却离现实这么近。莫愁是九天之上的流风回雪，她是寂寞沙洲上的落寞孤鸿。何裳看着她哀怨无助的眼神，想起了绿珠。

丁卯看着两人，叹道："天赐红颜，命啊……皇上这些日子身体不适，但愿玲珑的舞蹈可以为圣上解忧。叫园主来。"金谷园主人匆匆跑上来，小心地跪倒，不知发生何事，颤颤道："小人叩见公公。"丁卯笑着把他扶起来，道："你可知罪？"园主吓得扑通一下又跪倒在地，膝盖剧痛，他面红耳赤得忍着磕头道："小人有罪。"丁卯笑笑，抚着他的肩道："什么罪？"园主不知丁卯说什么，吓得不敢出声。丁卯大笑，道："你怎么让这两个绝世美人沦落风尘？"园主本以为是什么大罪，现在听丁卯一说，如释重负，道："小人以为宫中佳丽三千，神京善才、美人更是无数，他们姐妹未必算得绝世。"丁卯哼哼两声道："你是觉得奇货可居吧？"园主忙又叩头道："不敢不敢，请公公吩咐。"丁卯道："皇上近日心情不佳，老夫想让他们进宫为皇上解解闷。"园主道："只是这霓裳脾气古怪，恐怕会惹皇上生气。"丁卯道："无妨，我先让玲珑去为圣上解闷。霓裳我会先把她安置在我别墅。时机到时，再去见圣上。"园主满头大汗，道："甚好甚好……"呜咽起来。丁卯笑道："四五十岁的人了，哭什么。"园主道："小人和她俩人情同父女，实在是……不舍啊。"丁卯道："你是舍不得银子吧？他们走了，你的招牌便没了。"园主只是抹泪，恨自己不该为讨好太监让她们出来。丁卯掏出手绢递给他，拍拍他道："不妨事，她们会被当主子看待。你放心，朝廷不是强盗，不会强抢你的人……"他从丁甲怀里摸出一锭银子，塞到园主手里。这点银子连买琵琶的钱都不够，园主恨死丁卯，却只能勉作欢颜谢恩道："小人谢公公大恩。"

何裳不忍，站起来道："公公，这两位姑娘去不去宫中，应看她们自己的意愿。"丁卯见他打抱不平，很是惊诧，扇了扇鼻子示意何裳很臭，笑道："普天之下莫非王土，天子掌握天下，天下的一切都是天子的，何况区区两人。"何裳怒道："她们是她们自己的，不属于任何人！"丁卯呵呵冷笑一声，转头他顾。武神向何裳使眼色让他忍耐，何裳想到明日还要向皇帝陈词，今日不能和这大太监闹翻，只好低头缓缓坐下。他低头那一刻，看到霓裳的眼神，尽是凄凉。他想带她杀出重围，可以后呢？她便会成为罪犯，自己可以行走天下，她却寸步难行。人生，怎么这样无奈，人世怎么如此无情……他只能眼看着霓裳和玲珑被小太监们带走了。

丁卯对众人道："诸位见笑了。老夫身为奴才，自当为皇上尽心竭力。四位大师，皇上心仪长生之术，佛道法门虽异，却都有益寿延年的法子，可否指教一二？"空悟合十道："色即是空，佛门四人皆空，无寿者相，不求长生。修行者动心忍性，精进不懈，悟得般若，见性成佛，跳出三界，超脱轮回。"丁卯道："呵呵，确是高明，不过天马行空，不易实行。"如常冷笑道："戒去贪嗔痴三毒，清静六根，不杀、不盗、不淫、不妄语，这都是切实可行的。"丁卯笑着摇头道："大师说笑话，笑话。两位道长有何妙法？"凌虚道："离尘出世，避世清修，养神服气，弃欲绝累，涵养身心，清静无为，达到虚极静笃的境界则能神凝气聚，发挥生命之极致。"丁卯道："皇上前些时日请了方士，那几位师父教皇上采阴补阳，攀弓踏弩，摩脐过气，烧茅打鼎，采紫河车，进红铅，炼秋石，服妇乳。一开始有些功效，可后来皇上常感不适。"风波子道："恕贫道直言，那都是旁门左道，皇上受害不浅。凌虚道兄属清修一派，主修身心。贫道兼修三元，清心寡欲，炼精化气，服食丹药，所谓'天地为炉鼎，身心为药物'，打通任督二脉与奇经八脉，运转周天，可以养生延年。"丁卯道："好好，便是如此。只是两位真人在皇上面前万不可提清心寡欲。"接着向众人行礼道："老夫多事，打断筵席，大家继续，各自尽兴。"小太监们又匆匆上菜。

菜已上了几十番，傅青再也忍不住，起身道："末将府中有事，就此告辞。"丁卯道："傅将军，这是皇上为大将军的接风宴，你来做陪岂能先行告辞。"傅青一掌把身前几案拍成两段，指着丁卯道："你这狗奴才，如今中州大旱，出洛阳城二十里便饿殍遍野，你却在这里如此奢侈，这些银子可以救得多少百姓性命，这席上的不是菜肴，是百姓的血、性命！你这吃人不眨眼的狗奴才，大好江山都被你这种人败坏了！"说着拔刀便要去砍杀丁卯。武神给他使了个眼色，他只好叹了口气把刀放下。丁卯道："多谢将军没取我这老命，将军可知罪？"傅青将刀狠插在地，骂道："莫说我没杀你，杀了你我也没罪。"丁卯笑道："你挪用朝廷赈灾款，私自招徕民众，拓展守地，意欲何为？"傅青怒不可遏，狠狠骂道："血口喷人！以后我若再见你，便如此刀！"说罢，将手中刀掰个稀碎，下楼而去。丁卯笑道："一介武夫，眼界太小，诸位不要与他计较。"

何裳再也坐不下去，向武神拱了拱手，说去北邙山转转，便下了楼。园主正在楼下叹息，见何裳来，道："多谢小英雄替老夫出头，但这太监惹不得的。"何裳笑了笑道："北邙山在何处？"园主道："出园向北便是。那里自古便是坟场，天色已晚，多有鬼物出没，小英雄还是不要去的好。"何裳笑了笑，向北邙山而去。

宴席上空悟等人一一退场，丁卯派人带他们到驿馆，武神让妙儿也下去了。丁卯挥了挥手，丁甲带着太监们都退下，楼上只剩他和武神。武神道："傅青性情刚烈，加之天灾人祸，中原不宁，我们这些人行伍出身，俭朴惯了，他一时冲动，公公不要和他计较。"丁卯笑道："哪里哪里，军人就得这样才能打仗，老奴虽愚钝，这点还是明白的。不过这筵席是奴才为大将军接风的，如果太寒酸，皇上也没有面子。想必朝中近日发生之事，将军已有耳闻。老奴确与丞相有交往，皇上对靖北将军宠爱有加，意欲招他作驸马。不知将军可从这些事中看出什么没有？"武神道："公公请讲。"丁卯道："皇上素来信任丞相一班文官，是因为他是靠武力得天下，他不信任武人。但王朝内忧外患，又不可没有武人，所以他便要所有的武人都绝对服从于他。他如今又为将军加官，是警告大将军，你的一切都是他给的。你已经功高震主，东西两镇将军又完全听命于你，皇上不放心，所以一直利用丞相制衡将军。如今又扶植北镇将军，皇上用意可想而知。"武神道："多谢公公告知实情，老夫无意争权夺利，只不过想尽其所能为国为民，鞠躬尽瘁，死而后已。至于其他，老夫无心过问。"丁卯道："老奴知道，可皇上不信。你已经超出他的掌握了。你私免南国三年税收，荆州伍驰奏折一上，皇上龙颜大怒。"武神道："此事本想还京再禀报，再不免税，南国也要大乱了。"丁卯道："老奴知道大将军一心为国为民，受了不少委屈。老奴身为皇上的奴才，自然一切为皇上着想。老奴深知，朝廷不能没有大将军。天下大乱，老奴也没有好处。所以，希望大将军相信老奴。"武神道："公公一番心意老夫已明，老夫相信公公。"丁卯为武神斟了一杯酒，道："老奴是无根之人，只想守着皇上体面过一辈子，为此，老奴也不能没有将军。老奴会尽力均衡丞相与北镇，使将军无后顾之忧，全心全意为国为民。将军若是相信老奴，请干此杯。"武神一饮而尽，道："公公深明大义，老夫感激不尽。"丁卯行礼道："多谢将军，老奴今夜

① ④ ③

便兼程回京为皇上安排庆功仪式。长安再见。"

何裳心中郁闷，一路狂奔上了北邙山。月光满山，山中无人，木叶落尽，寒枝刺空，古墓遍地，悲风四起，一团团磷光在山间聚聚散散，飘忽不定。这座山葬满了自古至今无数王侯将相，无数名人逸士，更有无数不知名的平民百姓。生前意气豪雄，死后都是一抔黄土，大地以博大的胸怀接纳着他们，给他们以永恒的平静和寂寞。何裳觉得自己唐突了这土地和这里的亡魂，他不信鬼神，但他在山顶向这些坟墓三拜。起身时，他看见身边秋风中摇动的一株野菊花，"生前富贵草头露，死后风流陌上花"，这花身上，流着古人的血吧？秋风起，传来满城的捣衣声，何裳望着满城灯火的洛阳，心中有些凄凉，人们都在为亲人赶制寒衣，自己却孑然一身。他灌了一大口酒，吹起洞箫。漫天的云在风中不断变幻，飘来，远去，看着云被风带来又带去，就像看着世界的变幻，自己有时和人世那么近，此时却又像个局外人。他的箫声孤独而悲凉，孤独的时候，思念仿佛也加倍了。

何裳沉浸在充满心事的箫中，蓦地，他听到愁思一般剪不断的胡琴声，那孤绝与痛苦就像风中漫山遍野的衰草，那也是一个有心事的人吧？两人的音乐因为孤独达成了一种默契。何裳溯着身后苍老的大树屈曲盘旋的枝丫望向天空，天地间，原本就不只自己。他的箫声中有了一点温暖，也许是自己编造的温暖，但正是他需要的。一个影子从山后缓缓移上来，从那一身黑袍，苍白的面具，拉着二胡的颤动的手臂，何裳认出是紧那罗。紧那罗冷冷道："你的箫声本来很好，为什么后来变了？"何裳停下道："我听到你的胡琴，觉得天地间孤独者不只我一人，不必那么凄凉。"紧那罗没有说话，他在合奏的那一刻似乎也有同感，但他尽力克制着，尽管如此，他冰冷的手也似乎有了些温度。他漠然道："我们不是朋友，也不是敌人，我放你一条生路。"何裳笑道："没地方去才在这喝酒，我请你喝酒。"紧那罗道："那别妨碍我办事。"说着，他收起胡琴，取出琵琶，飞身跃到树顶，指间运气拨起铁弦。

琵琶声如电闪雷鸣震惊山林，如满天冰雹劈头打落，如钢珠落玉盘，盘碎珠溅。紧那罗手指越来越快，仿佛每条弦都被同时拨响，漫山遍野一片轰鸣。何裳靠在树边感觉树在簌簌震动，被这声音逼得心胸发胀想放声大呼，但紧那罗有言在先，他只好静坐守住心神。风在琵琶声中颤抖着扯动野草，云变得沉重无比，聚集，翻卷，仿佛要凝成块落在地上。山中蛰伏的野兽奔突四散，远山间响彻狼的尖嚎。

只见半山腰一个墓碑拱起，圆形的冢体震动着，紧那罗手更快了。突然一声巨响，那圆形的大墓土石飞溅，两个巨大的身影从中飞出，发现了弹琵琶的紧那罗。何裳从那长大的身形认出是太行双煞。古大用洛阳铲指着紧那罗骂道："哪里的杂种，半夜手抽筋来搅爷爷的好事！"紧那罗不理他，依旧弹奏。古氏兄弟被乐声激得哇哇大叫，挺洛阳铲直逼紧那罗。紧那罗一点脚下树枝，向山南奔去。古氏兄弟紧随在后。何裳见紧那罗有意引他二人，心中好奇，便跟在后面。

①
④
⑤

三人都是高手，脚下极快，从山上跑到地上又跑进群山。何裳跟着三人进了一个山谷，又是一转，眼前豁然，一条大河横亘，两岸峭壁如削。紧那罗在峭壁上飞转腾挪，古氏兄弟紧追不放。何裳目光扫过峭壁，发现上面都刻着文字，用笔方直刚劲，字体雄放，磊落雄强，正是北朝的摩崖石刻，心知这定是龙门山，而这河便定是伊水了。何裳兴起，在崖壁上飞奔起来。紧那罗引两人越过字迹如钢的悬崖，越过林立的万佛，在一个洞口停下。古氏兄弟疯了一样冲上去和紧那罗拼命。只听喳喳两声，两人手中的洛阳铲变成四截。两人以为见鬼，心中太恐，磕头道："鬼爷爷饶命，不要伤我孩儿。"洞中跑出十来个孩子，刚被惊醒，看到古氏兄弟都来叫爹爹。两人护着孩子，猛地看到紧那罗在月下的影子，厉声道："你不是鬼，你是谁？"紧那罗道："我知道你们和鬼打交道，来和你们做交易。"古大道："什么交易？"紧那罗道："骊山。"古大道："你说秦始皇陵？"紧那罗点了点头。古二抢道："莫说那墓有八十一座疑冢，便是找到真墓，铜墙铁壁，机关无数怎能进去！况且朝廷五万重兵守卫，三万囚徒挖了十几年也没有成果，我们兄弟岂不是去送死？"紧那罗一笑，手指微动，一个孩子身边的巨石像被刀切一样一分为二，那孩子吓得躲进古大怀里。古氏兄弟面面相觑，古大道："你不伤我们孩儿，我们便去……有什么好处？"紧那罗道："留你狗命。"古二刚要大骂，紧那罗手指动了动，古二便不敢作声。紧那罗道："事成的话，墓里的宝贝都归你们。"古氏兄弟大惊，古大道："那你为什么干这买卖？你是谁？"紧那罗道："我是阎王，你们要听我的话，如有一点违抗，我便索去你们的狗命。"古大道："我们听你的。"紧那罗仰天大笑道："世人不会想到，古氏双煞竟会为十多个孩子卖命。你们就累在这些孩子上，如果没有他们，我便没有这么容易降伏你们，这又是何苦？"古大冷笑道："我兄弟自小孤苦，被人不齿。这年头富贵家死人穿金戴银，穷人家活人却没法谋生。我们救得这些被人遗弃的孩儿做我们的孩儿，教他们扒人祖坟谋得生路，让这遗臭万年的活计流传千古。"紧那罗长啸一声："好，倒有些像我。明日去骊山！"说完，消失在夜幕中。

何裳在崖壁上看着北朝人的摩崖石刻，心中想的却是古氏兄弟：这两人生平被人唾骂为十恶不赦，谁知他们却收养着号称仁义道德的世界遗弃的孩子呢？这世界真的是复杂，对于人，何裳不知自己是更明白还是更迷惘。子夜时分，他回到洛阳城，在镇东将军府屋顶睡到天亮。

次日一早，众人出发奔向长安。傅青率骑兵护送至函谷关，和守军交接好后，向武神一抱拳，道："兄长，保重！"武神拍了拍他的肩，道："官场险恶，你脾气不好，小心。凡事记住，大局为重。"傅青点了点头。两人难得相聚又要分别，都有些伤感，竟不知说什么好了。武神笑笑，道："千里相送，终须一别，走吧！"说罢入关而去。

七人扬鞭策马，一路都是雄关重镇大道如天，申时便到了长安城。由长安城东苍龙门至太平宫，大路两侧军士都着盛装，手持旌旗仪仗，百姓远远地围观。武神一到，军民便欢呼雷动。武神看到这些人欢呼雀跃迎接着新的希望，觉得一切都是值得的，他的眼睛湿润了，不住地向人们点头致意。

何裳看着欢呼的人群，他们的到来给已死气沉沉的王朝带来了新的希望，也给这些人民带来新的希望，然而，这究竟是好事还是坏事呢？让这王朝苟延残喘？他也没有答案。他看着人群中一张张疲惫而兴奋的脸，挤在一起汇成了一片海，他肩上是这些人唯一的希望。他下定决心，无论如何都要把自己所思所想告诉那皇帝。

到太平宫门前时，他不由惊住了，他见过缥缈如仙境的海宫，见过阴森如冥界的鬼宫，但由于那两者都是建在深山，树木掩映中显不出巍峨。而太平宫在平地上拔地而起，巍峨、雄壮、瑰丽……许多感叹词同时冲到何裳脑海。红墙碧瓦间旌旗成阵，城门大开，从外向内望去一重重宫门向里延伸，似乎没有尽头。试想那些臣子在这仪仗中进入重重宫门，这伟岸的建筑让他们未见皇帝便心生敬畏，甘心五体投地拜服于丹墀之下。大内总管丁卯早在太平宫门外迎接，先领众人更衣。武神和妙儿都穿上了新制的朝服，空悟四人也都换上了新衣，唯有何裳没有衣服可换。丁卯派人取了件小太监的衣服给他，笑道："小兄弟，见皇上没新衣服不行，勉强穿上。"何裳知他捉弄自己，想这皇帝不喜人穿旧衣服，便偏要穿旧衣，又能怎样。武神走过来低声道："不可意气用事，你不是还想和皇上说话么？如果因穿衣便惹他反感，还如何让他听你陈辞？"何裳点了点头，心道：这老太监捉弄我，以为我定然不愿穿，何必跟他一般见识。衣服不过是蔽体之物，管它麻衣龙袍太监服，照穿便是。想罢将太监服穿好，对镜照了照，笑道："还挺合身，多谢公公。"丁卯得意地笑道："这还差不多。"

太平皇帝在长乐宫大摆宴席，丞相和靖北将军作陪。丁卯安排好所有事项，引众人到长乐宫外。早有丞相顾全和靖北将军霍云出宫迎接，顾全向武神行礼道："顾全拜见宣国公，圣上和我等望穿秋水，日日盼望将军到来，今日终于盼到，圣上也可放心了。"霍云拜倒道："小将霍云拜见大将军，恭贺大将军再立奇功，荣升公爵。"武神还礼道："丞相不必多礼，霍将军请起身。为国为民乃军人天职，便是无功无爵也当尽力而为。"霍云道："谨遵将军教诲，快请觐见圣上。"

何裳随众人进入长乐宫，这已是深宫，林立的建筑让人眼花缭乱，加之紧张，何裳几乎忘掉了来时路，只好紧紧跟着武神。到长乐宫永安殿门口，众人停下，再拜稽首高呼万岁。宫中小太监宣旨圣上召见，众人方才入殿，入殿又是三跪九叩。大殿深广宏阔，金龙盘柱帐幔如云，虽是白昼，也是灯火辉煌。皇帝端坐在大殿深处，身体包裹在华丽庄严的龙袍当中，面目隐藏在珠光宝气的冕旒之后。他抬了抬手指，身边小太监高声道："众卿平身。"众人起身。武神手捧石函单膝跪地，道："臣玄冥拜见皇上。神佑天朝，臣从鬼城夺得杏黄旗，呈与圣上，天佑我朝千秋万代。"皇帝道："爱卿辛苦了，听说一路历尽艰辛，他日细细讲给朕听。"小太监把石函从武神手中接过，在皇上面前打开。皇帝缓缓拿出杏黄旗，小心展开，只见两尺长的旗杆金丝盘龙，旗身以金丝经纬，却又软似丝绸，两面都用乌金绣着一个篆字，一面是天，一面是命。皇帝笑道："好，天命所归，在我皇朝，藏于太庙。"丞相顾全叩首道："神佑吾皇，天威所至，鬼神皆溃，大将军立此大功还是得力于皇上天威啊。"皇帝笑道："好好，大将军随我征战数十年，着实辛苦了，年纪也大了，加封宣国公，日后便可以安享天年。"武神知道皇帝的意思，行礼道："多谢皇上，皇上想得周到，老臣一生戎马，只愿战死沙场，以报国家。"皇帝有些不悦，道："打仗还是年轻人，你我都老了。为朕引见一下几位高人吧。"武神一一介绍了空悟四人，说到何裳他有意避过出处，只说是半路危难时拔刀相助的年轻人。皇帝笑道："我开始倒奇怪这小太监怎的面生，原来是位壮士。丁卯，怎得给壮士穿上太监的衣服？"丁卯道："这位壮士衣衫破烂，不宜登堂入室，奴才只好为他找了件内臣官服，也为博皇上一笑。"皇帝大笑，道："你这奴才，看座。"

众人分两列对面而作，武神等官员一列，空悟等人一列。武神向皇帝行礼道："臣恳请皇上论臣之罪。"皇帝道："何罪？"武神道："臣等一路艰辛，幸亏南国水民出生入死相助，臣为表天恩浩荡，擅自减免南国赋税三年，请皇上降罪。"皇帝道："既然他们有功，免就免吧，朕还是赏罚有度的。不过这政务统归丞相掌管，朕也做不得主，大将军要先问丞相。"顾全笑道："大将军功高爵显，一心为国为民，我这丞相失职，大将军越俎代庖也是应当的。一切听大将军吩咐。"他语中带刺，说完大殿内一片寂静，他笑眯眯地看着武神，行了个礼。皇帝却似毫无知觉，笑道："这样我就放心了，开筵！"宫中女乐奏响《鹿鸣》，宫女们穿梭着上菜。

皇帝见空悟、凌虚四人都是素食，问道："诸位大师，朕信道拜佛，建国以来广修寺庙，开凿石窟。空悟大师，朕命人在少林后山石壁上刻的《金刚经》已完工了吧？朕虽不能禁绝酒色，但如此也应该有些功德吧？"空悟行礼道："皇上弘我佛法，功德甚高。至圣先师动心忍性，无私利他。皇上若能胸怀天下，爱护万民，则功德无量。"皇帝道："朕乃万民之主，万民自当为朕，朕过得好便是天下好。"空悟道："不然，皇上是皇上，万民是万民。"皇帝不悦，转头对凌虚和风波子道："朕听丁卯说两位真人懂得长生之术？朕近日请了两位仙人教朕采紫河车，服妇乳。朕为此找了二百个奶婆，每日择其最鲜者服用，这些可有助长生？"

风波子本来要大谈丹道，但又怕皇上宠信那两个方士，自己被嫉恨，是以没有开口。凌虚道："贫道斗胆言之，皇上恕罪。紫河车乃胞衣，红铅乃女人经血，秋石乃男人尿垢，都是污秽之物，旁门左道，皇上受害不浅。贫道以为，若要长生，修炼身心，服食丹药乃是正途。风波子道兄于丹道修炼甚深，可为皇上解惑。"皇帝本来十分信任方士，但凌虚知他生性多疑，所以故意让他生疑，如此可破风波子心中的顾虑。风波子不由佩服凌虚。果然，皇帝大惊，道："真人所说确实？请两位仙人上殿。"不久，一个小太监带着两个白色衣冠的人进来。两人向皇帝行礼，道："皇上何事召见？"皇帝道："朕服了这些时日丹药，不知这红铅与秋石乃是何物？"两人迟疑了一下，道："名字不甚好听，不过确是良药。"皇帝道："紫河车乃胞衣，红铅乃经血，秋石乃尿垢！你们却每日向朕索要百金制药！你们以为朕是昏君，任由你们欺骗？拿下！"

两人见事不好便欲夺门而出。御前侍卫们飞身扑向两人，两人挥掌相迎，一时间大殿门口刀光剑影。两人武功不弱，以少敌众不见惧色，一人踢飞一个使铁爪的侍卫骂道："你这昏君！我兄弟本想拿空你的国库再毒死你，可惜了。"皇帝拍案大怒道："就地正法！"两人掌掌生风，将侍卫一点点逼出门外。风波子见御前侍卫不能奈何二人，有意在皇帝面前逞能，和凌虚使了个眼色，两人足尖一点，跃到门口。两个白衣方士见他两人来势凶猛，大喝一声，从侍卫手里夺过两把腰刀，趁两人站立不稳，一招龙游四海削向两人下盘。原来两人故意隐藏身份，对付御前侍卫用的是常见的劈风掌，此时见凌虚二人来势猛，他们只好用看家的本领来抵挡。空悟道："这是轩辕城的龙刀十破。"一个白衣人哈哈大笑道："好眼力，只可惜江湖上的英雄人物竟成了朝廷走狗！"凌虚二人的剑逼得更紧，两人都想借朝廷提高自己的影响力，被这白衣人说破，恨不得立刻杀了两人，手上都灌注了十成内力，剑气破空飒飒作响。白衣人不能招架，只好向殿里退。突然，两个白衣人虚晃一招，返身一起跃向皇帝。凌虚和风波子后发先至，双双截住。两人见事不成，引刀自刎。凌虚二人踢飞他们手中刀，挥剑逼住。两人大骂皇帝道："你这昏君，以为自己英明？若不是我两兄弟想掏空你国库，你怎能活到如今！"皇帝大怒，吼道："割掉舌头！两个毛贼，朕亲自会会你们。"说着从龙座下拔出青龙宝剑，跳下宝座。凌虚二人怕皇帝受伤，偷偷在白衣人身后点住二人半身的穴道。二人拼死抵抗，却因被点穴不能发挥一成，成为青龙剑下羔羊。皇帝恐怕是得天下十八年来都未曾练功，虽然自己连蹦带跳架势十足，举手投足都要像大师风范，但他人看来却似小儿耍欢。众人都忍着笑，两白衣人却毫无顾忌，笑骂不停。皇帝勃然大怒，仗着宝剑将两人手足都挑断，两人瘫倒在地还是骂个不止，皇帝索性捅穿两人心脏，狠狠骂道："小小毛贼，怎敌得过朕的宝剑！朕削了你们狗头岂不是太便宜你们！来人，拖下去叫个宫女削了二人头颅，精肉送御厨，其他丢到上林苑喂虎。"侍卫们把二人尸体拖走，太监们马上提水来擦地板。丞相拜倒道："皇上莫非有神力？臣等当那危难之际吓得六神无主，吾皇却能弹指间将两人降伏，岂非有神明相助？"皇帝哈哈大笑："这等小事，何须神明，不费吹灰之力。"凌虚二人也行礼道："皇上天威所至，凡战必胜。"皇帝笑道："好好，凌虚与风波子二位真人护驾有功，封凌虚真人为凌虚神功妙济真君，封风波子真人为万寿妙玄真君。"两人大喜，下拜谢恩。

何裳对这群人厌恶到了极点，当初以为这皇帝不过是昏庸自大，哪知却是如此血腥残忍。他有什么可说的呢？他什么都不想说了。

不一会儿，小太监从御厨用水晶盘端来一盘鲜红的精肉，皇帝夹起一片放到口中，狠狠咀嚼着，似乎在享受美味，得意地点点头道："练武之人的肉就是精，可惜味道最好者只那么一点。诸位也来尝尝？"何裳只觉恶心。丞相道："多谢皇上美意，臣等怎可与皇上共享此等珍馐。"皇帝大笑道："这两个嚣张贼人自以为是，此时却成朕盘中之餐，谁是谁非岂不明了得很？"丁卯在皇帝身后道："皇上圣明，刚才让两个毛贼搅了宴席，奴才倒有个小节目缓和气氛。"皇帝道："什么节目？看看。"丁卯拍了拍手，女乐奏起《春江花月夜》，玲珑身披斑斓锦绣，带着一群舞伎盈盈而入，长袖翩翩起落像自在飞花，身影窈窕婀娜仿佛月下梅枝，在音乐的灵气中飘然起舞。皇帝点头道："不错，比朕平日看的要好。这领头的是谁呀？"丁卯道："她叫玲珑，天下舞伎中奉为第一，奴才千辛万苦寻来为皇上解闷。"皇帝笑道："你这奴才，倒为朕费了

①
⑤
①

不少心思，赏千金！"丁卯大呼谢恩。

①
⑤
②

何裳见这堂皇之地一会儿变屠场，转眼又变歌舞场，实知世间一切虚伪诡诈虚荣无耻尽在此地，武神父女身不由己倒也罢了，自己赤条条来去无牵挂又何必久留，于是道："皇上，小人见不得血腥和美女，如今都见到了，腹中作呕，头痛欲裂，恐怕玷污了这堂皇之地，小人先行告退。"皇帝笑道："小壮士还有这毛病？那岂不一生都娶不得媳妇？流不得血？"何裳笑道："那倒要看是娶什么样的媳妇，为谁流血。若贪慕虚荣，虚伪无耻的人小人见了便要呕吐。"皇帝笑道："说得好，朕也不喜欢这两种人，你看看朕的左右根本没有这些人的影子，朕也算个明君，岂能容忍这些人。"何裳哈哈大笑，道："那小人就告辞了。"皇帝道："朕还想给你封个官职为朝廷效力呢。"何裳道："谢皇上恩典，小人生平什么都做得，就是不做太监不做官。"丞相忍不住拍案道："你这小子不要无理挑衅，官怎能和太监相提并论！"丁卯虽不喜何裳的话，但丞相的话更让他生气，他瞥了他一眼，道："官和太监都是为皇上办事，怎么不能提！"何裳讨厌他们斗嘴，起身便走。北镇霍云喊道："慢！皇上，此人分明无视天威，藐视朝廷，蔑视王法，臣请将他捕入天牢。"何裳笑道："说得对，你这皇帝当年也曾是个壮士，竟被二十年的酒色消磨成如此样子，偏听偏信，自以为是，只有一个大臣为国家百姓着想，你还千方百计想害他，还自以为不世出的天才。你这般无耻也罢了，人家想摆脱你追求自由的真爱，你还横加迫害。你以为这什么霍云对你忠心耿耿？他当上驸马等你死了……"霍云怒道："放肆！口出狂言，皇上归天不能说死。你大不敬！"何裳不理他，对着他说道："等你死了……"霍云气得爆炸"不是我死。""那是谁死？""是皇上死了……"何裳笑得前仰后合。皇帝怒不可遏，将玉杯摔得粉碎。

霍云拔刀便要杀何裳，被何裳侧身避过。霍云自幼便在武神麾下，年纪轻轻便驰骋疆场，被封北镇，功夫不弱，一条长刀上下翻飞。何裳不想与他纠缠，拔潮音剑应战，战局转瞬即变，霍云被罩在潮音剑的寒光中左支右绌。皇帝见到潮音剑，愤怒至极，骂道："原来你这小奴才是他们派来的，你是不是他们的孽种？杀，杀了！"说着便要拔剑去杀何裳。凌虚和风波子既受皇帝加封，自不能让皇上出手，双双跃出道："此等小贼何须皇上出手。"他二人知道何裳不比他人，知道自己那么多丑事，说不定哪天便会透漏出去，而且他武功似在己之上，他日难免是祸害，今日正好趁机联手除去。凌虚挥剑去救霍云，风波子抢攻何裳。何裳深知凌虚三人内力算一起远在自己之上，同时接三人的招式必然体力不支，只有先将三人劲力化去，再将三人招式拆开一一破解，以快制胜。幸亏和不得了二人一战让他达到了快的极致，如今以一敌三竟没有落败。武神深知何裳虽暂时未落败，却也脱身不得，如果三人用车轮战术，何裳最终必会被累垮。他怕妙儿忍不住先出手，自己一跃而出挥掌袭向何裳。武神用了九成掌力，凌虚三人被掌风带过几乎窒息，手中的剑都慢了。妙儿不知武神为何下此重手，不由惊叫。何裳有在千丈瀑下修炼的经历，见武神一掌袭来凌虚三人长剑变慢，知道他有意助自己脱身，挥掌便去接招，只听砰的一声，屋内木沫纷飞，何裳被打得飞出长乐宫，凌虚三人马上追出去。妙儿怪武神出手太重，又担心何裳出事，也连忙跑出去追。

① ⑤ ③

第十回　唤起一天明月，照我满怀冰雪，浩荡百川流

　　何裳乘武神的掌力逃脱，尽管他尽量化去武神掌中的余力，但毕竟被震伤，喉头发咸，血从嘴角流出来。他知道自己这伤势无力逃出宫，只能想办法躲一躲。他看了看夕阳辨清了方向，跃上了一棵叶未落尽的枫树，幸亏是傍晚，暮霭中一切都变得暗淡。侍卫匆匆搜了搜这边又向别处搜去。何裳见妙儿匆匆走过去，忙摘了一片叶子丢向她。妙儿假装坐到树下歇息，轻声道："前朝都是侍卫，他们以为你定然从那里逃跑。后宫地形复杂，他们也不敢擅入，你可以往后宫跑，不可久留。"何裳道："你呢？真的还要做将军？"妙儿道："别傻了，人总是要成熟起来的，我将来要上阵杀敌，保家卫国。"何裳怅然若失，喃喃道："为什么要成熟？这里的人都够成熟，也够无耻，成熟有什么好……"妙儿急道："快走，别傻了。"只听人声喧闹，人们又回来了，何裳提气越过一面宫墙向后宫而去。

　　果然，后宫比前朝安静得多，但宫女和太监也多。何裳跑累了，放慢了脚步，见一个小院子门口没有宫女和太监，便越墙而入。脚一落地，他眼前一黑，觉得眼前人影闪动，却站立不稳，身子向前一扑，喷出一口热血。只听身边人惊叫了一声，骂道："哪里来的小太监这么放肆！想逃跑被侍卫打了吧？你把我的衣服弄脏了，吐上你的臭血了，你要给我洗……你怎么不说话？你见了公主居然还躺在地上？看我不打死你！"说着，对着何裳拳打脚踢起来。何裳受伤后跑得急，此刻突然一停，全身无力，眼前一片模糊，想说话都没有力气，只好任由她打。她打累了便坐在何裳身上歇着，何裳无力反抗，只好任她摆布。突然，门口喧闹起来，有人在门外道："下官御前统领齐三拜见公主殿下。今日有一要犯逃窜宫中，此人性格错乱，目无君父，心狠手辣，下官奉皇命逐宫查探，为了公主的安全，请公主……"这公主不耐烦道："去去去，本公主武功盖世，还有你们这群得力战将护驾，哪里有人敢来？就是来了，我也能将他打得屁滚尿流。我玩得正带劲，你们不要捣乱！"那齐三知这公主脾气怪，平日里太监宫女都被她打跑，何况自己，又听她的确没什么事，便带人走了。

这公主从何裳身上下来，捏着何裳的脸道："就你？也是要犯？性格错乱？心狠手辣？看我不打得你屁滚尿流。不要以为我不把你交给这些狗奴才，我要先玩够了再说，谁叫你弄脏我的衣服。"说一句踢何裳屁股一下。何裳嫌她刁蛮，积蓄力量趁她再打时将她掀翻。公主更是气坏了，从屋里拿出一条小马鞭，骑到何裳背上便在他屁股上抽了一下。何裳痛得厉害，背一弓又将她掀翻下去。她大怒，便要扯下何裳的衣服抽他的皮肉。刚扯下外衣，她便恼道："你这小太监怎么这么臭？不洗澡的脏东西，看我不打死你。"说着一手掩着鼻子一手去扯何裳的衣服。突然，她在何裳怀里扯出一卷素帛之类的东西，打开来看时不由咦地叫了出来——那上面画着一个美人，分明便是自己。为了确定，她跑到屋里的铜镜前对着，除了衣服不同，完全就一样嘛。自己何时让他给自己画过像啊？看不出这小太监竟画得这样好。她忙将何裳拖到屋里，给他灌了点蜜水，道："你这小太监，莫不是喜欢我？偷偷画了我的相貌藏在怀里？逃跑之前想和我告别？若是这样，就错怪你了。"何裳慢慢缓过精神，努力睁开眼。他吃了一惊——眼前这女孩儿和莫愁几乎一模一样，只略略上翘的嘴角和眉梢让她显得野蛮和狡黠。何裳知道这一定是武神说的莫愁的孪生妹妹了，他心里虽然明白，内伤和劳累却让他心智朦胧，眼前影影绰绰仿佛莫愁，他叫着莫愁，伸手去摸她。公主道："我不叫莫愁，我叫晚晴。你这个小太监犯了什么错啊？被打成这样。"说着给何裳揉着伤，道："小乖乖不疼，我不会打你了，我去给你拿药，御药房不远，你乖乖躲在床下，一会儿我便回来了。"说着便跑去拿药了。

何裳听她对自己这么好，无端地觉得委屈、快活，不由热泪盈眶，老老实实地躺在床下像个孩子似的等着她。不一会儿，晚晴回来了，将伤药和着蜜水给何裳喂下，蹲在地上给何裳擦着脸道："从来没有人这样喜欢我，可惜你是小太监，不能娶我做媳妇。要是那个霍云什么的娶了我就惨了，讨厌那个臭奴才！你别怕，我不把你交给他们了。我已经让他们烧了洗澡水，一会儿你洗了澡就可以到床上躺着了，乖乖听话，姐姐疼你。"何裳觉得此刻自己真的成了一个孩子，那么的温暖。只听门外有宫女道："公主，奴婢们已烧好水，请公主吩咐。"晚晴把何裳推到床下，撒下帷帐遮住，开门道："不用你们伺候，你们都出去吧，到院外去。"说着把宫女们都赶了出去，插上了院门，回身把何裳拖到另一间屋，重重的帐幔如绛红的晚霞一般，屋子深处是一个大水池，池中水气弥漫，水面上漂浮着各色花瓣。何裳从花的清香中嗅出了酒香，他给晚晴使眼色示意她出去玩，可晚晴理都不理，道："听话，姐姐给你洗澡。"何裳几乎哭出来，道："这么好的花让我洗都糟蹋了。姐姐，我自己来洗吧。"晚晴道："那怎么可以，你伤成这样，万一昏过去在里面淹死了呢？我会伤心的。不要怕，可惜你太脏了，否则姐姐会陪你洗的，快听话。"何裳说我不是太监。晚晴笑道："害羞了吧？不是太监怎么会穿小太监的衣服？"何裳一急，又昏过去，恍惚中只觉自己漂浮在云雾之中，身边是无数的花瓣和五色的云彩，自己缓缓游动，似乎开始便是这么游，也不知道尽头。

何裳从漫长的梦境中醒来，发觉自己躺在床上，身上盖着绣罗衾，他偷偷掀起被子看了看，脸一下通红，心道不好，这回可真是"赤条条来去无牵挂了"。晚晴趴在床沿上发呆，见何裳醒来，她的眼光变得狐疑。何裳红着脸偷偷看了她一眼，她眼睛一瞪，道："你不是太监！你是谁？你不说我就揍你！"何裳本来想告诉她，但她这么一威胁，倒偏不告诉她，眼睛一闭假装又昏了过去。晚晴扒开他的眼皮，又撬开嘴巴看了半天，道："你就假装吧，看我让你变成真的小太监，以后就伺候本公主。"说着便去掀何裳的被子。何裳忙伸手把被子裹得紧紧地，做痛哭状道："好姐姐饶了我吧。"晚晴很是得意，拍着他道："乖乖，听话，你听话姐姐就不让你做太监。不管你是谁，从现在起你都是我的人，和我一起吃一起睡一起玩，不许逃跑。"何裳想告诉她实情，又怕她知道了自己的身世不能接受，便是接受了也不会像现在这般快活了。他不想看到她失望的样子，闭上眼道："我终究是要离开的，我只不过是一个过客。你的世界就在这个小院子里，你是这里的主人，生活得这么快活，就这样快活下去吧。"晚晴道："可是你都来了啊，是老天让我们遇到的，我救了你的命，你就是我的人，你要永远听我的话。你什么时候要出去玩，我们一起去便好了。"何裳道："你不能出去，这里是你的桃源，你一旦出去过，就不快乐了。"晚晴做鬼脸道："我偏要去，你能去我凭什么不能去？你跑掉了怎么办？哼哼，我每天打你一顿，让你的伤总也不好，你就跑也跑不掉了。谁都不让我出去，我现在便要出去转转！"说着便往外跑。何裳忙叫道："等等！天都快黑了你去做什么？危险。你走了有人来捉我怎么办？唉，这样吧，等我好了带你出去玩。"晚晴得意地大笑道："好乖，这么关心姐姐。姐姐奖励你。"说着在何裳脸上亲了一口。何裳触电似的浑身都酥了，满脸通红，心头一热，神志又迷糊了。

　　院外忽有太监道："奴才丁甲奉皇命请公主殿下赴万寿宫用膳。"晚晴道："不去，玩得正好。让御厨给我单做，才不喜欢跟他们吃呢。"丁甲又道："可是皇上和皇后娘娘叫殿下一定去，还说靖北将军明日就回营了……"公主捂住耳朵道："呸呸呸呸，我才不认识他什么东西呢，不去不去！"丁甲犯难道："那奴才怎么向皇上交代啊？不瞒您说，皇上不放心四镇，派我们四个太监分赴四镇做监军，奴才也是过几日便去东镇军营了，您就给奴才个面子吧。"晚晴道："嘴巴真会说，那好吧。你等等我就来。"说着回屋把何裳推到床里，再用被子盖好，又放下帷帐。"晕了倒好，一会我便回来。"晚晴说着换了衣服，牢牢锁好自己的院门，和丁甲去了万寿宫。

　　霍云早在宫门前迎接，见晚晴过来，连忙上前行礼道："末将北镇霍云拜见公主。"晚晴做了个鬼脸，吐了吐舌头，道："起来起来，我还有事呢。"霍云让过晚晴，自己跟在后面。晚晴嘟囔道："自己又不是跑不快，干吗像小狗一样跟在人后面。"霍云在后面听到，道："回禀公主，这是礼仪，末将不敢僭越。"

皇帝和皇后已落座，晚晴行过了礼，滚到皇后怀里小声道："母后，您是怎么和父皇相识的？"皇后怔了一下，抚着她的发笑道："母后能得你父皇垂爱，是丞相做的月老。丞相是母后的义父，也就是你的外公啊。怎么问起这个？难道现在就急着嫁了？"晚晴噘嘴道："不和你说了。"栽到皇帝怀里道："人家不喜欢和你们一起吃饭，还非要请我来。"皇帝抚摸着她的头，笑道："老是长不大，好，谁去请你的？我们打他。来人，打丁甲。"晚晴笑道："我来打。"说着在丁甲屁股上踢了一脚，道："你不是说要走了吗？给你个礼物送行。"说完哈哈大笑。丁甲装作剧痛的样子，给晚晴行礼道谢。皇帝道："好公主，不要再欺负人！人家妙儿，今日回来，都是大姑娘了，都能带兵打仗了。乖，快去坐好，吃饭了。"他又对霍云道："你接着说，这里没有外人。"霍云行礼道："东镇傅青骄傲浮躁，此次丁公公在金谷园的事皇上想必已知晓。西镇与东镇为异姓兄弟，也是桀骜不驯，目中无人，两镇只听大将军调遣，将来若有兵事，调动起来恐怕不便。因此，派公公做监军的确是制约的良策。公公直接听命于皇上，一切就方便许多。"皇帝道："好，你说胡人兵动，消息可准确？"霍云道："臣的探子消息准确，如今天气渐寒，北地的草和水源都变少，胡人牧场向南迁徙，目前还未过界，臣明日回营密切注意胡人动向，以防万一。"皇帝道："好，朕今日便为你送行。"霍云行礼道："臣谢皇上隆恩。"

晚晴不耐烦，道："我不吃了，我叫御厨给我做饭了，我不要啰嗦了。"皇帝摇头道："我的宝贝公主，我们现在就吃。以后可不能这么任性，要学着长大了。"晚晴噘着嘴吃了一点便跳起来道："不喜欢吃了，我去叫御厨给我单做。父皇、母后，孩儿告退。"说着便蹦蹦跳跳跑回自己的小院。

晚晴迫不及待地去看何裳，何裳已被厚厚的几重被子闷了个半死。晚晴让御厨做了些点心菜肴，塞给何裳吃，他迷迷糊糊吃了些。晚晴晃晃他，愁道："怎么老晕乎乎的？不会变傻吧？你怎么会得罪父皇呢？父皇那么好。你快醒啊，怎么老睡啊，睡不醒怎么办啊？嗯，好吧好吧，姐姐陪你，咱们都睡。"说着把何裳推到里面，自己跳上床扯了条被子躺在何裳旁边。何裳迷迷糊糊地看着她，她就像一团粉红的雾，有一种温暖和芳香，莫愁的身影在这云雾中飞腾。晚晴搂着他道："乖乖，睡了。"唇齿的香气让何裳魂动神摇，他再次落入无边的云雾，那里飘满花朵，没有任何方向，只有一个迷惘的没有方向的沉睡者。

　　这样过了二十几天，何裳的伤渐渐好了，零零散散地说了自己的经历，他小心地把关于晚晴身世的情节隐去，他不知道这样对不对，但他知道一点点的真相都会让她失去现在单纯的快乐，那在何裳看来才是最残忍的。最后，他说到在朝堂上和皇帝的冲突，他尽量不去用词汇形容她的父皇，只是说民生的艰难和皇帝的强横。晚晴有些吃惊，但她想想道："父皇是皇帝，我们一家是天下的主人，天下人自然要为我们服务，即使是很艰难，也是很应当的啊，只要我们过得好就全好了啊。"何裳摇头道："每个人都有权利过得好，做皇帝不是拥有天下，而是服务天下，谁也没有权利为自己的利益剥夺别人的幸福。"晚晴道："可是，我们做了天下的主人，为什么不是别人？这是上天决定的！"何裳无可奈何，他不喜欢辩论，起身在屋内徘徊了几圈，道："我出去走走。"晚晴道："你去哪里？干什么？"何裳道："不知道，就是走走，在这宫里太闷。"晚晴道："我也去。你跑了怎么办？"何裳有些伤感，道："我迟早要走的，这里属于你，不属于我。这宫里的人都是绣在屏风上的金丝雀，而我是天上的飞鸿，即便留恋，也不可能带走。"晚晴道："我偏要去！"何裳道："你一旦出去过，就不会像现在这样快乐了。""我不怕！"何裳无法，只好答应她道："你要跟着我不许乱跑，我们要先穿太监服混出去，然后买两套长衫扮作书生。"晚晴道："为什么要扮作书生？"何裳道："人们不喜欢太监，喜欢读书人。"

　　两人穿着太监服来到太平宫后门。守门的侍卫道："哪儿的小太监？什么差事？"晚晴下巴一抬，哼了一声。何裳忙拍她的头答道："丁公公手下的，出去办点要紧事。"侍卫道："怎么如此面生？"何裳道："做公公不久，第一次出门。"一侍卫笑道："长得还都挺俊，都是做相公的好料子，做公公可惜了。"另一侍卫骂他道："你个禽兽，当差还这么不正经，何苦戏弄他两个，放他们走吧。"两人大喜，跑出了宫。

　　二人谁也不曾游过长安城，便索性一路随意走去。晚晴更是难得到外面，见到什么都好奇，听到不远处传来哇呜哇呜的声音，马上好奇地跑过去。何裳追上去一看，原来是卖泥老虎的，头和尾都是泥塑，腰部是纸的，里面有一个哨子，因此前后拉动就会哇呜哇呜地叫。晚晴摆弄着乐得合不拢嘴，见这泥老虎有的面目凶恶，有的却十分可爱，便问小贩。小贩道："回禀公公爷爷，这凶的是母的，可爱的是公的。"小贩的孩子看晚晴玩得开心，也伸手去拿，小贩在他手上打了一下，孩子哭起来。小贩又有些心疼，叨念道："谁叫你淘气。"晚晴把泥老虎凑到孩子面前，道："给你给你。"小贩吓坏了，忙磕头道："使不得使不得。"晚晴觉得好玩，道："我要买一个公的一个母的。"小贩道："公公挑选便是。"晚晴挑了两个，问多少钱时，小贩作揖道："公公莫不是开玩笑？孝敬公公了，公公福寿无疆。"晚晴莫名其妙，边走边问何裳道："这小贩真怪，孩子摸一下这玩意就打。"何裳道："他怕孩子不小心弄坏，坏了一个也许一家人就要饿一回肚子。"晚晴奇道："这么辛苦吗？那他为何连钱都不要？"何裳道："不光是他家，你没见这长安街头的人看我们的眼光都不对吗。他们怕太监怕得要命，哪里敢要钱。"晚晴不解道："太监不过是奴才，怎么这么嚣张？"何裳道："皇上的奴才，这年头，大人物的狗比平民家的人有地位。"晚晴道："这群狗奴才，看我不打死他们。"说这便要摔泥老虎，何裳马上拦住道："你若不要了就还人家。"晚晴道："谁说我不要了！我不要穿这身臭太监衣服了，换了衣服去给钱。"

　　两人找了家成衣店，换上了长衫，又跑去卖泥老虎的小贩那里给了钱。何裳看着晚晴穿着长衫跑来跑去，头脑里满是

莫愁的影子，不知莫愁的伤如何了。正出神，忽有人在他肩头
拍了一下，他一惊，抬头看时那身影已在前面了，似乎是萧然。
他拉住晚晴的手，道："跟我跑。"拨开人群便追上去。萧然
在前面老鹰一般闪转腾挪，何裳见晚晴跟不上，把她背在身上
狂奔。晚晴只觉自己飞了起来，又是兴奋又是害怕，又是笑又
是叫。何裳嫌她吵闹，拍了她一下，她急得哭出来。

　　萧然在一座气势恢宏的酒楼前停下，道："愚兄怕认错
人，果然是何裳兄弟，好久没这么痛快地跑了。"何裳笑笑，
将晚晴放下来，道："这里非比寻常，萧兄怎得在这里？"萧
然道："上楼细说。"便带何裳上楼。何裳拉晚晴，晚晴抹着
眼泪不理他。何裳道："那你在下面等我，听话。"晚晴踢何
裳："谁叫你打我！我偏要去。""那你要听话，不许讲话，
不许淘气。这位老兄很凶的！"晚晴吓得一缩头，尾随着两人
上了楼。

　　楼高四层，萧然捡了个临街的位子坐下，指着晚晴道：
"莫愁可好？"何裳摇头苦笑道："不提此事也罢！让她独坐
一桌便行。"晚晴噘着嘴不愿意，何裳挤了挤眼睛，她才气呼
呼地坐了。萧然道："此楼名紫薇楼，当年有个什么贺知章与
李白金龟换酒正是在此，因此这里的酒便被人称为'谪仙酒'，
咱们两个酒鬼路过怎能不尝它一尝。"小二道："正是，您可
是位行家，酒来了。"说着给二人倒酒，用滴在桌上的一滴酒
飞快地画了个字，然后什么事也没有一样晃着头走了。萧然对
着他的背影道："给旁边这位兄弟来桌好的。"何裳去看那字
时已经干了。萧然笑着摇了摇头，道："这么一路跑还是没甩
掉他们。"说着从怀中拿出一张悬赏的图榜，只见上面画着三
人头像，其中两个正是他和何裳。他笑道："不知你犯了什么
事？成了朝廷要犯？"何裳看着那画像笑道："不过是在朝堂
上骂了骂皇帝，打了场架。这画师水平真的不敢恭维，早知他
们要画这个，我便自己画一幅送他们了。"萧然道："本以为
跑这么久甩掉那些走狗，省得让你麻烦。现在已经有人发现我
们行踪，你带她先行离开，以免伤及无辜。"晚晴不知什么意

①
⑥
③

思，惊奇地往这边看。何裳笑道："她没事，到时说不认识她便是。我要是怕，就不会在朝堂上打架了。只是可怜这第三个人，不知犯什么大罪过，和我们这些要犯并列。对了，萧兄此番来长安所为何事？"萧然道："此番来京是寻找两个失去联络的兄弟，现在还是没有消息。"何裳道："那两位可是假扮方士到宫中办事？"萧然道："正是，贤弟知道他们在哪儿？"何裳道："说来我在朝堂上打架也与他们有关。他们已经遇害了。"萧然将手中酒碗捏得粉碎，切齿道："又是一份血债。"

楼下忽然一阵喧闹。两人以为是官兵到了，向嘈杂处望去时，原来是人们在围观一个乞丐和一群乞丐打架。这乞丐蓬头垢面衣衫破烂，和其他人并无多大差别，却正护着一个老乞丐和一帮乞丐吵闹。只听那群乞丐中一人道："不是我们丐帮弟子，居然敢在长安街头行乞？说清楚，是加入丐帮，还是滚！"那乞丐道："我偏不入丐帮，偏要在这行乞，这老人家饿了许多天，难道不许他讨东西充饥？"那丐帮弟子道："我们丐帮行侠仗义，你们加入丐帮，我们便给你们大鱼大肉。"那乞丐道："天下大乱，鹿死谁手尚不可知，你们这些鱼虾却浑水摸鱼，人当真是贱得很。"那丐帮弟子大笑道："你当自己是谁？帮主吗？若是再向前一步，叫你们人头落地！"那乞丐轻蔑地一笑，带着老乞丐便向前走。那丐帮弟子哇哇大叫，挥棒便打。那乞丐不等他棒落下，一把将他推倒在地。人们见动起手来纷纷散开。

萧然和何裳听这孤傲的乞丐说话不同凡响，心生好感。见那老乞丐可怜，萧然便冲那乞丐高声道："那打架的兄弟，带那老人家上来吃饭如何？"那乞丐也不客气，拉着老乞丐连推带撞冲出包围，昂然上了紫薇楼。萧然和何裳起身为他两人搬了座位，又让小二加了酒菜。丐帮的那群乞丐追上来围在一旁。那打架的乞丐道："多谢二位，我俩吃饱就走，不会连累二位。"萧然笑道："我们岂是怕连累的人？"那乞丐低声道："小弟不是指他们，小弟是朝廷要犯，这城中到处是眼线，一会官兵来了你们不要管便是。"何裳和萧然相视而笑，拿出那张悬赏图榜。那乞丐看着两人的画像哈哈大笑，把自己的头发撩起。何裳看时，正是那第三个人。三人如遇知己，心中万分温存，不约而同仰天大笑。晚晴也没遇到过这么有意思的事，笑得呛了酒，心想这可真是有趣得很。

街上远远传来杂乱的马蹄声和兵士的脚步声，嘈杂一片。忽然，何裳隐约听到熟悉的胡琴声，在嘈杂的市井创造着孤绝与死寂。那群丐帮弟子见三人都是重犯，大喜，一齐扑上来想抓三人领赏，却在离四人的桌子两步远的地方，一齐扑倒在地，气绝身亡。紧那罗站在那里，调着琴弦。

紧那罗走到那乞丐面前，道："走吧，官兵来了，省得麻烦。"那乞丐指着老乞丐道："请先生先带吴先生北归，我要和这两位朋友喝酒，先生向我父汗禀报一声便可，他日直接到营中相见。"紧那罗道："我只答应把你带回去。"那乞丐道："这位吴先生有经天纬地之才，是不可多得的能人，比我有用。先生和我父汗照我的话说，他便明白我的用意。我脱身容易。"紧那罗便带那老乞丐走了。何裳觉得蹊跷，这乞丐莫非与胡人有关？只听这乞丐道："在下贺兰漠，北胡世子，十六年前作为人质被囚在骊山，和那里的死囚一起被驱使盗挖秦始皇墓。那位老乞丐是在下在骊山认识的囚犯，名叫吴钦舜，当年是姑苏文人中的佼佼者，被太平皇帝文狱所害，和在下同年被囚，十六年里教在下学问……刚才那位紧那罗先生救在下出来，约定在此见面。"他举起酒坛灌下一大口，道："如今我们两人重见天日，他日定教这长安城地覆天翻！"萧然和何裳都是大吃一惊，何裳这才知道原来紧那罗降伏古氏兄弟是让他们去救这贺兰漠。贺兰漠看两人神色有异，道："胡汉不两立，两位不喜欢我也是自然，在下这便离开，多谢好酒！他日在下江山在手之时，定请两位喝个痛快。"萧然大笑道："在下名叫萧然，本是羌人，父母死于恶狼口下，我被那陇西轩辕城主救下性命，教以武艺。他们为何捉我？因为我便是带头造反的人，胡人又怎样！"说着将酒坛丢与贺兰漠，自己也端起酒坛豪饮。何裳喝了一碗，笑道："英雄不问出处。我叫何裳，不知道自己什么来历，也不知道是什么族，也没有身份，这名字都是我自己取的，现在我只是个酒徒。普天之下皆是兄弟姐妹，大家都是人，何必分那么清。"贺兰漠大喜，道："我以为这中原人都虚情假意见利忘义，没想到还有两个好汉。今日喝干他的酒窖！"

晚晴听这两人都是朝廷的头号大对头，又如此凶巴巴，不由害怕，偷偷牵何裳衣角想溜走。何裳笑着附耳对她说道："他们虽看起来凶，但都是好汉，只要你不淘气，就没事。一会你看到有打架的，就假装不认识我们，自己快回去。"晚晴道："那你呢？"何裳道："我跑得快。"晚晴忐忑不安，只好拿出泥老虎在一边玩。

长安城楼鼓角齐鸣，骑军和步军都在向这里集结，街头行人四处逃散，店铺也都关门大吉，城中尘埃蔽日。萧然笑道："来了，喝干这坛！"三人举坛痛饮。萧然先喝干，对何裳道："你在这里保护她，我和他下去，省得他们上来麻烦。"说罢大喊一声："轩辕城萧然在此！"将酒坛向楼下一扔，纵身跃下，一脚将酒坛踢得粉碎，碎片飞入下面的军队中，一片军人应声而倒。他落在这片空地上，四面的兵士不由自主地向后一退。两个将军跃马各挺刀枪来杀，长刀先至，铁枪在后，烈风凛凛。萧然健步迎上，避过刀锋，一掌将战马击倒，持刀者翻倒在地。他回身伸手攥住铁枪将持枪者甩入人群，翻身上马，横冲直撞。贺兰漠对何裳笑道："你先照顾她，我们先去杀他一阵。"说罢将酒坛对准一个将军扔去，那将军躲闪不及被砸在马下，贺兰漠跳上他的马，摘下他的大刀便在铁桶般的军阵中冲杀起来。街头顿时血肉横飞，残肢断臂狼藉，兵士们嘶喊着一次次冲锋，又凄号着一次次后退。贺兰漠仿佛一只血盆大口，吞噬着人们，酿造着一场腥风血雨。何裳惊呆了，这个被囚禁奴役了半生的胡人王子在获得自由后开始让整个世界逆转，他把世界看成自己的敌人，若有一天他南下进攻，全天下恐怕将是血雨腥风。

两人在密密麻麻的人群中杀出一条条血路。无数兵将尸横长街，人们在尸体上继续厮杀，下面的世界霎时变成一片红色。何裳眼前渐渐模糊，他似乎离这杀戮之地很远，他耳边蓦地响起如水的琵琶和如梦的清歌："离鸾照罢尘生镜，几点吴霜侵绿鬓。琵琶弦上语无凭，芳蔻梢头春有信。相思揿损朱颜尽，天若多情终欲问。雪窗休记夜来寒，桂酒已消人去恨。"那是晏小山的《玉楼春》，琵琶里的和眼前的是两个世界吗？何裳觉得一阵寒冷，初冬的第一场雪来了，带着隐隐的血痕。晚晴缩在何裳怀里，雪花落在她脸上，稍停片刻，化作一丝淡淡的水迹，她抽泣着，被吓坏了。雪花落进何裳眼里，他的眼睛湿润了，连自己也不知是雪还是泪。他抱着晚晴，道："不要去听楼下……听远处的歌声，这雪，是那歌声唱起的……"楼下的厮杀声丝毫没有间断，他不忍去看，突如其来的寒冷把马蹄声冻得粉碎。雪更大了，何裳抱着晚晴，觉得世界如此寒冷，他举起酒坛痛饮。

远来的马蹄声踏破了冰雪，何裳听到旌旗在风中猎猎作响，这支队伍就像狂风，吹得人群向四面散去，左冲右突的两匹战马也停住了。雪花簌簌地落着，在晚晴的脸上融化。何裳知道，武神来了。他回头向楼下望去，薄薄的雪已把地上的尸体覆盖，血迹在洁白的雪地上蔓延，有一种难以言喻的凄烈。武神立马站在萧然二人面前，身后是满身戎装的妙儿，一身赤色如火，他们身后是随武神征战多年的三千猛士。妙儿看着满身鲜血的萧然，眼里不知是恨是爱。

萧然在马上向武神行礼。武神道："别来无恙？早知会再见，却不想如此之快。"萧然道："早晚会再见，也许现在正好。"武神抬头望了望漫天飞雪，慨然道："也罢！却没想到你们都在，莫不是天意。"萧然凛然道："若苍天让我今日战死在你手下，也不枉此生。"贺兰漠长笑一声道："十六年前你在我的土地上纵横，若我今日不死，一年之内定然回来牧马中原。"武神道："你们也算当世英雄，我若战死也是死得其所。"说罢，三人策马上前，人们纷纷退后。武神看着满地战死者的尸骨，道："便是为这满地阵亡将士，我今日也不放过你们。"说罢手中电光一闪，两人各伸兵器格挡，胯下坐骑被大力震伤，跪倒在地。萧然及时跃起，贺兰漠武功稍弱，摔倒在地。武神下了马，道："我在兵器上占先，你们各自选兵器再战！"

贺兰漠取下背后的破布包，抖开，里面包着一柄一人高的秦剑。萧然见街旁一家铁匠铺半开着，飞身进去从炉中取出一柄烧得通红的长剑出来。周围人们看了无不惊心，都远远让在一边。萧然将炽烈的长剑挥起，飞身扑向武神。武神挥剑格挡，火花四溅，落在雪地上咝咝作响。贺兰漠秦剑抢攻，两柄古剑相交，青光四射。三柄剑游龙一般缠斗在一起。雪花落在飞舞的剑上呲呲作响，变成团团白雾，弥漫在三人身边，又被剑气冲散，霹雳一般的剑器撞击声和烨烨电光席卷着漫天飞雪。

贺兰漠内力较弱，一开始便被武神震伤，他把涌到喉头的鲜血强行咽下，挥剑猛攻。武神知他稍弱，避过萧然剑气一剑斩去。一声雷鸣，贺兰漠手中的秦剑在青光四射中断为两截，他满手鲜血摔倒在地，他拿起半截剑起身再战，又被武神剑气带倒，喷出一口鲜血。周围兵士拥上来要捉他。萧然马上过去把他护在自己剑气之下。

何裳知道这样下去萧然必然不敌，他将外衣裹在晚晴身上道："我要下去了，如果我有事，你便假装不认识我，自己回去。"晚晴哭道："不许你下去，他们都是坏人……你下去我永远不理你。"何裳道："有些东西你还不明白……"眼见萧然形势仓皇，他不及多想飞身跃下，凌空抽出潮音剑对萧然道："我护着他，你去打。"萧然抖擞精神奋力再战。

旁边军士见何裳不过一个文弱书生，不把他放在眼里，拥上来抢贺兰漠。何裳将潮音剑一抖，军士们见剑光四射煞是迅疾，以为自己定死无疑，然而剑气过去自己却毛发无损，都大喜过望，便接着向前冲，却不想到没迈出一步已然跌倒一片，原来裤带都已被剑气削断，裤子已落到脚跟。大家忙丢了刀枪提着裤子退到一边，不敢再上前。

武神道："何裳，他们两个都是杀人如麻的狂人，他日哪个起兵都会生灵涂炭，到时天下变成血海。"何裳道："如今他们尚未起兵天下已死气沉沉，岂待他日？今日我们是一起喝酒的酒徒，我便要保他们无事。他们每个人都有胆有识，有才略有抱负，都比当今皇帝强百倍，若为天下，我也问心无愧！"武神大喝一声，剑气冲天，地上的石板轰然而裂。萧然手中长剑被削断，他挥掌迎战。何裳扶起贺兰漠道："你先走！"贺兰漠笑道："你小看我了吧？我怎会弃兄弟逃命，要死便一起死！"何裳道："你在这里我还要护着你，你若走了我和萧兄联手便也能逃脱。"贺兰漠道："那我自刎便是！"何裳道："你家人不见你十六年，如今知道你要回去定然满心欢喜，你就不想他们？"贺兰漠道："好，那我便自己杀出去，你们不要管我，生死各听天命！"说罢攒了一口气，捡起一柄长刀，砍翻个骑兵纵身上马，拼尽全力向外突围。外面的兵士不能挡，任他杀出一条血路。武神身后铁骑追上去。何裳知道厉害，纵身上前脚绊当先一匹马的马蹄，那马翻身摔倒，马上将军被掀翻在地。后面的马来不及收足，撞倒五六骑。

贺兰漠趁机突出重围，他深知这样定然不能出关，只能改装易服躲进深巷。他奔出人群许久，弃刀下马钻进深巷，蹒跚地向里走，神志迷糊，头脑中满是小时候在草原奔跑的情景。蒙眬中，他听到深巷中传来绵密的琵琶和温暖的歌声，他用尽最后的力量，寻着巷子深处的声音走去……

巨阙剑在高手剧斗中被真气催得灼热无比，萧然以掌搏剑，双掌被剑气割得血肉模糊。何裳飞身接战，潮音剑如流水一样至柔，如潮音一样无形，至刚的巨阙剑一时也伤它不得。湛蓝的水光在大雪纷飞中涌起，烈火一般的巨阙剑在上面飞腾。何裳心地柔弱，剑术乃自学，剑即人心，所以虽高明却并不愿伤人，他防守而萧然乘机进攻。萧然在两人的剑气中寻找间隙，只见潮音剑将巨阙剑引向武神右翼，他闪至武神左侧双掌齐出。武神后退半步避过其锋，左掌与他双掌相击，一声轰鸣，满地雪花被掌风扫得无影无踪。三人都退开数步，口吐鲜血。

武神叹道："英雄出少年，老夫若无巨阙剑，今日倒真奈何不得你们。如今我们都已重伤，便是我不出手，你们也逃不出这千军万马。胜负已分，你们输了。"何裳伤势较轻，护住萧然道："我挡住他，你先走。"萧然大笑道："大丈夫视死如归，岂有弃友逃跑之理？"何裳看了看妙儿。妙儿焦灼地看着两人，手里紧紧拉着马缰。武神道："本来我们还可以和平共处一段日子，免得胡人坐收渔利，可轩辕城先行发难，如今只好决一死战。"他一挥手，弓弩手围成一圈逼住二人。他对妙儿道："副将，捉拿二人。"妙儿没有动，他又说了一遍，语调严肃。妙儿打马到两人身前翻身下马跪倒在地，道："大将军，这两人若被捉到朝中定死无疑，末将……末将难以从命。"武神背过身去，低声道："沙场之上军令如山，抗命者与叛逆同罪。"妙儿咬牙忍住泪水，回头看着二人。萧然向众人喝道："我们罪大恶极，要杀便杀，何必啰嗦！"妙儿跪着拉住武神衣角，道："爹爹，他们都曾与你共同浴血……"武神一把推开她，怒道："军令面前没有父女，也没有友情，你是军人！一切以天下大义为重！"妙儿哭道："我不管，我一直把你当成偶像，当我第一次遇见他时……我觉得他那么像你，他在我心中和你一样重要，我不能没有他，就像不能没有你……"武神把巨阙剑重重插入大地，他太不了解自己的女儿了……她出生便没有了母亲，自己南征北战，本希望江山平定给她幸福的生活，可总是一波未平一波又起，她已经到了有爱的年龄了……她说的是萧然，他那么像他……雪花无声飘落，就像十六年前……但他不能表现出一丝的犹豫，他是整个国家的支柱，全部军人精神之所在，他必须号令如山，掷地千钧，更何况皇帝已经对自己十分怀疑，这万千军士都在注视着自己，他第一次在这些目光中犹豫迟疑。他回过头来，目光刚毅，声音沉郁，道："军令如山，违令者与叛逆同罪。诸将还不动手！"说罢拔出巨阙剑。妙儿将牙一咬："女儿不孝！"说罢翻身上马，将萧然提上马背，又要拉何裳。何裳挡在前面对妙儿道："你带他走，我没死罪，他不会杀我。"妙儿向他一抱拳，回马向众人高喊一声："让路！"提刀跃马向外冲。武神挥剑道："追！"说罢一马当先。何裳飞身去绊马蹄，武神将犹龙驹一勒，马起后蹄踢在何裳腿上。何裳及时收腿，腿骨依然疼痛彻骨，他忍痛跃起直攻武神，武神只好挺剑接战。

三千铁骑急追妙儿，妙儿猛然勒马横刀站在路中央，凛然道："从现在开始，若有人再追，我绝不手软！"三千铁骑平日与她胜似亲人，此时见她如此决绝，都不忍上前威逼。妙儿含着泪向众人行个礼，回马向西奔驰。

何裳见妙儿的马已走远，收剑跃出圈外，道："都走了。"说罢吐出一口鲜血。旁边剩下的军士们见状都来捉他，他又是一剑削断了众人腰带，笑道："我还不至于连剥人裤子都剥不动……"那群军士提着裤子四散。何裳蹒跚着向前移动，又一批军士围了上来，何裳挥了挥剑，再也无力抵挡。晚晴忍耐不住，大叫一声："谁敢捉他！"三步并作两步跑下来扶住何裳。级别较高的将领都认出这是得罪不起的公主，连忙叫军士们止步。晚晴拖着何裳往前走，对拦路的将士吼道："闪开！"将士不敢妄动，纷纷把目光投向武神。武神摆了摆手，示意放行。晚晴扶着何裳消失在风雪中。

武神长叹一声，喷出一口鲜血，眼前一黑几乎栽落马下。幸亏身边军士扶住他，将他搀下马。他元气不足，挂着剑站在雪地，地上的血迹已被雪掩埋，周围一片苍茫，血从他的嘴角流出来，静静地滴在地上，彻骨的寒意袭遍全身——妙儿不会再回来了。犹龙驹靠着他，他抚着它的颈——他们都老了……

第十一回 不请长缨，系取天骄种，剑吼西风何裳和晚晴两人又扮回小太监混进宫里。何裳靠着一口气硬撑着随晚晴进了小院，一头栽倒在地。晚晴拿上次的伤药给他服了，擦干他身上的血迹，把他放到床上安置好，坐在床下看着他，忽然觉得一阵委屈——她不曾想一出宫竟遇到这么多事，这样惨烈的厮杀。她吓坏了，当她擦着何裳身上的血迹，就想到那血肉横飞的战场。何裳没有杀人，但他帮了两个朝廷最大的对头逃脱，竟然还连自己的话也不听！她越想越惊恐，越惊恐就越生气，狠狠一咬牙："让你去死算了，何必救你回来！"她把何裳从床上拉到地上，踢了几脚，踢累了一头栽在床上哭着睡着了。

贺兰漠竭尽全力找到了那个传来歌声的院子，他已神志模糊，胳膊冻得僵硬，再也无力敲门，干脆一头撞在门上，瘫倒在雪地之上。

霓裳不愿进宫，丁卯将她安置在自己在城边的一处产业。此处产业是他受贿所得，所以并无外人知晓，只有一个名叫老穆的聋哑老汉看守打扫。霓裳住进院子之后，把这老汉当作自己的长辈照顾，两人相依为命。老汉干完活就坐在石阶上，静静凝视石缝中的草，向霓裳比划着一年四季草发芽、生长、结子、枯萎的过程。霓裳寂寞时，便拨起琵琶，唱晏小山的词，那里有她的风花雪月，她的爱恨悲愁，她的绮梦。她有时会想玲珑，可是宫门一入深似海，同在长安，却是天涯海角一般，担心之余又自怜身世，姐妹二人少小零落风尘，自己不管怎样抗争，却总是被命运轻而易举地玩弄。如果有一丝希望，她愿意付出一切，哪怕为了一刻的自由，她愿意付出生命。老穆通晓唇语，似乎也懂得霓裳的心事，静静地听着，神色黯然。

霓裳忽听门响，刚要起身去开。正在给炉子添炭火的老穆摆手示意她坐下，他已经分辨出了震动传来的方向，匆匆奔向大门。一开门，他大吃一惊，忙又关上跑回屋里来。霓裳问他他只是不停地摆手，霓裳索性自己出去打开门，只见门口栽着一个汉子，满身都是雪，已经人事不省，冻得浑身僵硬。霓裳马上叫老穆帮忙把他抬到屋里。老穆怕惹事，不大情愿，但又不想违背霓裳的意愿，便把他拖到自己屋里烤火。那人身上的冰雪慢慢被烤干，露出满身伤口。两人惊呆了，老穆示意不能收留这个人，起身便要把他拖出去。霓裳按住他道："这人受了重伤，若不收留救治便定然会被冻死，他既是在重伤中摸索到此，说明有缘，不能见死不救。"老穆奈何她不得，只好又把伤者放下，帮他换了衣服，拿出自己平日的伤药，给他敷上。霓裳赞他是好人，他腼腆地笑了。

贺兰漠在昏迷中渐渐感觉到温暖，有一团光在身边闪动，他尽力向那光挪动。霓裳见他动了，忙沏了一杯热茶，道："你醒了？慢点。"贺兰漠蒙眬中听到女子关切的声音，便如春风化雨一般，他忙睁开眼循声望去。烛光里，霓裳就像一朵严寒中也不曾凋谢的莲花，他的生命之花，他挣扎着想站起来。霓裳给他端过茶，道："先喝点茶，不要起来，伤口刚包好。"贺兰漠听了不啻仙音，忙又躺好，道："在下……贺兰漠……"霓裳道："小女子霓裳。你受伤甚重，定然是因为不寻常之事，好事也罢坏事也罢，你都不必多说，养伤要紧。你就和老穆住一起，除了养伤，其他都不用管。"说罢起身回房。贺兰漠这才发现还有第三个人，他向老穆行礼道："穆兄多谢。"老穆知道他的意思，摆手示意自己不会说话。贺兰漠痴痴地看着霓裳的影子在雪中迷离，慢慢睡着了，梦见霓裳在无边无际的荷塘采着莲花。

何裳从昏迷中醒来，发现晚晴睡在旁边，便给她盖上被子。晚晴正坐着噩梦，被他一动惊醒过来，满头冷汗，一把抱住何裳："你不要杀我父皇，不要！"何裳关切道："你做噩梦了？"晚晴想起白天的事，又想到刚刚的噩梦，哭道："你为什么要带我出去？为什么帮那两个人？如果你敢杀我父皇，我一定不会放过你！"说着把何裳按倒挥起拳来："叫你不听话，叫你不听话！"何裳任她打："是我的错，让你的生活改变了。我们不应该做朋友，何况我住在这里，别人知道了会说你不好，我会离开的。"晚晴扯着他道："你不许走！我救了

① ⑦ ⑤

你的命，你的命是属于我的，哪也不许去！"何裳不理她。她拉着何裳哭道："我害怕，你不许走，我害怕。"何裳拍了拍她的头，想着妙儿和萧然应该冲出城往陇西去了吧？人家都有去处，自己却无处可去，不由又伤感。晚晴脾气古怪，自己不能在这皇宫久留，却又不忍心伤她，也不知莫愁百日能否伤愈。正想着，忽听前朝一片嘈杂，他支撑着起身出门看，只见北方燧火冲天，兵起了。何裳心中一动，火气攻心昏了过去。

原来，胡人为配合紧那罗营救贺兰漠，六十万大军兵分三路北犯胭脂关，北镇霍云燃烽求援。当夜皇帝急召群臣，决定武神率本部三千铁骑驰援应急，八万步卒在后日夜兼程迎敌。武神穿着妙儿秋末赶制的棉袍，蓦然心思苦痛，胸中热血翻涌。他咽回涌上喉头的鲜血，向整装待发的三千铁骑道："胡人北犯，是为接应北逃的贺兰漠。一旦贺兰漠成功逃回北地，胡人便再无顾忌，定会大举进犯。诸位都是玄某征战多年的兄弟，胭脂关是我们十六年前建功立业之地！今夜，我们奔赴沙场，定要与胡人血战到底，哪怕流血断头，也教胡人永世不敢南犯！"说着将金雕放飞，纵犹龙驹奔驰，三千铁骑紧随在后，旌旗漫卷，铁蹄翻腾，卷起漫天飞雪。

胭脂关依胭脂山而建，此山因盛产胭脂而得名。十六年前武神在此地大败胡人，筑关城以为北国屏障，与东西两镇各为侧应。如今胡人距胭脂关二十里扎营，数次攻城。北镇霍云严守关城，武神赶到时，双方已僵持近半个月。这一日风雪正紧，胡将贺兰千树率大兵前来叫战。武神赶到城头见关外风雪漫卷，一片苍茫，不知有多少胡军，回头对霍云道："胭脂河水全冻了没有？气候恶劣，胡人在此已近半个月，粮草补给还剩多少你可知道？"霍云道："末将的探子已十多日没有和末将联络了。"武神道："皇上命本帅将胡人击退，八万步卒尚在途中，我们当先智取一阵立威，为此必须先探知敌方虚实，请北镇配合。"霍云道："末将定然全力配合！"

武神招集三千铁骑，翻身上马道："狂风暴雪是不利因素，但我们可以化不利为有利。铁狮、铜虎，你们二人精通胡语，马上换上胡服，一会儿我们出城冲杀，外面定然混乱不堪，加之风雪甚大，你们便可乘机混入胡人军中。三天之内摸清他们的粮草和可汗大营所在，还有胭脂河水结冰情况。"二人领命而去，不久便整装待命。武神对霍云道："本帅带本部人马先杀一阵，你随时接应。"霍云道："末将受命守城，不能随大帅出战，必然全力接应。"武神让将士头上都扎红布，以便在风雪中辨识，在城楼上运功对城外贺兰千树道："贺兰千树听着，本帅又来和你们可汗会猎胭脂山，你战败回营时，替本帅转告大汗：本帅不希望十六年前的杀戮重演，请他回师。若不回师，请他保重头颅见我一面！"贺兰千树认得是武神的声音，听他提起十六年前一战，不由毛发倒竖，不敢再叫阵，想要马上收兵，却又心有不甘。旁边的副将年轻，不认得武神，见主帅神色失常，抢言道："将军，这贼怎如此狂妄！探马报这援军只有三千兵，何必把他放在眼里！"贺兰千树只是摇头："快退，他一生从来只带三千兵，十六年前大败我军的便是他。你还小，不知他的利害，退！"他的声音刚出口便被风雪冲散，旁边的副将还在叫阵。

①⑦⑦

只听胭脂关关门大开，吊桥飞落，三千铁骑狂风一般奔突而出。贺兰千树见号令不住军队，便催马迎战。副将已当先奔向武神，两马相交电光一闪，武神马不停蹄奔向贺兰千树，那副将大喝一声，连人带马断为两截。贺兰千树奋刀迎战，武神捉刀顺势一扯，将他拉下战马提在手里，挥剑杀进阵中。霎时间，带着红雪的狂风席卷着贺兰千树的五万大军。风雪中，胡人有听不清号令以退为进被杀，有风雪中不辨敌我自相践踏而死。不到半个时辰，武神三千铁甲未损一人斩杀胡兵过半，铁狮、铜虎也混进四散奔逃的胡军之中。武神将贺兰千树放下，叫人给他一匹马，道："劳烦贺兰将军向可汗传信，三日内我军将闭关不出，以便贵军为阵亡者收尸。"贺兰千树心神未定，勉强上了马，颤抖着向武神行礼："败军受辱之将，本当自刎，为阵亡者收尸之后再来挑战。"说罢打马收残军回营。

武神收兵回胭脂关，只见关中出来兵士到战死的胡人身上摸捡贵重物品。武神大怒，提起一人道："谁叫你折辱尸体的？"那兵士害怕之极，支吾道："历来……打仗皆……是如此……"霍云正从城中迎着武神出来，替兵士解释："这些死者身上大都有出征时避邪的宝物。"武神用阴沉的声音吼道："战死的敌人也是人，也有亲人、有朋友，他们也是为自己的国家捐躯，他们都是勇敢的战士，谁也不许侮辱死者！闭关三日让胡人收尸，妄动者我不轻饶！"霍云笑道："大帅，当年末将随您征战时也没这么严厉。"武神道："我老了，想的事多了……你老的时候，会懂的。"

贺兰千树带残兵冒雪奔回营，一面派人去可汗大营禀报战况，一面准备为战死的将士收尸。铁狮混入去可汗大营报信的小队，铜虎则留守本营，顺便察看胭脂河结冰情况。

三日后，雪霁云开，一望无际的雪原映着满天的霞光，一片金黄。贺兰千树一大早便率三千军马奔胭脂关而来，在关前向城楼上的武神行礼道："败军之将今日求与将军再决胜负。"武神道："今日再败，却由谁为你收尸？"贺兰千树道："败军之将无脸回见可汗，只求战死沙场，无怨无悔。"霍云道："此番不用大帅出马，看末将生擒这胡狗。"武神道："我去。"说罢披挂上马，带本部铁骑出关。

贺兰千树道："多谢将军成全，我今日也带了三千人马，若我死了，我剩下的战士们会为我收尸。"武神点头，他看了看初升的太阳，猛地拔剑在手一声长啸飞驰过去，雪原在铁蹄下沸腾成一片金色的浪花，贺兰千树的头颅看了一眼霞光，似乎被刺伤了眼，永远地闭上了，三千胡骑无一人逃生。铁狮和铜虎随武神回营，两人献上胡营分布图和可汗大营的路线图。铜虎道："贺兰千树先锋营中的粮草还够那两万多兵吃三天，胭脂河因有山上温泉水注入，还未冻透。"武神道："这大草原一入冬水源极少，方圆二百里内只有最大的胭脂河没有冻结，胡人定会以它为水源。"铁狮指着可汗大营图道："胡人大营的确是临胭脂河，从河中取水。"武神道："好，今日胡人先锋营失了主帅，粮草又少，他们如今进退失据，败局已定。"霍云道："何不乘胜一举灭了先锋营？"武神道："哀兵不可与之争锋，他们走投无路定然会背水一战，我军便是胜了也必然付出惨重代价。今日且让他们为主帅收尸，明日他们葬完了死者，定然萌生退志，到时再去决一死战不迟。你今日负责收集三十麻袋大黄。"霍云不解。武神道："本帅自有用途。"

第二日，武神率三千将士带着三十袋大黄出关，铜虎带三十人将大黄投到胡人大营上游胭脂河中，铁狮带武神直取先锋大营。武神临走对霍云道："午时之前我定然攻破先锋营，到时你派兵跟上，我们步步为营，变被动为主动。"霍云道："皆听大帅吩咐。"

贺兰千树向可汗禀报后，可汗知道武神的利害，便决定让先锋营回归大营，改变进攻策略。贺兰千树宁肯战死无颜回营，胡人先锋营中的残兵将主帅葬了便准备回大营。正此时，武神大军席卷而来，胡人已无战意，只知狂奔。武神道："穷寇莫追。"安排就地借胡人的毡帐粮草扎营。不久，铜虎带人投完大黄来会合，铜虎笑道："只要他们喝胭脂河的水，管教人和畜生都拉得直不起腰。"

午时已到，却不见霍云派出的后续兵马，武神本想乘胜在此扎营，进可直逼可汗大营，退有胭脂关可守，把战局向北推进，从而将胡人赶回北国。可此时若霍云没有派兵前来，武神便成了孤军。他让副将雪豹率军士守营，铜虎胡服去可汗大营探听情况，自己回奔胭脂关。

胭脂关关门紧闭，武神扬鞭指着城头的霍云道："你派出的后续兵马现在何处？"霍云道："大帅深入虎穴，生死不明，末将不敢贸然派兵。若是中了胡人的圈套，便全军覆没了。末将还指望这些兵士守城。"武神道："如今本帅已取先锋大营，我们正可趁机在先锋大营建根据地，与胭脂关呼应，进而北上。"霍云道："末将受皇命守城，不敢冒险。"武神道：

"你借我一万兵，数日后八万步兵便赶到，到时所有战功都记在你头上如何？"霍云道："末将无能，不敢居功。八万步兵本就是皇上派来助我守城的。"武神道："如今我国实力大非昔比，唯一的办法就是创造机会再大败胡人，迫其不敢南视。如果徒知守城，胡人国力方盛，终有一日破城南下，到时内忧外患，岂有宁日？"霍云笑道："大帅的话末将不明白，末将也不会越职去干预民事。大帅若是此时收兵，末将开城恭贺大捷。"武神狠狠瞪着霍云，却又无可奈何，只好拨转马头，奔回自己的先锋营。

将士们都在外等着消息。武神在马上神色凝重，道："我和诸位是一起出生入死的兄弟，谁家中有父母妻儿待养的，可以就此回城入关……"雪豹道："难道那霍云竟借故不发兵？"武神点了点头。铁狮大怒道："亏他是大帅一手栽培，和我们还称兄道弟，竟是这种畜生，待我去扯了他的头来。"说着提刀跨马便真要去。武神喊住他，他不情愿地停下，却又不甘心，干脆纵马在大营周围狂奔起来。雪豹道："皇上素来对大帅不满，觉得大帅威胁他的位子，莫不是故意借这个机会来加害？"武神仰天叹道："我手中沾满了鲜血，生死早已置之度外。但你们都是有家室的人，为国征战了半生，不能冤死在他乡，我要把你们送回去！"雪豹道："大帅还不明白？他们把我们看成一路，你死了我们岂能不报仇？他们岂能让我们回去？我们毕生志愿便是随大帅战死沙场。大帅不要再想，便趁此机会再大败胡人，叫他们不敢南移半步！"众将士都跟着喊起来。武神心中难以平静——此时胡人喝了浸过大黄的水，人和马估计都腹泻不止，明日正是一举破胡的大好时机，若等到胡人缓过精神，便再无取胜的机会了。他放眼北望，大地茫茫无垠，残雪下的白草在北风中倔强地起起伏伏，落日留恋着大地上的一切，把长天大地染成血色。武神的心剧烈地搏动着，胸口热得像火，而身体却不胜北风的严寒，几乎要发抖了。他克制着胸中涌上的热血，道："等着铜虎的消息。"蓦地，他看见一个影子映着残阳从地平线上飞奔而来，马蹄踏起的飞雪就像翻卷的火花，铜虎在马上大喊道："大帅，计谋成了！"铁狮早飞奔过去将他扯下马来欢呼，铜虎道："人和马都已站不稳，别说追我，便是放箭射我都没力气。他们加固营盘，等着左右两路援军。"三千将士一片沸腾。雪豹道："大帅，机不可失，时不再来！"

武神点了点头，语气斩钉截铁："明日拂晓，与胡人决一死战！务必要全身而退，一个也不能落下。我会将你们平安送回关内。"众人听要决一死战，都欢呼起来，铁狮拉着铜虎乐得开花，人和马都腾起了白气。武神道："胡人遗留的战马全宰杀了，今晚饱餐一顿。"人们欢呼着生火、造饭、宰马烤肉。铁狮带人从贺兰千树的毡帐抱出几十坛酒，到武神面前请示能否破例喝酒。武神看着将士们满口的馋涎，笑道："这些酒反正喝不醉你们，喝！"铁狮兴高采烈地撕着马腿给人分酒喝，嚼着满嘴马肉道："娘的，这可是千古第一遭，我试着问问，大帅还真就让喝了。这马肉真筋道，可怜那些喜欢拍马屁的，老子把马肉都吃干净了。"铜虎笑道："当初大帅怎么放心让你去可汗大营，你竟真没把可汗的脑袋削了来。"铁狮道："我可没那本事，大帅不让我乱来，我就不乱来。明天可就不一样了，我这大刀不削他一二百决不罢休。"铜虎笑道："可怜胡人想退兵都没有力气退了。"

武神望着太阳慢慢西沉，天色渐暗，雪原一片暗青色。北风渐紧，云像奔马一样散去，剩下寒星冷漠地钉在天空，就像凝视的眼睛。他想喝酒，和这些出生入死的将士，和萧然，和何裳，和妙儿……自己离他们竟这样远了。一生，该怎样度过呢？自己是对是错？似乎是一个谜……雪豹递来一碗酒，他接过，走到将士中举碗道："多谢诸位兄弟，明日放手一搏，生死由天。"他说着，眼里竟然绽了泪，闭眼一饮而尽。

众人尽欢后早早睡去，武神在营外面东而坐，守到第二日拂晓。晨光熹微，穿透淡紫色的晨雾到武神的眼前，武神睁开眼，掀开将士们为他盖上的毡毯，拂去铁甲上的冰霜。将士们已经整装待发，武神笑道："今日倒叫你们比我早了。"雪豹道："你远比我们年纪大，又累得多，再多睡会也无妨。"说罢递上一块马肉。武神道："现在正是他们精疲力竭之时，再等的话他们左右两路大军赶到，取胜便难。出发！"铁狮和铜虎开路，三千铁骑直奔可汗大营。

胡人大都饮用了胭脂河水，马和人都腹泻不止，连可汗都如此。只有一个从小只喝马奶的胭脂公主没事，忙着指挥已近虚脱的兵士们，在大营周围布置弓弩。他们刚刚布置了一半，便听见远处传来轰鸣，远远望见一支大军漫卷着雪雾急奔而来。那胭脂公主一面叫长矛手和弓弩手，一面集合士兵护卫可汗。胡军也真个训练有素，在她处变不惊的调度下拿起武器，拖着无力的身体变换阵形，弓弩手箭如飞蝗，直扑武神大军，可惜由于力道不足，只刚刚穿破肌肤，倒激得这三千铁甲性起，飞马直越过屏障冲入胡营。数万长矛手涌上，执矛的手虽无力，但迎着马的冲力，几百骑瞬间倒地，受伤的将士在地上和敌人血拼起来。胡人都已筋疲力尽，哪里是对手，大刀之下血肉横飞。武神跃马横剑直冲向可汗大帐。胭脂公主见情势危急，叫一名将军穿了可汗的大裘，打着大纛向西北退，可汗却坚决不肯让别人替自己送命。胭脂横刀在颈，道："父汗便是希望，你若坚持去死，女儿便先死在这里！"可汗无奈，只好听她处置。胭脂公主自己护着大汗和母后向东北退，胡军也兵分两路各随着真假可汗北退。

二十万大军纷如蚁，武神仿佛驰骋在一片麦田，长剑斩着麦浪，他每次都是这样想象，可今天，碧绿的麦田被鲜血取代，他身后是冲出的血路，面前是将要冲出的血路。他将那假可汗一剑斩于马下，却认出是假的。胡军纷纷去追随真可汗，便像一阵汹涌的洪涛。武神回望自己的将士，已被人潮冲散，各自为战。他大喝一声，跃马奔向洪峰最高处。前后左右都是胡人，都是冰冷的刀锋和锋利的矛头，武神在人潮最深处挥舞利剑，人潮在剑光下一次次退去又一次次重新涌起，巨阙剑被血肉磨得通红灼热，武神在人海中艰难地前行，血水在他脚下蔓延。可汗回望沙场，这是他毕生打得最乱的一次仗，生龙活虎的战士瞬间成了剑下冤魂，他又如何向自己的人民交代。他让胭脂带着妻子先走，拿起长矛迎着人流向武神缓缓走去。他的妻子抱住他的肩，道："要死便死在一起！"说罢也拿起武器随他向前走。胭脂见状高喊："今日我们随大汗战死沙场，决不后退！"说着拨开人流冲在父汗和母亲的前面。胡人听她一喊，都高喊着保护大汗奋力前冲。武神在尸山血海中沉浮，便像怒涛中的小舟。

武神确认赶到他马前的三个人是可汗一家，他们在十六年前就见过面，那时他们正当壮年，武神眼前是妻子送自己远赴沙场时那黯然的眼神，漫天的白色孝带和孩子孤独的啼声……现在，他们都离自己远去。面对突然冲到自己面前的可汗一家，武神觉得自己无比孤独。可汗张开双臂横矛护在妻女前面，道："我等你来拿我首级，我知道你不杀女人……"他知道自己和前辈相比不是个强大的可汗，尤其在武神面前。十六年前他失去了长子，次子刚继为世子便去中原做了奴隶，如今他的女儿生命也受到了威胁，一切竟都是因眼前这和他一样苍老的战士。他和武神对视良久，谁也没有动手。武神道："你也老了……"胭脂从可汗身后跃出，到武神马前挥刀便斩。武神一提缰，犹龙驹轻轻一侧身便避过刀锋，后蹄一掠踢断了胭脂的手臂。胭脂钢刀脱手，咬着牙忍住泪水，恨恨地瞪着武神。武神的心猛然间竟有些痛，他眼前都是妙儿的身影，他无意让犹龙驹踢这么重，它也老了，又累了半日，力道没有把握好。它好像知道自己的错，低头用前蹄刨着雪。可汗和妻子心疼地为胭脂包扎，四周的将士又向武神涌去。可汗一挥手，他们都停住了。可汗长矛拄地道："此时我们将死去，和这大地上死去的亲人一起，回归那神山上的净土，我们与我们的亲人永远是一体的。"周围的将士们也都呼喊起来。

武神看着这些人，他有比他们强大的力量，却永不会再拥有这亲情，他身后的王朝满是阴谋和算计。他忽然想到，即使他杀了可汗，还会有新的可汗，胡人只会以更强大的攻势报复，到那时那虚弱的王朝便无法抵挡。他忽然改变了原来的主意，道："大汗，我也有女儿，懂得你对她的爱。若你此时答应永不侵犯中原，我便不杀你们。"可汗看了看胭脂，胭脂横眉道："父汗不要答应他，我们岂是能被威胁的！"可汗点了点头道："胭脂山脉本是我们的牧场，每年冬天北方没有了牧草，我们便来到这胭脂河畔。明明是你们占了我们的牧场，却如何说我们侵犯中原？我们胡人便是战死，也不会屈服，你要杀便杀！我的左右两路大军不久便到，我们死在自己的土地上，你们却是死在异乡的游魂。"

武神此时当真迷惘了，但他知道，作为一个统帅必须时刻保持冷静和决断，速战速决，所以他果断道："你不肯要和平那我们便同归于尽！"说罢一剑斩下，胡人将士纷纷扑上来为可汗挡剑，剑却是那样地快，与可汗抱在一起的妻子扑倒丈夫和女儿。武神大惊，拿剑的手第一次有些颤抖，他及时地收剑，剑气却是收不回的。巨阙剑的剑气刺破她的身体，鲜血扑面而来，她紧紧地抓着丈夫和女儿，在被鲜血染红的雪地上抽搐着一点点变冷，她没有闭上眼睛，她本以为自己能见到分别十六年的儿子……

武神第一次这么真切地看到死亡的过程，他以前从没注意过，甚至不屑去注意。他第一次杀了一个手无寸铁的女人，她的痛苦仿佛变成他的痛苦吞噬着他，他感觉到大地在颤动。他心中一凛——胡人的救兵到了。他凝聚真气向草原吼道："退兵！"周围的人随着声浪痛苦地摔倒在地，他的将士们开始突围向先锋营退去。可汗和胭脂痛苦地呼喊着，拦住武神的去路。胡人纷纷涌上，想阻挡住武神为死者报仇。武神挥剑斩向可汗，只觉手中一震，巨阙剑出乎意料地被挡住。一个黑影从人们的头顶飞过来，用铁琵琶挡住了他的剑。武神看到紧那罗苍白的面具，铁琵琶被巨阙剑刻出一道深痕。武神知道，要打败这人起码要百招之外，到时候胡人援军赶到，自己和三千铁骑恐怕不能脱身。杀可汗是不可能了，他只求自己能带三千铁骑全身而退，即使他们之中一人出事，他也不能原谅自己，虽然他知道，他们之中的很多人此时已长眠地下。

雪豹、铁狮、铜虎都已伤痕累累，武神让他们带着剩下的两千多人马上入关，自己断后。三人知道他的命令不可违抗，铁狮对其他二人道："你们带大伙入关，我随大帅。"其他二人却不同意，都要追随武神，身后的将士们都调转马头道："我们都不入关，决一死战！"武神回头望着他们，目光肃然，声音低沉："都入关！"众人低下头沉默。铁狮道："我们入关找救兵。"说罢当先飞马驰向胭脂关，其他人依依不舍地跟随在后。

武神看着他们离去，放心地笑了。他回马横剑独自断后，涌上来的胡人纷纷勒马不敢向前。东北和西北的震动越来越剧烈，依稀可以看到数十里外铁蹄狂卷的飞雪。紧那罗护着可汗过来，对武神道："你们到得真快，还好我及时赶到。当日那三个重犯，恐怕你一个都没捉到吧？"说着又对可汗道："当日世子与两个朋友喝酒，让老夫先送这吴老先生回来。"众人这才注意到他身边那人虽着胡服却是个汉人，都恶狠狠地冲上来欲杀之而后快。可汗挥手制止，道："紧那罗先生也是汉人，可见汉人也有好的。何况漠儿看重的人，定是了不起的人物。"紧那罗道："这吴先生当年是江南最著名的文人之一，却因皇帝不喜欢他说的真话，被囚作奴隶。十六年来世子奉他为老师，宁可自处险境也要把他救出来，可见世子对他的情义。试问武神将军，你们的皇帝对人可有此情义？"武神笑道："吴先生从出世到现在，汉人的水土养育你六十余年，你可有情义？"吴钦舜冷冷一笑："在下本一介书生，但求读圣贤书识世间理，不求显要闻达，也无参政之意，皇帝却无端将我囚禁抄家，家人从半岁小女到八十老母充为官奴。书生何罪？家人何罪？国家是天下人之国家，不是皇帝一人之国家！在下便是有情义也是对江南大好江山的情义，与皇帝朝廷何干？何况当今朝廷腐败，皇帝昏庸，是不折不扣之民贼，死有余辜。将军毕生为国为民，那皇帝却将你视为眼中钉，唯恐你夺他皇权，不知腐鼠成滋味，将军难道竟觉得这皇帝有情义吗？"

武神沉默，他不知如何回答，听得自己的将士去远了，他笑笑，道："老夫做事但求无愧于心！"说罢回马奔向胭脂关。

可汗将身上的貂裘披到吴钦舜身上道："先生果然是有识之士，我那漠儿可好？"吴钦舜受宠若惊，忙行礼道："多谢可汗，世子聪明绝顶，文韬武略无人能及，其义薄云天之气概尤让老夫佩服。"可汗十分欢喜，向众人道："我的漠儿有出息啊！"忽见胭脂在抹泪，想到妻子已永别，心中悲愤难当，道："吴先生，这玄冥十六年前杀我长子，又让我次子受奴役之苦，如今又杀我爱妻，我有生之年必报此仇！吴先生可有计谋？"吴钦舜道："一年来在下夜观天象，少微四星黯淡无光，贤人将失志。只怕不等大汗出手，太平皇帝也要害他了。"可汗大惊道："他虽是我们的仇敌，但却也是为国为民，那皇帝竟昏庸到如此地步？"吴钦舜道："那皇帝心胸狭窄，自以为是，权力在别人手中始终不放心，何况是军权？加之这玄冥常忤逆皇帝的意思，皇帝早恨他入骨。他深受将士爱戴，若那皇帝亲手杀他，恐怕引发变故，因此要借我军之手杀他。此番我随紧那罗先生出关，听说他来攻我大营只带得本部三千人马，那北镇将军霍云并不派兵协助，可见他们便想用我们除掉他。哪知他竟得胜，不知他们会怎生对付他？"可汗咬牙切齿道："我对中原唯一的顾虑就是他，若他除了，天下再无难事。若有机会，我一定亲手杀了他。"吴钦舜道："不知可汗是想要玄冥的性命还是想要天下？"可汗道："自然都想要。"吴钦舜道："那可汗便要忍一时之性情，不要杀他。"可汗道："难道便放虎归山？"吴钦舜摇头道："可汗难道忘了那中原皇帝也要杀他？我们放他只不过是让那皇帝杀他。斗星晦暗，大乱不远。中原军中大半是他的部下，便是那皇帝找到个好借口杀他，也必然会引出一场大乱子，到那时我们便可收渔人之利，岂不更好？"可汗大笑道："吴先生果真是神机妙算，到时我定用那皇帝人头祭我爱妻！"

左右两路大军赶到，可汗马上派出两骑探马去胭脂关外探听消息，下令两日内不要饮用胭脂河水，等大黄被流水冲散之后再用，又让刚赶到的两路将军打扫战场。

武神在北风中纵马奔驰在雪原，似乎天地间只有自己一人，孤独得没有影子，沉默得只有北风萧萧。这一生他岂非也是如此奔行的？胭脂那倔强的眼神，剑下那冰冷的鲜血……这一生也不曾休止的征战，一生也不曾休止的搏斗，难道竟没有意义？他脑海中满是妙儿的影子，一口鲜血再也忍不住喷出来，和身上早已沾满的无数人的血混融在一起，无法分辨。他抹干了嘴，收敛情思，远远看见自己的人马聚集在胭脂关外，胭脂关城门紧闭吊桥高挂，铁狮正怒火冲天地向城头的霍云吼叫着。铜虎见武神赶来，忙赶过来道："大帅，守城者不肯开门放行。"武神催马到吊桥前，铁狮收住骂声站在武神身边。

武神向霍云道："开门放行。"霍云行礼道："大帅，如今胡人六十万大军离城外不到三十里，若趁开城门之机进攻，失城之罪由谁来担？"武神道："一切罪责有本帅担当！胡人来攻我杀退他便是！"霍云笑道："失城事小，若是胡人趁机进犯中原，失国之责大帅可担当得起？再说，大帅竟有把握杀退胡人？那大帅又为何要末将开门？大帅从来为国为民，以百姓为天，一旦胡人破城，城中百姓岂不遭殃？末将实不敢也不能开门啊。"铁狮大怒，搭箭便要射。武神道："不可鲁莽。"铁狮道："他们就想困死我们！"武神道："去先锋营取营帐粮草，在城外就地扎营。"说罢带众人上马折回先锋营。

两个探马回到胡营中，向可汗回报霍云不放武神将士入城。可汗大喜道："果不出吴先生所料，我大军便就此把他的军队消灭！为我爱妻报仇！左将军雪怒守营，右将军风吼随我率二十万大军，十万强弩手向胭脂关进发。胭脂，你亲手射他三箭为你母亲报仇！雪怒，你在营中建高台，待我得胜归来，以仇人的鲜血火葬死去的亲人。"诸将领命。两日后，战马和战士都恢复元气，可汗重建大纛，率军直奔胭脂关。关外两里，十万强弩手张强弩，二十万军士开硬弓，可汗一声令下，箭像狂风一样向胭脂关席卷而去。

武神远远听见铁蹄轰鸣，知道胡人定是向胭脂关逼近了，便布置防御。北方突然奏起十面埋伏的杀声，紧那罗的铁琵琶猛地扼紧了人们的咽喉，紧张、焦虑、恐惧……人和战马都开始烦躁，一种巨大的压力无端地压在每个人心头，训练有素的战士忍住了，但战马和胭脂关上的人开始忍不住大叫起来。猛地，天空厉风四起，狼嗥般的杀声劈空而来。武神听出这是万箭破空声，忙叫将士卧马结盾。只听胭脂关上瞭望的兵士大叫："箭！"天空霎时变成黑色，箭像暴雨一样打上将士们的盾牌，强弩的箭不断穿过盾牌，有的人被射中头脑无声死去，有的被射中身体，内脏和鲜血从撕破的伤口涌出，凄厉地哭号着让同伴给自己个痛快。身后卧倒的战马不断中箭，跃起狂奔，没有奔出几步，便被箭的狂风卷倒在地，身上已中上百箭。胭脂关内人喊马嘶，箭射进城砖声，射中城门声，射中人马声狂潮一般凄厉不绝。铁狮身边的同伴都死在箭下，他再也忍不住，大吼一声，将三个盾牌攥在手里向前猛冲。武神喊他他也不回头，只是向前跑，飞箭射中他的双腿，他的步子还是不停。铜虎和他是几十年的兄弟，忍不住便要追上去救他。武神一把按住他，道："没我命令谁也不许动！"说罢持盾拔剑起身去救铁狮。铁狮双腿中满了箭，扑倒在地，乱箭瞬间射满他全身。武神情急间竟不知如何带他走，只好用盾牌覆盖住他，自己在前面挡箭。铁狮却从盾下爬出来，向着箭射来的方向用尽最后的力气爬，鲜血把身下的雪地染得殷红，他的速度渐渐变慢，最后停住了，眼睛瞪着北方，那里竟如此遥远，他将永不可能到达……武神独自在疾风箭雨中挥舞着巨阙剑，所有人都听到他喉间的怒吼。

①
⑧
⑨

第十二回　人间俯仰成今古，何地他时始惘然　■90■

何裳的伤好得差不多，晚晴怕他跑掉，却是动都不让他动。何裳听路过的太监们不住地谈着北方的战事，担心武神的处境。但因晚晴刁蛮，太监们经过晚晴院外时议论的声音都吓得缩小好几倍，何裳只能听个大概，只知他带三千军马已赶到胭脂关。

一日，隔壁的一个小院子又传来女子的哭声，何裳听得伤心，道："隔壁女子不知是谁，已哭了不知多少天了，去劝劝她吧。"晚晴冷笑道："后宫佳丽三千，除了母后之外有谁不夜夜哭泣！这恐怕是个新来的，以为一步登天，却是独守空房，都是活该！"何裳忽想到玲珑，她是自愿进宫，可霓裳呢？那天的琵琶分明是她弹的，人却在何处？在富贵面前折腰是人间最普通之事，富贵不能淫却是难得至极，可孤傲的背后是多少辛酸？霓裳琵琶里的幽怨却有几人能懂？他不禁为这两姐妹的身世伤感。晚晴见他出神，道："这婢子的哭声竟让你痴迷？心疼了？你只该听我的话，要不然我就把你们都杀了！"何裳十分反感，点住她的穴道，道："我便偏要去看看。"晚晴便要大喊，何裳忙拂她璇玑穴，此穴乃哑穴之一，晚晴气得咧嘴大哭，何裳又拂她玉枕穴，她慢慢睡着了。

何裳正要去看隔壁女子是否玲珑，只听一个太监不耐烦道："哭什么哭！皇上看得起你，让本公公来伺候你，可惜皇后娘娘不喜欢你，偏被安置在这个破院子。皇上忙着炼丹，不知何时才能想起你……唉，熬吧，没准哪天一步登天，到时莫要忘了我。"女子抽泣不语。听有人敲门，喊小德子，刚才说话的太监忙应了一声，跑去开门道："齐子，我让你打听的事有眉目了？"齐子嘘了一声，关上了门，小声道："皇后真怀孕了，已有两个月了。"德子兴奋道："这么说，这丫头有戏？"齐子道："难说，皇上忙着炼丹，北边的事又紧得很，近日咱们丁爷爷还因为这个碰了一鼻子灰。"德子道："如何？咱们爷爷却是失宠了？"齐子道："瞎说！只因咱们爷爷为那大将军说情。"德子道："这又有什么干系？"齐子道："你个猪脑子！咱们朝廷要没了大将军，你说会怎样？"德子道："当然几乎便垮了，到时我们的富贵就泡了汤。"齐子道："对啊，现在皇上和丞相定计要害大将军，咱们爷爷进谏了，皇上骂咱们爷爷背主！"德子吓坏了，道："我的妈，那还了得！"齐子道："可不，我伺候皇上那么多年，都吓得要命。所以，爷爷也便参与了皇上的计谋。咱们太监永远是皇上的人，犯不着为外人吃亏。这次胡人势大，便借那胡人之手灭了大将军。"德子道："真个是要他的命？那不完了？"齐子道："皇上想收权，他不死皇上哪能安心？"德子道："若是胡人杀不了他呢？"齐子道："你这回问着了，这次皇上和北镇还用大将军做了个饵，钓胡人来杀他，到时大将军便是没死也差不多。然后皇上便下令东西两镇策应北镇反攻，打个大胜仗，大将军到时便听皇上处置了。那东西两镇本是他的亲信，可这场仗他们也参与了，也便无话可说了。"德子吸口凉气道："可了不得，可怜大将军一辈子为国效力，怎会想到会被这样害了？我们这些小虾米，不知是何收场。"齐子道："只要跟定丁爷爷，少不了富贵。这消息传来了，你也放心了吧？我便回去和皇上炼丹了。到时若富贵了，别忘了兄弟。"德子道："多谢多谢，到时候送你一百箱银子。"齐子笑着哼着小调儿走了，就像真拿着了一百箱银子。

那德子跑进屋里道："我的小主子可别哭了，皇后娘娘怀孕，皇上便要想起你来了，他日再为皇上生个小龙子，只怕一夜之间便就富贵了。"那女子道："这如何便能想到我，皇上不是炼丹呢吗？便是富贵，哪里又能贵得过皇后去。早知皇上根本不在乎我，便不来这里了，都不能见天日。"德子小声道："可不能这么说，小心让人听见。话说回来，要是皇后生个公主，你却能生个龙子，那这里便是你的天下。"何裳趁他们不备悄声跃入院内，隐约见一女子对镜梳妆。他挂在檐上向院中丢下一片瓦。德子大惊，忙跑出来看究竟。何裳趁机闪入屋内躲到床下。女子觉得门口一阵风吹动了发梢，一阵寒气让她冷不自胜，她回头去看，却一无所有。德子在门口道："原来是风吹掉一片瓦。"女子起身将门关好，重回到镜前独自梳妆。德子叹道："整日把自己关在里面梳了又卸，卸了又梳，怕不是要疯了。"她背对着何裳，何裳却从镜中看到了她的容颜，不是玲珑还是谁。何裳见她安好无事，心中也松了口气，便想问她霓裳的情况。

只见她又点起一炉香，将刚插好的玉簪重又一一拔下，将刚挽好的罗髻重又散开，两臂向后轻摆，五彩的锦绣从身上滑下。日光穿过碧纱窗游走在她身上，她就像鲜嫩欲滴的翡翠，背心一点红记，便像画上去的神采奕奕的梅花。她凝视镜中自己的身体，目光沉醉而迷离，她舒展身躯，缓缓起舞。在这严冬天气，铜炉中的炭火已微，她似乎并未感到寒冷，沉迷在自己的舞蹈中，似乎一切都已忘记。

玲珑舞了多时，慢慢停下，走到屏风前静静看着上面的金丝雀，何裳听到她的抽泣。最后一点炭火灭了，她似乎突然感觉到了严寒，抱着肩蹲在地上呜呜地哭起来。何裳不忍，将地上的锦绣披到她身上。她大吃一惊，正要叫喊。何裳忙捂住了她的嘴，轻声道："你不认得我了？"玲珑睁大眼睛看着他，依稀记起在金谷园中曾见过一面，是曾经顶撞丁卯的那个少年。她拨开何裳捂住她嘴的手，小声道："你要干什么？"何裳道："如果你不愿在宫里，我可以救你出去和你姐姐团聚。"玲珑道："你为什么要救我？"何裳道："觉得你刚才很寂寞，很难过。你姐姐也肯定不好过……"玲珑小嘴一撇，笑道："你是想救我还是救我姐姐？"何裳一愣。玲珑笑道："我本早忘了你是谁了，可我姐姐记得清呢，在丁公公那儿就常担心说：那个顶撞公公的小子不知有没有受苦？现在她关在那废园里不知受什么苦，怕是天天在相思吧？"何裳红着脸想问"是真的？"话到嘴边却道："你只说想不想出去，若想，我就救你出去。"玲珑不语，孤寂的日子消磨得她本完全没有了信心，可刚刚德子的话让她又产生了希望，一步登天的诱惑让她不能拒绝，她沉默着。

院外响起很多人杂乱的脚步声，玲珑眼睛一亮，以为定是皇上派人来，忙穿衣梳头。德子也在外面慌慌催促："快收拾好！没准就是皇上派人来了。"边说边小跑到门口等着开门。何裳只好又躲到床下。只听门外一太监道："皇后娘娘驾到。"德子忙进来拉玲珑开门跪拜。皇后被十几个宫女簇拥着，笑眯眯来扶玲珑，反复打量，道："大家都是一家人，可不要多礼。我这妹妹长得真是美，丁公公眼光真是好！"玲珑笑道："娘娘见笑了。"心想这皇后人却也不错，忙把皇后迎到屋里。皇后让身后的宫女把紫金托盘上的影青瓷碗放到桌上，挥手叫人们都出去了。宫女们都到了院外，德子却故意留在院里偷听。

皇后看了看屋子道："妹妹在宫里住得可习惯？德子伺候得可让你宽心？"玲珑笑道："娘娘操心了，都很好。"皇后道："那便好！咱们都是一家人，以后便以姐妹称呼，不要见外了。"玲珑笑道："遵命，皇上和娘娘身体可康健？"皇后道："都好，真是懂事。这几日太医发现我有了龙种，可乐坏了皇上。我撺掇他到你这里来，他这几日却正忙着和两个道士炼九转丹。你也等急了吧？若是无聊，便在宫里转转，这么多姐妹是要串串门的。听说你来后一直有些水土不服，不爱出门，我特地请太医开了个方子，送来让你服服试试，若是有效，便叫奴才们常送来。"说着端起瓷碗。玲珑忙接过，行礼道："让姐姐操心了，却让奴婢怎生过意得去。"皇后笑道："趁着没凉喝了吧，凉了怕就苦了。"玲珑笑着喝了，咂咂嘴道："不苦，多谢姐姐。这般恩情，奴婢不知怎生报答才是。"皇后道："又客气了，若要报答，那便给我跳个舞吧，大家都赞不绝口呢。"玲珑道："那便献丑了，姐姐莫见笑。"说着红袖轻扬跳起一支百鸟朝凤，她扮演一只孔雀带着百鸟朝拜凤凰，这凤凰自然便是皇后了。皇后自是高兴，见玲珑身姿曼妙窈窕，身上的每一寸都那么鲜活灵动，她不住地赞叹。

忽然间，皇后似乎想到什么，颜色大变，问道："这百鸟朝凤是江南虞美人自创，你却是从哪里学得？"玲珑不解，以为自己哪里做得不好，忙答道："玲珑自小便在虞美人门下学舞，我还有个姐姐，学得了虞美人的琵琶。"皇后追问道："那你们，你们都是从小便追随她？你十六岁，你姐姐十七？"玲珑惊奇道："对啊，难道姐姐也认识她老人家……"皇后没有回答她，起身将玲珑身上的锦绣剥下看她的背，一点胭脂色的梅花赫然在目，她一下子怔在那里，身体不由自主地栽向一边，玲珑慌忙扶住她，又惊又怕，不知自己做错了什么。皇后倚着玲珑缓缓坐到地上，紧紧把她搂在怀里，泪水漫溻了双眼，咬着牙关一声也不出。玲珑被她紧紧抱着，见她无声地痛哭，又是惊恐又是心疼。皇后她哭得太厉害，似乎一生中所有的冤屈与痛苦都要一起哭出来，哭到最后只是仰着头，看着天顶任眼泪如决堤洪水。许久，她才能喘上气，喉咙里哽咽着不停地说着为什么，似乎是问天，问别人，问自己。

玲珑被她哭得难受，也抱紧她跟着哭起来。皇后将她抱在怀里，哽咽道："妹妹呀，我的亲妹妹呀……老天爷，你为什么这么害人……"玲珑哭着惊异地看着她。她抚摸着玲珑，道："你知不知道你父母是谁？"玲珑瞪大眼睛，摇着头。皇后道："我们的父亲叫吴钦舜，是当年江南第一流的才子。我们的母亲，便是……便是虞美人啊。"玲珑一时不能相信，眼中满是疑惑。皇后道："我是大姐，叫吴眉，你那二姐本名叫吴梦，你的本名是吴意啊。十六年前母亲刚生下你，我家便因父亲的诗文触犯了皇上而被抄家。父亲被打入天牢，我们全家老幼被拆散充为官奴。我那时十岁，被带到洛阳。当今丞相顾全是父亲的老友，救了我，把我当作养女，却失去了你们的消息。那时你刚刚出生，梦儿也才一岁呀。皇上，害得我们家亡人散……"玲珑道："那你，竟做了他的妻子？"皇后哽咽着切齿道："正是！十年前我满十六岁时，义父问我想不想报仇。我知道他是丞相，所以我没敢说想。但他说他想，他说他本是前朝的臣子，忠臣不事二主，他本应自尽殉国，但他要为前朝报仇，假装臣服，忍辱负重，卧薪尝胆，终于得到丞相之位。他说要报仇不是杀了皇帝那么简单，而是要一点点消磨了他的江山，让他众叛亲离，让他一点点看到自己毁灭。他决定把我送给皇上，我便答应了……"突听屋外一声响，皇后飞身推门跑出去，只见德子摔倒在地。原来他听到这惊天秘密，又惊又怕慌忙向外跑，却被石阶绊倒，腿几乎被摔断。皇后上前一手捂住他的嘴，一手拔下锋利的金簪一下刺穿他的咽喉。德子的腿蹬了几下，死了。皇后取出化尸粉倒在尸体上，尸体不多时便化成灰烬。

玲珑吓得脸色青白，连何裳都胆战心惊——这皇后下手竟如此狠辣。皇后重又进屋关上门，将玲珑搂在怀里。玲珑看着她的手，恐惧地躲着她。皇后看着自己的双手，道："你怕吗？我没有沾血，那金簪我已扔了。"玲珑含着泪摇头。皇后一把将她按在床上，道："你怕我？我是你姐姐……我做的一切，都是为了你们！这个太监不死，我们便都要死！在这里，你不能手软！你知不知道我给你喝的什么？这后宫的女人都被我喂过这种药，她们一个孩子也生不出……我现在虽老了，但我怀孕了，我还是这地方的主人，女人的天下就是后宫……"玲珑痛哭起来，她不知自己兴高采烈喝下的竟是这种药。皇后似乎从梦中惊醒，拉起她道："你吐，快吐出来！"说着将手指伸进玲珑的嘴。玲珑想到她杀人的手，不等她碰到自己的嗓子便呕吐了起来，与此同时，她感觉到小腹一阵钻痛，她皱起眉头捂着肚子痛苦地蹲在地上。皇后知道已药力发作无可挽回，她仰天无声地长叹，与玲珑抱头痛哭。哭了许久，她哽咽道："上天……为何对我们如此不公？母亲，母亲呢？"玲珑哭着道："师父……母亲……带我们在秦淮河边卖艺，我十三岁时……她去世了，我们被……她朋友谢天香的迷楼收留，后来谢娘娘的徒弟开了金谷园，谢娘娘便叫我和姐姐来帮他。后来被丁公公看中，送到宫里。"皇后道："那梦儿呢？"玲珑道："她宁死不愿进宫，丁公公便把她关在城北的废园。"皇后道："我要想办法救你出宫！"玲珑道："那你呢？我不能让你一个人在这里。"皇后苦笑道："这种地方，我一个人就够了。我们吴家要有人去复兴。你记住，姑苏太湖东山的寄园是我们的故宅，山上有我家五百亩茶园。我家遭难后，父亲故交杨承兴乘人之危，贿赂官府买下我家产业。我重任在身，不能暴露身份与他理论，我有一幅画，是黄子久的《富春山居图》，那杨承兴最喜收藏，到时用这幅画换回我家产业。晚上我派人送来，你保管好。"

何裳本在床下缩得腰酸背痛，听到《富春山居图》，不由眼前一亮，师父曾无数次提起并背临过这幅画，其神韵何裳早已神往，如今听到它的消息他不由兴奋，一不小心头碰到床板上，痛得他龇牙咧嘴。皇后十分警觉，俯身便把他揪了出来，掐住他脖子道："什么人？"何裳只是捂着头咧嘴，皇后以为他故意做鬼脸，大怒，双手用力便要把他掐死。何裳一急，将身从她腿下钻出，回手将她扔到床上。皇后待要再打，玲珑拦住道："这是好人，刚才还说要救我出去。"皇后瞪着何裳道："此话当真？"何裳道："只要玲珑同意，我便救她去和霓裳团聚。"皇后看着何裳的脸，忽然道："哦，你便是那个在朝堂上闹事的小子，你的画像贴满了长安城，你怎么保证救她？"何裳道："倒是没办法。不过，我前几日曾与吴钦舜先生有一面之缘，他如今应该在胡地。"皇后扯住他的手，声音因为激动而颤抖："你说的是真的？真是家父？"何裳道："姑苏吴钦舜，被皇帝囚于骊山。你应知道胡人世子逃脱之事吧？那世子奉吴先生为师，把他救出，现在应该已到北方。"皇后大喜："是他，是他。他可好？"想到北方如今正打仗，却又更加担心："不！北方正和胡人打仗，他可如何是好！"何裳道："放心，救他的那人厉害得很。"皇后才松了一口气，又紧紧握着他的手："侠士，我求你将玲珑救出，再去北方帮我传个信：朝廷要用大将军做诱饵，三路大军迂回包抄。你将此事告知家父，不要让他陷入包围，吴氏姐妹感恩戴德，誓死报答大恩！"说着扑通跪倒在何裳面前。何裳连忙扶起她："我本就要到北方去，举手之劳，不必言谢。"皇后拉住他二人："你们便在明日一早逃脱，让人们以为是你闯宫杀了德子抢了玲珑。这些日子北方战事紧急，人们没心思顾及其他。我这便回去，你们要不露声色，便像平常一样。"说着拉着玲珑的手，含泪道："为免别人怀疑，我便不来了，你们保重，记得我的话！"玲珑哭道："你也小心，我们在家等你。"皇后笑了笑，抹干泪，又收拾好妆容，推门出院带宫女们走了。玲珑为免别人怀疑，行礼道："恭送皇后娘娘。"皇后没有回头，虽然她知道也许将是永别，她仰着头一直向前走，泪水在脸上纵横。玲珑含着泪看着她的身影消失在深宫。

　　何裳心里为三姐妹的身世伤感不已，又对皇后那仇恨感到无比惊悚，仇恨把人残害成这样，到底是谁的错呢？他来不及想，他此时脑海中都是武神孤军作战的样子，虽然他们之间矛盾重重，虽然他们曾刀兵相见，但他们还是出生入死的朋友，他甚至把他当作父亲来敬仰，他必须去救他。何裳回到小屋看着熟睡的晚晴，喜怒无常的她此刻脸上一片静谧。他有些不舍，更不忍看她难过，但似乎不能再回避了，他解开了晚晴的穴道。晚晴缓缓醒来，慢慢睁开眼，突然哇的一声大哭出来，从床上弹起将何裳推倒在地，扯住他的耳朵，哭道："我打死你！我打死你！"何裳知道她还没受过这种委屈，便由她发泄，眼睛一翻，闭过气去。晚晴见他没了气，心中发毛，晃着他急道："你死了？你真死了？"何裳真的像死了一样。晚晴哭得更厉害了，捶着何裳道："你醒过来，你快醒！"何裳还是不醒，晚晴不知如何是好，干脆坐到何裳身上，喊道："你真的死了？我不该打死你。我虽然经常打你，却是喜欢你的。你死了，我便也死了。"何裳怕她真的寻死，忙起身拉住她道："我不死了，我再也不死了。"晚晴却大怒，一把将他推倒，道："我最讨厌骗我！我杀了你！"说这便抽出小匕首，扯开何裳的衣服露出后背。何裳大惊，忙逃开，道："你要干什么？"晚晴道："我要在你身上留个记号，你到哪里我都是你的主人。"何裳夺过她的匕首，道："小小年纪怎么这么狠毒？我明日便走了！"晚晴道："你说什么？"何裳道："我要去北方找大将军，你父皇要害死他。"晚晴道："你是要和那婢子私奔吧？你要是敢走，我今日便把你们全杀了，然后报告父皇！"何裳本来怕她伤心，心中不舍，此时却十分反感，道："我定要明日走，要杀便杀！我的画还给我。"晚晴道："你说什么？你真的舍得走？你为什么不带我走？那幅画不是画给我的吗？我不给！"何裳道："你是公主，我是个浪子，你受不得苦。我这番是去北方的战场，九死一生。那幅画……"何裳本要说出实情，却怕伤她的心，便道："你若喜欢，便收着吧。我只不过是个过客，离开是必然的。我也不是你喜欢的那种人，只不过是我突然撞进你的生活罢了，你原谅我。"晚晴哭道："我偏不！我要杀了你们！然后去报告父皇。"何裳道："我住在这里已是大大不对了，虽然我们没有什么，但在那些道学家看来已是大逆不道了。我是个破落户，不在乎，可你会被人看不起的，你以后怎么过？"晚晴道："你若是真心喜欢我，我便不在乎！"何裳想说我魂牵梦萦的是你姐姐，却说不出口，只是摇头。晚晴哭道："你是个懦夫！你走吧，我不用你管！我永远不要再见到你！"说罢深埋进被子。何裳在床下坐着，凝视着闪烁的烛火，烛泪落到烛台上。

次日黎明，晨光熹微，鸡人还未报晓，太平宫笼罩在一片晨雾之中。何裳趁晚晴未醒收拾好东西，给晚晴盖好被子，跃到玲珑的院子。玲珑已准备好，何裳让她也换上太监的衣服，带她到后门。此时已鸡鸣，鸡人在城头吹着号角，宫门缓缓打开。守门的卫士还是上次那两个，认得何裳，笑道："这小太监又换了个俊相好，真是福气！这么早却又是丁公公派的事？"何裳道："不好说，小太监也有自己的事啊。"说罢将两大锭银子塞与两人。两人笑道："这小公公有意思，将来定有出息！"兴高采烈地送何裳和玲珑出了宫。两人一路询问找到废园，远远听到园中传来霓裳的琵琶和歌声，玲珑大喜，连忙跑过去敲门。

开门的是老穆，他不仅能通唇语，更能通过对震动的感觉辨别发生了什么事。霓裳照例在那里弹着琵琶唱小山词，贺兰漠一心只在听着霓裳的声音，对敲门声竟都没有老穆敏感。老穆认得玲珑，丁卯将她俩本都安置在这里。但他目光却在何裳身上停住了，他的眼神沧桑而忧郁，让何裳感到不同寻常。玲珑拉着何裳进了院子，摆摆手示意老穆不要出声，悄悄走到霓裳背后，一下捂住她的眼睛。霓裳吓了一跳，随即反应过来——这是玲珑常玩的把戏，难道……玲珑的笑声像珠子一样跳跃起来。霓裳狂喜道："真的是你？快放手让我看看。"玲珑笑着跳到她面前。霓裳满含泪水欢喜地看着她，又见何裳站在一旁，不由惊奇。玲珑道："我都回来了，还流什么眼泪。他叫何裳，就是你念念不忘的那个，把我救出来见你了……"霓裳连忙起身行礼："承蒙两次施救之恩，小女子多谢了！"何裳道："何裳仰慕小姐品格，佩服小姐高才，也惊艳于玲珑的舞蹈，能帮助二位是何裳的福气。何况何裳正要逃出宫去北方办事，也正方便。"霓裳嫣然一笑道："公子不要拿我姐妹取笑。"玲珑在一旁笑眯眯地把她向何裳那里推，她又羞又气，满脸通红。老穆在一旁笑眯眯地看着。

贺兰漠本在老穆的小屋躺着听霓裳唱歌，听到何裳的声音马上拄着拐杖来迎："可是当日并肩作战的何裳兄弟？"何裳一见贺兰漠也是又惊又喜，见他伤势已好大半，道："原来你在这里养伤。好得差不多了吧？"贺兰漠道："好了！萧然兄可好？"何裳道："他也受了伤，不过有人将他救走，向陇西轩辕城去了，现在估计伤也好了。"贺兰漠又道："你说去北方有事，却是何事？"何裳道："武神北征，到胭脂关已数日。朝廷要以他为诱饵，引你们大军进入埋伏，并趁机除掉武神，我要去救他。"贺兰漠大惊，道："我父汗不知情，我要去告诉他！"霓裳道："你们何以相识？你的伤还没痊愈，此去恐怕不易。"何裳对玲珑道："他便是救令尊的人。"霓裳大惊，问玲珑道："父亲？这是怎么回事？"玲珑满眼泪水，道："姐姐……我们的师父，虞娘娘是我们的母亲。我们的父亲，乃是姑苏名士吴钦舜，因诗文被皇帝陷害，我们家亡人散。那皇后，就是我们的大姐，她为报仇进宫，又让我出来找你。我们的父亲前些日子被救到了北方胡地，原来这位公子就是救父亲的恩人。"霓裳心性聪慧，早就感觉师父虞美人有很多秘密，却没有想到，这秘密竟是她们的身世。她骤然听到这么多事，忽觉一阵眩晕，几乎摔倒。何裳上前扶住她，她定了定神，挣扎着拉玲珑下跪："多谢公子救了家父。"贺兰漠也是吃惊，连忙扶住二人："不想吴先生竟是二位生父！吴先生是在下师父，恩同再造。姑娘如今又救了我性命，当是我谢姑娘才对啊！"

霓裳和玲珑相扶着，缓缓站起身："姐姐一个人在宫里？"玲珑点头，想起自己喝的药和姐姐的背影，心痛欲绝，泪水忍不住涌出来。霓裳见她异样，忙搂住她问："出了什么事？你别骗我。"玲珑摇头道："没事……只是她一个人……让人放心不下……我们怎么这么苦命！"霓裳道："报仇，却又有什么好报的呢？活了半生，却不知自己父母是谁……"何裳听她这样说，想到自己不也是如此吗？心下伤感，道："我自小被师父养大，比你们还多活了两年，却也不知自己父母是谁，什么样。幸好我和吴先生有一面之缘，我便把吴先生的样貌画给你们。"说罢取出自己的笔墨画起来。

老穆一直看着他们讲话，看着这几个年轻人的悲喜，他似乎想起什么，有些激动，在玲珑说到虞美人的一刹那，他昏暗的眼中似乎闪过一道光，他看得懂他们的话，他目光遥远，似乎又全在何裳的笔端，直到何裳放下笔，他的目光重又凝聚到何裳的身上，他激动地颤抖着，嘴巴一张一翕，似乎已忘了自己不能说话。霓裳马上给他纸笔，他却只是拿着，并没有写一个字，眼中已盈满泪水。

何裳也觉得这位老汉不寻常，见他如此看着自己，更加纳闷，在纸上写道："前辈可是身体不适？或忆及往事？"老穆闭上眼定了定神，写道："尊师可是画仙？他近来可好？可曾提及你的身世？"何裳写道："前辈竟和家师相识？家师不幸已于今秋仙去，不曾言及晚辈身世，前辈可知晚辈父母籍贯？"老穆闭目仰天，无声长叹，写道："世事白云苍狗，他竟先我而去，宁不悲哉！他守信不言及你的身世，我们却不曾想能在此相遇。"写到此，他的手颤动得再也写不下去。何裳知道他必定是个知情人，见他如此激动，忙上前握住他颤动的手。老穆只觉一阵暖意传入心中，手中的笔渐渐稳定，他接着写道："你乃金陵人士，令尊乃前朝亡国不肖之君陆凡，令堂乃虞美人的妹妹虞歌。令尊生平挚爱诗词绘画，不喜朝政，常与尊师同游于秦淮河畔，世称北庄南陆。虞氏姊妹原都是他的情人，但后来，那虞美人爱上了姑苏才子吴钦舜。令尊虽无行，却是懂情之人，便想成全他们，却又怕失了皇家尊严。后来，令尊决定与吴钦舜比诗，若吴能胜一筹，令尊便把虞美人相让。当时，令尊虽痛不欲生，却故意落败，成了他二人。虞美人误解他把自己当作赌赛的玩物，从此再不理他。幸好虞歌善解人意，但令尊的心已伤痕累累。后来虞歌怀了你，那时庄炎凉已揭竿而起，不到两年便打到金陵城下。令尊自觉愧对万民，与令堂相约投井自尽。他临死将你托付于画仙，并嘱他不要说起你的身世。一来不想让你对人世心怀仇恨，二来不想让你知道自己是皇家后裔，你便可以活得轻松快活。"何裳追问写道："那你为何现在又告诉我？"老穆写道："便因想通了皇帝乞丐本无差别，轻松与沉重，仇恨与感激无非风吹水浪，若水至清至明，便是狂风袭来，泛起的也是一片清波。"何裳泪流满面看着他，写道："你的字清丽绝俗，运笔自如，是绘画的高手，你对我身世了如指掌，你是何人？"老穆写道："当时一个知情人而已。"何裳怀疑地看着他，写道："可我觉得，你的故事没有讲完，我父母投井之后还有何事？"老穆写道："自然双双死了。金陵城被血洗，你的兄弟姐妹无一幸免。"何裳攥紧了手中的笔，哭着写道："你为什么不承认？"写罢跪倒在老穆面前，紧紧抱住他的双腿，放声大哭。

老穆将他扶起来，叹了口气，写道："他伤了太多人的心，亡国之时与一歌女投井自尽，宫中其他女子岂不断肠！他独送你脱险，其他孩子又有何辜？！狼心狗肺之人，你又何必想他。"说着放下笔，颤巍巍拿过霓裳的琵琶，闭目出神，弹奏起来。霓裳一听调子，是母亲最擅长的《虞美人》，她流着泪跟着唱："春花秋月何时了，往事知多少。小楼昨夜又东风，故国不堪回首月明中。雕栏玉砌应犹在，只是朱颜改。问君能有几多愁，恰似一江春水向东流……"琵琶声哀怨缠绵，霓裳动情地唱，他们姐妹想到和母亲度过的日子，贺兰漠回想起自己的故国。何裳一时悲欣交集，上前抱住他："你承认了？"老穆点头。何裳泪如雨下，紧紧抱住他。老穆写道："苍天折磨我，让一个小太监扯住我的衣带，你母亲却落水而逝。那小太监为求富贵，将我献到庄炎凉那里，他马上被升为总管太监。庄炎凉命人割我舌头，刺我耳鼓，后来又让这小太监带人把我沉入无忧河。那太监可能是见我如此受苦，良心发现，用别人顶替了我，将我放在这里更名改姓，为他把守这废园。"

何裳仔细地看着父亲，他年轻时定是个美男子，却因太多的苦难风霜提前苍老，苍天有眼，让自己能遇见他，知道自己从哪里来。何裳含泪写道："我为自己取名何裳，取'制芰荷以为衣兮，集芙蓉以为裳'之意，如今我知道我姓陆了。"老穆写道："姓名不过是代号而已，何裳很好，不必改。你也不必憎恨庄炎凉，你看这庭前空空如也，但到春天，便会草长花发，如此这样花开花落，年复一年。世事沧海桑田，在天地而言却不过过眼云烟，王侯将相总有成黄土之时，又有哪个朝代真的千秋万代呢？我已将那颗被人世纠缠的心放下，你也依旧像原来那样生活。"何裳点头，只听外面有人道："好听的琵琶，再弹，再弹！"何裳听出是空空的声音。果然，空空摇摇摆摆进屋来，看了看众人，见老穆半抱着琵琶，笑道："原来是你弹琵琶哄孩子，却怎么哭了？不怕羞！"老穆抬头诧异地看着他。空空笑道："我知道你弹的是什么，乞丐皇帝，皇帝乞丐……"小猴子从他头上跳下，跳到老穆肩头。空空道："悟空，要听话。"又爬到庭前把脸贴在地上，看了半天，奇道："你这纸上写庭前有花开花落，可明明是空空如也，你可真会骗人，明明无一物，哪来的许多花？"众人只觉他在调皮，老穆听了此话却如醍醐灌顶，不错！繁华旧事恍如大梦，一切不是镜花水月吗？本来无一物，何处惹尘埃。他心中豁然开朗，拉着空空便要走。空空却道："你这老头却要做什么？我是来玩琵琶的，你要去做什么自己去便是。何裳，我要喝酒！"何裳把酒壶给他，见父亲刚才无比喜悦，却又有些迷惘，便去扶他。老穆摆手，用脚在地上写了个我字，又用脚抹去。空空饱灌了一口道："我喜欢自己玩，你要去自己玩去吧，那边有个慈恩寺，那里的和尚都是光头，我本去那里玩，却不好玩得很，你喜欢玩便去吧。"老穆点头，向他合十，便出门要去慈恩寺。何裳早看出父亲被空空点化看破红尘，知道挽留不住，却还是流着泪追出去，想多看他几眼。老穆向他微笑着摇了摇头，然后转身头也不回地去了，他的腿有些跛，身影单薄，渐行渐远。何裳看着他的背影远去，眼泪不住地落在雪地上，目送他消失在雪中，还一直分辨着他的脚印，就像在寻找父亲。

空空将琵琶乱弹一通，觉得不好玩，忽然看见角落里的贺兰漠。他好奇地跑上去，上下左右打量了一番，道："奇怪，我好像认得你。"贺兰漠不理他，只想着怎样北归。空空无趣，一口把酒喝干，丢给出神的何裳，道："悲莫悲兮生别离，乐莫乐兮新相知。他们不跟我玩，我便走了！"说罢蹦蹦跳跳跑了。何裳回过神来，对贺兰漠道："我们这便北去。"贺兰漠忙应道："事不宜迟！"却忍不住看着霓裳。他被囚不见天日十几年，霓裳不仅是他的救命恩人，更是他见到的第一个如此风采的女子，如果北方无事，他宁愿自己的伤一生都不痊愈，永远守着她。霓裳含泪叮嘱："二位千万保重！替我姐妹善待家父……"贺兰漠道："我会回来的！"霓裳点了点头。何裳道："你们两个小心，随机应变。"说罢，两人去驿站盗了四匹好马，直奔胭脂关。

第十三回　卧龙跃马终黄土，人事音书漫寂寥

206

胡人的箭雨狂风扫落叶般地持续了三天，武神身边只剩了伤痕累累的五百来人。每次箭雨刚过，武神便带着他们掩埋死者的尸体，谁也没有语言，只听到疯狂的北风和剑刺入冻土中的沙沙声。铜虎将几个同乡和铁狮埋在一起，看到插在土中的铁狮的剑，他忍不住伏在坟头大哭起来。武神只管低头挖着坑，他怕将士们发现他脸上纵横的泪。铜虎冲过来哭道："大帅，他们的箭停了。我们趁机去杀个痛快！困死不如战死，铁狮就想告诉我们这个啊！"武神道："我本想把你们平安……"他说不下去，仰天看着被落日染得血红的天空。许久，他猛地回头，道："造饭，夜袭！"将士们都忙碌起来，生火，化雪水，切马肉，将剩下的全部草料喂给将出征的马。人人都那么仔细，有条不紊，人人都知道，这也许便是此生最后一顿饭。

黛青的夜空冷漠而深邃，寒星闪着苍白的光。人和马都饱餐一顿后，每个人都在右臂缠了块白布。武神当先上马，看着这些伤痕累累的将士，他们将共赴死地，却无人畏惧。武神想说很多话，话到嘴边却又不知从何说起了，他向众人行了个礼，纵马当先向胡营奔去，五百将士紧随其后。

夜幕中的胡营万点篝火便像繁星，得胜的将士们吃着庆功宴。吴钦舜却有一丝不安，恃胜骄纵是兵家大忌，他向可汗道："骄兵必败，敌人怕会死中求生，今夜当严防偷袭，不可轻敌！"可汗道："三日的箭雨，他们岂有活人？便有一二人也定是伤痕累累，便是来偷袭，又有何惧？此番大胜便为我爱妻报了大仇，她的灵魂也将安息，回到那遥远的净土……"说着，取过一支火把，走到一座十丈高的木高台前，高台上面是他妻子的遗体。胭脂在一旁含泪看着，他们相信，在那么高的地方，死者将和神灵对话，并随着冲天的烈火化作风，回归那遥远的神山，她不敢哭出声，生怕让母亲的灵魂受惊。紧那罗的胡琴拉起祭奠亡灵的殇曲，大营里胡笳齐鸣。可汗点燃了高台，火光冲天而起。与此同时，他们听到飞驰的马蹄声，大营南门被冲开缺口，武神带着人马迎着火焰杀进来，马蹄踏碎篝火，带着火光在人群中奔突，飞扬的利器吞噬着人的血肉。右将军风吼一面派人向雪怒求援，一面指挥防守，保护可汗。紧那罗不紧不慢地拉着曲子，不知是为此时倒下的死者，还是那遥远的亡灵。

吴钦舜镇定心神，指挥身边的胡军摆起简单的阵法。武神带人冲了几次，竟被阻挡。随行的五百人本就身负重伤，此时已疲惫不堪，武神让雪豹带人突围，雪豹却道："回去一样困死，不如战死！"说罢带人猛冲。胡人的长矛兵一拥而上，雪豹连马带人被刺于矛下。铜虎带人去救，却被绊倒战马，摔倒在地，他要起身挥刀步战，却被万矛齐下刺死当场。武神怒吼一声纵剑横冲直撞，正遇上救驾的风吼，他将剑一横，风吼连同格挡的画戟被段为两截，胡人尽皆骇然。武神待要再冲，回头却发现来时的五百人只剩自己了。胡人在吴钦舜的调动下开始恢复秩序，再冲进去杀可汗已是不可能了，黑色的人潮汹涌，挟着火光把自己重重包围。他却不知是进是退，三千将士冤死沙场，他不能死，他要活着讨个公道！

十丈高台被大火烧残，轰然塌落。

紧那罗的胡琴急如骤雨，可汗却吹响了收兵的号角，胡军在武神面前让出一条路。可汗道："将军，我不杀你。吴先生说，管仲当年箭射齐桓公，齐桓公却以他为相。你们皇帝如何对你，你想必已清楚了，我敬你是个英雄，如果你愿做管仲，我便做齐桓公。"武神笑道："多谢大汗好意！吴先生熟读圣贤书，竟敢为披发左衽之徒出此下策，却不怕遗臭万年吗？"说罢纵马而去。吴钦舜道："可怜他一世英雄，却落得如此下场。"心道：自己投奔胡人，出于无奈，又为报恩，可后人却定将我视为叛国投敌之徒了，可怜自己有经天纬地之能，却不知如何收场。可汗道："吴先生不必在意，此番遭袭更让我知道先生的神机妙算，我已决定奉你为相国，并训练军队，将你那阵法谋略教与我军将士。先生意下如何？"吴钦舜心中一热，行礼道："士为知己者死，吴某蒙大汗知遇之恩，定将鞠躬尽瘁。大汗，臣始终觉得这场战争某些方面有可疑之处。"可汗道："怎么说？"吴钦舜道："臣初至军前，还未想通。只是以臣对太平皇帝的了解，这玄冥是他弃给我们的棋子，是想借我们之手除去他的大患。但臣以为，他的军队如此平静不合常理，难保没有阴谋。仓促间训练阵法是来不及，但我们最好早做打算。"可汗点头道："先生所言有理，只是漠儿还未赶来，我们不能退兵。再说，汉人没有了玄冥，岂是我们的敌手？"吴钦舜点点头，道："那我们便再分出一营，与现有的两个大营互为犄角，万一有变，可相互呼应。"可汗道："好，便给你十万兵，由先生亲自安排。"

天空和星辰被乌云淹没，风带着雪粒席卷着莽原。武神在茫茫厚地高天间移动，犹龙驹的步子越来越慢。武神怕累着它，翻身下马，却发现它腹部已被长矛戳穿，一路上全是它的血。它竭尽最后的力量想把主人驮回去，却在风雪中停住了生命的蹄音。它依然像活着一样双目圆睁，坚定地站在风雪中，身后的蹄印还清晰可见。武神在它身边挥舞着巨阙剑要挡住风雪，因为一场风雪后，连蹄印也会被掩埋。可风雪岂是人力所能阻挡！武神心痛欲绝，猛地喷出一口鲜血，眼前一昏便要摔倒，他忙用剑撑住。

一夜的风雪还未停，四周都是无尽的白茫茫。犹龙驹的坟墓被雪掩埋，那些蹄印也杳然无迹。武神慢慢醒来，已成了个雪人，铠甲已冻在身上，连胡须都已结冰。他拂去身上的雪，却发现自己的头发已然和雪一样白。武神惨然长啸一声，向胭脂关行走，花白的头发在风雪中飘摇。

忽然，胭脂关方向雪尘漫卷，马蹄声和行军声隆隆而来。接着，西北和东北便如滚滚雷鸣，似乎要将整个莽原撼动。风雪中，武神看见霍云率大军纵马北去，骑兵步兵不下二十万，在他身边呼啸而过，仿佛与他没有任何关系，似乎他只是一个在风中矗立的路人。武神望着灰蒙蒙飘着雪的天空，自己的雕被他放去长安传信后便不曾回来，天空和这大地一样，都已如此陌生。

步兵还未过完，胡营已响起厮杀声，雪原真的沸腾了。武神在胭脂关外自己的大营前停住脚步，这里还插着满地的箭，在雪中隐约露着箭翎。战士的坟墓静静地排列着，就像活着时候一样队列整齐。他在铁狮坟前坐下，闭上眼，仿佛这些战士又回到眼前，他忍不住泪水，低声道："我为你们讨个公道，然后，回来陪你们……"他真的累了，竟感觉身上的巨阙剑有些沉重，他静静地坐在雪里，不忍离开。

何裳和贺兰漠赶到胭脂关时已是傍晚，他们远远便听见震撼天地的杀声，远处的雪原笼罩着阴沉的雪。两人纵马向战场奔去，竟没有注意到角落里的武神。汉人大军分三路向胡营进攻，幸亏吴钦舜提前将三营连成犄角，否则定然全军覆没。即便如此，胡营已被冲开，西镇将军韩骏二十万大军势如破竹，吴钦舜的十万人勉强自保，去救可汗已是不能。东路傅青十八万兵直杀进胡营，将迎战的雪怒斩于马下，剩下的数十万胡兵由副帅带着向可汗大营奔去，傅青率兵直追。大战已近一日，吴钦舜指挥将士不断变换阵形牵制西镇大军，想为可汗赢得时机，却不知可汗已被北镇和东镇夹击。

胭脂不顾臂伤上马厮杀，可汗也亲自带兵迎战，与北镇霍云交战正酣，忽见东方有大兵涌来，前面是败逃的胡军，后面是东镇傅青大军紧随。可汗心道不好，左营已然落败。霍云趁机挺枪来刺，旁边胭脂忙来相救，虽挡住这一枪，却因臂力不济被震飞了长矛。可汗挺矛挡住霍云，让紧那罗保护胭脂，紧那罗在混战中威力再大也不过是杯水车薪，勉强护着可汗和胭脂后退。可汗大叫道："皆因我不听吴先生的话，天要灭我贺兰氏，天意啊！"胭脂道："父汗不要管我，快走！"话音未落，傅青已从东方袭来，紧那罗挡住傅青和霍云，铁琵琶不时发出轰鸣，无暇顾及可汗父女。可汗虽勇猛，却毕竟年老，胭脂又伤在手臂，两人在汉军冲击下屡屡负伤，茫然四顾，天地间竟无一处可去，悲怆中猛挥兵刃与命运作最后一搏。

贺兰漠冲进汉军杀红了眼，何裳在身后紧随，将一直长矛去了矛头见人便一通乱打，两人冲开一条血路奔向紧那罗琵琶声传来的地方。紧那罗远远喊道："我挡住他们，你们快去救大汗和胭脂。"贺兰漠见可汗和胭脂被一群汉军围着，跃马横刀砍倒一片。可汗见他赶来，心中欢喜，却大骂道："你却为何来！带胭脂快走。"贺兰漠忙抱过在马上已东倒西歪的胭脂，放到何裳马上，道："救她出去！"何裳见她伤得如此重，心中愤怒，大吼一声，运气在棍，挟风裹雷一直向北打将出去，纵马狂奔。

何裳带胭脂奔出那修罗场时已满天星斗了，雪霁的寒空是深邃的宝石蓝，星斗分外明亮，这里是人迹未至的处女地，雪地泛着深蓝的梦一般的光芒。何裳将胭脂抱在怀里，她浑身都是伤，有些地方已然冻结，有些地方依然在流血。何裳为她包扎好，运气为她疗伤。她慢慢恢复了知觉，睁开眼，她眼前是一个熟悉又陌生的世界，熟悉的草原平静而安详，群星在夜空闪烁，像宝石更像纯真的眼睛，深蓝的天空和雪地让人感觉是在梦乡。她奇怪地看着何裳，道："你是谁？这是什么地方？"何裳摇着头说不出话，他知道，她流的血太多，这也许是她最后一口气了。他将衣服裹在她身上，道："不要说话，也不要睡，看着星星……等着你要等的人……"他说着眼泪就下来了。他不知道，这样美丽善良的女孩子如何竟会卷入残酷的战争，会在自己怀中默默死去。她的面庞笼着一层淡蓝色的光晕，眼睛闪烁着便像天上的星星，她笑了笑，轻声道："你怎么知道我冷？……我知道了，你是从遥远的净土……来接我的使者……我已见到我的哥哥了，我现在最想见我母亲……她在遥远的神山等着我……但我知道，有你在，多远都不再遥远……"何裳紧紧抱住她："是……"他发现，胭脂的眼睛已经闭上了。何裳望着身边无垠的天地，失声痛哭……

战斗持续了一天一夜，黎明时分，汉军在突袭得手后回师。贺兰漠整理残军后撤。何裳流着泪抱着死去的胭脂，看着浑身是血的贺兰漠纵马踏破这孤独的雪原，白雪翻飞，一股血腥气扑面而来。贺兰漠跳下马跑过来喊着胭脂，何裳绝望地看着他，摇了摇头。贺兰漠似乎变成发疯的狼，一把推开何裳将胭脂抱在怀里，吼叫着胭脂的名字。何裳知道，他是不会在别人面前哭的，所以他上了马，奔出很远。许久，他身后传来凄厉的嚎叫，就像一只受伤的狼在凄嚎。

雪后的胭脂山神秘而苍凉，胡人的传说中，沿着山一直走，走了无穷远后，便会到达美丽的神山净土。如果生前你不能到达，那么，神将会派出使者，引领你的灵魂，不论善人还是恶人，可汗还是平民，在这里都是平等的。何裳望着向西无尽延伸的山峰，不禁似乎有些相信，但愿这神山也不拒绝那些埋骨他乡的将士。他回马奔向胭脂关。

武神在梦中似乎与亡灵对话，他花白的头发几乎让霍云认不出来。霍云在马上俯身向他竖起大拇指："此番大胜，大帅功劳第一！"说着冷笑一声，昂然拨马进城。早已准备好的乐手们吹起喇叭，城内百姓欢呼着迎接得胜的官兵。武神看着得意扬扬的队伍在眼前穿梭，似乎又回到十六年前，然而，十六年前他们迎接的是自己，今天却是与自己无关了。何裳在武神面前下了马，看到面前累累的坟墓，他知道，什么语言都苍白无力，他静静地坐到武神身边。武神的目光遥远沧桑，缓缓道："胭脂……竟是鲜血染成……你见过那个叫胭脂的女孩儿吗？你身上带着她的马奶的香气……她还好吗？"何裳没有说话，将酒壶递给他。武神喝了口酒，喃喃道："我第一眼见她就想起妙儿，却没想到伤了她……我一生拿剑的手，竟觉得……有些血腥。"

两人静静坐了不知多久，武神仰天长吁了一口气，缓缓站起来，道："走吧，你来看我，我就很高兴了，以后发生什么事你也不要管。"何裳道："他们想害你……"武神笑了笑："我知道。"说着，在鼓乐声中走进关内。

刚到帅府前，数十名甲士一拥而上将武神围住。武神昂首看着涌上来的官兵。带兵的副将不敢妄动，甲士们面面相觑，慑于武神的威风，都不敢上前。霍云笑着走出来道："大帅，你可知罪？"武神仰天道："我罪过太多，却不知是为哪一条？"霍云道："你曾横剑立于胡人可汗面前，却引而不发，没有杀他。"武神道："不错。"霍云道："你被胡人几十万大军围困，还身负重伤，可汗不仅没有杀你，还把你放了。可追随你的三千将士却成了胡人箭下冤魂！"武神冷笑道："不错。"霍云道："你投敌叛国，葬送三千将士，你可想狡辩？"武神道："不想。"霍云笑道："你可敢到京城在皇帝面前和我对质？"武神道："我正要去，备马。"霍云心知不能奈何，只好命人备马，道："我已备马，不过不急。今日在东西二镇配合下我大获全胜，摆宴庆功，明日赴京。"武神没有理他，负手上了胭脂关城楼，望着北方大地。

当夜，胭脂关内灯火通明，庆贺大捷。胡营中却是一片悲伤的灯火，身受重伤的老可汗把贺兰漠托付给吴钦舜和紧那罗后，禁不住失妻丧女之痛，溘然长逝。十丈高台上，躺着胭脂和她的父亲。北风呼啸，火光摇撼着天地。

何裳见武神暂时无事，心中挂念霓裳姐妹，心道不如先回长安，可以先探得皇帝的阴谋，也好救武神。想毕，他连夜快马奔向长安。

霓裳姐妹住在废园心潮难平，担心父亲、担心姐姐、也担心何裳，却又无可奈何。每当北风吹响院门，霓裳都以为是何裳回来，跑出去开门，门口只有北风卷着雪花，哪里有何裳的影子。如此十来天，何裳没有到，霓裳却染了风寒，幸好老穆走前存了很多药，玲珑忙着给霓裳煎药。霓裳畏寒，弹不得曲子，便翻出何裳穿来的太监服缝着上面的破洞，心中想到何裳，不免又好笑，对玲珑道："你们如何想到扮作太监？"玲珑道："我们倒想扮作皇帝皇后，却没扮作太监这么便宜了。"霓裳道："他看起来似乎挺聪明，却又处处冒着傻气，那日金谷园丁公公竟没找他麻烦。他却又如何到了宫里？"玲珑笑道："都相思成疾了却还是想，你怕是晏小山念多了：长相思，长相思，若问相思甚了期。除非相见时……"霓裳揪了她的腮，红了脸啐道："叫你胡说。"玲珑被揪得花猫一样，又好笑又笑不出，只好求饶道："好姐姐，饶了我吧。你若不饶我，我便和他说。"霓裳气呼呼道："你这是威胁还是求饶？你说便说，谁不知道你编一套是一套，却有谁信！"玲珑从她手下逃出来，笑道："你既然不怕，我便说。"说罢钻到霓裳臂下枕着腿看着她。灯下补衣的霓裳在烛光中分外美，杏眼带露，桃腮含春。玲珑沉醉地笑道："这么个美人，给了他我都舍不得！"霓裳望着墙角的一片天空道："我们倒快活，他们却都在风雪中受苦。"

忽然，院外响起敲门声，霓裳正要放下手中的衣服开门，玲珑按住她，道："都这样了还想去！"自己跑去从门缝仔细一看，正是何裳，她喜不自胜，忙开门把他拉进来："可回来了，人家都相思成魔了！快进去烤火，有人等着呢。"何裳脸一红，笑道："胡说什么，不是都好好的吗。"进屋见霓裳面目憔悴，正在灯下缝补自己的衣衫，胸中一热，道："妹妹辛苦了，歇歇吧。"霓裳道："哪里就能累坏了？倒是你风雪里奔忙……"玲珑捧着热茶笑道："难为你们都想着彼此，姐姐这场病，也就没有白得。"霓裳瞪了她一眼，道："不知可有家父的消息？"何裳道："吴先生很好，胡人可汗请他做了相国，此番大战若非他牵制住西路汉军，可汗恐怕便要全军覆没了。"玲珑喜道："那不是胡人的大救星？这下便好了，等爹爹练好兵，便能打过来报仇了。"霓裳却将手中的活计放下，低头沉思不语。玲珑道："这分明是好事，却怎么不高兴？"何裳摆手示意她不要再说，道："造化弄人，人生无奈，不必太难过。"霓裳欲开口，泪却先落下来，她用帕子拭泪道："父亲本是名满天下的文士，却在胡人那里做了高官，虽是无奈，却难免被天下人骂为叛国投敌。本是流芳百世的人物，却因此遗臭万年，岂不是天大的冤枉？你却还指望他打过来……"玲珑向何裳吐了吐舌头，低下头回房了。

霓裳由父亲想到母亲、姐姐，还有自己，不由伤感，咳嗽起来。何裳忙端茶喂她喝了几口，运气轻拂她后背。霓裳慢慢缓过气来，道："你忙着赶回来，还饿着吧？想吃什么？我去给你做些来。"说罢便起身。何裳忙扶住她道："我吃了干粮，不饿。你躺好……"霓裳道："我这样倚着枕头坐着便行。你身上一股寒气，快去烤烤火吧。"何裳探了探她额头道："我已暖过来了，只是你发热得厉害。"说罢用清水浸湿了块帕子，搭在霓裳额上。

霓裳道："我很好，你歇一会儿……"说着，她眼泪无声地流下来，又怕何裳发现，低头不语，可她此时却想好好痛哭一场。母亲去世后，她姐妹沦落风尘，数年的风月中，也有无数的达官贵人和富豪公子对自己倾心，山盟海誓，偷期密约，自己以为遇到真心人，便能逃脱苦海，到头那些人却不过是逢场作戏，买笑追欢，自己空被虚情假意伤透了心。何裳对自己照顾得无微不至，自己却已伤痕累累，拼其一生也无以为报，只有将这一份真心给他，可他能接受自己吗？她又开始怕，怕他嫌弃，拒自己于千里之外……何裳感觉到她的抽噎，将帕子递给她，她却没有接。何裳低头看着她满是泪水的脸，用帕子给她擦着泪。霓裳瞬间被一种巨大的幸福裹住，无比温暖，她靠到何裳肩上。何裳轻轻揽住她的肩，心潮澎湃，低声道："其实你不必为吴先生担心，流芳百世或遗臭万年不过是虚名而已……"霓裳轻声道："你觉得我是怎样一个人？"何裳道："你很好……"霓裳道："你不嫌弃我？……"何裳摇头道："为什么要嫌弃？"霓裳道："那我们能一直这样吗？我这样靠着，你揽着我。我不求白头偕老，一旦你有心上人，我随时便离开……"何裳一阵心痛，他也喜欢霓裳，她和莫愁是相反的两种女子，莫愁是属于理想的，超越于尘世，高处不胜寒。而霓裳却是这么温暖，这么近……可霓裳的话却是如此伤感，他流泪道："我有心上人也不会让你离开……"

次日一早，何裳穿上太监服混入宫中探听武神的消息，他想去看看晚晴——自己不辞而别，她会伤心吧？可走到门口，他停住了，不愿不敢还是不忍，他也不清楚，也许就是他说的——自己不过是个过客……他在晚晴门前徘徊许久，终于默默走开了。

昭阳宫的方向一片鼓乐喧腾，他小心翼翼地穿过幽深的宫巷，跃上昭阳殿的金顶，伏在上面揭开几片瓦。只见皇帝正襟危坐，丁卯侍立在侧，阶下立着顾全和霍云。乐队在两旁奏着《九韶》，一个高仅三尺的小人儿随着乐声起舞。《九韶》乃是古帝舜之乐，当年孔子听后说其尽善尽美，并且三月不知肉味，乃礼乐中之圣者。如今这侏儒手舞足蹈，怪相百出，一会儿又学鸡鸣狗叫。皇帝被逗得哈哈大笑，指着丁卯道："好！难为你从哪里找到这么个小大人。"丁卯十分得意，躬身道："托圣上洪福，天降异人，奴才花大价钱从一杂技艺人手中购得。"皇帝道："那艺人可知他为何长不大？"丁卯笑道："这个老奴问了，这侏儒却不是先天如此，而是后天栽培所得。那艺人将婴孩放入特制的陶罐中，只露其头以便供养，如此十几年，婴孩虽成长，却因身体局限于陶罐而不能发育，等他身体长成，艺人便将陶罐打破，教他技艺，便成了这罕见的异人。"皇帝大奇，赞叹道："此法真是妙极，但这种异人多些则更妙。"顾全行礼道："皇上英明，若要更多的异人，皇上不如对这位先生大加赏赐，天下万民见这位先生身为侏儒而受赏，便知道圣上求贤若渴，都会千方百计带各种异人献于皇上，甚至恨不得自己斩断手足变成侏儒。"皇帝道："妙极妙极，此番大胜胡人，可喜可贺，天降异人，赐我太平，赏异人万金，赐男爵！"那侏儒喜得屁滚尿流，慌忙谢恩。皇帝挥了挥手，丁卯让一个太监带侏儒出去了。

何裳恨这些人无知无耻，却又无可奈何，心道只怕以后人们都拼死去做侏儒了。皇帝固然可恶，可人们为迎合权力取得利益不惜摧残生命，不更可悲可叹可恨至极吗？

殿内只剩皇帝与丁卯四人，皇帝挥手让顾全和霍云入座，道："快活一番解了晨困，该谈正事了。霍云，他还要见朕？"霍云道："臣已将他制服。他如今身负重伤，正是大好时机。臣以为陛下宜速作决断，以免夜长梦多。"皇帝道：

"朕于心不忍啊！当年他纵横天下，为朕建国立功不少，与朕情同手足。若不是他居功自傲，目无王法，朕岂能如此对他？"顾全道："皇上真乃仁君，他却辜负了圣上的恩德，真是罪大恶极！"皇上道："唤他上来。一场君臣，了却他的心愿。"丁卯高声道："带罪臣玄冥……"

武神被八个身长过丈的甲士簇拥上殿，向皇帝行礼道："皇上别来无恙？"又挺身昂首对甲士道："你们回去吧。"那几个甲士看看霍云，霍云摇了摇头，做出擒拿的手势，为首的甲士便要上前将武神按倒。武神猛回头，双目如电，刺得那甲士顿时变成了侏儒一般。武神又扫了一眼皇帝身边的丁卯，丁卯苍白的脸一阵发烧，低下头去，手中的拂尘似在风中乱抖。顾全起身厉声道："玄冥，你可知罪？"武神道："老夫罪过无数，不知丞相所说是哪一条？"顾全道："圣上对你仁慈宽容，你却不知好歹，数次忤逆皇上的旨意，居功自傲，目无王法，恣意欺凌朝廷命官，私蓄亲信，结党营私，图谋不轨。荆州刺史伍驰、益州刺史夏骠、巴陵郡守梅劲联名上告你勾结反民，欺凌官吏，私免租税，蔑视王法，天理何在？"武神微微一笑，昂首而立。顾全见武神不理他，便又道："这还是其次，这一战中，你深入胡营为何不杀贼首？你深陷重围那贼人可汗却为何放你生还？三千将士为何全军覆没？你投敌叛国可有话说？"武神慢慢回首，看着顾全。顾全为示自己大义凛然，挺身与武神对视，武神的目光沉重得像铺天盖地的乌云，荒凉得像沙场上如山的白骨，愤怒得像撕裂天地的闪电……顾全虚脱一样地颤抖起来，悻悻地低下头。何裳不由敬佩武神大义凛然，却又不禁伤感，前一次来到此地是为武神庆功，谁知第二次他已成阶下之囚。

武神对皇帝道："杀一个人很容易，只要皇上下定决心。但是如果不还我三千将士一个公道，我便不会就死。"皇帝笑着看了看周围，道："朕不知你什么意思……霍云，那三千将士的家人都已请到长安没有？"霍云道："奉皇帝旨意，三千阵亡将士的父母妻子兄弟姐妹都已到长安。"

皇帝对武神道："爱卿，此番朕也不能救你了。你亲手葬送三千将士，这些人都对你恨入骨髓，便是朕能赦你投敌叛国之罪，百官和百姓也不能容你……不过，朕倒有个方法，朕帮你将这三千将士的七千家人统统灭口，你看如何？"武神想不到他们竟用那三千将士的亲人来威胁自己——一旦自己反抗，那些人便有杀身之祸。他已对不起那三千将士，又岂能让他们的亲人再受荼毒。他闭目道："我认罪便是。"何裳一听大惊失色，手中的鎏金瓦片当啷一声落地。皇帝身边的屏风之后跃出二人，正是皇帝事先埋伏的凌虚和风波子。两人一起逼住武神，殿外禁军和侍卫蜂拥而上，张弓搭箭将屋顶的何裳团团围住。何裳心知难逃，心下惨然，又不由生出悲壮，便要跃下拼个鱼死网破，他把手中瓦片掷向人群，飞身跃起将空中的瓦片踢得粉碎，碎末将地上的禁军击倒一片，何裳趁机夺路冲入殿中，对武神道："走！"话音未落凌虚和风波子已然攻上，何裳忙抽剑迎战。皇帝也认出了他，怒道："杀了这个孽种！"风波子碧月剑疾进，一招"云破月来"直取何裳面门。何裳仰身避过，就势翻身斜行直刺风波子心窝。凌虚数日来一直思考前次与何裳的交手，想摸清他的路数，又参详了画仙当年的招式，到头却依然摸不着头脑。原来何裳虽是画仙的弟子，却实是以自然为师，法天地山川、风云雷电却不拘泥于前人成法，因此千变万化。凌虚见风波子危急，长剑直取何裳背心，围魏救赵。何裳翻身避过，手中已抖了十来个剑花，这是他从胭脂山大雪中得来的灵感，两人被他的剑花弄得眼花缭乱，他趁机到武神身前。武神道："小心！"双掌齐挥，将何裳身后追来的凌虚和风波子截住，回手拉起何裳跃上屋顶飞奔。箭雨从身后挟狂风而来，两人已去得远了。

武神把何裳送到宫外，止步道："走吧。"何裳诧异地看着他。武神道："我不能走。"何裳心中忽然有一种难以名状的委屈与悲伤。武神笑着摇了摇头。何裳忽然想起了自己的父亲，他忙头也不回地向前走了，将腰中的酒囊丢与武神，他不知走向哪里，却已泪流满面。武神在身后注视着他远去，喝了一口酒，自己转身返回宫中。

何裳在长安街头漫无目的地迷走，头脑里满是武神临别时的笑，他绝望吗？自己一生理想之所在竟完全覆灭，而且要将他置于万劫不复之地，这岂非是最大的悲剧？古来多少英雄都是命运多舛，自己呢？命运，竟能将人玩弄于股掌，若苍天有情，又会为谁流一滴泪呢？覆灭的江山，失路的英雄……一生的路竟如此崎岖，蜀道之上能足下生风，可在人间，却寸步难行。武神如此强大也难逃此厄运，何况自己渺小无力。武神的目光中有什么呢？悲愤、痛苦、无奈？何裳分不清，也许都有，也许都没有，他是那么从容，仿佛无论命运加给他怎样的压迫与不公，他都能这样微笑，而自己呢？

何裳迷迷糊糊回到废园，霓裳姐妹已等得心焦，见他魂不守舍，忙把他拉进屋子。何裳扑到床上大哭起来。玲珑道："男儿有泪不轻弹，男子汉大丈夫……"何裳道："我想哭便哭，想笑便笑，便是天王老子也管不着！"玲珑向霓裳吐了吐舌头，霓裳示意她不要说话，坐到何裳身边道："哭便哭吧，心里有事也向我们说说，或许可以为你分忧，你当我是棵草也好……"何裳握住她的手道："这些事说了也没用，你们不知道为好。"霓裳道："我虽是女流，却也懂得些道理，凡事以家国为重，不能意气用事……"何裳不喜她这话，抹了把脸出门去。

禁军已经戒严，长安十二道城门都已封锁，何裳数次被人认出，一路奔逃，眼前闪过紫薇楼，心道何不去这里避一避，想到此，他提气跃到四层。由于戒严，楼中客少，四楼冷寂。小二早见他从门外跃上，提着茶壶上来边倒茶边道："风声紧，公子怎得还在乱跑？"何裳道："多谢小二哥，喝茶不痛快，来大碗，烈酒！"小二见他面有忧色，知他心中郁闷，便提了两坛聪明累，摆了一个大海碗倒满。何裳一饮而尽，胸中一片火热，口唇发麻，倍感痛快，道："好酒，痛快！"小二道："这是聪明累。当年杜康在河南洛阳开了一个酒店，刘伶闻香而至，问是何酒？杜康说便是这聪明累，三碗即醉，不醉不要钱。结果这刘伶真个醉死三年。"何裳道："你别来打趣了，杜康是上古的人物……"心道这酒名也真有意思，古来圣贤皆寂寞，聪明人看破世相，却难免为人世所累，随世浮沉也罢，绝世独立也罢，心中总是痛苦，酒便成了温柔乡。世人势利，酒却一视同仁，实在是知己，想着想着，眼睛又不由湿润。

小二道："不知公子遇到什么麻烦？你是萧然大哥过命的朋友，便也是我们过命的朋友。这长安城中，你看那挑担的、推车的、卖货的、杀猪的都有我们的好汉。当日你们和官兵打架，他们都摩拳擦掌，可见了你们的本事，都吓掉了牙齿。我们虽没大本事，却是有这个心的。你要心里不痛快，便告诉我，我们帮你出气。"何裳道："萧兄可好？"小二道："那日他被那姑娘救走，一路有我们的兄弟照应，平安到了陇西。那姑娘真个英雄，过大散关时西镇将军拦路，她单枪匹马说了一番话，便从百万军中冲了过去。那将军虽是有意让她，但她那份英雄气，却让我们佩服得很。"何裳点头道："这我便放心了，可惜妙儿却不在，他们父女竟不能见最后一面。"小二道："这几日风传武神投敌卖国，他三千兄弟都送了性命，那些人的亲戚都来找他报仇。朝廷戒严，怕不是要杀他？只等他一死，我们便反了。"何裳苦笑道："投敌卖国？……"小二道："你还年轻，世人的话多是放屁，信不得。但话能杀人，你是读书人，应当比我明白。"何裳冷笑道："读书？世人号称读圣贤书，却原来不过是为了给自己找一柄杀人不见血的剑。"小二道："那武神和我们势不两立，他要死，你却如何伤心？"何裳笑着摇了摇头，抱起酒坛喝了个精光，只觉浑身发热，起身便走。小二看了看天，道："天色不好，又要下雪了，我给你拿件棉袍。"何裳挥手止住，道："不妨事，热得很！"说罢纵身跃下。

天色灰暗，北风呼啸，街头空无一人，树木的寒枝颤栗着刺向乌云密布的天空。何裳火热的身体被冷风一激，冷彻骨髓。已到岁末，天色渐晚时人们都掌起了红灯，映红了屋角房檐的积雪，让这世界有了些许暖意，人们依旧迷醉在太平盛世的谎言中。何裳一直走到城北的刑台，这是一片广场，节日时这里是庆典之所，行刑时这里是杀戮之地。为防有人掘地劫囚，地面用混铁浇筑三尺，黑得就像无边的夜。刑柱在北风中巍巍地立着，上面铸着金文法典。何裳脸上一凉，雪花飞起来了，远远见巡逻的官兵往这边走来，他只好飞奔而去。

霓裳和玲珑在院中披着斗篷等着何裳。何裳一进门，看见她们立在雪地里，心中一暖，却又无比酸楚，忙将她们拉到屋里。霓裳给他拍着雪，道："下次别这样任性了，叫人好不担心。"何裳道："早知道你们这样等我，我便不出去了，冻坏了可怎么办。"霓裳见他神色忧伤，便道："我们做了些点心，吃些早早休息吧。"玲珑会意，忙端出来："这是我的手艺，好吃不？"何裳吃了一块糕点，赞叹道："好吃。"玲珑笑道："那你便高兴些，多吃点。吃了糕再不高兴会积食在肚里的。"何裳吃了糕，闷闷地回到房中，取出洞箫，呜呜咽咽地吹起来。箫声在北风中摇荡，就像雪花，就像雪后的大地，凄凉、静默无声，无边的苦痛与寂寞……没有方向。霓裳听出他的忧伤，取出琵琶，修长的手指弹动雪花，弹着冰冷的夜空，雪花颤抖着，大地一片苍茫。

雪下了一夜，天刚微明，外面街头边人声鼎沸起来，有的道："这大将军一世英明，怎的竟投敌叛国？"有的道："你有所不知，他本想做皇帝，总与当今圣上作对，胡人给他好处，他自然便反了。"有的道："不然，他也算个英雄，岂会因名利卖国！你们有所不知，前些日子他的闺女和反贼私奔，他知道皇上不能饶他，干脆便反了。"又有人轻蔑地笑道："你们都傻得很，朝廷说什么你们便信……"他话音未落，便停住了。

何裳匆匆赶出去，外面已经人山人海。他本不喜人多，此时却尽全力向刑台挤去。刑台周围被那三千将士的亲人围得密不透风，这些人有八十老妪，有三岁小童，有头发蓬乱、面色憔悴的寡妇，也有横眉立目的汉子。他们都咬牙切齿，手握利刃，等着将罪人碎尸万段。何裳挤到他们的大圈外便再也不能前进一步，禁军在四面埋伏着弓弩手，只等有谁来劫法场便万箭齐发。何裳不怕弓弩手，却被那些咬牙切齿的愚夫愚妇震惊了。大雪纷飞，天地犹如冰窟，但这世界却似乎比冰还冷。

猛听一声锣炸响，人群沸腾起来，向一个方向涌动着。人群中传来妇人和孩子凄厉的哭喊，让人不寒而栗。一阵喧哗与骚动后，武神出现在刑台之上，刽子手远远站在他身后。人潮人海中，武神看不到何裳，但他知道他在。北风吹起他的白发，他神色从容。下面的人们向上面投掷着利刃，寒光从他身边滑过，刺入他的身体，他身后的刽子手吓得趴在地上，他却像铁一样地站着，俯视着地上喧闹的众生。猛地，他从背后拔出巨阙剑，一道闪电刺破阴暗的天空，人群一下定住了。武神看见弓弩手瞄准了地上的人们，奋力将剑向大地掷下。一声巨响，剑深深插入铁铸的刑台，寒光不再，世界恢复了阴沉。人们又肆无忌惮地喧哗起来，就像北风席卷鹅毛大雪。

刽子手从地上爬起来，将武神绑在刑柱之上。武神仰头看着天空，目光似乎穿过层云，直达那无垠的宇宙。他好像已经到了自己的世界，其他的一切，都离他那么遥远。

皇帝的仪仗姗姗来迟，城头的翠羽霓旌在混沌的大雪中分外耀眼，凌虚和风波子身着金丝太极袍护卫左右，前面是丞相顾全和将军霍云，他们都胜利在望，一片得色。人群轰然拜倒，山呼万岁。皇帝抬了抬手，人们兴奋得站起来，等着皇上的旨意。丁卯战战兢兢地走上刑台，尖着嗓子道："玄冥投敌叛国，无视王法，欺君惘上，十恶不赦，凌迟……"人群高呼万岁。丁卯低着头匆匆走下刑台，没敢看武神一眼。

武神看着遥远的天空，他在想什么？叱咤风云的生平？早逝的爱人？妙儿？还是胭脂山下那累累的荒冢？他此时竟不能看到妙儿最后一眼……何裳的泪水被北风吹干复又流下，他恨自己无能，只能做一个袖手的看客。

刽子手的利刃割破了武神的衣服，他本是得心应手的屠夫，此时手却在颤抖。临行他喝了许多酒，可此时却依然觉得浑身冰凉。他颤抖着小声道："小的也是混口饭吃，大人多……多体谅，死后升到极乐世界……"武神面带微笑，目光穿过人群停留在远方，他缓缓道："回去吧……"何裳心中一动，他是对自己说？还是自言自语？

只见那刽子手的手抖得更厉害了，道："让小的歇歇……小的家中有老母亲……还没讨老婆……生孩儿……"恐惧到了极点，猛地激发出他内心的恶，索性把良知抛到一边，牙关一咬："你自己作孽，该死，我杀了你！"说着举刀割下武神的皮肉，热血霎时涌出来，冒着热气，武神却像石像一样一动不动。刑夫将皮肉抛向人群，人们疯狂地抢夺着，就像嗜血的野兽，将带血的皮肉吞进肚子。大鼓被擂起，刑夫尖叫着割下武神一块块肌肤，他手舞足蹈，鲜血让他无比兴奋。满天的大雪似乎都变成了红色。

何裳再也无法忍受，疯狂地向人群之外奔去。汹涌的人潮疯癫着阻挡着何裳的路，他被挤得东倒西歪，就像惊涛骇浪中的小舟，摧折了桅杆，撕破了风帆，没有方向也没有力量，身体只是一味地向前猛冲，思想却远在另一个世界，像漂浮在众人之上，又像被众人践踏，又似乎就是自己的思想在刑台上被一刀刀的凌迟，变得粉碎，寒风钻进身体的缝隙，将身体冻得麻木僵硬。

②
②
⑤

第十四回　问苍茫大地，谁主沉浮　226

猛然间，人群之外一阵骚动，响起狂乱的马蹄声，一人高喊着"刀下留人"冲进刑场。禁军刚要阻拦，被这人一脚踢飞。何裳认得那人，正是镇东将军傅青。人群被这突然的变故惊动，慢慢静下来。

傅青翻身下马拜倒在城头皇帝仪仗前，道："小将傅青叩见圣上，圣上福泽广播，如今大胜胡人，大将军功不可没，正可将功抵过。大将军为国为民鞠躬尽瘁，望圣上开恩，网开一面……""放肆！"顾全不等他说完，便道："小小东镇，惊扰圣驾，已是罪不可赦！还竟敢来为十恶之徒求情。你们结党营私路人皆知，难不成你要劫囚？"

傅青扯下腰间布囊，拿出镇东将军玉玺捧于皇帝面前，道："傅青愿交出所有权力爵位，只求皇上饶大将军一死。我二人愿做阵前小卒，随军出征，马革裹尸而还。"

皇帝神色凝重，道："你们当年同朕共浴血，你若不为他求情，便是冲撞圣驾，朕也不会怪罪。"说罢，突然将手中金如意向傅青手中玉玺掷去，却正打在傅青头上。傅青头破血流，却动也不动。皇帝仰天叹道："你太让朕失望了……"挥手示意刽子手继续行刑，武神此时已体无完肤。

傅青惨然一笑，突然一跃而起，回身拔刀将刽子手砍成两段，一把将武神身上的锁链扯得粉碎，用斗篷将武神遗体裹住放到马背上，提刀翻身上马便走，视在场数千军马若无物。

"慢着！"只听城头一声尖厉的喊叫，丁甲戎装押着傅青一家老小站在城头，先向皇帝拜倒道："万岁万岁万万岁，东镇监军奴才丁甲来迟死罪死罪。"皇帝挥手示意平身，笑道："无妨，小小东镇，能耐朕何！"

傅青见一家全被押在丁甲刀下，恨得咬牙切齿，长刀指着城头的丁甲怒道："卑鄙小人，一人做事一人当，你若敢伤我家人一根汗毛，定教你万劫不复！"丁甲躬身道："若非将军惊驾欺君，屠官劫尸，丁甲岂敢冒犯？"傅青道："若我三日不还，我东镇十八万兵马便攻函谷，破长安！"皇帝道："你莫不是要谋反？"傅青仰天笑道："如此江山，不要也罢！我未让他们攻城，只是心存一线希望，不想将他们与这江山陷入万劫不复之地，让轩辕城与胡人坐享渔人之利，却不想事情已到如此地步。傅青一家死不足惜，可惜大好河山……"顾全道："忠孝节义，礼义廉耻，乃立身之本。将军既已不忠，如今，又要担上不孝的罪名了！如果将军就地自刎谢罪，皇上开恩，可免你家人死罪。"

傅青望着城头的老母和妻子弟兄，风雪让他们面容惨淡。他自己一得到武神受难的消息便飞马奔来，却还是迟到一步，悲愤难当不顾一切后果想抢得武神遗体，却不想已入贼人圈套，不但自己难逃一死，连家人也不能幸免。是抛弃家人不管带着武神遗体夺路拼死逃出，还是自己自刎当场以求家人平安？他望着母亲在风雪中飘零的白发，竟有些彷徨。

皇帝不由自主向东望，东方大雪茫茫。他又看了看霍云，霍云的二十万兵正在北镇抗拒胡人。西镇韩骏与武神和傅青关系非比寻常，此时更不可轻易调动。霍云见状附耳道："依臣鄙见，宜紧急调动禁军向东支援城防，调遣京畿各州郡兵马于外围向东镇兵马施压，同时飞雕传信荆州让南镇驰援。"皇帝点头，对傅青道："胡人六十万大军已被朕一击而溃，何况区区十八万兵马。念在你为朕征战一生，朕可保证，你自刎谢罪后，保你家人平安。"傅青道："皇上金口玉言，若是真念旧情，请在傅青死后，将大将军全尸而葬。"皇帝道："玄冥虽十恶不赦，朕念他旧时功勋，答应你将他厚葬。"

傅青抚着武神的遗体，泪如泉涌，道："自随你征战那日起，便约定一起马革裹尸还，却不想……"一阵狂风，卷起雪花呛得他说不出话。许久，他才缓过来，向城头家人道："娘，保重！"说罢，仰天吼道："我来随你了！"将手中刀一横，一腔热血喷向天空，漫天的雪霎时变得殷红。

何裳失魂落魄一样地看着，僵硬的身体又被癫狂的人群挤得东倒西歪。皇帝见何裳在人群中冲撞，狂笑道："该来的都来了，正好一网打尽。今日在场众人，一个不留！"霍云得令，扬手叫兵士把傅青家眷全部推下城头，四周禁军万箭齐发。

人群冷不防禁军竟向自己射箭，便像惊了的野兽，四散奔逃，却又逃无可逃。一时间哭嚎声、叫骂声、哀求声震得大雪都在颤栗。刑台周围躺满了人，鲜血将雪地浸红。何裳被人挤倒在地，只觉不断有人倒在自己身上，一层又一层，压得他喘不过气，渐渐失去了知觉……

何裳醒来时，四周一片黑暗，身下冰冷彻骨。他伸手摸去，却发觉自己手脚皆已被铁链牢牢锁住，四周没有一点声响，寒气侵入骨髓。何裳闭目想：便是就此死了也好，万事都与自己无关，也不必再受苦，倒是轻松。转念却又想起霓裳姐妹，她们正焦急地等待自己吧？和莫愁的约定马上就到期了，自己却身陷囹圄，还有很多事要做，万万不能死！他高声呼喊，可这铁屋子密不透风，只有回音一遍遍地回答着他。何裳仰首苦笑，笑这个荒唐的人世，笑自己荒唐的生命，刚刚找到了一个方向，却在狂风暴雪中被一刀刀凌迟，世人啊……什么样的一生才是值得的？为天下人忘我的一生被天下人无情地粉碎，仇恨、愤怒、羞耻……每个人，都想幸福地生活，却为何为他人制造着地狱？为什么？是随波逐流、默默忍受还是走自己的路？当然是后者。然而，自己的朋友——霓裳、莫愁、妙儿、玲珑……她们应该有幸福的生活，不要因自己的选择而陷入无边的痛苦，但是，这可能吗？在这世上，哪里没有痛苦呢？哪里又没有遗憾？这苍凉的人世哪里不是苦难？也许就在千丈瀑下，小竹屋里，是最美的日子。然而，却已随逝水一去不复返。一切如梦幻泡影，如露亦如电，佛祖是如此觉悟的吧？自己却依然是自己，佛祖的无情焉知不是多情？觉悟，又何必去出家朝拜虚构的偶像……

突然，只听轰的一声，铁门的机关打开了，霍云举着烛火走进来，一一点亮四壁的蜡烛。何裳此时才看清这铁屋的样子，他挣扎着想站起来去抓霍云，却被风波子跃进来一脚踢倒在地。何裳因武神之死五内摧伤，刑台上又被众人压得窒息，身体已弱不禁风。风波子轻而易举将素日的劲敌踢倒，得意地哼了一声。凌虚走进来道："道兄手下留情，这少年虽顽劣，却毕竟年少无知，恐受他人蛊惑所致。他资质不凡，他日若能悔过，也是难得的人才。"霍云冷笑道："道长说得极是，无奈皇上对他恨之入骨，要你我挑断他手脚，却不知我们谁动手为好。"风波子道："一剑夺命最好，何必多生枝节？"风波子因何裳在鬼城见过他的丑态，知晓他的丑事，巴不得杀人灭口。他知凌虚定然也如此考虑，便向他使眼色。凌虚却似没看见，并不理他，道："小兄弟，贫道知道你有事挂怀。不瞒你，皇上已下令十五日后为武神行国丧，你放心好了。"霍云道："道长莫不是也要一剑毙命？皇上要他求生不得求死不能，不如此不能解皇上之恨。他再可怜也只能怨他偏生是孽种了，动手吧。"风波子正要拔剑，只见凌虚手中青光一抖，何裳手脚筋皆被挑断，瘫倒在地昏死过去，手脚汩汩冒出血来。凌虚长叹了一声，给他点穴止住血，心中竟有些不忍："也算是少年英雄，可惜……"霍云赞道："武当剑法果然名不虚传。"风波子却依然恨恨。三人熄了烛火，关上铁门而去。

②
③
①

皇帝本把杀害武神的消息封锁，却不想还是有人走漏风声招来傅青大闹一场，幸好丁甲应变及时处理得好。他吩咐丁甲马上到东镇应对傅青旧部，同时从全国急调大军往东线支援，并飞雕传书急召南镇吴梁北上。谁知，被囚禁一个多月的金雕到空中却并未南飞，竟到刑台上空盘旋许久，不知从哪个角落找到武神的血衣，俯冲直下抓起便向西而去。众人大吃一惊，忙叫弓弩手放箭，金雕却已飞得远了。

妙儿当日单枪匹马将萧然救出便直奔轩辕城，又细心护理他一天天康复，轩辕城中人却并不信任她。萧然虽对她感激不尽，却总是不能直面她的爱意。长安的密探不断传来武神出征的战况，说三镇合击大破胡人，武神三千铁骑全军覆没。妙儿不知父亲吉凶，焦急万分，轩辕城人见状又认定她是武神派来的间谍。于是，她只好每日去荒原中纵马狩猎，以求散去心中苦闷与焦虑。

这一日，天空飘着小雪，狂风卷起地上的积雪在荒原上跌宕。妙儿纵马奔出几十里，忽听空中一声雕鸣，她忙抬头望去，只见正是金雕驾着疾风盘旋。她一阵惊喜，多日没有父亲的消息，莫不是他叫自己回去？却见金雕飘飘摇摇投下一物，转身径直向大荒山高耸入云的雪顶撞去。妙儿大吃一惊，忙纵马追着在狂风中飘摇的血衣，那是她亲手缝制的征衣，如今已血迹斑斑。她眼前一黑几乎晕倒下马，咬牙定神捉住缰绳，头也不回地含泪向长安奔驰。

跟踪她的兵士远远见了马上回去报告。远处的萧然等那兵士驰远，纵马追上妙儿，一把勒住马缰，妙儿却不理他。萧然道："萧然欠你太多，来生必将肝脑涂地相报！"妙儿冷笑道："来生容易，却不知此生何为？"萧然道："我背负了太多的东西，恐怕会连累你。你此番救我，我已对不起你……"妙儿的泪水情不自禁地涌出，道："我一边蒙着弃父私奔，伤风败俗的罪名；一边却又被当作间谍，每日被密探监视……这是命该如此，我便认了，现在我想离开，谁再纠缠我不会留情！"说罢催马便走。萧然策马直追，道："马上那件征衣是武神的，他出了什么事？我随你去！"妙儿仰天痛哭道："他定然已经不在了……我不知……如何是好。我连最后一面，都没有见到……都是我的错！都是我的错……"萧然大惊道："不会的，先等长安弟兄的消息，他们没有消息，也许他没事。"他看着妙儿痛哭，却不知如何劝解，只好在马上垂着头。

妙儿不知哭了多久，突然道："你若想报答我，便带兵随我打到长安，我要亲手取昏君的狗头，祭奠父亲的亡魂！"萧然道："好！灭了这昏君我们便归隐田园，且等我辞别师父。"说罢，带妙儿纵马赶入城中，直奔轩辕王宫。

轩辕城在长安的探子今日也恰好赶到，轩辕王照例坐在重帷之后正听他回报。萧萧见萧然带妙儿进来，不由冷笑道：

"军机大事,她还是回避为好。"轩辕王道:"既与她有关,她在场也无妨,你便继续把经过说说。"这报信的探子正是紫薇楼中那小二,他将武神遇害经过讲了,又说到傅青自刎,忽然想到何裳,道:"对了,听说何裳兄弟当日也赶去收尸,后来那昏君为防走漏风声下令将在场者全部屠杀,他也不知是死是活,小的也是贿赂禁军头领才得的消息。"萧然听罢向轩辕王行礼:"师父,徒儿愿带本部五千人马攻入长安城,取那昏君狗头!"轩辕王笑道:"你心肠却还是这么急,你能确定这不是圈套?在场者皆被屠灭,谁知是真是假?若是真的,武神一死,我们便无所顾忌,更加上东镇兵变,朝廷大军东调,确实是天赐良机。然而,那昏君诡计多端,刚刚以阴谋大败胡人,谁能证明这不是另一个圈套?若我军贸然挺进,定然损失惨重。"萧萧道:"父王英明,此事虚实难辨,的确当谨慎,但也并非完全不可能。为免失去良机,儿臣以为可以派一军直捣长安,我大军在后观望,伺机而动。若先锋得手,我大军便长驱直入。若失利,损失也不过九牛一毛。"萧然道:"说得极是,萧然愿做先锋。"这先锋最危险,萧萧正欲让萧然做先锋,若是成功,自己坐收渔人之利,若是失败,正好借机除去眼中钉。见萧然主动求做先锋,萧萧喜道:"儿臣也保荐萧然兄做先锋,此行定然所向披靡。"轩辕王道:"就依你们年轻人的,萧然多加小心……你们出去吧……"众人出了宫门,听见里面传来一阵剧烈的咳嗽声。萧然皱眉道:"师父身体不适?"萧萧道:"不妨事,此番出师大捷,父王一高兴,定然康复了。"

萧然和妙儿披挂上马,调动本部五千骑兵,为保证轻装上阵,下令除兵器旗帜每人只带三日的水和口粮,当日便飞奔入水关。狂风四起,五千骑兵奔驰在飞沙走石的荒原上。

从陇西到长安有天水、散关两大关隘,都属平西将军幕府直辖,乃进攻长安必经之地。散关便是西镇韩骏所在,他已从自己在长安的密探处得知武神与傅青被害经过,表面上却依然似不知情。他比傅青沉稳得多,况且身边有监军太监监视着一举一动，他深知不可轻举妄动。东镇兵变，国家大兵东调，正是西镇严防轩辕军乘虚而入之时，他不免为东镇傅青旧部担心，一方面派人赴天水关敦促守将严加戒备，一方面也加派兵马加强城防。

萧然大军日夜疾奔，兵贵神速，出其不意方能克敌制胜，他下令轻装上阵正欲一鼓作气，只待天明破关而入。兵士们也深知此点，是以个个争先，不到寅时，便已近天水城外，萧然下令人马轻声缓行。城头哨兵远远似乎听见隐隐的蹄声，放眼望去，却只见狂风扫荡着地上的积雪。他有些疑惑，看看东方，已然隐隐发白。

萧然命令全军卧马衔枚，人和马都一动不懂地匍匐在地上，任风卷起积雪和狂沙将他们一点点覆盖。红日拨开风沙在莽原上渐渐升起，大地从黑夜中醒来。城中报晓的画角吹起，城门一点点打开。守城将领听了哨兵的汇报，纵马出城要看个究竟。

② ③ ④

萧然一声呼哨，被沙雪覆盖的五千人马一跃而起。萧然一马当先奔将惶恐的守将一把擒到马上，余人大惊失色，竟不知如何是好，早被轩辕军抢入城中占了城头。角楼上哨兵忙去放烽火，却被一箭射翻。

萧然将守将擒上城头道："轩辕军萧然在此！守军弟兄也是穷苦百姓出身，只要不反抗，我军便不加伤害。"说罢放开守将，道："秦将军别来无恙，萧然多次路过，却未曾拜会，如今算认得了。"守将秦朗惊魂初定，见城头依然换上轩辕军的旗帜，知道已无可挽回，仰天道："将军迅雷不及掩耳，秦某佩服！败军之将只求一死。"妙儿道："你可认得我？"秦将军忙行礼道："认得……小将军，末将有礼。"妙儿当日救萧然西来，正是趁秦朗还不知情诓出城的。如今秦朗早知她与朝廷决裂，不免心中做苦。妙儿道："当日多亏将军放行，你也是韩叔叔麾下猛将，若当日不放，恐怕我难过此关。你于我二人有救命之恩，我们岂能加害！如今昏君倒行逆施，将军不如就此和我等一起反上长安。"秦朗道："小将军言重，小将从戎本求一刀一枪搏个封妻荫子，如今既为俘虏，自当以身殉国，岂敢做大逆不道之事，让家门受辱？若小将军不动手，便让末将自刎，也算没坏了名声。"说罢便拔刀。妙儿按住他手臂道："且慢，论忠心，谁及得上家父？他却落得含冤而死。东镇傅将军遭灭门之灾。做贪官污吏易，做忠臣孝子却比登天还难。将军可曾想过自己他日下场？"秦朗垂头叹道："秦朗随大将军征战半生，也不曾想竟是如此下场……也罢！末将愿为先锋带大军赚入散关，只是要答应末将不要伤害韩将军。"妙儿喜道："多谢将军。"

当日萧然一边派人向大营报信，一边下令安抚百姓，开仓放粮，百姓欢天喜地。轩辕军在天水城中饱餐一顿，换上官军甲胄旗帜，由秦朗带路连夜向散关疾驰，遇关隘便说是官军调动，一路畅通无阻，第二日便到散关。

城头守军远远望见大军奔驰忙去报告，韩骏登城远眺，见是官军旗号，便打出旗语让来军在一里外停驻，派出三十骑前哨去探虚实。不久，前哨回报是天水关守将秦朗带部前来。韩骏满腹狐疑，心道：秦朗本应驻守天水，却为何带兵入散关？难道竟是朝廷越级调兵？若是如此，恐怕朝廷要对自己下手了……可又一转念：这会不会是轩辕反贼呢？他身边监军太监丁癸心道：这恐怕是朝廷要除掉西镇了，到时自己便可以向丁甲那样独当一面，岂不威风？于是对韩骏道："既是军事调动，放他入关便是了。"韩骏怕他抓住把柄，无奈下令放行。

秦朗当先入关，一过吊桥他纵马狂奔，大喊："关城门！轩辕反贼……"萧然冷不防秦朗突然反复，眼见他已冲进城中，忙从奔马上纵身跃起赶上，挥刀将他斩于马下，身后妙儿带大军突入城中。韩骏见情况有变忙上马应战，正遇萧然与妙儿夹击，被萧然挥刀斩断坐骑前蹄，一头栽下马来，正欲再战，萧然的长刀已到颈前。韩骏惨然一笑，闭目等着人头落地，却听妙儿高喊"刀下留人！"萧然横刀在韩骏项间，运气朗声道："萧然在此，韩骏已在我手，守军放下兵器！"

韩骏平日爱兵如子，将士无不拥戴，如今见他如今被擒，纷纷放下兵刃。韩骏大怒道："死便如何！杀！杀！"挺身迎向萧然刀锋，欲求一死。萧然不想他竟挺身求死，忙将刀锋转向，却因韩骏冲劲太猛，虽避开头颅却将他右臂连肩削下，血如泉涌。萧然忙给他点穴止血，妙儿为他包扎起来。韩骏惨然道："何苦救我？我但求一死……"妙儿含泪道："当日若不是韩叔叔手下留情，妙儿哪有今日？只因爹爹被昏君害死，妙儿定要寻个公道，却并非与叔叔为敌。胜败乃兵家常事，叔叔何苦如此。"韩骏叹道："奸臣误国……若不是那太监，唉。"丁癸早被带到面前，韩骏咬牙切齿道："该死的奸贼！"左手一剑捅去，丁癸应声而倒。

妙儿道："叔叔既知爹爹和傅叔叔冤屈，今又杀死监军太监，朝廷定然不会放过，便和妙儿一起反上长安吧。"韩骏苦笑道："太平王朝，是你父辈我们毕生心血志愿之所在，虽已腐朽，却怎能忍心又将它摧毁……然而事已至此，无可挽回。他日你们攻破长安，找到大将军的遗体，我只求牛车一辆，载他和傅青到胭脂山下，为他们守灵终生……有我西镇兵符，诸关可畅通无阻。"妙儿落泪道："多谢韩叔叔成全。"韩骏对将士们道："你们与韩骏情同手足，今日韩骏隐退，大家也各奔东西吧，生逢乱世，命若鸿毛，各自保重……"说罢长叹一声，无限辛酸。

萧然派人向大营报捷，轩辕城见先锋得手，大军也向长安进发。萧然将散关兵马安排妥当，取了西镇兵符，便整军奔赴长安。兵符在手，势如破竹，一路关隘皆被智取，所到之处，安抚百姓，开仓赈民，不到三日，便破了扶风。扶风乃京畿最后一关，从扶风到长安已畅通无阻，萧然马不停蹄，大军直捣长安。

东镇兵变因群龙无首，数日便被丁甲平息，各路大军正各自回师，长安城中歌舞升平。皇帝心腹大患已除，正大宴群臣，歌台舞榭，钟鸣鼓震，女乐如云，长乐未央。侏儒正在银盘中飞旋着跳胡旋舞，皇帝哈哈大笑，群臣也忍俊不禁。皇帝指着一盘残羹道："只顾高兴，倒忘了有人受苦，将这盘羹赐予何裳那孽种吃，若是他伤口愈合了些，便再割破，让他多享些福。"小太监应声去办。

突然，只听宫外一阵混乱，奔雷一般的马蹄声夹着喊杀声而来。禁军兵士飞奔来报："轩辕反贼攻破西门直奔太平宫而来！"众人惊得目瞪口呆，如在梦中。丁卯指着报信禁军道："什么？你再说！"那兵士道："轩辕反贼已到太平宫外，请皇上指示！"丁卯急道："拼死抵抗，保卫太平宫！全体文武百官、太监、宫女，有刀枪拿刀枪，没有的拿剪刀棍棒，都去守城！"皇帝突然挥手止住，笑道："若是天命在我，他便是兵临城下，也自有天护佑。若是天命已去，便有十万大军，也无济于事。杏黄旗在此，天命所归。何必慌张！"回身对女乐道："怎么停了？再来一曲。"顾全对兵士道："圣上英明，禁军拼死守城，定能将反贼歼于宫城之外，到时只等皇上重赏。"兵士谢恩而去。众人正惶恐不安，忽见皇后换了一身五彩罗衣，上来向皇上行礼道："皇上兴致既高，如此良辰美景赏心乐事，臣妾也舞一曲，为皇上助兴。"皇上起身扶她，道："你已有身孕，还是罢了吧，改日生下皇子再舞不迟，你的千金之躯如今可比朕还金贵！"皇后眼圈一红，不免落下泪来，伤感道："多谢皇上关爱，臣妾便跳一曲《玉树后庭花》，此曲节奏舒缓，与身体无碍。"顾全听着宫外的杀声，心中万分激动，却也是无比伤感，道："老臣自告奋勇，为皇后娘娘伴奏。"皇帝点头道："既如此，朕便准了这难得的绝配。"顾全黯然一笑，取过女乐手中琵琶，闭目叹了口气，弹奏起来。旁边的钟鼓丝竹也随着细密婉转却又带着抹不去的哀苦的琵琶缓缓奏响。皇后轻轻地舞着，就像一朵在乐声中缓缓盛开的牡丹，她渐入佳境，绽放着生命中最后一次绚烂。

何裳在地牢吃着又一盘残羹，接受着对他生命的又一次考验，他艰难地承受着，却不知这何时结束。他已慢慢学会从黑暗中寻找光明，这一天却和以往任何一天一样黯淡无光。

　　萧然在未央宫前看着《玉树后庭花》进入尾声，打马走上大殿。殿内众人鸦雀无声，不敢挪动半分。夕阳将大殿镀得金碧辉煌，大殿上人们的脸上充满了古铜色的迷惘。只有顾全和皇后，似乎已沉浸在乐声中，旁若无人地将乐舞演到终结。皇帝鼓掌笑道："果然倾国倾城，壮士且下马饮朕一杯酒！"萧然下马，接酒一饮而尽。皇帝点头道："果然是条好汉，朕当年……"他想起自己和武神跃马大破金陵，长驱直入攻入宫城……那些人，却都已不在了，他看着妙儿，竟想不出一句话。许久，他缓缓道："若朕自尽，壮士可否放过朕妻女和群臣？"萧然道："轩辕军从不滥杀。"

　　突然，平日规行矩步的顾全中了魔似的大笑起来，笑得前仰后合，冠缨浸到汤盘里满面狼藉，笑到最后却又涌起无尽伤感，伏地失声痛哭。人们被他哭得伤感，也都潸然泪下。顾全突然道："皇上，在你死之前，顾全有一些事不能不告诉你……我，本是先朝故臣。十八年前，你攻入金陵，我国破家亡。我背负国仇家恨更名改姓来做官，便是要让你江山破碎，报我家愁国恨！"皇帝先是一怔，许久才回转过神，大惊失色，疯了一般地瞪着皇后："你……你难道也？"皇后想到夫妻的情谊，不忍见他如此难过，凑上去扶他。顾全一把拉住她："她是江南吴钦舜之女，也是来取你性命！"皇后拼命挣扎，却被顾全紧紧拉住，她有千言万语，却又无从说起，只能放声痛哭。皇帝像受伤的野兽一般仰天长嚎，拔剑刺向皇后，却想起皇后已有自己骨肉，忙把剑收住。顾全猛地将皇后身体向前一推，皇后被一剑刺穿，鲜血染红了五彩罗衣，她扑倒在皇帝怀中，流着泪闭上了眼睛。顾全疯了一般大叫道："红颜祸水，红颜祸水……"他说的不仅是皇后，更说的前朝虞美人姊妹……

　　皇帝呆呆地看着皇后倒在自己剑下，喃喃道："原来都是骗子，戏弄我……戏……"他指着众人道："你、你、你……都是戏，你们都涂了脸，都是戏、都是戏……"说着摇摇晃晃地走出门去，丁卯忙上前扶住。义军兵士要阻拦，妙儿道：

"让他们去吧……"回头对大笑不止的顾全道："红颜祸水？你们身为朝廷命官，不能尽职尽责辅佐皇帝为天下百姓谋福，以致民不聊生，天下大乱，到头却把罪名推到女子身上。试问如果前朝没有虞美人，当世没有皇后，天下便不乱？前朝便是坏在你这种人手里，你却自以为忠臣，为报仇不惜倒行逆施，再次置万民于水火，你自己便是千古罪人！"一番话说得在场百官无地自容。顾全失魂落魄一般听着，喃喃道："我却是不忠之臣……我却是不忠之臣？"他一时间竟头痛欲裂，脑中一片混沌，猛地向殿中金柱撞去，头破血流，死于当场。金柱的轰鸣声萦绕着大殿，久久不歇。

妙儿捡起皇帝失落的杏黄旗，苦笑道："杏黄旗，却也是个谎言！"回身对百官道："各位可知大将军遗体现在何处？"一小太监道："由禁军看守陈列于刑台，准备于六日后行国葬。奴才还知道一个叫何裳的因去收尸被挑断了手脚，囚于宫中地牢。"妙儿忙叫他带路去救何裳。

萧然道："百官听命，前朝罪孽深重，你们难辞其咎！如今给你等机会在此自我反省，当众坦白，众人监督，若是谁有隐瞒，别人可揭他罪状。"在场百官面面相觑，谁也不敢先发言。萧然拿刀指着众人道："你们这群蛀虫，难道无罪可招？若本帅查明有谁隐瞒，严惩不贷！还不都低头认罪？"百官无奈，只好都喃喃地说起自己的罪状，平日里有宿怨的听冤家没有如实交代，忙大声揭发，被揭发者反唇相讥。开始人们还是实事求是，渐渐有人恶意攻击，信口雌黄，平日里潜在的怨愤都爆发了出来，人们开始破口大骂，甚至拿起手中笏板大打出手，大殿里顿时人声鼎沸，乱成一团。

何裳在黑暗中沉睡，忽觉一线光明射在自己身上，耳边响起一个女子的呼唤。何裳缓缓睁开眼，只见妙儿含泪呼唤着自己，他振作起精神："……我带你去找武神……"说罢要起身，身体却不听使唤。妙儿见他如此，心痛如割，眼泪扑簌簌落下，忙为他检查伤口，只见他手脚大筋都被高手挑断，虽然被及时止血，但伤口却又被数次割断，便是愈合也是残废了。她不由泪如泉涌，道："我带你……带你去鬼城……鬼谷子……他会治……治好你……"何裳黯然神伤，道："算了……不会好了……武神和巨阙剑都在刑台，你们不要管我，快去吧……"妙儿忙叫两个兵士抬起何裳一起出来，将来龙去脉略述了一遍。何裳十几天不见天日，蓦地看见西沉的落日，不禁热泪盈眶。只见宫中楼台依旧，天地却已换了，心中不免感慨沧桑陵谷。

萧然见何裳被抬过来，忙来看他的伤，见他手足皆断，不由大怒道："将那昏君寻来，我将他五马分尸！"何裳忙道："不必了，我已听妙儿说了，命当如此，杀他也无济于事。"说着看到地上皇后的尸身，道："她……她……"想到此结局开始便已注定，竟又无话可说，只是仰天落泪，心道：定然要想尽办法把霓裳姊妹安然送到姑苏，完成她的遗愿。于是他对萧然道："城北有个丁卯的废园，小弟有朋友被关在那里，请萧兄派人多加照顾。"萧然道："你放心，我这就派人将她们接来。"说罢，派出几个老成将士按何裳说的地址赶去，又指着叫骂厮打的百官，吩咐将士道："严加看守。"说罢，和妙儿抬着何裳赶往刑台。

最后一抹残阳将铁铸的刑台染成古铜色，禁军都缴了刀枪被带走，周围已经打扫干净，似乎从来不曾有过杀戮。四周一片寂静，只有西风摇撼着刑柱，似乎是另一个世界的声音。武神的遗体上还裹着傅青的斗篷，几缕白发在风中飘摇。妙儿奔到遗体前扑通一声跪倒，紧紧搂着遗体失声痛哭。她一寸寸抚摸着遗体，生怕错过每一个细节，仿佛在回顾他受难的每个场景——这是赐予她生命的父亲，可他最困难的关头，她却背弃了他。他的尸体已经冻结，他将永远沉默，所有的疼爱，所有的责骂也永不再有……她哭得声嘶力竭。残阳在哭声中抽搐，沉入大地。妙儿喃喃道："都是我……我回来了……你就不寂寞了……"猛地拔出宝剑便向颈间抹去。萧然忙紧紧握住她的手，道："他已去了，你又何苦……"妙儿的手颤抖着放下，仰天望着清冷的寒空，泪流满面，道："我恨……我对不起爹爹……"何裳道："卧龙跃马终黄土，无论结局如何，他都问心无愧，这便够了。至于其他，又岂是人力所能强求，你也不必自责……"

萧然抚摸着深深插入刑台只剩剑柄的巨阙剑。这柄剑是青铜所铸，远不及铁剑坚硬锋利，在武神手中却削铁如泥，战无不胜，靠的竟全是用剑者凝聚于其中的精纯内力和一腔赤诚。他不禁由衷赞叹这剑和用剑者的伟大，毅然道："前辈教导萧然铭记，当世拔此剑者，舍我其谁！若前辈有灵，便叫萧然拔出此剑，替天行道！"说罢，运气在掌，将身一耸。只听一声霹雳，刑台轰然震动，巨阙剑被萧然擎在手中。萧然激动地望着深邃夜空，眼噙热泪，道："多谢前辈，萧然保证：肩挑道义，拯救苍生，剑在人在，剑亡人亡！"他仰望长空，仿佛满天星斗都围着自己旋转。

当夜，去废园接霓裳姊妹的兵士前来复命，只道霓裳姊妹不肯前来，他们只能暂留两人在园外守护。萧然正要责怪那兵士，何裳道："这也正常，不怪他。我自己去便是……"说着忽然想到自己已不能行动，便又伤感，低头沉默。妙儿道："我同你去。"何裳感激地笑了笑，道："不知……不知晚晴可好？她遭此巨变当如何是好……"妙儿叹息道："一破皇宫我便派人去后宫遣散宫人，叮嘱看好她那小院以免骚扰，她的宫女太监都留着在外面随时听她调遣。她还不知外面发生的这些事，我却不知能瞒她多久，她知道后又如何面对她……"萧然道："破敌容易，收拾残局却如此艰难，守江山岂不难上加难。你们去吧，我这里却还有许多事要办。"说着便与众将商讨如何消灭官军残余，接受降官降将，又派使者分别向南北二镇送招降书。妙儿从宫中寻到一辆马车，载着何裳去寻废园。

何裳远远就听见忧伤的弦声，霓裳反复弹着《虞美人》，似乎知道外面已地覆天翻。妙儿轻轻叩响了门，只听玲珑道："你们回去吧，我们等的人不来，我们是不会走的。"何裳听她如此说，胸中一阵温暖，不由热泪盈眶，道："是我……"

琵琶声戛然而止，玲珑跑过来兴高采烈地开了门，却见何裳眼含热泪笑着躺在马车上。她看了看赶车的妙儿，行了个礼，上去拉何裳道："姐姐等你等得好苦，你却躺在这笑，快走……"拉了数次，却发现何裳的手已瘫软无力，再摸双脚也是如此，不由哭出声来。霓裳见她啼哭忙上前来摸。何裳怕她伤心，忙道："不妨事，不妨事，过些日子就好了……"霓裳一摸不禁泪下如雨，一手捂着痛如刀绞的心口，一手寸寸抚摸着何裳的身体，心痛到极处，晕倒在何裳身边。何裳急得泪流满面，却一动不能动，只能看着流泪。妙儿扶住霓裳，给她推宫过穴。玲珑扯住妙儿道："是谁下毒手？你说！我要杀了他！"妙儿摇摇头，道："凌虚和风波子，今日他们却不知去向……至于皇帝……他欠的债已还了……"霓裳渐渐醒转，拉住玲珑，道："不要任性……却不知大姐……现在何处？"何裳只是流泪，却不回答。霓裳道："她已不在了，是不是？"说着又泪流如注。玲珑痛哭道："我要报仇！我要杀了那狗皇帝！"妙儿道："他已经不在了……"玲珑还要闹，妙儿瞪了她一眼，静静道："他杀了我父亲……"她的声调平静得有些凄冷，又带着无比的沉重与威严，几个人都沉默了。霓裳紧紧搂着何裳的手脚，生怕寒风吹着。北风吹着树木的寒枝和墙头积雪，孤独而又无奈。

"进去烤火吧……"霓裳打破沉默，三人赶车进院子，将何裳扶进屋里靠火炉躺下。妙儿道："你们小心，我会派人日夜在园外守护，军务繁杂，我这便告辞。"说着，又对何裳道："你安心养伤，我明日派人送药来。"何裳道："南北镇动向未明，丁甲手中也有数万兵马，城内情况复杂。若萧萧父子赶到，恐怕更是难上加难，你们要小心！"妙儿道："我会小心。这马和车便送与你们，也方便些。"说罢，向三人一抱拳，匆匆而去。

何裳烤着火缓缓睡去，霓裳姊妹轻轻给他的伤口敷药，见他伤得重，又想起苦命的姐姐，不由又悲伤落泪。

第二日，韩骏驾着牛车赶到长安，祭拜了武神的遗体，却遍寻不到傅青遗体，就拿了他平日一副衣冠，当日便载着武神向北而去。萧然和妙儿一直送到城外，结冰的大河横亘在无边的莽原，积雪的大地苍茫无际，牛车在天地间渐渐远去。北风卷起积雪，地上的辙印渐渐消失，只剩满地衰草瑟瑟摇动。牛车的踪影已然不见，两个人却一直静静地向北望着，似乎只是在望着苍茫天地，身后宫殿顶上传来阵阵鸦声，像是声声叹息。

②
④
③

第十五回　江山如此多娇，引无数英雄竞折腰 244

三日后，轩辕王和萧萧大军抵达，马上派兵扫荡长安，将萧然本已放归的宫人和太监重又抓回，又将降臣降将赶至城外，只说为防降将兵变，统统坑杀。萧然不忍，百般劝谏却无济于事。东方丁甲带兵急攻长安，萧然与妙儿赶去抗敌。萧萧趁机重又亲自搜查宫中，掘地三尺，将宝物统统归入自己名下。轩辕王竟也不管，只等手下筹备完毕登基称帝。轩辕军人都是穷苦出身，见这长安城的繁华，不由眼馋，又无萧然军队严明的纪律，都一哄而上，打家劫舍，弄得鸡犬不宁，怨声载道。

萧萧搜查到后宫，见一小院并不起眼，却有萧然的亲信守护，不由冷笑，道："萧然表面上不动声色，却不知在此地藏了什么宝贝。"说着便要推门进去。守卫兵士忙上前阻拦，萧萧一剑将他刺倒，指着其他兵士道："谁若挡我，便如此人！"挥手让自己的兵士守在外面，纵身跃入院内。

晚晴几日来听外面一时喧闹一时清静，不知发生什么事，又没有父皇派人来烦她，她大觉自由，在屋里玩不够，便想去外面转转。外面的世界实在是有趣，那么多新鲜面孔，那么多好玩的东西……但想到那日血流满地的大战，却是不免打起寒战。她又想起何裳——也只有他能带自己出去，自己那么喜欢他，他却专门和父皇作对，不听自己的话，真是可恨至极！若再捉到他，定然狠狠揍他一顿，在他身上画个记号，他便不敢跑了，肯定会哭着求自己饶命。她脸上泛着笑容想着，手中摩挲着那只泥老虎，听它哇哇地叫两声，不由笑出声来。

突然，窗外人影一闪。晚晴脱口而出道："何裳！"说着便去开门，却被一柄宝剑抵住咽喉。她大吃一惊，忙缩身回逃，却被那人一把捉住。

萧萧本来搜索萧然藏起的宝物，却突然听到两声怪叫，又有人的笑声。他未曾想里面还有人，慌张之下惊动了屋内的晚晴，却又听她喊何裳，更是心惊胆寒。他正想如何逃脱，身边的门却突然打开，情急之下他拔剑出鞘，一见晚晴面孔大吃一惊，以为定是莫愁，自己每日魂牵梦萦，却又在此地得见，心中不免狂喜，却又对她十分畏惧，怕她伤已痊愈定然不放过自己。他正犹豫不定，却见晚晴缩身要逃，身法甚是笨拙，忙一手将她擒住，心道：难道竟不是莫愁？何裳竟也不在？怎长得如此相像？无论如何，她如今在我手中，不论是谁来，用她做人质，自己都能脱身，却不知怎样套出宝物的下落。他笑眯眯松开手，道："吓了一跳吧？我是何裳的朋友，他叫我来逗你玩。"晚晴被他抓得疼，挥手便给了他一巴掌，道："你是什么破东西？竟敢抓疼我，让何裳自己来，我要杀了他！"萧萧被她打得面红耳赤，却不得不克制住怒火，笑道："你喜欢打便狠狠打就是了，萧然、何裳都说你喜欢打人，要我给你出够了气再把宝贝拿回去。"晚晴不知他说的什么宝贝，心道：既然他知道何裳的下落，我便编个宝贝哄他带我去见他，于是道："我便知道你和那该天杀的贼人是一伙，除非你带我去见他，我便给你宝贝。"萧萧道："莫不是没有宝贝，你只是骗我带你去见他？"晚晴心道：既然他不受骗，我把他打得走不动路，关在这里，何裳定然会来找他，便道："好，只要你让我打个痛快，我便把宝贝给你。"萧萧道："莫不是没有宝贝，萧然在这金屋藏娇？"晚晴道："你若不听话，我就让父皇杀了你！"萧萧大笑道："你打便是了，到时不许赖账。"

晚晴在他脸上狠狠扇了几巴掌，又是一顿拳打脚踢，口里不住地骂臭何裳，只想把萧萧打得动弹不得。起初，萧萧为骗到财宝强忍，后来却渐渐忍受不住，从地上一跃而起将晚晴按倒在地，狠狠道："你不要欺人太甚！把宝贝交出来，老子饶你一命。若不交，便掐死你！"晚晴大骂道："你是什么东西！我叫来父皇将你碎尸万段！"萧萧冷笑道："你那父皇早死无葬身之地了！老子乃轩辕王子萧萧，你太平王朝早被老子的大军灭了！"晚晴如被霹雳击中，失魂落魄道："那父皇……母后……"萧萧道："都死了！尸体都已喂了狼！"晚晴猛然怔在那里，许久才哇地一声哭出来，发疯一般将萧萧掀翻在地，用尽全力掐他脖子，歇斯底里道："我要掐死你，我要报仇！你杀了我父皇，你杀了我母后……"萧萧施展擒拿手，将晚晴重又按倒，道："你活了半生，连自己亲生母亲都不知道！我告诉你，你母亲十八年前和你叔叔私奔，抛弃了你，只带了你姐姐莫愁！何裳只喜欢莫愁一个，他骗你，他什么都不告诉你……"晚晴拼命挣扎，大喊道："没有！不是！你骗人！"心道：何裳在这里天天睡梦中喊着莫愁，原来是自己的姐姐，他却为何不告诉我？！……她再也没有气力挣扎，看着身边已然摔碎的泥老虎，只是仰天痛哭。

萧萧恨得浑身发抖，咬牙切齿道："你这狠毒女人，爷爷便教训你！"说着撕破晚晴的衣衫。晚晴用尽最后的力量挣扎，却被萧萧紧紧压在身下，她狠狠朝萧萧肩头咬去。萧萧疼得大吼一声，一掌将她打晕。他把对所有人的仇恨都发泄到晚晴身上；他把晚晴想象成莫愁，满足他占有的欲望；他狠狠地报复何裳一次次的阻挠；他嫉妒莫愁和晚晴对何裳的念念不忘；他恨萧然和妙儿不听号令；他甚至恨父亲尸位素餐，不肯让位于己……他不明白为什么人们总是伤害自己，总是让自己痛苦，他流着泪咒骂着所有人。

深夜，晚晴从昏迷中苏醒，她浑身疼得厉害，想到父皇和母后都已死去，自己被生母遗弃，何裳对自己的欺骗，今天那平生最痛苦的梦魇，绝望地失声痛哭。周围一片黑暗，哭声在空荡荡的屋子里回荡，让她毛骨悚然。她不顾疼痛爬起来，将触手可及的任何东西都狠狠地摔在地上，破碎声缓解了她彻底的孤独和绝望，她筋疲力尽坐倒在地，任眼泪流干。将近黎明，她仿佛从梦境回转，挣扎着站起身，去洗了个澡，换上新衣，将一柄匕首藏在枕下，睡了。

第二日，萧萧又摸进小院。晚晴假装睡着，任他过来解开自己的新衣。萧萧摸着她的胴体，道："知道老子要来，洗了个干净，真是漂亮……今日老子心情极好，你可知为何？三年了，这事我从没向任何人提起，却总是想和谁说个痛快，反正你不会透露风声，老子便和你说。明日我父王那老东西就要死了！他纵横一生，如今又满以为登基指日可待，却不知明日就一命鸣呼了。你可知为何？三年前老子得到一丸药，乃是难得的毒药，人服用之后无一点异常，药性却在体内缓缓发作，三年之间遍入经脉膏肓，最后便是大罗神仙也无药可救。难得的是我算得如此准确，恰在这紧要关头——明日，他撒手归天，这皇位便是我的！再将萧然、妙儿、何裳统统除掉，叫人攻破蜀山，将莫愁也抢到手，到时你们姊妹共同伺候朕，岂不痛快？"说着将晚晴揽到怀中。晚晴任他摆布，只等他睡熟，从枕下拔出匕首照他胯下狠命戳去，回身便跑。萧萧熟睡中身下一阵剧痛，一掌狠命劈去，却劈了个空。晚晴怕被他捉住，仓促间只拿了衣衫卷了何裳的画夺门而去。萧萧其实已奄奄一息，未追出半步便扑倒在地昏死过去。

晚晴躲了一会儿，穿上衣裳，见屋内没有动静，不知萧萧是死是活，不敢再去看，便偷偷翻墙寻小路潜逃，正要出后宫偏门，却听未央宫方向突然人声鼎沸，有人大叫："来人啊，皇上驾崩了！来人……"宫中沸腾了，人们纷纷向未央宫涌去。晚晴不知如何是好，突然被人一把扯进树丛，她正要叫时却被捂住嘴。那人嘘了一声道："是贫道。"晚晴惊疑地望着他，他小声道："公主且先随贫道逃出此地再说。"说着拉着晚晴飞身上房，逃出宫去，一直向北山疾奔，到山顶的一个洞穴，他才停下来，递给晚晴一个水囊，跪拜道："贫道风波子，拜见公主殿下。贫道与凌虚道兄受皇上大恩，为皇上炼制九转金丹。处决大将军后，皇上大患已除，便命我们于北山闭关专心炼丹。今日功德圆满，我们便出关向皇上献丹，却不想外面已地覆天翻。我们找不到皇上，见有贼兵在打家劫舍，便捉了那些贼，才得知皇上和皇后已然不在，百官也尽被屠戮。我杀了几个贼人，怕惊动贼首，不敢久留，便打算救出公主，却苦于不认得。凌虚道兄听得南镇将军正北上勤王，便命贫道在宫中接着寻找，他去联络南镇前来接应。贫道正在后宫寻找，见公主冲出，贫道认得这衣裳定是公主无疑，是以施救，若惊扰了公主，贫道罪该万死。"

晚晴口干舌燥，喝饱了水，听他说此一说方才明白。若在平日，定因他吓到自己痛打一顿，可如今她身经巨变，往日的任性已被巨大的创伤磨灭，她心中只有仇恨，用自己所有的力量，用身边的一切去报复，去将父皇失去的江山夺回。她慢慢还礼道："多谢道长救命之恩，晚晴只想为父皇母后报仇！还望道长指点。"风波子道："今日那轩辕王已死，但那萧然和萧萧也不好对付，凭你一人万万不能报得国恨家仇，我们且在此地躲两日，等凌虚道兄回来从长计议。"

萧然和妙儿潼关一战击溃丁甲，收编了东镇傅青残余旧部，马不停蹄地南奔迎击已到南阳的吴梁。还在半途，长安信使飞马来报轩辕皇帝驾崩，萧然大惊失色，扯住信使道："师父如何死的？"信使吓得面如土色。妙儿道："此番南镇虽北上，但吴梁老谋深算，北方大部已为我所有，他不敢贸然行事，况且皇帝已然不在，便是开战对他也并无益处，只要我军不南下，他便不会进犯。我们可以就此回帅，将长安的事安排好再说。你且不要难为他，让他说清楚。"信使见萧然面色阴沉，战战兢兢道："将军知道，这两年大王身体日渐不济，前日夜半，突然便病发驾崩了，下面慌得六神无主，匆匆找到王子时，他却也被人刺杀，在一个小屋里被人捅了……下身……若不是大王驾崩大家急着找他，恐怕他也流干了血归天了。也是大王在天有灵，保佑王子被小的们找到，从鬼门关拉了回来。"萧然不语，妙儿却想到晚晴，道："那小屋可在后宫一个小院里？那刺客可被捉住？"信使道："听说发现王子时刺客已然跑了。"妙儿暗暗松了口气，道："那长安由谁主持大局？"信使道："事情紧急，众将军乱作一团，都等将军主持大局。"妙儿道："我大军不方便走小路，你且从最近的小路赶回长安，传夸父神军号令：大军即日便到，各部节制部属，各司其职，不得骚扰百姓，若有线索或捕得疑犯，不得擅自处置。你的马已疲，到前方驿站换马再行。"信使受命奔向小路。妙儿长吁了口气，道："回去便查个清楚，我倒认为萧萧嫌疑最大。"萧然向西南望了望，暮色中华山拔地而起，向阳一面燃烧如火，背阴一面冷淡如冰，仿佛一把长剑刺破天空，漫天晚霞海涌一般倾泻而出，便似沧海横流。

萧然道："便是查清又能如何，师父只他一点血脉，他如今又被重伤，能活过来便万幸了。待为师父服丧毕，我便拥他做皇帝，也算报答了师父的养育之恩。本以为此仗打完我们便可归隐田园，却不想横生出这些事端。"妙儿道："沧海横流方显英雄本色，他既不忠不孝，我们饶他不死便已对得起师父，若让他这种人做了皇帝，岂不又天下大乱？对得起师父，还要对得起天下万民……"萧然道："你让我自立为王？师父刚走我怎能如此，且将师父安葬之后再做计议吧。"妙儿道："非常时行非常事，如今天下大乱，若再群龙无首，岂不征战不休，生灵涂炭？是为天下计还是为自己的声名计，你要清楚。"萧然叹了口气，沉默不语，仰看天色已晚，两人并辔疾奔。

何裳在废园休养了几天，在霓裳姊妹精心照料下，他身体恢复了许多。三人新遭大难，都有些落寞悲凉。何裳此时最想吹起洞箫拿起画笔，可是却永远是梦想了。他常常闭目沉默，仿佛在沉睡，却又不时叹息。霓裳为解他心中忧愁，时时为他弹起曲子，却又被他的叹息打断，只好自己悲伤落泪。何裳道："你们走吧，有手有脚，这长安是不会太平的了，趁大乱未起，逃出去吧。你们还要回姑苏，赎回你家的旧园，这是姐姐的心愿。"霓裳含泪不语。玲珑道："那你呢？你岂不饿死？"何裳淡然一笑，道："人固有一死，我初来世上，父母不想让我到如此地步，天地也无心让我到如此地步，人们也无意把我置于如此地步，而现在我却如此，岂是人所能预料？又岂是你我所能把握？若我该死，你们在我也会死；若不该死，你们走了我也死不得。何必为我一人坏了三个人。"玲珑道："你这是什么鬼话，那好，我们走便是，看你究竟死不死！"去拉霓裳，霓裳却不动。许久，霓裳道："你自暴自弃便是，自有人知道你的可爱。你虽拿不得箫画不得画，可以前那些画足可以笑傲百世，名垂青史了。我们……""烧了，烧了，我不要什么名垂青史！"何裳不等她说完就大喊。霓裳的泪一下子涌出，哽咽道："我知道你看不起追名逐利之辈，你既如此高傲，便应珍重生命，岂能意气用事。我姐妹虽无本领，却也能带你一起回去，我们本是一家人，自当不离不弃……"何裳听到"不离不弃"不禁潸然泪下，道："是我不对……你不要多心。只是我还要赶到嵩山，怕拖累你们……"玲珑讥笑道："你的意思是让我们先走，你梦游到嵩山？"何裳不语。霓裳瞪了玲珑一眼，道："你何必再难为他……"玲珑嗔道："我便知道，他一来，你们便是一处的了，我便是多余，我走便是。"说着出了门，却从门缝中偷偷向里看。

霓裳起身倒了杯茶。何裳看着细如发丝的流水落入杯中，突然道："以前不解为何师父给那条瀑布取千丈瀑这样俗的名字，今日却明白了。"霓裳将茶捧到何裳面前，道："为何？"何裳啜了一口，道："白发三千丈，缘愁似个长。不知明镜里，何处得秋霜……"霓裳叹道："师父初至那里，心情当和你现在一样吧。"何裳道："当年他大战负伤在其次，最难忍受的却是世俗伤了他的心。满世界有手有脚之人无非俗人庸众，熙熙攘攘匆匆忙忙，却不知自己追求的到底是什么，都是心残之人。师父身体残疾却是全德之人，真是讽刺。这些心残之人却非要把本就活得痛苦的全德之人置于死地，这也是人世的悲剧吧。"霓裳道："你何尝不是受害者之一。"何裳听她竟了解自己心事，不由一阵温暖，道："这几日我想了个曲子，说给你听。"说着将曲谱说与霓裳。霓裳一一记在心中，将何裳揽在怀里，取出洞箫双手按好指孔，凑到何裳嘴边。何裳含着泪调稳气息，吹响了浸满血和泪水的洞箫。

何裳的曲子充满绝望，初春的寒夜在箫声中骤然冷彻骨髓，仿佛严冬的北风重又带着满天的飞雪，弥漫了天地，冷寂的长天大地间只有一个人在雪原上奔跑，雪地无边无际，孤独地奔跑永无尽头……孤寒的箫声让霓裳不寒而栗，她感觉到何裳的孤独，不忍再听，便由着自己的心改变了指法。奔跑的人精疲力竭绝望之际，一间泛着暖光的小木屋遥遥在望，他奔过去，推开积雪的柴门，她把他迎进屋里，拍掉他身上的积雪和风尘，呵着他冻得冰冷的手。窗外，雪霁云开，月光照在晶莹纯净的积雪上，满世界都是朗朗的白色，风清雪皓，一片澄明……何裳心中一阵暖意，享受着那明净而又温暖的境界。

许久，两人才从那梦境中醒来。何裳感激地看着霓裳，道："这曲子本入了紧那罗一路了，你却救了回来。"霓裳道："我不过是听着自己的心。"何裳道："然而曲子毕竟是曲子……"霓裳道："明日我们便启程，先去嵩山，然后带你走遍大江南北，遍寻名医，也许还……"何裳道："不必了，我已想通了，全德何必全身。我们还要回姑苏赎回旧园呢，一定要回去……"回头对门外道："快进来吧，在外面冻坏了。"玲珑笑嘻嘻地推门进来，道："居然还有人想着我。"霓裳笑道："咱们把东西收拾一下，明日便走了。"何裳道："却不知萧然和妙儿如何了。"正说着，响起敲门声。玲珑跑去开门，道："果然是说曹操曹操到。"只见妙儿风尘仆仆地进来，霓裳忙拉她过来烤火，倒了杯热茶。妙儿喝了口茶，道："多谢。"又问何裳道："好些了吗？"何裳点头道："我们商量明日走呢，我正想要不要去向你们道别。"妙儿道："前几日我们去潼关平了丁甲，召了许多东镇旧部。南镇又向北逼近，已到南阳。我们正要去抵御，那轩辕王却突然去世，萧萧又杀我守护晚晴的兵士，闯进晚晴的院子……"何裳急道："晚晴呢？"妙儿道："晚晴应该没事。当日信使只说萧萧在那小院被刺客刺伤了，我怕他们伤了晚晴，便叫他们如果捉到刺客不可妄加处置，等我回来。幸亏晚晴聪明，没有被他们捉住。萧萧伤得不轻，醒来后为掩人耳目，要处死当时为他守门的知情人，那几人除了一个跑掉，其余都已被他灭口。"何裳道："那晚晴如何是没人知道的了？"他想起晚晴心中不由伤感，担心她承受不住国破家亡的打击，逃不出这场灾难。霓裳见他心中有这么多女子，不免黯然神伤。妙儿道："如今正是施展抱负的大好机会，大局已在我们掌控之中。南镇在南阳观望，北镇已对我招降有了回复，愿意就此谈判。若南北镇归顺，天下大半便可安定，百姓也可安居乐业了。"何裳道："那便好了。"妙儿道："所以你不必急着离开，我会派人保你们平安，你等伤好些再走不迟。"何裳道："已好多了，我与莫愁有约在先，如今百日已近，不能再等了。"妙儿道："你已如此，迟到几天她定然理解，到时我派骑兵快马加鞭送你们到嵩山。"何裳摇头道："便是明日上路已来不及了。"妙儿道："那明日我便派人送你们启程。"何裳道："世乱人危，何况又经过吴梁势力范围，人多反而不便，一驾马车足矣。给我们各寻一套农家衣服，她们姐妹也扮成男装，便像你当日的样子。"想到当日破庙相会，两人不由相视而笑。霓裳道："还需要安排什么？"妙儿道："尽量轻便些，我派一可靠的兄弟扮作车夫，也好保你们平安。你们早些歇息，明日一早我便来。"说着告别而去。

第二日一早，妙儿派来的马车便来接，车夫将何裳抱上马车，道："何公子可认得小人？"何裳道："觉得大哥面善，却又想不起来。"车夫笑道："当日你们去镇东将军府，小的便是守门卫士，你自然觉得面善了。小将军已把你的英雄事迹和小的说了，小的佩服得很，可喜这混账朝代已经灭了。"何裳道："原来是东镇的大哥，以后便不要客气了，我们互称兄弟便好。"说着见霓裳和玲珑换了小厮的衣装上车坐在自己身边，不由笑道："果然是两个俊少年，只是脸上抹些灰土才好。"车夫大笑道："何兄弟不要难为两位姑娘了。小将军他们在宫外等候，我们上路吧。"何裳笑道："听大哥安排。"

虽然大战已过去多日，长安城仍是一片战后的破败和荒颓。前几日的混乱使这个本已惊恐不安的都城陷入疲惫。萧然回来先处置了几十个带头骚扰良民的将士，混乱渐渐平息。兵士们清理着废墟，逐户安抚前几日受扰的百姓，归还被抢的钱财。皇宫依然巍峨，宫墙上的鲜血已被擦干净，仿佛一切不曾发生，然而墙头的旗号已然改了。重走着来时路，三人不由慨叹世事变幻，运命无常。

萧然和妙儿远远见到马车便赶过来，萧然道："身体可好了些？"何裳道："好多了，我不妨事。你们还有很多事要做，要小心才是。"妙儿对车夫道："陆大哥，他们三人便交与你，有你在我们也放心了。何裳，这位陆大哥可是东镇的悍将，如今给你赶车，你可好福气。"车夫笑道："小将军哪里话，我对何兄弟佩服得很，你们放心便是。"何裳看着二人，道："今日一别，不知何日再会……"心中不免伤感。萧然道："何必伤感，喝我一碗夕阳红，日后想喝酒，捎个信来我便到。"说罢倒了三碗酒，一碗给车夫，一碗给霓裳，自己先一饮而尽。霓裳捧着碗何裳也一气喝干，何裳喝得痛快，大叫好酒。车夫饮尽，向萧然二人抱拳道："就此别过，二位放心，小的自当尽心竭力。"说罢赶车上路。妙儿与萧然望着车远去，不禁怅然道："都走了……"萧然道："我们却走不得了……"两人感觉到天下兴亡竟如此真切地和自己紧密相连，两只手紧紧握在了一起。

忽然，一骑从城北飞驰而来，身后几个兵士高呼"站住"挥戈紧追不舍。那被追的人到萧然二人身边勒住马，妙儿仔细一看原来是韩骏，忙止住追来的兵士。韩骏满身是血，气喘吁吁。妙儿马上过去扶他，他挥手止住，向两人欠了欠身，喘匀了气息道："霍云那贼降了胡人！"萧然大惊，忙叫人递上一碗酒，道："润润嗓子，仔细说来。"韩骏一饮而尽，道："我到胭脂山后，在山上葬了大将军，就住在旁边的一个山洞。不久，胡人便占了胭脂山。我当年随大将军征战，懂得胡语，他们也便以为我是胡人。原来胡人大败之后，贺兰漠便继位为汗，以吴钦舜为丞相，励精图治，重整军备，只等乘天下大乱之际南下复仇。他们趁关中混战，渐渐占领胭脂山脉，那霍云也不敢贸然出击。胡人经过一冬的休养，实力恢复。太平王朝一灭，贺兰漠便称帝建国，以天命为国号，尊吴钦舜为相父，自比为周武王，又将大军分为三军，设左右将军，由吴钦舜统一指挥训练。我在山上看他们训练，那吴钦舜果真了得，排兵布阵井井有条，神鬼莫测。"萧然道："我与他有过一面之缘，此人虽手无缚鸡之力，却有经天纬地之才，贺兰漠舍命救他出去，便已想到今日了。"韩骏点头道："不错，你们招降的使者到北镇后，贺兰漠的使者也去北镇招降。如今东西镇已为轩辕军所有，南北镇的倾向关系着江山的归属。霍云在轩辕军与胡人夹缝之间，掌握着重镇胭脂关，他若归轩辕军，胡人南下的计划便破灭大半；若他归顺胡人，胡人便可长驱直入，直逼长安。"妙儿道："我顾全大局不问他陷害忠良之仇，他却总认为我会伺机报复。他自恃执掌重兵要塞，提出必须让他做大将军，继续驻守胭脂关，并将晚晴送给他。这几日发生的事实在突然，头绪纷繁复杂，我们正在想办法答复他，他却怎得降了胡人？"韩骏道："他也怕背上汉奸的万世骂名，却又不甘心归顺轩辕军。毕竟，轩辕军把他本来实现了大半的美梦打得粉碎，也算国仇家恨。他也怕妙儿向他报杀父之仇，不免忌惮。那吴钦舜亲自去北镇说服他，指出轩辕军不可能给他高官厚禄，建了国之后马上便会兔死狗烹，追究他以前的罪过。胡人许诺让他做右将军，并为他找到晚晴。"妙儿道："他们找到晚晴了？她怎么样？"韩骏摇头叹息道："没有，但找到了一个被萧萧追杀的卫士。他将宫中发生的事一讲，霍云拍案大怒，便答应带胡人入关报仇。我一得知消息，便劫了一匹胡马冲进关赶来报信。"妙儿道："那卫士到底说了什么？"韩俊叹了口气道："萧萧乘你们出征……将晚晴凌辱了……后来听说他受了重伤，大概是晚晴报仇吧……"萧然吼道："这个畜生！"纵马直奔萧萧养伤的东宫。

萧萧一边卧病一边暗中安排夺权继位。他怕人知道他的丑事，下令追杀在场的卫士，却终究跑了一个。他本以为父亲一死自己必将成为领袖，却不想紧要关头被重伤，贻误了时机。现在萧然俨然成了轩辕军的领袖，他不免恨命运不公，恨萧然忘恩负义夺了父亲传下的江山，恨晚晴太狠毒。幸好在几日的搜索中他找到了杏黄旗，他正要拿出来看，突然房门被轰然踹开，萧然径直闯了进来，挥剑便砍。后面的卫士赶来拼死抱住他，剑把萧萧的床斫去一角。萧萧惊出一身冷汗，他深知此时越是躲萧然越不会放过自己，索性装作卧床难起，缓缓抬起头，道："萧然兄，恕我不能起身了。父王归天，抛下我们兄弟……辛苦你了。"萧然本怒气冲天，欲杀之而后快，可见他身带重孝卧床不起，已是奄奄一息，又提起师父，不免伤感。他一把推开卫士，用剑指着萧萧道："你做了什么事自己清楚！"萧萧一惊，不知他说何事，若是父亲的事自己必死无疑，但萧然不可能有证据，估计便是那逃跑的卫士说了在小院中的事，于是他挣扎着起身道："小弟一时糊涂，那姑娘……那姑娘……小弟被她刺了一剑，永远也碰不得女人了，这还不算还了她吗？"说罢泪落如注。妙儿冲进来道："不要相信他！他怎么不说晚晴受了多大的苦？"萧萧吃力地起身要跪倒，道："嫂嫂说得有礼，反正萧家的香火已断绝，我活在世上也无用了，杀了我倒是痛快，省得在这生不如死。"说罢瘫倒在地。妙儿拔刀便砍。萧然不忍，挥手挡住，道："他已如此，就放他一条生路，也算给师父一个交代。"妙儿将刀狠狠掷在地上，道："你不杀他，他便做好人了？"萧萧伏地哭道："大哥，为正军法，杀了我吧。若大哥还顾念师父的情义，便带我出征胡人，让我死在沙场之上，我也不枉此生了。"萧然叹气道："刀箭无眼，到时无人顾及你。"萧萧道："萧萧只求一死。"萧然无奈，叹了口气，道："胡人已入胭脂关，三日内便逼近长安，明日出征！"

② ⑤ ⑦

　　贺兰漠三路大军以霍云为先锋右将军，入胭脂关直逼定阳，定阳守将拼死据守。萧然率轩辕军赶到时，定阳五千守军已只剩八百，守将身负重伤犹在城头大骂霍云认贼作父引狼入室，不忠不义。霍云恼羞成怒，拉弓便射。眼见飞箭便把守将钉在城墙上，却被萧然飞身接住，援军马不停蹄赶上城头支援。萧然在城头运功喝道："萧然在此，告诉贺兰漠，明日城外决一死战！"声音便像一阵狂风席卷草原，几个刚抢攻上城楼的胡兵被震得摔下城去，轩辕军高声欢呼。霍云大惊失色，正拿不定主意，听得大帐鸣金收兵，忙马上带兵回营复命。

　　霍云拜完贺兰漠，道："大汗，萧然轩辕军已到定阳，末将攻城受阻，愿受责罚。"贺兰漠饮着马奶酒，道："正要约他痛快厮杀一场！明日三军在定阳十里外列阵，中军运二十车马奶酒备用，其他还请相父谋划。"吴钦舜道："这萧然与我二人有生死之交，绝非等闲之辈，明日一战，必然要全力以赴。至于其他，臣已有安排。"贺兰漠见他胸有成竹，不免纳闷道："未见相父谋划，相父却已胸有成竹？此中有何玄机？"吴钦舜笑道："事成前恕臣不能以实相告，若大汗得知实情，恐怕便不忍了。"贺兰漠道："萧兄乃当世英雄，明日只求痛快一战。还请紧那罗先生保护好相父。"紧那罗领命。吴钦舜叹了口气，走出大帐，望着天边暮色沉吟。

第二日天还未明，两军便各自排开阵势。晨雾中的草原泛着若有若无的青色，红日慢慢浮出地平线，刀枪剑戟闪耀着金色的光芒。轩辕军全军缟素，中军供着轩辕王的灵位。萧然和妙儿当先，各披白色征袍，身后是各军统帅。萧萧手持雕弓金箭斜卧在战车之上，他的弓弩大军控弦射住四方。

贺兰漠锦帽貂裘，身后中军吴钦舜端坐车中，紧那罗护卫在旁。霍云为先锋，三军在后。早春的风沙四起，各色旌旗猎猎作响。贺兰漠与萧然会马，抱拳对萧然道："萧兄，长安一别已数月，雄风犹在。"萧然道："贺兰兄也是踌躇满志，有幸相会，定要痛快大战一场。"贺兰漠道："当日我们都誓与武神逐鹿中原，不想如今却只剩我二人。当日蒙萧兄仗义相救，请我喝酒，今日小弟带来二十车马奶酒，我们喝个痛快再厮杀！"萧然道："好，便拿坛来！"两人在两军中间相对痛饮，两军将士看得目瞪口呆。二十辆大车百十坛酒不到一个时辰便所剩无几，萧然道："这马奶酒果然鲜美，只可惜何裳不在，否则岂不更是痛快！"贺兰漠道："这里还有五车，便留给何裳，若我战死，你便带给他。若你战死，我便带给他。"萧然叫好，道："酒喝得痛快，这便大战一场。"说罢两人各自回军，号令兵马。

萧然拔出巨阙剑挥军跃马便冲，身后忽然金光一闪，他在马上一颤，竟翻身栽倒，手中高举的剑落在地上深深插入泥土。妙儿高喊着纵马去扶他，只见他被一枝金箭从后心贯穿，已奄奄一息。萧然艰难地睁开眼，凝视着泪流满面呼唤着他的妙儿，用尽最后的力量伸手去擦她的泪水。妙儿紧紧握住他的手，哽咽着说不出话。萧然笑了笑，道："萧然一生都没有家，一个人不顾一切地爱我，要给我一个家，我却不敢接受……我知道，我错了……我最大的愿望……垦一片田，和自己心爱的人……那只是梦了……你不要报仇，还有许多事要你做……把我放到山顶，我们羌人都是如此，尸身喂养天地间的精灵，让风把灵魂带走，一直陪着你……"他的气息散入风中，口中嗫嚅却已说不出话。他拼尽力气睁眼凝视着她，生怕会就此闭目长辞。妙儿泪如泉涌，道："我知道，我知道……"伏在萧然身上失声痛哭。萧然抱紧妙儿，眼中满是泪水，仰面凝望长空，他的梦想他的追逐他的热爱他的迷茫乱云一般纠结，又随风渐淡，难道这就是命运？这究竟是为什么？他用尽最后的一口气仰天长啸，天地为之沉滞，两军为之失色。

妙儿含泪回头狠狠瞪着萧萧。萧萧刚刚用尽全身力量射出一箭，无力再射，忙挥弓大喊："萧然他们勾结胡人，放箭！"轩辕军将士却都被这突如其来的事件惊呆，没人动弹。妙儿将萧然抱到自己马上，悲愤已极之际竟不知去向何处，茫然间她纵马奔出沙场，萧然的骑军和妙儿手下的东西镇旧部都跟了上去。胡将正要阻拦，贺兰漠怒道："谁敢碰她！"他掩饰不住悲愤之情，挥长刀便要杀向轩辕军。吴钦舜道："大汗且息怒，可还记得微臣昨日之言？"贺兰漠道："你竟然……"吴钦舜拜倒道："大汗息怒，前日臣便收到萧萧的密信，约定今日阵前射杀萧然，条件是让他做一方诸侯。臣假意应允，只等他们两败俱伤我军坐享其成。如今萧然已死，我们直接收编轩辕军即可。"贺兰漠狠狠掷刀在地，道："你怎么不让我知道？！你怎么让萧然这样死！我不会收轩辕军，我让他们陪葬！"吴钦舜道："不战而屈人之兵乃是上计，行大事者不能意气用事。臣事先瞒着大汗便是怕大汗拒绝，萧然乃我心腹大患，不如此大汗一统天下的大计便举步维艰……"贺兰漠挥手止住道："相父心意我明白……但轩辕军我决不饶！"

吴钦舜道："既然如此，不宜当即下手，臣先派人稳住萧萧。玄妙定会来找他报仇，若我军在她报仇之前灭了轩辕军，她岂不遗恨终生？"贺兰漠愤然拨马："约他明日再战！"

轩辕军见妙儿带萧然走远才缓过神来，轰然乱了阵脚。萧萧的弓弩军马上变阵将剩下各军包围。萧萧拾起巨阙剑，道："大敌当前，违命作乱者杀！轩辕军本就是我萧氏基业，萧然本外姓，却包藏祸心，待父王归天便窃我江山。当日父王归天，他们怕我继位，便派刺客杀我，将我重伤。如今，杏黄旗、巨阙剑尽在我手，天命在我！诸将谁若不服，岂对得起父王？挡得起天命？萧萧只盼诸位兄弟齐心协力，替天行道，振我轩辕军威风，将来建国登基，诸位便是开国元勋！"他举起杏黄旗和巨阙剑，轩辕军欢呼起来。

胭脂山从胭脂关一直蜿蜒到定阳城外的莽原又一直连绵到西方。妙儿抱着萧然奔上胭脂山，一直奔向山顶，后面的将士不敢打扰，集结在山脚焦急地等待。萧然平静地躺着，他雪白的征衣已经殷红，山风呼啸而过，将他的生命带到远方……

妙儿在山顶上守了一夜，等到东方既白，她背好双刀披上战袍，对萧然道："我走了，等着我。"说罢跨马冲下山去。山下将士见她下来马上整装待命。妙儿向众人抱拳道："多谢众位兄弟！今日玄妙要取萧萧狗头，此事与众兄弟无关，各位兄弟不要插手。"萧然副将杜冲道："将军待我们如同兄弟，怎么能坐视不管？"其他将士也纷纷应和。妙儿道："我杀萧萧乃是私事，抗击胡人乃是国事，岂能因一人私事废国家大义！杀萧萧我一人足矣，抗击胡人需要全体将士共同进退。今日我杀萧萧，轩辕军必定大乱，胡人定然趁机进攻。胡人嗜杀成性，贺兰漠身负血海深仇，若攻入关中必将生灵涂炭。如今乃是亡国灭种之际，不论轩辕军还是旧日东西镇的兄弟，当同仇敌忾，奋勇杀敌，保卫关中父老乡亲，这也是萧然对诸位的期望。今日大战，若有生还者，劳烦将玄妙尸身放到这山头。拜托！"说罢，纵马向沙场而去。后面的将士高喊着"不让胡人南下一步！"紧随而来。

贺兰漠和萧萧两军列阵完毕，萧萧却始终不见胡人答复自己的密信，心中不禁担忧。他本意并非要投降胡人，只是他深知自己杀萧然之后轩辕军不是胡人的对手，不得不假意投降，然后暗自增强实力，以图再举。难道胡人知道这是缓兵之计？他手中攥着巨阙剑，心道：若是妙儿带兵来报仇，自己可以轻易应付，可若是胡人挥军来战，自己当如何是好？

草原上轰然响起马蹄声，远望去黄尘四起，如风雷激荡，当先一人果然是妙儿。贺兰漠让将士按兵不动，严阵以待。萧萧正要吩咐弓弩军准备，却只见杜冲大吼一声，带着身后几万将士直杀入胡阵，只妙儿一骑向自己奔来。两军都大吃一惊，胡军猝不及防，竟被冲出一条缺口，吴钦舜马上指挥变换阵形，将杜冲众人围在阵中厮杀。轩辕军本就不愿射自己人，见他们冲杀胡军，都欲参战，也不愿再射妙儿。萧萧见妙儿单骑前来，也不放在心上，拿着巨阙剑志得意满，挥手对身后的射手们道："引而不发，看我杀了她！"催战车挥巨阙剑迎上去。

妙儿马不停蹄，冲到战车前拔刀便砍。萧萧连忙挥剑去格，只见青光一闪，连巨阙剑带萧萧被妙儿削成三截。妙儿大吃一惊，以为是父亲和萧然神灵相助。其实不然，巨阙剑虽是上古神兵，却是青铜所铸，论锋利不如平常的铁器，只是因为它历经千年，负载了无数浩然正气，若用剑人内力精纯又有浩然精魂，巨阙剑便与此人融为一体，生发出惊天地泣鬼神的威力。萧萧徒知它乃神兵，便以为无坚不摧，殊不知此剑在他手中还不如一块废铁，他藏在怀中的杏黄旗也随着断剑落到尘埃之中。妙儿回马对轩辕军道："如今统帅皆死，听我号令，杀胡人，保关中父老！"说着回马奔向胡军。她身后轩辕军有血性者都跟了上去，其他人见萧萧死了自己也没了靠山，偷偷后退。吴钦舜早看得清楚，挥中军抵挡妙儿，左右两军一起合围退却的轩辕军。

妙儿直奔贺兰漠，两人早在长安一战就见过，十六年来从

②⑥①

父辈就交战不止，战争竟随时间一代代绵延。贺兰漠推开副将，挥刀接战，道："不想汉人也有你这样女中豪杰，我可以放你一条生路，去葬了他！"妙儿双刀翻飞，道："你若停止战争，我便不杀你！"贺兰漠大笑道："待我踏平天下战争自然停止，你住手吧！你身后的轩辕军抵挡不了我的勇士，都倒下了，你已被包围了。我佩服萧兄，也佩服你，我不想和你厮杀！"妙儿回头见身后的轩辕军果然被虎狼般的胡军团团包围，她索性放过贺兰漠去杀指挥战斗的吴钦舜。紧那罗琴弦急动，将妙儿的双刀击成四段，四面武士围上来逼住她。贺兰漠道："你若想走，依然可以走。"吴钦舜道："大汗不可意气用事，她若不死，终究与我为敌！"妙儿大笑道："吴先生说得好！玄妙正好有事相告，令嫒吴眉为报你家仇入宫为后，让太平皇帝江山不保，最终死于乱军。另两位千金霓裳和玲珑我已托与可靠人护送，南下归乡。"吴钦舜道："那真要谢谢姑娘，不过国事为大，你虽对老夫一家有恩，老夫却也不能放你！"妙儿笑道："你们可汗放我我且不走，我何必以此邀功讨好你？我只是想告诉你，为了你的亲人，生养你的土地，不要得意忘形。你既知国事为大，也当知道什么是投敌叛国。若来日关中血流成河，中原生灵涂炭，你罪责难逃！"吴钦舜也不说话，抬头眯着眼望着远方。

妙儿瞥了一眼贺兰漠，道："你既然佩服我，何不听我一言到此为止！胭脂山已在你手，你们世代生活于此，何不就此停步？"贺兰漠道："我们为了这大战，牲畜已经吃光了储存的所有草料，若我们不一直向前，只有死路一条。我们都背负血海深仇，我们宁可战死他乡，灵魂远离净土，也要去征服你们。你看看你们汉人，多么猥琐渺小，唯利是图，背信弃义。你们虚弱的生命从不知道远离尘世的神山有一个净土，你们污浊的生命污染了天地。看看那些背信弃义者、那些逃跑的人，他们的血都是黑色的，真不应该让他们死在草原上，污染这干净的世界。我们是净土的使者，去征服天下，让这污浊的世界重新纯洁。你和萧兄与他们不一样，你应该属于我们，我们是一样的。"妙儿笑道："哪里都有好人坏人，消灭罪恶难道靠杀戮吗？有谁一生中没有做过一件错事？如果要杀，这世上最后恐怕只剩下一把刀！你们真可怜，不知道热爱……"说罢将断刀往颈中一横，鲜血飞溅将天边霞光染得殷红。贺兰漠忙去扶她，周围忽然一片沉默。

许久，吴钦舜道："如今轩辕军已破，江山已半入我手，当务之急是招降南镇，前次去了使者，吴梁没有明确答复，他是在观望，如今北镇已降，轩辕已破，他应当有些想法了。还请紧那罗先生赴南阳说服吴梁，他若不降，先生当知道如何处置……另有一事相托，若先生见到小女，劳烦照应，吴某感激不尽！若她们愿意北来，吴某马上派人去迎。大汗，老臣就这两个亲人，思女心切，还望大汗赦老臣以权谋私之罪。"贺兰漠道："相父无罪，两位姑娘与我有救命之恩，如今天下大乱，我也担心她们的安危。她们当和何裳在一处，先生找到何裳便找到她们了。"紧那罗领命而去。吴钦舜道："我大军明日乘胜直捣长安，然后挥师中原，威慑吴梁，配合紧那罗先生！"贺兰漠点头道："兵贵神速，一切听相父调遣！"

太阳的光芒洒在大地上，悲悯地抚摸着每一个人，却依然遮不住那些血迹和尘埃。尘埃中杏黄旗迎着阳光寂寞地闪烁。贺兰漠将妙儿抱到马上，循着她来时的印记，一个人找到放着萧然尸身的山峰，将两人并排放在一处。他在两人身边一直坐到日落西山，凝视山下的人们清理着战场。残阳如血，他想着妙儿的话，自己真得不懂热爱吗？那脑中为什么总是霓裳的影子？他自己也不明白。

风声四起，仿佛净土遥远的召唤。

第十六回　万里浮云卷碧山，青天中道流孤月何裳与萧然二人作别后，望着他们消失在不断延伸的长路尽头，正自伤感，忽然注意到两边的原野已泛出绿意，积雪在初阳中融化成春水渗入泥土，周围一阵生命破土而出的芬芳。在生命的严冬中挣扎的何裳被这出乎意料的春色打动了，再寒冷的冰霜也会被新的生机融化，天地化育，四时流行，何必被冰封于一个严冬呢？何裳看着，脸上泛起了笑意，由衷感激着大地。玲珑忽然推了一下两人道："快看那边。"两人顺她说的方向看去，只见两个衣衫褴褛的乞丐蜷缩在一个荒圮的驿站墙下。霓裳揽着何裳道："可怜的老人家，去给他们些干粮吧。"玲珑使劲摇头道："再看！"何裳道："是皇帝和丁卯，大概是怕人认出他们，所以流落至此吧。"玲珑道："我去杀了他们！"霓裳忙拉住她道："他们已到如此地步，已经够苦了。"说着将何裳交给玲珑，让车夫停了车，自己拿了些干粮放到两人面前，然后匆匆回来上车。

皇帝的眼神惶恐而迷惑，嘴里一直絮絮叨叨。丁卯神色呆滞，似乎心神还停留在远方。见到干粮，皇帝扑上去便要塞到嘴里大嚼。丁卯笨拙地扯住他，把干粮捡起来，擦去上面的土，一块块地喂给他。辚辚车声中，三人听到丁卯若有若无的唏嘘。

时逢乱世，盗贼成灾，在战火中家破人亡的贫民和战败的军人都趁机打家劫舍，地方上的官吏没有了朝廷的管理，也都乘乱而起。从长安到洛阳满目疮痍，先是东镇起义，丁甲大兵镇压，紧接着便是萧然大军攻灭丁甲。来时的繁华都已灰飞烟灭，遍地流民都争着向南逃离，一路上哀鸿遍野，大地上刚长出的青草和未来得及萌蘖的树皮都被流民吃得精光，到处都是妻离子散的哀哭。

三人皱眉看着，心情凝重，正欲把干粮分些给逃难的妇孺，便听车夫叹息道："三位不要慷慨了，我们的干粮已难撑到嵩山。何况这满地流民，又能救得几个？只盼小将军他们早日定下江山，到时便都有好日子了……"三人听了他的话都相视无语，忽见北面远远的是金谷园，已在战火和掠夺中破败不堪，三人想起旧日歌哭之地，不免感叹。霓裳道："不知老板怎样了，但愿战火不要再南烧，否则这天下之人便都没有安身之地了。"何裳想到初见时的情景，道："舞榭歌台，风流总被，雨打风吹去……山河犹在，故国不存……是天地无情还是人世无情？"口中喃喃吟起《黍离》，吟至"知我者谓我心忧，不知我者谓我何求"不禁仰天长叹，潸然泪下。

车夫道："奸人当道，祸乱横行，在上的人你争我夺，受苦的都是百姓。可这些百姓当真无辜吗？为一点蝇头小利便不辨是非，别人拼尽性命为他们谋福，他们却贪生怕死。若是他们有一点良心，傅将军全家不致如此。当日我们拼死与丁甲那贼作战，他们却似与自己无关，反而躲得远远的，眼看他们把傅将军家人尽数掳走。他们本就是灾民，傅将军冒着天大的罪名收容他们，给他们地种，给他们粮食……大将军更是如此，却只因朝廷说他谋反，天下人便不分青红皂白，可怜他一生舍生忘死……何兄弟，你念的书多，你告诉哥哥为何如此荒唐？"何裳道："再大的英雄，于千秋万代不过云烟，于苍茫天地不过微尘，其他人更是如此。天地既然无情，身外之名利亦不过腐鼠，我只求问心无愧，便是天地间最逍遥之人。武神和傅将军仰不愧于天，俯不怍于地，这便足矣。至于生死，人从出生一刻便注定要死，命之所在又岂能强求……"车夫道："有道理，到底是读书人。"何裳道："这理也不是但凡读书人就懂得的，读书人中不通事理的书奴禄蠹恐怕比懂理的多得多，否则天下也不致如此。"心中不免感叹着其中道理自己其实也没有一个答案。

车夫拿着萧然的符信交与洛阳守将，四人出了洛阳城向嵩山而去。出了洛阳城便出了轩辕军的势力范围，时时望见被劫掠过的村庄燃烧着大火，村民嚎哭着汇入难民的洪流，四人的车子随着这洪流涌向嵩山。沿途的草木鸟兽都被流民吃得精光，不时有饥饿的人倒在路上，疲惫的人们践踏着他人的尸骨前行。突然，几个饿急的莽汉扑到一个老妪身边，抢过她手中牵的孩童便剥衣衫。老妪扑上去嚎叫着厮打他们。一个大汉将她踢倒在地，骂道："老东西肉都酸了，谁吃你！"说着不顾孩子哭喊，扯住胳膊就要咬。另一人怕他独吞，狠命扯孩子另一条臂膀，两人拼命撕扯，孩子疼得昏死过去。

车夫大喝一声，鞭子啪啪两声将几个大汉甩开，老妪扑上去拉起孩子就跑。孩子本已饿得不轻，又被这一吓，都瘫在地上，哪里起得来。霓裳和玲珑忙下车拿了块干粮给孩子，她们本就长得明眸皓齿，虽是着了男装，却还是光彩照人。几个大汉被打，正要报复车夫，见她二人拿干粮下来，向周围大喊道："他们有粮食！这是俩女的，好看啊，咱们过了瘾吃肉啊！还有好肥的马！谁抢着归谁！"说着便一拥而上，其他人被他们一喊也都潮水般涌上来，有抢粮食的，有抢马的，也有见霓裳姐妹漂亮来抢人的。车夫回身将霓裳姐妹提到车上，叫一声："坐稳了！"在马尾骨上狠着一鞭，那马奋蹄狂奔，冲破几层人墙，却终因人太多被死死挡住去路，挤倒在地。饥饿的人们涌上去分撕马肉，又有人涌上来扯住车抢粮抢人，更有人为防他们再跑，将车轮砸得粉碎。车夫只顾护着三人，其他无暇顾及，只盼他们抢了马和粮食罢休。人们却还是涌上来，车夫无奈从车上抽出朴刀砍翻了几个，大喊道："大家同是遭难百姓，我也不想杀人，不要欺人太甚！"见有人被砍翻，人群散开一些，后面的却不知情，只是哄着往前挤。车夫怒不可遏，一柄朴刀上下翻飞，将靠近车子的人砍得血肉横飞。霓裳扑在何裳和玲珑身上不住地喊："不要杀人，不要杀人……"却无济于事。没有轮子的马车周围堆满了死伤的人，干粮撒了满地。杀戮激起人们心底的仇恨，人们发疯一般扑向车夫。车夫力渐不支，被人从身后死死抱住，按倒在地。人们见他倒了，纷纷涌上抢粮抢人。

一个黑影从众人头上掠过，车边的人们中了魔一样纷纷倒地。何裳听见一声弦响，知道是紧那罗，忙道："你们捂紧耳朵，越紧越好！"霓裳两人忙捂住耳朵。只见紧那罗五指飞抢，铁琵琶铮然如雷鸣般响起，声急调险，便如从万仞悬崖一跃而下，沉入万丈深渊。人们痛苦地捂着流血的耳朵，仿佛真的被琵琶声抛入云端落入万丈深渊，纷纷颓然瘫倒在地。紧那罗骤然收弦，琵琶声戛然而止。方圆一里之内再没有一个人站着，人们躺了遍地，痛苦地嚎叫着。

何裳道："你救了我，我却很难谢你。他们便是没死，恐怕日后永远也听不见了。"紧那罗轻蔑地瞥了一眼，道："我救不救人是我的事，不需要别人感激。何况我没有想救你，只是看不得猪咬人而已，我是为自己报仇。"霓裳与玲珑下去看车夫，车夫本已被众人踩踏得奄奄一息，在紧那罗的琵琶冲击之下已然死去。霓裳落泪道："他本来护送我们，谁知嵩山未到，他便已……"玲珑跑过去要骂紧那罗，却被他的苍白的面具吓得呆住了。紧那罗道："我不杀女人，你们离远点。何裳，你我都是天才，你岂甘心死在这些蠢物手下？不要假作慈悲了。"何裳见那老妪和孩子都已被他震死，悲愤交加，不愿理他，对霓裳二人道："把陆大哥安葬了吧，难为你们了。"心道：这等困难时候自己帮不上忙，却让两位弱女子做事，惭愧至极，这荒郊野外却怎么办？

紧那罗看出他的无奈，冷笑道："你如今可算与我同病相怜。天下当只有师弟医得好你，我要去南阳办事，你若是南下，我可以陪你一程。"何裳道："你办你的事便是。"紧那罗笑道："若是我走了，你饿死或被虎狼吃了都无妨，两位姑娘你可想过？"这正是何裳放心不下的，他沉默不语。霓裳知他为难，道："死便死了，不和这杀人魔头一起！"紧那罗道："好！我就喜欢威武不能屈之人，女子尤其如此。你死了我都可惜。你的手指如柔荑般曼妙，定然善弹琵琶，我们一路切磋技艺如何？"霓裳道："谁和你杀人的琵琶切磋？"心中也不免好奇他的琵琶弹出的究竟是何种音乐。紧那罗道："好，人品高乐品自然高，何裳的洞箫我已领教，你的琵琶也让我无限神往了。"霓裳道："你既知人品高乐品才高，便应当好好做人。"紧那罗大笑道："好久没有人这样逗我笑过，恐怕当世弹琵琶者只有你我二人了。"霓裳道："胡言乱语，单是长安，善才便数千。"紧那罗道："其他人？何足道哉！"

何裳道："如果你真心想陪我们，那便帮霓裳葬了陆大哥，否则霓裳伤了手弹不得琵琶。"紧那罗犹豫了一下，道："也罢，老夫纵横一生，杀人无数，却从未葬过任何人，今日葬了这汉子便算还了他们。霓裳姑娘，你可是讲信用的，要是你的琵琶弹得不到极处，我便再把这人挖出来喂狼。"霓裳道："我弹便是。"紧那罗从车上卸下一大块木板，把何裳放在上面，用绳子系了一头，交给霓裳二人道："车轮没了，你们要费些气力了。"自己提着车夫向前走。霓裳和玲珑拉着木板载着何裳跟着。不久，玲珑就龇牙咧嘴地喊肩疼了。霓裳笑了笑，道："你歇歇，我自己来。"说着一个人艰难地拉着何裳前行。暮色把霓裳单薄的身影拉得很长，何裳看着她瘦弱的背影在前面蹒跚，不禁热泪盈眶，心中暗暗发誓便是拼尽生命也一定让她幸福。

紧那罗带三人来到一片林子，挖坑埋葬了车夫。夕阳将斑驳的树影投在何裳身上，何裳从未这么真切地和大地紧紧靠拢，他闭目感受着风吹树影的变幻。四周悄无声息，他仿佛听见青草在身下破土而出，野花孕育着早春第一朵蓓蕾，树木摇曳着酝酿第一条嫩枝。生命的变化从未这么真切地打动他，他觉得自己已经和天地万物融为一体，成为它们生命的一部分，他和它们一起发芽、抽枝、长叶、开花……鸟雀吟唱着归乡的快意，不时停落在何裳身边。何裳心中的阴霾一点点被抹去，他噙着泪从心中感激自然的赐予，从这一刻，他已与万物融为一体，再也割舍不开。

然而抬望眼，天地虽一片生机，人间却如狂风飘絮——若天地无情，却为何化育万物？若有情，却为何要众生受这流离之苦？何裳走出自身的冰封却又堕入关于人世的迷惘，也许人世的歌笑哀哭皆人自取，众生啊，怎样才能逃离尘世的苦难？还是这苦难本身就是人们对自己的惩罚？

紧那罗望着夕阳一点点下沉，把一袋干粮丢与三人。何裳算起路程，明日便可到嵩山，虽然是马不停蹄，却已晚了几天，不知莫愁会不会等自己，也不知她能否救得情妖，但愿他们没有动武，可明日紧那罗若是出现在少林寺，恐怕会引起轩然大波。他想及此处，忙对紧那罗道："明日我们便到少林寺了，到时先生去办自己的事便好，免得不便。"紧那罗不屑道："我岂怕过谁？"何裳道："那倒是。这几日难民中都传言霍云降胡，带胡人攻入关中，可是实情？萧然和妙儿可好？贺兰兄可好？"紧那罗道："轩辕军不堪一击，萧萧射杀萧然，玄妙杀萧萧又自尽于大汗面前。乱哄哄你来我往，最后不过是个死。"何裳心中一凉，僵在那里。霓裳见他眼神有异，忙去抚他心胸，何裳已仰天瞠目泪流如注。紧那罗不管他，对霓裳道："两位姑娘可是吴先生千金？大汗继位后以吴先生为相父，吴先生思念两位，托我带你们北去，两位可愿意？"霓裳低头不语，玲珑也不敢问。

何裳不曾想与萧然和妙儿一别竟成永诀，他头脑中满是两人的影子，泪水在脸上纵横。霓裳含着泪为他擦着泪水，不知如何安慰他，只是道："哭个痛快吧……"话未完泪已流了下来。何裳许久才喘过一口气，哽咽道："都走了……你们也走……只剩下我，你们也走……"霓裳忙捂住他的嘴，急得哭道："不走，我们哪都不去，守着你。"她抬头对紧那罗道："劳烦先生转告家父，我们姐妹也是每刻都盼望团聚，但何裳伤重，我们不能弃他而去。况且大姐生前嘱我们赎回家业，我姐妹时刻不敢忘记。家父若是思念，便告老南归，我姐妹在姑苏寄园日日等他归来。"紧那罗知她其实是不愿让父亲再为胡臣，定然也不会随自己北上了，于是道："人生在世，往往身不由己……"由吴氏父女想及自己的身世，不由沉默，取出胡琴拉起悲凉的曲子。

第二日，四人赶到嵩山。关帝庙不知被哪里的流民所占，关公塑像被涂上泥画成个什么神仙，朝拜者不绝于路。世乱人危，迷信也加倍，人们拜完神仙随着一个领头者轰然而去。流民塞满了道路，不时有店铺被哄抢，整座城惶恐而疲惫。

四人在人们或狂热或麻木或疲惫或绝望的目光中穿过城市。城中心那株老树下聚满了人，刚才在关公庙朝拜的人正和另一伙朝拜老树的人打得不可开交，最后仗着人多把老树一点点伐倒，又冲向衙门和谷仓……

何裳看着老树疲惫而无奈地倒下，心中无比郁闷苦痛却又无处发泄，想到在嵩山与武神和萧然初见，此时他们却都已不在，不由心如刀绞，泪水纵横，口中不住地念："日暮途远，人间何世。将军一去，大树飘零……"紧那罗冷笑道："多情自古空余恨，不过区区一株树，难为你七尺男儿这么多眼泪。"霓裳忙停下给何裳拭去泪水。何裳看着她被绳勒得青紫的手，道："妹妹何苦，快歇歇……我……"欲说感激却又无言，只是流泪。霓裳也忍不住泪水，忙回身重又拉起绳索艰难前行。何裳看着一边袖手冷笑的紧那罗道："我哭便哭干你何事？俗人说男儿无泪不过是无情者的屁话，我哭我笑皆我自己做主！你若看不惯便滚回大漠，省得连自己哭笑都不敢见天日！"紧那罗最忌讳人这样说，眼中杀机顿起，手中电光一闪。何裳胸口一阵白烟，昏死过去。霓裳姊妹忙扑到何裳身上，不住地摇他叫着他。何裳慢慢睁开眼，吐出一口鲜血，努力笑了笑，道："好妹妹，我天生命大……"玲珑手快，扯开他胸口的破烂衣衫，只见一块响石已被琴弦抽得粉碎，另一块也裂成两半。霓裳心疼地搂住他哭道："你便是要死，也要想想我们啊，若是没有这两块石头，你便甩下我们不管了？不是说不离不弃……若要死，便一起死。"说罢，对紧那罗道："再发一弦将我们一起打死吧，省得先生麻烦。"紧那罗看着响石的碎片发呆，见霓裳发怒，回过神来，一言不发地接着前行。

少林寺门口挤满了难民，寺中每日向难民施一次粥。不住有僧众从里面抱着大锅出来，倾入大缸，又有僧人盛给众人。人们知道少林僧人厉害，谁也不敢闹事，倒还井井有条。紧那罗上前将大缸一脚踢破，热粥一下流得满地，难民们一哄而上抢地上的粥吃。盛粥和尚合十道："施主既不想吃粥，自走自路便是，为何暴殄天物，让这些难民失了一日的食粮？"紧那罗不理他，径直往寺里走。门口僧众护住寺门，道："施主止步，佛门清净地，施主戾气太重，不宜便入！"何裳怕紧那罗伤了众人，忙道："各位师父，此人厉害，不要与他计较，速去报告空悟大师说紧那罗到他便明白。"众僧刚才见紧那罗轻易将坚如铁石的巨缸踢破，知道不可轻敌，忙派人去禀报，其他人各持兵器严守寺门。

紧那罗冷笑一声，跃上门口石狮，拨响了琵琶，寺门外顿时杀声四起。何裳大叫"捂住耳朵！"却无人理睬，急得他满头大汗。眼见人们脸上表情痛苦，颤抖着倒下，霓裳索性不再掩耳，取下琵琶弹起柔和的曲子。紧那罗的琵琶虽厉害却也是以曲夺人，霓裳心无旁骛只在曲子，因此竟能抵得住他暴雨般的急弦。一个是阴惨狂暴的大漠急雪，一个是缠绵低回的江南春色，对比强烈却有似天成。霓裳的曲子消减了紧那罗曲子的杀气，人们的面色也渐缓和。只听空悟高呼佛号率僧众出寺而来，他早从琵琶声知道此次紧那罗来者不善，是以吩咐全寺戒备，寺中高手都随他出来分列两侧。空行一眼看见被踢碎的大缸和满地抢食残粥的难民，不由性起，骂道："何方妖孽？"紧那罗并不理他，而是弹完一曲，回头对霓裳道："老夫果然没看错人……这便大开杀戒了，你们三人走远点为妙。"何裳急着想问空悟莫愁是否已赶来，见他愁眉紧锁无暇理会自己便也不再多言。

空行见紧那罗不理会自己，便欲出手。空悟挥手止住，道："此人诡异非常，不可妄动。"回身对紧那罗合十，道："施主此来所为何事？敝寺施粥救人哪里妨碍了施主？施主只是一脚，这满地的人却失去了食粮，岂不罪过？"紧那罗冷笑道："你既有粮，再做无妨，如此多蠢物扰老夫的事，岂不可恨？老夫没有让他们人头落地，已是看在你佛门慈悲了。"空悟道："天下大乱，敝寺也勉强自保，老衲及寺中僧众每日也不过这一粥。"紧那罗哈哈大笑，道："说得好，老夫也知你寺中定无如此多粮，莫非有人支援？南镇吴梁将军何在？前番派人到将军府拜访不遇，吴先生便料到你在南阳大张旗鼓只是虚张声势。你怕大汗派人行刺，躲进这高手如林的少林寺本也隐秘，可惜你不曾想这许多粮食暴露了你的行踪所在！"空悟合十微笑道："这些粮乃是平日积攒的施舍，如今乱世，区区少林岂敢劳烦官军。施主若是寻人，还向他处去吧。"紧那罗大笑道："出家人不打诳语，我只问你吴梁在否？"空悟正不知如何回答，寺中传来一阵大笑，只见吴梁戎装带着两队武士走来，向空悟行礼道："难为方丈了，吴梁为贵寺添了许多麻烦，还是叫本帅自己解决此事。"说罢对紧那罗道："劳烦先生苦心寻找，本帅身受太半土朝隆恩，得以成一方诸侯。如今天下大乱，正当报效国家，岂能学霍云狼子野心？如今本帅已集结天下兵马，若贺兰胡奴敢南下半步，定教他片甲无归！"紧那罗冷笑一声，道："只怕是你要趁此机会割据一方吧？我大军已扫除轩辕，三日后便抵嵩山城下，你若不降，我今日便取你头颅为大汗接风。"吴梁仰天大笑，将手一挥，满山伏兵一齐跃起。吴梁笑道："今日本与两位真人约定见面，为保安全伏兵满山，不想却意外捕得先生。"他将手一挥，两边武士一拥而上，擒拿紧那罗。紧那罗也不闪躲，将手一抖，四周武士血光四溅，顿时死于非命。吴梁见他厉害，不由毛发倒竖，忙叫将士按兵不动。空行见他公然杀生，挥禅杖飞身而上，大吼道："孽障，吃我降魔杖！"紧那罗手中光闪，只听铮的一声，镔铁禅杖被削去半边。空行不敢怠慢，避着他手中电光迎战，却因禅杖长大，不断被紧那罗削到，不免左支右绌。空悟见状知道不好，运气喝道："佛门圣地岂容鬼蜮猖狂！"说罢飞身加入战团。吴梁乘机抽身，让兵士将四下团团围住。

紧那罗迎战二僧，浑身电光四溅。二僧虽也内力深厚，却对他闪电般的丝弦无可奈何，加之紧那罗身法如电，三人竟打了个平手。紧那罗此番不仅要杀吴梁，更想一举挫败少林，如此中原武林群龙无首，便不会给大军南下造成障碍。如今见吴梁已然与少林联合，紧那罗知道只能胜不能败，想及此处，他长啸一声，风一般地飞旋起来，双掌一阴一阳，挟风鼓雷。空行冷不防手中禅杖被一分为二，忙施罗汉拳。空悟大悲手也使到极处，拳掌相交处如电闪雷鸣，三人脚下石板地被掌风扫过不住砰然而裂，石屑纷飞。忽听紧那罗大喝一声，瞅准空行空当一掌击出，空悟忙挥掌去救。只听一声巨响，空悟右肩被紧那罗一掌击中，他退后数步，口中喷出一口鲜血。空行忙跳出战团为他疗伤，四周僧众忙拥上前护住二人。空悟止住众人道："不要以卵击石！这阴阳手果然名不虚传。"紧那罗仰天大笑，道："武神已死，天下有谁是我敌手？"话音未落，只听后山一阵冷笑，漫山草木萧萧，一个女子的声音缓缓道："井底之蛙，焉知天下之大！"紧那罗心中一惊，心道这女子如此内力，竟不在自己之下，若是敌人，恐怕此行的目的是万难达到了，想及此处，他忙运气道："何路英雄？早就听说中原武林自成一体，不受朝廷节制，如今却竟都成了朝廷的走狗？老夫来取吴梁性命，却有如此多高手保他！"那女子冷笑道："区区吴梁干本宫何事？本宫只问你刚才所说可属实？"紧那罗笑道："老夫不知这少林寺何时破例收藏女流？难道你竟面壁闭关不问世事？这天下已然易数人之手了！"只听后山风声瑟瑟，一团青影瞬间闪到庙门顶上，正是在莲花洞修炼的情妖，高高在上便如一尊观世音菩萨。吴梁认得，马上号令将士跪倒参拜道："末将吴梁拜见娘娘。"情妖缓缓道："本宫乃海宫宫主，将军拜错了。这位口出狂言的刚才施展阴阳手，定然是棋魔老弟的师兄了。若不是你的琵琶震动山林，我今日便坐破第二十个蒲团了。我本心如止水，你却又起波澜。你说江山已数易人手，此话怎讲？"紧那罗冷笑道："原来是当年与画仙私奔的情妖娘娘，老夫说中原武林再无第二个女子有如此修为。难为少林号称泰山北斗，如今竟请来昔日对头帮忙，却又不怕她污染佛门净土了？"情妖也不说话，将袖一抖，一股劲风直奔紧那罗。紧那罗不敢怠慢，挥琵琶格挡，只听砰然一声，铁琵琶上清晰地印上一个掌印，紧那罗不禁骇然。情妖道："我爱便爱，恨便恨，干世人何事？看在你不是男人的份上饶你一死。"紧那罗平生最恨人如此说他，飞身跃起五弦齐发。情妖知道厉害，并不用手接，而是以柔克刚，将袖一卷，五枚丝弦皆被卷进袖中。紧那罗此招生平从未失手，不想此次竟被她如此破解，怨愤已极，猛地扯断琴弦，挥掌扑上。情妖却飞身退出，道："我只问你刚才所说可属实？"紧那罗本要和她拼个鱼死网破，见她竟不接战，便想激她悲愤欲绝，于是冷笑道："武神被皇帝设计凌迟，其女玄妙为报仇带轩辕城兵马直破长安，攻杀皇室。北镇霍云引我大军入关荡平轩辕贼兵，老夫此来便是来降伏吴梁！你的皇帝已然死了！你的仇人也都死了！"说罢仰天大笑，那笑声便像鸱鸮夜鸣让人寒彻骨髓。

情妖怔在那里许久，猛然想到晚晴，急道："晚晴呢？"紧那罗道："她被轩辕王子凌辱，不知去向，恐怕已死于乱军之中。"情妖听到此处心如刀绞，恨自己不该把她留在宫中，更恨所有的爱恨情仇都一齐迸发可这些人已全都不在，不由痴痴地站着不知何去何从。何裳听到晚晴的遭遇痛彻心扉，泪水纵横，怔在那里恨自己没有将她带出宫，将嘴唇咬得血肉模糊。

只听吴梁忽然拜倒道："娘娘保重，末将已探得公主下落！公主为武当凌虚与青城风波子二位道长所救，与末将相约在此相会。末将召集各路兵马，欲拥公主即帝位，继太平大业，号令天下，抵抗胡人。"情妖回过神来，道："可怜的孩子……你们又何必再将她措于积薪之上，太平王朝不提也罢……"苦痛迷惘间，只听山间有人高喊："原以为你在，却早不见了。"抬眼望去，却是空空从山上下来一路寻他的猴儿。众人听他的话并无感触，情妖听了却如醍醐灌顶，心道："一切有为法，如梦幻泡影，如露亦如电。一切因缘本以为是实在，却不过皆是空。原来本心为阴云笼罩，纵坐破万个蒲团亦是徒劳，而今一朝扫破阴霾，本心便如一轮明月霎那洞彻灵明。"回身对空空道："多谢空空兄点化，我便就此舍弃尘缘，法号孤月如何？"空空道："我找猴儿，你找自己，找到便都好。"说着跑去找猴儿了。

空悟高呼佛号道："功夫未到，便称觉悟，又入狂禅一路了，罪过罪过！"孤月向空悟行礼道："释迦捻花，迦叶微笑，教外别传，不容语言。实相无相，自他无二，真如佛性圆融微妙，岂容阶级？南顿北渐同出一脉，只因根性利钝不同而有两种修行方式。当今少林学宗曹洞一脉，牢牢握住静坐默照不放。试问若自性为浮云遮蔽，便坐破三千蒲团，又有何用？"此番言论大出空悟意料，他怔在当场，许久，合十感叹道："多谢孤月居士指点迷津，老衲根性愚钝，是以紧握坐禅不放，却不知佛法无边，顿渐有差却殊途同归。但自性清净之人实是万中无一，先师创下静坐默照以见本心之法，实乃为度我等根性愚钝之人。"孤月道："也罢，待我揭破迷障。且把寺中夜光珠拿来。"众人一听大惊失色，夜光珠乃天下至宝，观之可见前尘后世，谁不留恋前尘期许后世？都迫不及待想见一眼这绝世珍宝的真面目。众僧不愿去取，空悟却深信孤月，教空行亲自执方丈的袈裟，去藏经阁最中央的密室去取。这密室只空悟知晓，且其中有上一辈的觉字辈高僧守护，必须以方丈的袈裟为信物才可得入。空行去了许久才目瞪口呆地回来，身后跟着个须发指甲都长得惊人的苍老僧人。空悟忙带众僧行礼，道："打扰师叔修行了。"老僧合十道："闻得有居士云揭破夜光珠之迷障，老衲愿听指教。"孤月行礼道："敢问珠房密室可是空空如也？"未及老僧回答，空行已是一愣，道："你怎知……当日你与画仙闯寺夺经便觊觎夜光珠，莫非这些时日在我后山乘我不备将珠盗取？"老僧微微一笑止住他，道："旧日尘缘何必再提，自那日老衲失手伤人，方丈师兄便让老衲闭关守珠，十八年来一粒微尘都不得入。这珠房本就是空空如也，老衲参了十八年也不得悟。居士既已揭破，请指点迷津！"这老僧便是当年与画仙情妖鏖战的四僧之一，乃是空字辈的师叔，如今却向孤月请教，显然已承认孤月所言属实。众人吃惊之下不禁发问：少林寺竟编造如此大的谎言骗了一代代人？可是连空悟都不知道这夜光珠竟不在珠房。

　　孤月道："世人泥于前尘，期许后世，许多出家人也是因为纠缠于此不得解脱遂皈依佛门。然此结不解，便参悟百年也不得觉悟。前尘、现世、未来本在一念，自性迷，佛即众生；自性悟，众生即佛。众生只因沉迷不见自性，若当拨开云雾，月照千江，万法皆现，便悟前尘后世俱是空，刹那即永恒。夜光珠便是清净自性，自然不可捉摸，前代高僧用心良苦，可怜后世却只在皮相上沉迷……众生啊……"她俯视大地，流民难奔，满地狼藉，她眼中满是悲悯，缓缓道："吴梁，天下大乱，为政者任重道远，你好自为之。"吴梁拜倒道："末将明白。不知娘娘有何安排？"孤月道："家国之事你等职责。我佛慈悲，降妖伏魔，普度众生！"紧那罗冷笑道："刚才还是情妖，此时摇身一变，便成孤月大师要降妖伏魔了，若是遇到往日自己，你岂不一并降了？"孤月道："往日虽有妖名，不过是愤世嫉俗所为，爱恨皆出一片赤诚，问心无愧。一念是魔，一念是佛，你若放下屠刀也能立地成佛。"回身对空悟道："劳烦告知莫愁，我已抛下尘缘，她不必再等，让她去寻找自己的自由吧。"说罢，飘然而去。

第十七回　人似秋鸿来有信，事如春梦了无痕

**278**

何裳听孤月提到莫愁，不由大喜，仔细思量孤月的话，深有感触，往日因师父当年旧事被人非议的阴霾一扫而空。情本当是世上最纯洁美好之事，若出于赤诚，又何必在意俗人！他恨不得马上见到莫愁，将自己所想全都告诉她。

山下一阵喧闹，一队兵士飞奔上来，拜倒在吴梁面前，道："将军，武当凌虚、青城风波子二道长护送公主殿下驾到！"吴梁大喜，又怕紧那罗作梗，便叫传令兵吹响号角，号令驻扎在城外的兵士迅速向山下集结，吴梁整顿甲胄相迎。只见凌虚、风波子护着面覆轻纱的晚晴上来。吴梁忙率众拜倒，高呼："末将吴梁叩见公主殿下，吴梁救驾来迟，罪该万死！"晚晴上前扶起吴梁，道："将军辛苦了，将军本是长辈，不远千里领兵勤王，当受晚晴一拜才是。"说罢便拜。吴梁将士忙叩头不止，道："折杀末将！末将万死不足以报圣朝隆恩。"

何裳望着晚晴，见她无恙，心中方才安稳，想到与她相处的日夜，又想到她受的苦，不禁深深自责，暗自落泪。晚晴起身才注意到远远躺在地下的何裳，两人目光相遇，晚晴眼中满是怨恨，何裳却已泪流满面。晚晴狠狠扫了一眼霓裳和玲珑，对何裳道："起来说话！"何裳只是仰天落泪。晚晴伸手去拉他，却发现他手足俱断，已然残废了。她忍不住扑上去检视伤口，质问道："谁？谁干的？"众人无语。何裳见她落泪，心中一暖，道："算了，没事了。不必为我难过，我知道……你多多保重……是我的错……"凌虚上前行礼道："公主息怒，贫道与风波子道兄是奉先帝之命……"晚晴惊异地看着他，又看何裳。何裳微笑着摇了摇头，他怕晚晴发怒逼得众人离她而去。晚晴却也不是当日刁蛮任性一任天真的孩子了，她深知凌虚众人的重要，她起身扶起凌虚，道："此人与我朝的深仇大恨晚晴都明了，只是晚晴立誓他日要亲手取他性命，道长将他伤得不轻，岂不可惜。"凌虚本以为晚晴会发作，听她一说如释重负，道："此人倒也并非穷凶极恶，只是年少无知，一时失足。贫道念及此点手下留情，若他能改过自新，也是国家栋梁之材。只是国家危难之际，公主要以大局为重。"吴梁也道："真人说的极是，末将召集天下兵马，欲共拥公主即帝位，继太平大业，号令天下，抵抗胡人，收复失地，复我太平江山！"紧那罗放声长笑，道："区区蝼蚁，也敢自立为王，今日我便取你们性命！"说罢双掌挥出，直取二人。

众人知他厉害，吴梁挥刀迎战，凌虚、风波子飞身护卫晚晴，却终是晚了一步。紧那罗身法如电，眼看掌风已将两人卷入，只觉身后一麻不能动弹，残留的掌风依然将两人卷出丈许。晚晴面纱已不知去向，喷出一口鲜血，怀中的画像飞出老远，挂到悬崖边的一丛荆棘上摇摇欲坠。

众人本以为二人必死无疑，却不想紧那罗竟被人点穴，惊诧中向他身后望去。只见紧那罗身后一株高树上不知何时站着一人，这人便如树上一片叶随风摇曳，脚下最细的枝条竟也不打弯。众人一见皆震惊得瞠目结舌。紧那罗毕竟是绝顶高手，片刻已自己打通关节解开穴道，回头看时也不禁吃惊，不想今日竟连遇高手，此人如此距离不知用何法门点住自己穴道，这恐怕是自己功成行走江湖以来所仅遇。他对那人道："背后偷袭非英雄本色，可敢与老夫正面交锋？"那人缓缓道："草原本来清静，你何必来这是非之地自讨苦吃？"话音未落何裳已是惊喜交加，这分明是莫愁的声音，正要叫她，却见挂在崖上的画像被风吹落，心急如焚。只见莫愁脚下轻点，飘然而至，将落下的画像收在手中，又向崖壁一点，跃上山头。众人此时才看清这是个面覆白纱的少女。空悟道："你既一直在此，孤月居士的话想必已然听到，她已大彻大悟，老衲僧众皆为她欣喜，你也当放心了。"莫愁道："纠缠二十年，各得其所，却苦了剩下的人……"回身句话对晚晴道："此画可是你的？"晚晴挣扎着起身要夺。莫愁翻手丢到她怀里，又走到何裳三人身边。霓裳下意识地护在何裳前面。

莫愁打量她一眼，道："你是何人？为何护他？"霓裳道："我与他不离不弃，他若与你有冤仇便算到我身上！"何裳急得满头大汗，道："莫愁，没有她们我活不到这里……"莫愁冷笑一声，道："那画又做何解释？"何裳望着晚晴，万难开口，来时满腔希望，此时相见竟尽是绝望……

莫愁为如约与何裳相会，答应鬼谷子修炼逍遥游。她本就不染俗尘，修炼此功又要齐物我、同死生，是以功成出山之时心已静如空潭，可到少林先是何裳失约，情妖又不肯出关，她只好在寺外等。不想今日变故迭生，先是闻得武神已死长安已破，又是父亲已死于乱军，母亲又弃绝尘缘，一件一件便如石入空潭浪起千翻，她心念动摇心中便缕缕疼痛，如今亲见自己双生妹子竟拿着何裳给自己的画像，何裳手足残疾两个妙龄少女却又拼死守护不离不弃，她悲痛欲绝心如刀绞，心疼何裳却又恨他用情不专，当下惨然一笑，道："但见新人笑，哪闻旧人哭……"说罢回身到紧那罗面前，道："你不服气便比试掌力。"说罢一掌击出，紧那罗运足真力挥掌相迎。只听一声霹雳，两人脚下石板被震得粉碎，紧那罗退出五步，口吐鲜血。莫愁本就强忍切肤之痛，又突然催动真气，也吐出一口鲜血。她的面纱被掌风带走，众人看到她面纱下的面孔，大惊失色。晚晴匆忙匆开手中画卷，再看莫愁不由瞠目结舌。莫愁冷冷道："出世十九年，却是枉然！"何裳大叫："你又何苦！"莫愁却头也不回绝尘而去。紧那罗身负重伤，怕众人找他麻烦，也强忍伤痛疾奔而去。

人们见紧那罗负伤而去，均长吁一口气。晚晴却拿着画卷怔在那里。吴梁上前扶她，道："殿下保重。"晚晴如梦初醒，拉住他问道："这是怎么回事？她是谁？"吴梁道："她与殿下本双生姊妹，只因十八年前殿下的生母情妖娘娘因故与先帝决裂，遂带她出宫。""那母后呢？"吴梁道："娘娘与画仙情投意合，便相约私奔，可画仙乃先帝同胞兄弟，两人倍受非议，最终也未能如愿。娘娘今日闻得长安失陷，国破家亡，一朝顿悟，已弃绝尘缘，皈依佛门而去。"晚晴道："这么多年，他们竟谁也不曾告诉我……她竟把我一人留在那里？她竟不等见我一面？"说着泪如泉涌，回身走到何裳身前，含泪将画扯得粉碎，道："你定然也知道……都是骗子，我恨你们！"说罢将碎画掷向何裳。何裳看着破碎的画卷在面前飘散，便如一场凄烈的梦。

吴梁向空悟行礼道："多谢少林出手相救，连累大师负伤。"空悟道："降妖伏魔，保家卫国，乃僧人本分，将军不必多礼，以天下大计为要。"吴梁道："末将正欲召集各路兵马，与武林英雄同奉公主登基，抵抗胡人进犯。胡人兵锋正锐，只怕到时会与少林为难。"空悟道："恕老衲不能亲临盛况，劳烦空行师弟代少林出席了，智净带僧兵助战，抗敌卫国。至于敝寺，风雨数千载，法脉犹存，胡人能奈佛法何！"吴梁行礼道："边情紧急，事不宜迟，就此别过。大师保重！"说罢与凌虚、风波子护着晚晴上马车。晚晴瞪了一眼何裳，眼中爱恨交织，索性钻进车中，放下帷帐。空行又取了一柄禅杖，智净也集结僧兵，护送众人下山而去。

何裳望着晚晴的车子渐渐消失在蜿蜒的山路上，想到莫愁的误会和痛苦，心潮翻涌却又无比失落，只是仰天发呆，念叨着"悲莫悲兮生别离，乐莫乐兮新相知……"空悟道："手足之伤鬼谷子可医，心之伤却是如人饮水，冷暖自知……解铃还须系铃人……"何裳点了点头，道："多谢大师，珍重！"空悟在僧众搀扶下回寺。

山门前只剩何裳三人，空旷而又寂寥。何裳沉浸在愁绪中不能自拔。霓裳落泪道："原来她便是莫愁姐姐，都怪我说错了话。你心里苦楚，责骂我几句我也好受些，何必闷在心里自己受苦，叫人怎么心安？"玲珑道："人家见了老相识，不稀罕咱们了，你又何必说这傻话。"霓裳道："他已这样了，你便少说几句……"心道：莫愁冰清玉洁，高高在上，正是何裳佳配，自己饱经风尘，岂能与她相比，更难配得上何裳，只恨命运作弄，不免心中作苦，欲言又止，泪如泉涌。何裳见她如此，忙道："妹妹不要自责，我没有怪你，只恨造化弄人……你这样我心也难安……"霓裳哽咽道："她冰清玉洁，我却已被风尘污染……本不该连累你，如今却因我让你们受苦……"何裳急道："你这是什么话！饱经风尘岂是你本意？我正敬爱你出淤泥而不染，你若这样说，岂不让人寒心？我们既已相许不离不弃，便不要胡思乱想……事已至此，只能以一片赤诚行事，至于其他又是你我所能左右？此地大战在即，不宜久留，你们速速赶往姑苏寻到栖身之地为要。我便留在此地，少林僧人慈悲为怀，定然不会见死不救，以免我拖累……"他见霓裳一双泪眼瞪着自己，不敢再说。霓裳赌气道："你自己才说不离不弃……既然如此，我们便都留下。兵荒马乱，我们姐妹到不到得了姑苏都未知，还不如留下，反正少林寺不会见死不救。"玲珑扯了一下两人道："赌什么气！若是一说话便吵，干脆各奔东西！"两人听了各自低头沉默。霓裳默默挽起绳子拉何裳下山，玲珑忙起身帮忙，笑道："早知道善言能止斗，一说各奔东西，便都无话了。"

　　下山更比上山难，霓裳姊妹在崎岖的山路上艰难前行，又不时护着何裳怕他摔伤。何裳流泪静静地望着遥远的天空陷入万端思绪，一路沉默。

　　南下的难民漫山遍野，地上的衰草和树皮都被吃光，途中不时有骨瘦如柴的难民突然倒地再不起来，又有一群人为争吃新出土的草叶打得头破血流。强盗和失散流亡的兵士时时拦路杀出，劫掠女子和财物，满地尽是被劫杀的人和耐不住饥寒死去的饿殍。幸亏霓裳姐妹打扮成小厮，又临时用泥土抹了脸，才没被人发觉是女儿身。三人不敢多说一句话，不敢走错半步路，为免别人发觉自己有干粮，只敢等到夜深人静到僻静处吃上几口。人到此时已非人，只剩一双眼和一只血盆大口，互相争夺着生存的些微机会，仿佛又回到茹毛饮血与禽兽无别的时代，到处充满原始的欲望与惨烈的斗争。北方不断传来胡人已破洛阳与南镇在嵩山大战的消息，人们愈加恐慌，纷纷传言吴梁早已将主力向南收缩自保，不顾一切地南奔。果然，第二日便从北传来嵩山不堪一击胡人大军南下的消息，绝望的人们拖着疲惫困顿的身躯，日夜不敢停歇。

一日，一群从嵩山败逃的兵士冲进难民之中，后面两名胡人骑兵跃马紧随。败逃兵士慌不择路，嫌难民挡住自己去路，频频挥刀砍杀。后面的胡人也嫌难民碍事，见人便砍，便如狼入羊群。

突然，难民中有人发喊，只见一个汉子妻儿皆被兵士砍杀，他大叫一声一把将身边挥刀的兵士扯倒，四周被兵士砍伤家人的难民一拥而上将这兵士砸死。难民们仇恨已极，索性将那伙兵士围住厮杀。胡骑身边的难民也都发喊连拉带扯将胡人扯下马来杀死，一拥而上争食马肉，人们刚才的团结又不复存在。何裳三人不及躲闪，被人流冲得东倒西歪，霓裳的包袱也被冲散，干粮落了满地。人们见到干粮，疯了一般涌来。霓裳姐妹高呼救命，却又被识破身份引得人们扑上来。

忽然，一条青影闪动，剑光飞舞，三人身边的人纷纷倒地。三人定睛看去，是一位青纱覆面的青衣女子，手中长剑犹自滴血。霓裳姊妹倒吸一口凉气，行礼道："多谢姐姐相救。"那女子道："不必谢我，我只是看不得这些蠢物欺侮女子，并非为你们。"说罢要走，忽见地上的何裳，不由一怔，上前道："地上之人可是何裳大哥？"何裳纳闷，道："在下正是何裳。"那女子一阵惊喜，忙揭起面纱道："小奴当日曾接引大哥上海宫，大哥可记得我？"何裳见到她面孔觉得熟悉，听她一说便记起，喜道："妹妹尊姓大名？何以至此？刚才若不是妹妹，恐怕我们皆不能幸免。"那女子掩面笑道："小奴被宫主娘娘收养赐名水月。宫主下山后我们精心守卫，本安然无事，但一个月前突然便有胡兵闯入禁地，姊妹们忙下山抵御。可胡人大军成千上万，姐妹们不敌，被大军冲得四散零落，因宫主娘娘在少林寺，我们便约定在少林重聚，谁知我们赶到时却闻知娘娘已然出家……万幸的是我们还有十几个姐妹逃出虎口，便决定分散开各自去寻宫主娘娘，若有紧急便传信集结。至于相救，实是出于偶然，倒是小奴当谢何裳大哥，当日舍身代我姊妹们挡了空悟的一吼，今日得救也是善有善报。不过小奴却奇怪刚才如此危急，大哥为何还有所顾忌不肯出手？"何裳一笑，道："我手足已残废了……幸亏两位妹妹一路不离不弃……今日却险些害了她们。"水月大惊，忙俯身查探伤势，道："是谁如此狠毒？待我集结姊妹为你报仇！"何裳摇头道："已无妨了，说了倒无端给你们添了仇人。妹妹既叫我大哥，我们以兄妹相称便是，万万不可自称小奴了。"水月道："水月明白……如今兵荒马乱，两位妹妹皆手无缚鸡之力，你们如此上路危险得很，不知去向何方？"何裳道："这两位是霓裳、玲珑妹妹，此行要随她们去姑苏故里。"水月道："不如我在此集结姊妹，虽不复仇，却能一路照料大哥和两位妹妹，如何？"何裳看了看霓裳姊妹。玲珑附霓裳耳边道："不要答应让如此多女子同行，他若眼花缭乱你便苦了。"霓裳揪了一下她的嘴，微笑道："一切皆听姐姐吩咐。"何裳见她同意，便道："那便辛苦海宫姊妹们了。"水月大喜，忙放出风信。

不到半日，十几个海宫宫女都来集结。水月将来龙去脉仔细告知，众人忙来见过何裳，何裳一一谢过。水月带众人寻到一辆马车，又从盗贼手中夺得一匹马，遂让何裳三人上了马车，一行人直奔千山渡。

途中虽多艰险，但由于有海宫姊妹们护送，均化险为夷，还有一两日便到千山渡，却见待渡的难民已将渡口方圆数十里挤满，北方又不断有人涌入江边。由于吴梁放弃江北，打算借助天险偏安江南，是以各地守军也都集结江边等待过江，官军把难民们驱赶至外围，又征调上下游各地江船运兵渡江。胡人轻易过关斩将，又有无数地方不战即降，前锋长驱直入逼近江边。夜半已能隐隐听到几十里外胡人铁骑轰鸣。各路官军连夜争渡，竟互相火并起来。百姓们乘机哄上船去，官军又反过来拦截驱赶。江边一片鼎沸，火光冲天。突然，江船上一人高喝："千里长江灌江龙过千帆，号令所有江船起锚离岸！"果然，百条江船均起锚扬帆。争渡的人们一听，不由一下子安静下来。官军中一将领喊道："老爷奉南镇号令过江，你抗命拒载老爷灭你九族！"过千帆大笑道："灭爷爷九族岂不株连你这龟孙？你等平日作威作福，欺凌百姓，如今胡人南侵却把这大好河山拱手相送！如今这江边数十万官兵，本当抗敌保民，却在此砍杀百姓，与难民争渡！你等都是父母生养！吃百姓的粮！你们父母也许便在这难民潮中，你等有何颜面坐爷爷的船！有何颜面苟活在天地之间！爷爷便是沉了这船也不再渡官军！"话音未落难民们一片欢呼，官军们却低头沉默。何裳喜道："过大哥满腔热血，说得痛快，如此以沉舟威胁，官军便不得不让步了。可这数十万难民又岂能一时半会渡得完？大战恐怕在所难免。"只听锦罗刹高声道："先渡女人和老弱病残，若胡人赶来未渡完，爷们儿们现出个男人样，挡住胡人，保自己的爷娘妻儿渡河！"说罢号令各船靠岸。人潮汹涌，男人们纷纷推开官兵送自家妻儿老小上船，有人怕死也想偷偷上船，立刻被人扯下来痛骂。江边渐渐有了秩序，船队载满难民纷纷启航，运到对岸又匆匆赶来运下一批。

　　何裳一行赶到时前面已是水泄不通，过不多时后面又挤满了赶来的难民。众人在熙熙攘攘的人群中出入不得，只好等前面疏散。转眼天色已明，晨光映照着青白色的大江，映照着江边数十万待渡的人群。初春天气，东北风中带着丝丝寒意，空中竟落下点点雪花。只听北方蹄声轰鸣，人们心头一凛，雪花都仿佛颤抖了。

　　江船已来回八九次，官军们听到杀声又都要抢渡，被锦罗刹当头砍翻一个，劈头骂道："一群龟孙！老娘日夜来回运人累得要命。你们也不给娘争口气，白生一副爷们样！看谁再敢上，老娘见一个砍翻一个！"官军中一个兵士喊："反正是个死，不受这娘们儿窝囊气，跟胡狗拼了，死个痛快！"说罢也不顾将军号令，回身让过身边的老幼难民，拔刀便向外闯，要和胡人拼命。其他兵士本就被锦罗刹骂得满面通红，听他一喊也都随他一拥而上。人们见他们去抗敌，连忙纷纷让开。他们还没挤出人群，北方征尘四起，胡人已杀到了。

　　赶到江边的正是先锋右将军霍云。贺兰漠为防他孤军深入放虎归山，又封自己堂弟贺兰千山为副先锋，率三万胡军助战，其实是监视他以防他突然倒戈。霍云深知此点，是以每战都一马当先竭尽全力，又尽力招降沿途守将，以免激怒胡人大肆杀戮。见到江边如此多难民，霍云深知不能轻举妄动，不然贺兰千山大开杀戒，这些人皆性命难保，但他却又不能按兵不动，否则不仅这些难民难保，自己连同手下将士也都死无葬身之地。贺兰千山见他犹豫，道："将军为何止步不前？江边正有敌军渡江，若不抓紧时机，恐怕便逃了！"霍云道："将军说得是，可外面这么多难民，若我们冲进去，待冲到江边便筋疲力尽了，却如何作战？"贺兰千山道："言之有理，若我们杀到江边，只怕刀枪已磨得使不得了。不如这样，将军先带一队人马杀出一条血路，本帅率众将士养精蓄锐，待将军开路成功直奔敌军，将军以为如何？"霍云心中叫苦，道："本帅身为主将，岂能擅离大军，还是将军开路，本帅在后吧。"贺兰千山道："也罢，待我把这些猪狗杀净，这大片土地便是我的牧场！"说罢一声令下，三万铁骑成排成一字直杀入人群，便如入无人之境，霎时间人群如风行草偃，血肉横飞，便是身经百战如霍云也不忍再看，汉军兵士中更有人哭出声来。

眼看胡军冲到身边，水月姊妹拔剑围成一圈护住马车。一胡人正杀到水月面前，水月将身一纵不等他刀起便一剑破喉。周围胡骑见她厉害，马上来围攻，贺兰千山也挥军围上来。身边难民见胡人残暴，杀到身边，索性道："姑娘家都上了，爷们儿们，把妻儿老小往后送，咱们上去拼了。"说罢纷纷上前抵挡。那伙从人群中冲出的兵士也赶到支援，将本来一字形的胡阵搅得乱成一团。贺兰千山马上号令改变阵形，挥军扩大包围。

霍云正犹豫是否支援。突然，只听一阵琴声不知从何处响起，一黑一白两人飞旋着，从合围的胡骑两端杀进来，也不知手中是何兵器，但见胡骑连人带马一个个轰然倒下，雪花都跟着旋转起来。霍云大吃一惊，忙按兵不动。

乱军之中刀光剑影，胡人杀气腾腾。水月姊妹们已有不少人受伤，何裳正为水月姊妹担忧，听到琴声，知道鬼谷子到了，接着便见黑白两道电光上下翻飞，霎那便到贺兰千山身边。贺兰千山不及横刀，已被不得了将刀抢去。了不得一把将他银盔揪下戴在自己头上，扯住他头发道："爷爷师父在弹琴，叫他们好好听着，不许出声！"贺兰千山冷笑一声，并不理睬。不得了干脆拿抢来的大刀将他半头的须发尽数剃光，剃得一边黑一边白。了不得笑道："这下倒好，你成了爷爷的孙儿，快叫他们不许吵闹。"贺兰千山从未曾受如此奇耻大辱，气得喷出一口鲜血，狠狠道："要杀便杀，若皱眉头不算好汉！今日不杀我，他日定将你们剥皮抽筋！"不得了嘿嘿一笑，抢过他的旗号，笑道："比爷爷的不得了派差得远了！你也脱了裤子求何裳兄弟写个挂上。"何裳笑道："多谢两位哥哥惦念，只是小弟已写不得字了。倒是麻烦两位哥哥赐些伤药，这些姐妹因小弟受伤，甚是对她们不起。"不得了跳下贺兰千山的马，向怀中一探，一阵风般地将受伤者敷药包扎完毕，笑道："这个容易，只是你却如何成了木偶人？"何裳道："当日得罪了皇帝，要为武神收尸时被人所伤，关入地牢。霍云、凌虚、风波子三人便索性把小弟变成这般模样，却正好到鬼城去充个小鬼。"不得了道："又是那两个老鬼，那霍云又是什么东西？却没有收拾过他！"何裳道："他降了胡人做将军，那边远处戴金盔的便是。"话音未落不得了已不见，转瞬便见他已到霍云马上，一手捉着他一手打马跑到何裳面前。了不得笑道："又捉了一个，成了一对儿，倒好说话。"霍云见到贺兰千山的怪模样，不禁要笑，却又怕自己也被剃得不伦不类，实在是比杀头还大的耻辱，又听了不得说一对儿，不由毛骨悚然，道："何裳兄弟，当日实在是皇命在身，况且动手的是凌虚……"不得了一把捂住他的嘴道："爷爷没让你说话！待爷爷问你。"说罢拔出霍云腰间宝剑，道："哪个孙儿不听话，爷爷剃了他。你听不听话？"霍云无可奈何，只好道："英雄问便是。"不得了大喜，大叫道："师父，有个孙儿听话了。"

只听鬼谷子道："我且问你，杏黄旗现在何处？"霍云听他千里传音，知道厉害，不敢隐瞒，道："当日轩辕军攻破长安，旗被轩辕军夺得。大汗又大破轩辕军，得到杏黄旗。"鬼谷子道："那你们大汗现在何处？"霍云道："我等做先锋扫清敌军，大汗坐镇中军，估计十数日便到了。"鬼谷子不再说话。不得了二人道："师父，这二人带兵杀人无数，我们便收了他吧。"鬼谷子道："以杀止杀岂有尽头？他们死了终究还会有人做将军杀人，便是杀了那可汗，还会依然有人做可汗，除非杀尽天下人……人心就是刀兵，哪里有人哪里就有争斗，又岂止他两人作恶？今日不杀你二人，你二人就此退兵，向那可汗传我一言：'物归原主'！"不得了对霍云笑道："师父要留你性命，你便听话退兵，向你的主子传话去。若再前进，爷爷便不管有没有人再来做将军，先取了你的头来！你听话了，爷爷刚才便不剃你。但你得罪了我何裳兄弟，现在还是要剃你！"说罢剑光闪动，瞬间便将霍云剃成贺兰千山一般模样。霍云羞愤交加，恨得咬牙切齿，却又不敢发作。不得了二人将两人放开，却见贺兰千山已被活活气死。了不得道："早知如此，何必当初，若不来中原，你恐怕在帐房里喝酒呢。亏你生得这么高大，却不知怎么活着快活！"不得了对霍云道："这个死孙儿便交给你，快快收兵，告诉大汗孙儿，若不听爷爷师父的话，也便被剃成孙儿这般模样。"霍云胆战心惊，忙叫人来照管贺兰千山尸首，发号令收兵。难民们欢呼起来，兴奋得将不得了两人抛到半空又接住。两人兴高采烈大呼小叫，道："这便又做了盟主了！"

　　何裳本要去问候过千帆夫妇，却怕他们见到自己如此模样伤心气愤，不由沉默不语。不得了见他闷闷不乐，道："定然是想姑娘了。"了不得道："这么多姑娘都在呢，他想什么？"不得了笑道："当然是别的姑娘了。"何裳忙道："两位大哥可知莫愁现在何处？"不得了欢喜道："果然被我说中！自她功成离开之后便不知去向。后来便传闻武神遇害，师父为寻回杏黄旗才再次出山的。你既身在现场，定要详细说来，且随我们见师父，正好治你的伤。"说罢跃上马打马飞奔，了不得见马慢，索性从后面抬起车子推马狂奔。水月姊妹也都施展轻功紧随，见了不得提车在前自己才勉强赶得上，不由诧异，又见这两个怪人太古怪，不由好笑。

不得了二人带众人奔进深山，直到一个人迹罕至的谷地，才停了下来。马已被累得口吐白沫，昏死过去，水月众人也累得喘不上气。不得了将车停稳，了不得马上掀开帷帐将何裳背下来。霓裳姊妹也都跟着下了车。何裳一下车便闻到一股清香扑面而来，不由深吸口气，只觉神清气爽，见那风雪中满山的梅花熠熠绽放，赞道："前辈真好雅量，所到之处都能寻得神仙般的去处。"只听鬼谷子在竹屋内道："怪不得这么多女子照顾，原来是嘴甜得很。"何裳脸一红，吐舌道："前辈可是猜错了，晚辈的嘴不堪得很，否则也不会招那些麻烦事了。"心中惊叹鬼谷子修为出神入化，刚刚还在战场外弹琴，现在又安然端坐室内竟似若无其事。

了不得将何裳背进竹屋，放在鬼谷子身前的竹榻上。鬼谷子依然是一身锦绣，俯身摸了摸何裳四肢的伤处，道："冬日伤处保养不易，又是兵荒马乱，难得照料得这么好。姑娘们不要拘束，天寒地冻，且烤烤火。何裳多亏了你们。"水月姊妹们知他武功高强，又见他美艳绝伦，不由怀念海宫，一齐行礼道："多谢娘娘，我姐妹本就是奴婢，习惯了奔波。若论细心还是霓裳妹妹，何裳大哥的一切都是她精心照料，辛苦万分。"何裳忙介绍道："这几位原是海宫情妖前辈的宫女。这位是霓裳妹妹，这是玲珑妹妹，她们乃江南虞美人之女。"众人各自向鬼谷子行礼。鬼谷子道："原来是大姐的传人，难得你们叫娘娘叫得好听，以后便也叫我鬼谷子娘娘好了。"又从上到下仔细打量霓裳，赞道："我倒有一比，比谷中那暗香如何？这些时日照料何裳不顾保养双手，如玉一般的手竟生了老茧冻得通红了，却怎么再弹琵琶。"说着爱怜地取出个小瓷瓶，交给霓裳道："净手后抹在手上，两日便恢复如初了。"又道："你抱的琵琶二十年前我倒见过一面，当日我四人论剑之后遍游天下，在金陵与虞美人交游，虞美人歌舞琵琶三绝，霓裳善弹琵琶，看玲珑身段轻灵婀娜，定然是得舞技真传了。不知令堂现在可好？"霓裳道："家母已然不在了……"鬼谷子黯然神伤，道："人生常恨水常东……你们风华正茂，我们却都已老了……更可怜虞歌随那痴皇帝投了芙蓉井……春残花老，红颜薄命。"何裳听他说到母亲，想象当日情形，不由泪眼模糊。鬼谷子道："自我知道你是仙兄徒儿，已猜到你身世了。你原本不知情，却又如何伤感？"何裳道："晚辈本一无所知，谁知在长安竟遇到了大难不死的家父……"他将长安发生之事详细说了一遍，又说到少林寺发生的事。鬼谷子凝视着窗外的飞雪静静地听着，目光似乎又在远方，回忆着遥远的旧事。许久，他缓缓道："当日我让神兄小心，却不知变故如此之快……群丑争锋，蜗角蛮触，如今又有谁配做杏黄旗的主人……大姐一朝参透世事，也是意料之中，只是苦了莫愁。'如何四纪为天子，不及卢家有莫愁'，她以此诗意为莫愁取此名，本是希望她不再重复自己的痛苦，谁知造化弄人……他日与她相见，我自当替你与她说清楚，只是怕她心已伤，不肯听了……师兄伤得重吗？是否顺利脱身？"何裳道："当时莫愁气急，发力不纯，两人不会危及生命，均顺利脱身了。只是莫愁负伤，独自一人不知去向何方。"鬼谷子叹息道："伤倒无妨，只怕她心已灰……罢了，我先为你治伤。"霓裳忙帮忙将何裳的伤处解开。鬼谷子见到伤处，道："武当长生剑果然极快，只是伤口已然愈合，若要复原必须重新切开伤口接筋复位。我不动刀剑已十几年，你们却又不够快……霓裳，借一丝发。"霓裳不解，忙拔下一根头发。只见鬼谷子接过头发将手一抖，伤口已然切开，他手法如电，眨眼间便接筋敷药缝合，转瞬将何裳四肢均缝好，又运功打通他闭塞已久的经脉。他缓缓收功，对何裳道："修养十日，便可愈合，要恢复如初恐怕要百日之后。祸福倚伏，经此一劫，当日的才气已磨炼成智慧。十几日间贺兰漠便赶到，我便去拿杏黄旗。听你一说，倒对他有些兴趣。"

②
⑨
③

过了几日，何裳在众人照料下恢复大半，已渐渐能活动手脚。霓裳轻松许多，和鬼谷子切磋些音律曲调，间或与玲珑问起当年母亲的故事。水月姊妹们侍卫游玩，将竹屋打点得井井有条，鬼谷子十分满意。不得了兄弟每日早出晚归，打探胡军南下进程。

第七日间，两人飞奔回来，禀道："师父，南去难民和官军今日已运送完毕，官军临去为防胡人渡江破坏了渡口。吴梁在大江南岸重兵布防，昨日在金陵举行登基大典，与各路兵马及武林人士共拥晚晴公主继太平帝位，吴梁自任大将军。贺兰漠大军本明日赶到此地，闻知此信便改变计划，让左军苍鹰总督江右，自己挥军直奔广陵，欲于金陵决战。"

鬼谷子道："吴梁大权在握，放弃江北，欲学东晋划江而治。"何裳道："可怜江北苍生，就此陷入水深火热。"鬼谷子笑道："苍生何时何地不是水深火热？只是这贺兰漠背负深仇大恨，必欲宰割天下而后快。前朝百姓尚能苟延残喘，如今胡人铁蹄之下尽是地狱。"何裳叹道："世事如棋，却如连环劫，无法可解。不如心中无棋，也无这许多纷扰。"鬼谷子道："放眼天下，能做到的又有几人？但愿江南朝廷能固守住半壁江山，否则胡人打过去，百姓便无路可退，只能成待宰羔羊。"霓裳眉尖微蹙，若有所思，道："早知如此，当日便不该救他……家父竟为那贺兰漠出谋划策，宰割天下百姓……竟也不怕……"不及说完眼泪已扑簌簌落下，她忍住哽咽，对鬼谷子道："他日娘娘若是见到家父，劳烦替我姐妹寄言，说我姐妹盼他归乡，望眼欲穿。太平皇帝已不在，旧日恩怨已烟消云散了，何必要天下大乱……"鬼谷子道："江山如此多娇，引无数英雄竞折腰……胡人既去广陵，我师徒便去会他。此地留给你们，待何裳伤愈你们再启程不迟。"何裳道："前辈与两位哥哥虽身怀绝艺，但毕竟是深入百万军中，多加小心！前辈若需何裳，遣位哥哥告知，何裳必至！"鬼谷子微笑道："你也珍重！世间险恶莫过人心，何处没有百万大军？所幸你有知己肝胆相照，不枉此生！"说罢向众人一点头，一回身，一切便隐藏在漆黑的斗篷和半哭半笑的面具之下。不得了二人一黑一白紧随其后，不多时便消失在山中。

众人望着三人远去的身影，怅然若失。水月姊妹又想到情妖，知她已弃绝尘缘，定然不让跟随左右，但心中无比思念，总幻想能如以前一般。而今知道莫愁流落江湖，便决定等何裳伤愈便去寻她，与何裳三人一说，大家竟同时有些伤感。水月姊妹回屋商谈计划，霓裳与玲珑也把何裳扶进自己的屋子躺下，又给他沏了杯酽茶。

一阵风起，窗口含香带雪，飘进来几片梅花，一朵正落进杯中。玲珑忙要泼去，何裳伸手护住道："且慢……"三人看着那片花在杯中随水慢慢旋转，又渐渐静在波心，暗香浮动，都沉默不语，若有所思。

何裳用孱弱的手握住霓裳的手，道："若是人世如这一片暗香该多好……我们这几日便回姑苏……蜗角蛮触，让想争的人去争吧。"霓裳道："你的伤口刚愈合，手都没有力气……"玲珑冷笑道："若他有力气，岂不跟人跑了？人家一片真情，却有人还老想着别人……"她见霓裳低头落泪，忙住口，默默递给她帕子，道："你却又何必，他又不是什么难得的……"霓裳接过帕子拭了泪水，对何裳道："你的心意我知道。如今你的伤便好了，我们便分道扬镳。她一个人带着伤，兵荒马乱，你毕竟想她多些……"何裳情急之下拔出潮音剑，道："你便再割断它好了，省得麻烦！"霓裳又悲又气，满腹委屈堵在心头，眼前一黑竟要晕倒。玲珑忙上前扶住她，夺过何裳的剑便要割他手足，何裳也不躲闪。霓裳朦胧间慌忙捉住玲珑，道："都是何必……原来……都是自讨苦吃……"何裳心中伤感，含泪将茶喝下，梅花静静地沉在杯底，花瓣上一滴残水仿佛清泪。何裳将杯捧在手中，痴痴道："你是何时开的？开前是寂寥，却又逃不过凋落，纵然满树，也终归于寂寥……都随风散去……"心中想到纵然相许不离不弃却终逃不过凋谢，热泪盈眶，紧紧抓住霓裳两人的手。

又过几日，何裳已能运动自如，他担心等胡人沿江布好大军渡江便难，于是与众人商议启程。水月众人不知莫愁是否已渡江，便欲留在江北。何裳觉得北方一片喧嚣，以莫愁秉性，定然不会留在江北，遂邀众人一起过江。众人觉得有理，于是各自藏好兵器，乔装打扮，何裳三人依旧扮成小厮模样。

众人走出老远，不禁恋恋回望，热闹了几日的梅谷又归于岑寂，何裳想到杯中那朵梅花，忙飞奔回去用丝帕包了，小心地放到心口，随即返身追上众人。众人不知他去做了什么，纳闷地看着他，只有霓裳不语，两人相视一笑，莫逆于心。

江北紧要处都有胡人屯兵，胡人以平民为奴日夜赶制船只以备渡江。但凡江上有船行驶，便勒令靠岸，若不服从，便发箭射杀，是以江上船只极少，便是有船也紧靠南岸。众人专从僻静处走，到一段地势险要的江岸南望，见船只甚少，不免心焦。何裳拿出仅存的两半块响石敲击起来，不久便听到江上隐隐有声应和。众人循声远远望去，只见对面一艘不见人影的江船在江上疾行，一人从舱中探出个头，见到众人，马上让江船转向，向北岸靠拢。江北胡军远远见到，箭如雨一般射来，江船船身船篷上霎时中满箭。只听脆生生的笑声从船棚中传来，道："再转个身，让他龟孙子把老娘射成个刺猬，也学学孔明爷爷草船借箭。"果然，船又转身，霎时又被射满箭，跟个大刺猬一般。何裳听那声音知道是锦罗刹，船身一转时见她在棚中与水手们笑嘻嘻地张望。锦罗刹边靠岸边对何裳道："让姐等得好苦，等出了满身的刺！"水手们大笑，手持藤盾护着众人上了船，随即将船点开，盖上舱门，飞一般地下江而去。

众人只听箭支急雨一般打在篷上。何裳找了一遍不见过千帆，正要问。锦罗刹笑道："他倒在岸上大睡呢。自渡人那天起我俩便教兄弟们看着你，没日没夜渡了十几天，江北上百万人都渡了，却还是不见你踪影。我怕你出事，日日与他轮换着沿江寻觅，今日却总算等到了。别看我这兄弟叫'和尚'，哪知却带来这么多姑娘！"何裳脸一红，道："这两位是霓裳姊妹，要回姑苏去的。这是水月姊妹们，她们过江要去找莫愁。三姐和兄弟们日夜寻我辛苦了，何裳却没有劝得皇帝为百姓谋福，反而让大家又陷入战火……"锦罗刹拍他一把，道："男子汉问心无愧便是！姐何尝等你去劝那狗皇帝，若他听劝也不会有今日了。咱们兄弟日日过的都是刀悬颈上的日子，谁怕他战乱不战乱。我们听得武神被害，你三哥死也不信，非得有自己人从长安捎信他才死了心，十几日不吃饭不喝水，只把姐存下的老酒都喝了个光，日日要打到长安去。后来听得长安被造反的人打破了，才放下念头。姐只担心你，那些当官的，哪里有个正经人！姐不盼你说通皇帝，保住了性命便大幸了。"何裳听得热泪盈眶。

江船顺水而下，迅疾如箭。水手从小孔向外张望，道："已到金陵了，胡人连营不见尽头，好多人运木头怕是要造船。"锦罗刹笑道："老娘便怕他不造船，他造一艘老娘收一艘。"江北胡人见到有船也都放起箭来，却因江面甚阔，纷纷落在江中。水手们揭开船篷操船靠岸。过千帆早跳上船来，揪了何裳道："兄弟你可苦了，瘦了许多！武神老人家被害了，你肯定也受许多苦，哥哥请你吃酒。"说着便教水手提大坛酒来。何裳接过举坛便饮。霓裳怕他重伤初愈禁受不住，便偷偷扯了扯他衣角。过千帆见了不快，道："这小子多事，又不叫你喝！"锦罗刹不禁发笑，拿指头戳他脑门，道："你个戆货，人家是姑娘，心疼兄弟呢。"过千帆忙赔礼，道："姑娘斯文人，不和我粗人一般见识。"众人忍俊不禁。

霓裳自水手说到了金陵，心便飞了出来，如今见江边一片喧嚣繁忙，想起离别时的冷清寂寥，只觉物是人非。她姊妹记事起便生长于斯，歌哭啼笑于斯，一切的悲欢一时涌上心头，让她心怀久久难平，紧紧握着玲珑的手。

水月姊妹向锦罗刹与过千帆行礼，道："多谢三姐摆渡之恩，何裳大哥已无恙，我们便就此别过。"何裳道："此地事态复杂，你们多加小心，如有需要，便发信号叫我。"水月众人点了点头，上岸而去。过千帆在后面喊道："水上若有麻烦，便称我灌江龙名号，定然有人照应。"锦罗刹扯着他骂道："一见俊俏妹子便想露脸了！"众人大笑。何裳道："如今大江南北对峙，上下江便不易了，寨中可好？爷爷身体可好？"锦罗刹道："难为你还惦记着，都好得很，五妹听我们说长安出事也担心你呢。现在倒好了。"过千帆道："如今在江上也不难，弓箭射不过江，只是等胡人造好船只时，上下江便定要一番苦战了。国家有难，百姓遭殃，也顾不得其他，若是胡人打过来，岂不将人杀尽？我等也不参加他官军，只等胡船入江便杀去。"何裳道："若是胡人将弓弩手载到江心再来射便险了，你们要万分小心。"过千帆点头道："这倒是，不过胡人还无船载人，要造这许多舰船少则三月，多则半载。这吴梁精于水战，已将江中白鹭洲占据，到时与金陵成犄角，可攻可守，便不怕他。若怕只怕胡人在上游顺江而下，直入秦淮，若是那样，我们便出动，凿沉他船队。"何裳忧虑的也是如此，当年西晋平东吴一役，龙骧将军王濬、广武将军唐彬正是从上游浮江东下一举破吴的，双方都知旧事，当各有安排。江北吴钦顺虽运筹帷幄，却也不得不考虑胡人不习水战。江南吴梁大权在握，为保富贵定然会全力以赴，且有武林人事相助，若安抚百姓，上下齐心，保持南方安定也并非不可能。只是不知晚晴能否担起这重任，又不知莫愁究竟在何处。

日已西斜，江天一片苍茫，他忽然想起父亲，当日太平大军攻破金陵，他望着惨淡的斜阳，思考着什么？他去承受更深重的苦难，母亲却独自在芙蓉井下永远沉默。可庄炎凉又可曾想到二十年后自己也沦为乞丐，自己的皇朝又回到被他遗弃的角落？金陵城，承担了太多的悲喜，把何裳淹没。

锦罗刹见何裳与霓裳姊妹都心事重重，便叫众人散了，自己撑起艘乌篷船，载着三人进了秦淮河。三人梦一般到了锦罗刹舟中，只见明月已渐升起，在波影中摇曳，被桨打成碎银，仿佛一颗揉碎的心，又低回缠绵地在桨声灯影中浮沉聚散。岸边的吴调中偶有落魄南来的歌者，带着长安口音唱着北方流行的曲子，不时引起街头难民的唏嘘。弦管声声，笙歌处处，何裳却无端地觉得悲凉幽咽，去握霓裳的手，却接得她的两滴清泪。霓裳做着隔世的旧梦，自母亲带自己姐妹出世，多少情爱怨恨皆随这河水缠绕纠结，不是不想遗忘，它却不随逝水东流。而是像这月影，碎了又圆，圆了又碎……何裳啊，为何第一个见的不是你？却是造化弄人？自己的身心已是伤痕累累，竟想就此投入这爱恨纠结的河中永不出来。何裳却紧紧握着她的手。

前方便是朱雀桥，玲珑激动地向桥边望着，水道略转，灯火中谢天香的牌匾已然在眼。她拉着两人道："到了，到了！谢娘娘下厨呢，我老远便闻到了！定然是有贵客！"两人如梦方醒，霓裳激动地颤抖着，眼中噙满泪水。锦罗刹将船靠岸，带三人上岸。何裳听到里面传来吴梁与伍驰、夏骝等人的呼喝，又见门口有官军守卫，便欲回返，霓裳随着他。玲珑见他们不去，噘着嘴道："既到门口便去问谢娘娘一声好，或许有好吃的。"何裳道："你们若要去便去好了，商女不知亡国恨，隔江犹唱后庭花。人世变换，它却永远繁华，可见歌者无情。"说罢便要回船，霓裳却静静地站在那里。玲珑拉她道："他忘恩负义，说出这等话。你还不走！"霓裳抱着琵琶一动不动，泪水不住地滴在石板地上，月亮在泪花中颤抖。何裳自悔失言，上前拉住霓裳，静静上了船。玲珑哼了一声，转身自己走进谢天香去。

锦罗刹缓缓摇着船。何裳两人静静地看着舞榭歌台、绿衣红袖在两岸流过，忽转入一片大湖，湖上彩船灯火通明，远山静静地在远处沉寂，偶有两点光，是隐居的文人和清凉寺的灯火。锦罗刹回头指着玉带一般的朱雀桥，道："刚才的朱雀桥直通皇宫，旁边便是乌衣巷，你们读书人向来喜欢去的。姐年少时随长辈在这湖上行船，也算见了不少兴亡。十八那年入秋，正在湖上采莲，只听得杀声四起，人们疯了一般，冲进皇宫，见官就杀，皇宫傍晚便烧了起来，跑出来的妃子宫女们慌得不择路径，扑通扑通直往湖里跳，起义军喊着斩草除根在后面追。"何裳不曾想她竟经历了那场灾难，听着自己的父母兄弟受难的场面，心中翻覆着激动与沉痛。锦罗刹接着道："他们岂能不跳水？若不跳便被敌军凌辱了，但大多还是在宫中便被杀了，血水直流到湖里。他们把宫中金银宝贝抢出来分给百姓。姐大着胆子去救一个在水中挣扎的宫女，那伙兵跳下来便要杀我，说我是同情昏君。亏得你三哥将我救下。那伙人又要射箭，恰好一个巡视的将军赶到，说不许骚扰百姓，那伙人才走了。那宫女却已淹死了。第二天一看，半湖的水都成了血色，上面飘满了绫罗。听说皇帝和爱妃投了井，庄炎凉称了皇帝。大伙本以为他出身贫贱，会为百姓着想，哪知……唉，便是他自己，也不曾想自己的江山又破落到这样地步吧。"何裳望着远处的宫墙，痴痴道："皇帝跳的井在哪里？他和那妃子都找到了吗……"锦罗刹叹道："便是那宫里的芙蓉井，据说他被小太监所救，那小太监贪图富贵，把他献与庄炎凉，庄炎凉将他害死，那井也被人用大石封了。十八年来，这破落的皇宫因冤魂太多一直无人理睬，如今却又繁华起来，可真是俗语说的人世无常。"何裳含着泪痴痴地望着宫墙里摇曳的垂柳，忽然提起酒坛将一坛酒灌进腹中，挥手把酒坛远远扔到湖里，说了声好酒。锦罗刹笑道："自到金陵便见你们心事重重，别在姐面前强作无事。"何裳苦笑，又提起一坛灌了一口，道："三姐刚才所说都是何裳家事，那携手投井的两人，正是何裳的爹娘……"说罢泪眼蒙眬。锦罗刹大惊失色，去看霓裳，霓裳含泪点着头。锦罗刹自责道："姐这臭嘴！本想给你讲讲这里的故事，你撕姐的嘴！"何裳摇头笑道："姐不必自责，若你不说，何裳却从哪里知晓这许多事？何裳感激还来不及。人生如梦，几回伤心往事……"回头望湖上满眼繁华和满耳丝竹，竟如隔世，从包袱中拿出箫来，凑到嘴边吹起。风回细浪，月映寒波，流云如长河倒挂，飞扬变幻，一二只鸥鹭的白影从云间掠过，飘落在身边的苇丛，醉眼蒙眬。夜渐深，游人渐稀，最后只剩一片月伴着涛生云灭，天地间，月光如雪。

何裳尽了兴，心中平静许多，道："我想去宫中，看看芙蓉井。"锦罗刹道："那可不易，如今这荒城颓壁又成了皇宫，守卫森严，你又不识路径，若转迷了，一夜都不得出。姐知道你心事，几日后便是清明，姐带你到山头朝着宫里烧纸。"何裳道："明日恐怕便走了，太平皇宫我都进得，何况这里。妹妹，清明你们可要拜祭姨娘？"霓裳含泪道："母亲晚年拜佛，说自己前世便是秦淮河上一株莲花，叫我们去世后将她火化，骨灰撒入河中……我见到这河便见到母亲，我在河中便在母亲的怀抱……"何裳点头道："那三姐把妹妹渡回去吧，若一会儿我惹了麻烦免得连累你们。我办完事便去江边与你们相会。"锦罗刹看着霓裳，霓裳却摇头，道："秦淮河的水与这湖相通，母亲便睡在这湖中，我想多陪母亲一会儿。"锦罗刹笑道："两个都好心肠，我便成全你们。只是听我一言，万事小心，遇险便逃，姐在这等你。"霓裳也道："你若不回，我们便不走。"何裳点了点头，纵身跃上岸去。

破旧的宫墙满身创伤，爬山虎没有覆盖的地方露出残砖断瓦。何裳先投石问路，并无异常后翻身越过宫墙。此处正是后宫，如今晚晴称帝，空了这后宫椒房，前朝灯火辉煌，后宫却一片寂静，加之入住不久未及打扫，满是半人高的草木，在月下随风摇曳，落寞与悲凉。何裳跃上一幢屋顶，打量宫中布局，只见前朝和后宫有一墙相隔，前朝左右对称，庄严神圣，与太平宫无异；后宫却尽曲折幽深之至，古木参天，又有亭台池阁，堆山叠秀，不失皇家气象又深蕴园林之美，只是劫难之后冷清十几年，本已倾圮的宫室楼阁都被爬山虎覆盖，偶尔露出的被烟熏黑的墙壁也长满了苍苔。何裳仔细分辨宫室月亮门上的字迹，有梅影、菊窗、桂子、荷风等等，原来皆以四季花卉命名。何裳在荷风门前驻足，用颤抖的手拨开草木进去，转过假山和凉亭，一片竹影下赫然有一眼被巨石封住的古井。井旁一碑，月光映着苔痕，正是芙蓉二字。何裳跪倒在地，伏在石上泪如泉涌，喃喃道："母亲，孩儿来看你了……孩儿多想日后永远守在井边……"他奋力推那巨石，却因重伤初愈气力不足，大石纹丝不动。他知道，永远守在此地是不可能的，甚至连今夜都过不了，他多想推开巨石让母亲透透气啊。他抽出腰间的潮音剑将全身功力运到剑锋，全力一斫，巨石砰然而裂，何裳坐倒在地欣喜若狂，却听到前朝的侍卫闻声向这边匆匆赶来。他忙藏身于丛竹之中。侍卫也都是初来乍到，未曾到过后宫，查探一番见无外人便即回去了。何裳出来扒在井口，只想放声呼唤，却不可能，只好在井口含泪道："母亲，孩儿回来了……"泪水落进井中，许久才传来一阵水声。他恨不得翻身投进井中，情急间竟不知如何表达自己的思念，狠狠在食指上咬了一口，让血一滴滴地滴到井中，那回声仿佛是母亲的声音。他一阵温暖，道："母亲，父亲已然出家，找到归宿，你放心吧。孩儿本想大济苍生，可人世混浊，孩儿九死一生，如今便要随两位妹妹归隐姑苏，不问世事。只愿苍生奋起自救，逃离堕落深渊，天下皆是桃源乐土。愿莫愁知我心意，愿霓裳幸福平安，愿晚晴能守住江南，坐好江山……"他呆呆得扒在井口喃喃自语。良久，他忽然想到：还是封住井口的好，免得尘世的浊气污染了井下的净土。于是，他对井下道："孩儿这便封住井口，免得俗世尘埃污染了井下乐土。孩儿身不能在此陪伴，孩儿的血便在此陪伴母亲。"说罢依依不舍地在井口望了最后一眼，奋力将半块巨石推上掩住井口。想到母亲不再寂寞，虽累得近乎虚脱，心中却不由欢喜，靠在井边不知不觉睡着了。

夜半时分，凉意袭人，何裳缓缓醒来，见夜已深，怕霓裳担心，便起身向芙蓉井磕头，道："母亲保重，孩儿这便走了，伤愈之后再来探望。"说罢轻身寻来路到了湖边。锦罗刹忙将船靠岸，接他上来，道："若再不来，霓裳妹子便要寻你去了！"霓裳正焦急，见何裳回来，心中欢喜，却被锦罗刹说破，不由满面通红，缓缓道："可见到芙蓉井？"何裳道："幸好各宫室都有名号，我劈开巨石，咬破食指滴血在井中，有我的血，母亲便不孤独了。"霓裳忙去看他食指，取出鬼谷子的伤药小心敷上，道："滴血便是，何必咬得如此深。两个时辰该流了多少血？"说罢叹了口气，低头看着流水。何裳见她依旧闷闷不乐，不由纳闷，忽想到她莫不是以为我又去看了晚晴才难过？自己本想去看晚晴，可由于体力不济，怕节外生枝连累霓裳，是以未去。如今见霓裳因此伤心，回想起晚晴身世，又想到莫愁、霓裳、玲珑以及自己的母亲姐妹，不由伤感，含泪望长空，暗道：红颜莫非遭天妒？为何这般女子都如此被命运戏弄？又想到自己何尝不是如此？武神、师父何尝不是如此？命运真是个谜……

三人回到江边歇了，第二日一早便起身准备出发。过千帆道："世道混乱，这一别不知何日再见，若他日哥哥战死，也烦兄弟给咱写个碑。有句话不知当不当说，兄弟你读书识理，本领又比哥哥这些人大得多，若在这抗击胡人，咱们的胜算也多些。"何裳道："哥哥说得有理，可何裳重伤未愈，当权人物又视何裳若仇敌。若何裳在此恐怕只能坏事，反而连累众兄弟。"过千帆叹口气，道："确实无奈，且不管它个猴年马月，喝了哥哥一坛酒！你三姐渡你们顺江而下直到姑苏。"说罢提起两坛酒。何裳接过一坛，两人一齐喝干。何裳向过千帆和众水手行了个礼，道："哥哥多保重，若需何裳处，何裳必到！"说罢与霓裳上了船。锦罗刹点开船，道："我们是否先去接昨日那小妹子？"霓裳点头道："劳烦姐姐了。她任性得很，谁也管不住。"锦罗刹笑道："小孩子，哪个不任性的，多经些事便好了。只是她老喜爱那与官家往来的地方，早晚要吃苦头，却不能不说。"霓裳叹道："何止吃过一回苦头……"说话便到朱雀桥。锦罗刹将船靠了岸，何裳扶霓裳上岸，道："我们在外等你，叫了她便来。"霓裳点头，道："也该去看望谢娘娘，向她道声别便来。"正说着，只见谢天香门口一阵喧哗，早有奴婢打开帘子，吴梁与伍驰、夏骝等人在一个满身锦绣的美妇人陪同下谈笑走出来。吴梁众人见到何裳均有些不快，便假作不曾看见，依旧谈笑风生。美妇人见到霓裳却笑逐颜开，道："娘的亲囡儿，昨日玲珑来娘便念着你，还担心你去过皇宫便不把娘这陋室放在心上了呢，还不快进来让娘好好看看！"玲珑在楼上听到霓裳的声音忙飞下来，一头撞进谢天香怀里，笑霓裳道："昨日叫你来你不来，今日倒上门了。"霓裳向谢天香行礼，笑道："娘娘折杀女儿了，昨日见家里喧嚣，不方便入内，是以过门不入。"谢天香道："是几位大人恰逢休沐来访，不妨事。当年你不一样在楼上弹琴唱歌？"霓裳低头道："如今……不一样了……"谢天香久经风尘，一见便知她心事，笑道："那便不提，且随娘上楼去，昨日南方运来上好燕窝，娘给你们熬粥。"霓裳道："娘娘不要忙碌了，霓裳这便要走了，是来看看娘娘，接玲珑向娘娘辞别的……"谢天香奇道："这便是你们的家，你们却要到何处？"霓裳泪眼盈盈，道："便要回姑苏了……"谢天香怔在那里，道："玲珑，你昨日为何不与娘娘说？……"玲珑低头吐舌道："昨日光顾玩了……"谢天香叹了口气，道："你们既说到姑苏，定是已知道身世了。可普天之下，除了我又有谁知晓？"霓裳道："是大姐……"谢天香大惊失色，道："苦命的孩子，她在何处？"霓裳低头不语，泪落如珠。玲珑道："她已不在了……叮嘱我们要赎回故乡的园了。我们此去，便是回乡。"谢天香道："妹妹临终叮嘱我不要将你们身世告知，免得背一生的包袱，却始终没有瞒得过……杨承兴也是当世名流，通书画，精鉴赏，收藏颇丰，与姐夫以风雅相交。当年你家出事，对你家园子垂涎的豪富无数，他私下交通官员，将园子和东山茶园据为己有。他虽声名在外，却是一毛不拔，只是喜欢收藏天下名迹与山水绝妙的园林名胜。若要赎回，千金尚且难，何况你们不名一文？"霓裳道："大姐曾给我们几卷内府收藏的书画，想必她已有安排。"谢天香道："既如此，娘也不留你们，只是一切小心，若办不成时，还回娘这来。无论世道多艰难，娘总保得楼上太平……"她将两人揽在怀里，热泪盈眶，道："若成了，有空便来和娘说一声，让娘放心。"又心疼地悄声对霓裳道："娘一生阅人无数，男子多负心，一切不过是过客，你总是太认真，吃了太多苦……快把这身小厮的衣装换了，娘这有你们的衣服妆奁。玲珑昨夜便换了，衣锦还乡，还乡岂能不打扮一番？"玲珑也笑着拉霓裳上楼去。

两人换回女装，上了船。谢天香送两人上船，不免伤感，道："本以为此番相聚能久长，却去得这样快。你们走了，将来娘将迷楼托与何人？唉，罢了，罢了……徒增感伤，你们一路保重……"两人含泪挥别。小舟渐行渐远，谢天香一直望着它消失在烟水里。

舟行如飞，不到半日，何裳便觉海风扑面，远望前方一片苍茫，正是东海。他不禁想到当日自己披发青衫浮游无忧河的情景，一春一秋却恍如隔世。锦罗刹操船入松江，江口渔人都认得她，纷纷挑出舱中鲈鱼扔到锦罗刹船上。锦罗刹抱拳笑道："渔家兄弟客气了，哪里吃得这么多，你们还要靠这些养活一家子呢。"说罢挑了两条大的用草绳栓了绑在船尾，其余的都丢还给渔家，道："今日有正事，他日请大家喝酒！"说罢向众人抱了抱拳，扬帆顺风逆水而行，直入太湖。太湖波光浩淼，乍见如海一般，四面望去却见东西山近者青翠欲滴，远者幽深淡远，水岸时时可见竹林在烟水中摇曳。山的映衬让水更悠远，烟水竹林又让山温雅与飘逸。锦罗刹收桨停舟，山风在山间回转，拂着小舟随着青蒙蒙的烟水漂荡。近东山脚下时，四人同时闻到一阵沁人心脾的清香，水云间亭台若隐若现。锦罗刹道："这便是寄园和你家那片茶园了，在江南有名得很。过两日便是清明，碧螺春已被采摘过了。每年姐都带兄弟来运茶，这湖中货船多半是咱们的，若有事便托他们给姐带个信。姐且送你们在茶农家住下，其他再做计议。"说罢摇船向东山。

东山深入湖中，如翠嶂一般，岸上烟柳如醉，在波光中摇曳。偶有参天古木垂下碧绿的枝条，一直垂到河中，仿佛谁家女子在河中沐发。小舟在花影间穿梭，前路幽深，本以为已到尽头，船却一转，又是柳暗花明。锦罗刹在山脚水村靠岸，系了船，提了鲈鱼带三人上岸。三人在船中隔着烟水不曾看清茶园面目，如今从山脚望去，只见遍山夹种着茶与桃杏。正是花期，桃杏花开，云一般笼着青山。三人大悟，难怪刚才远望竟见青色的茶园罩着红云。锦罗刹道："这桃花村的茶农种的便是霓裳家的茶，每年这时节姐都带船来运茶，今日是明前最后两天，明日又是寒食，都赶着制茶呢。"说着带三人进了一家小院。院中黄狗早吠起来，屋前拣茶的老少四口见是锦罗刹，忙唤回黄狗。最小的女孩儿嘴里含着片嫩叶跑来拉着锦罗刹，笑道："姐姐今年来早了，傍晚才炒呢。"锦罗刹将鲈鱼交到她手中，抚着她的头笑道："一年不见，高了许多，今年便十四了，该让你爹爹找人家了。"女孩儿脸涨得通红忙回身将鲈鱼丢到缸中，跑回去坐下接着拣茶。老翁大笑，道："你知她最害羞，却每次偏拿这取笑她。"锦罗刹笑道："十里八村的小伙可都看着你两个宝贝，若是在我们山里，早有人到后山唱歌了……"说着对何裳三人道："这位老伯姓顾，他家的茶是这洞庭东山一流的。顾婆婆更不简单，生了两个如花似玉的姑娘。这个手上麻利的是大姐碧桃，这个偷吃茶叶不想嫁人的是小妹紫叶。"

一家人笑得合不拢嘴，顾婆婆道："莫拿我们打趣，不卖与你茶了。你半年不来，碧桃已经许了人了，这几日采制新茶人手不够，婆家才放回来儿大。紫叶，还不去沏好茶来。"锦罗刹道："你们忙，我自己来。"顾婆婆笑道："我可怕你把我家宝贝摸了去，还不让客人坐下，都生得细皮嫩肉的叫人心疼。"锦罗刹道："情急倒忘了引见了，这是我兄弟，叫何裳。这是霓裳妹子，这是玲珑妹子，她们姊妹是吴钦舜的闺女，此番是回乡讨回家业的。平日常听你们说那杨承兴刻薄，搜刮你们，若此番她们姊妹讨回家业，定然不会难为山上茶农。如今他们初到，没有栖身之地，你家若有一半间房便暂住几天。"

老顾忙起来走近仔细打量霓裳姊妹，对顾婆婆道："像，真像！主人一家走了有十六年了……"顾婆婆听了赶紧拉碧桃、紫叶上前行礼，道："顾家老婆子见过小姐。主人当年爱护我们茶农，我们全村都受主人一家恩惠。自主人受难，那杨家夺了茶园，不仅要贡茶还要交银。如今小姐回来，可要讨回家业，我们也省得吃杨家的欺凌。"霓裳忙还礼，道："婆婆多礼，折杀霓裳姊妹了。哪里有什么小姐，老伯不嫌弃我们姊妹，我们已是高兴得很了。"顾婆婆兴奋地执着两人的手，道："真像，快坐下吃茶。主人夫妇可好？朝廷倒了，主人的冤狱也到头了，你们大姊也没来？"霓裳低头不语。玲珑道："父亲在江北做官，母亲早已不在了……大姊……也不在了……"顾婆婆大惊，紧紧拉着两个人流泪道："纵是满天神佛都无用，这老天爷竟也不长眼？……我们这制茶的法子还是她传的……"老顾拉众人坐下，道："回来便是好事，莫让孩子再伤心。坐下吃茶。"说话间，紫叶已摆了八只白瓷碗，烧了一壶水，取了一纸包茶来。老顾为众人分茶，道："这是今年社前的细嫩炒青，小姐尝尝鲜。"

何裳见碗中如流云飞雪，不由赞叹，却又惜道："这般好茶教我等如此大碗喝来实在暴殄天物。"众人大笑，霓裳掩嘴笑道："亏你平日号称博物，今日却说出外行话，岂不知粗茶细喝，细茶粗喝之理？这极品碧螺春品相极好，若不用这白瓷碗，岂能见这流云飞雪的胜境？只是这社前茶难得，老伯靠他养家糊口，叫我们怎能消受。"老顾道："小姐果然是行家，这好茶也只小姐配享用，不给你们给谁？我们制茶的法子还都是夫人的旧法呢。"霓裳道："在金陵时，母亲每年都带我姊妹制雨花茶，常说起还是碧螺春让她受用。新采的茶等着杀青，老伯别为我们误了时辰。"顾老伯道："这便拣完，今日这些炒完便可歇歇了。"说着便叫碧桃和紫叶去拣茶。

锦罗刹道："我把贵人带来，倒没人理我了。我不配喝你家的茶，索性走了吧！"顾婆婆笑道："你真是成精了，吃罢饭再走。你这既有现成上好鲈鱼，我这便去采些莼菜。"锦罗刹道："眼见就申时，炒茶要紧！我还要趁着日头赶回金陵，你们把这三位招待好便是恩德了。"说罢起身就走。众人送她到湖边，她将船一点，欸乃一声摇开云水，舟行如飞，消失在蒙蒙烟水中。

第十九回　芳草天涯人似梦，碧桃花下月如烟　310

老顾收拾出两间小屋，顾婆婆去采莼，碧桃和紫叶忙着炒茶，茶叶的清香笼罩着院子。霓裳见她俩忙得不可开交，便拉玲珑上前帮忙。何裳四下游览一番，又坐在竹根椅上，看着木桌上自己的茶碗，三酌之后犹茶香沁人，心念一动，暗道：这残茶经夜变黄，若拿排笔刷在宣纸上，只要调节好浓淡，纸干后当比仿古宣更有古意，若在此纸上精心临摹那幅《富春山居图》，做到以假乱真并非难事。那杨承兴既然以诡计将吴家产业夺走，便就此戏弄他一番，也算为霓裳一家出气。于是，他打开霓裳的包袱，拿出吴眉在宫中交与他们的竹筒，揭开盖子发现里面一层一层卷着三件书画，最外一层乃是绢本手卷，展开只见是一幅北宋院体花鸟，画中宫殿顶上云雾缭绕，青天之上白鹤翻飞，用笔精谨、设色雅致，沉静端庄之中又有一丝飘逸，分明是道君皇帝的手笔。他忙将后半卷展开，果然，画后有一大段瘦金体题记和御制诗，卷末署着"御制御画并书"。何裳大气也不敢出一口，将手往身上抹一抹，如饥似渴地想要仔细端详，却又万分想看那《富春山居图》，遂重又小心翼翼卷起，去拿第二卷。第二卷一到手中，何裳便感觉熟悉，正是上好的蜀素，他心中猜到可能是米颠的《蜀素帖》，展开一看果然不错，何裳喜得热泪盈眶，忙去看卷在中心的手卷。此卷他已明知是《富春山居图》，摸到手中却又不忍打开，闭目定了定神，小心翼翼地一点点展开，黄子久精纯笔墨下的富春秀色梦一般地一点点展现，何裳便像做着黄粱梦的卢生，仿佛行走在山阴道上，泛舟于富春江中……

玲珑偷懒，见何裳神驰画中，自己便嚼了片嫩叶偷偷走到何裳旁边，向他脸上吹口气，见他竟毫不知觉，忙笑着跑到霓裳身边，拉着她道："他又不知想谁了，还不教训他！"霓裳假作嗔怒，道："偏你多事，还不快来烘茶。"心里却也不安。玲珑笑道："你光会在我这作假，嘴上厉害，心中却在敲鼓，待我替你教训他，也让你知道谁待你最好。"说罢跑到何裳面前，将口中嚼碎的嫩茶一下喷到何裳脸上。何裳正在神游，突然香风扑面，急雨如霰，他如梦方醒，道："好风，畅快！"

玲珑一下笑倒在地。霓裳噗嗤一声笑出，把锅中茶吹了炒茶的紫叶一脸。紫叶笑得眼泪直流，忙用手去擦，却把茶叶弄到眼里，泪流满面还笑个不停。连平时少言寡语的碧桃也忍不住笑，手中拿来烘茶的桑皮纸也落在地上。何裳莫名其妙，忙去扶玲珑，玲珑笑得软在地上起不来，又见何裳满是茶叶的花脸，笑得更厉害，栽在何裳身上拿他手去揉肚子。何裳给她揉着肚子，道："小心岔了气，宗少文说卧游山水，如今见了《富春山居图》才感同身受。难得那阵清风，却还带着雨露。"众人又是一番大笑。

老顾收拾了屋子，见四人东倒西歪笑了满地，对紫叶道："还不快烘，再搓就过了。"说着忙去拿桑皮纸。碧桃忙拿纸铺好，紫叶将茶起锅摊在纸上。霓裳调了火候，只见茶已然卷曲成螺，遍身银毫，清香馥郁，喜道："怪不得母亲喜欢制碧螺春，果然非同凡响。"何裳听了忙要去看，玲珑拉住他，用袖子给他抹了脸，道："满是雨点。"说着不禁又笑出来。霓裳走到画卷前，道："清风明月本无价，如今这山水也拱手他人……岂不可惜。"何裳一笑，得意地把自己的想法告诉霓裳。霓裳见他脸上还有茶迹，笑着用手抹道："瞒天过海虽不道义，不过对付这种人倒还是恰如其分。只是这杨氏号称富于收藏，精于鉴赏，恐怕也见过无数前人摹本，要瞒他，定要费一番苦心！"何裳点头道："明日便进城买纸，顺便打探杨氏消息。"两人把画卷收好。玲珑扯住两人道："我给你出气，你却与他咬耳朵！"何裳拍她的头，道："明日再告诉你，快去帮忙。"两人去帮碧桃姐妹制茶。老顾笑道："两位小姐忙了半日，歇着便好。这等粗活他们便做了。"玲珑笑道："老伯哪里知道，我们可是喜欢得很呢！"

日渐西斜，夕照透过远山的峰峦映得湖中波光粼粼，湖中的西山仿佛一只渔舟，在光影中浮动，鸥鹭翔集，偶在水面一掠，水中便如星光一点。远处的渔舟上渔人唱着歌远去，船舷上一排排鸬鹚随着歌声悠荡，船后一片波光，直到船入烟水，只剩一片迷蒙。忽闻一阵水声，身边的水路转出顾婆婆的小舟，何裳忙去迎接。顾婆婆上岸，笑道："我采了莼菜，为你们做雕胡饭莼菜羹。"何裳大喜，道："何裳梦寐以求的就是尝尝吴中的莼菜鲈鱼，多谢婆婆！"顾婆婆笑道："公子莫打趣老婆子，这些乡下吃食都是常吃的，哪及城中的山珍海味。"何裳笑道："何裳自小便喜欢这自然美味，城中大餐倒没有胃口。"顾婆婆道："那你便常住下去，我们的风味远不止莼菜鲈鱼。春日银鱼霜下鲈，鲈鱼此时不是最好的，明日便给你们尝尝我们湖中的银鱼。"说着去做饭了。

何裳到山上找了块白石，坐在上面静静地看风景。月出东山，水面山间笼着一层青烟，归鸟停止了喧闹，一片寂静。山中的人家炊烟袅袅，偶有清风，传来一阵菰米香。

第二日便是寒食，家家都开始置办清明扫墓用的清酒纸钱。一大早，紫叶便撑船载何裳三人进城，进了盘门，直奔玄妙观。这玄妙观前历来是姑苏城最繁华之地，店肆林立，游人如织，更有许多从北方逃亡的难民沿街乞讨，被巡街的官差赶得四处奔逃。虽是寒食，观中香火依然很盛，远远便见烟雾缭绕。紫叶带三人弃船登岸，道："玄妙观是有名的灵，我家每年清明都来这里求清酒纸钱，两位姐姐要不要到里面拜拜神仙？"玲珑听了扯着霓裳和何裳，道："一定要去的。"紫叶一笑，道："那便随我来。"说着便带霓裳两人去买香。何裳不信神仙，便自己在观中游览，见霓裳两人在供着三清的大殿前拜得虔诚，不由感慨——道家说天地无情，人们却偏造出这许多偶像。这缭绕的香火真的能打动上苍吗？若苍天有情，何以对苍生堕落视而不见？若说一切是虚空，那为何冥冥中又似有一只巨手左右着人们的命运？也许所有的朝拜、奋争、沉迷、堕落在上苍眼中不过云烟，那么人究竟应当怎样生活？听受宿命的安排还是依旧去与人世奋争？父母、师父、武神、萧然、妙儿……每个人……难道奋争真的竟是徒劳？那人究竟是为什么而生存？这朝拜又有什么用？……

霓裳三人拜完神仙走到失魂落魄的何裳身边。何裳目光依旧苍茫，似乎远在千里之外，完全没有觉察她们到了身边。玲珑咬牙切齿道："定是又想起谁了，让我教训他！"说着便要打他。霓裳拉住她，对紫叶道："妹妹何时去买清酒纸钱？我们姊妹明日也要祭奠母亲和大姐，便随妹妹一起买了吧。"便让玲珑随紫叶去买，自己在原地守着何裳。玲珑噘嘴不服气地随紫叶走了。

霓裳想及父母和大姐，心道：自己许愿此番顺利换回家园，父亲及时回归一家团聚……愿何裳不再受煎熬，早日找到莫愁……又怕何裳离开自己，希望他不离不弃……却又不知这些愿望又有哪个能成为现实。她心中伤感，不免叹息。何裳正走神，听不到人言语，这声叹息却听得清楚。他蓦然回身紧紧握住霓裳的手，胸中似有千般言语，到嘴边却又无从说起，只是呆呆地凝视。霓裳见他如此，忍不住落下泪来。

玲珑早和紫叶买了东西过来，见两人如此，不禁相视而笑。玲珑将手中东西交与紫叶，悄声上前，忽然用两手揽住两人的头往中间一凑。何裳两人猝不及防，脸贴在了一起，旁边玲珑哈哈大笑。两人回过神来，脸红到了脖子根，何裳为摆脱窘境，扯住玲珑道："快说许了什么愿，否则点住你管发痒的穴位，让你痒个不停。"霓裳笑道："她许的愿历来都是遇到翩翩公子之类，不需用刑便知道。"

何裳到姜思序堂买了颜料，又到徽州人的店中买了几锭上好的墨，然而买纸时却找不到与《富春山居图》一样纹理质地的宣纸，不由郁闷。四人在各纸店寻了几趟都一无所获，何裳道："算了，你们一定都饿了，我们歇歇吃些东西吧。"四人便到黄天源买了点心捡了临街的位置坐下，何裳见对面有人卖桂花酒，便道："你们吃，我去打酒来。"玲珑骂道："死酒鬼，见到酒便走不得路了！"

何裳打了酒，忽然注意到街边一个代人书写又卖字的摊子，即便是远望，他也依稀觉得那纸不同寻常。他仔细观察那摊子上的年轻书生，只见他衣衫朴素却一尘不染，正从竹编的食盒里捧出一碗菜粥，小心翼翼地吃得一干二净，吃完收拾毕便拿起一本书旁若无人地朗声诵读，循声听去，正是文天祥的《指南录》，读至《过零丁洋》尾联"人生自古谁无死，留取丹心照汗青。"他废书长叹。何裳不禁对此人感兴趣，上前细看他的字，分明是学颜鲁公出身，却又兼法二王，因此骨子里虽壮大雄浑却又并不张扬，反而充满风流儒雅的气韵。何裳对此人心生好感，上前道："兄台，在下请你喝酒！"那书生有些诧异，行礼道："无功不受禄，兄台何以请在下喝酒？"何裳心道喝酒便喝酒，书生果然是啰嗦，于是笑道："兄台字法颜鲁公，又有二王笔意，平淡儒雅之下又有雄浑肃穆，实在难得，令人肃然起敬。字如其人，既见君子，云胡不喜！"书生如遇知己，大喜过望，拉着何裳道："有朋自远方来，不亦乐乎！在下富阳杜贤，本字希圣，因慕文山先生为人，遂改字文山。不知兄台尊姓大名？"何裳道："在下无字无号，自名何裳。"杜贤大奇，道："此话怎讲？"何裳笑道："出自屈子《离骚》'制芰荷以为衣兮，集芙蓉以为裳'，因'裳'字俗音做'商'，所以便干脆念成'和尚'，倒也有趣。"杜贤恍然大悟，道："何兄以屈子自比，高风亮节令人钦佩。知己难逢，在下当尽地主之谊，请何兄喝酒才是。"说罢从怀中摸出十几个铜钱，拿了四个便要去买。何裳忙拦住他道："杜兄清贫，何必因我破费。我这里刚打的桂花酒，既是知己又何必分彼此。"杜贤将钱揣入怀中，道："不是小弟吝啬，只因还需奉养老母，所以不能倾囊沽酒……"何裳摆手示意并不介意，给杜贤的破木碗倒了酒，自己对着酒壶尝了一口，道："今日第一次尝这桂花酒，酒味甚薄，却有一丝馥郁的桂花香，倒是与这小桥流水很是相配。"杜贤道："小弟祖籍钱塘富阳，家父在前朝为官，后来太平皇帝即位，国破家亡，家母带我流落至姑苏，含辛茹苦抚养我长大，本当学而优则仕，以报养育之恩，奈何朝廷不喜文人，遂流落街头卖字为生。何兄不是本地人，何以至此？"何裳道："杜兄尚有家，我却累累如丧家之犬，放眼天下，天下虽大却无我容身之地，不提也罢。小弟此番来买一种宣纸，寻了几个店都未曾找到。刚才路过却发现杜兄的纸恰是小弟所需，不知杜兄从何处购得？"杜贤道："何兄有所不知，小弟这纸并非宣纸，乃是富阳竹纸，亦是书画的上好材料，只是宣纸声名太著，因此竹纸市面上少见。这纸是小弟自制，何兄需要多少拿去便是。"何裳道："原来如此，早听说过富阳竹纸却不认得，如今真开了眼界。纸既是杜兄自制，小弟便要五张……"

何裳正说着，冷不防被身后一双小手捂住了眼睛。他知道玲珑喜欢玩这把戏，笑道："我知道是你，不出来便挠你痒。"玲珑从他身后转出来，气道："你叫我们在那里苦等，自己倒来和人喝酒！"何裳道："不要淘气，来见过我的新朋友。"便将两人介绍一番。杜贤见到玲珑不禁怦然心动，只是他生性木讷，不曾与女子交往，一见她便红起了脸，低头不敢仰视，行礼道："在下……在下富阳杜贤。"玲珑忍俊不禁，正要捉弄他。何裳给了她个眼色，她只好行礼道："在下玲珑。"说完便笑起来。杜贤正窘，忽来一个书童拿着个请柬恭敬地送到他面前，道："杜先生，我家公子吩咐小的务必得到公子答复才能复命。"杜贤看了请柬，对何裳道："何兄可有意结识姑苏的朋友？两日后是上巳，我们有几个读书人慕古人风雅，约定到太湖寄园修禊。何兄风姿当为我众人所仰望，这场雅集若有何兄定当非比以往。"何裳听到"太湖寄园"心念一动，道："小弟听说那寄园为杨氏所有，我们岂能随便进入？"杜贤道："何兄有所不知，这送帖子给小弟的召集人便是杨老先生的独子杨瓒。杨兄最喜风雅，也是我辈中人，见到何兄定然喜欢得不得了。"何裳还没来得及说话，玲珑抢道："既如此，定是要去的！"说着扯何裳的衣角。何裳道："那便谢过杜兄和杨兄了。"杜贤大喜，对那书童道："杨泉，替我向你家公子道谢，说杜贤必到，还要引见一位新朋友。"杨泉兴高采烈地复命去了。何裳二人拿了纸和杜贤告别，到黄天源与霓裳会合。

远远见到霓裳，玲珑便笑着跑过去，边跑边道："笑死我了，遇到个呆虫！"霓裳道："定是在哪里又欺负人了。"何

317

裳将经过说了一遍，对玲珑道："杜兄安贫乐道，你何必要淘气戏弄他。"玲珑不屑道："这种呆虫，若你不碍事我定要戏弄他，都是你多事。"霓裳道："既然此番有机会结识些朋友，想必办起事来会方便些。若那杨瓒为人真的不错，也许可以帮我们与杨承兴联络。不过人心难测，你涉世不深，万不可独自前往，到时我随你去。"玲珑听了忙道："那是那是，我也要去！我自家的园子我定是要去的！"何裳笑道："那便都去，还要劳烦紫叶妹妹撑船了。"见路边流民络绎不绝，不由皱眉，道："过江难民已到姑苏了，乱世浮生，去向何处？不知何时能天下太平……"说着摸出怀中的两锭银。霓裳也拿出自己的两锭，道："不如去给那玄妙观的道士，让他们施粥，这四锭银够半月之用。"何裳道："还是你想得周到，想必他出家人也不会克扣这救命银。"说着四人到玄妙观将银子交与观中道长，那道长欣然应允，当下便差道士煮粥。何裳向道人道了谢，登船回程。

回到老顾家中，何裳见残茶已是深黄色，忙染了一张竹纸实验，只等明日干透与《富春山居图》原画纸色对比。第二日是清明，老顾一家一早便去上坟。霓裳和玲珑也到山头祭奠母亲和大姐。何裳登上山顶，回望北方，向着金陵城跪倒，为母亲磕了三个头，又向西北给师父磕了三个头，想起武神父女和萧然，他仰天长叹，道："新酿的桂花酒，尝尝吧。"说着酒酒酹地，吹起洞箫，箫声清寒，天竟渐渐沥沥落下雨来。何裳在雨中吹箫，思绪飘忽，想起在自己怀中逝去的胭脂公主，箫声一阵幽咽……

三月初三是上巳节，自先秦便是聚会游春，临水修禊的节日，最有名的一次聚会便是东晋王羲之、谢安等人的兰亭雅集。后世文人慕古人风雅，常常在上巳雅集，游春赋诗。一大早，太湖上便响起桨声，林中喧鸟被水声惊起，绕山上下，水榭中不时传来丝竹声和阵阵笑语。

何裳三人上了船，紫叶打桨，转过花林，只见栈桥上杜贤翘首而望。杜贤见何裳船来，忙招呼众人迎接，对水榭上下来的三个人道："这便是我同诸位说的何裳兄。"何裳还礼道："何裳粗鄙，各位兄台不必多礼。这两位是舍妹，这是霓裳，这是玲珑。"杜贤看到玲珑又是一阵脸红，忙介绍三人，指着岸上众人逐一介绍道："这位是德比颜闵的虎丘王回王晏如；这位是延陵季子的乡亲刘敬刘致和；这位是今日雅集的东道主杨攒杨云林……"杨攒手挥折扇上前行礼。玲珑一见，不禁惊叫，牙关紧咬，泪水盈眶，手一抖，团扇落入水中。霓裳也诧异地看着他。杨攒看到玲珑也是一惊，折扇不知不觉地合上，紧紧捏在手中。杜贤不知如何是好，手足无措。玲珑恨恨道："你害得我好苦！……"还未说完便泪如雨下。杨攒想上前扶她，抬起手却又收住，道："在金陵，我不该告诉你假名字。我知道你是虞美人的徒弟，我爹不许我和虞美人的人有牵连……"玲珑冷笑道："你骗我等了两年……两年……你为什么骗我……"说着几乎站立不稳，霓裳忙扶住她。杨攒上前拉住玲珑的手道："我是真心的……我回家便要将你赎出来。可我爹听说你是虞美人的徒弟，非说你是吴家后人，若带你回家定会冒犯朝廷，所以不许我再出姑苏……如今好了，朝廷倒了，不会再追究了，我们今日相遇正是让我们破镜重圆……"霓裳拨开他，缓缓道："你让她静一静吧。"说着扶玲珑到舱中。何裳向岸上众人行了个礼，紫叶便点开了船。杨攒依依不舍地看着船离岸，旁边的杜贤目瞪口呆。只听一声长吟"自是人生长恨水长东"，何裳寻声而望，只见水榭上一人负手而立，望着远方，似曾相识却又不可捉摸。

何裳担心玲珑，见她还哭个不停，忙抚住她手腕，运气帮她平静身心。等玲珑慢慢睡着，霓裳拉何裳到舱外，道："三年前我们还在金陵迷楼，玲珑与这杨攒相遇，两人幽期密约，海誓山盟。杨攒起誓把玲珑赎回家，谁知他走后就再无音讯。今日方知，他当年用的名号都是假的。"何裳道："我听那杨攒所言，也确实出于无可奈何。"霓裳摇头道："若是真心当义无反顾，岂又是他人所能阻拦。可怜玲珑依然念念不忘，否则不会这么伤心。"说着不免想及自己身世，目光也迷离起来。何裳握着她的手，两人默默地看着远山。

何裳将竹纸刷到第二遍，见颜色已十分逼真，便开始动手临画。几日来他反复观察揣摩原作，对黄子久的墨法笔意有了深刻领会，加之屡经磨难，自己用笔也比原来沉稳老练，三日便将原画临摹完毕。玲珑三日来一直看他画画，情绪也稳定了许多，见他画完，道："若加上印章我便认不出了。"霓裳道："只是觉得过于完美，与原作相比反倒不像是耄耋老人的手笔。若用笔再松弛随意些当更好。"何裳也有同感，道："可能我小心太过，反倒减了松灵，不知背临效果如何。"说罢重又铺纸，不再比照原画，只凭心中牢记的布局与笔墨气韵挥洒，画得兴起竟沉溺其中，似与现实完全隔绝，神游富春山水……两个时辰在笔下流水般逝去，何裳收笔长叹一声，将霓裳捧来的一碗水饮尽，神情犹自恍惚。霓裳去看那画不禁大吃一惊，忙去打开那真的《富春山居图》，两者对比，从用笔到气韵均自然流畅，霓裳竟难辨真伪。众人正惊喜，忽听柴门外有水声，黄狗跑到门口吠起来，紫叶忙跑去看。

只听杨瓒在门外道："何裳兄可在家？杨瓒前来叨扰。"玲珑听了浑身一震，便要跑去门口，还未抬腿却又一转身跑回了屋里。何裳被惊醒，忙和霓裳到前院上前迎接，道："杨兄劳苦。"杨瓒向霓裳行了礼，却不见玲珑，遂道："何兄初到敝地，小弟此番来是看看何兄有何需要，顺便给何兄带些特产，给霓裳姐姐和玲珑带些妆奁。"霓裳道："你远比我大，不必叫我姐姐。我们自有妆奁可用，多谢你美意！"杨瓒道："我不信玲珑就此便不见我，你要怎样才信我？"霓裳道："你既来了，我便索性告诉你真相。我们的确是吴氏后人，虞美人便是家母，我们此来便是要换回我家寄园与东山茶园。令尊既不让你与吴氏牵连，如何选择你好自为之！"杨瓒怔在那里，忙道："不，不是的！家父是怕我因吴氏得罪朝廷才阻止我的，如今天下大乱，他便不会反对了。我会尽全力帮你们换回家园。"玲珑缓缓从屋里出来，含泪道："你说的可是真的？若你真的帮我们赎回家园，我便再信你一次……"杨瓒喜道："一定会！你看我给你带了什么，当年许给你的杨贵妃用过的妆奁！"说着打开妆奁取出一支凤簪插在玲珑髻上。玲珑照着铜镜不禁破涕为笑。杨瓒大喜，回身对霓裳道："钱塘名士赵渊得了几轴宋画，遍请天下名家赏鉴，家父也在被邀请之列，是以近半月不在家中。半月后家父归来，在下定然及时告知，联络会面。"又对玲珑道："多多保重身体，若要找我，便到留园。"说罢对何裳、霓裳行礼，道："保重，杨瓒定会及时联络！何兄，两番相会均太匆匆，下次相会小弟定大摆宴席，与各位相知畅诉衷肠。"说罢，回身上船而去。玲珑倚着柴门望着船渐行渐远，消失于烟水。许久，她才依依不舍回到妆奁前，将首饰反复把玩，一一试戴。

何裳与霓裳漫步湖边，霓裳叹息道："经过这许多事，她还是经受不住这些诱惑。"何裳道："我看那杨瓒也并非恶人，只是他似乎对你很是畏惧。"霓裳笑道："那还是他心地不够光明。还有十五天，制印、装裱、做旧，虽有些紧却也来得及。只是玲珑，我放心不下，又不知怎么办。她已大了，有自己的主见。我怕她受伤害，却又总是无可奈何。"何裳道："我们自己何尝不是如此，一切随缘吧。有些事太执着反而难以把握，顺其自然也许更好些。就像画这幅画，三日之功竟不如两个时辰。"霓裳道："那是功到自然成，世事与画画是不一样的，画得好画必要有赤子之心，而在世间生存截然相反。我在迷楼长大，那是人们剥下面具露出真相的地方，那里充斥了人们所有的欲望，卑劣、猥琐、贪婪、残忍……然而走出迷楼，他们披上外衣戴上面具便成了达官贵人、富贵名流。迷楼里可怜的女孩子们就是在与这些欲望的周旋中消磨生命求得生存。你没有见过，所以不知道那有多可怕。"何裳道："以消磨生命求得生存，也许可以放在所有人身上吧。剥去一切华丽的外表，剩下的只是迷乱的众生。生命，当真是一个谜……"

第二天何裳便开始仿篆印章，霓裳则和玲珑在旁协助，日夜兼工，三日便全部完成，又忙着托裱做旧，第十四天才大功告成。三人终于松了口气，只觉浑身疲惫，当日早早入睡，只等杨瓒的消息。

第十五天一早，杨瓒的书童赶来报信，对众人行礼道："小的杨泉，是公子的书童。老爷回来了，公子不便出行，是以派小的来传信。老爷昨日回来后公子便提了两位小姐的事，说吴家两位小姐归乡，带了几卷古人的书画要请老爷赏鉴。老爷开始因公子和两位小姐还有来往很是不快，后来听说有古人名迹，便答应见面。"霓裳道："多谢小哥，不知你家老爷是怎样一个人？"杨泉道："我家老爷可难说得很，喜欢收藏恐怕为天下第一，凡有名迹纵是千金也必要收入手中。我等下人受那熏陶也知道个顾虎头、道君皇帝、元四家之类，老爷痴迷那元四家，连公子名字也取自元四家。老爷自己书斋则取那黄子久的号，称为大痴堂。老爷还藏有数不尽的古董宝器、园林别墅，也因此被天下盗贼觊觎。只是我家老爷与地方上关系非比寻常，又雇有高手看家护院，是以保得平安……小的多嘴，公子让小的尽快回去复命，小的就此回家了。老顾一家常去我家送茶，认得路。"说罢向三人作揖告辞。玲珑给他一小锭碎银，道："替我们谢过你家公子，辛苦小哥了！"杨泉作揖道："多谢小姐。"兴高采烈地回去了。

杨氏自宋代移居姑苏，以耕读起家，后又经商，至杨承兴已富可敌国，不仅从官府手中买得拙政园作为府第，而且不惜重金购置天下名园，东山寄园便是其中之一。何裳三人上了岸，杨泉早在门口迎接，见了三人忙上前引领，到大痴堂外，禀道："三位客人到。"只听杨承兴道："请！"杨瓒忙出来迎接。三人随杨瓒进门，见这大痴堂虽并非正厅却也气象庄严，正中央挂着宋代李唐的《万壑松风图》，一老者正襟危坐，面无表情，手中玩弄着一枚玉玦。三人行礼道："拜见世伯。"杨承兴点头道："当年你们还在襁褓，如今已成人，令人欣慰！老夫与令尊知交，却未能关照你们母女，真是惭愧……"霓裳道："世伯言重了，我姊妹前来叨扰，还请世伯恕罪。"杨承兴道："不必多礼，老夫之所以未在正厅接见，便是让你们随意些，入座吧。"三人落座。何裳身边正是当日在寄园水榭长吟"人生长恨水长东"之人，此人甚是高傲，对谁都不屑一顾。何裳总觉得似曾相识，却又总是毫无头绪。

杨承兴对何裳道："何公子，瓒儿对你赞不绝口，老夫也喜欢少年才俊，这是老夫书斋，陈列的都是老夫的藏品，何公子风雅，能否指点一二？"何裳道："世伯过誉了，何裳不过草芥，岂敢班门弄斧。只是世伯书斋既名大痴，挂一两件黄子久的墨迹当更切题。"杨承兴道："果然是行家之言，只是老夫太钟爱大痴，凡其墨迹必精心珍藏，舍不得悬挂。老夫一生收藏无数，只有两件憾事：一是未能收藏《兰亭集序》，只能望昭陵兴叹；二是未能收藏大痴《富春山居图》，望内府徒叹奈何。若得到一件，老夫此生便无憾了。"霓裳道："侄女此来正为此事！玲珑曾入宫献舞，蒙皇上赐予三卷古人名迹，其中便有《富春山居图》。我姊妹浅薄，无福消受，便来请世伯赏鉴。"杨承兴虽深于城府，一听此言却也掩饰不住激动，眼中闪出异样的光芒，口中却道："那《富春山居图》的确藏于内府，可那皇帝怎会轻易赐人，恐怕是伪作。"玲珑道："世伯有所不知，那皇上本无学问，又不喜读书人，是以平日常轻易将古人名迹赏与臣下。当日侄女献舞，皇上龙颜大悦，便问要何赏赐。侄女便斗胆要这《富春山居图》。谁知皇上不仅痛快答应，还觉得太少，又赏了侄女两卷宋人墨迹。如今一并带来请世伯赏鉴。"说着便与霓裳将三卷书画捧到杨承兴面前，先将那道君皇帝的《瑞鹤图》打开。杨承兴兴奋地盯着画面，不禁要伸手去摸，手到半路却又触电般缩回，道："这是道君皇帝亲笔，他历来精工富丽，却难得有此飘逸之作，更难得还有如此一大段题记，极品！"接着迫不及待地想看那第二件。霓裳将米颠的《蜀素帖》缓缓打开，杨承兴看了一眼便不禁叫出来："米南宫的《蜀素帖》，这、这……米南宫书作老夫藏了近百，怎及此卷的笔法……"霓裳两人又打开那卷《富春山居图》，画卷未开两人便闻到一丝沁人茶香，两人不禁心中暗笑，又不免惴惴。随着画卷打开，杨承兴已呆了，仿佛已走进画卷置身富春山水间，甚至忘记了语言，手中的玉玦落地都浑然不觉。何裳、霓裳与玲珑都暗自松了口气。许久，杨承兴长吁了口气，缓缓道："老夫今日方知画竟可到如此极致，大美无言，老夫竟不知如何形容。老夫藏有无数名家对此卷的摹本，终不及此卷。只是此卷历来作伪者最多，老夫还得仔细看看。瓒儿，去把为父藏的大痴墨迹尽数拿来。"杨瓒忙去内室取出数十个卷轴，一一打开挂在四面墙上。何裳三人不禁吃惊，暗叹这杨承兴果真了得，收藏如此丰富，但愿他不要看出破绽。只见杨承兴反复比对，时而暗暗点头，时而俯首思考，足足半个时辰，才重又坐下，道："此卷自然天成，当非赝品。"转身对何裳身边那人道："安期先生可有高见？"那人起身到画前仔细端详道："完美无瑕，只是这装裱似乎与画年代不尽相符。"说着得意地看着何裳二人，似乎故意挑衅。三人本松了口气，听他一说不禁又紧张起来。霓裳笑道："此卷藏在内府时似乎有失保养，玲珑得到时已有残损，是以侄女便自作主张到坊中请人用古法重新揭裱，本以为无妨，不想却被高人识破。"杨承兴一听不禁又生疑窦，重又仔细端详，道："安期先生觉得可是真迹？"那安期先生缓缓道：·"在下以为定是真迹无疑，只是这小姑娘无知，擅自将此等珍品去坊中揭裱，幸亏这匠人手艺不凡，否则岂不成千古罪人。"何裳三人听他这番话放下心来，却又迷惘，这人难道竟知内情，故意戏弄他们？无论如何，他毕竟在关键时刻助了一臂之力，何裳感激地看着他。那安期先生却仍是不屑一顾。

听了安期先生的话，杨承兴放下心来，道："老夫今日得见真迹，此生无憾。只顾赏画，却忘了介绍贵宾，这位是安期先生，老夫上月从金陵返乡，途遇恶贼，身边十几名高手均命丧贼手，幸得安期先生大展神通，老夫才保得一命，更难得先生风雅无边，让老夫受益良多。"安期先生道："过奖。我本江海人，浮游寄此生。在下本慕鲁仲连功成不受赏，四海为家，奈何杨老先生盛情相留，在贵府驻留近月，如今缘尽，便当告辞！"说罢拂袖而去。杨瓒欲留，杨承兴挥手止住道："先生本烟霞之人，来去随意，我等方内人又岂能左右。"回身对霓裳道："两位贤侄女此番让老夫大开眼界……"说着又去画前端详，爱不释手，也不说归还。霓裳道："侄女前来不为他事，只因家母说家中蒙冤后家园被世伯保管，此来便是想用三卷中一卷来向世伯换回家园，世伯可随意挑选。"杨承兴道："当年贵府蒙难，老夫怕你家园被恶人破坏，是以想尽办法买来，小心经营，也是等你们回来重振家业，本不应向你们索取报酬，可你们既有此盛情，老夫便收下这《富春山居图》。至于其他两卷，贤侄女可有意转让？老夫愿出黄金千两！"霓裳道："一切听世伯吩咐。"杨承兴让杨瓒带下人去取黄金，自己走进内室，拿出东山茶园与寄园的文书和钥匙交与霓裳。霓裳姊妹激动地捧着文书，小心翼翼地收好。不多久，杨瓒便带下人捧了黄金出来，百两一锭，正是十锭，交与何裳。三人告别杨承兴出来，杨瓒相送，偷偷塞与玲珑一张字条，又对霓裳道："杨瓒一诺千金，姐姐该放心了吧？"霓裳道："若没有你，只凭这三卷古迹我们也能成功。有人功成不居，你却自己来邀功！"何裳见园中景致幽美，不禁赞叹道："姑苏园林甲天下，果然名不虚传！"杨瓒道："是啊，何兄何不小住几日，小弟好尽地主之谊，带何兄尽情游览，畅叙衷情。"何裳道："此去还有其他事，他日定来拜访。"玲珑接了纸条也不说话，和两人上了船，回身向杨瓒一笑。

紫叶道："何裳哥哥背的什么？重得像背了人一般。此番大功告成了？"何裳笑道："自然成功，我还背了好多金子，回去给你打簪子。"紫叶笑道："事情办成已经很高兴了，哪里还指望你的金子。如今要去哪里？"何裳看着霓裳姊妹道："这金子当是你们平分，不过顾伯伯一家过得清贫，还当为他们重建几间屋子才是。"霓裳道："此番你功劳最大，我和你平分一半。"玲珑道："居然还有不想要金子的，不过你们既然这样说，便索性分成三份，可又多出一百两。"何裳道："多多益善，你不见这满城流民，上次给玄妙观的银子恐怕已用完了。我怕的是一旦金陵战事又起，流民便更多了，到时我这几百两黄金恐怕也无济于事。"霓裳道："大难之际必然会有奸商囤积居奇，必须提前多买米粮。这金百两一锭，不便交易，当先把一部分换成银两银票，以免得被贼人觊觎。我们自己留五百两，以备开战后急用。"何裳道："那便把我的换了，你们的留下，以备日常之需和战时急用。我有钱便觉得不舒服，还不如早日丢掉痛快。"玲珑道："那你便干脆丢给我好了。"霓裳对紫叶道："妹妹可知何处可兑换保险的银票？我们便去那里。"紫叶道："观前两三家都很有名气。"霓裳道："那便更好了。此番赎回家园第一件事便是免掉东山茶农的租子，这近月来真知道了农人的辛苦。"紫叶喜道："小姐这一说，我打桨都有十二分力气了！"

三人将三百两黄金兑成银票，又兑了些银两。何裳见杜贤依旧在低头默默吃着菜粥，上前道："何裳又来请杜兄喝酒。"杜贤见是何裳，大喜，忙站起来，见玲珑在后面，不禁想起上巳那日，脸又是一红，忙转头对何裳道："小弟惭愧，前番本想邀何兄同乐，却不想……"何裳道："天下因缘又岂是你我所能预料，此番小弟前来其实是有事相托。如今天下大乱，北方数十万百姓落难江南，流民饿殍不绝于路。前番小弟曾为玄妙观出资施粥，如今又得一笔银两，又怕那观中道士克扣，便想分期给他。小弟此番归隐山林，是以想把银两放在杜兄处，由杜兄分期交与那道士，又能对他时时监督。"杜贤忙行礼道："何兄仁义小弟佩服！只见两面何兄便以如此大事相托，如此信任，让小弟不胜感喟！天下兴亡，匹夫有责，小弟定然不负何兄重托。"何裳偷偷将五百两银票塞到他怀中，又将一百两纹银放入食盒，又取出一锭银，道："这锭孝敬伯母，买些鱼米。"杜贤变色道："士志于道，而耻恶衣恶食者，未足与议也！杜贤虽鄙陋，却也安贫乐道。何兄岂是信不过我？"何裳道："杜兄志向我自知道，是以只拿一锭供伯母衣食之用。何裳自幼孤苦，杜兄有母可奉养让何裳羡慕不已……小弟视杜兄为兄长，兄之母便是何裳之母，何裳不能膝下尽孝，只能献一锭银以表心意。"说着不禁自伤身世，长叹一声。杜贤低头道："小弟不知何兄心意……既如此，我便收下。"
何裳点头道："一切拜托杜兄，何裳也可放心归去了。"杜贤
道："何兄真要就此归隐不问世事？方今天下大乱，苍生蒙难，
正是我等效命之时。金陵回来的先生们都说国家正要招揽天下
英才，何兄既散金救济难民，定还心怀苍生，难道便要就此离
开？"何裳一笑，道："苍生不自救，我不过沧海一粟，又能
奈何？保重，告辞。"说罢登船而去。

何裳道："那杨承兴看来也并非那么不堪。"霓裳笑道：
"在你眼中这世上倒能干净许多。世上本就没有纯粹大好大恶，
也正因如此才更可怕，他自重名位，又深知这三卷墨迹的价值，
岂能与我们计较。玲珑也当静下心，别再为那杨瓒迷惑了。此番
杨承兴既去过金陵，定然知道了父亲的事，万万不会答应杨瓒与
你相处。杨瓒本非坚定不移之人，恐怕又会让你伤心一场。"玲
珑心不在焉地望着两岸街巷，手中紧紧攥着杨瓒的字条。

霓裳缓缓推开寄园大门，一支海棠从园中探到眼前，她恍
入梦境，这株深藏在童年记忆中的海棠让她恍然大悟——这就
是她无数次梦见却又记不起的家园，她在梦中流连，却又在天
明依依不舍地离开，如今她终于找到了。她屏住呼吸，小心翼
翼，生怕碰落一片花，踩到一只爬虫，熟悉地绕过假山，走过
游廊，穿过水榭……何裳二人随她匆匆走着，不知她竟何以如
此熟悉，也不知她究竟去向何处。

霓裳到一间水阁前停下。只见那水阁三面临水，上题"酌
音"二字，何裳心想这恐怕是前辈切磋音乐的所在。霓裳推开
门，打开四面花窗，里面顿时明亮，只见正对荷塘的琴台上是
一把古琴，她将琴挪开，琴下压着一幅字。霓裳激动得泪眼蒙
眬，颤抖着将纸展开，含泪哽咽念道："少年听雨歌楼上，红
烛昏罗帐。壮年听雨客舟中，江阔云低，断雁叫西风。而今听
雨僧庐下，鬓已星星也。悲欢离合总无情，一任阶前，点滴到
天明。"正是蒋捷的《虞美人》，写得仓促，落款只有虞卿二
字。霓裳念完呆呆地怔着，泪洒纸上。何裳见到琴不禁想起莫

愁，也不知她如今身在何处，今生何时才能再见，默念这阕词，自己从出世至今的身世历历在目，仿佛这词写的便是自己，阅尽沧桑已不愿随世沉浮，可曾经的人真的能忘掉吗？

霓裳缓缓道："虞卿是父亲的表字，是母亲的号，两人同书便以此落款。"玲珑惊道："这竟是父母共同书写？你却如何知道此地竟有这词？"霓裳道："我梦里来过……这恐怕是蒙难前所书，他们已知大难临头，感慨万端，匆匆落款，更来不及装裱。"玲珑道："难得这么多年它还在这里，可惜已物是人非。"玲珑见琴边有一指甲盖大小的玉瓶，里面有两枚碧绿的小丸，她觉得好看，拿起来揭开盖便往手中倒。霓裳忙拉住她，道："先看下面的字条。"玲珑拿起玉瓶下的小字条，念道："此物碧海心，剧毒，服下一时三刻立毙。吾夫妇受奸人所害，本欲共服此药以免分离之苦，顾念三女无人照料，不忍撒手。此物且存于此，待来日家园重逢垂老时共赴黄泉之用。"霓裳忙从她手中拿过玉瓶盖上盖子，道："剧毒之物岂能儿戏。"说罢放入怀中。想起当日吴钦舜夫妇别离之苦，三人都有无尽伤感，在园中徘徊。

日落时分，霓裳做了晚饭，却不见了玲珑。两人忙到她的屋子寻找，却连行装都已不见，榻上是一张揉皱的字条，写着"黄昏，接你去留园。"两人到水榭远望，湖上一片朦胧，只有远处船上风灯一点微明。霓裳无奈，叹息道："还是留不住……也罢，随她去吧，但愿那杨瓒这次能信守承诺……本以为能团圆一天……"何裳扶住她肩道："这定是那杨承兴又要出门了，等杨承兴回来，玲珑便能回来了。"霓裳道："今日只顾伤感，都没有带你在园中游览一番。"何裳笑道："以后日子还长，今日只顾惊梦，却忘了游园……"说着忽想到"游园惊梦"是柳梦梅与杜丽娘幽会，本就被檐下粉纱宫灯映得微红的脸更红了。两人都不再说话，默默地坐在水榭上，看着暮色湮没湖山，晚风送来清爽的茶韵与馥郁花香，霓裳倚着何裳的肩，闭目享受着这有生以来最为难得的静谧与温馨。

③
②
⑨

第二十回　春风又绿江南岸，明月何时照我还　330

梅雨淅淅沥沥落了半月，墙角的爬山虎已然爬上墙头与粉墙上残留的水痕相接，碧绿的蕉叶扶上了四季花窗，紫藤从水廊一直开到檐间。何裳推开小楼的雕窗去看紫藤，蓦地一阵清风吹来，翻起桌上的书，书页间有一朵压平干透的小花，书页上印着隐隐花痕，显然已夹在这书中许多岁月。何裳心中一动，忙从怀中取出帕子展开，里面是在梅谷存下的那片梅瓣，今人与古人的慧心在这一念间通彻澄明。何裳取过笔墨在纸上写下"存香"两个大字，取出洞箫轻轻吹起。霓裳本在旁边整理母亲的谱子，忽闻何裳吹奏，搁笔倾听，神思缥缈。

何裳吹得兴尽，将梅瓣包好放入怀中，对霓裳道："这小楼无名，既是藏书楼，便叫'存香'如何？"霓裳从曲中回神，叹道："若非有此因缘，又有谁会想到如此佳名。今日难得小霁，也该出去走走，落叶落花该是满园了。"两人过了水廊，侧过水阁，沿回廊绕过假山一直到水榭，一路落红满径，湖面上也满是落花，间或有几滴雨点起涟漪。雨后山清水碧，薄雾蒙蒙，雾中隐约似乎有船过来，船头的一点红正是一柄油纸伞。霓裳喜出望外，道："定是玲珑回来！"说着忙到栈桥上迎接。

小舟渐近，船头撑伞的果然便是玲珑，她出世以来便未曾与霓裳分别这么久，小舟一进太湖，她便撑伞到船头眺望寄园，待到船靠岸却又怕霓裳因为不告而别责备她，怯怯地从伞下偷偷张望。何裳见她如此不禁微笑。玲珑遂一把将伞掷向他，一头钻入霓裳怀里撒起娇来。霓裳本也想责备她，但见了面就只剩怜惜了，不禁又气又怜地嗔道："这是谁家姑娘？我们都不认得！怕是走错了家门。"玲珑见霓裳并未生气，胆子大了起来，一把扯住何裳的脸，道："你说认不认得？"何裳只是微笑。霓裳拉开她，道："不要顽皮，下次有事万万不要不辞而别，你一个人何曾离开我这么久，教人每日牵挂。"玲珑含泪点了点头，道："我也牵挂家中……"霓裳道："那除非杨家有事你也不回来，我猜得不错吧？"玲珑道："朝廷前几日召集江南各界名流商讨要恢复察举，这几日便要各地举出青年才俊为国效力，那杨承兴回来说了此事，杨瓒便要召集那些同好托杨承兴报名，可那杨承兴认为金陵政局不稳又大兵压境，危如累卵，只答应举杜贤，不许杨瓒前去。杨瓒和杜贤等人商议要直接去金陵上书自荐，明日便要启程，还说明日一早来向何裳辞行！"何裳叹了口气，想起晚晴，心中只盼吴梁等人全力辅佐她挺过这一关，只是那吴梁和凌虚、风波子辈多是贪恋功名利禄之徒，实难让人放心，如今招募贤才怕也是晚晴要为国家添些栋梁，对于有志之士倒是好事。只怕世事消磨，这些年轻人最终难逃变成吴梁一样深于城府世故的庸人。想起一代代人消磨生命便如江水东逝，有心振作的人几度冲突也未能力挽狂澜，自己却又何去何从……何裳在水榭上凭栏远望，不由自主地吟出："江南游子，把吴钩看了，栏杆拍遍，无人会，登临意……"

第二日一早，杨瓒和杜贤诸人便来拜访，何裳引诸人到水榭坐下。杨瓒笑道："真是世事难料，前番在此相见小弟是主何兄是宾，此番宾主却易了位。何兄非池中之物，竟真打算毕生寄于此园甘做区区布衣？"何裳笑道："何裳不堪人情世故，出门寸步难行，倒不如这园中来得自在。"杜贤道："前番我劝何兄出世已失败一次，何兄已是方外之人，闲云野鹤，无心世事，杨兄再劝恐怕也不济事了。"杨瓒道："那待他日小弟成就大事，衣锦还乡再来拜会何兄之时，何兄万万不可拒我等于千里之外。如今国家多难，沧海横流正显英雄本色，我等今日便赴金陵毛遂自荐，赶路要紧，便就此与何兄别过！"何裳点头道："不必客气，何裳只愿各位一路平安。"诸人向何裳行礼登船。船家解缆升帆，直向金陵驶去。

傍晚船入金陵，只见江边战舰密布舳舻连天，平日看来平静的江水如今映着血红的残阳也似乎满含杀机，民船都被封锁在秦淮河不许出港。大小船只堵在河上，众人的船无法通行，无奈只好弃船登岸，见到周围一片临战的紧张气氛，心中不免惴惴。忽听一人破口大骂，众人不约而同打了个哆嗦。只见此人站在一艘江船船头，头上戴个笠子，手中提个酒坛，赤裸着黝黑的上身，冲着江边守军大骂。众人见此人粗俗，忙远远躲开去投驿站。那人见这边书生对其侧目而视，更痛骂起来："爷的龟孙，又从哪里来的崽子，你一帮吃军粮的废材接个人都不济，又哪来这群狗种！叫爷爷出港爷爷马上便接了人来！你们谁去报与那少林和尚，说过千帆爷爷能将对岸空悟大师接来！"原来，当日空悟派空行和智净护送晚晴过江后胡人便攻占嵩山，空悟和留下的少林僧众也被围困在寺中。空悟率众人寻找机会突围南下，一路转战，也救了不少难民，却被胡人重重围困，逼到江边。原本千余人已只剩一二百人，空悟叫僧兵排阵围成一圈，将难民护在当中，放出信号向对岸求救。吴梁和空行等人闻信马上商议派船过江渡人，可胡人已造好战船千艘，强弓硬弩无数，救援的战船刚到江心便被射回。过千帆感激空悟当日曾为其求情，想出船救援，可无奈被封锁在港内，只好破口大骂。少林僧人都在江边关注江北，不知此事。恰逢如常闻悉国难，带峨眉派赶来，听得过千帆之言，知道他虽粗俗却是个血性汉子，便马上派弟子向空行汇报。空行在空悟出征鬼城时恰被安排守寺，不认得过千帆，吴梁又对过千帆等人恨之入骨，是以一直没有答复。但是由于官军数次尝试均告失败，如常和参加过鬼城之行的僧人说起这过千帆确有过人之处，空行不免动心，执意要去找过千帆。吴梁碍于面子，只好答应空行，派人将过千帆夫妇带来。不多时，兵士回报过千帆不肯来见，吴梁冷笑道："这等刁民只会大骂，真到事前却是缩头乌龟。刘震，将他们捉去问斩，省得污秽视听！"一将听令便要带兵前去。空行道："老衲也去问个明白！"说罢僧人一起前去。

过千帆躺在船顶瞥见一群官兵和僧人怒气冲冲前来，不由哈哈大笑。刘震在岸上吼道："刁民口出狂言，有种上来受死！"锦罗刹笑道："一帮龟孙，有种下来捉人！"空行本就因救空悟一事着急，听罢大怒道："毛贼为何欺骗于人！"说罢飞身跳到船上便来捉人。锦罗刹笑着将身一晃，船便倾斜起来。空行本来心急，又加上轻敌并无防范，落脚不稳一头栽到水里，借禅杖之力方跃上岸边，却已十分狼狈。江上水手们一阵哄笑，锦罗刹更是笑得上不来气。过千帆道："龟孙骗人！老子要舍命去给你们救人，你们却派几个奴才向老子发号施令，若是如此，老子何必要去！老子去是凭空悟的情义，岂是听你这般龟孙的吩咐！"空行本来因师兄受困气急败坏，被水一浇反倒清醒许多，人家义字当先主动要舍命救人，己方却不加礼待，岂不是自己的错？他性子耿直，马上行礼道："壮士说得有理，老衲方才气急，在此赔不是了！"众人本以为他被戏弄会暴跳如雷，可如今反而赔起罪来，不禁诧异。锦罗刹也冷不防他会赔礼，不禁笑道："大师可爱得很，方才是我不对。我夫妻真个是想救空悟大师，还请大师向官军说明。我夫妻两艘江船过江救人，不需人帮忙，只需官军再像白天一样出船假装救人虚张声势。"空行道："多谢壮士，不知我众僧可做什么相助？"锦罗刹笑道："只需大师说服那吴梁照我说的做，否则我们也无计可施。"空行道："老衲这便去！壮士等鼓声为号便是。"说罢和刘震匆匆而去。过千帆和锦罗刹叫人将船全用棉被覆盖，浇水淋湿，又各选十个精壮水手驾船。过千帆夫妇为每人倒一碗酒，一齐酹江，又倒一碗同时饮尽，各就各位只等鼓声。

③
③
⑤

不多时，江边战鼓雷动，号令声响，二十艘战船出港，为首将领正是刘震。刘震自小追随吴梁，又颇通处世之道，很受吴梁喜爱，却因资历尚浅很难晋升，吴梁此番便是要给他机会立功。刘震也深知此点，挥刀站在灯火通明的船头踌躇满志，号令战船擂鼓疾进。过千帆与锦罗刹趁机驾两船悄然出港。

贺兰漠将中军设在广陵江岸的望月楼，每日与吴钦舜端坐高楼谈论两岸形势。贺兰漠见对岸又大张旗鼓派船来，冷笑道："这吴梁着实无能，手下将领出击十数次，不及交兵便被我军射回去，此番恐怕也是虚张声势。若不想救这般人又何必派兵，可真是虚伪得很。"吴钦舜笑道："吴梁数度派人出港无非是想敷衍少林僧人和武林人士，他本仗武林人士救助才逃到金陵，不出兵便不得人心。可他又怕自己的实力因战斗受挫，力求偏安自保，不敢真正作战，是以一入我军弓箭射程便迅速退去。不过，此次倒有些不同，前十数次他们只是将战船在我军射程外横列虚张声势，此番那带头的主舰却突出其他船只半头，此将怕是年轻气盛，我们不妨就此立威。"贺兰漠道："相父已有计策？"吴钦舜一笑，道："大汗莫急，看着便是。"说罢调兵遣将迎敌。

刘震出兵时吴梁数度叮嘱只在对方弓箭射程之外虚张声势便可，万万不可冒进，他却始终欲借立功出头，便叫兵士将船稍微前凑，自己搭弓便向北军射去。忽听北军水寨鼓角齐鸣，五艘战船雁行而来。刘震一阵狂喜，将吴梁的吩咐忘到九霄云外，马上号令诸船备战。双方先是一通对射，刘震挥刀站在船头，拨开来箭叫船全速前进，一心要刀斩来将，变动阵型要将来船包围。北军来船见势不好忙掉头回营，刘震全速追击。

吴钦舜在高楼上看得清楚，将手中麈尾一挥，调好方位待命的数十架发石车装上点燃的油罐同时发射出去。霎时间，数十只火流星同时向南军船队飞去，落在船上轰然爆炸，滚油四溅，瞬时便燃烧起来，热油流到江上将江面都一起点燃。南军船队成一片火海，惨叫连天。贺兰漠击案道："相父诱敌深入，全歼敌将，定然教那吴梁心惊胆寒！"吴钦舜却没有应声，他看着南军兵士在火海中痛苦地挣扎，耳中满是他们惨痛的嚎叫……他的计谋成功了，可他神色凝重，他以前只是思考、谋划，却从未见过如此惨烈的场景，双方如此惨烈的杀戮究竟是为了什么？只是为了制造痛苦？囚禁迫害自己的太平皇帝已然不在，自己如今所作所为又是为了什么？便是已经复了仇，往日的生活还能回来吗？逝去的人还会复活吗？还有那时光已然如这江水东逝不返……他陷入沉思不能自拔。

过千帆夫妇乘乱渡过长江，对岸北军忙用箭雨拒敌，可这两艘船已用浸水的棉被遮掩，箭射到棉被上颓然落下，根本不起作用。北军忙从围攻少林僧人的军队中调人守卫河岸，又派人禀报中军。少林僧人虽都已伤痕累累疲惫不堪，但见有船赶来都振作精神，空悟当先开路，突破包围上船。

贺兰漠闻报大惊，忙叫紧那罗先去支援，又调水军堵截，自己和吴钦舜带兵支援。待到江边，两船早已离岸，船速极快，眼见便摆脱在后追击的北军战船。贺兰漠忙号令身边数架发石车出击。火流星瞬间在两船前后左右开花，过千帆夫妇亲自操船左躲右闪，却有一发正落在锦罗刹船尾，船一斜将掌舵的锦罗刹甩入水中。四周的水面都在燃烧，后面的追兵也赶了上来，锦罗刹潜在水中不得出头。过千帆见状忙深吸口气跃入江水，在水下拖着锦罗刹潜游。北军见战船已追到两船便不再发流星，过千帆夫妇趁机跃出水面上船，却被赶上来的北军船只用挠钩扯住动弹不得。船上水手要救，过千帆大吼道："你们快走，不要管老子，谁来老子杀了你！"两船水手无奈全速前行。北船追击不及，恨恨地将过千帆夫妇捉到船上。

　　贺兰漠见两船去远，又让发石车放流星，却只听身后轰然作响，回身见发石车委顿在地，随着两个身影闪烁，又几架发石车被大卸八块。紧那罗认出那两人正是不得了兄弟，狠狠骂道："无知小辈前来送死！老夫不会留情！"说罢飞身追上与两人缠斗在一处。自鬼谷子师徒三人赶到广陵便开始打探北军大营，知道杏黄旗被贺兰漠藏在望月楼，不仅有重重守卫更有紧那罗日夜看护，所以三人只等紧那罗被引出来时趁机出手。不得了二人牵制住紧那罗，鬼谷子已取了杏黄旗赶来。紧那罗大怒，便欲下杀手，却蓦然瞥见被押上岸的过千帆夫妇，两人肌肤都被挠钩抓破，鲜血直流。锦罗刹口中骂声不止，过千帆却一直冷笑。身边兵士一桨戳到锦罗刹嘴上，锦罗刹口中涌出一股鲜血。过千帆见状拼命向那兵士撞去，兵士拔刀便要杀二人。紧那罗初见锦罗刹先是震惊，见她受伤不禁心中一沉，又见兵士拔刀要斩，他忙拨开不得了二人，对那兵士道："留活口！"贺兰漠道："留他们何用，明日钉于桅杆上示众！"紧那罗一时竟六神无主，却听鬼谷子大笑道："苍天助我，送来渡船人。"语音未落，不得了兄弟已各自救了过千帆夫妇夺了只小船，过千帆二人忍痛点开船疾行，鬼谷子站在船头笑声久久不绝。贺兰漠怒气勃发，号令弓弩手万箭齐发。乱箭被不得了兄弟纷纷拨入水中，过千帆夫妇操舟如飞。贺兰漠号令所有发石车攻击小舟。紧那罗见众人逃脱本暗自松了口气，见贺兰漠要赶尽杀绝不由心惊，阻止道："大汗，那贼盗了杏黄旗，若用火流星会玉石俱焚。"贺兰漠已被仓促间的变故激怒，愤然道："先生今日偏生与我作对，怕不是要反？"紧那罗不想他竟如此说话，心中一凛，切齿道："老夫答应夺杏黄旗便必然能夺回来！"贺兰漠拔出尖刀，狠狠向空中一挥，数十颗流星飞向小舟。紧那罗见情势紧急，飞身纵入一条小舟，向岸边奋力一点，小舟飞一般追去。

过千帆夫妇全力以赴操舟躲避流星，因小舟短小灵活，未被击中，却被流星四落激起的水波冲得打起转来。眼看又是几十发流星过来，过千帆夫妇已快精疲力竭，应接不暇。一发流星在头顶呼啸而来，众人已感觉到令人窒息的灼热。突然紧那罗的小船冲过米，将众人的小船撞到一边，紧那罗挥起铁琵琶将那流星击得粉碎，滚油浇了他一身，瞬间便燃烧起来，他在火中仰天长笑。贺兰漠见他竟出手助敌，怒火中烧，亲自号令发石车向两船发射。紧那罗高喝一声："还不快走！"又奋力跃起格挡火流星，火流星在小船上轰然爆炸，船上烈焰熊熊中传来紧那罗入魔一般疯狂的叫声。鬼谷子对不得了兄弟道："你们回去守旗！"飞身跃到紧那罗身前，掣过他手中已烧红的铁琵琶格挡火流星，两人霎时被火海包围。过千帆四人含泪摇桨，逃出了火流星射程，火流星在身后掀起一个个水柱。紧那罗运最后一口气道："你本不需来，快走！"鬼谷子坐在他身边道："我毕生心愿是与你同生共死，我来陪你……"说罢在火中弹起紧那罗的铁琵琶，火势更猛，身下的木板一点点烧尽，两人渐渐沉入水中，火被江水冲散，琵琶声不再，江上又是一片呜咽的水声。

过千帆四人回望鬼谷子和紧那罗，见小船渐渐烧尽沉没，随江水东去，不得了二人泣不成声。过千帆道："不知那人为何相救？"锦罗刹却凝视着船上的一块响石失魂落魄。不得了道："那是紧那罗撞船那一刻投来的……"锦罗刹紧紧攥住响石狠狠地看着对岸，泪如泉涌，道："他究竟是谁？"不得了道："他是我们师伯，从小与师父在鬼谷长大，十七岁那年因与鬼蛮女子生情被施以宫刑，师父也被牵连……鬼谷传人生命中只能有杏黄旗……"锦罗刹没有想到此人竟是自己年轻时的爱人，更没有想到他不辞而别竟是受了这种刑罚，自己苦等他多年直到寨子被赶到别处，以为他已变心抛弃自己，而如今还不及见一面他就为救自己葬身火海……她心如刀绞，仰天嘶嚎一声，拔腰刀便往胸中刺。过千帆紧紧攥住刀锋，道："你这婆娘疯了不成！"锦罗刹看着血从刀剑尖滴下，泪雨滂沱，切齿道："我要让那贺兰漠碎尸万段！"过千帆放开手默默地摇起桨，不得了兄弟望着身后的江水沉默无语。四人近港，过千帆的水手们忙来相迎，不得了兄弟将过千帆夫妇扶起交与众人，回身便消失得无影无踪。

江岸上，空悟等少林僧不肯先去疗伤，都站在岸上等待，见二人归来，空悟上前合南道："出家人只讲因缘不讲恩怨，但此番两位舍命相救，非止我少林僧众受惠，百余难民也因此保全，老衲感激不尽。"过千帆作揖道："方丈高看我二人了……若不是……唉……"空悟等人在江边不曾看清江上之事，并不知情，见他伤神，道："壮士平日豪爽，此番顺利归来也是佛祖佑护，凡事均有因果，不必伤感。"过千帆叹口气，拉着锦罗刹回舱，却被一队人马嚣然而来截在两人面前，当头一将正是吴梁。他此番救人本为给刘震铺一条官路，平日他待刘震便如亲子，不想他却命丧火海。吴梁心惊之余不免恨恨，既恨贺兰漠和吴钦舜，又恨少林僧人和武林人士。自己带兵勤王重立社稷，女皇年幼，自己大权在握是当然之事，可武林人士却因先皇恩惠只为皇室效力，此番他本不愿出兵破坏两岸平衡，可迫于武林人士的压力却不得不三番五次出兵，损兵折将，更可恨那区区过千帆不过是江上的贼子，竟真个让他救了人回来，自己的威信何在！他正庆幸过千帆夫妇身陷敌营，带兵去迎接空悟众人，询问了众人伤势便派人带他们安顿疗伤，空悟等人却执意在江边等过千帆回来。吴梁心下不乐，上马要走，却正碰见过千帆上岸，空悟向过千帆行礼道谢。吴梁不禁恼羞成怒，径直到过千帆夫妇面前，昂首勒马道："恭喜二位壮士救得少林高僧，今日在帅府大摆筵席为二位庆功，二位定要赏脸！"过千帆拱手道："多谢。"说罢扶着锦罗刹，绕过众人的马，走向自己的船。吴梁混迹官场二十年，本已城府极深，喜怒不形于色，只求自保于官场，可拥戴晚晴登基之后他大权在握，自认为有重立社稷的不世之功，因此开始施威弄权，表面虽对武林人士颇为恭敬，实则严加防范，生怕晚晴依仗他们向自己夺权。此番自己损兵折将出了大丑，被这过千帆抢了风头，他气结于心，恨不得杀之而后快。见过千帆对自己爱答不理，他暗自切齿，勒马又截到两人身前，他身后数十骑上前将两人围在中心。过千帆放声大笑，将头凑到刀锋前狠狠道："狗养的龟孙，有种便来砍老子！"锦罗刹将他扯过来，一把掣出腰刀。江上水手们见状马上亮出兵刃，江边一时杀气腾腾，血战一触即发。江边空悟、凌虚、风波子和如常等人仓促间竟无计可施。如常正欲飞身救人，只听空悟缓声道："今日江上情势严峻，两位壮士于刀箭丛中虽全身而归，却也是身负重伤，本门三生丹乃是疗伤奇药，请二位服药疗伤。"说罢空行飞身跃入人群将两人带出来，少林僧人马上护住两人。吴梁只觉一阵疾风便见过千帆二人被空行轻易救走，心下虽怒却也十分忌惮，回马向众人拱手笑道："既如此本帅便放心，待二位伤愈本帅定要为二位庆功！"说罢悻悻回头，飞驰而去。

智净给二人服下三生丹，替过千帆包扎伤口。如常也派弟子带衣衫破烂血肉模糊的锦罗刹到舱中更衣疗伤。空悟见众人无事，长吁口气，站立不稳向后便倒。空行忙扶住他，向如常等人和南道："江风甚冷，师兄重伤在身，不宜久留，我僧众这便回栖霞寺休整，就此道别。"如常叹道："今日幸有空悟禅师化解了一场血斗，我峨眉派本欲斩妖除魔共纾国难，却不想入此污秽尘俗，只可惜江南百姓的生命都掌握在吴梁这等人手中！"空行道："也正因此方可见我等任重道远。"凌虚道："两位大师所言极是，这吴梁本依仗武林人士才得以执掌大权，如今却专横跋扈，不把皇帝放在眼中。武当、青城深受先皇大恩，深知当今女皇年纪虽幼却胸怀大志，其雄才大略不亚丈夫，只是无奈事事为吴梁掣肘，欲借我武林人士与吴梁相抗。吴梁深知此点，是以不肯出力救助少林高僧，方才双方剑拔弩张，那吴梁定已把我们当作敌手了，我们不可坐以待毙……"他察言观色见两人对自己言论并无兴趣，又转而道："两位大师当小心才是，后会有期。"说罢和风波子匆匆去了。众人也各自散去，岸上回归于宁静。雨淅淅沥沥落下，越来越大，打在船篷上簌簌作响便如风吹木叶，锦罗刹独自坐在船头静静望着江水东流。

大江对岸，贺兰漠站在望月楼头凭栏默默望着江水。吴钦舜在烛下看着地形图。风夹着雨扫过帷幄，烛火明灭，人影恍惚，吴钦舜顿觉清寒，抬头见贺兰漠依然在雨中站着，便放下烛台走到帐外。兵士忙为他披上蓑衣。他又让那兵士为贺兰漠披衣，那兵士十分为难，怯怯地不敢上前。吴钦舜拿过蓑衣亲自为贺兰漠披上。那蓑衣刚沾贺兰漠的身，贺兰漠便一把扯过甩到楼下，冷冷道："我何时穿过此物？"那兵士吓得两腿发软跪倒在地。"以后谁敢扰我……"贺兰漠猛地拔刀回身，却见吴钦舜在自己身后。身边兵士不住叩头道："不是奴才，是相爷……"贺兰漠将刀归鞘，又转过身去。吴钦舜挥手让那兵士退下，走到贺兰漠身边，两个人在雨中望着大江东去。

吴钦舜与贺兰漠朝夕相处，患难十六年，名为师徒情同父子，他把未能施与自己孩子的热情与期许都倾注在贺兰漠身上，贺兰漠的一举一动他都了然于心。如今见贺兰漠如此，他知道定是为了紧那罗，许久，他缓缓叹道："一江南北，消磨多少豪杰……既然事已至此，感伤又何必。"贺兰漠道："我岂为他感伤！"吴钦舜叹了口气，道："我岂不知你所想？你在军中强势是为立威，如今只你我二人……若不是他，你我也许已葬身于秦墓……"贺兰漠道："我命自有天佑，从奴隶到帝王，岂非天命！"吴钦舜道："若无这千万将士，便有天命又有何用？何况你我不过芸芸众生之一。"贺兰漠道："将士为我洒血断头是因我令行禁止、战无不胜、赏罚分明，服从我便有财富荣耀，我于世间未亏待任何人。"吴钦舜道："那你却为何因紧那罗而伤感？"贺兰漠不语，良久道："不知他竟为何反戈……"吴钦舜道："世间事岂能真的算清？我看倒有多半是为那女子，他那眼神不同寻常……"说着自己不禁想起江南的家园，如今已是草长莺飞，繁花满枝了，自己的女儿也当亭亭玉立了吧？贺兰漠蓦然回到自己重伤循着琵琶声找到废园的时候，脑中满是霓裳的音容笑貌，那是他一生中最美的时光，不知她现在何处，也许打到江南便可以找到她，将那寄园修缮一新接她父女回去……他纵身跃下高楼，拾起泥水中的蓑衣，飞身上楼披在身上，对吴钦舜道："我此番定然要杀过江南，到时将你家园修缮一新，接你父女归乡。"吴钦舜心中一暖，却又不禁伤感，道："春风又绿江南岸，明月何时照我还……老臣生平最大心愿便是归乡隐居，然而世事弄人，如今江南江北咫尺天涯……若真的归乡，不知要牺牲多少人，紧那罗尚难免于难，何况常人……"贺兰漠道："成大事者岂拘小节，你我半生受尽恶人欺凌，岂不知这人世之丑恶？岂是我嗜杀，是他们都该死！我大军横扫天下，将这等污秽除去，还人间一个清净世界……"吴钦舜道："人非圣贤，孰能无过……你我又何尝未犯过错……又有谁有权掌握别人的生死……我们本以为运筹帷幄、决胜千里便可以掌握一切，可当日在胭脂山那玄妙的所作所为却完全出乎我意料。我们向来觉得别人是魔，可我们究竟是不是也入了魔？当局者迷，我们身边的人却是离去了……若没有错，又为何伤感，为何风雨中独立楼头……"贺兰漠想起玄妙自尽前那一番话，仰首闭目承受着风雨，心中暗道：若我真的中了魔，除了霓裳又有谁能救得？若能与她相守一生，其他一切岂不真的微不足道？风雨更大，落叶残花飘零，江上一片迷蒙，吴钦舜想起自己身世触景生情，缓声长吟："自是人生长恨水长东……"心道：不知霓裳姊妹身在何处，寄园中该是落红满径吧？

③
④
③

第二十二回 十年醉梦天难醒，一寸芳心镜不尘

344

　　黎明时分，漂满落花的太湖上浮来一叶扁舟，在寄园外靠了岸，一人在前悠然上了栈桥，一人在后烂醉如泥，爬上栈桥提个酒坛踉踉跄跄着，一边走依然喝个不停，几次都要瘫倒在地，被前面那人提着前行。玲珑循声来看，见两人十分眼熟，却一时想不起来。在前那人道："劳烦姑娘告知何裳，安期生、过千帆来访！"玲珑这才想起来，一边叫何裳一边开门，心中纳闷这两人怎得跑到一起。

　　何裳见到两人也是十分吃惊，那日在拙政园初见安期生便有一种似曾相识之感，此番相见大出他意料之外，感觉竟是故知久别重逢一般，心中满是温暖。他请安期生坐下，亲自奉了茶。他刚要开口，忽然注意到过千帆与往常不同，浑身湿透，半身赤裸瘫在地上，胸前、背上的伤犹自流血，手中捧着个喝干的酒坛往口中倾倒。何裳忙给他包扎伤口，却听安期生道："不妨事，他流些血才痛快。"何裳不由大奇，这安期生竟仿佛过千帆的老友一般了解他，这风马牛不相及的两人俨然经历了生死患难。他要去接过千帆的酒坛，却被他死死抱住大哭起来。何裳从未见他如此，哭笑不得，道："哥哥为何这般伤心？谁伤的哥哥？三姐呢？"说到此处自己心中一惊——难道竟出了事？过千帆嘟囔道："那死婆娘可好！……你哥哥做了乌龟了！……"何裳听锦罗刹没事放下心，却不禁纳闷，见过千帆的样子却又是真的一般，他疑惑地看着安期生。安期生将昨晚之事向众人详述一番，何裳听得鬼谷子已葬身火海如闻惊雷，心中大恸，浑身颤抖怔在原地。安期生道："人生一世间，忽若风吹尘……死生有命，在下与鬼谷先生的渊源恐怕比足下深得多。"何裳想到上次在梅谷相逢不禁黯然泪下，道："于理自然可以说人生如寄，死生有命，然而于情却不能释然。人生一世，忘年知己又有几人……先生既在现场为何不施手相救？"安期生道："鬼谷先生平生所愿就是与紧那罗同生死，若我相救，他虽保得一命却恐怕生不如死。"何裳怅然点头。安期生道："那吴梁因救人一事记恨，当时便欲寻他们麻烦，只因少林派人守护船队才无事。这汉子因锦罗刹与紧那罗之事心中烦闷，自己冒雨来找你喝酒，可半路自己便喝干了船上酒。吴梁的人见他落了单便来害他，被我撞见救了下来。亏他醉成这样还能将船摇来这里。"何裳忙给安期生行礼道："多谢先生救命之恩。三哥夫妇每年来此地收茶，知道我在此地便是闭眼也能找来的。只是那吴梁原不过是个油滑世故之徒，一旦大权在握竟弄权滥杀，可恨之极。"回头要劝过千帆，过千帆早一头扎在地上睡得人事不省。安期生道："这种人心肺肠是通的，酒醒了烦恼也便忘了，否则何以称醉生梦死。"何裳看着伤痕累累的过千帆，想起鬼谷子与紧那罗，不禁黯然神伤，闷闷地低头叹气。安期生起身道："他已安然无事，足下既心烦，在下便告辞。"何裳忙道："在下当日便仰慕先生风神，今日见先生便如他乡遇故知，实在是欣喜异常。只是想起朋友在阵前浴血，我却沉醉于寄园的清梦，心中难过，却又不知何去何从。"安期生听罢仰天大笑，直笑得屋檐树叶间的雨水飒飒飞落。玲珑吓得脸色惊变，躲到何裳身后。在存香楼整理曲谱的霓裳都觉浑身一冷，循声看去是安期生，她不由眉间微蹙，轻叹一声。

安期生笑罢缓缓道："笑得无理，扰了楼上佳人的清净。我们不如另择佳所痛饮畅谈。"说罢突然纵身跃出园外。何裳忙跟上紧随其后。两人一前一后直上了灵岩山，跃入灵岩寺，到山顶的琴台，安期生驻足在一株古松之下。何裳回望身后，四周一片空阔，姑苏城在苍茫烟雨中若隐若现，心中苦闷舒展许多，道："先生居然有如此好的去处。"安期生一笑，将袖一翻，手中竟是何裳桌上的两坛桂花酒。他倚石而坐，道："今日借花献佛，拿你的酒请你。"何裳坐下，接过酒便饮一口，道："不知刚才先生为何笑在下？"安期生道："你可知这琴台为谁而建？这灵岩寺的原主人又是谁？"何裳道："这灵岩寺便是当年馆娃宫，是夫差为西施所建。这琴台定然也是如此吧？"安期生颔首，道："正是，可当年为佳人所建宫阙已成断绝姻缘的清修之所，佳人抚琴的所在也已成尘土，便是那西子真的随范蠡泛舟五湖，现在却又埋骨何处？千载之后又有谁在乎你今日是出是处？至于姻缘，岂非更是缥缈难捉？"何裳想到若干年后不仅自己灰飞烟灭，连莫愁、霓裳都会渐渐老去，香消玉殒，心中难过，痴痴地立在雨中。安期生道："一切岂非都是运命所定？鬼谷子一生彻地通天无所不知，却

③
④
⑦

找了紧那罗一生都不能如愿，更何尝算到会与他一起死在长江之上……世事一场大梦，谁醉谁醒有谁清楚？你我都在尘缘之中，想解开身上重重枷锁搏一个自由天地，却又何尝解得开？你归隐东山却又何尝将心真的埋藏于此？我笑你解不开自己的锁，可普天之下又有谁真个解开？我笑的岂非也是自己？"何裳被他说中心事，激动万分，握住他的手，道："我只道先生心中已彻然，难道先生竟也有难解之事？我却当何去何从？"安期生的手被握浑身一震，仿佛旧伤发作，面露痛苦之色，旋即消失。何裳惊道："难道竟有高人能伤了先生？"安期生微笑道："旧伤复发，不妨事。人生如斯，我等又能如何……何去何从，也许只有自己明白……"说罢将酒饮尽，飞身远去。何裳目送他消失在烟雨中，一切恍如梦境。

何裳缓缓下山，在梵呗中与一个个出家人擦肩而过，只觉满身尘缘如羽毛般向上飞升，可觉悟的灵光谁又曾真正捉住？回到寄园，见霓裳姊妹正在收集满地的落花，何裳想着灵岩山上的红颜和尘缘，心中伤感。玲珑气道："偏你这么多事，不与人家交往，天天愁眉苦脸仿佛天下人对你不起。还不快来帮忙！"霓裳道："你以为都如杨瓒般便是好人？"玲珑道："杨瓒许诺我若做了大官我便是诰命夫人。他许诺过什么？"霓裳一笑不再理她，心中却暗自神伤，她不稀罕什么诰命夫人，也不要任何名分，可想到与他的姻缘随时都会断绝，心中便痛不欲生，可自己能把握的又有什么呢？低头看落叶，泪眼婆娑，惜春长怕花开早，更何况落红无数。何裳听到承诺两字也怔在那里，为何对自己心爱的人连一个承诺都没有？何去何从自己一无所知，又哪里来的承诺？看着玲珑得意的笑脸，他觉得自己对不起霓裳，自己竟如此可怜，他俯身帮霓裳拾落花。霓裳见他过来，心中一暖。

忽听一声大叫，过千帆从屋内窜出来，见三人在拾落花，嗤之以鼻，到屋角找了扫帚便要来扫。何裳忙拦住，道："哥哥有伤，还是歇息吧。"过千帆拨开他道："看着你们便觉得窝囊，现成扫帚也不知用。"霓裳见他硬要上来扫不由皱眉，玲珑叉腰啐道："这是我家，岂由你乱扫一气！刚刚睡得棍子都戳不动，现在却来了精神捣乱！"过千帆被骂得目瞪口呆。何裳笑着接过扫帚，道："这是人家事，我们喝酒便好。"拉着过千帆进屋喝酒。过千帆道："这院子好看是好看，但就是池子太小，我那乌篷船都驶不进来，我要再试，那龟孙却硬将我提了来，若不是醉了定要叉他几刀！"何裳道："你落了单，吴梁派人追杀，亏得安期先生救了你。"过千帆大悟道："我说昨晚怎得有人打架，那我便去谢他。那龟孙在何处？"何裳笑道："已然走了。"过千帆道："哎呀！我昨晚出来到如今已一天了，那婆娘怕不会记挂来找我吧，若被吴梁那龟孙追杀可就惨了。"说着跑到栈桥上了船，解缆便要走。何裳追上道："哥哥自己去也危险，小弟送一程。"说着跃上船，回身对霓裳姊妹道："我去去就回，你们小心。"过千帆道："我皮糙肉厚怕的啥，人家姑娘可比我金贵得多，还不下去！再说，金陵那群人管是吴梁还是凌虚哪个不想要你命！若让他们知道你在此地，你们以后便不得安宁了。"何裳听了也为难，道："那我便穿你几件破衣衫，再弄得灰头土脸便没人认得我了。"过千帆遂从舱中翻出几件破烂衣衫给何裳换了，又在何裳脸上抹了把河泥，扣上一顶破笠子，何裳顿时成了水手模样，坐在船头看着两岸向身后飞快地退去。

　　船行至金陵城外数里，穿过一大片芦苇荡，隔年的芦苇一人多高，小船穿行其间，不时惊起野鸭苍鹭扑簌簌飞起。过千帆挥桨去打，口中骂道："该死的鸟东西吓人，打下来爷爷扯了吃！"忽然若有所悟，道："昨日定是在此地遭了埋伏，这鬼地方若不是进出上百次的老水手必会困住出去不得，可那帮龟孙不知爷爷醉着也能出去。"说着不禁得意。忽听前方有木桨击水声，他心下一惊，停船倚着船篷骂道："哪里的龟孙报上名来，爷爷岂怕你！"说着连根扯起一把芦苇，带着泥水甩过去。那船似乎被打中，却依然向这边驶来。过千帆又要骂，忽听身后一声呼哨，三支飞箭从苇丛射来。何裳只做不经意抬起斗笠将箭拨开。芦苇中刺客见暗箭落空遂一齐跃出，挥刀便斩。过千帆急中生智，将脚一沉，小舟翻在水中。三个刺客一击不中，落入水中。过千帆大叫一声，翻身和三人斗在一处。他在陆地功夫远不及那三人，可在水中他劈波斩浪浮沉不定，倒让那三人慌了手脚。何裳闭气在水下看着水面上四人翻腾，不知如何帮忙，却见前方被过千帆砸中的船驶了过来，一人扑通一声跃入水中与那三人战在一处，正是锦罗刹。何裳大喜，只见那三个刺客身上不时渗出鲜血，水面一片绯红。锦罗刹下手比往日狠辣许多，她才几个翻身，那三人颈间便各自涌出红云，不再动弹。过千帆愣在那里看着她，她回身爬上小船，见何裳浮出水面，面露一丝喜色，将他拉到船上，摘着他身上的水草。何裳见她这样，想起昨日之事心中也是悲伤，不知如何开口。锦罗刹见他如此，微微一笑，道："姐闷得很，要去你家吃茶。"看过千帆哭丧着脸上了船，骂道："老娘哪里对不起你龟孙？"过千帆将桨一摔，道："你以为老子杀不了这几个龟孙？爷爷待要降住他们问清是哪个作怪！你倒好，上来便抹了脖子。"锦罗刹指着船上一片泥水道："不知哪个龟孙吓破胆丢到老娘船上！"何裳听了忍俊不禁。过千帆气得呼呼喘着粗气。

突然，四周芦苇中水声大作，一张大网黑云般落下。三人待要下水，水底却也升起一张网，将三人带船都困在当中。过千帆拿腰刀割网却割不破，又惊又怒道："洪泽湖鱼老三，咱们向来互不相犯，为何找老子麻烦！"芦苇中转出一条黑船，船头坐着一个肥大的黑汉子，他把船压得前高后低，半身浸在水中，挥手让人将三个刺客扯上船，道："当官的派的都是些饭桶，将他们都拿回去才知道我的厉害。"说罢回头对过千帆道："亏你认得老子的网，胡人占了老子地盘，老子带这般弟兄过江讨生意。你抢我生意，当官的又肯出好价钱，老子自然巴不得除了你。哥哥我早听得三妹厉害，今日方见，若你以后跟我，包你享福！"说着透过渔网去摸锦罗刹。锦罗刹笑道："我喜欢得很，不过你可要先把这个小子放了，他本是不相干的瓜娃。到时我俩在这风流快活他岂不羞死。"鱼老三笑道："老子也不杀无名小辈，本想送你个人情，可老子不傻，这小子恐怕是你相好，放了他你恐怕早晚得跑去随他。"说着挥起鱼叉便去戳何裳。锦罗刹急道："你若早提这事，我怕是早随了你！今日老娘却不稀罕，你那一身好油老娘早晚用来点灯！"鱼老三大怒，翻手刺锦罗刹。过千帆将身一耸骂道：

"龟孙杀女人算屁本事，有种杀爷爷！今日不杀爷爷，他日定将你活剐了喂鱼！"锦罗刹狠狠骂道："哪里用你多事！"鱼老三道："我岂舍得杀三妹，时辰还早，先快活一番不迟。你们便在旁边看热闹！"说着便将网中的锦罗刹往自己这边扯。何裳顾不得其他，挥剑破开渔网，三人一齐落入水中。鱼老三那渔网是铁丝织就，刀剑奈何不得，他因此在江湖上成名。今日却见这小子不知用什么破开了网，又惊又怒，带水手一齐下水，必欲致三人于死地。水手们围住过千帆与锦罗刹，鱼老三挥叉来杀沉在水底的何裳。

何裳抬头见鱼老三在水中行动真个如一条大黑鱼，凶神恶煞般压下来，自己在水中行动迟缓无处可逃，心中一凉，想到自己惨淡的身世，想到自己苦苦寻觅的莫愁和苦苦等待自己的霓裳，自己承诺去去就回，若命丧于此，霓裳定然伤心欲绝。想至此处，他转身挥剑格挡袭来的鱼叉。鱼叉偏离心脏刺中左肋，鲜血四溢。鱼老三挥叉又刺，却被从水面飞进水中的四柄宝剑刺穿四肢，像扯线木偶一样不得动弹。那四柄宝剑剑柄均用丝带系着，四条丝带齐抖，庞大的鱼老三被扯出水面。何裳捂着伤口坚持不住跃上水面，被杀出重围的锦罗刹托到船上。鱼老三被四柄剑钉在水面，剑尾丝带被四个女子攥在手中。何裳认出是海宫宫女，为首者正是水月，他忙行礼道："妹妹数度相救，何裳……"水月过来为他包扎伤口，道："你有伤在身，不必多言。你打扮成这个模样我们开始也不认得你。"说着向过千帆夫妇行礼道："我们姐妹来迟，两位受惊了！"过千帆摆了摆手，提刀到鱼老三面前啐了一口，道："今日爷爷便活剐了你！"鱼老三心惊胆战，忙向水月道："小姐，老三惹了海宫的人，自愿受罚，这过千帆要杀我，快救我！"锦罗刹一脚踢在他嘴上，顿时牙齿鲜血飞溅。水月向何裳三人道："海宫用海中香木与雪石炼制香料，此香天下无双。昨日我姐妹凭此香识得小姐踪迹，近几日小姐定曾在附近出现。我们顺此踪迹寻觅，却发现了鱼老三等人鬼鬼祟祟，我们怕他们害小姐，便尾随在后。这东西早年曾在东海做海盗，残忍霸道。海宫惩罚他那伙人时，他仗着水性好跳海逃脱。"过千帆道："这可真是报应！爷爷便由海宫妹子先给你施刑，他们用完海宫的刑爷爷还是要剐了你个龟孙，老子的女人岂是你这东西可欺侮的！"锦罗刹与过千帆本因昨日之事生了隔阂，彼此欲有所表白却又说不出口，此番经历生死患难给两人开口的机会。听过千帆如此说，锦罗刹心中一热，道："那油留给老娘点灯！"过千帆心中得意，大笑不止。鱼老三吓破了胆，向水月大叫饶命。水月道："他作恶多端，本该重刑之后处死。可此地并非海宫，多生事端不合时宜，便一剑了结了吧。"话音未落一剑封喉。何裳大惊，过千帆夫妇也没想到她竟如此利落。水月道："此贼已伏法，小妹求三哥三姐手下留情留他全尸。"过千帆笑道："老子不过说来吓他，岂是真个要剥他。"锦罗刹不快，道："龟孙听妹子求情便软了手！今日命是妹子给的，便听你们的话。若非如此，老娘定要破他肚肠！"回身对何裳道："兄弟可好些？姐这便送你回家，天下不太平，你可不要再来了！"何裳忍痛笑道："不妨事，你们在阵前要小心才是。"水月道："那吴梁不会善罢甘休，三哥三姐还是尽快回金陵。我姐妹正要寻香南下，可以护送何大哥回姑苏。"过千帆道："一路有难便提我名号！"锦罗刹啐道："休要再提这桩，今日差点便翻了船，也不知羞！"过千帆悻悻回身，对何裳道："有空来与我喝酒！他日若见那安期先生替我谢他，叫他来找我讨酒喝！"锦罗刹扇他一掌，道："阵前岂是儿戏，兄弟莫听他的！过些时日姐便去看你。"两人与水月姊妹告了别，撑船向金陵去了。

水月姊妹收拾了几条船，循香而行，一路竟到了寄园。何裳大奇，道："她来过？我竟毫不知情。难道是在我去后？"他远远见霓裳在水榭守望，不等船停稳便登上栈桥，不想扯动了伤口，疼得满头大汗几欲摔倒。水月姊妹忙搀他上岸，霓裳赶上来扶住何裳擦汗，心痛道："才去半日……还疼不疼？"何裳笑着摇了摇头，道："我走之后可有人来过？"霓裳摇头，道："自从你走我便在水榭，不见有人来。"水月道："那最近可有生人来访？"何裳心中一惊，眼前发黑，暗道："难道是他？"他回想安期生言行举动，自己无端觉得亲切，难道竟是莫愁？他诧异地怔在那里。霓裳见他失魂落魄，自己也一阵失落，道："昨日他来我便觉得怪异，他身上那香我在少林寺闻到过……只是怕你离开，没有告诉你……今日等你半日不见你回来，我以为……"何裳一阵心酸，道："这不是回来了……"想起安期生在灵岩山的那些话，不是莫愁还是谁！可她就那么走了，也不肯以真面目见自己……但起码她是在乎自己的，和自己聊了那么多。何裳心中稍稍宽慰，道："昨日一位安期先生救了三哥来到园中，我只当是一位世外高人，听你们说来那定然是她了……只是已经不知去向……"水月道："海宫有一幅蓬莱列仙图，里面有安期先生，我们自小便熟谙那些神仙故事。你去过海宫，当见过那幅画。"何裳蓦地记起当日到海宫的情形，自己虽十分紧张，但出于对画本能的喜爱也注意到了那幅壁画，安期生的相貌与画中一模一样，难怪觉得似曾相识，自己却这样愚蠢竟丝毫也没觉察，眼睁睁错过，他不禁懊恼不已，垂头叹气。玲珑本以为他会带来杨瓒的消息，见他如此不由怒火中烧，道："没有良心的短命鬼！在姐姐怀中却想别人！你究竟去没去过金陵？"霓裳瞪了她一眼，自己想起也无限伤感，低头不语。何裳道："我不曾到金陵……"想到霓裳对自己如此用心，自己却想去找别人，她会多么难过。可若不去找，自己今生恐怕也不会心安，究竟何去何从心中一片茫然。水月见状不好多说，便道："你伤得不轻，先把伤养好再做计议。我姊妹这便去找小姐，若找到定然及时告知。只是小姐既然不肯以真面目见你，恐怕我们找到也无济于事。"霓裳道："多亏各位姐姐了，一路风尘劳顿，在寒舍休整几天再去不迟。"水月道："江湖中人粗生粗养，不打扰了。"说罢带众姊妹告辞而去。玲珑斜了一眼何裳，摇头不屑道："我早便说过，留得住人，留不住心……"说罢自己愤愤回房。何裳与霓裳如在梦中，痴痴望着远方，各有各的思量。

　　过千帆与锦罗刹安全抵达金陵便向众人大骂吴梁不讲道义。吴梁的耳目纷纷回禀，吴梁又惊又怒，认为数度杀他二人不死定然是有江湖人士相助，矛盾已然激化，自己必须先下手为强，然而对方并未公然与自己作对，己方也不能翻脸，倒不如借战斗之名调动武林人士与胡人攻杀，岂不一举两得？想至此处，他直奔宫中。

　　几个月来皇宫已被修葺一新，暮春时节花开锦绣，绿树成荫。传令太监见吴梁忙传声上禀，吴梁并不理会，不待金銮殿前最后一个太监喊毕已踏进殿门，忽见里面人头攒动，心下一惊，忙定睛一看，原来不过是些二十几岁稚气满脸的黄口小儿。吴梁暗自松了口气，心道：这定是前些时日从各地选来的少年了，女娃皇帝要靠这些人与自己抗衡恐怕还早得很。他堆笑行礼，道："皇上英明！重兴察举广揽贤才，今日金銮殿上人才济济，天朝中兴指日可待！"晚晴忙起身扶起他道："若无将军保境安民，朕也无能为力。朕已擢这些才士为侍中，侍从参议左右。将军身经百战，识人相才定有独到之处，不妨替朕看看其中有无可用之才？"吴梁一笑，在人群中走了一遍，看看人再对照笏板上的名字，将杨瓒等十几人推举出来。这些人均为江南世家大族或豪商富贾的子弟，人还未至金陵便已送了厚礼。吴梁收了好处，又推举一帮酒囊饭袋上去少与自己作对，何乐而不为。晚晴当下便晋封这十几人为各部尚书下属曹郎试用，政绩卓著便可升官。吴梁更是欢喜，心道这各部尚书都是自己人，皇帝如此这般真是识趣得很。女娃毕竟是女娃，如此自己也不再有后顾之忧，可以专心对付那帮武林人士。他向晚晴使了个眼色，晚晴会意，道："各位既为侍中参议宫中，后宫小桥流水花团锦簇，不妨去游赏一番，各自赋一首诗来。"宦官忙上前带众人去后宫，只剩晚晴吴梁二人。吴梁见晚晴如此听话，喜道："近日那般武林人士愈发居功自傲，金陵街头发生多起各派弟子杀伤百姓之事，末将派人捉拿审问，那群人只说他们武林人士救了皇上，江山便有他们一份。末将派去弹压的将士也被刺伤，长此以往必生大患。"晚晴知他必欲向武林人士挑衅，佯惊道："竟有此事！不知是何门派？不过轩辕之乱朕毕竟赖他们相助才得以全身，此事不便出面，一切便由将军全权处理。"吴梁暗喜，道："末将领旨！如今正是用人之际，不如让他们立功赎罪。下次胡人来犯，便派他们出阵御敌，他们武艺高强定能大获全胜，岂不两全其美？"晚晴本欲任吴梁与武林人士争斗，互相制衡以便自己壮大实力，不想吴梁竟要借胡人灭掉武林人士，可事已至此自己不便多言，遂道："他们毕竟是乌合之众，将江山交与他们朕岂能安心，还是有将军才能放心。"吴梁道："末将万死不足答谢皇上之信任！皇上既与诸才子有雅集，末将便就此告退。"说罢回身出宫，一路思量刚才的对话，晚晴究竟是真的不晓世事倚仗自己还是故意让自己放松警惕？若不晓事又何以阻挠自己？小小女娃竟有如此心机，不可久留。他不由庆幸自己推举了一群纨绔子弟，暂时威胁不到自己。

　　晚晴换下朝服，换上一袭罗衣，撇下太监独自走到后宫。那帮年轻人有的倚石冥思，有的观水出神，有的凭栏默想……见到晚晴，众人思路都不禁戛然而止，痴痴望着她一路走来。金銮殿上晚晴把面目隐藏在冕旒之下，且高高在上，众人离晚晴较远，看不清她面目。此番忽见一如此美貌的少女缓步而来，众人惊为天人，人人把自己当成了曹子建，在这繁花似锦中偶遇洛神。杨瓒上前道："在下姑苏杨瓒，请问姑娘可是皇上派来号令我等的女史？"晚晴见他们忘情地看着自己，不由心下欢喜，又见他们未认出自己的身份，便索性将错就错，道："公子此言差矣，这金陵宫中皆是宦官没有宫女。本宫是皇上同胞妹妹，皇上与大将军议事，托我来与诸位游园赋诗。"杨瓒道："原来是公主，我等还以为是洛神下凡，竟一时都以为自己便是那曹子建。仓皇失态，惭愧惭愧。"晚晴笑道："公子过誉了！不过，既然各位谬赞我为洛神，本宫便觍颜接受，只等欣赏诸位的佳作了。"众人大喜，纷纷上前来献自己想出的诗句，杨瓒忙回身道："各位不妨按百家姓排序，否则便乱了。"众人知他是姑苏杨氏，都悸他三分，各自报了姓氏排好。杨瓒向晚晴一笑，道："一切皆听洛神吩咐。"自己也排进队伍中。晚晴见他彬彬有礼又能掌控大局，心中有了数。忽见一人垂头丧气面壁而立，任凭杨瓒如何呼唤也不肯加入队伍。晚晴好奇，心道此人倒是有趣，作不出诗自己和自己赌气。她上前道："这位才子尊姓大名？莫非闲云野鹤不肯与我等为伍？"那书生仰天苦笑，回身道："在下富阳杜贤，在下若是闲云野鹤岂能现身此处！"晚晴笑道："作不出诗不过罚酒三斗，才子不必如此颓丧。"杜贤冷笑道："我杜贤平日下笔如流水，今日倒真作不出这卖弄风雅歌颂升平的文字！大丈夫

③⑤⑤

一生志向在为天地立心，为生民立命，为往圣继绝学，为万世开太平！今逢乱世，诸位却在此安然游园赋诗，只待亡国灭种，岂不是千古笑谈？"说罢拂袖便要走。杨瓒忙上前拉住，向晚晴赔礼道："公主恕罪，我这兄长迂腐，冒犯了姑娘。"晚晴听了杜贤之言犹如被雷击中，不理会杨瓒的话，回身径直走向寝宫，被震动的心一路不能平息：自己身负仇恨和苦难，本当君临天下重振皇朝，却被夹在权力斗争中不得自由。如今实行察举广揽人才，便是要壮大自己的实力，游园赋诗是掩人耳目，选出真正的经世之才才是用意，可就是这也要受吴梁掣肘。她心下恼怒，扯过一个太监，挥起玉如意一顿痛殴，直到累得精疲力竭，她把如意摔得粉碎，道："更衣！丁癸，将后园中人的诗誊抄，抄完遣散……将杨瓒带来，不要让别人看见。"被打的太监忍痛从地上爬起，谢了恩一瘸一拐去传旨了。

杨瓒被单独召见心下狂喜，暗道定是那洛神公主为我美言了。他不动声色地送走众人，见杜贤犹自郁闷，便道："杜兄息怒，这几日来我等对朝中之事也有所了解，远比当初设想复杂得多，小不忍则乱大谋。"杜贤冷笑道："你倒会说话，只怕此番朝廷是饶不了我，我现在赶回姑苏，还能见上母亲一面。"说罢惨然一笑，匆匆离去。杨瓒叹了口气，随丁癸到了寝宫外。丁癸怯怯地禀道："启禀皇上，杨瓒请到。"说罢忙示意杨瓒叩头。杨瓒见丁癸惊恐的样子，自己也不由慌张，忙叩拜道："姑苏杨瓒叩见皇上。"说罢却不见屋内回应，心下更加没底，难道那洛神背后捣鬼？回身看丁癸，丁癸向他笑了笑，悄然退下，小跑着逃出了院子。杨瓒惊出一身冷汗，忽听屋内一女子道："进来。"正是洛神的声音。杨瓒又是恐惧又是好奇，小心翼翼地推开门，只见偌大的寝宫内空无一物，连个太监都不见，正中九龙榻上端坐着身着龙袍头戴冕旒的皇帝，杨瓒忙伏地叩拜。晚晴道："这里无他人，不必多礼。以后只你我两人时便没这些礼数。"杨瓒听她如此说放下心来，暗自长吁了口气，起身谢恩，用余光窥视晚晴，却无奈看不清冕旒之下的面庞。晚晴见他偷看自己，道："你可有疑问？"杨瓒心中一慌，急中生智道："臣两度面圣却均不能一睹龙颜……方才在园中我等惊艳于公主的绝代风华，想皇上定是举世无双……"晚晴一笑，道："那你便过来为朕摘下冕旒，看看是朕美还是她美。"杨瓒出乎意料，迟疑片刻，忍不住上前，见晚晴并未翻脸，便大着胆子揭开晚晴的冕旒。晚晴的面庞赫然在眼，他大惊失色怔在当场。晚晴那一瞬间竟有些羞涩，却猛地变脸，道："贼胆包天！究竟是我美还是她美？"杨瓒心道本就是同一人如何比较，反倒是洛神温柔多情胜于现在的喜怒无常，便道："洛神温柔多情，皇上威风八面……"晚晴冷笑道："那就是说你喜欢洛神？……那以后独处你便当我是洛神。"杨瓒为自己赚得芳心暗喜，道："那你只是我的洛神……"说着便试探着搂住晚晴。晚晴也不躲闪，栽倒在杨瓒怀中，道："你看这宫中只你一个男人，洛神和皇上两个女人，你是他们的，他们也是你的。你可有妻室？有便都休了！"杨瓒道："杨瓒未婚何来妻室？"晚晴盯着他的眼，勾起他的脖子："那我们以后便是一家，你要尽心竭力辅佐皇上。"杨瓒笑道："皇上有何吩咐？"晚晴切齿道："我要那杜贤的人头！"杨瓒惊出一身冷汗，起身伏地道："杜贤冒犯圣颜，但出于赤诚罪不至死，请皇上……"见晚晴怒目而视，言未及半便收回了。晚晴道："我要他活着的人头，我明日便为你们加官进爵，待我大权在握，你为宰相，他为御史大夫！"杨瓒大喜，忽然想到杜贤现在定已离开，忙道："杜贤以为自己得祸，此时定赶去姑苏见其母最后一面了。"晚晴道："萧何夜下追韩信……"杨瓒依依不舍，勉强起身道："那我这便去追。"晚晴一把将他扯回来，道："先让他跑，过了今晚再追不迟……"

夕阳从门窗缝隙里游进屋子，照得屋内人影迷离，晚晴忽然想到和何裳躺在自己小床上的情形，她忙闭上眼想让那时光留住，可那真的遥远得像一场梦了……

第二十二回　铁马晓嘶营壁冷，楼船夜渡风涛急　358

　　杨瓒第二日一早便回姑苏，派杨泉去杜贤家中探看，自己则向杨承兴汇报朝中局势。杨承兴不无忧虑地叹息道："看来皇上是想借你等壮大实力与大将军抗衡，你如何打算？"杨瓒不知父亲意向，试探道："此番回京皇上便要为我等加官晋爵，依孩儿看，皇上虽是女流可见识不凡，她用武林人士制衡大将军，如今又欲奋发有为，孩儿自当食人之禄忠人之事……"杨承兴摆手示意他住口，似有些无可奈何，道："年轻毕竟不经事，你们拿什么与大将军抗衡？便是那群绿林又有几个真正想着民族大义？无非顾自家得失罢了。如今大敌当前，胡人虎踞江北半年之久，江南只当贺兰漠与吴钦舜黔驴技穷，不防范胡人，却在朝中争权夺势，岂非大愚！那吴钦舜岂是肯闲坐半年之人？只不过是他的过江大计尚未完成，若待他筹备已毕，趁江南依然内争不止挥师南下，岂不势如破竹？覆巢之下，安有完卵……"杨瓒心道此话虽有理，可如今吴梁步步紧逼，若不治他恐怕不等胡人进攻也江山易手了，我且稳住父亲，待我大功告成他定然大吃一惊，于是道："父亲言之有理，孩儿懂得了，孩儿此番回来也是想拿些财物与朝中各界交通交通。"杨承兴道："你也算明白了，你且拿万两黄金去，若不够再派人来取。古来圣贤皆重全生保身，切不可意气用事。"杨瓒大喜，心不在焉地应了一声。杨承兴正要说话，见杨泉从杜贤家中赶回来，便示意他进来禀报。杨泉道："老爷、公子，奴才晚了一步，奴才到时那杜公子已辞别了老太太走了。想是他不曾告诉老太太实情，老太太还问我所来何事。奴才便说是皇上要封杜公子大官做，老太太便说国事要紧，这不肖儿却偏此时往家里跑，还说杜公子倔得很，若皇上真个封他官那定是个明君，教我告诉杜公子多操心国事，少挂念家中。"杨承兴道："这杜氏虽一介草民竟也如此深明大义！不过此种人不识变通，可与相交却万不可与之同道。"杨瓒点头称是："他既然已离家，孩儿这便动身去别处寻他。"杨承兴点了点头，道："身在朝中，多与家里通信。"看着杨瓒一行匆匆上船渐行渐远，满湖的荷花被船荡开又复合上，杨承兴喃喃道："烽火连三月，家书抵万金……"

　　杜贤心灰意冷连夜负气回家，快至家中才想到若是把实情告知母亲她定然受不了，不如谎称思乡心切赶来探视，又怕自己哀怨之色被母亲发现，于是见了一面便匆匆离家，远远望着母亲的背影痛哭了一场，不知何去何从，心道：此番回京必然有去无返，当去向何裳告别，将母亲托付与何裳他才心安，于是收泪叫船夫驶向太湖。

何裳听杜贤讲了金陵形势，不禁为晚晴担心，道："苟利国家生死以，岂因祸福避趋之，杜兄慷慨陈词令人振奋。她虽蛮横却不是嗜杀之人，何况现在正是用人之际，她当不会为难杜兄。只是那吴梁、凌虚、风波子等均非善类，她在其中周旋实在危险！"杜贤苦笑道："何兄是不在场，若在场见我当时负气狂言之状，也就明白我现在处境了……家母便托付何兄照料。国事如此，家事也如此，唉……我这便回京，生死有命，随它去了。"玲珑见他要走，忙追出来问杨瓒。杜贤本以为她会安慰一下自己，却只听她问杨瓒，心中更是伤感，道："他很好，诗写得好，皇上很喜欢……"说着垂头出门。何裳不知如何相劝，见船夫是过千帆手下的水手，便去提了两坛酒，一坛交与杜贤，笑道："醉卧沙场君莫笑，古来征战几人回……"杜贤会意，眼睛一热又要落泪，他忙回身登船。何裳将另一坛酒丢与船夫，道："阿七哥替我向三哥三姐问好，世道不佳，万事小心！"船夫阿七接酒笑道："若不是那边有人贼眉鼠眼盯着我这船，我便早去向你讨酒喝了！"说罢向林木丛生的水湾指去，众人果见那里藏着一艘船。船上人见已暴露，索性靠了过来，杨瓒在船头不住向众人行礼："小弟来追杜兄，刚才在家中寻不到，小弟想怕是来与何兄告别……刚行至此，便遇上了……杜兄不必担忧了，皇上识度超凡，被杜兄慷慨陈词打动，要封杜兄做御史大夫。"他这番话化解了刚才的尴尬。杜贤又惊又喜道："此话当真？小弟已山穷水尽，杨兄千万不要再来取笑！"杨瓒道："生死攸关岂能儿戏，我已向令堂禀报，老太太喜出望外，说当今皇上是明君，嘱你多操心国事，少挂念家中。"杜贤一时竟不知如何是好，忽见手中有酒坛，索性捧起痛饮。

玲珑在园中听到杨瓒声音便飞奔出来，站在栈桥边欣喜若狂，不停叫杨瓒上岸。杨瓒挥了挥手道："国事紧急，马上便要回去复命。"玲珑道："皇上既然封你们的官了，我便随你去做诰命夫人！"杨瓒脸上一阵不快，道："边情紧急，岂是儿戏！"说罢向何裳拱手告别，两船在碧绿的湖面上挂起风灯驶向金陵。杜贤酩酊大醉，笑声在暮色中扫荡群山。玲珑目送两船消失在云水间，闷闷地坐在水榭凝视着湖水。霓裳上前抚着她的肩，她负气耸身躲开，赌气道："我早晚会回金陵做诰命夫人！"霓裳和何裳不语，看着月亮从山间升起照得山水如凝霜。

杨瓒连夜接杜贤回到金陵，不及回住处便直接去觐见晚晴。晚晴正在早朝，丁癸知道杨瓒和皇上的关系，安置两人在宫中等候。不久，两人听见太监们跑动起来接着又一片静寂，丁癸服侍着晚晴乘步辇赶来，两人忙出门跪倒接驾。晚晴挥手示意平身，让两人进屋赐座。杨瓒谢恩坐下，杜贤却迟疑着不知如何是好，见杨瓒谢恩坐下便也谢恩坐了个椅子边。晚晴道："杜贤，你可知罪？"杜贤一听，坐也不是，站也不是，只好跪倒，心中狐疑：这是真的要治我的罪了，可自己所言句句都是为国家着想，问心无愧，索性道："臣不知何罪？"晚晴道："身为侍中，意气用事不告假便私自归乡探母，岂敢说无罪？"杜贤大吃一惊，竟不知如何回答，不由自主地汗流浃背。晚晴笑道："你那番威武不屈的豪情竟去了九霄云外？"杜贤心中又惊又喜，喜这皇帝果然英明，惊她竟能让自己不知所措，他叹了口气，道："皇上英明，臣的确有罪……"杨瓒见他窘迫，忙跪倒道："杜贤入朝见边情紧急、天朝危难，便已决心身赴国难万死不辞，因此归乡与母诀别。此举虽有违常规，却是忠孝两全之举，请皇上明鉴！"晚晴啜了口茶，缓缓道："那杜贤此番入朝便对朕生死相许了？好得很，以后你们便是朕的丞相和御史大夫，你们与朕来往无须遵循常礼，凡与朕所谈之事不可告与第四人知！"两人忙称是。

晚晴叫两人入座，道："今日早朝，大将军呈上白鹭洲上守军的哨报，说近几日间江北战船激增，且有数十艘大船一律用木板铁索相连达十几里，大将军说这是吴钦舜在效法曹操，当以火攻。你们对此有何想法？"杨瓒皱眉道："臣少年时曾在吴钦舜故居盘桓数年，此人的园林虽不大却布置精妙，有包揽宇宙之气象，可见此人胸中丘壑非凡，他岂能不知赤壁之事？何况此处江流并非正南正北，风向又无常，火攻无计可施。胡人不习水性，吴钦舜以连环船浮舟渡江则能扬长避短，到时我军必须拼死防止胡人登陆，若让他们突防登陆恐怕难以应对。"杜贤道："若武林人士能与大将军协同，一方面由我军正面对抗胡船，一方面武林人士上敌船格斗，那胜算便多些。"杨瓒笑道："那些人相视如仇，岂能协同？"杜贤叹气道："如果那样，便只能用火油机了。臣曾在古书中见过，如今可加以改造，前端为舱，装硫黄硝石等引火之物，船头安置铁钉，人在船中踩踏机关开动船只，机动迅速，可以瞬息间靠近钉住敌船然后引火，驾船人则跳水逃生。不过两军混战中，驾船者几乎不可能生还……造船不难，难的是哪里有驾船的死士。"晚晴道："这对付连环船当有效果，你先画图，画好去找大将军紧急督造，再募敢死之士组成敢死营集训！"杨瓒道："恐怕大将军不以为然。"晚晴道："胡人过江他也自身难保，即便不以为然他也不能抗旨。何况告诉他只不过是掩他耳目，示意我们依附于他而已。你私下重金招募武功高强的死士，以备危急时用！"杨瓒会意，与杜贤领旨分别去办事。当晚，杨瓒备了厚礼亲自拜访吴梁，吴梁赞赏了他的识趣，慷慨应允让他招募指挥敢死营。杨瓒从将军府出来，又偷偷进宫和晚晴商讨如何对付吴梁……

江北久经兵燹田地荒芜，粮草也渐渐窘迫，胡人各部落开始杀戮平民，夺取田地放牧牛羊，被逼无奈的平民们开始揭竿而起。贺兰漠本想迅速征服天下扫清污秽，然后实施礼仪教化，然而此时不仅南卜被阻，北方的形势也并非如他想象，一统天下的志愿和各部落领袖的压力让他心中满是紧迫感。然而紧那罗死后，他似乎沉浸在悲愤中难以自拔，帐下的将军们几番请战都被吴钦舜以筹备未定为由拒绝。转眼秋风渐起，田野中的草也快被牛羊吃净，军中的气氛日益紧张。贺兰漠望着江北大地，道："相父可筹划完渡江大计？"吴钦舜叹了口气，他并不是真的无计可施，而是害怕更多残酷的杀戮，如今形势已无法拖延，只好道："北人不能乘舟，臣反复研习古往今来战例，认为浮桥渡江乃为上策。当年宋人就是浮桥渡江，一举灭南唐。"贺兰漠道："如今浮桥造好，可否渡江？"吴钦舜道："一个月内即可渡江，由先锋将军霍云带本部人马登陆直取皇宫，胡部骑军后续，另发两百连环战船策应护卫。如登陆成功，我大军便全部出击，一举攻下金陵。"贺兰漠喜道："好！若霍云登陆成功，我便一马当先，率军杀过长江！不过一月太久，今夜如何？"吴钦舜心中一动，待要说拒绝却又说不出口，他知道贺兰漠的性情，只好道："一切遵大汗旨意！"说着召集众将调动大军准备日落过江。

初秋傍晚，日已西沉，天色苍青，江水惨白。江风渐紧，白浪呼啸着拍打集结待发的战船。霍云手下的先锋军整装列队，军队里包括霍云本部人马以及收编的轩辕城残兵和各种汉军俘虏。霍云和这些将士平日被胡人欺压，今日欲以此战为自己争回尊严。胡人各部兵马也都集结在他们身后，等待着开战的号令。大战之前竟然一片肃静，只有江水飒飒，西风凛凛，吹起旌旗猎猎，扫过马上将军的面颊。霍云自从被人剃发便打造了一副带面具的铁盔，旌旗从他面前掠过扫得铁面哗哗作响，他仿佛就是一个铁人，一动不动。他眼前是二十年前跟随武神过江的场景——那些人仿佛历历在目，而二十年后他们都成了自己的敌人，他过江就是要把那最后的王朝消灭干净，杀死本来该属于他的女人，他有些感慨，但更多的是憎恨，憎恨武神、轩辕军、胡人、晚晴甚至他自己。他反复锤炼自己的意志和决心，即使对面是自己的同胞，也要一往无前。

吴钦舜握着令旗，望着江南大地，二十年前那场战争改变了所有人的命运，如今自己真的也要以这种方式回到故园？天光渐暗，他觉得手中的旗无比沉重，他一咬牙，挥动令旗，身边战鼓擂响。大军听鼓声号令一齐开动，战船起锚扬帆。十几里长连环巨船搭起的浮桥迅速横到江上，对岸未及反应，霍云大军便上桥冲向对岸。

吴梁白天见胡军调动却没想到进攻如此突然，听到北军鼓声他忙调水军迎击敌舰，转头忽见灯火横江，一队人马已经架浮桥过河，所向披靡。他大吃一惊，急派人马迎击敌军破坏浮桥，自己与禁军严守皇城。金陵百姓听到胡人渡江，都慌忙逃往皇城。吴梁坚持不开城门，百姓破口大骂几欲攻城，吴梁忙教守军放箭，城下乱成一团。宫中晚晴闻战报大惊失色，忙登上后宫摘星楼眺望，见城门外乱成一团便叫杜贤去传旨开门，又叫凌虚和风波子带武林人士出城歼灭过江之敌，同时让杨瓒指挥敢死营出击破坏浮桥。她自己也穿上铠甲，带太监们全副武装奔向宫城城头。

霍云当先冲上南岸，不分军民见人就杀，片刻就攻破岸边本就守备不足的南军据点，纵马向皇城飞驰。他身后的将士却大多没有他果断，无论之前想得如何坚决，此时看着无数手无寸铁的同胞在自己刀下身首异处，谁都不能无动于衷，他们拼命让自己狠毒起来，却无法像想象中那样势如破竹。大批南军开始进攻浮桥登陆处，霍云调步兵保卫浮桥，自己带骑兵马不停蹄前奔，不管浮桥如何，一旦自己攻破皇城攻入皇宫战争就会胜利。

江上的连环战船仗着硕大无比乘风冲击南军防线，南军战船不断变换阵型迎击，五船包围一艘连环船短兵相接。吴梁不断派水军加入战斗，渐渐阻住第一批连环船攻势，可北军连环战舰第二批紧随而来，南北水军开始了混战。杨瓒的敢死营到江边却因两军混战一团无法出击，他转身见浮桥边混战正紧，浮桥上还不断有北军渡江参战，忙指挥敢死营去烧浮桥。敢死营听令点起火把，飞蛾扑火一般驶向灯火通明的巨大浮桥。西风呼啸，火油机艰难地逆风前进，浮桥上的人见状纷纷射下火箭。驾船者被射死，风吹着燃烧的船撞向身后的伙伴，火势顿时蔓延，偶尔有人身中数箭还坚持驾船到浮桥前拼死点起火，自己带火扑到浮桥下的大船上与之同归于尽。火开始从浮桥下烧起来，浮桥的守军忙去灭火。半途失去了驾驶者被点燃的火油机顺风冲向混战的两军船队，不分敌我地燃烧起来，人们纷纷跳船逃生。吴梁怕燃烧的船队被吹到南岸点燃岸边船只，忙下令升起水中的防御铁锁，派弓箭手不分敌我地射向水中的人们。杨瓒看着自己的敢死营拼死奋战全军覆没，心中悲愤交加，纵马拔刀回身冲向皇城下。

过千帆正在船头喝酒，突见江边横过浮桥，胡人纵马过江，不分军民一路砍杀。他忍不住要上岸出手，锦罗刹拦住他道："上岸你自身难保，他们从浮桥来，咱们便断了他浮桥！"正说着便见无数火油机飞驰向浮桥，纷纷被桥上火箭射中，火光四起，犹自有人拼死点着浮桥，可不久火便被扑灭了。过千帆大叫一声，喊道："好小子！爷爷给你报仇！"说罢带船队出港直奔浮桥。进攻浮桥的南军不停地往浮桥上射箭，浮桥上的北军也不停回射，死伤者和来去的飞箭不断地落入水中。过千帆见状忙摆了下手，水手们身子一栽将船翻得底朝天，顶着船潜在猩红的血水中，推开跌落的尸体前行，一直到那艘被烧出了大洞的船下。船中兵士见有人来忙挥刀枪砍刺，过千帆低头避过，顺手捉住刺来的长矛一把将那兵士扯下，水手们一拥而上攻入船中。原来这些船用铁索铆钉相连，船上铺木板做桥，船身中藏人守卫船只，因此当船被点燃能及时灭火，而且即使一艘船被毁也不会危及浮桥。过千帆在船中听着头顶铁蹄轰鸣，不由大骂吴钦舜，索性叫众人拿起刀枪，从头顶木板的缝隙刺浮桥上的马腿。此法果然有效，战马疾奔中被刺，惊跳起来左右乱撞，本来规整的过桥大军顿时乱成一团。不断有人被撞倒江中，过千帆兴奋地呼哨起来，水手们扑上去将落水者一通砍杀。浮桥上一乱，江南的北军后援不足被拦腰截断，只能收缩到登陆地拼死挣扎。

贺兰漠见江上火起浮桥上又出事忙披挂上马，将江上战事托付吴钦舜，自己率兵奔上浮桥。吴钦舜率连环船至江心，只见双方舰船烧在一处被风吹向金陵岸边，中途被铁索拦住成了一条火墙，自己船队根本无法突入。岸边的守军见吴钦舜船来马上射箭，船上将士马上回射，火墙两面顿时箭雨纷飞。

贺兰漠赶到浮桥中央，前面一个骑兵正挥矛打着受惊的战马，撞下几个同伴，自己也连人带马落下桥去。贺兰漠纵马去拉，却只捉住了那只长矛，骑兵消失在刀光翻飞的血水中。贺兰漠正要纵马越过，马却突然被刺中前腿，几乎将贺兰漠掀下马，贺兰漠双腿夹紧马腹将身一拧控住马，翻手将长矛猛刺下去，其他人也纷纷挥矛向下猛刺。锦罗刹先被刺中左肩，身边几个水手也纷纷被刺中，过千帆忙将她按在身下，高呼着"跳水！"抱着她就往水中跳，就在跃起那一刹，贺兰漠的长矛一下刺穿他右背，他拼尽力气将锦罗刹丢到水中，自己努力从背后拔长矛，可另一支矛又刺进左肋，他再也无力挣脱。贺兰漠握着两柄长矛，绝望地望着对岸。浮桥尽头的北军已被击破，固定浮桥的锚碇被拆，激流冲得浮桥从贺兰漠马下的破船处轰然断裂，四周将士大惊失色，贺兰漠却一动不动，凝视着滚滚江水。

杜贤传晚晴旨意开城门放入百姓，可吴梁执意不肯，他见情势紧急，干脆奔下城楼亲自开门。吴梁见城门大开百姓涌入，不禁勃然大怒，派人去捉杜贤，却见他同武林人士一齐奔出城去。霍云一路击破守军赶到皇城外，却被武林人士截在城下。少林、武当、峨眉、青城四面来袭，人数虽少却以一敌十，霍云左冲右突却无法前进。吴梁在城头认出是霍云，骂道："叛国背主之将！以为一张面具就能瞒过天下人眼？"霍云咬牙切齿，恨不得登城楼将吴梁碎尸万段，却险些被风波子宝剑刺中。吴梁大笑，道："水军已退，浮桥也被斩断，你孤军奋战不如下马受死！"霍云正纳闷身后援军越来越少，听到浮桥已断大吃一惊，身边将士也慌乱起来。吴梁趁霍云不备搭弓一箭射他咽喉。霍云恰一转头，箭被铁面挡了一下刺入他右肩，他略一迟疑，已被凌虚长剑逼住咽喉，他冷笑道："下手吧，死在道长剑下比死在小人手中痛快！"凌虚却不动手。霍云手下将士见主将被擒纷纷停止战斗，被四大门派迅速包围。吴梁率军又围了一重，驾马到霍云面前，持鞭去拨他头盔。霍云挥剑要挡，吴梁翻手去打他右肩的箭，他右肩剧痛长剑落地。吴梁得意地笑着环顾众人，仿佛建了莫大功勋。杜贤厌恶他这副嘴脸，恨不得将他揪下马来，忽见一个和尚背着满身是血的杨瓒过来，急忙上前去接，道："大师，他这是……"那和尚将杨瓒放下，道："贫僧智净，这位施主并无武艺却贸然冲锋受了些伤，不过贫僧已为他包扎服药，并无大碍。"杜贤不住地感激。

吴梁在旁笑道："百无一用是书生，你私开城门自身难保，还是多想想自己如何脱身！"回身又对霍云道："霍贤弟，当年你陷害大将军，先帝要封你做驸马时你可曾想到有今日？大将军当年命丧你这鼠辈之手，如今我也要你死在鼠辈手中！杜贤，你若当场刺死这背主叛国的小人，我就赦你私开城门之罪！"说着叫兵士递给杜贤一把刀。杜贤接过刀看看霍云，回头道："我杀不杀他与我开城门何干？我奉旨开门何罪之有？"霍云幸灾乐祸地哈哈大笑起来。吴梁恼羞成怒，挥剑便要杀霍云，却听丁癸喊道："刀下留人！"吴梁回身，只见丁癸披着一片护心甲小跑过来，他有些诧异。丁癸笑道："这身打扮羞煞奴才，大将军莫取笑。皇上传旨说霍云本天朝大将，如今用人之际，如能迷途知返为天朝效命，则可免他一死将功补过。"吴梁皱眉道："霍云之罪万死难赎，皇上真要赦免？"丁癸神秘一笑，道："皇上也是看在霍云与大将军有同侍先帝之情谊开恩的。"吴梁愣了一下，冷笑道："那也看他能不能迷途知返。"丁癸向霍云庄重问道："皇上问：罪将霍云，你可愿弃暗投明，归顺天朝戴罪立功？"霍云扑通跪倒："皇恩浩荡，末将愿弃暗投明，将功赎罪！"丁癸道："好！请各位将士各路英雄打扫战场后休整一日，明晚皇上犒赏三军！大将军，皇上明晚专为二位将军设宴，让二位畅叙旧谊。"回身派人抬起杨瓒，道："杨大人伤势严重，奴才得赶紧带回宫叫御医医治！"说着向众人告辞，带杨瓒回宫。

晚晴经历大战恍如隔世，回宫登上露台，看着金陵城渐渐归于平静，心情却久久难平。杨瓒的伤势并不严重，一早便醒过来，见晚晴在身边，忙道："怎么劳你来守着我？"晚晴道："丁癸守着，我是刚到，看你醒了没有。你的死士如果还有，今晚可以用了！"杨瓒忽地坐起来，笑道："最好的自然留着。"说罢咬牙起身。晚晴扶着他："你的伤无妨？"杨瓒道："成大事岂惧小伤！"说罢挣扎起身，出宫调动亲信。

两日来晚晴宵衣旰食，安排善后事宜，派人清理战场，抚恤伤亡将士家人与受难平民，下拨酒肉银两犒赏三军，又在后宫设宴专门宴请吴梁与霍云。当晚吴梁金甲锦袍身佩尚方宝剑，带人押着霍云进宫。晚晴为两人赐座，叫太监打开霍云的枷锁，亲手拿了件锦衣披在他肩头，道："将军久违了，伤势可好些？丁癸先带将军去御医处好生医治。"霍云心中一酸，慌忙跪倒，道："谢皇上天恩，罪囚霍云不敢唐突宫掖。"晚晴道："你与大将军同在先帝麾下，同袍之情如手足，朕要对你怠慢，恐怕大将军也会不高兴。如今设宴就是让你们畅叙旧谊，他日同朝为将，同心同德。"说罢，叫御医上来当堂为霍云包扎。吴梁恨不得一剑刺死霍云，可听晚晴如此说，自己也不便反对，不住称是，只等看霍云治伤时疼痛难忍出丑。见霍云强忍疼痛面不改色，他不禁笑道："霍老弟还是这般坚忍，若是我被剥创取箭，定然疼得龇牙咧嘴……大将军寒冬被凌迟，定然又痛过取箭百倍！"霍云本来忍痛强作欢颜，听他提武神之事顿时气极，面色忽青忽白，却又想在晚晴面前争面子，只是咬牙不语，对吴梁怒目而视。

吴梁得意非常，他明知霍云好面子便故意羞辱他，从身边盒子拿出霍云那只带铁面的头盔，道："我只道北军只有那个阴阳人紧那罗戴面具，没想到你也戴，也幸亏这面具，危急关头苟全一命。"霍云忍无可忍，掀翻桌案，夺过御医手中剥伤口的刀子刺向吴梁。吴梁武功不及他，仗着长剑格挡住短刀。霍云不顾手被割破一把抓住剑身，挥短刀再刺。吴梁大惊，忙松手放开宝剑闪身躲过，想去开门叫人，可门被紧锁，门外也无人应答。他闪躲着霍云的剑，气急败坏地对晚晴道："你这丫头，原来你想置我于死地！可就凭他差得远。"说罢从腰中抽出九节鞭，回身一个龙摆尾抽向霍云。霍云挥剑格挡却因受伤力道不足，鞭梢抽中他伤口，他宝剑脱手。吴梁翻手将宝剑卷在手中，突然回身去刺晚晴。晚晴猝不及防眼看便被刺中，霍云情急间扑到她身前，宝剑一下洞穿心口，霍云一手紧紧抓住剑身，一手握住晚晴的手，用尽全力对她道："欠你的，用命还你了！"说罢狠狠瞪着吴梁冷笑。吴梁几次抽不出刺进霍云身上的剑，被他笑得心惊胆战，壮胆强笑道："今日你两人都难逃一死，到时我便说霍云弑君，我保护皇上杀了霍云，皇上却伤重而死，临死传位于我！"说着丢开宝剑，施九节鞭猛扫霍云，霍云被扫中竟毫无反应，原来已经死去。吴梁回身劈死太医，咬牙切齿笑道："丫头，今日可是你逼我！"晚晴却

③
⑥
⑨

回身坐下，道："今日你两人可是火并而死，你的手下也无话可说！"说罢将酒杯向地下一丢，顿时风声呼啸，锦屏之后跃出两个身高一丈有余的丑陋大汉，手挥洛阳铲拦住吴梁。吴梁认得是太行双煞，惊道："你们怎会在此地！"晚晴道："我便叫你明白：北方战乱他们带孩子流落金陵，被杨瓒重金募下专为除你之用！"吴梁知道自己不是古氏兄弟对手，仰天叹息，道："后生可畏，我一生小心，却不想栽在几个鼠辈手中！若我自尽，能否不让他俩动手留个全尸？能否饶过我一家老幼？"晚晴道："你是国之良将，朕本要对你加官晋爵，哪知今日你与霍云火并而死，朕必当为你追封，厚赐你家眷！"吴梁苦笑着捡起霍云丢下的短刀，往项间一抹。古大不等他闭眼捉住刀背往里横切，古二趁势一把摘下吴梁头颅，丢给晚晴道："说好的价钱，这个头五千两！"晚晴一笑，道："明日你们在家等我派人送钱，要都在家，走了可就拿不到钱了。"古氏兄弟兴高采烈地走了。晚晴踢翻身边食案，扯破衣衫，慌张地高喊："快来人，来人！行刺了……"侍卫和太监们纷纷赶到，见状大吃一惊。晚晴惊魂未定，道："那霍云狼子野心居然行刺，大将军为保护朕……"说着哽咽起来。

第二日，晚晴论功行赏，下旨将吴梁为护驾与霍云同归于尽的事迹公诸天下，追封吴梁为护国大将军如武神旧例；战争中有功将士加官晋爵，阵亡将士受追封，伤者受抚恤，原丞相、御史大夫迁为太傅，百官也各有封赏；杨瓒敢死营视死如归烧断浮桥、火烧敌船使南军反败为胜，为第一大功臣，破格擢为丞相兼领三军；杜贤舍身为百姓开城门救人无数，破格擢为御史大夫监察弹劾群臣；武当、青城、少林、峨眉四派及其他武林人士护驾有功，赐金牌可行走天下不需符令关防。天下为死难者国丧三日，第四日大赦天下，作为中兴之始！晚晴下旨完毕宣布退朝，将杨瓒和杜贤二人招至后宫摘星楼赐宴。晚晴让丁葵率其他人退下，起身举杯道："朕一言九鼎，今后天朝中兴还靠两位辅佐！"两人忙跪拜，道："为国尽忠，万死不辞！"晚晴笑道："今日大喜，不必拘礼。御史大夫可想再回家探望老母忠孝两全？如今功成名就，何不把老母接来一起享福？"杜贤道："臣也有此意，家母一生饱经困苦……皇上见笑……皇上英明必有天助，大将军最终竟能保护皇上为国尽忠，他手下的文武百官日后也当以他为榜样了。"晚晴含笑点头，道："日后就靠你监督他们，若有违法乱纪者严惩不贷，朕为你撑腰！你要归乡接令堂，便去安排吧。"杜贤兴奋地谢恩告辞。

晚晴和杨瓒相视一笑，道："朝中无大将，若胡人再战，江南危急。你可与凌虚、风波子物色些将才。"杨瓒道："吴梁一死，他手下文武百官当唯皇上马首是瞻。大将一事臣近日也在考虑，少林武僧中有一僧法号智净，曾用于乱军中救臣性命，武艺超群而且精明果敢，我们可依十三棍僧保唐王旧例擢他为大将，其他武林人士愿为将者均量才任用。"晚晴道："此事你尽快去办。另有一事，今日我派太监去请空悟上朝受封，却被婉拒。他自过江后伤势一直未愈，已决定择日将方丈之位传与空行，自己发愿潜心佛法。少林僧人寺庙被胡人占据，流落江南无立锥之地。朕要在金陵城郊择址新建少林寺，你去找智净时当先与空悟说明此事，看他有何要求。对了，太行双煞处理了吗？"杨瓒道："我叫凌虚、风波子带两派弟子去了，那些小的不费事。两个怪物还是两位道长亲自出手才结果，他们似乎早就有仇，不过我没问，他们也没问我原因。"晚晴道："这两位国师倒是越来越懂事。"杨瓒起身道："那我这便去办。"晚晴拉住他的手，柔声道："不急，今晚你留在宫中议事……"杨瓒搂住晚晴，道："摘星楼这么高，你不怕有人看到？"晚晴笑道："天下都是我的，何况一个男人！"杨瓒一把抱起她下楼，道："天下是你的，你是我的。"晚晴神秘笑道："小心功高震主……杜贤那傻小子，也该娶房妻室了，却是呆头呆脑不解风情。"杨瓒将晚晴放到榻上，解下帷帐，笑道："我解风情便够了……"

第二日一早，晚晴就调仪仗船队去帮杜贤筹备还乡接母。仪仗典礼官名叫齐轩，与杜贤同批被举入朝，在礼部任职，他一见杜贤便匆匆上去行礼，道："下官齐轩拜见杜大夫，当日同入朝时下官便说大夫龙章凤姿，如今果然飞黄腾达，可见天朝唯才是举，皇上任人唯贤。"杜贤想起当日自己激扬文字后众人避之如洪水猛兽的情形，心中不快，还礼道："齐兄谬赞，杜某只是托皇上洪福。如今仅仅归乡接母，怎敢劳齐兄出马。杜贤还请齐兄代谢圣恩，如此兴师动众，杜贤实在担当不起！"齐轩忙道："下官位卑，身受皇命怎能半途而废，杜大夫还是开恩接受了仪仗——皇上如此恩宠，他人便是做梦也得不到啊！"说着又凑上去小声道："古人云：富贵不还乡，如衣锦夜行……"杜贤嫌他粗俗，不愿再理他，客套几句接受了仪仗，却让齐轩带仪仗船队先行。齐轩无奈，率仪仗大张旗鼓地向姑苏开进。

杜贤独自去秦淮河雇船，一路上触目是被霍云军队烧残的断壁颓垣，兵士和百姓们清理着废墟，抬着死伤者穿梭。秦淮河里的船少了多一半，水手们都带着伤，挤在仅有的十来艘船上，面带哀戚，没有了往日的吵闹。杜贤吃了一惊，见上次渡他回家的阿七裹着手脚，垂头坐在船沿，便上前问道："阿七哥，这是……"阿七听出是杜贤，知他是何裳朋友，叹气道："你知道了也不济事，要去哪里？我找别人渡你。"杜贤看着他的伤，道："是啊，伤得如此还是静养的好……小弟这便去找大夫为各位治伤。"阿七叫住他，道："你倒也实在，我们明日便全伙打过江去，用不着大夫了。"杜贤惊得几乎怀疑自己的耳朵，正要问，忽听江边一阵骚动，几艘伤痕累累的船冲进秦淮河，水手们忙站起来去接。锦罗刹脸色凝重地从满是箭镞的船舱出来，肩上的伤口血流如注。她一把折断大腿上的箭，接过水手递上的酒，道："又折了五个弟兄，胡人箭太猛，明晚趁夜一起上！"说着喝了口酒噗地喷在伤口上，将刀用火烤了要去剜肉里的断箭。杜贤看得眉头紧皱，赶忙道："各位且稍等，小弟马上去请大夫！"锦罗刹不认得他，笑道："大夫还没咱手快！"说罢咬住一只木梆子，几刀便切开伤口取出箭镞，敷了草药裹起来，将梆子吐在一边。杜贤看到鲜血喷涌几乎晕倒，忙掩面低头，见那梆子被咬出深深的牙印，胆战心惊，道："各位不知有何难处？以致处境如此艰难。在下虽不才，却可以向皇上为各位陈情，皇上英明仁德，定然会开恩相助……"锦罗刹不等他说完便不耐烦道："谁招来的龟孙？少和你娘废话，若要渡船去别处！"杜贤惊出一身汗，不敢再说话。阿七道："三姐，这小子是何裳兄弟的朋友，上次我渡他去了何裳兄弟家，他本是来雇船。"锦罗刹抬头端详了杜贤一眼，笑道："那也算自己弟兄，阿七再渡他回去吧。"阿七却低头不动。锦罗刹用梆子捣他，道："磨蹭什么？"阿七道："我不走，我也要和大伙一起过江……"锦罗刹啐道："浑七！和你家乌有二哥一样不爽利！那老娘来渡这兄弟，也能到姑苏跟何裳兄弟道个别。"说罢跳上一只小船，靠岸招呼杜贤。杜贤看着她的伤，不忍道："大姐的伤重得很，还是静养的好，我还是另找船家吧。"锦罗刹不耐烦，挥篙将岸边的杜贤拨下船来，道："老娘岂是要渡你！老娘是要找我何裳兄弟道别。"她说完咬牙开船，水手们要来帮他，被她挥走。她默默撑着船，望着秋风中无边无际的泛黄的芦荻，目光迷茫伤感。

金陵的战况和朝廷的旨意被驿马迅速传播到江南各地，紫叶当日进城卖茶听说了消息马上回家报信。玲珑听说杨瓒加官进爵再也坐不住，拉住紫叶道："好妹子，你的消息可准？杨瓒立了大功做了宰相？"紫叶笑道："官府门前张了皇榜，我虽不认得字，却是听人一字一句念出来的。回来时还碰见一个大船队，大张旗鼓地问御史大夫家在何处。我们不知御史大夫是谁，后来才知道便是那个杜贤。那真是戏里形容圣驾的排场，这可是时来运转，杜家老太太苦了一辈子，这回可要享福了！"玲珑欣喜若狂，道："连这杜贤都显赫了，我家阿瓒定然是做了宰相，定然会派人接我做诰命夫人！"说着跑回房收拾东西。何裳送紫叶出门，见湖上一只小舟缓缓驶来，舟上两人依稀是锦罗刹和杜贤，他忙到水栈等候，却见锦罗刹伤痕累累，肩上腿上的伤口犹自流血。何裳心中作痛，拉她上岸，道："这是……路上又遇到敌人？"锦罗刹笑道："毛贼而已，不妨事！"说罢自己往园里走，步伐却有些绵软。霓裳见了忙搀她去换药包扎。何裳回身请杜贤入园，道："杜兄，路上可遇歹徒？"杜贤道："我去秦淮河雇船时她便受了这些伤，那些水手也都伤痕累累。我本来想让他们静养，自己另找船家，可她非说要来和你道别……我还听他们说什么明日趁晚打过江去，我去问他们却不屑相告。"何裳追问道："大战那日是何情形？他们可曾参战？"杜贤将大战前后经过详叙一番，道："不曾见他们参战，不过后来有传闻说浮桥虽被杨瓒敢死营冒死点燃，可火后来却被灭了，另有人截断了浮桥上的胡军。不过也是道听途说，朝廷自然也不会在意。"何裳知道定然是过千帆和锦罗刹众人所为，忙去霓裳房中问锦罗刹。

玲珑听到园里来人，以为是杨瓒派人来接，兴冲冲跑出来，却只见杜贤独自坐着，不免有些失望，道："你们可是真的加官晋爵了？你来做什么？阿瓒可说来接我？"杜贤见她奔出来，本以为是迎接自己，兴奋得面红耳赤，却见她不悦，知道她想的是杨瓒，低头道："我们确实加官，在下是来接家母……杨兄……大概也很快便来了吧……"玲珑不快，道："你向来吞吞吐吐，他什么时候来？"杜贤被她追问得涨红了脸，他本来也纳闷杨瓒为何冷落玲珑，后来听人传言杨瓒与皇上有染，他虽不肯信却也无法解释杨瓒为何不来接她。他是诚实之人，本想敷衍安慰玲珑，却被她追问得乱了阵脚，不知如何是好。玲珑凑到他面前，道："你既然支吾不答，便是不知道，那何不带我一起去金陵？我亲自去找他，省得他再费心来接我！"杜贤向后侧身躲着她，却被她的白兰香冲得心春如鼓，为难道："何兄与霓裳岂能放心你去金陵……"玲珑低声道："我们不告诉别人，他们也不知是你。我最会服侍人，一路帮你服侍母亲。你若不答应我，我今后便恨你不再理你！"说着把包裹塞给杜贤，拉着他出门去。杜贤急道："待我向何兄道别。"玲珑无奈，扯过包裹，道："我先去邻村雇船等你，你道别后便去找我会合。"说罢便跑了。杜贤深吸口气定下神来，向着院内喊道："何兄，小弟要接家母回京，这便告辞了！你们好生给那大姐治伤，我另雇船回家……"何裳忙从霓裳屋内出来，道："不是小弟怠慢，只是三姐的伤实在……"杜贤道："我一路也是担心，你去忙吧，他日再叙。"说罢匆匆离去。何裳担心锦罗刹，也未发现他有何异常。

锦罗刹失血过多意识不清，何裳为她换药包扎，霓裳熬了补血的药喂她喝下。她慢慢恢复过来，笑道："做啥都围起来，好像我便死了一样……"何裳看她强作欢笑，心中酸楚，道："三哥为何不一起来？"锦罗刹脸色一变，瞬间又笑道："他上次来过，这次当然便是我了。"何裳道："杜贤说你们路上没遇到毛贼，你肩上的伤口是胡人的长矛刺的，我认得出来！"锦罗刹低头不语。何裳知道事情不寻常，追问道："三哥是不是比你伤的还重？你们明明参战了为何不说？你们说什么明晚趁夜打过去？"锦罗刹抬头笑道："胡人伤的又怎样，你这是听哪个龟孙嚼舌头？我不过是来看看你。"她越笑何裳越害怕，他心中竟闪过一个可怕的念头——过千帆死了！他的眼圈马上湿了，哑声问道："三哥死了？"锦罗刹忙摇头道："没有没有！"她怕何裳瞎猜，便把事情经过讲了一遍，道："他只是被捉走，我们几番要过江都被胡人射回来……守江的南军怕我们是胡人的间谍，不许出入，我们每次出去还都要受他们盘查……如今已经两日，我们便想干脆明晚趁夜全伙冲过江去，活便是活，死也死在一处！我本记挂你，恰逢那小子来雇船，便索性渡他过来见你一面。"霓裳听得落泪，急道："你们若是都走了，若那胡人再度浮桥渡江如何是好？"锦罗刹伸手抚着她的脸，笑道："那便要看天命了……"霓裳道："胡人过江大计是不是都由家父计划？"锦罗刹点了点头。霓裳不语，低头缓缓出去。何裳道："你们去不得，我与贺兰漠是旧相识，我过江把三哥要回来！"锦罗刹按住他的手，摇头道："我和贺兰漠的仇与你无干，你在这里哪也不许去，好好待这妹子！你们过得好，姐和你三哥也就放心。"何裳道："若我去，三哥可能还有救。"锦罗刹笑道："没救大家便一起死，又有何妨。"何裳道："我此次若不去，将一生追悔，寝食不安！"霓裳走到门口，听到他的话怔在那里，嗫嚅道："玲珑走了……你若一定要去，把这竹筒交给父亲，把玲珑带回来……我等你……"何裳上前搂住她，她把头埋在何裳怀里无声地流泪。何裳抚着她的发，道："我一定会回来……你自己在家就不要去收拾落花落叶了，葬在哪里都是变成园里的春泥。我叫顾婆婆和紫叶住过来与你做伴……若有生人你们万不可开门。乱世离恨多，人间已如此，你我岂能再置身世外，但求此情天长地久……"霓裳道："常听母亲说过，以姿色才艺侍人者，年老色衰便去奉佛修仙，其实成仙何足慕，得一有情人生死相许，便是只有片刻，也胜得参破万重禅路仙关。你一定要回来，让我的梦多做片刻……"何裳听她如此说，也忍不住鼻中酸楚。

第二日一早，何裳醒来发现霓裳倚在床边睡着，身旁是一套连夜赶制的寒衣，他心中一暖，小心翼翼穿在身上。霓裳醒过来，起身为何裳整整衣领，将竹筒放到他怀中。用罢早饭，锦罗刹叫顾婆婆和紫叶过来园中为霓裳做伴，自己登了船，解缆起碇。何裳也跳上船，在船尾与霓裳两两相望，直到彼此的身影消失在无际的烟水，只剩目光凄迷。

何裳一路向锦罗刹学习驾船的技巧，到金陵已练得纯熟。他不愿在金陵久留，当晚便要过江。锦罗刹带水手们一一向何裳敬酒，送他到秦淮河与长江的交口。何裳坚持独自撑船，小舟到了江边却被守军拦下。守将派人钩住何裳的船，上前去锁何裳，口中骂道："大战期间出航者均是胡人奸细，可以就地正法！"旁边船上有水手上前往他怀中塞银子，他一把打掉，呼喝众兵士围起来，小声恨恨道："前两次靠这东西放你们过去也就算了，你们却不肯老老实实，闹出那么大动静，害老子受罚。如今上头管得严，老子如果再放人头不保。我正要回头捉你们，自己倒识趣送上门来！"说着挥手便要抓人，却冷不防手被东西格住。他回手一把抓住，只见是御赐武林人士畅行无阻的金牌，他大惊失色慌忙向来人下拜，双手举金牌过头，道："卑职冒犯，大侠恕罪。"何裳抬头，只见安期生负手而立，望着江水。何裳又惊又喜，自从他知道安期生便是莫愁便时刻想与他重逢，他无数次想象着见面时与莫愁如何相认，可他却想象不出莫愁会怎样应对……也许她已伤了心，只肯以安期生的身份与自己相会，一旦何裳与她相认，她也许会永远离开，到时连与安期生相会都不可能了。何裳每想到这里心中便矛盾纠结，他尽量装作不知情，只把他真的当作安期生，自己心中有万语千言却不知从何说起。安期生望着迷蒙的对岸，也不去接守将举起的金牌，道："你若喜欢这牌子就留着，我要过江，可有船家渡船？"守将忙让众兵士退下，道："这帮水手常在江上来往，这小子今日正要过江……不过他们身份不明，恐怕是胡人奸细……"安期生冷笑一声，将手中包袱一抖，哗啦啦掉出一地的金牌，道："够数吗？"守将惊得六神无主，慌忙道："够数，够数！放行，放行！"安期生对何裳道："劳烦何兄渡我去江心。"说罢登船。何裳欣喜，忙拨船入江，摇向江心，一叶扁舟在暮色江风中飘摇。

两岸军将都遥遥望见小舟，却不知究竟是敌是友，为何独自飘在江间，均不敢轻举妄动。贺兰漠把渡江失败的怨愤都撒在过千帆身上，将他用两根长矛钉在主舰的桅杆上，第二日便要再度出击。吴钦舜却似乎胸有成竹，道："大汗不必焦虑，待两日后南军无大将，我军出击必胜！"贺兰漠诧异道："相父怎知两日后南军无大将？莫非此番渡江受阻也在计划中？"吴钦舜笑着摇头道："臣也以为此番渡江是万全之计，只是不曾想有人破了我的浮桥。不过臣还是有所安排，让霍云做先锋，若失败他必然被困江南，依他品性定然会降，却不会向旧日同僚吴梁屈服。那小皇帝定然拉拢霍云制衡吴梁，如此一来必起杀机……两日后结果如何可见分晓，我军乘其内讧大举过江，必将所向披靡！"贺兰漠点头赞叹道："向相父求学十几年，自以为已得真传，今日才发现自己鄙陋，与相父相差何止千里。"吴钦舜苦笑着摇了摇头，望着江水默默不语。转眼两日已过，贺兰漠整军待发，却在望月楼上见到一叶扁舟飘到江心，他有些惊奇，道："前两日几艘破江船来袭被我军射走，想是来救此人。今日这扁舟却不知所为何来，相父可曾叫探子回来？"吴钦舜摇头道："不曾，不如以逸待劳，静观其变。"贺兰漠点头道："那依旧按原计划行事，静候日落号令出兵。"

何裳按着安期生的指示，将船驶到江心落帆下碇，不知他作何打算。江雾中他依稀见北军整装待发，心中一凛——如果今日胡军挥师进攻，南军恐怕无还手之力，想到此处忙道："北军今晚恐怕要大举进犯，当速速告知南军才好！"安期生笑道："你不想想那朝廷有几个信你的话？"何裳语塞，道："那我们便在江心，挡得一个算一个！"心中却为过千帆担忧。安期生不快道："我与人相约江心品茗，你若煞风景便就此别过！"何裳举目四望，天寒云暗，江水灰茫茫一片，哪里有人的影子。安期生见他纳闷，道："这便快了。"话音未落，从下游缓缓飘来一只破树根，树根上隐约坐着两人和一只大箱子。何裳惊异这树根居然能逆流而上，两人坐在上面安如泰山。待到树根靠过来他更大惊失色，上面二人一个是空空，另一个竟是自己已然出家的父亲。空空见了何裳大喜道："小老弟好久不见，他们都死了没人和我玩，我便拉了你家老头儿陪我，他却非要我帮他取扬子江南零水，玩这煎茶的把戏，过了瘾才能陪我。我便答应他去取水，遇见这安期老弟觉得投缘，便邀来一起品尝，既然你来了，你也尝尝鲜！"何裳见到父亲便要跪倒，老穆抬手拦住他，微笑着合十点头。何裳便起身合十，让两人上船，将树根拴在船尾。老穆打开箱子，先取出一只水罐，又从中一一取出风炉、灰承、炭挝、罗合、水方等三十余种茶具。空空道："他在法门寺偶然找到这一套唐人茶具，便一心想以什么陆羽旧法煎茶，每次见他摆弄这些东西，我便睡着了。"何裳道："小猴儿呢？"空空道："长大回大荒山结婚生子……"说罢呼呼大睡。何裳叹了口气，帮老穆烤茶碾茶。茶圣陆羽在《茶经》中记载了唐人煮茶之法，先将茶饼烤过碾碎罗细，候水二沸如泉涌时取出一瓢，然后倒入茶末，待水三沸如奔涛则用取出的二沸之水注入止沸，此时熄火饮茶恰到好处。老穆津津有味地将茶分到四个越窑茶瓯中，示意两人品饮。何裳一啜只觉清风四溢唇齿皆香。安期生赞道："每听人言茶禅一味，今日高僧、名泉、好茶、佳器毕备，一品之下方知古语真味。"空空闻到茶香，忙坐起抢过茶瓯便饮，饮罢仰面躺倒口中念念有词："老道不知一味两味，好茶好茶，喝得老道无心睡觉！"

贺兰漠远远看着下游树根载了两人与江心两人会合，又点起火来，不知何事。吴钦舜却看出四人在煎茶。日已西沉，两岸还未点火把，青灰色的江雾中一点炉火便如星斗。吴钦舜真希望那艘船上的人是自己，他看得出了神，不忍心破坏他们的雅兴，手中的令旗久久悬在空中。贺兰漠见天色已暗，接过令旗猛挥，两旁鼓手顿时擂响战鼓，北军火把一时点亮，千百艘连环战舰扬帆列阵开进。贺兰漠望了一眼楼下主舰桅杆上奄奄一息的过千帆，道："无名小辈坏我天下大事，留你性命便是为了叫你看我今日如何扫平江南！"说罢挥动左中右三路骑军浮桥渡江，三座浮桥霎时横在江面，灯火通明杀声雷动，前军的舰队直奔江心。

南军骤闻鼓声大惊失色，前番大战已经损兵折将，如今军中又无大将，不免慌乱。幸亏智净等一批江湖人士已应诏赶赴军中，原来只受吴梁调遣的南军老将也被提拔重用，同受杨瓒调度。晚晴紧急召集群臣应对，一面下令燃烽火召各路兵马勤王，一面让杨瓒调兵遣将。杨瓒调水军阻击敌舰，又派两路南军分别抗击两路浮桥，却无兵力抵御另一座浮桥。晚晴号令三万禁军出击，杨瓒却担心皇城无人守护。晚晴斩钉截铁道："兵贵神速，你去督战！百官宫人随我披挂甲胄，与武林人士守卫皇城，立即大开城门让百姓进城！"说罢率众人奔赴皇城城楼。禁军统领贾源率三万禁军奔赴江边，杨瓒也上马亲往阵前督战。

齐轩一路大吹大擂，船队行进甚慢，杜贤让他停止鼓吹全速回京，傍晚才到金陵城外，忽听北军鼓声雷动，杀声四起，只见皇城外百姓们纷纷奔逃。齐轩本雄赳赳站在船头，此时心惊胆寒，慌忙去找杜贤。杜贤起身推开齐轩到船头，回身道："齐兄送家母回府，我在此登岸！"齐轩急道："万万不可！大人若有不测，小人如何向皇上交代！"杜贤愤然道："国家有事如何向万民交代！"说着在母亲面前跪倒，道："母亲，国家有难，孩儿不孝不能亲送母亲到家，母亲保重！"杜氏扶着他，道："去吧，国事为大，娘等着你回家！"杜贤起身望了一眼玲珑，道："保重……"玲珑正又惊又怕，被他一说竟觉无比委屈，热泪盈眶，她点了点头，道："你也小心。"杜贤心中一热，转身飞奔上岸，聚集四散奔逃的民众进皇城避难，民众认得他是当日私开城门的杜大夫，都听他指挥集合入城。

何裳在江心见北军发动总攻，心中为南方百姓担忧。胡人前军舰队仿佛乌云压顶般扑向小舟，舟中其他三人却安如泰山。空空仰面大睡，他已出神入化自然不在意。老穆小心翼翼地清洗茶具，他也参破生死。安期生负手而立临风望远，他对百万大军视若无物。何裳却担心霓裳担心晚晴也担心胡人渡江江南生灵涂炭，何况他还要为霓裳送信，救过千帆回来！此时他竟有飞蛾扑火一般赴死的悲壮，起身便要跃向敌舰，忽听天地间一声长笑，顿时江风激荡。只见远处胡人战舰十数丈的主桅顶上站着一人，风吹长袖仿佛在空中飞翔，此人长笑罢，慨叹道："人生如梦，不想与诸位在此重逢，空空兄喝茶如何不叫我！"何裳听出是孤月，只见她从一根主桅飘到另一根主桅，明明如云般轻飘却又重似千钧，身后被她踏过的桅杆都仿佛被一只巨手齐刷刷按下。原来孤月修为已出神入化，她虽用轻功跃起，却在踏上桅杆的刹那同时施展千斤坠，桅杆经受不住重压戳破船身插入江底。她一路飘来，把胡人舰队中第一排的战舰都钉在江心。战舰骤然被钉，惯性和风力却依然推动船身，于是舰船开始摆动，撞向邻船，也撕裂了船底的缺口，船上北军将士顾不得战斗，忙落帆补船。后排舰队来不及停船，纷纷撞向前船，北军本就不习水战，此时船身互撞倾侧，将士纷纷被甩下水去，前军舰队顿时乱成一团，舰队主将禽雕忙止住后船号令救人。

南军水师前番大战折损四成，仓皇出战丝毫不抱胜算，此时见北军战舰互撞一片混乱，主将贾演趁机号令舰队突进，弓弩手猛射敌军，北军忙于救人无法招架，纷纷中箭落水。孤月钉住北军舰队本想跃到何裳船中，却见南军乘北军混乱袭击，黯然长叹，道："众生啊！"说着飞身又将南军舰队钉住，道："我本止住他大军，你方又何必乘乱杀戮！"说罢方才回身飘落何裳船中，向老穆一笑，道："我来迟了，此等好茶怎能错过！"老穆合十，又生火煮茶。孤月回头看了看何裳与安期生，不禁微笑，问何裳道："你不忙你好事，倒在此凑热闹，这位先生我不曾见过，劳烦你引见！"说罢笑着看安期生。安期生忙低头行礼，道："在下安期生……"孤月微笑颔首，道："足下原来是仙客，今日高士佳茗，坐而论道，不错！"低头见空空假睡，她也故意不予理睬，去风炉前煮茶。

空空按捺不住，睁眼偷看。待茶煮好，孤月道："空空兄恰好睡着，这四瓯茶我们四人便饮了罢。"空空听了忽地坐起身来。孤月回头微笑地看着他，他仿佛做错事的孩子，缩着身子凑上前，看见那里分明摆着五瓯茶，不由嘿嘿笑着捧起来喝了。何裳见胡人舰队被止住，心中巨石落地，又见空空每在孤月面前都像个犯错的孩子，心中暗笑：也就孤月厉害能让空空害怕，可谓一物降一物。

三座浮桥上胡军飞骑抢攻，南军拼死阻击，将浮桥登陆处团团围住。登陆的北军骑兵与守军混战一团，偶尔有突出重围者便纵马向皇城飞驰，遇人则杀。不多时，这些胡人骑兵已聚成一队，在城外左冲右突。杜贤见情势紧急，忙催促百姓，自己拔出佩剑断后。百姓队伍中几个汉子告别妻儿也都各持农具赶来，为首者是一个屠夫，握着一把剔骨刀冲着人群高喊道："汉子都出来杀敌！怎能让杜大夫一个书生为我们挡兵。"话音未落，一个胡人骑兵飞驰而来挥矛刺他。他侧身躲过长矛，剔骨刀狠狠插进马腹，战马当场扑倒，胡人被掀翻老远。汉子们高呼着一拥而上将他戳翻。杜贤大喜，道："男丁杀敌，护送妻儿老弱进城！"说着与汉子们护着百姓慢慢向皇城下移动。皇城下杨瓒指挥亲兵布阵严守，一面放入百姓，一面叫弓弩手射住外围，重盾长矛护住全军。他远远望见百姓队伍后面有人混战，忙派一队骑兵驰援。突破江防登陆进来的胡军越来越多，冲击皇城被拒便冲撞到杜贤这边，杜贤等人已左支右绌，死伤大半。迎面一个胡兵长刀砍来，他挥剑格挡，两刃相交，他的长剑几乎脱手，他握剑要再战，那胡人已经催马到他身后，一刀劈他后背。幸亏杜贤身边的屠夫刀快，刺中胡兵肋下，胡兵往前栽倒，劈向杜贤身后的长刀仅砍中左肩，杜贤性命得救却疼得昏死过去，屠夫搀扶起他且战且退，趁杨瓒的骑兵截住胡人，他背起杜贤带众人进城。

杨瓒见杜贤受伤，忙派人护送报知晚晴。晚晴叫随身太医为杜贤治伤，问那屠夫道："杜大夫如何受伤？"屠夫跪拜道："禀皇上，杜大人带我等与胡人厮杀，护送老弱妇女入城，因此受伤。"晚晴点头道："你叫什么？何方人士？"屠夫道："小人陈猛，世代居住金陵城外为屠户。"晚晴望着城外混战，见浮桥阻击处兵力不继，道："你可愿为将？"陈猛有些意外，愣了一下，旋即喜道："愿意！"晚晴道："好！朕封你为将，予你偏将两人，马上从百姓中征召士兵，配发兵器出城杀敌！"陈猛谢恩带两个副将奔下城去，他平日慷慨仗义，金陵城内外百姓都知道他，如今一呼百应，不多时便召集了两千余青壮，领了兵甲盾牌冲出城。杨瓒安排他们在城下杀敌，调手下骑兵增援浮桥阻击处。

西风瑟瑟，扫清天上云雾，一轮皓月顿时照彻天地，何裳此时才想起今日原来是中秋，霓裳自己在家应该很孤单吧。他看着身边的安期生，心中无限感慨与迷惘，在霓裳身边思念莫愁，如今却又牵挂霓裳，他叹了口气，起身道："各位前辈，何裳有事要到北军，就此告别，多多保重……"他的目光停在老穆身上，泪水几乎夺眶而出。空空打个激灵起来道："是啊是啊！这里这么多人来捣乱，还是去别处的好，老道与你老子随你去！"何裳大喜，转身问安期生。安期生一笑，道："既然三位有雅兴，在下便相陪走一遭！"说着向孤月行礼告别。孤月道："衰荣花开落，聚散云去留。空空兄，他日有此聚会切莫忘了我！"话音未落已飞身远逝。

何裳操舟绕过胡人舰队，远远望见浮桥之下翻着几条船，锦罗刹带着水手们在寒冷的秋水里凿浮桥下的船身。何裳不禁为她担心，心中默念保重，手上加速划桨。北军见有船来纷纷射箭，都被安期生长袖挥散。四人登岸便被北军迅速包围，何裳见带兵将领有些面善，忽然想到是当日自己送贺兰漠北归时大汗身边的侍卫，他喜道："这位大哥可是前任大汗的侍卫？小弟当日与贺兰兄到胭脂关外时见过。"守将柯奇依稀想起来，道："原来是你，两军交战，南岸来人末将不能不全力防范。兄弟此来何事？"何裳道："劳烦大哥向贺兰兄通报。幸亏大哥还认得我，否则又要一场误会杀戮。"柯奇叫副将带兵，自己纵马奔向望月楼。

吴钦舜望着江上战事神情肃穆，这次稳操胜券的全面进攻却意外又被破坏，舰队在江心被阻，水军忙于自救不能再战，只能单凭三路浮桥渡江，如此胜算便少了五成。功败垂成，人力还是天意？莫非注定此生便永不能南归？他胸中郁郁，恍惚望见江心煮茶的小舟向北岸来，不由有一丝担心。贺兰漠见那小舟靠岸，早将水军失利迁怒与舟上人，忽见守将来报，说是何裳，他有些惊异，忙让柯奇请何裳一行上楼。

空空见包围解开，拉着老穆便跑，北军将士要阻拦却来不及。何裳笑道："这两人一僧一道，顽皮得很，不用管他。"柯奇无奈，便带两人去望月楼。何裳经过楼下见主舰桅杆上钉着过千帆，不知他是死是活，便高声道："何裳来此拜会故人！"边走边侧目看过千帆动静。过千帆此时已性命垂危，常人身负重伤被钉在那里三天三夜早已死了，他身体结实又饱经磨难才挺到如今，他恍惚间听到何裳的话却也无力作答，断断续续攒起一口气放声大笑，笑了几声喷出一口鲜血。何裳见他还活着心中暗喜，放心随柯奇上楼。

贺兰漠凭栏望着楼下战局，听见有人上楼便挥散了身边侍卫，回身打量何裳许久，道："不想与兄弟在此相聚，当日我三人并肩作战，如今却只剩你我……"何裳一见贺兰漠也想到当日三人在紫微楼喝酒的情形，如今不到一年，贺兰漠却似老了十岁，他不禁感慨岁月催人，叹道："人生一场大梦，浪花淘尽英雄。这位安期生，也是小弟的朋友。"贺兰漠喜道："安期先生气概非凡，今日又能三人对饮了。"说着叫人摆酒。安期生微笑点头，缓步到楼头望月。何裳到吴钦舜面前行礼，道："先生别来无恙？"吴钦舜点头，道："老夫听大汗说起足下对小女颇多照料，感激不尽……她们现在何处？过得可好？"何裳道："他们已回到姑苏，赎回寄园。"吴钦舜闭目呼出一口气，道："寄园，人生如寄，老夫以此名园，不料却成此生谶语。万幸小女归乡，老夫也无遗恨了……小朝廷知不知道他们与我的关系？可曾为难他们？"何裳道："那杨攒知道，如今他做了宰相。玲珑喜欢他，去金陵找他了。"吴钦舜一惊，道："杨攒小时我曾见他一面，此人才力不足专攻心术，玲珑怎如此糊涂！此番恐怕连霓裳都牵连了。"何裳一听不由担心，自我安慰道："那杨攒虽轻躁却不致如此。"吴钦舜苦笑道："你心无芥蒂自然看不出来，我与他对抗这几日，知道此人深于城府，那吴梁与霍云也算一时豪杰，却被他同时算计。你回去之后嘱咐霓裳小心，若能带玲珑回去最好，如若不能便带霓裳远走他乡。战事至此，小朝廷难保不铤而走险……"贺兰漠抽空调度兵将指挥战斗，听到说起霓裳，道："若是能把她们接来与相父相聚便好了，也能保她们平安。"吴钦舜摇头道："恐怕不及到江边，已被小朝廷捉去了。"何裳取出霓裳的竹筒交给吴钦舜，道："霓裳临行托我转交先生。"吴钦舜小心接过，正要看，忽听隆隆巨响从东传来。众人仰望天空却无一丝乌云，再向东望只见江上一丝银线疾奔而来。吴钦舜猛然若有所悟，喷出一口鲜血仰头便倒。

银线越来越近，原来是汹涌的海潮，银线便是潮头的巨浪。巨浪翻滚着越来越近，声音如霹雳激鸣万马疾奔，霎时间水气冲向望月楼，望月楼也跟着潮水颤动起来。潮水转瞬间吞没江心白鹭洲，掀翻两军舰队便如风卷残叶，又裹挟着人马战舰撞向浮桥，将第一座浮桥瞬时断为数节，又将第二座拦腰折断，到第三座时潮势已近尾声，战舰纷纷撞在浮桥上，浮桥倾倒在江中。两岸被潮水席卷人屋不计其数，一片狼藉，江中两军战舰和人马也混在一处，幸存者仓皇逃生也顾不得再战。只有江心数十人呼啸着踏浪而行如履平地，何裳知道那是锦罗刹等人，这才从刚刚的心惊肉跳中回过神来。贺兰漠却如磐石一样一动不动，他做梦都未曾想到这次战斗竟是如此结局。吴钦舜缓缓醒来，不及起身便叫安排人去江上救援。何裳扶他坐起，他默默望着天空，神情怅然，道："广陵潮已消失千年，为何偏在今日重现！难道真是天不与我……"广陵即扬州，古时江水在广陵与金陵入海，每至中秋海涌，潮水直过金陵。后几经沧桑，入海口下移，千年前广陵潮便已消失。可是陵谷巨变又岂是人力所能揣测，数百年来海水与岸的斗争从未消歇，数十年来海水已升至扬州与金陵，今日潮起虽是意外却也合理，只是吴钦舜被关押隔绝人世十几年，率大军到江边后他忙于军务不能亲身考察，虽几次派人查勘各处地貌，却由于胡人本就不熟悉地形，都敷衍了事，带回的消息多半不准，以致判断失误酿成大错。他坐在那里站不起身，紧紧捏着竹筒的手颤抖不止。

贺兰漠猛地仰天大笑起来，连他自己也不清楚这笑是悲壮愤懑豪迈还是绝望。他收声叫人抬吴钦舜到后院医治，又安排各部救灾。他安排完毕挥去众人，只剩何裳与安期生。他指着身边三十个酒坛道："当日，我与萧兄大战之前在阵前喝酒，喝了十五车。他说给你留五车，我便一直给你留着，随我一路征战至此，如今我们喝这酒，便仿佛他也在！"说罢拍开一坛举起便饮。何裳叫了声好，也提坛痛饮。安期生想起萧然与妙儿，又想到鬼谷子，也不禁凄然，举起酒坛便往嘴里倾。

望月楼后是一片园林，本为旧时王府，后辗转又为寺院、名士居所和酒楼，如今又成为贺兰漠的大营。吴钦舜就住在望月楼偏院，他方才急火攻心不能动弹，服了药躺下慢慢恢复过来。他叫医生与侍者都退下，缓缓打开手中竹筒，展开里面的手卷，他吃了一惊——那赫然是他十六年前离家时仓促写下的蒋捷那阕《虞美人》，他口中念着，心中无限凄楚感怀，念至"而今听雨僧庐下，鬓已星星也。悲欢离合总无情，一任阶前，点滴到天明"他不禁泪水漫漶。原来当时霓裳本欲提笔写信，可虽下笔千言却总觉言不尽意，转念一想自己所言的思念父亲岂非不知，自己所讲的道理父亲又何尝不懂，万语千言倒不如这纸他亲笔书写的《虞美人》，于是便将此手卷交何裳带来。吴钦舜深知霓裳心意，天下大义他怎会不知？又有谁愿意生灵涂炭背负千古骂名！可士为知己者死，何况救命之恩？如今两鬓斑斑归心似箭，可天公却偏不遂人愿，冷月如霜，望之凄凉……

忽然，门吱的一声被推开，一个僧人走进来。吴钦舜借着灯光艰难地辨认着，忽然面色惊异坐起身来，喃喃道："难道你……不是……你、你已经死了……不！真的……是你？"老穆微笑着点了点头，将木箱放下，一一取出茶具。空空从后面探头探脑进来，将吴钦舜扯下床坐到老穆对面。吴钦舜叹道："在家时便听说庄炎凉将你口耳弄残杀害，不想今日……难道我竟是在地府与你相会？"老穆将烤热的茶饼凑到吴钦舜面前，吴钦舜顿时闻到清幽馥郁的茶香。他喜道："果然是你，你让人想得好苦！自从知道你遇害的消息，

③⑧⑦

虞卿便从未开颜一笑……"老穆合十行礼，接着煮茶。空空凑到吴钦舜面前笑道："老头为何哭了？莫非上树摘果子跌折了腰？"吴钦舜苦笑着点头道："可不便是摘果子跌折了腰，不仅跌折了腰，家也回不去了……"空空道："那便不摘果子了，我送你回家去。"吴钦舜摇头叹息道："人生如寄，运命无常，乡关何处……"说着不禁想到自己身世，对老穆道："我自幼怀大济天下之志，可你做皇帝喜好文艺，不理朝政，我便不得其志，只能陪你做才子。庄炎凉代你而立，我本以为他出身寒微能为百姓着想，他却钟情权谋不能任人唯贤，我只能做名士，却又因言获罪。自古以来大才均难得志，若一旦有明主大才风云际会，则必成大事，管仲、孔明皆如此。胡人两代可汗不仅救我出囹圄且委以重任，风云际会。我欲救万民于水火，却如何成战乱不休的罪魁……人愈老乡思愈深，可即便过江回到故园，还能找回旧日的人与情怀吗……你一朝参破家国之恨，我却心意难平。你来或许想为我指条出路，可我已将生死寄托于此，再难离开……至于是非，万古之下，任人评说……"老穆微笑着点头，端起一瓯茶递给他。吴钦舜说得动情，接过茶不由鼻酸，叹道："若世间清清如茶，我何惜区区此命！"说罢含泪饮尽。

三人对饮尽兴，老穆清洗完茶具又一一放回箱中，背在身后，向吴钦舜合十告别。吴钦舜一阵酸楚，二十年离乱才片刻重聚便又要离别，他心中无限感怀却不能言喻，缓缓道："保重……今日一别恐怕再见无期，此生能与你重聚我已死而无憾。你深入万军来度我，可惜我情难释怀，心有不甘……你休怪我……"老穆依旧微笑，轻轻点了点头，回身与空空出门而去。空空欢喜道："你的心愿都了了，以后便可以陪我玩了吧？"老穆并不应他，只是含笑向前走。吴钦舜望着两人的身影渐行渐远，消失在竹林中。月下丛竹在风中摇曳，仿佛银色海浪，沙沙作响，近在眼前却又远在天边。

何裳喝着酒，想起过千帆，与贺兰漠道："小弟有一位哥哥，若论性情与贺兰兄定然相投，招之对饮定然快意！只可惜你们如今却是生死敌手。"贺兰漠奇道："小朝廷难道也有此等义士？那也无妨，敌手归敌手，性情是性情，尽兴之后厮杀也是痛快！"何裳起身凭栏指着过千帆，道："便是他！"贺兰漠大惊，道："我只当他是误打误撞坏了我军大计的匹夫，难道竟是豪杰？"何裳点头道："此人不是小朝廷的人，参战也不为立功封赏，只是怕叫乡亲受苦，纯为义字而已！"贺兰漠叹道："这倒是豪杰，我小看他了，配与我等对饮！"说着便要叫人去抬。何裳忙道："小弟自己去便好。"说着飞身下楼跃上桅杆，不敢拔出长矛，只好拔剑将两头削断，揽着过千帆回到楼上。

过千帆蒙眬中觉得眼前一亮，费力地将眼睁开一条缝，见何裳与安期生在身边，另一边是贺兰漠，他无力动弹也说不出话，只是咧着嘴笑。贺兰漠倒了一碗酒过来，道："好汉，可要喝酒？"过千帆口中沙哑地吼出个"坛！"贺兰漠大笑，回身提了一坛便往过千帆口中倾。过千帆双目放光张嘴痛饮，一口气饮干一坛，在地上大笑不止。贺兰漠叫了声好，回身自己也饮了一坛。何裳欣喜道："小弟此来一为送信，二便是想向贺兰兄说明情况，带三哥回去。他不是小朝廷的人，杀他小朝廷根本不以为意。"贺兰漠道："你方才一说我便知道了，但却放他不得！本来你一句话，便是要我项上人头我也不皱眉，可他破坏我军大计，全军将士有目共睹，我若放他岂不动摇军心？放他非贺兰漠私事，何况他时日无多，恐怕等不及过江便死了，还不如在这里我陪他醉死。"何裳道："话虽如此，可他有妻室在对岸望眼欲穿，小弟带他过江还有可能见上最后一面……"过千帆蓦地大吼一声，口中喊着："死！死！"嘴角鲜血直流，他不想让何裳为难，却不知何裳心意已决。贺兰漠道："何兄若非要将他带走，恐怕要起干戈了。"安期生本一直在那饮酒，突然身形飘忽到贺兰漠身边，冷笑道："他心软动不了手，我却百无禁忌。今日得罪，下次我请你！"贺兰漠拔刀要反抗，却被安期生翻手将刀夺去。安期生点了贺兰漠上半身穴位扯在手中，将刀架在他项上，示意何裳带过千帆跟着走下楼去。

楼下侍卫见状惊异非常，忙将四人团团围住。贺兰漠吼道："休管我，弓弩手放箭！我岂怕死之徒！"安期生笑道："知你不是怕死之徒，你道他们能挡得住我？不过是多一片烈士罢了，捉你是不想大开杀戒！"说着也不管兵马在前，径直走向江边。北军将士怕伤到可汗，都不敢阻拦。何裳找了两条船，一条载人，一条系在船尾，向对岸划去。北军将士无可奈何，只能眼睁睁看着两船离岸。贺兰漠怒道："你若掳我至南军，我立时便咬舌自尽！"安期生道："我掳你到南岸何用？不过是带你避过火流星射程，到时自然放你回去。"忽见江面上一块残木上扒着两人，分着南北军衣甲，一边挣扎着求救一边对骂不止。安期生轻蔑一笑，道："上船。"两人刚爬上船便又厮打。安期生骂道："生死关头互相扶助，两败俱伤于人于己有何益？"说着看了贺兰漠一眼。两个兵士不敢再打，北军兵士见贺兰漠也在，忙下拜，却不知可汗何以在此。南军兵士见他跪拜才知那原来是胡人可汗，大喜若狂，跪拜道："小的余四谢救命之恩！恭喜壮士生擒胡狗！皇上定然封赏！"说着得意扬扬骂胡兵道："看你嘴硬，上岸老子亲手治死你！"胡兵吼叫着便要拼命。安期生厌烦两人，道："再聒噪都扔到江心喂鱼！"暗中解开贺兰漠穴道，道："今日江中游玩甚是尽兴，到此为止。你便与这小兵回营吧！"贺兰漠大笑几声，道："今日情断义绝！他日见面，刀兵相向！"说罢带小兵上了另一条船，扯开缆绳向北而去。余四大惊失色，瞠目结舌。

何裳运功为过千帆续着一口气，心中默默祈求上苍：过千帆与锦罗刹经历多少艰难困苦走到如今，但愿此次也能化险为夷。锦罗刹正带水手在江中救人，远远见到何裳揽着过千帆驶向南岸，忙赶过来。见过千帆面色发紫，浑身是血奄奄一息，她心中顿时冰凉，慌忙爬上船扯住过千帆大喊："死鬼！死鬼！你看看我！你睁开眼！"周围的水手们也匆忙赶过来，围在船边焦急地看着过千帆，踩水将船推向南岸。锦罗刹见过千帆没反应，忙将手探他鼻息，抬头去看何裳。何裳正不知怎样开口，与她目光相交忍不住泪湿眼眶。锦罗刹心中彻底空了，瘫在船上泪涌如泉，再也强硬不起来，口中喃喃道："你留一口气，来见老婆最后一面，如今老婆来了，你倒是睁开眼……"说着忍不住失声痛哭。过千帆积蓄了最后的力量睁开眼，见锦罗刹痛哭，咧嘴笑起来。锦罗刹大喜过望，拉着他道："死鬼笑什么！我知道你死不了！铁铸的筋骨受了多少折磨都过来了，一挺就过去。"过千帆用尽全力睁着眼，想喊一声死婆娘却发不出声，他一生从未如此憋屈，情急之下眼角涌出泪来。锦罗刹忙去给他擦泪，再看他眼睛时，瞳仁已然涣散。锦罗刹惨叫一声拔出尖刀刺向腹中，却被何裳紧紧抱住，夺了尖刀，她甩开何裳一头扎进江水。何裳和水手们流着泪凝视着死去的过千帆，仿佛要用回忆把他唤起。安期生背着众人，看着滚滚江水，泪水散在风里……许久，何裳梦醒一般道："三姐呢？三姐怎么还不上来？"水手们大惊失色，谁也不曾想到一个熟悉水性的人竟会跳水求死，众人纷纷潜到水中四处寻找。

深夜的江水冰冷刺骨，水深流急，漆黑一片，人们全然不顾，一次次浮上潜下。终于，一个水手托着锦罗刹踩水过来，将锦罗刹放在船上便累得筋疲力尽不能动弹。何裳忙给锦罗刹控水，安期生运功助她恢复气息，水手们推着船驶向岸边。

南岸的军民也忙着救人救灾，江边一片狼藉，船入秦淮河，余四趁众人无暇管他偷偷跑掉了。何裳与安期生合力运功许久，锦罗刹的身体才慢慢温热起来，她缓缓睁开眼，长吁一口气，道："我还没有死吗？"水手们见她醒来都凑上来道："三姐不能死，我们要给三哥报仇！"锦罗刹拾起尖刀插回腰间，道："好，报了仇我再走！随我葬了三哥。"说着挣扎着起身撑船到长江边，水手们也各自上船跟随。锦罗刹对何裳二人道："我们江上人一辈子和长江打交道，靠江谋生，如今死了也要回江里，将身喂鱼虾，报答江水养育之恩，哪里来哪里去。"说着抱起过千帆放入江水。水手们一齐唱起世代相传的《水葬歌》："风荡荡兮水汤汤，肉身去兮魂归乡……"灯火通明人声鼎沸的喧嚣江边，他们目送过十帆随水流而去，望着滔滔江水直到天明。

第二十四回 叹浮云、本是无心，也成苍狗 392

　　广陵潮水冲散两军混战，晚晴暗自松了口气，仰望天空默默感谢上苍，下令让杨瓒全力歼灭被困在南岸的北军，同时调人赶赴江边救灾。杜贤重新振作精神主动请缨，他的伤本不重，只是身为书生从未受过刀伤，是以被砍中之时疼痛难忍，如今太医敷药包扎后已无大碍。晚晴见他没事，便点头答应，叫丁癸唤陈猛带兵回城。不久，陈猛赶来跪拜领命。晚晴道："今由御史大夫杜贤主持救灾事宜，各部官员各司其职，听候御史大夫调度；陈猛带所部随御史大夫发动百姓，赴江边救灾；金陵守负责救助安置灾民及灾后建设；丁癸发信使传召各地征集粮草兵源。"杜贤与百官领命而去。晚晴回头望着城外战场，兵戈声已稀稀落落，横冲直撞的胡人都已倒下。杨瓒整顿三军，清理战场查看伤员，自己上城楼来见晚晴。晚晴道："伤亡多少？"杨瓒道："回皇上，臣估计阵亡五至七万，伤六万余。水军目前正在救人，伤亡不明，估计不少于五万。"晚晴有些吃惊，道："我们回宫计议。"

　　回到宫中，杨瓒不见杜贤，道："皇上，杜贤伤势如何？"晚晴笑道："他的伤不重，晕过去怕是又疼又吓所致，如今赴江边救灾。此人虽无心计却颇得民心，一呼百应。"杨瓒道："得民心者无大略是皇上之福，重重赏他，百姓便认为天子圣明。"晚晴笑着点头，挥去众人，道："如今两番大战，我军战力还剩多少？"杨瓒道："我军集结在沿江一线，金陵兵力六十万，两次大战折损近三十万，战舰毁伤无数，若算百姓伤亡和民居损毁，我方损失惨重。此番若不是胡人舰队在江心失事又有潮水相助，胡人恐怕已然渡江成功……"晚晴道："天灾人祸之后胡人定然也需休养些时日，我紧急征调各地兵力，若胡人再次大举进攻，我军阻击有几成胜算？"杨瓒额头汗涔涔，低声道："便是紧急调兵，恐怕胜算也不大……"晚晴额头也渗出汗珠，道："朝中威胁依然不小，百官半数出于吴梁手下，我虽特设三公，但各部仍受他们影响，吏部伍驰依然选调私人压制新人，兵部梅劲在军中也颇有资望。"杨瓒道："战时臣有意催梅劲去支援阻击，听说他已受伤。不妨就此派一太医慰问治疗，下些猛药。至于吏部，伍驰与刑部夏骝勾结已久，我们教杜贤调查两人，上表弹劾。他们没有梅劲撑腰，只能任我摆布，到时便可以剪除旧党，改变朝中格局。同时我在新人中选择有才干者加以重用，接替旧人，如此朝中大局便可安定。"晚晴点头，道："此事明日便办，至于战局当时刻在心，若有对策马上告我！"杨瓒笑眯眯凑到晚晴面前，道："皇上还有何吩咐？"晚晴将他推开，道："且先洗去杀气再来。"

玲珑在杜贤的御史大夫府听着外面杀声震天，又急又怕，怕胡人打过江，更怕杨瓒受伤，她焦急地等待着杜贤回来带自己去找杨瓒。至夜半时分，城中人们奔走告捷，她一阵兴奋，却不见杜贤回来。忽听一阵敲门声，守在院中的杜母忙去开门。来人向杜母行礼，道："杜大夫奉命在江边救灾，派小的来报信，请老太太放心！"说着便要告辞。玲珑忙上前问道："哥哥可知丞相府如何走？"那人道："禀小姐，丞相府也在乌衣巷，原是古时谢安的府邸，走到尽头便是。"说罢告辞而去。玲珑扶杜母进屋，道："杜公子没事，伯母便歇息吧。"杜母点了点头坐下，道："他不回来，我是躺不下的，在这里等他便好。姑娘去歇息吧！"玲珑忙告辞到后院，从后门溜出去直奔丞相府。她自小在金陵长大，对金陵城熟悉得便如自家，东晋谢安的府邸她自然知道，不多久便到了朱漆大门前，却被守门侍卫拦住。玲珑笑道："这位哥哥，我是杨大人的妻子，从姑苏来找他。"她说得得意，以为侍卫必然毕恭毕敬请她进门，却不想侍卫轻蔑地笑道："想做我家大人妻子的姑娘无数，哥哥我怎敢随便放入？何况大人公务繁忙，在宫中议事，岂个个有空理会！"玲珑委屈气极，便要推开侍卫闯入，恰逢杨泉听门口喧哗开门来看，玲珑指着他的鼻子骂道："该死的杨泉还不给我开门！"杨泉不曾想是玲珑，他知道杨瓒与晚晴的事，此刻见玲珑出现顿时慌了手脚，急中生智道："原来是小姐，侍卫无礼，还不请小姐进来！"侍卫忙赔罪。玲珑啐了他们一口，道："阿瓒可在家？"杨泉不知杨瓒会如何处理此事，不敢妄动，便想先把玲珑稳在家中，等杨瓒回来再做计议，于是道："近日大事颇多，大人公务缠身，尚未回来。外面兵荒马乱，小姐快进来歇息，好等大人回来！"玲珑气犹未消，瞪着两侍卫，道："我自有地方歇息，不稀罕这狗窝！"说着气呼呼向谢天香的迷楼奔去。杨泉惊出一身冷汗，却无计可施，只好叹了口气关上门。

大战之中，迷楼依然歌舞升平，嘉宾满座。玲珑一口气奔到谢天香房中，扑到她怀里委屈地哭起来。谢天香惊异道："囡囡怎么在这里？可是想娘了？"说着爱怜地给玲珑擦泪。玲珑道："杨瓒说做了大官让我做诰命夫人，我来找他他不在，我被那看门的狗欺负了！"谢天香的迷楼消息最灵通，对杨瓒与晚晴之事也早有耳闻，可此时却不知如何开口，只把玲珑紧紧搂在怀中叹息，道："狗仗人势，咱们不与他计较，乖囡囡不哭……"一侍女在门口道："娘娘，天香馆伍大人与夏大人的燕翅大席菜已上全，请娘娘进酒。"谢天香应了一声，披上罗衣，抚着玲珑道："好好等着，娘去去就回。"说着接过门口侍女捧着的天香玉液，去迷楼最豪华的天香馆。这是迷楼的老规矩，每当有贵客在迷楼天香馆摆燕翅大席，便由谢天香亲自送上一壶自酿天香玉液酒。此酒乃独家秘制，除谢天香再无第二人会酿，尝过一口便醉生梦死，不知烦恼为何物；尝过两口则如梦如幻，忘却一切恩怨；尝过三口则如神仙飞升，领略身心逍遥之境。谢天香之所以历经三朝犹自兴旺，便是由于人们贪恋此酒，为之庇护。谢天香见在座以伍驰、夏骝为首都是朝中重臣，忙为他们各自斟上酒，道："各位大人安康！妾身先干为敬……"说着饮尽杯中酒。伍驰等人只抿了一小口，闭目享受良久。夏骝道："谢娘好酒量，我等抿一口便需半日才回过神来，谢娘居然动辄干杯。"伍驰道："这是谢娘私房酒，谢娘岂能醉！"谢天香笑道："我只道是各位大人舍不得银子不敢喝！梅大人最爽快，今日却如何未到？"伍驰道："梅劲被杨瓒强派出参战，受了伤来不了了。"夏骝接着道："你也别提他，一介武夫岂懂斯文，上次不由分说干杯，立时丢了魂魄，把生平那些事不论公私绝密都说了个干净，将伺候他的姑娘拧得遍体青。一早姑娘向我告状，我罚了他五个金锞子给姑娘赔了罪。"众人一听都大笑起来。忽然，一个小厮匆忙闯到门口跪倒大叫不好！伍驰认得是梅劲的家丁，思忖难道梅劲出事？忙道："何事慌张？梅将军伤势如何？"家丁哭道："大人，将军殁了！"在座众人大惊，夏骝忍不住从座上弹起来，上前问道："详细说来！"家丁道："四更时分，皇上担心将军伤势，派太医来看。太医说新伤触动旧疾，发作便不得了，只能下药试医，配了药便走了。我等伺候将军敷了药，开始还好，过会儿便不行了……将军临殁叫小的来此找各位大人。"夏骝面色阴沉，归座一言不发。伍驰赏了家丁一锭银，道："你来此之事不要向别人提起，去吧……"谢天香见气氛不对，知道他们将要密谈，于是挥散侍女，向众人行礼道："各位大人若有吩咐便摇铃……"说着退出天香馆，却转身到里间天香馆的夹层坐定，静静听着。玲珑本以为谢天香已办完事，却见她去了夹层，知道有事，也偷偷来坐在谢天香身边。

伍驰道："此事恐怕有蹊跷，太医去后便殁了，难不成是女娃子在捣鬼？本官今日召集大家本是为了商讨如何应对，却不想被她占了先机！吴大人殁后杨瓒那小子便压制我等，亏有梅劲在军中的影响才不敢动我们，如今恐怕要有变局……"夏骝道："我只道姓杨的不过是女娃子的小面首，谁知却有如此心计。他日日在宫中也不尽是颠鸾倒凤，也着实在想着杀招！今日我便见他随女娃子入宫，梅劲之死恐怕便是他的主意……"众人一阵沉默。玲珑却似着了魔，目瞪口呆一动不动，不肯相信杨瓒竟然和皇上纠缠在一起。谢天香怕她乱叫乱动，忙按住她，牢牢捂住她的嘴。玲珑惊觉过来疯了一般挣扎，却挣扎不动也出不了声，憋得泪如倾盆，狠狠地咬着谢天香的手。谢天香紧紧抱着她，任凭手上鲜血直流。

伍驰道："如今军中我等无法做主，只能联合朝中力量。另外，各备厚礼送到丞相府，礼达即可，不必多言，看杨瓒如何应对。"众人点头同意，酒散之后各自回府办事。玲珑挣扎得筋疲力尽僵在那里，犹自泪流不止。谢天香右手松开她，将左手从她口中拿出，血已干，留下两排深深的齿印。玲珑默默拿出帕子包扎，看着谢天香在那落泪，她哽咽道："玲珑没有良心，把娘娘咬疼了……"谢天香右手抚着她的头，含泪摇头，道："囡囡咬得不疼，娘心疼。杨瓒与皇上的事娘也知道，一时怕囡囡伤心便没有说……囡囡也不必如此难过，杨瓒本心如何我们还得问过他本人才知道。他与皇上可能不过是互相利用，若是如此他便还对你有心，便是娶了皇上也能娶你啊……"玲珑将谢天香的手搂在怀中，忍不住痛哭失声，道："他说好要我做诰命夫人的！"谢天香道："娘见的这种事多了，自女娲造人便分男女，便有情爱，自古为情所困者不计其数，娘经营这迷楼不就是因为参不透这情迷吗？你还小，看人看事不免从皮相入手，喜欢杨瓒也无非因他是富家公子，面目俊朗又有才气，却不知此种人最是无心，娘也是参了半生才参透这道理！娘有时便羡慕那些农夫村妇，男耕女织，两两相守，白头偕老……"玲珑含泪道："明日我便去找他问清楚……"谢天香道："睡吧，明日娘给你打扮好去。不管结果如何，娘这里都是你的家……"

锦罗刹本就带伤，如今伤心劳累交加，葬完过千帆便一病不起。安期生为她号脉开了药方，道："按此方抓药，连服三十天便好，其间不可沾水受寒。在下就此告辞。"说罢便走。锦罗刹叫何裳道："兄弟，你代三姐请先生喝酒吧！霓裳妹子交代你的事你也尽快去办，我这里你放心。"何裳点头，他怕安期生一走不再回来，忙转身追上安期生，道："三姐托我代她请先生喝酒……"安期生道："不必，你有你的事，我自有我的事，就此别过。"何裳无奈，道："那便记账，你我办完事相聚再饮如何？"安期生一笑，道："随你。"说罢飘然而去。何裳望着他消失的方向，怅然许久。

何裳揣测玲珑必然先去找杨瓒，他想起吴钦舜提醒他注意杨瓒的心机，不禁暗暗为玲珑担心，于是问明丞相府邸所在，施轻功暗自查勘了一遍，却并不见玲珑。他刚要离开，忽听玲珑在丞相府门口喊道："杨泉，阿瓒可曾回来？"杨泉忙跑去开门，道："小姐，大人忙得很……小姐进来等他如何？"玲珑道："他既在上朝，我便去宫门口等，叫他惊喜！"杨泉忙道："那皇宫岂是我等布衣能走近的，小的这便派人给大人送信去如何？"玲珑不理他，自己便向宫城走。杨泉怕玲珑在宫外闹出事惊动皇上，忙派两名侍卫偷偷尾随，相机而动。何裳也暗中跟着三人到宫门外。正值散朝，百官络绎不绝地从宫中出来，玲珑在人群中仔细辨认着，却始终不见杨瓒，也不见杜贤。何裳也纳闷，点住追踪玲珑的两侍卫的穴道，轻身潜入宫中。上次他夜探时皇宫还蓬蒿满地，如今已修葺一新，他先到荷风苑，见芙蓉井上大石依旧，放下了心，回身去朝堂却是人去屋空。他心下纳闷，隐约听到尚书房方向有人声，便轻身过去，听见晚晴道："梅劲一除，那群老家伙似乎有些慌了，回去查探他们有何动向。"杨瓒道："那这几日皇上恐怕要寂寞了……"晚晴笑道："除旧立新之后，每天都是安心日子，我岂在乎这一两日！"何裳听了大吃一惊，难道杨瓒移情别恋与晚晴相好？玲珑若知道岂不伤心欲绝？难怪上次杨瓒对玲珑那么淡漠，杨泉又派人跟踪玲珑，定是怕玲珑闹出事来。看到晚晴，他心中又说不出的难受，忽见丁癸小跑到门口，禀道："皇上，御史大夫回朝复命！"晚晴道："请他来书房。"不久便见杜贤匆匆赶来，面容疲倦却神采奕奕，在门口便拜。晚晴伸手止住，道："你带伤在身又劳累一夜，不必多礼，进来坐。"杜贤忙谢恩，又向杨瓒行礼，进书房坐下，道："江边救灾事宜已安排妥当，将士因潮水伤亡十万余，战舰毁坏七百，百姓伤亡八千余，江边毁坏房屋两千余户，受灾百姓已安置妥当，救灾粮食与银两数目已着人计算以备调配，重建事宜交工部与金陵守协办。"晚晴点头道："救灾钱粮今日上朝我已准了，爱卿辛苦！近日有官员奏伍驰、夏骠等人结党营私、舞弊贪赃，你彻查此事，朕将陈猛及其所部调与你指挥。今日回去好好歇息，明日办事。"杜贤领命谢恩，与杨瓒一起告辞出宫。行至半途，杜贤忽然想起玲珑，道："杨兄，玲珑姑娘来金陵找你，刚刚小弟进宫时她在宫外等待，非要小弟带她进宫。"杨瓒一惊，却佯作无事道："如今多事之秋，她倒来了……也罢，我便接她回家。杜兄好好歇息，明日大事要紧！"说着走出宫门。

玲珑刚到宫门口时本想拉住杨瓒大闹一场，看他到底爱恋谁，可不想并未找到杨瓒，又等了许久，她的冲动渐渐被消磨，心中盘算如果大闹一场恐怕杨瓒从此在百官面前抬不起头，即便心里还有自己也会一刀两断，不如装作无事，便如往常一样，试探他的心意。她远远见杨瓒出来，忙上前拉住他的手，道："阿瓒，辛苦了吧？快回家，我为你熬粥。"杨瓒怕被人注意，勉强应着，匆忙与杜贤告别，拉玲珑钻进马车。一进家门，杨泉便赶忙凑上来，向杨瓒耳语了几句。杨瓒忙让玲珑回房等着，自己随杨泉到内室，只见满屋都是礼物。杨泉递上一份单子，道："伍驰、夏骝一般人都全了，怕是商量好的。"杨瓒掀开名帖上写着伍驰的一个锦盒，展开其中的画，只见是北宋郭熙的《早春图》。他在家中见过此画摹本，杨承兴当年多方搜求也未能得到真迹，他仔细辨认笔墨款识，确认此卷真迹无疑，不由兴奋异常，又打开夏骝的锦盒，只见是一柄金玉五福如意，上有蝇头金丝篆文"大唐开元十年御制"，形制和工艺都堪称极品，再看其他锦盒，均是字画古董珍玩。杨瓒不免犹豫，他受父亲影响嗜字画珍玩如命，伍驰等人定是早已探听清楚投其所好，但如今正是风口浪尖，收下东西难免赊人口实。他有些为难，转身问道："他们派人来送礼可曾传什么话？"杨泉摇头道："只是送礼，送到就走，无话。"杨瓒点头，自语道："如此是试探我，看有没有转圜的余地。梅劲一死，他们果然坐不住了。"自己收下礼物就表示维持现有格局，但伍驰等人是否就此听话也不得而知，何况杜贤马上就要严查这批人，收下无疑危险。如果退回礼物，就是明确表示要除旧立新，伍驰等人毕竟还有影响，如果拼死一搏很可能惹出乱子。忽然，他眼前一亮，叫杨泉道："礼物暂存，好生保管，不说收也不说不收。你将送礼者与礼物名称马上誊好，我交给皇上，此事保密！"杨泉小声道："玲珑小姐昨晚来过，奴才怕她在外面听到什么，叫她进家等，她却自己走了。今早又来，奴才叫她进家，谁知她直接去宫门口了。没出什么乱子吧？"杨瓒道："她自来任性，此事也不怪你，你只派人看好她便是。"说着回房去了。

玲珑在杨瓒房中盘算如何试探他，想来想去却无计可施，不由恨自己没用，在别人面前凶得厉害，一见杨瓒却只想讨他欢心，什么计策都施展不出。不过如今真的是生死存亡之际，不如直接问清楚。她拿定主意，见杨瓒进屋，忙迎上去揽住他，道："相公辛苦，快坐下歇息，妾身这边去为相公烧几个小菜！"说着便要去厨房。杨瓒拉住她，道："自有下人置办午饭，你何时来金陵的？都去过哪里？见过谁？"玲珑道："我搭了杜贤的船来，到他家后便来找你。"她自己也不知为什么隐瞒了去迷楼的事。杨瓒松了口气，道："外面世道混乱，我公事繁忙，你日后便在家中不要出门了！"玲珑道："我们何时成亲？"杨瓒笑道："朝中大局未定，男子汉大丈夫国事未定，何以成家！"玲珑心中一凉，默然无语。两人各怀心思用罢午饭，杨瓒心虚，不敢久留，道："我还有公事要办，你来回奔波辛苦，快去歇歇，若有事便叫杨泉。"说着找杨泉拿了礼单匆匆进宫。玲珑一个人关上门，心中凄苦，伏在枕上默默落泪。何裳不忍，从梁上下来，抚着她的肩。玲珑抬头见是何裳，忍不住撞到他怀里泪如泉涌，道："阿瓒和皇上好了，不要我了……"何裳道："回家吧，我们搬到一个谁也找不到的地方，不再见他们。"玲珑哭道："我就是不甘心……我不信阿瓒真的不要我……"何裳叹了口气，不知如何劝慰她。玲珑忽然道："你去追他，看他与皇上说什么，会不会和皇上说我们的事。"何裳不忍心拒绝，纵身向皇宫奔去。

杨瓒生怕晚晴知道玲珑与自己的事，一路绞尽脑汁想如何摆脱玲珑，从御史大夫府门前经过他忽然心生一计，忙加快脚步赶到宫中。晚晴有些惊讶，道："来得如何这般匆忙？"杨瓒把礼单交给晚晴，道："老家伙们坐不住了，都来送礼探虚实。若我收了便不能动他们，若不收他们必然积蓄力量做困兽之斗。"晚晴笑道："恐怕如此大礼又投你所好，你也舍不得不收，你不怕杜贤一根筋查到你？不怕贻人口实？"杨瓒揽着晚晴笑道："皇上英明，我倒要把它上缴国库，只不过现在不言明，只把礼单给你，让那些老狐狸以为我收下了。到时若有人拿此事牵连我，你便出头言明我已将所有礼物上交。至于真上交还是假上交，自然你我知道！"晚晴不禁摇头赞叹道："我果然没有看错！不过南北战局你若有如此妙计，我们便高枕无忧了。"杨瓒兴奋地起身道："我来便是有一妙计……"忽然丁癸来报凌虚与风波子应诏前来。晚晴与杨瓒各自整肃衣冠坐好，道："叫他们来尚书房。"何裳听凌虚和风波子前来不敢怠慢，那凌虚本是练气之人，稍有响动便能明察，他小心翼翼地伏在屋顶调匀气息。只听晚晴道："两位国师闻召即来，真乃朕之股肱。"凌虚二人忙下拜，又向杨瓒施礼。晚晴请二人落座，道："朕与丞相正商议南北大局，招两位国师前来也有此意。丞相不妨先说说有何应敌之法。"杨瓒道："皇上可知道胡军谋略倚仗何人？"晚晴道："自然是吴钦舜。"杨瓒点头道："正是！胡军不谙水战，更不懂浮桥渡江战术，若无吴钦舜出谋划策，胡人必将对长江天堑无计可施。"凌虚道："贫道与风波子道兄也在考虑刺杀贺兰漠与吴钦舜，只是苦于无法渡江，因此拖至如今。"杨瓒一笑，道："在下已想妥——那吴钦舜本姑苏文人，与家父是故交，他本育有三女，有二人现在便在江南。那吴钦舜一生流离，最在乎的莫过于这两个女儿，若胡军再度开战我军必将不敌，不妨派使者议和，这两位小姐便是最好的信物。"晚晴道："万不可将两人都送去，否则吴钦舜再无忌惮！"杨瓒笑道："这个自然，臣已想好：两小姐中年幼者玲珑与臣自幼相熟，如今便在臣府中，御史大夫杜贤对她颇为钟情，现只需皇上下诏钦赐婚姻，再授以诰命，成就天作之合。那吴钦舜既见其女与我朝重臣联姻成诰命夫人必然感激不尽，又因有女在我江南有所忌惮。至于较年长之女霓裳，我朝可将她送至江北，以表达议和之诚意。"晚晴道："北岸险恶，劝她安然北渡恐怕不易……"杨瓒得意道："此女外柔内刚，待其妹胜过己命，若能操控其妹并晓之以理，必能使她自愿前往。到时我们可效法昭君故事，皇上给她一个封号，嫁与那贺兰漠。两姊妹同日在江南江北大婚，缔结两国之好，必将载入史册……"风波子不禁赞叹，道："丞相大略赛过孔明，我等可在送行仪仗中暗藏杀手，伺机除掉心腹大患。"

何裳听得义愤填膺，他本对杨瓒怀有希望，如今却不想他竟想出如此歹毒计谋，他挥掌击破屋顶拔剑便刺杨瓒。凌虚忙挥剑一招星河暗转截住，何裳怒不可遏已起杀机，翻手摆剑斜刺凌虚咽喉，凌虚忙连施两招太极剑法化去，头上已是惊出冷汗。风波子见状切齿道："小野种，倒还活着！"挥剑直取何裳心窝。何裳侧身避过凌虚剑锋格开风波子宝剑，近身转剑直削风波子。风波子不及收剑格挡，幸亏凌虚一剑截住，三人顿时被剑光裹挟。晚晴一见何裳便满面恨意，怒不可遏，喝道："你来杀我不成？"话说出口却一阵鼻酸。何裳负气道："狼狈为奸，我只杀那负心狼！"说着功力加猛，速度更快，潮音剑震起潮声。凌虚与风波子想不到何裳竟还未死，只恨当初没有一剑取他性命，如今他俩施展浑身解数仅能打个平手，再过些回合恐怕何裳便占上风，他俩暗暗着急。杨瓒见何裳怒不可遏，知道是冲自己而发，趁凌虚二人拦住何裳，他跑出尚书房，一面派人召集江湖人士救驾，一面调禁军包围宫城。不多时，少林空行、峨眉如常、昆仑乘云道人、崆峒山捕风、捉影先生各带弟子赶到，见是何裳，众人也是一惊。空行与如常知道何裳并非歹人，只率弟子护住晚晴。乘云道人与捕风捉影却不由分说各施兵刃加入战团。何裳本想杀掉杨瓒，去带玲珑与霓裳会合脱身，如今被四派掌门包围痛心疾首，抱定烈士赴死同归于尽之心，全力施展。潮音剑杀声骤起便如激浪狂潮，裹挟着武当长生剑、青城碧月剑、昆仑玉尘刀、崆峒日月钩如狂风骤雨一般。凌虚、风波子取上三路，乘云道人取中路，捕风捉影取下三路，走马灯一样上下翻飞。何裳发挥到极致亦不能取胜，心中涌出一阵悲凉，心道：也罢！死在此处正与母亲做伴。他悲痛已极放声长啸，决意鱼死网破。六人身上不住溅出血雾，捕风先被一脚踢飞破窗而出，接着乘云道人右臂被刺跃出战团，风波子被刺中左腿凄号一声闪出圈外，捉影被削去一片头皮血流如注滚到一边，凌虚右肩被削中虚晃一剑退至门口。何裳在书房中央，身中十数剑浑身是血，精疲力竭。他躺倒在地，仰天大笑道："世事无常，我今日竟要命丧于此，只可惜……"他闭目想着莫愁、霓裳、妙儿、武神、萧然、鬼谷子、空空、师父、父亲……他们都不在，只有晚晴，怨恨地望着自己……此生啊，还没有参透它的意义就要这样匆匆结束了吗？各派弟子纷纷涌上去要杀何裳为师父报仇。

突然，晚晴高喊"住手！"拦住众人，道："此人与朕有深仇大恨，当世只有朕才能杀此人！"说着从身边人手上夺过一把短剑，愤然走到何裳身边。何裳含泪凝望着她，道："死在你手上，也是死得其所……"晚晴忽然想起与何裳在太平宫中初见的情形，不到一年竟似隔世，同样是何裳受伤，同样是自己操纵生杀大权，今日真的要下手吗？她蓦地想起自己受过的痛苦，受过的欺骗，到底多少是爱多少是恨？她心中万端纠结。杨瓒见晚晴迟迟不下手，赶过来拔剑便刺，却见清影一闪，剑已不在自己手中。众人定睛看去，一位面目清癯、披发青衣的道人捏着杨瓒的宝剑站在何裳身前。何裳见到他心中一暖，道："你终于来向我讨酒债了……"说着笑得泪眼模糊。杨瓒认得是安期生，被他不明不白抢去宝剑，心中惊惧异常，高声道："你……你不怕死吗？"安期生轻蔑一笑，道："我怕不怕死我尚不知，但我肯定你怕死，不过放心，屠狗我怕脏手，不怕死的便来拦我！"说着揽起何裳便向前走。杨瓒忙叫众人将两人重重包围，道："我倒看你如何逃出千军万马！"安期生也不理他，对凌虚等人道："断臂伤腿者我不予计较，快去请空悟来，各大掌门联手与我较个高低！其他人退下，今日我动杀机，死伤莫怪！"各大门派弟子颇有不服者要为师父报仇，纷纷飞身抢攻。安期生一手揽定何裳，一手长袖一震，内力及处众人飞出丈许，内脏震裂而死。凌虚等人大惊，忙禁止弟子出战。禁军也惊骇异常，见安期生过来不禁汗毛直竖。禁军统领贾源见状忙号令结阵，重盾合围强弩就位，长矛齐转伺机而动，贾源仗势纵马挥刀便砍。安期生轻轻低头闪过长刀，乘势跃起，扯下贾源的斗篷，足尖在他头上一点飘到包围之外，不见踪影。贾源面红耳赤，带兵纵马去追。杨瓒又惊又惧，面色犹自苍白，向众人道："加派兵力全城戒严，若容他肆虐，定然坏我国家大计！"

金陵城中戒严的画角声齐鸣，禁军纵马在街巷中穿梭。安期生知何裳伤势不轻，带他出城恐怕来不及，见迷楼在前面，便索性将贾源的斗篷披在何裳身上，扶着他进去，见天香馆清净，便丢给侍女一锭金，道："今日那里我包下，任何人不得打扰，叫你做什么不许问不许说，事后重赏！"侍女忙领两人进去，返身退下。安期生关上房门，为何裳止血敷药。何裳的衣衫被割得零零碎碎，被血浸透裹在身上，十几处伤口或深或浅虽不致命，但他带伤施展全部功力以致失血过多，幸亏安期生及时点穴止血，否则已失血而死了。安期生为何裳敷药包扎完，看着昏迷的何裳，心痛不已，流下两行清泪，猛地吐出一口鲜血。他稳住心神，缓缓走到镜前，凝视着自己的假面，伸手缓缓揭下，这一刻他变成了莫愁。她在鬼谷学成逍遥游，练心达到无我之境，将体内阴阳内力化为己用从而治好了重伤，但这也让她不能动情，情怀一动便破坏了无我之境，阴阳内力便失去平衡互相冲撞，心痛如刀绞，重伤复发。当日少林寺何裳失约，与霓裳在一起，使她伤心欲绝，与紧那罗两败俱伤，此后她归隐疗伤，决意弄清事实，却不想再以本来面目与何裳相见，便假借安期生的身份行走江湖。本来事实已然明了，可如今又迭起变故，她不禁慨叹人生之难。

忽然，迷楼外马嘶人喊，蹄声如雨。她忙将假面戴上，用斗篷裹住何裳掩在桌下。只听禁军统领贾源道："谢娘，这次奉皇命检查城内所有酒楼，本帅得罪了！"说罢带人进楼。谢天香笑着从内室出来，经过天香馆门前时稍驻了一下，道："原来是禁军统领驾到！真是失迎了，一会办完公事将军喝一杯再走。"边说边凑到贾源耳边小声道："听宫里的消息，因前番将军兄弟二人功勋卓著，皇上要为将军一家封侯……"贾源与那南军主帅贾演本是兄弟，梅劲死后贾演已然入主兵部，如今又听说要兄弟封侯，不由得喜不自禁，道："自然当喝一杯！不过今日皇上催着拿人，这里完事还要赶去别家，待办完公事再来。"说着让手下逐一巡查，自己左顾右盼上楼来。谢天香背手把天香馆的门拉开小缝，将身边侍女推进去，又合上门。安期生会意，忙将侍女衣服扯开，搂在怀中。侍女媚然一笑，香肩半露，举起桌上酒杯。贾源上楼吩咐兵士搜查各馆，自己到天香馆门前，道："谢娘这大屋我最喜欢，本帅亲自来看，省得小的们不懂事招惹了客人。"谢天香笑着附耳道："今日是贵客，来头极大，将军要客气些。"贾源整了整衣甲，拉门边往里看，只见美貌侍女酥胸微露，风情万种地举杯向客人喂酒。贾源哎呀一声合上门，道："如此标致的姑娘，谢娘不曾让我见过……此番叫我……今夜睡不得觉了……"谢天香大笑，道："叫你小心，你偏鲁莽，如今岂不自作自受！公事完了定然要来，我让姑娘携美酒等着。"贾源呵呵直笑，带兵士走了。

安期生长吁口气，为侍女穿好衣服，尴尬地笑了笑，道："多谢姑娘……"侍女只是抿嘴微笑。谢天香开门进来，道："两位可无恙？"安期生忙起身行礼，道："多谢谢娘，不知谢娘为何相助？"谢天香笑道："我是迷楼之主，客来便是友，既是朋友自然要肝胆相照。"说着让侍女去拿一套新衣，道："若要出门，还需让他换上新衣，带血的我派人烧掉。"安期生不禁感叹。谢天香道："如果不能眼观六路，如何叫自己的地方呢？先生莫担心，你的秘密我自会保守。"安期生知道谢天香指的是自己女扮男装的身份，心中感激，道："风尘女子多侠义，不来迷楼，在下恐怕永难知晓……"谢天香道："此处眼杂，先生不妨将伤者带到我内室静养。"安期生见她诚恳，点头道："那便叨扰谢娘了。"说着扶着何裳随谢天香到了内室，给何裳换上新衣。谢天香觉得何裳眼熟，回忆许久想起曾见他与霓裳在一起，玲珑也曾说过他的事，又见安期生对他细心照料，却不改男装，知道定是情债纠缠，暗暗一笑，道：
"先生高姓大名？这位公子可叫何裳？"安期生道："在下安
期生，谢娘认得何兄？"谢天香道："他与我家囡囡是旧识，
听说过他……"安期生一阵沉默，起身靠着窗子看楼下秦淮河。

日已西沉，船来船往，西风抚水，灯火荡漾流离，恍如若
即若离的情缘。

第二十五回　胭脂泪，相留醉，几时重

408

当日杨瓒便如惊弓之鸟，生怕安期生突然来取了自己的头，在屋中坐立不安来回踱步。晚晴也怕何裳破坏求和大计，贾源又搜查未获，她焦虑道："大计若不及早实施，被他们抢了先机便功亏一篑！"杨瓒道："明白，如今最重要便是抓紧玲珑，只要牢牢抓她在手，霓裳爱惜妹妹必然听我摆布，便是何裳向她告知实情也无济于事……皇上下诏嘉奖各派护驾之功，我马上备厚礼登门答谢，邀请各大掌门至府中，名为养伤实为防护，确保玲珑不被带走！"晚晴点头道："当使她安心在家，再尽快将那霓裳接来。杜贤调查伍驰、夏骝一党有结果我便趁机下诏奖赏赐婚。只是派何人出使江北议和颇费思量，需不惧兵威又有言辨者才行。"杨瓒思忖良久，道："大战之际深入虎穴，确是难事，环顾朝中，只有杜贤能当此任，不过他迂腐得很，待我开导成功他才能应此差使。"晚晴笑道："偌大朝中人才疏少，真的要除旧立新选贤任能了。杜贤靠你用心，事成之后我自有赏！"

杨瓒当夜便召集各大掌门住进丞相府后院，武当、青城、昆仑、崆峒分占四隅，又埋伏死士布下弓弩机关。他命人将后院正房布置一新，接玲珑搬过来，道："皇上已答应赐婚。"玲珑一愣，简直不相信自己的双耳。杨瓒笑着道："皇上要为你赐婚，授你诰命！"玲珑本来等了半天不见何裳回音，心中忐忑不安，如今骤然听到杨瓒亲口说皇帝赐婚，喜极而泣，跳着扑到杨瓒怀中，道："我就知道……我就知道……"杨瓒道："不过皇室历来有规矩，为示神圣，皇上赐婚之人从得知消息到成婚之日前必须斋戒独居，远离他人，万万不可到街市，否则冲了喜气。"玲珑道："我也以为皇上赐婚必然与寻常人不同，只是不想如此严格。那可以与你相见吗？"杨瓒道："市井俗人与陌生人万万不可见，亲友偶尔破例也无妨，我已暗中请四大门派的掌门保护你，防止俗人闯入打扰诰命夫人斋戒，这也是皇上亲自关照！"玲珑本来只幻想皇上能答应让自己做个侧室，没有想到皇上不仅开明为自己赐婚，还如此关照自己，又是感激又是得意道："你定然要替我谢过皇上，也要来看我！"心道：皇上做正室，我做侧室也不委屈，何况还是诰命夫人，这次霓裳他们便不能再说杨瓒的坏话了。杨瓒见她高兴，趁机道："这等喜事定然要告知霓裳，妹妹大婚姐姐岂能不在！"玲珑喜道："对，我这便写信报喜叫她过来。"说着兴冲冲去灯下研墨写信，写完交与杨瓒。杨瓒暗喜，道："你早些歇息，安心斋戒。我明日便派人去送信！"说完起身离开。玲珑送他走出院门，心中犹自兴奋得小鹿乱撞。

第二日一早，何裳从噩梦中惊醒，满身冷汗，眼前依稀还有梦中霓裳乘舟远逝的景象，他挣扎着要起身去送信。安期生按住他，道："你现在的伤势出门难以自保。"何裳环顾四周，不知身在何处，问道："我睡了几日？这是何处？"安期生道："昨日傍晚睡下，这是迷楼。"何裳忙道："谢娘在何处？我有要紧事，只能托她了。"谢天香闻声进屋，道："公子找我何事？"何裳道："杨瓒为晚晴献计向江北议和，要将霓裳送到江北，将玲珑嫁与杜贤。我必须救出玲珑回姑苏，带霓裳离开……"他忽然想到自己说出这些会让莫愁伤心，满是歉意地去看安期生。安期生与他目光相触，佯作无事转身去看窗外的风景。谢天香听何裳一说也有些吃惊，道："不想杨瓒居然如此负心。你如今出门不便，也只有我去找玲珑了。"说着便叫侍女备马车，匆匆赶奔丞相府。

谢天香从不擅出迷楼，她怕引人注意，故意坐了一辆侍女们的旧车，下车便用旧斗篷遮住面目。杨泉见是谢天香，忙迎进屋里，打躬作揖道："娘娘驾到当早派人说声，小的也好好准备一番，如今丞相也不在，小的岂不怠慢了娘娘！"谢天香微笑道："总管客气了，我听下人说昨日在城中瞥见玲珑与丞相在一处，想是丞相将玲珑接到府中了，今日无事便过来看看她。近年来我与她久经别离，日思夜想，劳烦总管引路。"杨泉搓手为难，不知如何应对，支吾道："皇上已赐小姐大婚，小姐如今正奉命独居斋戒，不能见客……何况娘娘又是……风尘中人……"谢天香见杨瓒已有所安排，知道不能追问，便道："既如此，便先恭喜她，总管代我向丞相请安！待大婚之日定要告知老身，老身必备一份厚礼，总管也有份。"说着摸出一锭金塞给杨泉，道："我家囡囡便托总管多照顾。"杨泉欢喜道："自然自然！"谢天香起身告辞，坐车赶回迷楼，她饱经风霜，此时心中却也忐忑，不知玲珑现在身处何境。

何裳与安期生二人默默等着谢天香的消息。何裳担心霓裳，却又对莫愁充满歉意，想不出该如何与安期生搭话。他见谢天香眉间紧蹙进屋，心中不免担忧，问道："玲珑不信？"谢天香叹了口气，道："见面不信也罢，今日却连面也见不到。那杨泉托词说玲珑因赐婚奉命独居斋戒，外客一概不见。这定然是杨瓒已有所安排，我怕他们察觉，不敢再问其他。玲珑迷恋太深，恐怕已任他摆布了。"何裳情急，道："她当年被那丁卯强买进宫，形同囚徒。今日不能再让此事重演，她不脱险，霓裳便不肯离开。"说着奋力起身下床。安期生忽然回身，缓缓道："劳烦谢娘照看何兄，我去瞧瞧。"谢天香道："先生与囡囡也相识？"安期生道："不相识，不过天下负心者皆我仇敌，我去为她讨公道。"何裳感激地看着他，话到嘴边却不知如何开口，只道："千万小心！"安期生黯然一笑，头也不回地出门而去。

安期生在丞相府屋顶间来去，寻不到玲珑踪影，忽见后院四隅屋内暗藏刀光剑影，正房大门紧闭，知道定然是要紧所在，纵身飘落院内，推门进屋。四掌门见他大摇大摆进院，知道他厉害，都心怀忌惮不敢贸然出击，各持兵器躲在门边观望。玲珑独自无聊在屋中跳舞，听见门响以为是杨瓒，忙欣喜地叫着："阿瓒……"回头便扑过去，半途却看清不是杨瓒，而是一陌生男子。她忙退到桌后上下打量他，依稀觉得眼熟，忽想起他便是何裳日思夜想的女人假扮的安期生，不免一脸敌视和鄙夷，道："你是如何进来的？"安期生本是不忍何裳带伤出来，才主动来救她，本来对她同情，谁知却被她当头满是敌意地质问，心中顿生厌恶，道："只要我喜欢，上天入地。跟我走！"伸手拉住玲珑便出门。玲珑道："我哪也不去！"安期生嫌她执迷不悟，道："杨瓒骗你，要将你赐婚给杜贤，再把你姐姐送到江北嫁给贺兰漠。你随我走，他的诡计便失败！"玲珑冷笑道："阿瓒早就说过让我做诰命夫人，不会骗我。你是嫉妒我与姐姐！"安期生不愿理她，拉着她便走。她情急拔下头上金簪便刺安期生的手。安期生听风辨物，将她甩到一边，道："我已仁至义尽，你愚蠢虚荣执迷不悟，有何劫难都是咎由自取！"说罢，走到院中央对四周窥伺者道："出来放两箭，也好向你们主子交差。"四掌门不敢妄动，院中埋伏的死士却不知他厉害，起身放箭。安期生嫌玲珑不懂事，心中既委屈又憋气，此时将怒火都泄在这些人身上，挥袖将来箭接住一一掷回，那些杀手不及逃跑都被钉在墙上，疼得哇哇大叫。安期生怒火稍减，回头瞪了玲珑一眼，纵身飞出院落。

何裳本就觉得愧对莫愁，见安期生独自回来，自己满心愧疚不知如何开口。谢天香自然明察二人心意，又加之担心玲珑，忙迎上去道："先生可曾见到囡囡？"安期生摇头道："我说明真相要带她出来，她却不信，执迷不悟，受苦受伤咎由自取。"谢天香叹气，伤感道："我怕的也是这个。可怜霓裳也要受牵连，被嫁与那贺兰漠……"何裳挂念霓裳，忍不住起身道："我的伤无妨，这便去姑苏。"安期生一阵心痛，道："伤重致命，你也要去吗？"何裳被他问得心酸，怕说话让他伤心，可如今生死关头却不能不说。他缓缓点头，道："霓裳善良，事事舍己从人，一生却受尽磨难，命运不该对她如此不公。我蒙她眷顾，虽四体残废她依然不离不弃，她以一人之力让我延命于乱世，不异再造之恩。至姑苏后，她知我思念别人，便让我去寻觅，宁可一人承受相思之苦，此情此爱便是顽石也当泪下，我万死也不能报。若她再被小人伤害，我此生良心何安……"他说得动情，不禁热泪盈眶，气血涌动，伤口都渗出血来。安期生本不了解霓裳，听他如此说也鼻中酸楚，忙背过身甩落泪水，道："何兄有情之人，在下代你去一趟，你安心养伤！"何裳感动，含泪凝望安期生，道："先生能理解何裳苦心，何裳死亦瞑目。"安期生胸中一热，怕自己不能自持，飞身而去。

自何裳去后，姑苏便秋雨绵绵。每至黄昏，霓裳从窗口望着荷塘，望着粉墙外浩淼的太湖。荷塘中泛黄半枯的荷叶在雨中静静矗立，仿佛倾听雨打芭蕉。碧绿的芭蕉叶从屋檐一直垂到花窗，雨滴在上面，新痕洗去旧痕。金黄的桂子连同叶子被雨打落，漂了满地，随着雨水流入荷塘，再流出园子汇入太湖水，只剩若有若无的幽香，在雨中变得淡若薄云。此时霓裳便把自己想成一片浮云，随着何裳到天涯海角，静静地看着他，这对她已经足够，然而似乎总有些事隐隐约约让她牵挂，说不清道不明，却使她的心陷入莫名的忧伤，思念……牵挂……恐惧……交错在一起，心竟似雨中遍是涟漪的荷塘，纷乱又冷清，而那纷乱的雨声又似乎那么遥远……

太湖中传来隐约的桨声，霓裳忙从存香楼开窗望去，只见雨中一叶孤舟向寄园漂来。霓裳一阵欣喜，忙下楼接过紫叶送来的油纸伞奔向栈桥。雨雾迷蒙，小舟拨开水上的桂子靠岸，舟中走出一青衣男子，却不是何裳。霓裳一阵失落，认出他便是莫愁假扮的安期生，不知他是何来意，不过也上去递过一把伞。安期生心中一暖，撑起伞上了栈桥，道："多谢姑娘。"霓裳微笑着点一下头，带着安期生走进园中。紫叶已泡了上好的碧螺春，见来的不是何裳，心中不喜，便要端茶回去。霓裳对紫叶一笑，接过茶具放到桌上，给安期生沏好，道："自家山上明前的碧螺春，先生尝一尝。"安期生接过莲叶白玉杯，品了一口，道："供春壶、白玉杯、香茗、佳人与深深秋雨……何兄不安享此境却去与尘世浮生周旋，在下替他抱屈。"霓裳听他提何裳心中一沉，道："先生见过何兄？他可好？玲珑可好？"安期生道："我便是受何兄所托而来。杨瓒出诡计要皇帝将玲珑赐婚与杜贤，将你嫁与贺兰漠，以向江北求和，到时令尊顾及你们安危便不得不答应。"霓裳惊诧道："何裳呢？玲珑呢？"安期生道："何兄义愤要杀杨瓒，被各大掌门围攻受伤，现在迷楼有谢娘照顾。玲珑被杨瓒蒙骗关在丞相府，戒备森严。我曾去救她，她已沉迷太深，不肯离开。"霓裳愣在那里，眼泪在眼中打转。安期生道："何兄要亲自来带你走，我怕他带伤再被追杀，便替他前来通知姑娘，当先找地方隐居，避过此劫。"霓裳再也忍不住泪水，扑簌簌落下，道："我自幼便家亡人散随母亲飘零，才赎回家园便又要奔逃，偌大天下哪里又有我容身之地……玲珑既然不能脱身，我怎能独自逃离。何况这战乱不休家父本就难辞其咎，以我家三人解救天下于兵燹，也是该有的因果……若我离开，战事再起，我父女便成千古罪人……只是日后何兄……要托你照顾了。你告诉他，危难之时他能念我在心，霓裳已死而无憾了……"安期生一阵伤感，道："何兄对你情深刻骨，你要等着他们带你走？若如此，叫我如何面对何兄？"霓裳点头，道："祸福倚伏，聚散无常，人生本就若飘萍，我命该如此，他应该知道。何兄一直在找一个人，如今，你、我与他各自本心应该都已明了……"说着她抬头看着安期生。安期生听了她的话心中一震，与她的泪眼对视，居然有些慌乱，道："姑娘……是何意？"霓裳道："水月姐姐已经来过了……"安期生一怔，道："难道……"霓裳道："他也知道……你改变身份必然是不愿以真面目见他，他怕与你相认后你不再见他，所以才装作不知情，你不要怪他……"安期生起身到檐下，看着雨水从屋檐滴落，泪水从眼角落下，他缓缓道："还是你了解他……如果我们在从前，在别处，以其他身份相识，定然是朋友……"霓裳走到他身边，看着水在石砌的小路上带着落花流走，道："如今也不晚，此时、此地……他喜自由，我只能平添累赘，你合适得多……"安期生胸中一阵绞痛，泪水将面具湿透，他忍痛道："我去大开杀戒，将那玲珑救出，大家一起走！"霓裳摇头，道："我命已如此，再为此大开杀戒，便是得获自由，也毕生心不能安。何况到江北能与父亲团聚，也是乐事……"她向安期生笑了笑。安期生感受到她强颜欢笑安慰自己的温暖，也感受到人世彻骨的悲凉……

一条船靠到岸边，上岸的是一名杨府家丁，他叩响园门，道："霓裳小姐可在家？小的丞相府家丁杨云，携玲珑小姐的家书接霓裳小姐到金陵。"紫叶忙去开门，领杨云进园。杨云

④
①
⑤

将家书呈给霓裳，侧目反复打量安期生。安期生并不理他，走到一边看着窗外的芭蕉，闻到雨中飘落的桂子的暗香。霓裳看了家书，心中为玲珑担心，道："舍妹现在可好？"杨云道："好得很，只等与小姐团聚！小的在此等，小姐收拾完毕便可开船。"霓裳默默点头，转身回房。紫叶也忙叫顾婆婆帮忙收拾。安期生跟过去，道："走得这么急？"霓裳道："我担心玲珑，若最后一刻她发觉受骗，不知会多难受……我无法救她，只能在她难过时陪她。"安期生道："与何兄见一面再走……"霓裳含泪摇头，道："他身上有伤，我若去见他，被歹人发现便会拖累他，此番不见，以后忘得也容易些……"说着泣不成声。安期生痛苦至极，吐出一口鲜血。霓裳忙扶他坐下，道："你歇歇再走。"回身对紫叶道："妹子，他是何兄的至交好友，我走了你要好好照顾他养伤。日后如果我与玲珑不回来，你们一家便搬过来住。若食用贫乏，便拣值钱的卖掉……"紫叶声泪俱下道："紫叶不卖，紫叶日日住在园中等小姐回来……"霓裳为她擦着泪，提起包袱，抱了琵琶静静走出去。杨云忙带霓裳上船，紫叶打着伞。安期生在水榭与船头的霓裳遥遥相望，直到船渐行渐远，消失于江湖。

　　杨瓒知道霓裳素来不喜欢他，待霓裳一到他便颁了皇帝将她赐婚与贺兰漠的诏书，霓裳却没有他想象的那么惊异，而是默默拜谢。杨瓒倒有些出乎意料，他借口皇帝赐婚并加封号需进宫斋戒，把霓裳安置到后宫派人看守。杨云想起见过安期生，忙道："小的在姑苏见过那个安期生。"杨瓒惊讶道："在何处？你肯定是他？"杨云道："就在小姐府中！那人小的见过几次，不会错。"杨瓒道："倒真的让他先到一步，不过不出我所料，只要玲珑在我这，霓裳是不会和别人走的。"心中暗道：既然安期生与霓裳见过面，此事不宜久拖。他忙起身派人备车去找杜贤。

　　杜贤手中拿着一份清单正自发愁，见杨瓒进来，忙把清单夹到书里，行礼道："杨兄有何见教？"杨瓒看了一眼桌上的书，笑道："杜兄查伍驰夏骊一党进展如何？"杜贤支吾道："查到些端倪，只是苦于证物不足……"杨瓒知道杜贤老实，不会撒谎，见他支吾定然是事关自己，所以不便开口，便道："杜兄是不是有所顾虑？"杜贤的脸马上红了。杨瓒知道自己言中，道："杜兄尽管公事公办，证物我自可提供。"杜贤本来担心自己弹劾杨瓒会很尴尬，听他如此说放下心来，感激道："杨兄能支持，事成一大半！"杨瓒笑道："小弟此番来还有一事，此事重大，关乎国运，杜兄当随我面见圣上议定！"杜贤忙随杨瓒进宫。

晚晴将两人召到摘星楼，望着江北出神许久，缓缓道："一江南北，消磨多少英雄……我朝中兴建都江左，如今胡虏大兵压境，两番大战生灵涂炭，若不是天佑我朝挫败胡军，恐怕江南百姓已在水深火热之中。二位明言，若胡人再度开战，我军胜算多少？"杨瓒道："我朝初建，朝中军中变故尚多，民生未安，若胡人再度开战，前途难测……"杜贤道："若能尽快安抚百姓，奖励农耕，加强国力，胜负亦未可知。只是需要时日，恐怕胡人不会等……"晚晴点头叹息道："吴钦舜诡计多端，胡人也不会拖延……为今之计，恐怕要学昭君出塞故事。"杜贤惊讶道："和亲？"晚晴道："吴钦舜有二女在姑苏，年长的霓裳温柔娴淑，我朝将赐她公主身份送到江北嫁与贺兰漠，吴钦舜喜于得女，贺兰漠喜于得妻，当答应议和。如此，我朝便争取到时间，休养生息壮大国力。"杜贤大惊失色，道："那霓裳本与……"他本想说霓裳本与何裳相爱，却被杨瓒扯住袖子，想起何裳大闹皇宫震动金陵，忙改口道："霓裳可愿意？"杨瓒道："我已奉皇命接霓裳来，她深明大义，又喜于和父亲团聚，已欣然同意。"杜贤半信半疑，道："那玲珑……"杨瓒道："此事正要恭喜杜兄。皇上知道杜兄对玲珑有心，特意将玲珑赐婚与杜兄，到时南北大婚，吴钦舜定然感激天朝隆恩。"杜贤更是瞠目结舌，不敢相信，心道玲珑与你相恋是尽人皆知之事，却如何一朝赐婚与我？他正要说出口，杨瓒怕他质疑，忙道："杜兄高兴得昏了？还不快谢皇上恩典！"杜贤头脑一片空白，连忙拜谢。晚晴道："此事关乎

我朝国运，议和之使者必兼大智大勇，环顾当朝，只有爱卿能
当此任。国家命运、一己姻缘都需爱卿玉成。"杜贤还未从赐
婚一事缓过神来，又担心自己难以胜任，在那迟疑。杨瓒道：
"皇上，杜兄骤闻赐婚惊喜失态，出使之事他定然义不容辞，
请皇上下诏。"杜贤无奈，只好领命。

翌日大朝，杜贤上表弹劾伍驰、夏骝一干人结党营私、舞
弊贪赃、贿赂公行。伍驰等人本以为杨瓒收礼杜贤必然有所顾
忌，如此图个转圜的余地，却不想杜贤如此快便发难，一时面
面相觑，听着杜贤一一念众人罪状，不由吃惊：这些罪状均只
有内部党羽知晓，如今必然是梅劲一死有人按捺不住向杜贤告
密以求自保，否则短短时间内杜贤哪里知道这么多。想及此处，
伍驰狠狠地扫视众人，人们也都狐疑地看着身边人，心中愤恨。
杜贤最后念到众人集体向杨瓒行贿，伍驰等人没想到竟连杨瓒
也被查，更加惴惴不安。晚晴听罢脸色骤变，道："罪状可属
实？可有证物？"杜贤道："早年罪状证物多被转移销毁，臣
查勘无果。不过近日贿赂丞相之证物均在丞相府，臣已派陈猛
守卫监视，只等皇上下命查抄。"伍驰一般人大惊失色，连杨
瓒也不曾想到杜贤竟如此认真，暗自庆幸自己已先言明。晚晴
拿出一份清单，让丁癸递给杜贤，道："不必了，丞相当日便
将此清单上交，言明礼品一概充公！清单朕看了，每件礼品都
价值连城，朝臣几十年的俸禄也难置办，可见诸位积累之丰厚，
此罪按本朝律例本当抄家，今日朝堂之上，若能举发者从轻发
落。"伍驰众人面面相觑，起初均沉默，不久便有人沉不住
气，举发伍驰受贿营私，伍驰恼羞成怒，反唇相讥。开始只两
人互驳，后来言语牵连，众人均加入战团，互揭私短恶语相向，
最终面红耳赤忍不住攘臂出拳。晚晴见党羽瓦解，心中暗笑，
道："各位均是开国老臣，且举发有功，各自罪状只记录在案
不予追究，不过各位久在朝中对民情生疏，当外调地方为百姓
造福，若再有犯法者，自当严惩不贷！外调及选员替补空缺一
事交丞相处理，当先选一吏部主事协助。"杨瓒道："吏部臣
已有人选，礼部齐轩出身诗礼世家，与臣同应察举，持重沉稳，

可当其任。"晚晴点头，又道："今日大朝另有要事，今胡虏大军压境，我朝两战损失重大。朕拟派使臣赴江北议和，选江南女子贤淑貌美者嫁与贺兰漠，若和议成我朝将得休养生息，百姓亦将免遭兵燹，众卿可有异议？"众人巴不得议和，更怕让自己出使，忙群声称好。晚晴趁机宣布任杜贤为使者，陈猛随行护卫，明早出行。

杜贤第二天一早便辞别母亲，与陈猛到江边。晚晴带百官送行，两人拜别晚晴，登船高挂使节，舟子解缆扬帆而去。北军见有船驶来忙鸣角示警，贺兰漠与吴钦舜凭栏眺望，见来船高挂使节，吴钦舜眉头一皱，下令船靠岸时不要阻拦，接来使到大帐。贺兰漠道："相父皱眉，已知使者来意？"吴钦舜叹息道："小朝廷经历两战，虽侥幸苟存，国力军力早不堪重负，此来恐怕为议和。老夫两女均在江南，小朝廷恐怕要以此要挟了……"贺兰漠惊道："相父是说他堂堂大国要以两位女子做棋子？我军当答应还是拒绝？"吴钦舜道："抛除自家因素，老夫也想议和。我军数年来苦战不息，特别是去年自胭脂山南下一路征战到此，不及休整早已疲乏。如今江北百姓多死难逃亡，田地荒芜，粮草已见不足，又因战事紧急，仓促间未及在江北设官行政，大片土地依然按草原游牧方式由部落统辖，凝聚力差，胡汉矛盾加剧。最近两战因天灾人祸损失重大，各地流民趁机揭竿而起，情势危急。臣两度受挫，神疲力竭，短期难以谋划周全。臣以为，不妨就此同意议和，趁机设官行政，安抚流民奖励农耕，为再战做好充足后备。"贺兰漠点点头，见小舟靠岸，道："近来多事，我也在考虑如何解决，且看他们如何说。"江边守将来报使节上岸待命，贺兰漠点头示意请上楼来。

杜贤持节与陈猛一前一后上楼，向贺兰漠与吴钦舜行礼道："太平使节御史大夫杜贤拜见可汗。"贺兰漠见杜贤一介书生，规行矩步，心中不快，道："大夫免礼！此番渡江见我兵威，有何感触？"杜贤道："北军兵威强盛，远胜南军。不过马上得天下未必能马上治天下，短视之人炫兵威，远虑之人察治道。"贺兰漠不想他有此论，心中首肯，面上却一副怒容，拍案喝道："败辱之国，敢讥讽本汗！"楼下卫士闻声一齐冲上楼。杜贤惊得心跳如鼓，却强自不屈。陈猛在杜贤背后狠狠瞪着卫士，怒发冲冠。贺兰漠放声大笑，挥散众人，道："威武不能屈，看来小朝廷也并非无人。敢问大夫，太平王朝众臣可都如二位一般？"杜贤心神稍定，道："太平王朝人才济济，我二人何足道哉！"贺兰漠笑道："大夫说笑，若如此何以被我军打得丢盔卸甲？"杜贤道："前番权臣吴梁误国，二番天灾阻战，非贵军战胜。如今我朝已调举国之兵临江，带甲百万，若大汗再犯，胜负未可知！"吴钦舜微笑道："那使者所为何来？若递战书，我军马上批复明日便决战，如何？"杜贤脸一红，道："本使此来非为小小战局，乃为两国长远。年来天下兵火纷争，百姓流离，将士疲困已极，若再征战不休，必将两败俱伤，两国危殆。吾皇哀悯百姓之苦，痛惜将士之身，特遣本使赐和，以救两国于水火。"贺兰漠笑道："按你所说，倒是你家皇帝赐和救了本汗与天下万民，若本汗不许，便得罪了天下人，遭千夫所指。"吴钦舜冷笑道："历代主国者都是这一套说辞，举天下之公以奉一己之私，却又要扮作为万民谋福。空言炫目，可见百无一用是书生。"杜贤道："小臣自然无用，丞相亦身为书生却经天纬地，可见书生亦非无用。此番议和亦为了却丞相家事。"吴钦舜虽早有预料，此时也心中一沉，不过他面不改色，道："家事为家事，国事为国事，公私不可不分明。老夫家事了却与否与国事无干。"杜贤道："先贤云修身、齐家、治国、平天下，家事国事一以贯之，不可谓无干，何况和亲自古便关乎国运。今吾皇闻悉丞相二位千金寄居江南无依无靠，两千金中霓裳贤淑温柔，便拟赐予公主封号嫁与大汗以成两国之好，亦可使丞相父女团聚。"贺兰漠与吴钦舜都大吃一惊，谁也不曾想到小朝廷竟然如此求和。贺兰漠早就倾心于霓裳，却不知霓裳是否自愿，怕她受制于人到时反让她痛苦。吴钦舜暗暗责怪自己：一直以来心存侥幸不敢正视此事以致失算，如今霓裳受人摆布岂不痛心，更不知玲珑现在如何。他胸中痛楚却依然不动声色，微笑道："这是霓裳，玲珑呢？可是跟随前来？"杜贤满脸涨红，道："皇上，赐臣与玲珑成婚，与霓裳过江同期……"吴钦舜心中一震，小朝廷定然是以此将玲珑留作人质了，杜贤还算合自己的意，可玲珑是否也受制于人？他缓缓道："大夫青年才俊，老夫得此佳婿实乃幸事，玲珑必然也是欣然应允吧？不知她现在可好？"杜贤一愣，自己只顾兴奋竟不曾问赐婚之事是否玲珑自愿，他一情急，脸又涨红。吴钦舜见状知道玲珑也受人控制，一阵伤感。贺兰漠心中恼怒，质问道："姊妹两人婚姻大事难道都不问各自意愿？"杜贤红着脸道："霓裳深明大义，是自愿的……"吴钦舜拉住贺兰漠，道："他是赤诚君子，被小人利用罢了，为难他无用……"转身对杜贤二人道："使者先下楼，答应与否容我君臣计议。"杜贤二人下楼等待。

　　吴钦舜叹息道："若只言和议，老夫当举手赞同，如今以私事要挟，事后必有阴谋。老夫请命即刻率军打过江去，纵使殚精竭虑而死，亦不能让奸谋得逞。"贺兰漠摇头道："霓裳于我有救命之恩，岂能弃之不顾！议和亦我所愿，相父也赞同，如今虽不知两人意向，总强于打过江去玉石俱焚，况相父大病初愈不宜领军……我强敌弱，他便有阴谋我岂惧他！"吴钦舜痛苦地长叹道："身在局外洞若观火，身陷局中心乱如麻……"贺兰漠下楼，对杜贤两人道："本汗同意和议，和议日期若定，大夫当遣使相告。"杜贤行礼道："大汗英明！万民必将感恩戴德！臣使命在身，就此回朝复命。"贺兰漠目送两人上船远去，回头见吴钦舜在楼头独立怅望，目光凄迷。

　　安期生送走霓裳，心中痛苦难忍，旧伤复发，修养一夜才恢复过来，早起便登船回金陵。一路他思忖如何向何裳开口，却想到何裳已知道自己身份，不知如何应对，默默独立舟头。晓霜未散，秋风萧瑟，吹着无边的芦苇丛起起伏伏，荡起漫天芦花。

　　何裳在窗前望着楼下等待，暮色照遍秦淮的时候，终于看到安期生的船，却只见他独立船头。何裳心中一沉，他虽已料到霓裳不会抛下玲珑不管，却相信她定然会来见自己一面，如今她却不在，难道被杨瓒抢先一步？安期生进屋伤感地向何裳摇了摇头，道："她不肯舍弃玲珑，且说以她一家三人救天下于兵燹，她愿意前往……我让她来见你，她说聚散无常，早些别离忘起来也容易，忘得容易痛苦也就短……"何裳神色悲凉，道："她怎么这么傻，不见难道就不想了？……"安期生道："也许她怕自己回头，见到你就走不了了……"何裳道："鱼死网破，我去拼一场带他们走！"安期生道："我也如此说，她不愿再因她伤及更多人，玲珑也不会跟我们走……"何裳满脸绝望地怔在那里，目光迷离。安期生道："你安心养伤，我会尽快找到她……"说着转身出门。

何裳在迷楼度日如年，夜不成眠。第二日午时，安期生风尘仆仆地归来，道："霓裳如今被安置在后宫。今日大朝，杜贤弹劾旧党，杨瓒大权独揽。皇帝又任命杜贤为使节明日赴江北求和，和议若成恐怕便要大婚。"何裳道："我已能行动自如，明日我们便入宫等待结果。"

后宫虽修葺一新，却人迹罕至，又因霓裳是自愿前来，所以看守不严，除了三餐有宫女送饭过来之外，再无他人。霓裳在后宫静静徘徊，两日来每一座假山每一潭池水她都熟稔，芭蕉的哪片叶发黄哪片叶新生她都晓得，她唤醒了沉寂十几年的它们，它们感受到她孤独的哀伤。参天古树斑驳的树干上残留着往日的刀痕火迹，霓裳静静地抚摸着，似乎感受到灾难当日的灼痛。不错，自己一人之身如果真能让天下摆脱战火，死又何妨。她一生都在对抗命运的不公，却一直无可奈何，今日又陷入被人摆布的境地，她没有反抗，因为她早就料到会有这么一天，只不过方式不同罢了。她走到荷风苑门口，里面的荷塘便如家中，败落的荷叶静静地在西风中摇曳，一只不知名的鸟飞到空中不见，只剩它落过的荷茎点着水面。十八年，这些荷花静静地开放又静静凋谢，该是安详还是寂寞？她走进园中，凝视着井口的巨石，想起何裳曾说过这里的故事，同命相怜，抚着石头道："你在这守了这么多年，辛苦你了。今日我与你做伴……"她蓦地听到隐约的唏嘘，回头一看，何裳静静地站在门口，默默地流泪。霓裳不曾预料何裳出现，顿时思念委屈孤独哀伤一齐涌上心头，她怕何裳伤心，忙掩住嘴不让自己哭出声，泪水却夺眶而出。何裳上前搂住她，抚着她的发，道："杜贤求和已被贺兰漠答应……晚晴……决定明日大婚……"霓裳尽力忍住哽咽，缓缓道："你不要怪我，若能以我换得太平，岂不胜过尸横遍野……若我不去，战事再起，我父女三人岂不成千古罪人……"何裳道："我何尝会怪你，我来找你是要与你在母亲面前成亲。"霓裳心中一震，道："你……她不与你在一起？让她看见岂不伤她的心……"何裳道："我说想与你独处一会，让她先回去了。她便是知道，也不会反对……"说着，他揽着霓裳跪在芙蓉井前，道："今日，孩儿与霓裳在此永结同心，请母亲见证：我二人生逢末世，相爱相知，饱经患难，此情弥珍。今生无缘白头，来世定将镌名三生石上，君为芳草，我为磐石，相倚而生，永不相负，天荒地老，此情可鉴！"两人泪眼模糊，俯身向芙蓉井叩头。何裳从霓裳袖中取出她的梳子与胭脂，摘下她的簪子散开头发，自己仔细为她梳着每一缕发，直到长发柔顺如水。他重新绾上髻插上玉簪，回身坐到霓裳面前，为她擦干泪水，食指沾了胭脂小心翼翼地涂在她脸上，轻轻揉开。霓裳一笑，一滴泪从脸上滑过，留下一抹淡淡的胭脂痕。何裳重新小心翼翼地为她擦干……

④
②
③

夜凉如水，秋月如霜，宫墙外潮声起落，两人牵手在后宫各个园中徘徊，一一回忆生平往事，谁也不敢合眼，生怕醒来此夜已然过去，然而逝者如斯，潮声起落间天色已发白，两人忽然沉默，似乎在等待谁也不敢面对的别离。后宫的大门轻轻打开，丁癸带着两队宫女捧着凤冠霞帔与公主的诰命匆匆赶来。两人绝望地对视，霓裳忽然笑了笑安慰何裳。何裳轻声道："我去江边等你……"说罢轻身遁去，霓裳的笑容在眼前久久不散。

何裳沿宫墙而行，忽见安期生躺在地上不省人事。原来在宫中与何裳分别后，安期生放心不下并未出宫，却恰看到何裳二人婚礼明誓，悲痛哀伤冲破心脉，旧伤发作痛彻骨髓。他忍痛全力跃出宫墙，却口吐鲜血晕倒在地。何裳已猜到大概，忙探他脉息，见生命无碍松了口气，抱起他潜行飞奔到锦罗刹船中。锦罗刹精神已恢复许多，将安期生安置到自己舱中，让水手在周围的船上戒备守护，又对何裳道："他如此厉害，竟也有人伤得了他？"何裳叹气道："不妨事，明日便好了。三姐今日且帮我照看他，我还有事便告辞了。"锦罗刹见他神色反常，拉住他道："你今日神色不对，何事连姐也要瞒？"何裳道："朝廷要与江北议和，今日霓裳要被送到江北嫁给贺兰漠。我去想办法送她过江……"锦罗刹瞠目结舌，急道："我也听到风声，竟是真的？你为何不将她劫来远走高飞？你糊涂啊！你不去我去！"何裳道："玲珑被杨瓒控制，霓裳不肯走，她想以一己之身换得太平，我劝她不过……"锦罗刹突然满腹心事，低头道："也罢也罢，若我取了贺兰漠性命，便都了结了……"抬头扶着何裳的肩道："凡事小心，好好护着她。"何裳点头，回身便奔向江边。

晚晴与杨瓒担心夜长梦多，接到杜贤复命便派人连夜筹备大婚，从内府找到前朝皇妃大婚时的嫁衣与凤冠霞帔，又找到全套的仪仗。黎明便为霓裳梳妆打扮，派使者先行过江知会贺兰漠，两边准备妥当。江南的仪仗船队鼓乐齐鸣，两船在前导引，霓裳主船居中，身后十船分两列跟随，红幡招展，彩旗飘扬，鼓乐喧天。玲珑也在丞相府梳妆完毕穿上嫁衣，侍女将盖头覆在她头上。杨泉进来笑着道："小姐，盖头在入洞房前可不许掀开半点，否则婚姻便不长久，也不能说话，说话福气便流出嘴了。"玲珑心中欢喜，连忙点头。杨泉带众侍女扶着玲珑上轿。杜贤身着新郎礼服骑马在门口迎接，率仪仗向江边缓缓行进。

天色阴沉，晓雾未散，江面上一片青蒙蒙，江风裹挟着一团团白雾笼罩着船队。霓裳揭开盖头，身着嫁衣走到船头，凝望着迷蒙的江北。宫女忙跟上，道："公主小心江风凛冽。盖头万万摘不得……"霓裳回头向她一笑，道："不妨事，听说这嫁衣是前朝遗物，竟如此合身……"宫女见霓裳和蔼，心中喜欢，小声道："奴婢听丁公公说，这套嫁衣是当年前朝皇帝娶虞歌为妃时特意做的。唉，人都去了，东西却还新着。"霓裳心中一热，竟觉这仿佛宿命一般，她在江雾中伫立，眼中噙着泪水。一名红衣礼官走到她跟前，为她披上披风，行礼道："雾重风寒，公主莫悲凉……"霓裳心头一震，这是何裳的声音，她的泪水夺眶而出，却不敢失态，缓缓道："多谢礼官。江行风寒，众位劳顿，劳烦礼官取霓裳琵琶，霓裳当为各位高歌遣兴。"何裳取来琵琶递给她。霓裳见何裳贴了胡子扮作礼官，黯然一笑，接过琵琶，望着无际的江水，想起上岸便要与何裳永诀，唱起李后主《相见欢》："林花谢了春红，太匆匆，无奈朝来寒雨晚来风。胭脂泪，相留醉，几时重。自是人生长恨水长东……"唱到最后一句，声音无比凄凉，江水呜咽，江雾似乎为之凝结不动。何裳痛彻心扉，道："公主不是只唱晏小山……"霓裳道："小山恨浅，后主恨重；小山恨情，后主恨命……"她似乎不禁风寒，身子轻轻发抖。何裳上前道："公主小心风寒。"霓裳摇头，向何裳微笑道："不妨事……风寒人暖……"何裳陪她默默在船头站着，感受着彼此的气息，直到江北的船队从雾中浮现。

　　贺兰漠与吴钦舜在主舰船头迎接江南仪仗，江南两艘前导船分开让出水路，霓裳的主舰停到江北主舰前。贺兰漠满脸笑意地望着霓裳，目光中尽是关怀。自从在长安分别后他的思念与日俱增，如今见到霓裳，他心中涌起久违的温暖。吴钦舜也百感交集地望着霓裳，上前去接她。霓裳在船头微笑着挥手止住众人，对贺兰漠道："大汗天纵英才，若能爱惜江北百姓，胡汉一家，天下自当太平……如今霓裳出嫁至江北，和议已成，两岸要谨遵约定……"她的脸色渐渐苍白，浑身颤抖着，宫女们大吃一惊，忙上前要扶她，她推开宫女，望着吴钦舜，尽全力微笑道："父亲风采……霓裳今日能领略，死而无憾……

恕孩儿不孝……孩儿若不过江，我父女便成千古罪人……可孩儿过江却不能再嫁……孩儿已嫁何裳，今生只能做他的新娘……"说着口吐鲜血仰天倒下。何裳冲上前揽她在怀中，呼喊着她的名字，她睁开眼看到何裳，脸上浮现出笑意，眼皮渐渐合上，最后一滴泪从眼角滚落，带着淡淡的胭脂红。何裳紧紧抱着她跪在地上痛苦得蜷成一团，呕出一团鲜血。

　　贺兰漠与吴钦舜见霓裳突然倒地慌忙奔过去。江南船队乔装成随从的各派高手一齐拔兵刃杀向二人。贺兰漠见霓裳自尽已心如刀绞，如今又见小朝廷竟在大婚仪仗中藏匿杀手，悲愤已极，横刀便杀。随从侍卫忙护住吴钦舜，待要叫岸上将士增援，却被两艘导引船上的杀手包围，只好跟着贺兰漠往前冲杀，岸上将士冲上主舰接应。贺兰漠如疯狂的狮子，睁着血红的双眼挥刀横冲直撞，一心杀人，全然不顾对方的兵器刺在自己身上。杀手们虽是各派高手，却未见过这种打法，心中惊悸，只是仗着人多一起围攻，手中的剑刺进贺兰漠身上，带出火热的鲜血。鲜血溅到霓裳的嫁衣上，何裳仰天长啸，起身抽剑杀入人群。杀手们一阵混乱，有人认得何裳，高呼："此人便是伤师父的仇人，他身受重伤，不要惧他！杀了报仇！"何裳扯掉冠戴，全然不顾血气冲开旧伤，全力使剑，剑剑封喉。两船间血光四溅，杀手们本可万无一失杀掉贺兰漠，却不料何裳出现，他们抵挡不住，战局顿时逆转，不久，船头只剩几个吓得瘫倒在地的宫女和礼官。何裳重新将霓裳抱在怀中，见她身上没有再沾血，心中宽慰，闭目陪着她。吴钦舜踉跄地跑过去看着霓裳苍白的脸，坐倒在地，伸手颤抖着捡起霓裳身边的玉瓶，里面是自己留在寄园的剧毒碧海心，他仰望天空，泪水漫漶。贺兰漠遍体鳞伤蹒跚到旁边，倚着船舷呆呆地凝视着霓裳，手中的长刀落在甲板上。

　　突然，江中水声大作，锦罗刹带水手跃出水面飞身上船，直刺贺兰漠。原来她早带水手们藏在船下潜行过来，正是要趁此机会击杀贺兰漠报仇。贺兰漠被一刀刺中，就势一滚捡起长刀与众人交战，侍卫们也都上前助战。锦罗刹众人武功远不及贺兰漠，只图一击制胜，如今被侍卫包围，立时不能招架，水手们一个个倒下。何裳只想闭目陪着霓裳，水声杀声他一概没有听到，可锦罗刹被刺中时的吼叫却惊醒了他。他对贺兰漠道："放她一条生路吧……你前次杀了她丈夫……"贺兰漠盯着被刺伤的锦罗刹，想起过千帆，长叹一声，挥手让侍卫散开。锦罗刹一声冷笑，挣扎着举刀刺向贺兰漠。贺兰漠眉头紧锁，一刀刺中她心脏，心中痛惜道："我已放你……"锦罗刹切齿道："不是你死，便是我亡，岂有逃生……"话未说完已然气绝。贺兰漠起身要将那几个礼官和宫女一起杀掉。何裳道："与他们无干……霓裳也不想你多杀……叫他们渡我过江，我把霓裳葬回家园……"贺兰漠回头走了几步便即摔倒，侍卫们忙过去搀扶，他口中喃喃道："按何裳说的……"侍卫们忙抬他去治伤，又派给何裳众人一艘小船，礼官和宫女们惶恐地划船向南岸。吴钦舜干涸的老眼望着霓裳远去，白发被风吹得凌乱……

礼官和宫女们都怕贺兰漠派人追杀，拼命划船，不久便依稀听到江南杜贤大婚的鼓乐，看到江边的仪仗。江边守将上前迎住，问道："为何只有你们？可杀了贺兰漠？"礼官道："霓裳自尽，贺兰漠重伤，高手们无一生还……"守将大吃一惊，忙叫兵士接众人上岸，道："快上岸，待我去禀报皇上。"众人均上岸，何裳却置若罔闻，抱着霓裳一动不动，抬头瞪着来人，满眼绝望的杀气。上岸的礼官惊恐地指着何裳，对守将道："这贼……本来高手们可取贺兰漠性命，便是他助那胡狗将高手们尽数杀死……"守将身边的兵士也附和道："小的也认得他，中秋大战那日他与那贺兰漠在江上，还放那贺兰漠回江北！小的落水爬到他船上亲眼所见。"守将招呼兵士将何裳围住，拔刀便砍。何裳手中青光一闪，尽数削断众人的兵刃，用已嘶哑的声音道："霓裳不愿我杀人，你们都走，我只取杨瓒性命！"说罢将霓裳放入舱中，关上舱门，回身对众人道："我只杀杨瓒！若再逼我，绝不姑息！"守将一面派人去向晚晴报信，一面召集人马将江边重重包围。何裳无奈，欲拼死突围，却又担心霓裳被骚扰，忽听一阵风声，只见水月带海宫宫女出现在眼前。水月道："在江边等你多时，我等守船，你去办事！"何裳忙道："莫愁便在秦淮，你们可找到她？"水月道："我们听说霓裳姑娘要被嫁到江北，知道你定然需要帮忙，便匆匆赶来，一路也发现小姐形迹，今日循香找到小姐，她正在疗伤，让我们来江边帮你，她片刻即到！"说罢将海月剑递给何裳。何裳接剑，心头一暖，道："这里多事，霓裳不能再受纷扰。劳烦姊妹们带她回姑苏，若我今日有命，定然回去葬她。若我无命，便有劳各位将我尸首与她同葬……"说罢向水月众人一拜，起身下船。守军忌惮，不敢妄动，水月众人趁机撑船离岸。

何裳见霓裳的船走远，脚下一点跃出重围，飞奔向大婚礼台，远远见晚晴正主持婚礼让杜贤与玲珑交拜，心中愤恨，运气千里传音道："杨瓒！我来取你性命！"他虽重伤，这一喊也威力非常，在场人人均听得真切，心神惊悸，编钟法鼓轰然齐鸣。玲珑忙展臂护住杜贤，道："你为何还来闹事？杨瓒哪里惹你？"何裳气极，挥剑削开她头上盖头，道："瞧瞧你的新郎！"玲珑见自己护着的新郎竟是杜贤，回身只见杨瓒端坐在晚晴身边，脑中顿时一片苍白。何裳瞪着杜贤，道："你好糊涂！你出使江北不辱使命，娶得娇妻，霓裳却被你们这般小人害死！名为议和，却埋伏杀手，我爱妻岂容你们施展阴谋玷污！"杜贤瞠目结舌，道："霓裳……真的？"玲珑推开杜贤，一把扯住何裳，失魂落魄道："你说什么……姐姐死了？"何裳拖着她径直走向杨瓒，指着他道："问你的如意郎君！"玲珑尖叫一声冲向杨瓒，杨瓒起身将她推到一边，道："霓裳之死我也是刚刚得知，她是自尽，与我无干！"玲珑被他推得摔倒在地，瘫在那里失声痛哭。杜贤上前护住玲珑，迷惘地看着晚晴，道："皇上……不是议和吗？"晚晴含恨瞪着何裳，道："与天下大计相比，区区几条人命算什么……"何裳对眼含泪光面红耳赤的杜贤道："照看好你的爱妻，其他与你无干！"说罢飞身便刺杨瓒，却被杨瓒身边的智净挥刀架住。何裳冷笑道："出家人耐不住寂寞出来做官，空悟还有无脸面！"智净刚被提拔为禁军统领，听何裳如此骂他羞愤交加，道："你这个叛国贼子！当初便该扫除海宫，取你性命！"何裳不愿废话，只想杀死杨瓒，却被智净死命缠斗。江边守将在一旁大叫道："就是他，两度救贺兰漠那胡狗，此次各派高手均是被他所杀！"各派听此言一齐涌上，凌虚挥手拦住，道："当日宫中你侥幸逃脱，今日六派掌门在此，将你就地正法！"说着与风波子五人一起围攻。空行叹气道："枉师兄以为你是可造之材，你却出口骂他。乱臣贼子已入魔道，岂容你在此嚣张！"说罢挥禅杖也加入围攻。智净见师叔出战，忙退出战团守护晚晴。如常因何裳救过他，素日又瞧不起各派，因此并不出手。杨瓒转头冷笑道："师太不恨这贼子？"如常见他不逊，嗤笑道："峨眉名门正派，以多欺少，坏我名声。"

何裳重伤未愈，全靠一腔悲愤支撑。凌虚等人也是看出此点，想占他便宜。然而他们却不知哀兵必胜，且今日何裳手中又有海月剑。当日在鬼谷他使双剑与不得了二人对战获益良多，如今双剑刚柔并济威力加倍。凌虚肩伤未愈，使太极剑法柔剑斜刺。何裳以刚克柔左手使海月剑格开翻手抢攻。风波子使碧月剑抢上，何裳右手潮音剑柔行缠斗。乘风道人趁机挥玉尘刀直取何裳中路。何裳翻身避过，同时一脚踢开捕风捉影的日月钩。五人当日也被何裳所伤犹未痊愈，此时竟也占不到上风。空行禅杖沉重硕大，虽他使得自如威力巨大，却波及甚广，他一铲打去，其他人亦要避其锋芒闪到一旁。何裳趁机使潮音剑以柔克刚牵开铁铲，左手海月剑直削铲头，空行忙缩铲掉头再攻。凌虚等人乘机再入战团，取何裳后背。何裳俯身翻剑护背，反身左手挥剑横削。海月剑正与碧月剑相击，碧月剑铮的一声被削去一半。风波子恼羞成怒断剑抢攻。六人渐渐磨合，时疏时密，或柔或刚将何裳困在中央。何裳体力已至极限，旧伤尽皆迸裂，知道自己支持不久，只想与杨瓒同归于尽，拼尽全力将海月剑掷向杨瓒。谁也不曾想如此关头他竟将剑飞出战团，杨瓒不及躲闪当场被刺中，摔倒在台下，却因何裳体力衰弱，海月剑力道不足尚未将他刺死。玲珑扑上去握住剑柄狠狠刺入，杨瓒泪眼模糊地看着她，挣扎几下不再动弹。晚晴忙叫太医，让侍卫扯起玲珑牢牢锁住。何裳精疲力竭，支持不住被凌虚刺中胸膛倒地。风波子待要再刺，却被安期生赶来一掌击飞，血溅三尺立时毙命。安期生昨日伤重几乎危及性命，如今疗伤半日本未痊愈，却听得何裳喊声，忙收功赶来，正逢风波子挥剑，他全力出掌一击致命，其他几人不禁齿寒。青城弟子见状忙上去报仇，其他各派也纷纷围上，智净也调集禁军重重包围。

安期生冷笑着环顾四周，低头对何裳道："何兄，你就用我那海月剑杀狗？"何裳迷离中听到他的声音，攒住口气尽全力道："他日请君喝酒赔罪……"安期生笑道："你欠我两番酒债，待我杀光狗贼，等你来还！"说罢将袖一摆，真气到处声如裂帛。凌虚等人不敢妄动，空行挥禅杖拦腰铲去。安期生翻身跃起，一脚将禅杖踢开踩在脚下，挥掌直取空行，空行忙弃铲以掌相搏。安期生道："早想会你，可惜空悟不敢出头！"掌风猎猎逼得空行难以招架。凌虚五人趁机偷袭，安期生侧身闪过长生剑，拨开玉尘刀，抬脚躲过日月钩将捕风捉影踢出圈外。空行重拾禅杖袭来，安期生提起何裳，轻身踏上禅杖借力一跃，飞身到圈外，挥袖卷起海月剑，忽然间消失不见。晚晴见他们脱身愤怒至极，拔剑便要刺玲珑。杜贤忙扑上去挡在玲珑面前，道："皇上要杀便杀臣，臣妻犯法臣愿抵罪！"晚晴将剑掷地，道："朕已失左手，你还要朕失右手吗？玲珑杀朝廷命官，自当伏法，明日按明其罪问斩！"杜贤怔在那里，看着玲珑被带走。暮色凄迷，火红的仪仗在冰冷的残阳下寂寞招摇……

吴钦舜在江边站了一整天，悲凉地望着苍茫江水，手中捏着碧海心。他回身蹒跚到屋中，取出手书的《虞美人》放在床边，自己躺到床上盖好被，将碧海心送入口中，闭目等待长眠。贺兰漠重伤昏迷至傍晚才醒来，他担心吴钦舜，挣扎着起身下楼去找。他艰难地走进吴钦舜的院子推开门，长长的影子投在吴钦舜身上。吴钦舜已然冰冷，门口一阵秋风带进落叶萧萧。

夜半时分，云破月来，安期生站在山顶，凝视着山下东去的江水。何裳躺在地上，他只一息尚存，安期生封住他全身穴道以防真气流散。他缓缓醒来，看着安期生，道："我还能活几日？"安期生道："看此一息延续多久，伤至如此我也无能为力，只能看你造化……"何裳微笑道："那今晚应该死不了，我怀中有银子，你拿去买酒，我还酒债……若有玲珑消息，劳烦你救她一次……"安期生笑道："我从不在死人身上摸银子，你的酒债又多一番。"说罢下山。

江水汤汤，一刻也不曾停息。何裳聆听江声，仰望夜空，月圆月缺，人世是否也在轮回？岁月是否真如逝水？此生前路又在何方？自去年泛舟无忧河入世整整一年，自己一片赤诚却为何令身边人饱受劫难？人人均想此生圆满却为何处处平地起波澜？不休的争斗，一代人老去离开，又一代人重新沉沦，人生于世意义仅止于此？月尚能有一日圆满，人生却始终如缺……他思绪渐渐模糊迷离……

蓦地，何裳蒙胧间闻到一丝酒香。他睁开眼，见安期生坐在他身边，递上一坛酒，道："我将玲珑从牢中救出，让她回家，她不愿去。我便送到迷楼……为避追捕，谢天香让玲珑改名。玲珑改名叫碧海心，她戴上了一件碧绿的面纱，发誓永不揭开。谢天香很高兴，她知道迷楼后继有人了……临行，她送给我一坛天香玉液，说可医你的伤，让你喝得醉死，存一息在体内，多年后若能醒来，伤已经好了……"何裳笑道："管它能不能醒来，醉死总算是好死……只是，我死之前，能不能……看看你的脸……"安期生一怔，缓缓站起身，拨开长发，揭去假面，饮一口天香玉液，泪水飘落在何裳脸上。何裳看着她，道："莫愁……我一直担心你再也不肯以真面目见我……今日……醉死无憾……"

莫愁一笑，解开他上身穴道，将酒坛丢给他，环顾天下，道："此处无趣，常听人说海中有仙山，若再前行便是天涯海角，直通天上……"何裳痛饮半坛，神往道："若今日入海，他日醒来，便是天外世界，携我同往……"莫愁向江水入海处遥望，道："喝干此坛，我便带你上路！"等何裳饮尽，她封住何裳穴道，待他渐渐睡去，带他下了山，寻叶扁舟入江，任它顺水漂向大海。

何裳沉入遥远的梦境。莫愁站在舟头回望，斜月将沉，天地间人声寂寂，西风摇落木叶如雨……

二零零二

至

二零零九

咏怀

十年一去大江东

暗转星辰几度风

天路微茫心自许

烟涛缥缈令难同

洛滨惆怅思归女

云顶怔忪望去鸿

记否偶来松下路

镇沉万古梦魂中

二零零九年　赵辉

图书在版编目（CIP）数据

　天地 / 赵辉著 . -- 北京：中国文联出版社
2022.2
　ISBN　978-7-5190-4761-0

　Ⅰ.①天… Ⅱ.①赵… Ⅲ.①长篇小说—中国—当代
Ⅳ.①I247.5

　中国版本图书馆CIP数据核字（2021）第270371号


著　　者　赵　辉
责任编辑　蒋爱民
责任校对　蔡振英
封面设计　无　痕

出版发行　中国文联出版社有限公司
社　　址　北京市朝阳区农展馆南里10号　　　邮编　100125
电　　话　010-85923025（发行部）　010-85923066（编辑部）
经　　销　全国新华书店等
印　　刷　天津旭丰源印刷有限公司

开　　本　710毫米×1000毫米　1/16
印　　张　28.5
字　　数　400千字
版　　次　2023年4月第1版第1次印刷
定　　价　98.00元